Accouplement

DU MÊME AUTEUR

LES BLANCS (*Whites*), nouvelles, traduit par Marianne Véron, Flammarion, 1988.

Norman Rush

Accouplement

Traduit de l'anglais (États-Unis)
par MARIANNE VÉRON

Ouvrage traduit avec le concours
du Centre national du livre

Fayard

Ce livre a été édité
sous la direction de Vaiju Naravane

Cet ouvrage est la traduction intégrale, publiée pour la première fois
en France, du livre de langue anglaise :

MATING
Édité par Knopf, New York.

ISBN 978-2-213-63049-6

Tout ce que j'écris est pour Elsa, mais ce livre-ci tout particulièrement car son grand cœur, sa sensibilité, son intelligence y sont amplement célébrés et exploités – bien que de façon nécessairement secrète. Ma dette envers elle, dans l'art comme dans la vie, s'accroît en dépit de tous mes efforts. Je dédie aussi *Accouplement* à mon fils et ma belle-fille bien-aimés, Jason et Monica, ainsi qu'à la mémoire de mon père et à l'enfant que j'ai perdue, Liza.

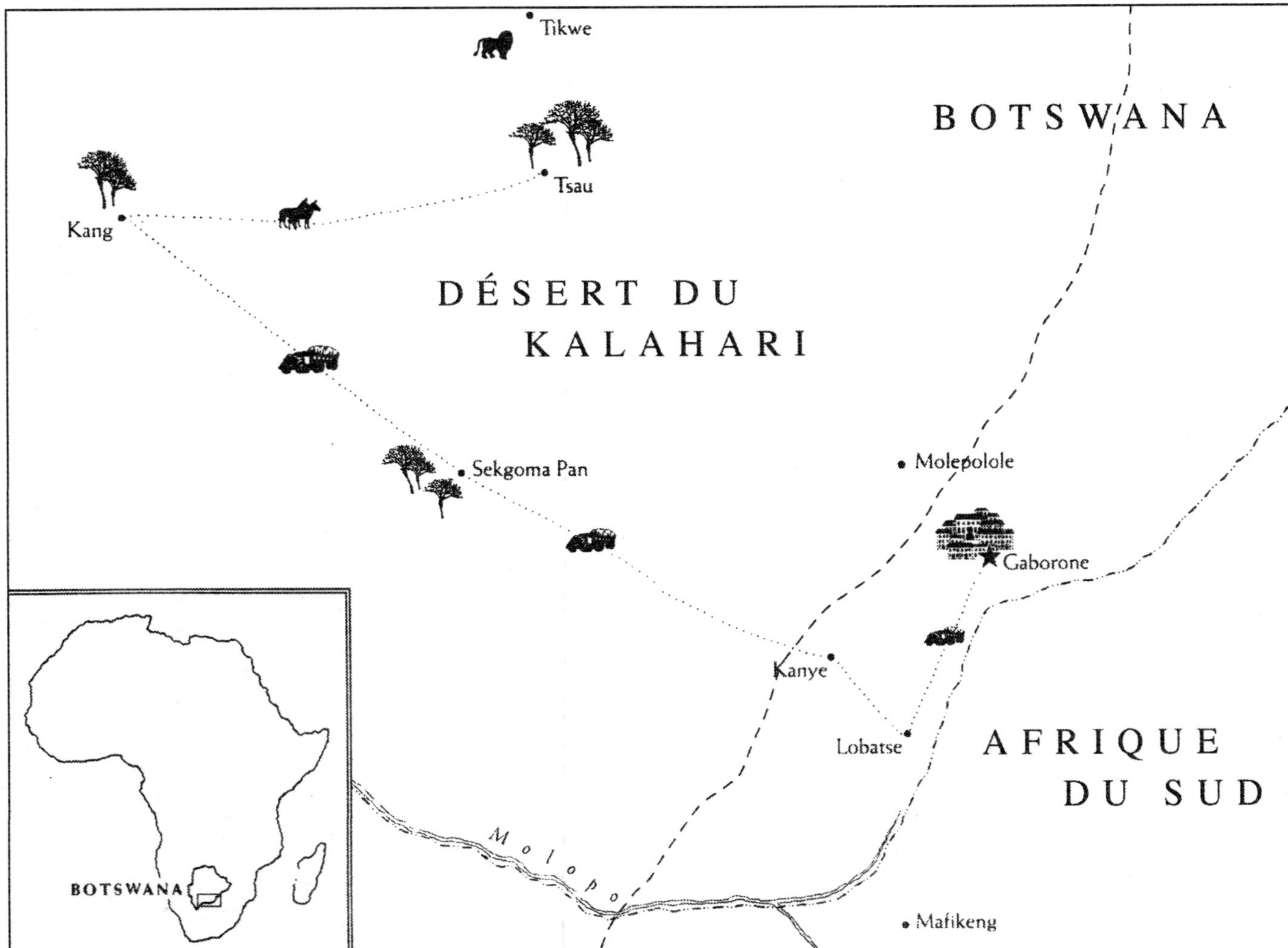
Tikwe
BOTSWANA
Tsau
Kang
DÉSERT DU
KALAHARI
Sekgoma Pan
Molepolole
Gaborone
Kanye
Lobatse
AFRIQUE
DU SUD
Molopo
Mafikeng
BOTSWANA

1 – DÉTENTE COUPABLE

Encore une déçue

En Afrique on veut plus, je pense.

Les gens y sont pris d'avidité. Cet emportement peut emprunter diverses formes selon le tempérament, mais personne n'y échappe après un certain temps. Et cette avidité peut vous saisir soudainement. Je n'ai pas échappé à la règle.

Bien entendu, je parle ici des blancs en Afrique, et non des noirs africains. Le noir africain moyen est confronté au problème inverse : il ne veut jamais assez. Il existe une profession, l'Animation rurale, tout entière consacrée à inciter les villageois à vouloir plus, et à travailler davantage pour l'obtenir. Les Africains sont particulièrement peu avides – à l'exception des élites, naturellement. Les élites sont les élites.

Mais en Afrique, vous rencontrez des blancs issus des classes moyennes, des gens que vous savez tout à fait normaux, et qui se transforment en gros fumeurs, en buveurs impénitents ou en fins gourmets. Un jour, vous découvrez des hommes et des femmes par ailleurs sérieux, agglutinés parmi les domestiques des gens vraiment riches dans la cohue de telle boucherie chinoise, la mine renfrognée, et farouchement déterminés à ne repartir qu'avec l'un des neuf ou dix pots d'un demi-litre de crème fraîche qui arrivent de Mafikeng le mercredi à quinze heures. Vous voyez des gens devenir obsédés par la haute gastronomie en dépit de la palette dérisoire de mets qu'offre le Botswana. Ou bien ils se lancent dans le sexe à tout va. Ou encore, ils se demandent soudain pourquoi ils ne tenteraient pas de s'enrichir un bon coup avant de quitter l'Afrique. La plupart des expatriés ne restent que quelques années. Et avec une régularité d'horloge, vers la fin de leur séjour, ils se mettent à acheter des sculptures ou des kaross, ces fameux tapis traditionnels, pour les revendre, quand ils ne décident pas d'acquérir des terres à travers des intermédiaires du cru, ou même, j'ai été témoin du cas, de fonder le premier terrain de golf au sud du Sahara – minuscule et étriqué. J'ai connu quelqu'un qui, dans la vie réelle, était un fils à maman raffiné, et qui prenait des risques insensés pendant ses week-ends pour passer des montres en contrebande au Zimbabwe. Il était en fin de contrat. Il enseignait le droit à l'université du Botswana.

Dans mon cas, c'est la déception qui fut la cause de tout. J'en devenais écœurante. J'étais désormais une blanche typique – avide, et forcenée. C'était l'automne 1980, c'est-à-dire le printemps en Afrique. L'Afrique m'avait déçue. Je venais de passer dix-huit mois dans la brousse, pratiquement toute seule. Je faisais ma thèse en anthropologie nutritionnelle, et ce que j'étais censée démontrer, c'est que, dans ce qu'on appelle les populations en habitat reculé, la fertilité fluctue suivant la saison parce qu'une grande partie de ce que mangent ces habitants reculés dépend de ce qu'ils trouvent au cours de leurs expéditions de cueillette, et que cela affecte leur fertilité. Tout du moins avais-je été invitée à le croire. Or c'était on ne peut plus faux. J'avais dû moi-même traquer les tenants de la cueillette. Dans mon coin de brousse, elle n'était plus du tout d'actualité. Une nourriture de type classique semblait s'être imposé partout, même au cœur des collines de Tswapong. D'une manière ou d'une autre, les gens mangeaient des conserves et des cornflakes, ou bien quand ils bénéficiaient de l'aide internationale, du sorgo ou du maïs, fourni par le Programme alimentaire mondial. Du coup, pratiquement plus personne ne se donnait la peine de pratiquer la cueillette, et c'est ainsi que je me suis retrouvée avec un projet absurde de thèse sur les bras.

Pour couronner le tout, j'avais assisté à un incident interpersonnel plutôt moche à Keteng, le principal village de ma zone de recherche. Un coopérant hollandais avait été harcelé à mort par le pouvoir local – de vieilles familles de colons boers qui étaient devenus citoyens du Botswana après la déclaration d'indépendance. Cet épisode me hante encore. Et en plus de tout ça, mes règles étaient devenues irrégulières, ce qui se révéla, comme je le soupçonnais, la conséquence du stress et de mon régime alimentaire monochrome. Et il fallut bien que je me prenne en main afin de rétablir l'ordre des choses plutôt que de passer mon temps à m'inquiéter de mon sort. Et tout cela coïncidait avec l'anniversaire de mes trente-deux ans. Je renonçai donc à mon enquête et me réfugiai dans la capitale, Gaborone, officiellement pour me recentrer, mais en fait pour battre en retraite.

Quand ma vie connaît une phase équilibrée, j'aime bien l'illustrer d'une légende. Détente coupable, voilà ce que je trouvai pour désigner ma césure à Gaborone, afin d'en adoucir l'expérience. Je me laissai glisser dans une relative décadence qui ne dura guère plus de deux ou trois mois.

Je n'avais pas de véritable excuse pour ne pas rentrer aux États-Unis. J'invoquais mentalement la perspective de passer un anniversaire de plus à la merci de ma mère. Plus je ratais d'anniversaires à ses côtés, plus celui qui devait compenser ces manquements était grandiose et atroce ; et cette fois-ci, j'avais des années de retard. En fait, j'avais promis de passer le trente-deuxième avec elle si je rentrais à temps aux États-Unis. Je savais que c'était la culpabilité – d'avoir été pauvre quand elle m'élevait, d'être devenue monumentale – qui la conduisait à envisager de manière si wagnérienne mes anniversaires. Mais ce n'était pas tout. J'étais à bout de nerfs.

La soif de compagnie n'y était pas étrangère non plus. J'étais fatiguée de ma propre compagnie, et je n'avais laissé personne derrière moi aux États-Unis, pas même à l'horizon le plus lointain. Je me sentais sexuellement très en éveil. Rien ne vaut Gaborone pour une femme blanche sans attaches et dotée d'un minimum de grâces sociales, si démoralisée soit-elle. En fait, Gaborone est la ville idéale pour une déçue parce qu'on y évolue entourée d'autres blancs tous également déçus. Mais personne n'emploiera jamais ce mot.

Accumulation de blancs

On trouve plus de blancs en Afrique qu'on ne s'y attendrait, et plus au Botswana que pratiquement n'importe où ailleurs. Il y a au Botswana une accumulation de blancs. Comme le Parlement travaille vraiment et que les tribunaux sont corrects, l'Occident est très enclin à y lancer des projets de développement, et c'est ainsi que les experts blancs pullulent. Et comme le Botswana abrite pratiquement les derniers adeptes de la cueillette qui existent au monde, les anthropologues et les anthropologues à la noix comme moi vous crissent littéralement sous le pied. D'Afrique du Sud débarquent les politiques blancs et noirs en fuite – les blancs sont généralement en transit, à l'exception des plus braves et des plus rudes. Les Boers peuvent rattraper qui ils veulent, à Gaborone. Les espions de tout poil y abondent parce que tout le monde guette le moment où l'Afrique du Sud va s'embraser, et que Gaborone n'est qu'à cinq heures de route de Pretoria et de Johannesburg. L'ambassade russe est imposante. Et puis le Botswana est le réceptacle géographique de tous les fonctionnaires britanniques en surnombre, conséquence de la propagation de l'onde de choc de la décolonisation vers le sud. Ce sont des gens à jamais et structurellement inadaptés à la vie en Angleterre. Ils ont trouvé là leur dernier perchoir en Afrique. Ce sont les Tories du Black Lagoon, ou paléo-Tories comme les surnommait Nelson Denoon, tant leurs opinions politiques relèvent de la droite la plus primitive. Ils sont intéressants d'un point de vue anthropologique, mais vraiment trop nombreux. On croise également des coopérants et des humanitaires blancs : une centaine rien que dans les Peace Corps. Passent aussi les hordes blanches de chasseurs et autres observateurs de gros gibier qui progressent vers le nord. Le Botswana abrite les derniers territoires d'Afrique où les bêtes sauvages n'ont jamais vu un visage blanc. Au total, face à ces gens, il n'y a qu'un million de Batswanas [1]. Et puis il y a les missionnaires.

Je crois que j'ai tendance à exploiter les missionnaires, et je devrais vraiment m'abstenir de le faire ou bien cesser une bonne fois pour toutes de les débiner dans leurs dos. Les sœurs carmélites de Keteng ont toujours été d'une infaillible gentillesse quand je passais chez elles pour prendre un bon bain chaud et manger des légumes frais – quand je n'en pouvais plus de la brousse. Ce qui arrivait périodiquement. Un couple d'adventistes du septième jour m'a hébergée pendant deux semaines quand j'ai décidé de m'attarder à Gaborone au lieu de rentrer aux États-Unis. Je ne sais pas si je dois omettre ou non les missionnaires dans mes considérations générales sur la déception. Je ne le pense pas, même si le but de leur inébranlable cordialité est de vous empêcher d'en concevoir même la possibilité. À bien y regarder, ils ont l'air d'arriver à leurs fins. Ils enracinent leurs sectes et leurs chapelles, et ils y accueillent un flux incessant d'Africains. Mais ils doivent s'inquiéter des défections massives et continues en direction des églises spiritualistes, qui sont des entreprises chrétiennes syncrétiques, créées et dirigées par des Africains,

1. Les Tswanas, habitants du Botswana, sont appelés, en setswana, Batswanas au pluriel et Motswana au singulier [*NdT*].

et dont l'originalité tient à certaines nouveautés doctrinales, telles que boire de l'eau de mer pour guérir les ulcères. Tous les missionnaires que j'ai rencontrés ont manifesté un intérêt certain pour, disons, mon orientation spirituelle. Je ne pense pas que je les ai trompés à proprement parler. Je ne me montrais pas sous un faux jour, mais je ne me mettais pas non plus complètement à nu. Je me considérais à l'époque comme anticléricale mais pas antireligieuse ; c'était avant ma rencontre avec Nelson Denoon, qui, non content d'être l'un et l'autre, l'était de surcroît violemment. Il a influé, directement et indirectement, sur mon comportement. C'était un de ses centres d'intérêt. Je pense être assez impartiale en affirmant que c'était une attitude assez systématique chez lui d'essayer d'amener les gens que, disons, il aimait, à partager ses vues sur ce genre de sujets. J'ai encore besoin de me concentrer pour faire la part de ce que je dois à l'influence de Denoon, et ce qui est la conséquence d'une évolution personnelle normale. Et naturellement, Denoon s'impose déjà ici, bien avant que mon récit n'appelle son entrée en scène.

Je séjournais donc chez mes adventistes – et, initialement, en recluse. Tout d'abord, j'avais à faire face à une résurgence de la conviction selon laquelle j'étais victime d'une malédiction universitaire. Étais-je vraiment si marginale ? Pourquoi avais-je dû attendre une semaine pour apprendre que j'avais réussi mes oraux, quand la norme était d'en être informé dès le lendemain ? Je me croyais intelligente : alors qu'est-ce qui clochait ? Pourquoi fallait-il que tout me fût aussi hostile ? Pourquoi n'avais-je jamais été capable de comprendre comment on devient le protégé de quelqu'un ? À Stanford, ça arrivait à tout le monde, sauf à moi. Au bout de quelques jours à Gaborone, j'ai réussi à me convaincre, pour la énième fois, que tout s'expliquait par la malchance ou par les effets induits de la relative pauvreté dans laquelle j'avais grandi. Je me suis ressaisie.

En ce temps-là, les gens des services d'immigration étaient incroyablement relax. Il m'a fallu moins d'une heure pour faire prolonger d'un an mon visa. À présent, j'étais prête à papillonner.

Les moyens

Je me rappelle du jour où l'avidité a frappé. C'était lors du premier cocktail auquel je me suis rendue ce printemps-là, une garden-party.

J'écoutais d'une oreille distraite une discussion véhémente mettant aux prises deux Anglais sur la question de savoir si c'était la Zambie ou le Botswana qui avait le meilleur climat du monde. Et cela, en pleine sécheresse meurtrière. Je réagis bien au soleil, mais bon, je viens du Minnesota, et j'ai été déçue pendant des années par le temps incertain et l'eau de mer glacée de la Californie du nord. C'est pourquoi je suis irrévocablement déterminée à vivre en Afrique. J'adore le soleil qui s'impose avec éclat chaque matin dans votre vie comme un disque rayé. Même pendant ce qu'on appelle la saison des pluies, le soleil brille jusqu'à deux ou trois heures de l'après-midi, et puis de nouveau après les cinq malheureuses petites minutes de crachin. Même en plein été, au Botswana, on transpire à peine. Il fait chaud, mais tellement sec qu'on sent la sueur rafraîchir la surface de la peau tout en se réduisant à rien. Après tout, vous vous trouvez dans un désert à mille mètres au-dessus du niveau de la mer, même si ça ne ressemble pas du tout au désert tel qu'on se l'imagine. La théorie de Denoon, c'était que les gens s'adaptaient biologiquement au climat merveilleusement régulier du sud de l'Afrique, qu'il qualifiait de « métronomique ».

Notre hôtesse vint au-devant de nous, en vert chartreuse, ravie du temps qu'il faisait. La sécheresse est un atout pour les classes qui reçoivent beaucoup. Elle incite à organiser des réceptions en plein air, en raison des multitudes qu'on a à nourrir et à administrer. La taille moyenne d'une réception moyenne est impressionnante, à Gaborone. On est soulagé de pouvoir compter sur le beau temps. Et les gens qui recevaient pouvaient se permettre d'entretenir leur jardin en engageant pour presque rien du personnel qui arrosait à la main, ce qui permettait de contourner l'interdiction des tuyaux d'arrosage.

Les expressions « pour presque rien » et « tuyaux d'arrosage » sont des reliques de l'anglicisation de ma langue. J'ai un don pour l'imitation, ou un faible, selon le point de vue qu'on adopte. Je savais qu'on pouvait me croire plus ou moins anglaise. Mais ça ne me gênait pas. C'était dû à mes facilités d'absorption des langues étrangères, qui sont réelles, et qui expliquent en partie pourquoi je pensais que l'anthropologie me viendrait naturellement. Je me fonds dans le paysage quand je le décide. L'un de mes premiers fantasmes, depuis bien avant le lycée, c'est que des individus venus des cultures les plus mystérieuses me divulguent leurs secrets parce que mon intrusion passera pratiquement inaperçue, ou qu'on me prendra pour l'une des leurs.

Le coucher de soleil était somptueux. Je me tenais sous un acacia en fleurs, l'expression « cascade d'or » me vint à l'esprit, et je fus prise d'une forte émotion. Je l'appelle avidité, mais ce que je ressentis alors fut plutôt un désir de surabondance, le désir d'avoir trop de quelque chose, pour une fois. Je ne voulais plus être candidate à rien, ni à un doctorat ni à quoi que ce soit : je voulais déjà atteindre le palier suivant, celui où les choses viendraient à moi, afflueraient vers moi. C'était un désir aigu. Je regardai les gens autour de moi. La maîtresse de maison avait un physique extrêmement ordinaire. Peut-être appartenait-elle au British Council. Elle était vraiment quelconque. Non pas que je sois particulièrement belle, à moins que la beauté soit déterminée par le volume des cheveux. Disons que je suis robuste, mais que j'ai la taille bien prise. J'ai l'air d'une Irlandaise. Je me félicitais d'avoir gardé mes cheveux longs pendant toute ma période de travail sur le terrain – une rude épreuve en soi, et contre l'avis du monde entier. C'est un trait marquant. Et je suis jolie quand je suis mince, comme je l'étais à ce moment-là. Cette femme avait les moyens de recevoir cinquante personnes. En entrée, des canapés fourrés de jambon de Parme véritable. J'avais vécu de chou et de bouillie de céréales pendant dix-huit mois. Elle servait des noix de cajou grosses comme des crevettes. Je me souviens d'oignons nacrés et d'asperges blanches. Des petits steaks de filet de bœuf allaient suivre. Elle vivait dans une maison comportant deux chambres, et elle disposait d'un cuisinier et d'un jardinier. Le jardin, comme toujours, était impeccable. Elle n'avait jamais besoin de repasser. Elle avait à peine cinq ans de plus que moi. Je sais de quoi j'ai l'air en disant ça, et je ne m'en défends pas. C'était la privation qui parlait.

Je commençais déjà à m'attirer une certaine attention masculine. Mais c'était prématuré. Ce sont les femmes qui organisent les thés et les barbecues. Leurs invitations allaient être mon pain quotidien. Il fallait à tout prix que j'évite d'être cataloguée comme effeuilleuse de la flore masculine locale. Je pourrais m'attacher par la suite, mais pas encore. J'allais en quelque sorte exproprier les expropriateurs, et si doucement qu'ils ne s'en apercevraient pas. Mais comment ? Je devais m'assurer une spécialité, mais la spécialité juste. Je trouvai bientôt.

Je serais guide, expert, je présenterais le Botswana comme une société aux institutions obscures. Il était évident que je serais parfaite dans le rôle et que j'aurais à répondre à un besoin réel. Les blancs au Botswana avaient besoin de ressentir qu'ils avaient bien débarqué dans un pays exotique. Après tout, ils étaient en Afrique. Mais le Botswana est un pays frustrant. Gaborone a été construite dans les années soixante à partir de rien et, n'était le bidonville qui longe la route de Lobatse, on dirait davantage une cité universitaire du sud-ouest américain qu'autre chose. Il n'y a pas de costume national. Dans les villages, les constructions en parpaings couvertes de toits en tôle chassent les rondavels, ces cases rondes en terre séchée et en paille. L'anglais est langue officielle, à l'égal du setswana. Pour vous distraire, vous pouvez vous rendre à l'église, dans des discothèques, à des démonstrations de karaté, à des concours de danse de salon, à des concours de beauté, ou à des matchs de football. La faune intéressante se trouve plus loin au nord, à moins que voir, de temps à autre, une autruche ou un babouin suffise à exciter votre imagination. Hormis les châteaux extravagants des riches et du corps diplomatique dans la Section Sixteen, l'habitat à Gaborone est d'aspect modulaire, quand il n'est pas tout simplement pitoyable. La culture paraît familière, mais donne une impression d'étrangeté. Les Batswanas ne sont pas à proprement parler hospitaliers. Ils ne s'adressent aux blancs que dans un murmure. Ils ont bien le droit d'en avoir par-dessus la tête, des blancs, et de le montrer un peu. Ils cherchent à se donner l'air impénétrable, mais en même temps ils peaufinent leur anglais et ils commandent des chaussures à semelles compensées aux sociétés sud-africaines de vente par correspondance. Et comme les Batswanas ne vous inviteront jamais à dîner, voilà encore une voie d'édification qui est fermée aux blancs. Les Batswanas ne manquent jamais d'accepter vos invitations à dîner, mais ils ne les honorent généralement pas. La réciprocité des invitations ne fait pas partie de leur culture, ce qui déconcerte les blancs. Lesquels ont tendance à croire fausse l'assertion selon laquelle les Batswanas seraient ravis de vous voir débarquer à l'improviste chez eux à l'heure du repas. Les mariages et les enterrements sont l'occasion de grandes cérémonies absolument bondées, mais quand des blancs sont invités, personne ne leur parle ni ne prend la peine de leur expliquer, par exemple, que si la mariée fixe tout le temps le sol d'un air si malheureux, c'est pour exprimer sa tristesse à l'idée de quitter ses parents. Il y a des barrières. Ce sont les Américains qui en souffrent le plus. Ils viennent au Botswana dans l'intention d'être adorables avec les Africains. Ce mur les consterne. Ils sentent pourtant bien qu'au-delà se cache quelque chose d'intéressant. Je pourrais les aider à y pénétrer.

Je disposais de compétences particulières pour y parvenir. Je parlais bien le setswana. J'avais des anecdotes à raconter. Je pouvais démontrer que, derrière les apparences, cette culture était aussi différente qu'on pouvait le souhaiter. Je saurais me rendre utile. Pourquoi les bébés batswanas portent-ils des bonnets de laine pendant l'été ? Et pourquoi certains Batswanas se rasent-ils le crâne en hiver ? Pourquoi les hommes kalangas laissent-ils pousser l'ongle du petit doigt de leur main droite jusqu'à atteindre une longueur extrême, puis l'aiguisent-ils ? Je connaissais les réponses. Pourquoi les Batswanas détestent-ils les pelouses et préfèrent-ils entourer leurs maisons de terre battue ? Pourquoi les écolières essayent-elles si souvent de dormir la tête sous les couvertures ? Je pourrais aussi leur apporter une aide plus terre à terre. À quelle pièce de bœuf américaine correspond le gîte à la noix ? Qu'était-ce que la « Diamond Police » ? Sait-on que, non loin de Molepolole, certains Batswanas pratiquent encore le servage ? Les gens auraient des choses à raconter dans leurs correspondances. Je pourrais leur procurer ce sentiment d'altérité auquel ils aspiraient. Ce serait très informel. À cet instant, je remarquai un petit brun qui me guettait.

Amenez votre femme, lui lançai-je, ce qui le déconcerta. Je me tenais près de la barrière, l'air aussi rêveur que possible, et je me rendais parfaitement compte qu'une troupe de marcheurs de l'Église chrétienne sioniste approchait. Manifestement, il répugnait à l'idée d'aller chercher sa femme.

L'endroit où il m'avait repérée était un bosquet un peu en retrait. Je me souviens qu'il avait une barbe brune soyeuse, et ce que les Batswanas appellent un visage poussé en avant. Il traîna un petit groupe derrière lui lorsqu'il rejoignit la barrière.

Cinquante marcheurs défilèrent lentement. Les hommes, en uniforme beige de porteurs et casquette militaire, venaient en tête. Les femmes suivaient, tout en blanc. Elles portaient des sandales ordinaires. Je pointai du doigt les chaussures des hommes. Ils portaient des tennis découpées et réassemblées autour d'un segment de toile en forme de tube qui repoussait de vingt ou vingt-cinq centimètres l'emplacement des orteils. Le but de ces aménagements était de claquer comme un coup de tonnerre à chaque fois que les hommes retombaient à terre après les sauts qu'ils effectuaient au cours de ces marches. Ils sautaient et retombaient en bloc. J'expliquai également que, quand ils se mettaient à chanter, ils chantaient sans s'arrêter des heures d'affilée. Mon groupe posait des questions du type Mais où trouvent-ils donc autant d'énergie ? Les marcheurs avaient fini de sauter pour ce jour-là. Mais j'informai mon groupe qu'ils pourraient aussi bien les observer un autre dimanche. Je connaissais leurs circuits. J'expliquai l'origine de l'Église chrétienne sioniste, sa spécificité, quelques-unes des croyances de ses adhérents et la façon dont le noyau central de la secte, en Afrique du Sud, avait vendu son âme au régime de Botha.

Je dus me montrer passionnante : avant de m'en aller, j'avais décroché une invitation à garder une maison très bien en bordure d'Extension Sixteen, le modèle à deux niveaux. Mes fonctions consisteraient principalement à nourrir des perruches. J'étais délivrée de mes missionnaires. Et il y avait là deux femmes qui voulaient que je les accompagne à l'atelier de tapisserie de Lentswe la Oodi. J'avais en poche le déjeuner et le dîner du lendemain.

Période de surabondance

Ce fut le début d'une période très particulière pour moi. L'idée principale, c'était de vivre en hédoniste, de réfléchir de temps en temps à ma vie et aux étapes qui m'attendaient, de me détendre dans l'utopie blanche qu'était Gaborone, de dépenser bien sûr toutes mes économies, et puis de rentrer chez moi. J'avais mon billet de retour en poche. Ma phase de détente coupable allait donc être limitée par la force des choses car, a priori, le troc ne pourrait pas me mener très loin. Mais quelque chose a mal tourné.

Tout avait pourtant bien commencé. Pour éviter tout contact avec ma thèse avortée, j'enveloppai mes notes et mes observations dans d'innombrables épaisseurs de papier kraft, serrai une corde autour du paquet, et coulai de la cire chaude sur les nœuds – une pratique encore répandue dans le sud de l'Afrique. Je laissai la chose bien en vue, comme un *memento mori*, le signe que ma vie universitaire n'avait pas pris fin mais était simplement mise en suspens. Mes journées se déroulaient agréablement. Nulle routine dans tout cela. Certains jours j'étais debout à l'aube et je regardais se lever le soleil en buvant du thé *rooibos*. D'autres jours je me levais à deux ou trois heures de l'après-midi, ou pis encore. Il m'arrivait de jouer au tennis jusqu'à l'épuisement total.

Je ne m'étais jamais autorisé ce genre de parenthèses. J'évitais délibérément de former le moindre projet. J'arrivais même à refouler le vague plan de lecture que j'avais établi pour ma vie entière, et qui me tourmente toujours quand je lis des âneries. Je décidai de m'autoriser à ne lire que ce qui me tomberait sous la main. Par chance, les rayonnages de la maison croulaient sous les Simenon. Je crois que c'est Denoon qui a dit que, dans la vie, c'est en laissant faire le hasard qu'on s'approche au plus près de l'exercice du libre arbitre. Le libre arbitre n'existe pas. Même quand vous faites des choix au hasard, tout est déterminé ; mais vous ne le remarquez plus. La contrefaçon de liberté est un plaisir qu'on peut encore apprécier quand on est dans l'état d'esprit adéquat. C'est parfait quand on habite chez quelqu'un.

Ce qui a mal tourné, c'est la surabondance à laquelle je commençais à faire face. Tant de choses se tenaient à ma portée. Je n'avais pratiquement pas de frais. Je me laissais tenter par de petites extravagances. Quand je pouvais me procurer de la crème fraîche, j'en achetais autant que je pouvais espérer en manger avant qu'elle ne se gâte. J'ai acheté plusieurs colliers en éclats de coquilles d'œufs d'autruche. J'essayais d'être moins forcenée sur la consommation des restes alimentaires. Mais je nageais dans la surabondance.

Je bénéficiais par exemple de soins médicaux gratuits. Le médecin du Peace Corps me témoignait un intérêt platonique. J'obtins, grâce à lui, un superbe bilan complet de mon état parasitologique. Il s'ennuyait à traiter des bénévoles humanitaires pour de vagues pathologies urinaires, des allergies au soleil, et pas grand-chose d'autre à se mettre sous la dent. Et comme il se sentait sous-employé, il était disposé à traiter quiconque le laisserait parler des abysses médicaux qu'il avait pu contempler ailleurs dans le tiers-monde, ou des incompétences du ministère de la Santé au Botswana. Il me trouvait très propre, du fait que je m'étais rongé les ongles pendant tout mon séjour dans la brousse. Je lui laissais croire que je partageais sa conviction fondamentale, à savoir que tout le monde, blanc ou noir, était d'une folle désinvolture concernant l'hygiène, à l'exception de nous deux. Il se nourrissait exclusivement d'aliments en conserve ou susceptibles d'être bouillis. Quand il se rendait à des réceptions, il apportait ses propres glaçons d'eau préalablement stérilisée. La monnaie de papier était contaminée, parce que la plupart des femmes batswanas la portaient contre leur peau dans leur soutien-gorge. Il me couvrait d'échantillons médicaux gratuits, et il m'en reste encore. Je l'aimais bien. Il s'appelait Elman – en l'honneur du violoniste – Cornetta. Il était de petite taille, quadragénaire, sexuellement normal si l'on tient à part sa théorie – dont j'avais l'intuition – selon laquelle même les ébats les plus minutieusement programmés présentaient un risque sanitaire. Il était existentiellement à l'aise en Afrique de manière générique : il sentait qu'il opérait dans un contexte fondamentalement désespéré. On observe des variantes de cette réaction chez les blancs plongés dans d'autres situations désespérées. Elman était un être authentiquement calme. J'interprétais son choix de s'établir en Afrique, au cœur des miasmes, ce qu'il redoutait le plus au monde, comme un comportement purement contre-phobique. Ce qui créait un lien entre nous, car en un sens, je pourrais moi-même être considérée comme contre-phobique. Je suis sujette à l'agnosie topologique, une affection plus ou moins voisine de la dyslexie, signifiant que j'ai beaucoup de mal à trouver mon chemin dans la topographie. Et je suis allée vivre dans une partie du monde où il n'y a pratiquement pas de repères. « En parcourant le Botswana, on est frappé par la monotonie du paysage qui s'étend au loin », dit le *Guide du Botswana*, et les expatriés citent volontiers cette phrase qui leur reste toujours en mémoire.

Elman estimait que les problèmes sanitaires de la capitale étaient voués à s'aggraver à mesure que la population s'accroîtrait. La ville deviendrait comme Lomé, où le panneau qu'on voit le plus est celui qui dit *Défense d'uriner le long des murs**. Il fallait faire quelque chose. Je décidai qu'il m'incombait d'essayer d'orienter sa phobie dans une direction constructive, et la façon dont j'y parvins illustre à la fois comment l'Afrique déçoit les gens, et comment ma tentative d'appauvrissement personnel était vouée à échouer sans cesse. Je suggérai que nous réalisions une plaquette qui présenterait les bases fondamentales de l'hygiène sous forme de bandes dessinées. Je traduirais son texte de l'anglais au setswana et je trouverais un illustrateur. Il fut enthousiaste. Nous allâmes donc jusqu'au bout, et une bande dessinée de huit pages en noir et blanc fut imprimée en offset sur papier journal. C'était rudimentaire mais il était ravi. Il paya personnellement les frais et tint absolument à me rétribuer, et bien

* Les mots en italiques suivis d'un astérisque sont en français dans le texte [*NdT*].

trop de surcroît, ce qui était ridicule. Mais il était absolument enchanté du résultat, qui remporta d'ailleurs un grand succès. Il se faisait un va-et-vient continu de Batswanas qui venaient réclamer des exemplaires. Il n'en croyait pas ses yeux. Il fallut réimprimer. Pendant quelque temps, il fut un homme nouveau. Puis l'un de ses ennemis lui révéla le fond de l'affaire. On trouve des toilettes publiques dans le centre de Gaborone, mais dépourvues de papier. Les pauvres se débrouillent avec ce qu'ils trouvent comme papier de rebut. Le vrai papier hygiénique du commerce est un produit de luxe. Je tentai de le réconforter en l'informant que les publications Watchtower des Témoins de Jéhovah, qui s'arrachaient dans le centre commercial, subissaient le même sort. J'essayai de le consoler. L'argent qu'il me donnait sentait toujours bon. Je pense qu'il tamponnait les billets avec un astringent avant de les ranger dans de petits sacs en plastique.

Ainsi allait la vie. Tout le monde se mettait en quatre pour moi. Si je rendais un service à un érudit de passage, comme taper un texte ou faire un index, j'étais invariablement surpayée. Quand la nouvelle se répandit que j'étais très forte en prise de notes, il y eut un afflux d'offres pour m'envoyer à des congrès et des réunions en qualité de rapporteur. Tous les cadres ne se prêtent pas à l'enregistrement sur cassette. Quand je déclinais, on m'offrait tout bonnement plus d'argent. Je devins également la récipiendaire favorite des expatriés parvenus au terme de leur séjour quand il leur fallait distribuer tout ce qui restait dans leurs placards et leur cave à liqueur. À un certain point, les blancs avaient pitié les uns des autres pour avoir été affectés en un lieu et une société aussi peu hospitaliers, ce qui transparaissait aussi dans l'énergie déployée lors des fêtes grandioses qu'on donnait pour accueillir les nouveaux arrivants ou saluer ceux qui étaient mutés ailleurs. Je ne dis pas que ces cadeaux d'adieu n'incluaient jamais les Batswanas, surtout les domestiques : non on ne les oubliait pas, certes, mais leur part était proportionnellement fort maigre. Cela s'expliquait en grande partie par une émotion latente : les sentiments anti-*makhoas* étaient assez vigoureux en ces temps-là chez les Batswanas. Les journaux publiaient des lettres prétendant que les experts blancs trichaient sur leurs qualifications pour se cramponner à des postes qui auraient dû revenir à des Batswanas. Bon nombre de ces histoires étaient absurdes. Un député de Francistown s'offusquait de voir des jeunes porter des lunettes de soleil en présence de leurs aînés, ce qui était un manque de respect car on ne voyait plus leurs yeux, et il accusait les blancs d'être responsables de la vogue des lunettes de soleil. En tout cas, ce n'était pas en rendant les invitations que je devenais populaire. En tout et pour tout, j'ai peut-être reçu six fois, et toujours sur un pied très modeste – notamment deux soirées Monopoly où il n'y eut que des en-cas à grignoter.

Pourquoi cédons-nous ?

J'ai du mal à me remémorer tous les détails de ma détente coupable, car mon vrai propos est de plonger dans Denoon et tout ce qui a suivi. Mais le prélude est important. Du coup j'ai l'impression d'être quelqu'un à qui l'on demande, après le déluge, de raconter comment c'était avant, alors que j'en suis encore à débarrasser mes cheveux des algues – Denoon étant le déluge. En dépit de mes métaphores, installer Denoon sur un piédestal et lui attribuer une stature supérieure à ce qu'elle est n'entre pas du tout dans mes intentions, bien au contraire. Je déteste le spectaculaire. Je déteste les gens qui dramatisent. Mais ça m'a fait l'effet d'un immeuble s'écroulant sur ma tête, quand je l'ai rencontré. Pourquoi ? Pourquoi cédons-nous, quand nous n'y sommes pas obligés ? J'aimerais le savoir, en tant que femme et être humain, l'un et l'autre. En quoi cela concerne-t-il l'aspect sexuel de ma vie à Gabs jusque-là ? C'est bien un truc anglais, ça : Gabs pour Gaborone, Lobs pour Lobatse, Moleps pour Molepolole, et tout à l'avenant. Si je parais sous-entendre que tous ceux avec qui j'ai pu avoir une relation sexuelle pré-Denoon cet été-là étaient des moins-que-rien ou pire, je le retire par avance. Ce n'était pas le cas.

Je ne m'étendrai pas sur mes liaisons charnelles. Il y en a eu plus que les trois principales, mais pas beaucoup plus. Pour commencer, je dois signaler avec qui je n'ai pas couché – ou plutôt, pas voulu. J'avais des principes, et il y avait des catégories. L'une englobait les Rhodésiens et les Sud-Africains non exilés. Une autre, ceux que je jugeais délibérément de droite. Reagan allait être élu président, et je considérais comme un fer de lance du Mal quiconque affichait ne fût-ce que de la neutralité sur ce point. Ma dernière catégorie nécessite quelques explications, car je suis franchement sur la défensive à ce sujet : il s'agit des hommes africains, c'est-à-dire les noirs africains.

En partie par souci d'autoprotection. Le chauvinisme masculin est dans l'air même que respirent les Africains. Ils ne peuvent pas y échapper. Ils en sont imbibés. Toutes les voix de leur culture, y compris celle de leur mère, leur enseignent le patriarcat. C'était donc un a priori : je n'allais pas consacrer mon énergie à instruire de mes délicats besoins fondamentaux un Motswana parfaitement heureux. Mais au-delà de ces considérations planait le danger de ce qui pourrait arriver, et qui risquerait de se révéler pérenne – à savoir que je reste pour toujours en Afrique. Cela peut paraître bien calculateur, mais s'il y avait une chose claire dans ma vision des choses, c'était que je ne resterais pas en Afrique toute ma vie. Et, suivant le même principe, je n'allais pas me mettre dans la situation de sembler offrir à quelqu'un le moyen d'accéder au *lefatshe la madi* – le pays d'où vient l'argent. La plupart des jeunes Africains veulent tellement partir en Amérique qu'on le renifle comme me l'a dit quelqu'un. Et rien à faire pour qu'ils ne m'envisagent pas comme le maillon d'une filière potentielle. Mais je n'allais pas me laisser entraîner à susciter ou à détruire des espoirs – pas plus l'un que l'autre.

Giles

D'abord il y eut Giles, que j'ai rencontré à une réception donnée par des bénévoles canadiens. Physiquement, il était éblouissant. Pas canadien, mais anglais. Toutefois, comme il avait vécu de longues périodes au Canada et en Amérique, il était, j'ai envie de dire, très homogénéisé. Il avait des cheveux châtains qu'il portait longs, avec d'authentiques boucles à l'anglaise. Il faisait très chaud ce soir-là et, comme le CUSO [1] est terriblement radin, la climatisation était évidemment débranchée et nous étions là, tous dehors sous les acacias, à nous éventer avec des bouts de carton. Les Canadiens trouvaient ça drôle, que Reagan ait des chances d'être élu président. Nous avons cessé de passer les disques de Jimmy Cliff pour nous lancer dans un jeu décousu, consistant à lancer des noms de gens que Reagan allait sûrement nommer à son gouvernement ; tous des stars de Hollywood, naturellement. C'était puéril, et je ne me suis guère

1. *Canadian University Service Overseas* [*NdT*].

distinguée. John Wayne serait secrétaire à la Défense, et Boris Karloff conseiller scientifique de la Maison-Blanche. Je fus obligée de m'expliquer, lorsque je proposai Lloyd Bridges à la Marine. Apparemment, j'étais la seule personne présente d'un niveau assez bas pour avoir perdu son temps devant l'insipide série télévisée dans laquelle Lloyd Bridges se démenait sous l'eau. Giles était si lourdaud qu'il proposa Jean Gabin à la tête du FBI. Étant donné que, par consensus, les nominés devaient tous être américains, Gabin fut rejeté. Un autre cinéphile proposa alors Basil Rathbone en hommage à sa longue expérience dans le rôle de Sherlock Holmes. Giles protesta que Rathbone était britannique. Nous fûmes unanimes contre lui. Rathbone avait été naturalisé. C'était typique, que rien ne puisse ébranler la position de Giles sur ce point. Son entêtement mit fin au jeu mais, en hommage inconscient à sa beauté physique, nous lui pardonnâmes tous aussitôt. Il était magnifique. Léonin, avec complaisance. Il arborait une chemise de batiste transparente qui laissait deviner la toison dorée de son torse de manière fort intéressante. Les chaussettes montantes qu'il portait avec son short de safari kaki étaient retroussées à l'endroit où ses solides mollets étaient le plus musclé, afin de les mettre en valeur. Il me laissa admirer l'appareil photo qu'il emportait partout avec lui. Plus tard, au cours de notre liaison, lorsque je lui demandai quel âge il avait, il me répondit Moins de quarante. Il était ce qu'il était. Sa beauté lui donnait particulièrement bon caractère. Vous pouviez l'injurier, vous étiez assuré qu'il ne vous en voudrait pas longtemps parce que, quoi qu'on puisse dire ou faire, il serait toujours le beau mec d'un mètre quatre-vingts ou plus que vous ou une autre alliez convoiter. Ce n'était pas de la vanité. C'était la réalité.

Il était photographe professionnel. Aux dernières nouvelles il était toujours inconnu, même si je persiste à penser qu'il était vraiment très bon. C'était un homme entièrement habité par sa vocation. Son rapport au monde était un modèle de composition. J'avais déjà un préjugé contre les arts visuels en tant que terrain de chasse à fiancés, et Giles l'a conforté. Deux femmes que j'ai connues, mariées à des peintres, ont été suprêmement malheureuses de manière similaire. Les hommes dont la raison d'être se résume à extraire des images de tout ce qui les entoure se déclinent de muet à gaga quand ils interrompent leur activité artistique, notamment au petit déjeuner, au déjeuner, au dîner, et au lit. L'attitude de Giles consistait à être toujours à l'affût du défilé d'images que constituait le monde parce que l'une d'elles aurait pu devenir un classique, comme celle sur laquelle un Français pleure en voyant l'armée allemande entrer dans Paris. Le truc, c'était de ne jamais cesser de photographier. Et c'est ce qu'il faisait. Il travaillait sur plusieurs contrats en même temps. L'un pour la documentation des Nations unies, un autre pour la société sud-africaine qui fournissait le Botswana en cartes postales illustrées, et le troisième pour un magazine masculin incroyablement salé, publié à Malte. Et puis il enrichissait en permanence son press-book personnel, que je lui ai promis d'examiner de près un jour pour y déceler d'éventuels classiques.

Je l'intriguais suffisamment pour qu'il me relance, et me demande de lui indiquer des endroits pittoresques aux alentours de Gabs, surtout dans les collines le long de la route secondaire reliant Kanye à Moshupa. C'était un coin un peu plus verdoyant. Dans les petits villages, les chèvres entretenaient les pâturages comme des parcs. Il se montra reconnaissant, et commença à me proposer de petites rétributions – que je refusai, ce qui parut le combler, curieusement. Je devenais sexuelle à ses yeux ; et il cherchait à donner à nos pique-niques un tour un peu différent. Lors de nos excursions photographiques, j'emportais des sandwiches au poulet et du lait fermenté. L'idée de faire l'amour *al fresco* fut soudain dans l'air. Il était charmant, peut-être parce qu'il était pris de passion pour son sujet, qui recouvrait absolument tout jusques et y compris lui-même. J'étais dans une certaine mesure responsable de la tournure prise par les événements, mais le devoir m'imposait de lui faire comprendre que l'amour en plein air, ce n'était pas une bonne idée. Je lui expliquai le schéma d'habitat dispersé du Botswana : ce qui apparaissait tout alentour comme un veld désertique pouvait soudainement grouiller de garçons menant leurs vaches ou leurs chèvres, et il pouvait tout aussi bien se trouver des habitations ou des pâturages en usage au milieu d'une désolation spectaculaire, à des kilomètres de tout. J'avais également entendu parler de deux anthropologues œuvrant autour de Kanye qui dressaient le relevé des sites de campements de l'âge de pierre, lesquels pouvaient se trouver n'importe où. Il comprit. Ce n'était pas un homme agressif, et la question fut abandonnée, imprégnant nos sorties d'un non-dit jouant à mon avantage. Le sexe pastoral est un penchant exclusivement masculin. Je garantis qu'aucune femme ne le proposera jamais s'il y a un lieu couvert à portée de vue. Ce penchant subsistait même à l'état de fossile chez Denoon – jusqu'à ce que je lui suggère, en une ou deux occasions, délibérément, que cette pratique devait sûrememement avoir partie liée avec l'exhibitionnisme.

Je visais un but précis, en ce qui concernait Giles. Il avait un reportage à faire aux chutes du Zambèze, que précisément je risquais fort de ne jamais voir avant de quitter l'Afrique. Or, je voulais non seulement voir les chutes du Zambèze, ces fameuses Victoria Falls, mais aussi séjourner là-bas dans la splendeur du Vic Falls Hotel, comme naguère les exploiteurs coloniaux. C'était moins de l'avidité en soi que le désir de visiter ou d'habiter l'un des chefs-d'œuvre les plus somptueux et monumentaux du colonialisme qui m'animait. J'étais convaincue que sous Mugabe, ce genre de prestations seraient démocratisées et que les établissements tels que le Vic Falls Hotel cesseraient d'exister, ce qui fut, bien sûr, l'une des nombreuses hypothèses qui ne reçurent pas confirmation sous Mugabe. Je faisais une fixation sur le phénomène naturel le plus spectaculaire d'Afrique, et sur l'impérieuse nécessité de le voir à son apothéose, c'est-à-dire maintenant, pendant que le Zambèze était encore en crue. Je finirais peut-être par rentrer chez moi et connaître l'exil dans la toundra universitaire, mais je voulais avoir vu les plus grandes chutes d'eau du monde depuis les fenêtres d'un établissement dont la charge érotique flattait la vanité du colon blanc maudit.

Je titillais donc Giles dans cette perspective. Je suis pourtant hostile, par principe, à ce que je faisais alors. Je n'y prenais d'ailleurs aucun plaisir. Une utopie à laquelle j'adhérerais instantanément, c'est une société qui pourrait être communiste ou capitaliste, peu importe, pourvu que jamais aucune femme n'ait de rapport sexuel à moins d'en avoir vraiment envie. Faire semblant d'en avoir envie a tout d'un viol de soi-même, un viol caractérisé par l'ennui plutôt que par la peur. Tout le monde s'extasiait sur les chutes du Zambèze, et de fait j'avais bien raison de vouloir y aller.

Pour son projet de cartes postales, Giles était à la recherche de scènes bucoliques – des visages réjouis sur fond rural, comme il disait –, mais son objectif se fixait à l'occasion sur moi, quand l'envie l'en prenait. Il décida que j'étais un bon sujet. Lui permettrais-je de faire quelques études d'intérieur dans sa suite du President Hotel ? Son prétexte, c'était qu'il serait astucieux de me photographier en intérieur, car j'étais manifestement faite pour les photos en extérieur. Il avait quelques idées sur la façon d'exploiter cela, avec des accessoires comme des voiles et des éventails anciens. Il doit exister un mot pour définir la faible plainte que font les doigts qui glissent sur les cordes d'une guitare pour plaquer un accord plus bas sur le manche. J'en entendis l'équivalent dans sa voix. Je consentis, à condition qu'il ne m'invitât pas à dîner avant – petite génuflexion devant le professionnalisme.

J'arrivai ce soir-là vers huit heures. Tout était prêt : les projecteurs, les réflecteurs. Il pensait que ce serait une bonne idée que nous commencions tous deux par un doigt de brandy. Il avait été marié deux fois, et chaque fois à une femme parfaite, si l'on en croyait les photographies. L'une des deux était thaïlandaise. Les photos de ses ex relevaient de la pure propagande : qui étiez-vous pour résister à un homme qui s'était assuré de tels joyaux humains ? Denoon a dit un jour que si les Martiens venaient conquérir la Terre et qu'ils organisaient un concours de beauté ethnique pour décider à qui confier le contrôle de la planète sur le seul critère de la beauté pure, la palme reviendraient à une Thaïlandaise et à un Crétois. Je me souviens d'avoir déclaré Au nom de mes sœurs irlandaises, je suis scandalisée. Il commença à faire marche arrière, chose absurde, et à chercher quelque chose de gentil à dire sur les femmes d'ascendance irlandaise. Voilà bien Denoon, avant que j'aie entrepris d'aiguiser son sens de l'humour. Pouvait-on faire un peu de déshabillé ? s'enquérit Giles. Je n'y voyais pas d'objection.

Je laissai la situation mûrir jusqu'au point où il voulut me peloter. Jusque-là, il n'avait eu aucun geste déplacé ; aussi fut-il estomaqué lorsque je déclarai Pas question bonhomme, et que je lui mis le marché en main – à savoir que je serais sienne s'il m'emmenait avec lui au Vic Falls. Je fus d'une clarté absolument nue sur la question.

Manifestement, ce refus était une première pour lui. Il s'indigna en long, en large et en travers. Mais j'étais préparée, et j'avais quelques atouts dans ma manche.

Et d'un, il n'avait pas de tête. Les gens très beaux ont par définition beaucoup moins de mémoire que la moyenne. Leur mère enclenche le processus, et très vite la terre entière n'a de cesse de leur tendre les choses, de les ramasser pour eux, bref, de leur simplifier l'existence de mille façons. Moi, en revanche, je me rappelle tout. Je suis une mnémoniste du genre de ceux qu'on étudie en laboratoire. Comme ma mère oubliait tout pendant les transes de désolation dans lesquelles elle baignait constamment, je devais me souvenir de tout pour deux, par force, avant que nous ne sombrions. En plus, elle perdait les choses dans le cadre d'une stratégie déployée contre les gens du type créancier ou propriétaire. Du point de vue universitaire, ma mémoire commence comme une bénédiction avant de tourner à la malédiction parce qu'elle m'entraîne dans des milieux où les gens ont été conduits à se faire de grandes idées sur mon intelligence à cause de ma mémoire. Or, mémoriser ne suffit pas. Non pas que je sois idiote – je n'en sais rien, pas encore. Mais ma mémoire photographique était utile à Giles. La panoplie de choses que j'enregistrais pour lui se résumait à tout, à l'exception de son appareil photographique. Je lui rappelai quelques exemples récents.

Et puis il y avait l'Afrique. Son expérience se limitait à la République d'Afrique du Sud, plus un peu de Rhodésie à l'époque de la Déclaration unilatérale d'indépendance. Il semblait croire que cela le qualifiait pour l'Afrique tout entière. Il allait et venait comme s'il savait ce qu'il faisait, mais moi, j'en savais bien davantage – comme je l'avais déjà prouvé. L'Afrique gouvernée par des noirs est différente. Il ne prenait pas au sérieux le Botswana. Plus d'une fois je l'avais empêché de prendre des photos avec des bâtiments publics en arrière-plan, ce que la police du Botswana n'apprécie guère. Je lui avais également fait comprendre que le recours constant à l'adjectif « lekker » pour dire formidable, génial, n'était pas une très bonne idée. Il avait appris le mot en Afrique du Sud, et si cela faisait sûrement très bon effet au bar du Grenadier Room du President Hotel, ailleurs, là où les gens pouvaient l'entendre, ce n'était vraiment pas le cas. Il ne me croyait pas vraiment quand je lui disais que les Batswanas détestaient les Boers parce qu'il avait été enthousiasmé par l'hospitalité boer, qui est une réalité pour qui est blanc.

Il m'annonça qu'il avait besoin de réfléchir à l'idée de m'emmener avec lui.

Il céda après quelques tergiversations, mais voyais-je une objection à l'idée de payer moi-même mes petits déjeuners et mes déjeuners au Vic Falls, s'il se chargeait de mes dîners et du reste, de tout le voyage ? Voilà qui était parfait et d'une clarté limpide de part et d'autre. Nous topâmes là-dessus. De toute façon, je peux aussi bien prendre un petit déjeuner que m'en passer. Je voyais bien qu'il avait besoin d'être rassuré, de savoir que je le trouvais physiquement attirant, au-delà de nos négociations. Je finis donc par le lui donner à entendre, et il fut rasséréné. Tout était en ordre.

Bulawayo

Le voyage en train de Gaborone aux chutes du Zambèze se fait en deux temps – une nuit et une demi-journée jusqu'à Bulawayo, puis, après une escale qui peut durer jusqu'à dix heures, encore une nuit jusqu'aux cataractes. La Rhodésie, ça n'existe pas devais-je constamment rappeler à Giles, pour lui enfoncer dans le crâne que nous allions dans un pays nommé Zimbabwe et seulement Zimbabwe. Je composai même une ritournelle pour l'y aider.

Nous taquinions l'idée de le faire dans notre compartiment, mais décidâmes de patienter jusqu'au Vic Falls et tout son luxe. Il n'y a pas d'eau chaude dans le train, seulement de l'eau froide coulant d'un petit robinet dans une cuvette en zinc qui se replie entre les fenêtres, et dont vous savez pertinemment qu'elle a servi d'urinoir à des gens qui n'avaient pas envie d'affronter le tumulte qu'on rencontre inévitablement dans le couloir quand on se rend aux toilettes. C'est le cas de tous les lavabos lorsqu'on ne trouve pas de cuvette idoine, et il ne s'agit donc nullement d'une défaillance du tiers-monde. Les boiseries et les accessoires en cuivre étincelant me plaisaient bien, mais quand on regardait la moquette on ne voyait rien d'immaculé. Par ailleurs, les couchettes étaient un peu courtes pour un noble carnivore comme Giles. Nous convînmes que le confort était loin d'être négligeable. Nous nous tenions les mains.

L'ambiance se dégrada de manière plus globale lors de notre premier arrêt au Zimbabwe, à Plumtree, où les fonctionnaires des douanes et de l'immigration du Zimbabwe viennent vous contrôler. Rien à voir avec les doux rêveurs du Botswana. Giles les trouva agressifs. Son aspect jouait contre lui, cet air totalement proconsulaire, émergeant d'un ensemble safari si bien coupé, une montre opulente au poignet. Je sentis venir le problème. Il était le symbole de tout ce qu'ils avaient renversé, et voilà qu'il revenait. Jamais on ne lui avait pris son passeport, me dit-il, vibrant d'indignation, lorsque cela se produisit. Finalement tout se passa bien, mais la crispation l'avait amené à se mordiller l'intérieur de la bouche jusqu'au sang, comme il me le montra sur un mouchoir en papier.

On n'avait remis en service la liaison entre Bulawayo et les chutes du Zambèze que très récemment : il y avait encore des wagons aux parois trouées de balles. Une fois en route, nous avons pu respirer à pleins poumons l'euphorie politique. Heureusement que j'avais averti Giles. Des gens plutôt joliment tapageurs surgirent des troisième et quatrième classes, puis continuèrent à s'exciter en caracolant à travers la première classe en quête de compartiments vides. La camaraderie jouait à plein. Nous étions les seuls blancs de notre wagon. Vous pouviez toujours vous enfermer dans votre compartiment, mais n'importe qui pouvait s'y introduire en extirpant de son réceptacle l'ardoise où figurait le numéro du compartiment, afin de l'insérer entre la porte et son encadrement et faire ainsi sauter le verrou, comme le faisaient couramment les contrôleurs lorsqu'ils voulaient entrer dans un compartiment sans avoir à trifouiller dans leurs trousseaux de clés. Ils ne faisaient pas mystère du procédé. Dans le couloir une véritable cohue de gens chahutaient et chantaient des hymnes à la liberté qui me plaisaient assez – les hymnes, pas le chahut. Giles préféra ne pas se déshabiller, pour le cas où il aurait à refouler quelqu'un. En fait, il somnola assis par terre, adossé à la porte, et le bruit me réveilla lorsqu'il bascula finalement en arrière dans le corridor. Quelqu'un avait ouvert la porte et s'était enfui – en s'excusant, comme je le soulignai. Giles rugit, surtout qu'à deux heures du matin le couloir était, disons, aqueux, et que sa chemise était souillée. Il l'arracha de son dos, et je me levai pour le savonner.

D'excès on n'a jamais trop

Nous arrivâmes peu avant sept heures à l'hôtel – une merveille : il trône seul, dominant la brousse et des bois clairsemés. Le parc est un enchantement. L'hôtel est considérable, caverneux, silencieux. Le personnel était partout, mais on n'apercevait aucun autre client, ce que Giles interpréta à tort comme dû au fait que les gens dormaient encore. Je dus l'arracher à une sorte de transe devant une affichette vous informant de la marche à suivre en cas d'attaque terroriste, qui fut ôtée le lendemain, tout comme celle qui vous ordonnait de remettre vos armes à feu à la réception. Cela n'avait plus lieu d'être, dus-je lui répéter fermement à plusieurs reprises.

Nous flottions dans une apothéose de blancheur. L'hôtel était blanc dehors comme dedans. La peinture blanche de notre chambre évoquait la porcelaine. Quand vous poussiez au maximum le ventilateur blanc du plafond, vous vous retrouviez sous un disque blanc qui prenait des airs de symbole. Le couvre-pied était blanc. Aux repas, des sauces blanches accompagnaient les viandes froides, les légumes, le dessert. Un peu plus tard, j'allais voir une femme blanche manger de la sauce béarnaise à pleines cuillerées, directement dans la saucière. Le personnel de nettoyage et les porteurs, tous des adultes, jamais des gamins, devaient porter des sortes de costumes marins pour enfants – short, et chemisette à grand col carré rabattu. Il y avait encore bien d'autres messages blancs que j'oublie. Notre lit était enveloppé dans le cône d'une moustiquaire en voile blanc frissonnant, et des rideaux de délicate dentelle blanche voletaient et retombaient devant les fenêtres ouvertes tandis que nous lâchions nos sacs à terre. C'est pratiquement sacré, dis-je. Mais Giles ne m'entendait pas. Ce devrait être du lait d'ânesse, ajoutai-je, tandis qu'il faisait couler un bain. Il était tellement fatigué qu'il entra dans l'eau avec ses chaussettes. Ayant suffisamment joué les aguicheuses en défaisant mes bagages histoire de suggérer que les portes du paradis étaient entrouvertes, je décidai de l'attendre au lit. Jusque-là, j'avais eu pitié de lui. Et j'étais du genre patiente, mais que fabriquait-il donc ? Je finis par le trouver endormi dans la baignoire.

Je me rhabillai aussitôt pour prendre le chemin des cataractes, d'un pas vif car j'étais ravie d'y aller seule, et aussi parce que si vous vous arrêtiez ne fût-ce qu'une seconde pour musarder sur la pelouse de l'hôtel, vous étiez pourchassé par quelque membre du personnel chargé de plateaux accouru pour vous servir un verre, même à neuf heures du matin. Si l'on s'arrête sur la pelouse et qu'on se concentre, on peut sentir dans la plante des pieds la vibration des chutes. Le sentier s'éloignait sur la gauche à travers bois. J'étais excitée.

J'étais excitée au point de pouvoir ignorer une poignée de babouins qui firent mine de me suivre pendant un moment. En temps normal, par expérience personnelle, je les déteste et je les crains. Ils s'effarouchent parfois et s'enfuient quand on fait le geste de lancer quelque chose, mais pas ceux-là. Je poursuivis néanmoins mon chemin. J'approchais d'une expérience complexe mais considérable.

Pleurez pour moi

Bien avant d'apercevoir l'eau, vous êtes englouti dans la vapeur pure. Le grondement vous pénètre, et vous cessez involontairement de penser.

Je pris un embranchement qui menait au rebord de la gorge où se déversent les cataractes. Je pus m'asseoir dans les hautes herbes les pieds tournés vers le vide, et les chutes immenses droit en face. C'était excessif à tous les sens du mot. La brume et les embruns s'élèvent en une colonne dont le sommet, sous vos yeux, se brise en nuages ordinaires. C'est la dernière cataracte que j'aurai besoin de voir dans ma vie, songeai-je. Selon l'angle du soleil, des arcs-en-ciel et des tronçons d'arc-en-ciel se dessinent au-dessus et au-dessous des chutes. On résonne tout entier. La première grande sensation est physique. Le tumulte de l'eau me disait quelque chose comme Tu es chair, dans des termes dénués d'ambiguïté. Cette phase dura plus d'une heure. Je n'avais jamais ressenti pareille intensité. Je tentai à plusieurs reprises de me relever, mais en vain. C'était impératif. Quelque chose en moi s'assouvissait, et je resterais paralysée tant qu'elle ne serait pas accomplie.

La phase suivante fut toute d'émotion. Quelque chose se développait en moi tandis que je retournais vers l'hôtel et que j'empruntais le sentier menant à un surplomb à pic, directement au-dessus de la cataracte située le plus à l'est. Ma solitude s'écornait, ce qui était étrangement douloureux. Je distinguais vaguement des gens en vêtements sombres ici et là, du côté zambien, et il me sembla distinguer en amont de jeunes Africains qui s'amusaient à manœuvrer dans les rapides un énorme arbre mort, qu'ils allaient ensuite faire progresser le long de la rive jusqu'à ce qu'il plonge, ce qui allait incidemment me déranger dans ma « crise » si tant est qu'on puisse la qualifier ainsi. Les vêtements sombres que je voyais étaient évidemment des tenues de protection contre la pluie, comme en aurait porté toute personne ayant deux sous de jugeotte. J'étais trempée.

Aux chutes du Zambèze, vous savez que vous êtes en Afrique parce qu'il n'y a rien nulle part pour vous empêcher de basculer dans la cataracte, pas une rampe, pas un centimètre de barbelés, rien. Quelques arbrisseaux penchés poussent au-dessus de la chute, et les prises visibles sur les branches sont devenues lisses, usées par tous ceux qui s'y sont agrippés pour se pencher au-dessus de la mort blanche. Je me suis moi-même penchée pour regarder tout en bas, et j'ai prononcé à voix haute quelque chose comme Pleurez pour moi. Une immense tristesse m'a alors submergée, surgie de nulle part. Terrifiée, j'ai rebroussé chemin jusqu'à un endroit sûr.

Je pense que les chutes représentaient la mort en toute liberté, mais une mort particulière, qui serait rapide, qui vous intégrerait sur le champ à quelque chose de magnifique et d'éternel, à un mécanisme éternel. Ce n'était pas du même ressort que de se jeter sous un quelconque autobus crasseux. Je n'avais pas la moindre idée que je puisse être aussi triste, et j'ai commencé à me demander pourquoi, à voix haute. Là, j'avais la permission de le faire. On pouvait sans crainte se parler à voix haute, à cause du tumulte dans lequel on était englouti, outre le fait qu'on était parfaitement seul. Je procédai par fragmentation. Une chose que je ressentais, c'est que j'allais mourir un jour, de toute façon. Une autre était l'impossibilité d'associer à ces cataractes ou à tout autre chose du même type, des adjectifs tels que factice ou stupide. Je me disais aussi Ce doit être ça, l'animisme. J'étais déconcertée parce que le suicide n'avait jamais rien signifié de particulier pour moi personnellement, si ce n'est en tant qu'option dont je m'étonnais parfois que ma mère ne l'ait jamais choisie, si son désespoir était vraiment aussi cachère qu'elle le donnait à entendre. Il y avait de surcroît un élément d'incitation sous-jacente, la suggestion que la chance d'une telle mort ne se représenterait pas, et que si je n'en profitais pas, je n'aurais plus jamais le droit de me plaindre – ce qui est tout aussi infondé car je ne suis pas du genre à me plaindre, historiquement. Je suis plutôt l'incarnation de l'Idée platonicienne du beau joueur.

Pourquoi étais-je si triste ? J'avais besoin de le savoir. Je m'alarmais. Je ne nourrissais à ma connaissance aucune culpabilité secrète, ne m'étais rendue coupable d'aucune trahison ni d'aucune cruauté envers quiconque. Bien au contraire, j'ai toujours mené une existence assez générative dans les moments que j'ai pu préserver, bien qu'ayant à assurer ma défense contre frondes et flèches. Le remords n'y entrait donc pour rien. Pour m'écarter des gamins et de leur tronc d'arbre, je m'étais retirée sur un rocher à l'écart, en contrebas des cataractes. Je pleurais à chaudes larmes, mais elles étaient dissimulées par la condensation qui me baignait déjà le visage. Aucun passant n'aurait pu le remarquer. Ce qui ne veut pas dire que j'aurais pu m'en tirer avec de vrais gros sanglots mais, quoi qu'il en soit, je n'aurais pas été trop embarrassée d'être découverte dans l'état de désarroi émotionnel où j'apparaissais.

De quoi s'agissait-il donc ? Il n'y avait là rien de sexuel : je n'étais concernée à aucun niveau par, disons, l'impureté. Mon historique sexuel était l'essence même du banal. Aussi, toute supposition que j'aie pu me trouver en proie à une crise lustrale résultant de quelconques écarts de conduite était dénuée de sens, d'autant plus que je n'avais jamais abrité le moindre sentiment religieux. L'une des meilleures dissertations que j'aie jamais écrites traitait d'ailleurs des rites lustraux. Quelque chose me soufflait-il que je ferais mieux de me tuer en toute hâte si je ne devais être, tout compte fait, qu'une médiocre ? C'était là une pensée chargée de réelle douleur. Pour mon épave de mère, médiocre était un superlatif – une accusation que j'ai refoulée de toutes mes forces dès lors que j'ai compris qu'elle me concernait. J'ai grandi agrippée à l'idée que soit j'étais originale de manière incomprise, soit je pourrais affirmer mon originalité – plus tard – en vertu d'un effort incessant de lecture et de précautions simples, telles que ne plus jamais de ma vie regarder la télévision.

L'état de démence situationnelle, cela doit bien exister puisque j'en étais à l'extrême bord. Je sais que les schizophrènes entendent murmurer des gens quand les draps s'agitent ou que l'aspirateur est en marche. Les chutes me parvenaient comme des voix, mais ce n'était pas seulement leur grondement qui était en cause. Certaines formes allongées récurrentes semblaient se dessiner dans le déferlement des masses d'eau en chute libre, une architecture que j'aurais pu appréhender si seulement je m'étais un peu approchée. Le bruit que j'entendais et les formes que je voyais formaient un tout et signifiaient quelque chose, quelque chose d'éthique et d'existentiel, et qui me concernait désormais d'une certaine façon. Je commençai à me rapprocher encore, lorsque cette pensée me vint Si tu avais un homme dans ta vie, tu resterais où tu es.

Je m'arrêtai net. J'éprouvais de l'ardeur, j'étais saisie de désespoir. Où se trouvait mon compagnon ? Je n'avais pas de compagnon, et cetera. Je n'avais pas de compagnon de vie, et comment l'expliquer ? Qu'avais-je donc fait pour en être là, pour me retrouver ainsi en danger ? Chaque fois que me venait le mot « compagnon », une douleur s'enflait dans ma poitrine. Je me rendis soudain compte que l'endroit que j'avais choisi pour m'asseoir et communier avec la nature était à pic. La souffrance m'emplissait comme un liquide brûlant, et je me souviens du découragement qui m'envahit à la pensée que ce n'était pas une chose que l'on pût vomir. Je voulais pourtant l'expulser. Vomir est la moins favorite de mes expériences inévitablement récurrentes, mais j'aurais été heureuse de me laisser tomber à quatre pattes et de vomir pendant des heures si cela avait pu me débarrasser de ce matériau incandescent. Et inutile d'essayer partenaire ou copain à la place de compagnon : la douleur était la même. Aussi, mon droit réel et légitime à un compagnon était inclus. Je voudrais bien savoir combien de temps cela a duré. Moins de dix minutes, dirais-je.

À qui pourrais-je raconter ça ? fut la pensée qui mit un terme à l'épisode. Peut-être étais-je déjà dans le *diminuendo*, car j'avais quitté le bord du précipice, et même le sentier, jusque dans les broussailles. Tout s'atténuait. Je restai assise dans les buissons, recroquevillée. J'avais la sensation optique que les chutes reculaient. Puis tout fut vraiment terminé.

Je me traînai jusqu'à l'hôtel avec l'impression d'être prise d'hystérie, sauf que j'avais aussi le sentiment d'avoir tiré de mon échauffourée avec le chaos quelque chose de pertinent, sans pour autant savoir quoi au juste.

Donnée scientifique

Quel genre d'individu est capable de se coucher encore ruisselant au sortir du bain ? Je dus bien conclure que c'était ce qu'avait fait Giles, d'après l'état du lit qu'il me fallait maintenant partager. J'étais prête à dormir. J'étendis des serviettes par-dessus le drap mouillé de mon côté. Je décidai de tenter à nouveau la nudité.

La conclusion ultime à laquelle je parvins en distillant ma crise, c'est que je venais de franchir une sorte de Rubicon : j'avais laissé passer une sortie et j'allais donc devoir me battre plus que jamais, me battre comme un homme, me battre contre le monde entier – ce que j'avais, d'ailleurs, le sentiment d'avoir toujours fait – mais me battre avec encore plus de force, si tant est que ce fût possible. Cela me paraissait aller de soi, presque une automystification. Il y avait autre chose, de bien plus profondément interpénétré, pour ainsi dire, mais je n'arrivais pas à déceler quoi. Était-ce lié à une association que j'avais établie entre la virilité et les cataractes en tant qu'entité ?

Cela ne me menait d'ailleurs nulle part, et quand je l'évoque encore aujourd'hui, j'y perçois une impression latente de confession. Je le mentionne uniquement par souci de ne rien omettre.

Giles était le premier homme que j'aie connu qui préférât vraiment le côté gauche du lit (quand on lui fait face). Était-ce significatif ? Il me semble que je considère le côté droit, mon préféré, comme dominant. En droite ligne dans mon avenir il y avait bien sûr Denoon, le seul homme né d'une femme à n'avoir réellement aucune préférence pour le côté du lit sur lequel il dormait. Je contemplai Giles endormi. En toute honnêteté, je dois reconnaître qu'il dormait magnifiquement, la bouche fermée, et sans accompagnement musical. L'effet aurait dû être soporifique, mais un soupçon de dépit teintait mes sentiments à son endroit. Je me suis toujours demandé pourquoi le besoin de sommeil des hommes n'a jamais été exploité par les femmes, qui sont fondamentalement insomniaques, alors que les hommes sont toujours dans la transgression. Pourquoi les hommes n'ont-ils jamais imaginé que dormir à côté d'une femme qu'on a maltraitée toute la journée pouvait se révéler risqué ? En m'assoupissant, je dérivai dans une rêverie où je haranguais des amies féministes : Les hommes dorment ! Pas nous ! Le pouvoir gît dans la rue et personne ne prend la peine de le ramasser ! Mais je fabule, parce que la partie de la harangue sur le pouvoir est une citation de Trotsky que je tiens de Denoon.

Nous nous sommes réveillés à l'unisson vers sept heures et demie, et nous nous sommes ébroués pour aller dîner. Ensuite, il a voulu lire. Et nous avons fini par nous plonger chacun dans la lecture. Cette fois-ci, c'est moi qui fus coupable, en ce sens que je m'endormis. J'aurais pu en être dissuadée. Je ne somnolai que d'un sommeil léger et discontinu, et je garde un souvenir précis de Giles se levant à deux ou trois reprises pour ouvrir la porte et sortir inspecter le couloir, vraisemblablement dans l'espoir d'y trouver d'autres blancs. Je m'endormis pour de bon, sur l'image de sa silhouette qui se découpait sur le fond ténébreux du couloir.

Le lendemain fut consacré au travail. Pas question de batifoler. Les cataractes le laissèrent de marbre, sauf visuellement, mais il s'inquiétait de l'humidité environnante et de ce qu'elle pourrait affecter ses appareils et sa pellicule. Il n'était plus perfectionniste comme à son habitude. En fait, il bâclait même carrément, à mon avis. Nous avions emporté un panier-repas et nous avons travaillé sans interruption jusqu'au dîner, où cette fois encore dominait l'impression que quelques blancs étaient noyés dans un vaste chœur, ou une galerie si l'on préfère, composée de serviteurs noirs. Laisse-moi payer tous mes repas, voyons, pourquoi pas ? lançai-je pour tester sa réaction, pour voir si mes paroles déclencheraient quelque chose chez lui. Mais il répondit Non non non. Apparemment ce qui était dit était dit.

À l'heure du coucher, je poussai assez loin ma disponibilité. Il le remarqua et nous nous avançâmes dans les prémices de quelque chose, mais Giles exsudait l'impression de se plier à une corvée, impossible de se méprendre. Il ne s'affermissait pas et je n'étais pas prête à prendre des mesures héroïques, ce que d'ailleurs, pour être honnête, il ne me demandait pas non plus. Nous renonçâmes donc sans évoquer la cause de notre renoncement. Le seul commentaire que je retiens de lui cette nuit-là fut l'évocation du nombre d'hôtels de luxe totalement abandonnés dans la brousse du Mozambique, que l'ancien personnel continuait d'entretenir, et où aucun client ne s'était présenté depuis des années. Il les voyait comme des sanctuaires conservés en parfait état pour une clientèle blanche disparue, dans l'attente du jour où elle reviendrait. Comme le Culte Cargo, dis-je. Pas de réaction. Mais il fut fasciné d'entendre tout ce que je pouvais lui dire à ce sujet.

Au matin, ce fut encore boulot, vite vite, pour tout boucler. Il voulait photographier d'autres choses que les chutes dans les environs. Comme j'avais absorbé les chutes, ça m'était parfaitement égal. Elles figuraient sur ma liste des grandes choses déjà vues, avec Mont-aux-Sources et Table Mountain.

Voilà qu'au déjeuner que nous prîmes à l'hôtel, survint un changement structurel qui me parut fort intéressant à observer chez Giles. Des Rhodésiens blancs en nombre non négligeable mangeaient et buvaient. Des irréductibles. Giles se dérida légèrement. Il les rejoignit au buffet comme en flânant, et déclara en revenant que c'étaient de vrais Rhodésiens, et qu'ils pétaient encore le feu à propos de la guerre. J'étais stupéfaite de constater à quel point ils manifestaient encore publiquement leurs opinions. Le leader du groupe arborait une moustache du genre far west et un T-shirt orné d'une légende très dense, qui disait War Games 1960-1979, Rhodésiens 100, Terroristes 0 ; Vainqueurs : Terroristes. Pendant le déjeuner, Giles ne les quitta pas des yeux. Le groupe sortit ensuite jouer aux cartes et continuer à boire sur la véranda, et ils saluèrent Giles de la main lorsque nous partîmes pour finir notre séance-photos.

Je m'efforçais de trouver tout cela parfait. Mais le désintérêt physique de Giles à mon endroit constituait inévitablement une sorte d'insulte, et me donnait de surcroît le sentiment d'être une exploiteuse. Sachant parfaitement que Giles s'était comporté de manière tout à fait normale vis-à-vis de moi au Botswana, j'étais réduite à formuler l'hypothèse qu'ici, la brutalité du récent renversement du pouvoir blanc avait dû influer sur son inconscient. Quelle donnée scientifique ! ne pouvais-je m'empêcher de répéter *in petto*. Était-ce un nouveau sujet de thèse qui s'offrait à moi ? J'avais effectivement observé, en plusieurs occasions, une sorte d'agressivité maussade chez les femmes blanches du Zimbabwe. Pouvait-il s'agir de cela, et cette étude pouvait-elle s'approfondir ? On ne pourrait jamais y parvenir par le biais des témoignages masculins – cela, je le savais. Mais était-ce une thèse qui suppliait d'être entreprise, même si elle relevait de la psychologie sociale et non plus de l'anthropologie nutritionnelle ? L'apparition des ex-baroudeurs, Selous Scouts ou autres, avait apporté à Giles un regain d'énergie. S'il y avait la moindre parcelle de vérité dans tout cela, cela ne manquerait pas de se manifester avec une intensité accrue si je repartais à l'attaque.

À l'heure du dîner, les Rhodésiens étaient partis. Ce n'avait été qu'une escale sur la route de Chobe. Giles retomba aussitôt dans sa déprime. Je ne tentai même pas de provoquer quoi que ce fût. Je suppose que mon embryon de thèse était pratiquement confirmé, mais toute cette spéculation était un peu malsaine et un signe manifeste de désolation intellectuelle plus qu'autre chose. J'essayai d'imaginer à qui je pourrais envisager de donner un aperçu ésopien de mon idée, à Stanford, et je ne pus qu'en rire.

Nous regagnâmes Gaborone par charter dès le lendemain. On traverse en diagonale tout le centre du Kalahari, où il n'y a plus rien à voir passée la région de Sua Pan. Giles avait néanmoins cessé de caresser l'étui de son appareil photo pour se mettre soudain à regarder intensément par le hublot. Comme je lui demandais ce qu'il cherchait, il répondit qu'on lui avait parlé d'un drôle d'endroit régenté par un Américain, là, en bas, où les femmes allaient et venaient nues. J'eus envie de lui dire Qu'est-ce que ça peut bien te faire ? Mais je me ravisai, fair-play jusqu'au bout. De quoi parlait-il ? D'une colonie de nudistes ? lui demandai-je, songeant à ses liens avec la revue porno bas de gamme. Mais non, c'était une sorte d'organisation. Ultra secrète. Je ne lui cachai pas qu'il se comportait pour le moins bizarrement. Maintenant, bien sûr, je sais que c'était une version de l'œuvre de Denoon à Tsau, déformée par les racontars masculins car, à l'exception des femmes de Tsau et des quelques rares employés masculins qui s'y trouvaient avec elles, seule une poignée de fonctionnaires lubriques des diverses bureaucraties du Botswana savait ce qui s'y passait.

En rentrant à Gabs, nous nous sommes tout de suite perdus de vue. J'ai entendu dire qu'il était parti pour l'île Maurice, et qu'il s'y plaisait énormément.

Martin Wade quitte une réception

À l'exception de quelques personnes âgées, on croise rarement des blancs en bonne santé aussi maigres que Martin Wade. Il n'avait pas encore trente ans et il semblait tout droit sorti d'un dessin de Tenniel, avec sa grosse tête. Toutes les épouses de diplomates voulaient le nourrir.

C'était une célébrité parmi les exilés sud-africains de Gaborone. On l'appelait Mars, comme l'avaient surnommé ses petits voisins batswanas à Bontleng. Martin Wade même était un *nom de guerre**. Son passage à l'Union nationale des étudiants sud-africains à Wits [1], avait été marquant, et il avait accompli des choses suffisamment spectaculaires pour se retrouver enrôlé avant son tour et expédié dans la « zone opérationnelle ». Puis il s'était encore rendu célèbre en accomplissant d'autres actes spectaculaires dans l'armée, après quoi il avait déserté et gagné Gaborone. À Bontleng, il vivait dans un authentique taudis, grâce à une vague allocation des Suédois. Des gens restés en Afrique du Sud lui faisaient parvenir des informations sur des grèves et des emprisonnements qu'il publiait dans un petit bulletin ronéotypé destiné à divers journaux occidentaux, qui l'ignoraient avec constance. On le disait membre de l'ANC, mais motus. Il était myope et portait des lunettes, ce qui, de même que son poids, ne me laissait pas indifférente. Les révolutionnaires qui portent des lunettes éveillent en moi un émoi incroyable dû à cette impression qu'ils pourraient si facilement être désarçonnés à la moindre

1. Abréviation de University of the Witwatersrand Law School, une des plus importantes universités sud-africaines située à Johannesburg [*NdT*].

confrontation physique avec l'ennemi par quelqu'un qui, d'une simple pichenette, jetterait les lunettes à terre et les piétinerait. Alors on prête à ces gens-là un courage hors du commun.

Je l'avais observé du coin de l'œil à l'occasion d'une ou deux réceptions, et je m'étais interrogée, comme tout un chacun d'ailleurs : est-ce qu'il profitait suffisamment de l'occasion pour se nourrir ? Pourquoi ne mangeait-il pas davantage ? S'agissait-il d'un geste politique, à la Simone Weil ? Je savais qu'il était connu pour distribuer de la nourriture à la marmaille de Bontleng, parce qu'une ou deux maîtresses de maison s'étaient plaintes en apprenant ce qu'il faisait des colis qu'elles lui adressaient. J'envisageai de l'approcher avec légèreté, en lui lançant quelque chose comme Vous donnez un sens nouveau au terme ectomorphe. Mais c'eût été rejoindre les rangs de toutes ces femmes dont les assauts maternels devaient certainement le mettre au supplice.

Le plat de résistance serait un rôti de porc le soir où nous avons enfin fait connaissance. Rien au monde n'est plus appétissant que le porc, l'ail et les oignons qui rôtissent. On pouvait voir qu'il en salivait à l'avance parce que sa pomme d'Adam était du genre proéminent, et qu'elle se démenait comme une bête en cage.

Je dus contrôler mon langage corporel lorsqu'il s'approcha. Bien entendu, je suis en permanence au régime, et le psychodrame qui sous-tend cela n'a rien de bien mystérieux : il suffisait de lire entre les lignes l'impérieuse nécessité que j'avais de comprendre pourquoi la nourriture transformait ma mère en véritable exhibition de foire et risquait fort, si je n'y prenais garde, d'en faire autant avec moi. Tout n'est qu'artifice. J'étais en troisième cycle bien avant d'avoir compris que la bonne foi revendiquée par ma mère quant au peu de nourriture qu'elle ingérait n'était que mensonge, une pure propagande. Et voilà comment je me suis retrouvée en anthropologie nutritionnelle, ce qui avait l'avantage à mes yeux de m'autoriser à me concentrer sur les deux choses les plus fascinantes qui soient à mes yeux : la nourriture et l'homme. Martin était ce soir-là l'invité d'honneur.

Le couple qui donnait le dîner était américain, des gens comme il faut qui enseignaient à l'université en vertu d'un contrat local – rien de bien mirifique. Lui était biologiste et, si je me souviens bien, Margaret avait créé un département de pharmacie. Ils étaient là depuis plusieurs années, et leurs deux fils étaient pensionnaires dans un lycée de Johannesburg. Ils en éprouvaient une culpabilité de bon aloi, mais ils avaient envisagé d'autres possibilités au Botswana avant de décider que c'était le meilleur choix à faire pour les garçons, qui rentreraient par la suite aux États-Unis afin de poursuivre des études scientifiques, la routine.

Le dîner était pratiquement servi. Nous étions plusieurs à compatir avec Margaret, qui était bouleversée. Deux jours plus tôt, en ouvrant le *Rand Daily Mail*, ô horreur, elle avait découvert un article consacré à la pension St. Stithian : la police y avait organisé un ratissage pour chasser des squatters d'un bois du domaine de l'école, avec force chiens, bâtons et autres équipements standard. Ils avaient réquisitionné pour les aider des élèves des grandes classes, dont les fils de nos hôtes. S'étaient ensuivis deux jours de larmes, de virulents appels téléphoniques à l'école, et ainsi de suite. Il était entendu que cela ne se reproduirait plus jamais, et que les garçons resteraient à St. Stithian.

C'est à ce moment-là que Martin se joignit à nous, un *samoosa* à mi-chemin de la bouche. Il n'avait pas entendu parler de l'incident. Il posa le *samoosa*.

J'admirai la façon dont il aborda la chose. D'abord il s'assura qu'il avait bien saisi tous les détails de l'affaire, et en particulier que les garçons n'allaient pas être retirés de l'école. Puis il dit : Vous voudrez bien m'excuser. La domestique entra pour annoncer que le dîner était servi juste à l'instant où il s'en allait. Le mari de Margaret tenta de rattraper la situation en disant qu'ils essayeraient de faire quelque chose au trimestre prochain, s'ils parvenaient à trouver une idée, et il nous rappela combien l'expérience des cours par correspondance avait été traumatisante pour les garçons. Mais Martin avait pris sa besace et déguerpi.

J'avais assisté une seule fois auparavant à une scène de ce genre : c'était lors d'un dîner désastreux où un type était parti brusquement au moment où des marathoniens de l'analyse s'étaient accordés à dire qu'ils détestaient tous leurs parents. Il était originaire d'Europe, et n'avait apparemment jamais indiqué à aucune des personnes présentes que ses parents avaient péri dans un camp de concentration. C'était absurde, mais je suivis néanmoins Martin dans la rue. Puis-je marcher avec vous ? lui demandai-je quand je l'eus rattrapé.

Et nous avons commencé à plaisanter. Il était très cockney, à mon oreille. Je lui signalai que, en tant que mâle sud-africain, il avait tout intérêt à éviter un repas qui, de toute façon, aurait été bien trop gras : d'un point de vue génétique, il faisait partie d'un groupe extrêmement prédisposé aux crises cardiaques. Il répondit qu'il savait que les hommes sud-africains de moins de quarante-cinq ans présentaient le taux de risque coronarien le plus élevé du monde, mais il était prêt à parier que son explication différait de la mienne. Savez-vous, dit-il, que le taux de risque d'infarctus chez les hommes sud-africains est le même, à la deuxième décimale près, que celui des gardiens de prisons, tous pays confondus ? Que dites-vous de cela ? Je répondis que je ne daignais même pas le gratifier d'une réponse, tellement c'était évident. Puis je lui demandai s'il savait que le meilleur moyen d'être prémuni génétiquement contre les affections coronariennes, c'était d'être un Bantou et de vivre au voisinage des Boers, surtout dans le sud du Sotho. Je citai des études montrant qu'une tendance aux problèmes coronariens précoces s'était concentrée chez les Boers du fait de la consanguinité, mais que leurs voisins Bantous présentaient les taux de maladies coronariennes les plus bas du monde. Seul l'apartheid les séparait. Nous tombâmes d'accord sur l'ironie de la situation : Boer et Bantou, faits l'un pour l'autre. N'étant pas Boer, dit-il, je peux manger de tout. Il était originaire du Natal. Estimant que j'avais quitté le dîner par sa faute, il voulut m'emmener grignoter quelque chose chez lui. Il savait que je comprenais parfaitement pourquoi il avait jugé nécessaire de partir.

Sa maison, une cabane en ciment d'une seule pièce, se trouvait dans un quartier pauvre, mais pas le pire. Il disposait à titre personnel d'une pompe à eau dans la cour et de cabinets extérieurs. Il avait un poêle à mazout, qui lui servait surtout à brûler des lettres et des documents. Il ne possédait pratiquement pas d'effets personnels. Tout devait se limiter au minimum, pour lui permettre de décamper instantanément sans jamais rien avoir à venir rechercher. C'était un nouvel univers pour moi. Il était musicologue. Il avait apporté sa flûte, mais seulement parce qu'il s'agissait d'un modèle portable. C'était un merveilleux musicien. Son vrai instrument était la viole de gambe. Tandis que nous faisions connaissance, il chercha partout ce qu'il pourrait bien nous servir, allant même voir chez ses voisins misérables s'ils n'auraient pas quelque chose à lui prêter, et il finit par constater qu'il n'avait rien d'autre qu'une antique orange et deux boîtes de sardines. C'était un homme qui adorait parler. Nous nous fascinions réciproquement. Finalement, il me permit de l'inviter au restaurant – mais seul le plus humble, le plus populaire des bouis-bouis pouvait faire l'affaire –, et là nous continuâmes à discuter interminablement. Il ressortait de tout cela qu'il nourrissait des sentiments hostiles à l'égard des Américains et je découvris que la révélation des mes origines ouvrières lui fit baisser un peu la garde. Je les mis donc en valeur, et tout alla bien. Il me raccompagna chez moi.

Ma vie de mortelle

Je n'ai jamais pu établir une relation cohérente avec Martin. J'aurais bien voulu. J'ai tenté différentes approches. Je me suis finalement contentée de rendre sa vie plus normale et moins chaotique. Il passait parfois chez moi jusqu'à trois jours de suite, mais le côté clandestin de sa vie finissait par prendre le dessus, et il devait bientôt filer à un rendez-vous au cœur de la nuit ou aller dieu sait où. Je l'aidais modestement de diverses manières. Ainsi, je me rendis tout de suite compte qu'il craignait de perdre l'ouïe, une réelle tragédie pour qui compte devenir un jour deuxième viole dans l'Orchestre national symphonique de toutes les races, dans une Afrique du Sud en renouveau. Il m'apparut qu'il avait un bouchon de cérumen dans les oreilles, phénomène inconnu de la plupart de ceux qui prennent régulièrement des bains chauds et des douches. Mais à Bonleng il était pratiquement réduit à se laver au gant de toilette, même s'il y mettait la plus grande application. Je lui purgeai les oreilles au Debrox, et le résultat l'émerveilla.

Nous aurions pu rester longtemps ensemble. J'appréciais qu'il aime tant le sexe avec moi. Il pouvait être lyrique en évoquant mes seins. Il n'avait pas beaucoup d'expérience. S'il arrivait un jour à atteindre un poids normal, il serait d'une beauté frappante, et non plus alarmante. Nous étions tous deux affamés de paroles. Je l'admirais pour ce qu'il faisait : il était engagé dans une guerre contre une chose qui était le mal absolu, et il combattait de manière désintéressée – en faveur de ses compatriotes noirs, d'autrui. Il se jugeait réaliste, et il était le premier à admettre que, même dotés des meilleures lettres de crédit, les blancs connaîtraient inévitablement une période d'éclipse lorsque serait établie la règle de la majorité. La question de ce que je comptais faire de ma vie revenait constamment sur le tapis, de manière encore détournée, mais de plus en plus directe.

Me revient en tête cette affirmation de Denoon, selon laquelle il n'existe que deux activités totalement légitimes dans le monde d'aujourd'hui : combattre les fascistes chrétiens d'Afrique du Sud, ou bien se faire pompier parce qu'on ne saurait jamais douter de la valeur de ce qu'on fait quand on évacue les gens d'une maison en feu. Il excluait la médecine parce que les gens s'enrichissaient en l'exerçant, et quiconque consacrait sa vie au service de l'église – disons dans un ghetto ou une mission médicale – se trouvait également exclu de son horizon, parce que l'ultime objectif de son travail était inspiré par la cupidité, et implicitement voué à accroître le pouvoir temporel de son culte. Il disait que les pompiers étaient les seuls êtres de sa connaissance épargnés par le doute de soi, et qu'ils embrassaient leur profession en sachant qu'il y avait trente pour cent de risque qu'ils finissent leur carrière avec la colonne vertébrale endommagée.

Et moi, que faisais-je de ma vie de mortelle ? La question revenait sans cesse me tarauder, non que Martin tentât de me rabaisser ou de souligner mon inutilité mais, à bien y regarder, ce que j'essayais de faire avec ma thèse d'anthropologie, c'était d'abord de m'assurer un poste dans une université à peu près correcte et ensuite d'obtenir ma titularisation. C'était une analyse marxiste de ma situation, certes, mais elle avait le mérite de l'exactitude. J'allais sans aucun doute enrichir les connaissances de l'humanité en cours de route. Mais le moins qu'on puisse dire, c'est qu'il y en avait déjà un rayon. Peut-être même bien assez. En tout cas, le gouvernement du Botswana trouvait qu'il y en avait suffisamment pour le moment, à ce qu'il semblait. Ce devait être la fin de janvier, puisque Reagan avait prêté serment, quand le gouvernement lança une bombe : un moratoire sur toute recherche anthropologique financée depuis l'étranger. Les thèses s'empilaient à un rythme tel que les cadres des ministères ne parvenaient plus à se figurer ce qu'ils étaient censés en conclure. La plupart des projets soutenus par le gouvernement traitent, de près ou de loin, des meilleurs moyens de développer l'économie agricole. Une rage frénétique s'était emparée de mes collègues. Ils avaient nourri l'ambition de revenir en Afrique et de mettre à jour leurs travaux jusqu'à la fin des temps. Pour ma part, je trouvais cela libérateur, mais je gardais mon opinion pour moi. Mes collègues vitupéraient contre cette menace sapant leur investissement. Qui aurait jamais entendu parler d'Isaac Schapera, s'il n'avait eu le droit d'écrire une seule monographie sur les Bakgatlas ? entendait-on dire continuellement. Je me trouvais même dans la position incongrue de me sentir en avance sur les autres car, mon stupide projet raté à Tswapong ayant été jugé constructif, je pouvais rester au Botswana quasi indéfiniment. J'avais été homologuée.

J'étais attirée par ces soupçons de réel danger qui planaient autour de Martin, persuadée au début qu'il s'agissait surtout de rumeurs. Il était inconcevable que le bureau des services spéciaux n'eût rien de mieux à faire que d'infiltrer des agents pour harceler cet esthète si maigre qu'on eût dit une girouette. J'étais également attirée par l'impression qu'il me donnait d'observer le monde du pouvoir dissimulé derrière les apparences accessibles à tous. Cela me faisait un peu l'effet d'une drogue, et j'en étais consciente. La conviction que le monde est secrètement corrompu peut être dangereuse pour certains tempéraments parce qu'elle donne un fondement rationnel à l'indolence et à l'égoïsme, penchants auxquels il n'était nul besoin de m'encourager. Mais si nous étions assis au balcon du President Hotel et que vînt à passer un haut fonctionnaire qui, d'après les journaux, se battait comme un lion contre le régime sud-africain, Martin me confiait que cet homme avait des enfants scolarisés à Pretoria, dans un endroit chic comme St. Stithian, et qu'il possédait des élevages de poulets aux environs de Mafikeng, ce qui faisait de lui l'otage des gens qu'il attaquait. Martin savait précisément qui, au gouvernement, était apparenté à qui, et il eut tôt fait de me convaincre que, pour un anthropologue, le népotisme n'était pas un paramètre intéressant à prendre en considération dans l'étude du gouvernement africain. Il connaissait l'identité de tous les agents secrets de la Branche spéciale, et des agents de renseignement des différentes ambassades. En fait, et bien que je n'aie évidemment pas pu le deviner à l'époque, il m'a désigné dans je ne sais plus quel contexte le Britannique qui allait tenir le rôle de mon amant suivant.

Martin comparait Gabs à Lisbonne durant la Seconde Guerre mondiale. Il avait un don de grande valeur : il savait à qui se fier. Lorsque des exilés noirs venaient prendre un verre, c'était formidable. Il avait leur confiance, même celle des membres de la Black Consciousness, d'habitude si méfiants. Il savait qui collaborait avec la Diamond Police, laquelle, au Botswana, est quasiment un État dans l'État. Il aimait tout particulièrement pointer du doigt les agents sud-africains infiltrés, qui avaient tous l'air de bons bourgeois ou de fermiers prospères, ce qui ravissait mon goût de l'ironie. J'ai un faible pour l'ironie, et l'ironie suprême était de penser que si quelqu'un, à long terme, parviendrait à sauver quelque chose pour la bourgeoisie blanche d'Afrique du Sud, ce seraient des gens comme Martin, ceux-là même que, d'après lui, cette bourgeoisie blanche espionnait et envisageait d'assassiner. Bref, l'avenir de plusieurs millions de blancs coupables allait dépendre de la bonne volonté qu'une poignée de braves petits étudiants blancs comme Martin pourrait faire naître dans le cœur des masses noires victorieuses.

Fatale proposition

Qu'on me permette toutefois de ne pas omettre certaines impuretés chez cet homme. Des catégories entières d'individus pouvaient se retrouver sur la liste de ses ennemis, pour peu que certains d'entre eux aient fait subir à la Cause quelque chose de contraire à l'éthique. Il était homophobe, ou tendait à l'être, parce que les homosexuels avaient été sur-représentés, d'après lui, dans les services de renseignement rhodésiens pendant la guerre de libération. Et voilà pour eux. Je tentai bien de lui faire observer qu'il y avait une erreur logique à faire reposer le tout sur la partie, et qu'il la commettait. Je renonçai à attaquer de front ses tendances à l'anathème, car cela soulevait indirectement la question de savoir pourquoi il était si proche de moi, une Américaine dont la CIA avait révélé aux Sud-Africains le lieu où se cachait Nelson Mandela, à l'époque où il vivait dans la clandestinité.

Ma nationalité américaine constituait un grave problème, qui se posa lorsque je lui demandai pourquoi il ne m'embrigadait pas davantage. J'étais un peu blessée, à vrai dire. Je détestais l'Afrique du Sud, ce dont il me donnait acte. Mais restait le fait qu'à ce jour je n'eusse rien entrepris de politiquement décisif à ses yeux. Je n'avais jamais été membre de rien qui fût à proprement parler antiapartheid. Je lui demandai combien il avait de femmes à sa disposition, au Botswana, qui aient accompli tout ce qu'il exigeait sur le plan politique. Rien à faire. Nous autres, Américains, étions les pires de tous, sans oublier les Allemands de l'Ouest et Israël. Nous avions donné aux Boers la bombe, et ainsi de suite. Lorsque ces malentendus surgissaient, il y avait toujours un codicille pour annuler ma part de responsabilité personnelle dans les actions de l'élite américaine au pouvoir, afin que nous puissions dîner ou nous mettre au lit – mais la tension était bien là.

Nous ne pouvions jamais venir à bout de ce différend. Tout ce que je faisais dans ce sens, comme d'améliorer son régime ou le niveau de son confort matériel, je le faisais en toute innocence et parce que je ne voyais pas quel mal cela pourrait lui faire, de vivre en état de moindre rigueur. Par exemple, il ne possédait pas de chaîne hi-fi. Or, dans la maison que je gardais il y en avait une, ainsi qu'une bonne collection de musique de la Renaissance. Il se mettait à les écouter et puis il se forçait à arrêter, brusquement. Un soir que nous passions de l'Albinoni en baisant – je ne dirais pas en faisant l'amour – agréablement et tout à loisir, il ne put s'empêcher de s'en prendre à moi. Manifestement, tout cela était trop voluptueux pour lui. Il exigea que je cesse de lui préparer des crèmes anglaises, parce que cela l'infantilisait. Même chose pour les entremets que je venais tout juste d'apprendre à faire. J'avais tenté de connaître ses plats favoris et de les cuisiner, ce qui n'avait vraiment rien de bien insidieux. Il y fallait une bonne dose d'ingéniosité, vu les limites des ingrédients disponibles au Botswana : je procédais à de savantes substitutions. Je crois que je méritais des compliments, et non ce qui m'échut, à savoir une explosion de rage contre ces Américains qui propagent le goût du luxe partout où ils s'installent. Je m'efforçai dès lors d'être plus spartiate. Je voulais éviter les disputes. Il faisait trop chaud pour ça.

Même si je parvenais à me débrouiller pour surmonter le handicap d'être américaine, d'être hyper-maternelle, et d'avoir quelques années de plus que lui – ce à quoi il était sensible –, resterait encore en suspens le débat sur le sens de la discipline qu'il s'imposait. J'étais fascinée par le concept même de discipline. Il fallait beaucoup d'efforts pour l'amener à en parler, fût-ce un peu, et même dans ces cas-là, tout était formulé de manière si elliptique que c'en était insoutenable.

Martin vivait dans la discipline. Il ne voulait jamais dire laquelle, même s'il savait que je savais que c'était celle de l'ANC. Ce qu'il semblait absolument incapable de comprendre, c'est que notre relation me donnait un tant soit peu le droit d'être au courant de la situation. Et puis cela m'intéressait. Au départ, cela m'avait intéressée en tant que chercheur en sciences sociales. S'il s'était montré le moins du monde coopératif quand je l'avais interrogé pour la première fois, nous aurions pu laisser tout ça de côté. Je lui répétais sans cesse que savoir qui lui imposait cette discipline ou ce que cette discipline lui imposait de faire ne présentait pas le moindre intérêt à mes yeux. J'étais simplement curieuse de comprendre ce que cela signifiait de faire partie d'une organisation politique comme je supposais que c'était son cas. Je voulais qu'il m'aide à le conceptualiser, voilà tout. Je savais que ses mouvements étaient, dans une certaine mesure, déterminés par les ordres qu'il recevait. Il passait tant de temps chez moi, en avais-je déduit, parce qu'il pouvait y recevoir des messages téléphoniques et en envoyer : il n'y a pas de téléphones à Bontleng. Mais mes questions n'étaient jamais assez délicates à ses yeux. Si je lui demandais par exemple Pourrais-tu participer au mouvement contre l'apartheid sur un plan *logistique*, plutôt que comme tu le fais maintenant ? Il était pris d'une crise de rage et me traitait en espionne.

Quelqu'un vivant sous une telle discipline pouvait-il faire un compagnon convenable ? C'était évidemment la question latente à laquelle je souhaitais obtenir une réponse. J'éprouvais pour Martin des sentiments sincères. La plupart de nos problèmes étaient probablement susceptibles de s'aplanir. Je n'étais pas disposée à vivre toute une vie avec lui en expiant indéfiniment le fait d'être américaine, mais j'étais sûre que s'il m'aimait vraiment, ma nationalité lui importerait peu au fond. Pourtant je ne parvenais jamais à rester assez dans le flou pour que la discussion s'épuise d'elle-même. J'avais depuis longtemps renoncé à poser des questions naïves – et, pensait-il, orientées – comme Faut-il être né en Afrique du Sud pour appartenir à l'ANC ? Mais une question comme Supposons que quelqu'un donne à quelqu'un l'ordre de tuer quelqu'un contre qui il n'a rien, sinon sur un plan symbolique ? était également inadmissible. Il se pouvait qu'en tant que femme j'aie réagi trop fortement à la notion de discipline, et je le lui suggérai. Mais rien n'y fit.

Je pense qu'il avait besoin de voir notre relation se briser dans la violence, afin que ce soit plus facile pour nous deux.

Nous avons failli ne pas pouvoir rompre, parce qu'au moment où j'en pris la décision, quelqu'un tua son chat. Il avait adopté un chat de gouttière. Un soir en rentrant, il le trouva étranglé sur la table de sa cuisine, alors que la maison était fermée à clé. Il en fut très ébranlé. Puis il commença à recevoir son courrier tailladé au rasoir, juste en travers de l'adresse, le contenu restant intact. J'étais terrifiée, mais je continuais à commettre des impairs. Voici quelle fut mon abominable suggestion : il me semblait qu'il aurait dû s'éloigner quelque temps, et je lui proposai de venir avec moi dans une réserve naturelle. J'avais des relations à Maun dans le business des safaris et je savais comment m'y prendre pour que cela ne coûte pratiquement rien. Je lui dis qu'en outre, c'était ridicule de se trouver au Botswana, quelle qu'en fût la raison, et de ne pas aller visiter la dernière et la plus grande réserve animale non clôturée du monde. Il me regarda comme si j'avais été une criminelle. Je tentai de le convaincre en lui disant qu'il risquait de passer à côté d'une expérience unique car camper dans une réserve naturelle était la seule façon de connaître le frisson que cela avait dû être, de vivre en homme solitaire à la merci de prédateurs plus forts, plus grands, et plus nombreux. C'était complètement idiot et il ne m'en fit pas mystère : il était déjà une proie. J'avais le cœur bien accroché, mais tout fut de cette minute terminé entre nous.

Tout compte fait, il ne lui est rien arrivé. Les gens que j'avais rencontrés brièvement par son intermédiaire ont finalement été tués par les Sud-Africains, non pas au Botswana mais en Angola ou au Zimbabwe, où ils s'étaient réfugiés. Lui est parvenu en Angleterre. L'ANC a une chorale, et il en fait plus ou moins partie.

L'espion britannique

Ma dernière relation avant que Nelson Denoon ne surgisse dans ma vie fut un espion, Z. Z, c'est-à-dire ma dernière expérience d'une série d'un certain type. Il me fallut un certain temps pour parvenir à le lui faire admettre, mais s'il commença à me draguer, c'était qu'il savait que je sortais avec Martin Wade, auquel s'intéressait le haut-commissariat britannique. Je ne voyais plus Martin, mais j'essayais encore de suivre sa trace, d'apprendre ce qu'il devenait, je regrettais aussi certaines choses. Il me vint même à l'esprit que je pourrais exploiter l'assiduité de Z pour récupérer Martin en lui offrant de désinformer Z, si cela pouvait lui être utile.

Z ignorait que, grâce à Martin, je savais qu'il était un espion. J'avais le sentiment de jouir d'un avantage considérable, pour une fois. Tout ce que je fais est tellement surdéterminé. L'idée que c'était bien tout ce que je méritais – un espion – me troublait. Il rangea sa Peugeot noire le long du trottoir alors que je rentrais à pied, filet à provisions bien rempli accroché à l'épaule, et proposa de me ramener chez moi. C'est ce que font les blancs entre eux. Je détestais accepter ce genre de propositions de la part des blancs : les Batswanas le remarquent, et je compatis quand je les vois attendre indéfiniment des taxis ou des camionnettes bondés tandis que les blancs filent à toute allure vers le soleil couchant. Mais je montai. Je montai parce que je transportais des produits laitiers que je voulais vite mettre au réfrigérateur, mais surtout parce que Z était un espion.

Il devait avoir la cinquantaine bien sonnée. Je le trouvais séduisant. Je ne méprise pas les gens parce qu'ils luttent bec et ongles contre l'âge, ce qui était son cas. C'est un besoin que j'apprécie davantage chez les hommes que chez les femmes, à vrai dire, et je devrais sans doute prendre le temps d'y réfléchir. Il était encore bien bâti, mais présentait une légère gynécomastie, ce qui n'allait vraiment pas avec son torse rectiligne, presqu'aussi droit qu'une colonne. Plus tard, il esquiva une première fois la question et répondit qu'il portait un bandage herniaire – qui se révéla en fait être une gaine. Il portait les habituels short et chemise safari et j'observai qu'il avait retouché deux ou trois petites varicosités dont il souffrait avec quelque chose de rose. C'était le genre jeune premier qui vient de basculer dans les rôles de père de famille et qui déteste ça. Il avait des cheveux gris et très longs d'un côté, qu'il coiffait soigneusement en travers de son crâne chauve à l'aide d'une laque puissante. Ses sourcils étaient comme deux corniches. Je me demandais si ce farouche besoin d'être sexuellement convaincant, si manifeste chez lui, avait quelque chose à voir avec celui d'être en mesure de faire son boulot, à savoir extorquer des confidences. Il paraissait très bronzé, mais la couleur exacte de sa peau avait quelque chose de factice – un autre secret que j'allais finir par lui faire cracher.

Comment devait être un espion, d'un point de vue personnel ? Allait-il compenser, disons, la duplicité à l'œuvre durant son temps de travail en se comportant à l'inverse pendant ses heures libres, avec ceux ou celle qui lui seraient chers ? Quel genre d'espion était Z ? Ou plutôt, jusqu'où était-il supposé s'avancer dans la corruption, la surveillance, bref, dans tout ce que comportait la définition de son métier ? Juste pour l'exploit, combien de choses que je n'étais pas censée savoir allais-je réussir à lui faire dire ? J'allais un peu vite en besogne, mais je voyais bien que je ne lui étais pas indifférente. Je lui accordai deux minutes pour s'arranger avant de descendre de voiture, devant chez moi. Je l'avais invité à venir boire un thé glacé.

Il s'était levé une petite brise et elle lui fit quelque chose de cruel, en soulevant comme un couvercle le lattis capillaire posé sur son crâne. Je sais qu'il s'en rendit compte, mais il resta stoïque et n'en laissa rien paraître, ce qui m'alla droit au cœur.

Sa méthode d'approche était très au point. Toutes les données d'ordre intime furent signalées en passant, alors même qu'il parlait apparemment de tout autre chose. Il était divorcé. Il était très seul. Il trouvait fascinante l'anthropologie du pays mais, malheureusement, il n'y avait personne dans son milieu qui partageât cet intérêt ; peut-être était-ce tout simplement un défaut britannique. Il m'invitait ainsi à penser qu'il était atypique, et pas le moins du monde impérialiste. Nota bene : il aimait dîner dehors, mais détestait être seul à table. Rien ne l'intéressait plus que l'anthropologie. Il était virtuellement anthropologue amateur. Tout cela se profilait tandis qu'il discourait cyniquement sur l'économie du pays. Je le vis relever que j'appréciais un regard un peu cynique sur la réalité sociale, et il continua dans cette ligne. Il y eut quelques clichés. L'Afrique occidentale lui manquait, c'est ce que disent tous les gens qui y ont été en poste – la Gambie, la couleur, les marchés, les gens tellement heureux qu'ils en sont presque enivrés. Il ne se lassait pas de m'entendre raconter ma vie à Keteng et dans les collines de Tswapong.

La seule chose de lui que je n'aie pas appréciée, c'est d'avoir essayé d'attiser mon éventuelle peur de me retrouver seule dans la maison. Il s'étendait sur la multiplication des cambriolages, jusqu'au moment où il se rendit compte qu'il s'était trompé d'objectif : je déclarai que j'adorais vivre seule et que la seule chose qui me déplaisait, c'était de marcher sur les mille-pattes enroulés comme des dessous de verres sur le sol de la cuisine. Il y en avait des quantités qui arrivaient à s'introduire dans la maison. Quant aux cambriolages, je supposai qu'en y faisant allusion, il essayait d'endosser le rôle du protecteur sur qui l'on peut compter.

Il m'invita plusieurs fois à dîner. Il n'y en avait que pour les sciences humaines. Et l'anthropologie. Il se présentait comme un lecteur fervent, et prit la peine de lire deux ou trois choses que je lui recommandais. Il m'emmena à un endroit dont j'ignorais jusqu'à l'existence, un restaurant de luxe intégré au club de golf, dont les patrons portugais avaient possédé un établissement huppé à Beira avant la libération. Z n'était pas ennuyeux ou, plus précisément, ses manœuvres n'étaient pas ennuyeuses. Il cessa peu à peu de faire miroiter son côté avunculaire. Il me fit lire Arnold Bennett, ce dont je lui suis reconnaissante. Tout cela ressemblait beaucoup à de la natation synchronisée. Nous voulions quelque chose l'un de l'autre, mais nous poursuivions élégamment notre route côte à côte, sans nous avouer ce que nous désirions. Il croyait toujours que je voyais Martin, ce que je lui laissais plus ou moins croire. Mais finalement, les choses suivaient un cours vraiment trop placide à mon goût, et je décidai de frapper un grand coup.

La gratitude est une drogue

J'en avais après ses secrets. J'en tenais déjà quelques-uns, mais jusqu'à présent ils relevaient tous de la vanité intime. La gaine en était un. Son bronzage en était un autre. Il prenait un produit à base de carotène qu'on trouvait en Afrique du Sud, et qui vous donne une mine de terre cuite et teinte vos excréments de couleurs voyantes. Il se mettait de l'alun sur les mains pour effacer les taches de vieillesse. Je trouvais là de quoi m'amuser. C'était comme de décider d'avoir une obsession. En gros, le jeu consistait à lui en soutirer plus qu'il ne voulait m'en dire – mais pas en échange de ce qu'il voulait de moi, sans doute des bribes d'information sur Martin et ses amis, bien qu'il n'en eût encore rien révélé. De moi il n'obtiendrait rien, pas même des informations fabriquées, bien qu'il pût être nécessaire de commencer le jeu par des fabrications. J'échangerais des faveurs sexuelles s'il le fallait, mais je gagnerais des points supplémentaires, le jeu deviendrait plus raffiné si j'obtenais ses secrets en échange d'autre chose, de quelque chose qui ne s'était pas encore défini. Je convoitais ses secrets, et je considérais comme des secrets tout ce qu'il ne voulait pas me dire – personnel, politique, tout ce qu'on voudra. Je reconnais que c'était décadent. Mais que l'espionnage fût une chose exécrable et idiote n'avait rien à voir avec mon désir de jouer à ce jeu avec Z.

Je me sens pourrie quand je repense à mon histoire avec Z, mais tant pis. Ce qui est fait est fait. La seule convoitise n'alimentait pas mes motivations, qui étaient complexes. Mais c'est inévitablement à cette conclusion que serait arrivé un observateur extérieur, du fait de ces invitations qui n'en finissaient pas, de l'accès à un échelon toujours supérieur de thés et de fêtes parmi la population blanche.

Depuis ma rupture avec Martin, il flottait autour de moi des fantasmes d'héroïne où, dieu sait comment, j'apparaissais comme une star de la lutte contre l'apartheid. Rompre avec Martin, ça avait donc signifié perdre quelqu'un qui représentait quelque chose d'important, de significatif. Je me sentais désormais démunie et rétrograde. J'avais commencé à me laisser aller à manger un peu plus. Avec Martin, je n'avais presque jamais eu faim, en partie sous l'effet d'une solidarité physique spontanée avec ce qu'il était, et en partie parce qu'il y avait une limite à la disparité d'aspect que je pouvais tolérer entre mon squelettique petit ami et moi. Mais quand tout fut fini avec Martin, ce fut évidemment comme un ressort qu'on relâchait. Je me retrouvais à la boulangerie Star, et soudain le pain qu'on trouvait à Gaborone me devint immangeable. Dans cet établissement, on aurait presque pu se croire au musée du pain tellement le choix était vaste – baguettes, miches tressées, pains ronds. Mais à l'intérieur, tout était fait de la même matière spongieuse, couleur de ciment. Il faudrait donc que je fasse mon pain moi-même. Et le pain qu'on fait soi-même, on le mange. Je mangeais trop et je me sentais nulle à cause de ça – une grosse nulle, pour tout dire. Et voilà Z qui était encore plus fou de pain que moi, encore plus affamé de bon pain. Nous nous accordions bien. En outre, quand le moment vint de me recentrer sur mon poids, l'étrange relation physique qui s'était développée entre nous fut parfaite pour cela, du fait de la quantité d'exercice qu'elle impliquait.

Nous avions un peu pratiqué le flirt post-prandial dans la voiture, et je m'étais demandé s'il n'était pas mal à son aise pour embrasser en position assise. Il pouvait aussi y avoir – ou ne pas y avoir – un baiser d'adieu sur le seuil, quand il s'en allait après le rituel du coup de l'étrier, dont il n'avait pas cherché à faire le prélude de quelque chose de plus physique, loin de là. Rétrospectivement je pense que ce baiser du soir venait souligner le fait que, malgré le caractère délibérément convenable de notre relation, il n'était pas dépourvu d'attirance sexuelle à mon endroit. Il lui arrivait même d'avoir un début d'érection, mais rien de bien sérieux.

Néanmoins, lorsque j'eus bien considéré ce que je voulais, je compris que l'heure était venue d'en finir avec toutes ces escarmouches. Son talon d'Achille était le dos. Un soir, comme il venait chez moi, j'insistai pour qu'il prît son coussin. Il fut chagriné que je l'eusse remarqué. C'était un coussin orthopédique qu'il essayait toujours de faire disparaître sur le siège arrière avant que je puisse le repérer si je montais en voiture. Je lui expliquai que, puisqu'il fallait bien qu'il sache que je savais, il ferait aussi bien de l'apporter avec lui, car cela l'inciterait peut-être à rester plus longtemps. Je crois qu'il a dit Vous remarquez tout, et moi Ah vous avez remarqué, nous avons ri, et il a apporté le truc chez moi. Voilà à quoi j'en étais réduite : prendre son Vous remarquez tout pour un compliment suggérant que je pourrais peut-être faire une bonne espionne. Voilà comment, parvenues au point le plus bas, nous implorons la reconnaissance masculine d'une qualité totalement congénitale qui nous appartient en propre. Et voilà comment je sais que j'étais alors au fond de l'abîme.

Je lui dis Vous avez le dos en capilotade, n'est-ce pas ? Il en convint avec vigueur, et en un tournemain il fut allongé sur une peau de mouton devant la cheminée, presque avant que j'aie pu lui demander s'il voulait que je voie ce que je pouvais faire. Je fis mine de connaître la question, et il n'en fallut pas davantage. Je m'assis à croupetons près de lui, je dis Je ne peux pas faire ça à travers l'étoffe, et lui, pris d'une véritable frénésie, dit Oui, oui, en remontant violemment sa chemise jusqu'à son cou, comme un artiste en goguette, sans même se lever. Puis en glissant la paume sur sa colonne vertébrale, je dis Je ne pense pas que ce soit le parachutisme, à quoi il répondit un Non explosif, C'est une scoliose, ah, mon dieu – et juste comme je disais C'est une scoliose, non ? Il se retourna d'un coup de reins et me regarda comme si j'étais extraordinaire.

En fait, le bougre était en proie à une détresse secrète la plupart du temps. Personne au haut-commissariat ne devait en imaginer l'ampleur faute de quoi sa mise à la retraite aurait été évoquée. Je détenais la clé. Ce qui se développa à partir de ce moment fut une profonde relation physique non sexuelle, même s'il y entrait une connotation sexuelle de temps à autre. Si vous avez besoin d'un massage professionnel au Botswana, vous vous retrouvez dans la même situation que celui qui a besoin d'un traitement parodontique. Cela n'existe pas. Je ne suis pas masseuse, mais j'ai des bras et des mains solides et la conviction que le massage est une affaire de logique et bonne intelligence de l'information, ce qui, jusqu'à présent, s'est vu confirmé. Avec Z je fus brillante. Je changeai sa vie, de manière éphémère.

Je pris le contrôle de son dos. Je développai un rapport avec son dos, voilà la meilleure façon de le décrire. Je traitai son dos comme une entité autonome, comme un visage ou un animal effrayé.

Pendant deux semaines nous eûmes des séances chaque soir et à la fin il était au seuil de la renaissance. Il avait retrouvé une mobilité cervicale correcte, c'est-à-dire que, pour la première fois depuis des années, il pouvait regarder par-dessus son épaule, un geste empreint pour lui d'une grande valeur professionnelle – comme j'eus la délicatesse de ne pas le lui faire remarquer. Il était émerveillé par ce que je lui faisais. Il était prêt à faire tout ce que je voudrais, je n'avais qu'à dire quoi, pourquoi refusais-je ses présents ? J'étais la seule Américaine qui lui eût jamais donné envie de voir l'Amérique, jamais aucune femme n'avait fait pour lui ce que je faisais, et je le faisais pendant la période la plus chaude de l'année tel un ange de miséricorde et cetera, et est-ce que je savais qu'il avait lui-même été très antiaméricain, et est-ce que je savais à quel point un antiaméricanisme bien dissimulé régnait parmi le personnel des Territoires Britanniques d'Outre-mer, et il devait d'ailleurs avouer qu'il n'avait pas été entièrement indifférent à l'Amérique avant moi, parce qu'il avait toujours été curieux de voir le Grand Canyon, et ainsi de suite.

À la troisième séance, j'avais déterminé quel devrait être le protocole. Le cadre général, c'était que nous devions tous deux considérer son dos comme notre adversaire. Il fallait qu'il comprenne que le processus était cumulatif. J'élaborais ma méthode en fonction de ce qui paraissait marcher, à son insu, et il était clair qu'adopter un ton autoritaire serait nécessaire. Il y avait deux choses que nous devrions ignorer pendant cette cure intensive, comme je décidai de l'appeler. D'abord, annonçai-je, nous allons ignorer les érections que vous pourriez avoir, les qualifier de manifestations, et nous en rirons. Deuxièmement, des incidents de flatulences vont survenir, et nous allons les ignorer et les qualifier d'interrogations. Une authentique ambition thérapeutique se dissimulait derrière ces deux propositions. Je voulais annihiler la tension consécutive à sa conviction que, dans ces circonstances, il devrait manifester un intérêt sexuel. Et puis il y avait aussi le fait que, la première fois que je l'avais senti profondément détendu, un pet lui avait échappé. Il en avait été horrifié et s'était crispé. Je présentai le protocole sur les érections comme une médaille à deux faces, en ce sens que j'ignorerais également toute expression de désir susceptible de s'éveiller en moi. La règle voulait qu'il fût en caleçon, et moi dans mon maillot de bain une pièce d'Afrique du Sud, d'un vert lentille assez mémère. Enfin, puisque c'était moi qui communiquais avec son dos, je contrôlerais le rythme des séances. Il serait spectateur. Il devrait parfois se taire, et s'il me parlait, il m'arriverait de ne pas répondre parce que ma mission était de préserver avant tout ma concentration.

Je pouvais faire n'importe quoi de lui. Je pouvais m'asseoir sur lui. Je pouvais lui marcher dessus, en faisant évidemment attention. Je pouvais caler mes talons sur sa nuque et lui tirer sur les bras au niveau des coudes jusqu'à ce qu'il pousse un gémissement de plaisir qui était tout à fait particulier. Il n'existe pas un seul gémissement de plaisir à tout faire, comme nous l'imaginons. Son dos s'acclimatait à moi. Je trouvais un véritable intérêt à manipuler un corps masculin sans avoir à envisager cette expérience comme autant de préliminaires sexuels. Je ne le brutalisais pas. En fait, cela prit même un tour très plan-plan. Voilà que soudain il dormait merveilleusement, me dit-il. Je ne voulais pas de mal à cet homme. Je me consacrais à son dos. La gratitude est une drogue.

Mais j'en veux encore à Denoon, d'avoir dévalorisé cette expérience quand je lui en eus parlé, dans une de ses litanies sur la banalisation du bizarre aux États-Unis, et pour m'avoir demandé si je savais que dans les revues porno il y avait des annonces de femmes proposant à des hommes des séances de lutte sans objectif de pénétration. Il semble que la magie du capitalisme en déclin ait permis à des hommes ayant le goût de se faire maltraiter par des femmes fortes et armées de lanières de constituer un marché parmi d'autres. Non, je n'en avais jamais entendu parler. Mais ce fut pire quand il essaya de me faire croire que ce que j'avais fait n'était rien de plus que du sado-maso *soft*, que j'en aie eu conscience ou non. Et avais-je connaissance de ces études fameuses établissant que la plus vaste catégorie professionnelle ayant recours aux prostituées spécialisées dans le sado-masochisme se recrutait parmi les fonctionnaires chargés de l'application de la loi, y compris dans le secteur judiciaire ? Je fis observer que Z n'avait, à ma connaissance, rien à voir avec l'application de la loi, mais Denoon affirma avec insistance – par jalousie, sans aucun doute – que les espions appartenaient à la même famille. Je me moquai de lui au point de lui faire retirer ces paroles, finalement indignes de ce qu'il était. Je dis quelque chose comme J'admire le niveau des débats que tu imposes aux autres, et maintenant tu me sors une chose pareille ? Son vrai problème, c'est qu'il jugeait mes attentions à son égard dans ce domaine comme un pâle reflet de ce que je lui avais décrit concernant Z. Il avait raison et je ne l'ai jamais nié. Tu arrives à un moment différent, lui disais-je. Et ton dos va très bien.

Denoon ne pouvait pas comprendre qu'il y eût quelque chose de quasi paradisiaque à s'absorber aussi complètement dans un projet d'apaisement personnel. Peut-être est-ce un point de vue purement féminin. Et cela ne revient pas du tout à la même chose que de prétendre qu'on pût y consacrer toute sa vie. Une différence entre les femmes et les hommes, c'est que les femmes aspirent réellement au paradis. Les hommes prétendent qu'eux aussi, mais ce qu'ils entendent par là, c'est la sécurité totale, qu'ils ne peuvent obtenir que par la domination absolue des êtres chers et proches et de l'environnement, aussi loin que porte le regard, sinon comment ? En tout cas, c'est vrai pour la plupart d'entre eux. En dehors de l'effort que cela nécessite, et que j'ai fini par considérer comme un simple exercice de salut, j'aimais l'épreuve, jusque dans les moindres détails – la transpiration, les odeurs de la chair, les serviettes de toilette partout, son haleine chargée, les insectes qui heurtaient les moustiquaires des fenêtres.

Il commença à être contrarié de ne pouvoir rien faire pour moi en échange. Nous avions même cessé de dîner au restaurant, pour que les séances soient plus longues. Il était éperdu de gratitude. Il remarquait qu'il fumait moins. C'était une conséquence de son meilleur état physique, et il y avait longtemps qu'il souhaitait réduire sa consommation de cigarettes. Mes moindres allusions l'aidaient. Je lui avais conseillé d'empêcher sa gouvernante d'aller chercher des légumes dans le potager de la prison, si beaux fussent-ils, car les seaux de nuit étaient utilisés comme engrais et il courait des risques gastro-intestinaux certains en les mangeant. Quelle qu'ait été la première nature de son intérêt pour moi, je l'avais réduite à néant. Martin Wade ne fut pas mentionné une seule fois.

J'acceptai tout de même un cadeau, un magnifique *yakuta* vaporeux, bleu et blanc. Je n'arrivais pas à croire que ce fût du simple coton. Mais pour lui c'était une bagatelle et pendant que je poussais et que je tirais, il gisait là, à laisser errer son imagination sur mes vertus et mon caractère tellement unique et à ressasser comme il souffrait de me voir repousser sa générosité.

Pour ce qui est des secrets, j'en avais plus que je ne voulais sur le plan personnel, mais rien de décisif du point de vue professionnel, pas encore.

Dites-moi une chose que je ne sois pas censée savoir

J'aimais bien Z. Ses progrès le mettaient de bonne humeur. Nous avions certaines choses en commun, comme d'être tous les deux des imitateurs nés. Après l'un de ses numéros, particulièrement juste mais incisif, je lui dis Rappelez-moi d'avertir ma fille de ne pas sortir avec un bon imitateur car ce ne sont pas nécessairement les plus gentils, comme dans mon cas. Ah, vous avez donc une fille ? Non, dis-je, mais c'est pour le jour où j'en aurai une. Puis il ajouta Alors ce ne serait pas une bonne idée que deux bons imitateurs se marient, n'est-ce pas ? Et malgré son carotène, je vis qu'il rougissait. J'en fus touchée. Nous le fûmes tous les deux.

Je me souviens que je marquai une pause, assise sur l'arrière de ses jambes, lorsque je décidai qu'il était temps d'abréger le jeu. Mes fantasmes sur Martin Wade s'estompaient. Je décidai d'être un peu téméraire.

Vous êtes unique, disait-il, à propos de la conviction qu'il avait acquise de mon aptitude à déterminer la nationalité des gens au premier coup d'œil. Récemment, j'avais eu deux ou trois coups de chance dans ce domaine. Et puis la veille, à un thé, il m'avait demandé la nationalité d'une femme d'aspect plutôt syrien, qui était nouvelle en ville et nouvelle pour moi aussi. Et je l'avais cueilli en répondant Oh, anglaise. Mais la chose m'était facile car je venais de l'entendre prononcer « arvacado » au lieu d'« avocado », ce qu'il ignorait.

Vous êtes unique, disait-il. Aucune femme dans ma vie n'a fait la moitié de ce que vous avez fait pour moi, et pourtant vous ne m'avez rien demandé. Je vous en prie, que puis-je faire pour vous ?

Rien, vraiment. Cela me plaisait. Rien, à moins que vous ne vouliez satisfaire ma curiosité sur un point.

Tout ce que vous voudrez. Quoi ?

Je ne sais pas. Dites-moi une chose que je ne sois pas censée savoir.

Aussitôt, il se crispa. Non, lui dis-je, ne faites pas cela, vous allez détruire tout notre travail. Laissons tomber.

Mais que voulais-je donc dire ?

Je commençai à le masser en déployant le maximum de séduction. Je sais que cela va vous paraître pervers, lui dis-je. Mais d'une certaine façon – et je comprends que ce soit dans l'ordre des choses, ne vous imaginez pas que je ne le comprenne pas –, d'une certaine façon, il y a quelque chose en vous qui m'échappe et qui m'échappera toujours, et sans doute n'y peut-on rien, mais cela me gêne vraiment. Je sais que je fais là bien des circonvolutions, mais vous êtes manifestement une sorte d'espion ou d'agent, ce qui ne me pose pas de problèmes, mais c'est un fait. Il se trouve que je le sais. Mais bien sûr la vie nous met dans la situation où vous devez le nier devant moi, alors ne vous gênez pas. Mais vous savez ce que je suis et je ne peux pas savoir ce que vous êtes, et je l'accepte, car votre mission est de jouer pour moi à l'attaché commercial, mais il en résulte inévitablement un malentendu essentiel.

Il se troubla terriblement. Il fallait que nous parlions. Je dus m'ôter de lui, et il fallut que nous nous vêtions tous deux convenablement. Il voulait boire quelque chose.

Nous nous sommes attablés dans la cuisine, après qu'il se fut lavé la figure par deux fois et qu'il m'eut demandé de bien regarder si par hasard il ne traînait des cigarettes quelque part dans la maison.

Il ne nia pas tout de suite qu'il était un espion, mais emprunta une voie détournée que je ne pris pas la peine de gratifier d'une réponse. Il voulait savoir où diable j'avais bien pu glaner pareille idée, et auprès de qui.

Puis il nia, à quoi je répondis Très bien, mais je sais parfaitement que c'est faux, et vous pourriez envisager de l'admettre ne serait-ce que pour sauver notre relation.

Que voulais-je dire ? Qu'il ne pourrait plus me voir, que nous ne pourrions plus continuer s'il ne confirmait pas ce que je disais ?

Nous avons alors tourné autour de cette affirmation, bien sûr je ne disais rien de tel, et bien sûr nous pourrions continuer, aussi bancale que fût cette relation. Et puis, bien sûr, je l'invitai à s'assurer comme il voudrait qu'il ne se passait rien de louche avec moi, pas de micros ni de caméras cachés, ce qu'il écarta d'un geste bref, en disant Je sais qui vous êtes.

Vint ensuite le thème principal, assorti de ses variations, le thème étant Dites-moi qui je suis, puis Je suis anthropologue et j'ai un violon d'Ingres qui est lié et qui consiste à rassembler et comprendre le monde réel, et à y vivre. Il ne fallait y voir qu'une lubie.

Je sentis qu'il n'y avait plus de doute possible. Il garda l'air sonné pendant un moment encore, puis dit Bon, supposons que je joue le jeu, et que nous continuions, et que j'assume le roman qui fait de moi ce que vous voulez que je sois : qu'attendriez-vous d'autre ?

Nous pourrions faire cela, dis-je. À vous de voir. De toute façon, tout cela est d'ordre parfaitement symbolique. Vous pourriez me dire quelque chose que je ne suis pas censée savoir, n'importe quoi. Un signe de quelque chose. Oublions tout cela. Il me serait impossible de faire quoi que ce soit à partir de ce que vous me diriez, ou de le répéter, et vous le savez bien. Vous pourriez me dire quelque chose de périmé, mais que je ne suis pas censée savoir. Arrêtons là. Ça me donne l'impression d'être complètement névrosée.

Je continuai dans cette veine, nous enjoignant de tout laisser tomber et de poursuivre vaillamment – mais de toute évidence sans grande vigueur – une relation qui survivrait éventuellement à mon explosion genre cri du cœur, de poursuivre cette relation qui – comme j'employais beaucoup le passé et le conditionnel – semblait devoir tourner court à brève échéance.

Puis il m'interrompit d'un Vous voulez dire que vous n'avez aucun champ spécifique d'interrogation, aucun dessein spécifique dans vos questions, aucune demande particulière ? Voilà qui est étrange.

Je me mis donc à rire, et déclarai Voilà à quoi on reconnaît une lubie. Et voilà ce qu'on appelle amadouer quelqu'un. Dites-moi quelque chose de, entre guillemets, interdit. Prenez quelque chose sans intérêt, inutile, dépassé, n'importe quoi, juste une chose que quelqu'un pense que je ne devrais pas savoir. Vous avez le choix d'y voir un caprice ou de vous convaincre que je ne suis pas celle que je parais être et que vous savez que je suis.

Vous avez été un ange avec moi, dit-il. Mais comment pourriez-vous savoir si je n'invente pas quelque chose de toutes pièces pour vous amadouer ? Comment le sauriez-vous ?

Cela ne dépendrait que de vous. Je n'en saurais probablement rien. Qui suis-je ? C'est ce que ferait un homme avisé, sûrement. Vous pourriez faire cela.

Comme il était tard, je lui conseillai de rentrer chez lui, disant que je regrettais toute cette histoire et lui demandant de revenir le lendemain soir pour dîner et de me pardonner, s'il le pouvait, d'avoir cédé à l'envie d'obtenir quelque chose d'une région secrète et enfouie au plus profond de lui. C'était, dis-je, une impulsion que sûrement beaucoup d'autres femmes avaient dû éprouver avec lui et qu'elles avaient eu l'intelligence de réprimer.

N'étant pas douée pour les regrets, j'abrégeai la conversation. Je me forçai à préciser qu'il s'agissait simplement d'être plus ouvert, et faillis m'étrangler. Le monde est ce qu'il est, dis-je, et vous êtes ce que vous êtes, et si ma névrose tient en ceci que je suis convaincue que les hommes détiennent tous les secrets, et que j'ai cette idée fixe de vouloir absolument en connaître un, eh bien, voilà ce que je suis. Je lui dis Je ne vous demande pas de me dire la pire chose que vous ayez jamais faite, même si c'est une chose qu'on adorerait évidemment savoir, ou de me raconter une anecdote dégoûtante sur la reine, un secret lié à la défense ou encore qui présente la perfide Albion sous un mauvais jour – est-ce que je vous ai demandé ça ? Je voulais lui arracher un sourire avant qu'il ne s'en aille.

Vous êtes absolument confondante, dit-il. Et il partit tout songeur.

Qu'est-ce que je fabriquais ?

Après son départ je me sentis complètement folle. Je me lançais dans quelque chose de délirant et d'inutile. Qu'est-ce que je fabriquais ? Jusqu'à quel degré de stupidité pouvait-on descendre pour atteindre un objectif ?

Je suppose que je passai une nuit tourmentée. Je n'avais aucun contact avec rien qui eût un sens ; c'était comme cette expérience similaire dont me parla Nelson. Il était à New York, avec deux heures à tuer entre des rendez-vous ou des conférences. Comme il se trouvait dans le quartier de la grande bibliothèque publique, il décida d'y entrer. Ce serait un immense plaisir. Je ne sais pas où il avait vécu juste avant cela, mais c'était loin de tout, un lieu sans bibliothèques, et il avait une fringale de choses imprimées. Il était plein d'enthousiasme et d'ardeur, il allait être submergé par le nombre de choses à chercher, à vérifier, à mettre à jour. Il entra dans la grande salle des références, une pièce immense dont tous les murs étaient entièrement tapissés de classeurs et de fichiers, et où il aurait accès à presque tout ce qui s'était écrit dans le monde occidental qui présentât le moindre intérêt. Il entre dans la salle, donc, et se met à transpirer par tous les pores, selon ses propres termes. *Rien ne l'intéressait.* Non seulement il avait oublié ce qu'il avait eu l'intention de chercher, mais *il n'y avait rien* d'intéressant. Il appelait cela l'abomination de la désolation. *Il n'y avait rien qu'il eût envie de lire.* Il se sentait froid, mais pas défaillant pour autant. Il se sentait lui-même bien réel, mais le matériau du monde s'était mué en une sorte de cendre de papier, qui se désintégrerait à coup sûr s'il y touchait. La cendre de papier était la seule chose à quoi il pût comparer cela. Il était terrifié. Il n'eut d'autre choix que de partir, en prenant bien soin de ne toucher à rien. Aussitôt dehors, le sentiment disparut. Je lui fis refaire le chemin lorsqu'il me raconta la scène car la cendre de papier me semblait un indice. Et ce l'était peut-être. Dans sa jeunesse l'une de ses tâches consistait à brûler sans répit des journaux et des revues dans un incinérateur placé dans le jardin. Son père s'abonnait à tout mais, vers l'adolescence de Nelson, ses lectures étaient devenues erratiques avant de cesser totalement, de sorte que Nelson brûlait des quantités de périodiques non ouverts, encore dans leur emballage. Tout cela avait été pénible, et il conservait l'image tenace d'avoir remué les cendres, parmi lesquelles des pages entières et intactes, réduites en cendre noire ou grise, étaient encore lisibles. Il nia qu'il y eût le moindre lien.

Finalement, je me ressaisis. Ne pas poursuivre eût été encore plus démoralisant que de voir où cela aboutirait, même si c'était ridicule. Et je me mis au lit.

Deux feintes

Il arriva morose. Moi, j'avais bien répété ma partition.

Je saturai la première demi-heure de mes protestations de repentir pour toute cette histoire, affirmant que j'avais été incroyablement puérile, que les petites doses de Mainstay que j'avais bues en le massant expliquaient en partie le problème, et que j'étais désespérée. J'avais la tête de l'emploi tant ma nuit avait été tourmentée. L'objet de ma supplique, c'était qu'on oublie tout. C'était juste que quand il avait dit Je vous en prie, laissez-moi faire quelque chose pour vous, cela m'avait incitée à formuler un vœu, rien de plus. Et puis je ne voulais pas que les choses se terminent de façon aussi moche, car il fallait que je commence à envisager de rentrer chez moi et je ne voulais pas laisser une telle tache derrière moi.

Et puis, dis-je, je sais que vous devez forcément vous inquiéter du risque indirect que cela pourrait faire courir à votre emploi. Je veux que vous sachiez que je ne suis pas désinvolte sur ce point. On peut tomber dans un trou entre deux emplois et ne jamais s'en sortir, par exemple à cause de son âge. Mes antécédents sont cent pour cent classe ouvrière, ajoutai-je, c'est dire que je suis tout juste arrivée là où j'en suis et bien contente de m'y trouver. Là, j'exploitais l'information qui lui avait échappé, à savoir qu'il était travailliste, chose que les gens de son niveau, au ministère où il travaillait, ne sont censés révéler que sous la torture la plus extrême, je m'en doutais bien.

J'oublie ce que j'avais préparé pour le dîner ce soir-là, mais je me souviens qu'il chipota dans son assiette. Mais pas avec le pain. Il ne se lassait pas du pain que je cuisais moi-même.

Il faisait une chaleur torride. J'étais censée deviner qu'il avait pris une décision courageuse, rendant superflus tous mes préambules.

Pouvons-nous parler en amis, en famille ? demanda-t-il finalement. Il endossait un rôle.

Je sais ce que vous faites là, dis-je. Vous avez la fibre avunculaire. Mais allez-y tout de même. Il sourit.

Eh bien, voilà, il y a tellement de sujets passionnants, n'est-ce pas ? Les Bochimans. Disons que vous vous intéressiez aux Bochimans – on dirait que tout le monde s'y intéresse, ici. Le destin des Bochimans. C'est triste, non, que les Sud-Africains en fassent des traqueurs à la poursuite des guérilleros d'Ovambolanda ?

Cela me contrariait infiniment parce que tout le monde le savait. Mais je me contentai de dire que je le savais parce que c'était paru dans le *Rand Daily Mail* et que c'était plus que navrant. C'est à vos risques et périls que vous m'accablez de votre condescendance, proclamait toute mon attitude ; et il le comprit.

Désolé, murmura-t-il. Je le voyais littéralement presser la touche « Effacer ».

Puis, hum, que pensais-je des histoires selon lesquelles les Sud-Africains graissaient la patte des chefs kwenas pour les inciter à aller grossir les rangs des quelque cinq millions de Kwenas que les Boers contrôlaient déjà par l'intermédiaire de leur affreux Mangope de l'autre côté de la frontière, au Bophuthatswana, menaçant ainsi de diviser le Botswana et de le ruiner, pour le punir de son manque de coopération ? Les agents de Mangope étaient à l'œuvre partout. Je résume. À la moitié de son discours, je commençais déjà à finir ses phrases à sa place. Je lisais aussi *The Economist*, lui dis-je. Je repris le fil de mon plaidoyer pour que toute cette affaire soit oubliée, en répétant combien j'étais gênée d'avoir même effleuré le sujet, surtout si c'était pour en arriver là.

J'eus ensuite droit à une série de réflexions désordonnées, convergeant toutes vers l'idée que j'étais quelqu'un de vraiment terrifiant, est-ce que j'en étais consciente ? J'étais apparemment une sorte de monstre dotée d'une mémoire absolue – allusion au fait que je lui citais ses propres paroles quand la situation le requérait. Me rappelais-je aussi des textes entiers, comme j'en semblais capable ? Mais j'étais également un ange. Je disais que tout était pardonné, mais sans en donner du tout le sentiment. C'était pour la forme. Et il n'était pas dupe.

J'envisageai brièvement de lui montrer que j'aurais moi-même pu lui dire une ou deux choses. J'avais retenu de mon séjour à Keteng que les Sud-Africains disposaient d'espions et de larbins absolument partout, et qu'ils étaient derrière le grand mouvement soudain des Hereros pour regagner la Namibie en emmenant avec eux leurs troupeaux. Ils étaient arrivés sans rien après les massacres allemands de 1905 et, en vrais génies de l'élevage, ils avaient développé leurs troupeaux à partir de ce rien. Le gouvernement leur disait Partez, mais laissez vos troupeaux. C'est le genre de choses que les Boers font pour s'amuser. Rien de surprenant à cela. Ce sont des fomenteurs de conflits. Mais je me retins car je voyais à son expression qu'il allait sortir quelque chose de neuf.

Sekopololo

Bon, il était en mesure de me communiquer une chose dont, à son avis, je n'avais pas entendu parler. Cela tournerait même peut-être au scandale. Quelqu'un d'assez célèbre se trouvait au Botswana incognito, pour ainsi dire, et y séjournait – irrégulièrement – depuis plusieurs années, huit précisément. Il marqua un temps d'arrêt pour vérifier si cette nouvelle serait encore éventée, et fut soulagé de voir que je n'avais manifestement aucune idée de ce dont il parlait, à moins que ce ne fût Elizabeth Taylor et son prétendu projet d'hôpital, ce qui aurait été totalement risible.

Je ne devais pas m'imaginer que ce fût en aucune manière un secret officiel. C'était plutôt une manière d'accord de bon ton entre ceux qui avaient à connaître la présence de cette personne. Ladite personne avait extorqué au gouvernement du Botswana des conditions tout à fait inhabituelles, carrément scandaleuses même, pour développer le projet qui l'occupait au Botswana, quelque chose de très avant-gardiste, un projet censément majeur et de grande ampleur, un village neuf, édifié en entier, à partir du sol nu, et plus exactement dans le centre-nord du Kalahari. Visiblement, il détestait la personne en question. Je ne voyais toujours pas ? Il était surpris.

Continuez, dis-je.

Bon, que pouvait-il ajouter d'autre ? Il réfléchit. Il s'agissait d'un Américain, un individu difficile, et il y avait désaccord au gouvernement sur toute cette latitude qu'on lui accordait, et notamment sur la question de la supervision. Il considérait experts et visiteurs comme des parasites, dont la seule fonction consistait à déformer et à corrompre le processus de développement. Et c'est ainsi qu'un beau jour, cette Nouvelle Jérusalem serait achevée, et alors seulement le monde, y compris les donateurs qui l'auraient financée, serait autorisé à voir ce qu'ils avaient forgé et à partager la formule secrète qui mettrait un terme à la misère en Afrique. Ce projet avait même un nom de code tswana : Sekopololo – et que personne ne pouvait prononcer. Je savais que Sekopololo se traduisait par « La Clé ».

Lorsqu'il cita le nom de Nelson Denoon, je pus à peine le croire. Denoon était l'une de mes *bêtes noires**, de manière bien abstraite il est vrai, depuis la première de mes interminables années à Stanford. Au début, je l'associais à des tribulations antérieures à l'université d'État de Bemidji, mais c'était une erreur. J'avais d'abord été une véritable fan de l'œuvre de ce type. Nous étions plusieurs dans ce cas. Il était venu à Stanford présider un colloque sur l'étiologie de la pauvreté. Malheureusement, la manifestation était réservée au corps enseignant et à quelques étudiants triés sur le volet. Il fallait avoir déjà obtenu son diplôme ou connaître quelqu'un pour y assister. Vous pouviez entrer si votre tête revenait à quelqu'un. Comme nous n'étions pas invités, nous avions fait appel à lui dans une missive du genre courrier de fans. Pas de réponse. Naturellement, les *happy few* avaient ensuite décrit l'affaire comme une expérience à vous serrer le scrotum. Leur vision du monde s'en était trouvée changée. Il y avait une femme que le son de sa voix faisait pâmer. C'était une voix qu'on aurait pu manger, disait-elle.

Tout cela revenait, la honte d'essayer de rester cool, après avoir tenté en vain d'apercevoir au moins le grand homme. Il avait écrit un classique que les étudiants adoraient, et que la plupart des professeurs détestaient : *Le Développement : Mort des villages.* Son portrait en quatrième de couverture évoquait les acteurs blancs employés à jouer les fils impétueux de chefs indiens dans les westerns. On ne le voyait pas sur la photo, prise de face, mais ses cheveux noirs et lisses étaient tirés en catogan. C'est ainsi qu'il s'était coiffé pour venir à Stanford, comme je l'appris par une de mes collègues qui avait assisté au colloque et dont le nom m'échappe aujourd'hui, mais qui me reste confusément en tête comme Whoreen, ou quelque chose d'approchant. Whoreen étudie à l'université de South Dakota, mais est en voie d'être titularisée. « Collègue » est bien sûr un terme inadapté en l'espèce : on n'a de collègues qu'une fois engagé. En 1981, Denoon devait déjà avoir la quarantaine bien sonnée, calculai-je.

Ce n'était autre que Nelson Denoon, donc ! Célèbre pour ses déclarations sardoniques ! Hérétique ! Interdisciplinaire – économie, anthropologie, anthropologie économique, tout ce que vous vouliez en sciences politiques, sans parler du développement proprement dit et d'une succession de projets de développement rural en Afrique ! En fait, il était censé se trouver en Tanzanie en ce moment même ou jusqu'à récemment, à discuter avec Julius Nyerere – étais-je en retard d'une étape, ou avait-il tout simplement le don d'ubiquité ?

Voilà quelqu'un du niveau de Paulo Freire ou Ivan Illich, mais de totalement non religieux, et donc impossible à disqualifier sous prétexte de mysticisme. Voilà l'ultime bénéficiaire du star-système universitaire et star lui-même, contre le système bien sûr, et le dénigrant à tour de bras, ce qui ne faisait que renforcer son statut de star, toujours plus demandé, plus populaire, plus invité aux colloques – toujours comme panéliste, jamais comme rapporteur. Voilà donc le summum de ce qu'on pouvait obtenir du système universitaire : enseigner où bon vous semblait, recevoir des subventions pour voyager et faire des conférences, des bourses de recherche, être toujours cité, parcourir le monde, passer quelques années de rusticité dans la brousse si cela vous chantait. C'est ainsi que je me le représentais. Je me souvins qu'en fait je savais qu'il avait quitté la Tanzanie après – quoi d'autre ? – une fameuse harangue contre le chef vénéré d'un pays souverain qui était le chéri de la gauche ; une polémique – quoi d'autre ? – qui avait donné lieu à une publication sérieuse, carrément un livre tout entier. Et qui avait provoqué les plus joyeuses éruptions de louange et de rage, comme d'habitude.

Il régnait sur les terres où je m'usais les ongles au ras des mottes. Je ne suis pas fière de la vibration que créait en moi l'image que j'avais de lui. C'était un cas d'école d'aigreur. J'avais trente-deux ans, j'étais une femme, je n'avais pas encore mon doctorat, pas même soutenu ma thèse, et j'approchais de la date limite pour la déposer. Je m'étais usée jusqu'à l'os à étudier l'homme, avec pour seul résultat que mes objectifs reculaient plus vite que je n'avançais. Tout au moins, c'est le sentiment que j'en avais.

Z sentit qu'il tenait quelque chose sur quoi je souhaitais en entendre davantage. Il était perspicace. J'étais tellement captivée que c'en était ridicule. Il devait être à peu près aussi difficile de lire en moi que d'entendre le compresseur se mettre en marche dans le réfrigérateur quand on est dans la cuisine.

Connaissais-je donc ces gens ?

Seulement de réputation, dis-je. Que pourrait-il me révéler d'autre ?

À présent, il était réticent. Il répéta qu'il ignorait totalement où se situait ce projet. Le secret était étroitement gardé. Mais il évoqua l'éventuelle possibilité de pouvoir bientôt le découvrir. Oh oh, me dis-je : il veut quelque chose, mais qu'est-ce que ça peut bien être ?

J'avais l'impression folle et vaguement triomphante d'avoir coincé Denoon, du simple fait que nous nous trouvions tous les deux au Botswana. Ce n'était pas complètement idiot car la présence blanche là-bas fait penser à une petite ville très largement étalée. Il n'y a qu'un million d'habitants en tout, noirs et blancs comptés ensemble, dans un pays de la taille du Texas ou de la France, comme l'indique l'introduction de tout projet sur le Botswana. Mais que Denoon fût justement là, c'était vraiment le fait de la providence. J'étais certaine de pouvoir enfin attirer son attention. Pour une fois, me disais-je, un lion serait capable de regarder un chat. Cette étoile filante s'était apparemment fixée dans mon domaine, tant mieux. Je voulais le voir en chair et en os, observer comment il tenait le coup. Était-il toujours le même Irlandais affable et satanique à la chevelure de Sioux, noire comme la nuit, et lançant de droite et de gauche ses regards perçants ?

Il inspirait aux gens des sentiments intenses. Quand la conversation portait sur lui, vous entendiez jusqu'à la nausée répéter le cliché qu'on adorait ses prises de position ou qu'on les détestait, mais qu'avec lui il n'y avait pas de milieu. Son livre avait brisé des amitiés. Le milieu du développement grouille de haines étouffées entre les différentes écoles de pensée, et la passion est d'autant plus vive que des sommes d'argent sont en jeu. Les artisans du développement luttent bec et ongles pour obtenir le financement de leurs projets et donner corps quelque part à leurs théories. C'est le seul moyen de savoir qu'on est au-dessus de la mêlée. À la différence de l'histoire de l'Angleterre, par exemple, où la plus belle récompense est de figurer dans toutes les bibliographies jusqu'à la fin des temps parce que vos découvertes sur le mode de gouvernement des Tudor bouleverse et renverse tout ce qui s'est écrit jusqu'à vous. À cet égard, le développement s'apparente davantage à la recherche médicale, où l'ascension et la chute dépendent des budgets qu'on parvient à se faire attribuer. Dans l'érudition classique, vous pouvez prétendre à la joie de subsumer pairs et prédécesseurs : ils se prenaient pour des fleuves et vous en faites des rivières, des affluents de votre flot majestueux roulant vers la mer. Denoon, lui, parvenait non seulement à échafauder des théories fracassantes sur le papier, mais à réaliser ses projets, et en nombre, l'un après l'autre.

Les anthropologues étaient particulièrement virulents au sujet de Denoon à cause du mépris dans lequel il proclamait tenir l'anthropologie tout entière. Mais l'anthropologie a besoin de développement et se trouve contrainte et forcée de prendre parti sur les écoles de pensée et les projets. Des emplois potentiels sont en jeu. Des études de faisabilité doivent être menées à bien, des campagnes de sensibilisation, des évaluations d'impact, des rétrospectives de divers types et niveaux de précision. Curieusement, ses partisans universitaires étaient plutôt de gauche, alors qu'il proclamait à tous vents que les marxistes n'avaient pas de théorie du développement digne de ce nom : depuis Lénine, le développement s'inscrivait dans le prolongement immédiat de la prise du pouvoir par les porte-parole du prolétariat. Mais ils l'aimaient quand même. Je me demandais ce qu'ils pensaient de son fameux : Le capitalisme étrangle l'Afrique noire, le socialisme l'enterrera ! Il était le théoricien qu'on s'en veut d'aimer. Il fallait que je voie comment il s'en tirait. Était-il toujours, dans le domaine du développement, l'équivalent d'Orson Welles au cinéma, à son zénith entre *Citizen Kane* et *La Splendeur des Amberson* ? N'avait-il pas un peu décliné, comme nous déclinons tous ? Je voulais le voir en personne.

Dites-moi au moins s'il est marié, demandai-je à Z. Il l'était la dernière fois que j'avais entendu parler de lui. Impossible de me retenir. La grandeur n'est pas la meilleure recette pour le mariage, voilà ce que je me disais.

Je pourrais vous en dire quelque chose la prochaine fois, dit Z. C'est une question intéressante. Je dirais que oui et non. L'histoire n'est pas inintéressante. Mais il y avait la question de notre, euh, projet.

Je fus légèrement distante.

Bon, il pourrait sûrement m'en dire plus. Denoon tenait très secrets ses déplacements au Botswana quand il quittait son domaine. Mais il croyait savoir que Denoon allait passer en ville pour un bref séjour. Il pourrait peut-être en apprendre davantage sur ce point aussi.

Il me tenait et il le savait.

Ne pouvions-nous continuer à nous voir pendant quelque temps, à un rythme de, disons, une fois par semaine, puisque je l'avais si bien tiré d'affaire avec son dos ? Ce sont vos mains qui me manqueront éternellement quand vous serez partie, dit-il, vos merveilleuses mains, votre immense don.

Une nouvelle nuit agitée s'ensuivit, lorsqu'il m'eut laissée seule aux prises avec ma nouvelle obsession. Je dormis fort peu, puis je me levai et fis le ménage, avant d'écrire une nouvelle lettre pleine de mensonges à ma mère.

2 – LE DÉMOCRATE SOLAIRE

Une fête pire que la mort

J'étais très nerveuse le jour où j'ai rencontré Denoon. C'était une nuit lourde et moite, traversée par intermittence de bourrasques et de tourbillons capricieux de vent chaud, ce qui n'avait pas posé de problème tant que j'étais en route avec Z vers la réception, mais se révéla usant pour les nerfs quand nous dûmes patienter avec la populace devant les portes closes de la demeure où nous étions invités. Ces gens qui nous laissaient ainsi dans la rue étaient le directeur de la mission USAID, Arthur Bemis et sa femme, Ariel. Sans doute attendions-nous que nos hôtes soient bien alignés pour nous accueillir.

Le simple fait de pénétrer dans la maison du directeur d'USAID était considéré comme un exploit, à cause du décor : on disait qu'on s'y serait cru en Asie. De la rue, l'endroit paraissait plutôt mauresque : il était ceint de hautes murailles protectrices roses, des céramiques polychromes soulignaient l'arc des vantaux de la porte fermée, et par-dessus les murs on voyait osciller des branches de palmiers. Il y avait énormément de monde, dont une moitié de Batswanas appartenant à la bourgeoisie dirigeante. Nous étions tous sur notre trente et un. Z arborait un smoking à large ceinture, un vrai, mon premier. J'étais en jupe noire froncée et en débardeur, noir aussi. J'avais besoin d'une jupe ample à ce stade. Des jurons fusaient dans toutes les langues tandis que les femmes ployaient et pivotaient sous le vent qui sabordait leurs coiffures élaborées. Comme nous ne voyions pas Denoon dans la ligne d'accueil, Z me rappela que seule la rumeur faisait état de sa présence.

On nous fit entrer dans le parc, mais pas encore dans la maison. Les murs étaient impuissants contre le vent. Le parc avait quelque chose de très lunaire. Des projecteurs décoloraient tout en blanc, et les lampes dispersées dans le parc étaient si violentes qu'elles créaient une rémanence. Il fallait bien regarder ce qu'on voyait. Dans la communauté américaine, l'épouse Ariel était la tête de file des mécontents. Les restrictions d'arrosage qui accompagnaient la sécheresse étaient la dernière goutte qui avait fait déborder le vase, et elle avait fait raser tous ses gazons pour les remplacer par des étendues de graviers blancs importés d'Afrique du Sud. On disait qu'elle avait annoncé J'ai retiré les pelouses marron. Il y avait pénurie de sièges, et ceux qu'on trouvait étaient inhospitaliers, en fer et sans capitonnage. On associait volontiers Ariel à l'Asie, où ils avaient souvent été en poste. Au sein du comité d'accueil, elle était de loin la figure la plus frappante, parfaite dans le fourreau chinois en soie bleu électrique qu'elle portait, vu qu'elle était anorexique. Elle avait les traits anguleux et donnait l'impression d'avoir été embarquée en Afrique contre son gré, et de s'y résigner tant bien que mal. Face à Ariel, Z sembla craindre d'avoir mal compris et que ce fût peut-être une soirée costumée.

Bemis était du genre banquier affable et corpulent, réputé pour sa grande habileté – ce qui était fort possible car il avait les yeux partout. Ariel et lui avaient passé la soixantaine. La sono diffusait une musique syncopée non occidentale, peut-être un enregistrement improvisé d'un orchestre gamelan. En tout cas, c'était ancien et ça grésillait. Z me confia qu'une vague unanime de rancœur s'était levée contre Ariel parce qu'elle recevait vraiment trop peu. Elle tardait le plus possible et puis elle essayait de se rattraper en donnant des réceptions monstres et décevantes comme celle où nous nous trouvions. La nouvelle se propagea que nous allions rester encore un bon moment dehors parce qu'ils avaient pris du retard avec le buffet, qui s'annonçait comme un authentique banquet oriental où tout devait être préparé à l'unisson au dernier moment. Nous mourions de faim. L'épouse Ariel, me glissa Z, était également réputée pour la petitesse des portions. Et il me prédit ce qu'on allait vraisemblablement nous servir : des entrailles de méduses – facétieuse désignation des vermicelles chinois – dans de minuscules bols d'un bouillon âcre où flotteraient des lambeaux de feuilles et des gravillons de viande appelés saté, trempant dans une sauce meurtrière. Le saté se coinçait entre les dents ; et comme il avait un bridge dont la qualité laissait à désirer, il avait apporté des cure-dents ; il m'en donna quelques-uns à titre proleptique. Il y avait amplement à boire. La fête était donnée en l'honneur des commissaires de districts, venus en ville pour discuter de la politique tribale des pâtures. Z m'informa que Denoon avait interdiction de dire quoi que ce fût sur la question, à qui que ce fût, et en quelque circonstance que ce fût. Ce qui me fit supposer qu'il devait être contre, puisque c'était le seul et unique ingrédient d'importance dans la réforme d'exploitation des terres que le gouvernement se fût engagé à entreprendre.

Cela tournait au genre de scène qui vous donne envie de devenir écrivain, afin d'être en mesure de fixer sur papier une forme unique et éphémère de martyre social subi par des gens dorés sur tranche, exception faite de l'observateur. Les rafales de vent ne faiblissaient pas. Z avait raison pour le saté, qui apparut toutefois pendant la phase des amuse-gueules. Des domestiques sortirent avec des plateaux couverts de brochettes, mais ils n'arrivèrent pas jusqu'à l'orée du bois où nous nous trouvions. Où est donc ce fameux *banquet* ? protesta plaintivement un Motswana. Au-dessus de nos têtes étaient suspendues des guirlandes de lanternes en papier enfermant des vraies bougies, une idée déplorable car elles s'agitaient en tous sens et déversaient de la cire brûlante sur des personnalités triées sur le volet. Nous suivîmes le mouvement vers une pergola dressée sur une plateforme construite par-dessus une piscine vidée. Les directeurs de l'USAID n'ont pas le droit d'habiter des maisons dotées de piscines en état de marche. Mais avait-elle été conçue pour supporter autant de gens ? me demandai-je, en sentant les planches ployer sous mes pieds. Tirant Z après moi, je ressortis en pleine tempête.

Chaque détail venait souligner le caractère délirant pris par les événements. Tout rassemblement de deux cents Britanniques ou davantage comprend inévitablement des individus affublés de noms grotesques. Je pense que cela s'explique par la résistance culturelle qu'opposent les Britanniques à la possibilité qui leur est offerte de se rendre au bureau de l'état-civil pour se débarrasser, et débarrasser du même coup sa descendance, de ces noms ridicules. Ou peut-être ne le font-ils pas pour la simple raison que les Américains le font, quand ils se rendent compte que les gens se mettent à ricaner dès qu'ils se présentent. En tout cas, ils étaient tous là : Mr. Hailstones et Mr. Swinerod, I. Denzil Quorme et Mr. Leatherhead, ainsi qu'un couple rondouillard, les Titting. Bref, nous voilà donc tous réunis là avec les Brits aux noms ludiques dans un enclos commun. Le sentiment d'être sous bonne garde était renforcé par la présence de gardes bien réels. Des gardiens aux uniformes brun clair spécialement nettoyés pour l'occasion, disposés tels des cariatides autour de la foule menaçante que nous commencions à former. J'étais obligée de me retenir. Je me répétais Voici le monde créé pour nous par des hommes adultes, *n'est-ce pas*[*] ? Voici la comédie humaine. Je me répétais aussi qu'une excellente façon de se tromper dans le monde réel, c'était de prendre les gens pour des idiots au prétexte qu'ils en avaient l'air. À ce moment-là, quelqu'un haussa le volume de la sono pour bien marquer l'authenticité de ce que nous entendions. L'espoir grimpa d'un cran lorsque Ariel s'engouffra dans la maison. Le comité d'accueil s'était dispersé. Mais voilà qu'elle circulait maintenant parmi nous, affolée par tout autre chose, la recherche de son petit chien.

Pourquoi Denoon aurait-il assisté à un pareil carnaval, alors qu'il n'y avait pas un seul opprimé en vue ?

Quelqu'un se résigna enfin à ouvrir les portes de la maison. Tout ce qu'on disait de sa splendeur était bien vrai. Bienvenue à Macao, murmura quelqu'un à ma droite. Je demeurai saisie en imaginant ce que cela devait coûter au gouvernement, d'expédier tout ça d'un bout à l'autre de la Terre, car il y avait là des meubles massifs, des coffres en tek, des paravents laqués, des bronzes, un immense gong, des vases en céladon. La nourriture correspondait tout à fait à la description de Z. Je grignotai en flânant de pièce en pièce pour tout examiner d'un air soigneusement distrait. Ariel était partout à la fois, crispée dès qu'on approchait d'une de ses possessions. Je me servais de Z pour surveiller d'un œil les arrivées tardives à l'extérieur et il s'y prêtait de bonne grâce malgré l'infernale comédie du vent. Je lui dis Expliquez-moi une chose : ce type est le numéro deux des États-Unis dans ce pays, aussitôt après l'ambassadeur. Et qu'est-ce que cet endroit vous dit ? Imaginez que vous vous rendiez à l'ambassade de Chine, et qu'il s'agisse de la réplique d'une cabane américaine des années trente, toute en rondins ? Vous seriez déconcerté. Est-ce qu'en fin de compte le message se résume à cette expérience kitsch ?

Et pas le moindre signe de Denoon.

Je fis mine de me prendre de passion pour les chinoiseries et de vouloir les voir toutes, ce qui m'entraîna tout naturellement hors des sentiers battus, vers les pièces à usage privé, au fond de la maison. J'étais manifestement en proie à l'irrépressible besoin de m'assurer que Denoon n'était pas caché quelque part. Ma recherche prit fin lorsque, ouvrant la porte d'une pièce minuscule, je me trouvai confrontée à une bourrasque glaciale d'air conditionné et à la vue d'un vieux chow-chow couché sur une couverture, un animal qui n'avait jamais été conçu pour la vie en Afrique. Quand il aboya, ce fut plus une toux qu'un aboiement, mais le bruit fit néanmoins accourir une domestique qui me morigéna d'un air sévère : Mma, il risque de mourir. C'était d'ailleurs l'unique climatiseur en marche dans la maison. Partout ailleurs, d'énormes ventilateurs sur pied balayaient les différentes scènes, poursuivant le thème météorologique du vent qui soufflait sans cesse à l'extérieur. Tout ce mouvement et cette ondulation produisaient un effet presque sous-marin. Il était temps que je me remette à circuler normalement.

Il était également manifeste que mes fréquentations habituelles ressortissaient d'une strate inférieure à celle qui était représentée ce soir. Je ne connaissais que quelques rares personnes, et encore, juste de vue – comme ce duo de frère et sœur venus de Montréal et sur lesquels mon attention avait été attirée quelques jours plus tôt par les braillements d'un petit môme qui les poursuivait dans le centre commercial. Il voulait récupérer un jouet à roulettes, que son frère aîné leur avait vendu sans sa permission. Ils dirigeaient une galerie consacrée à l'art naïf et avaient entrepris ce voyage pour s'approvisionner, notamment en jouets faits de ferraille de récupération que fabriquaient les gosses des quartiers les plus défavorisés et des villages périphériques. Celui que voulait récupérer le petit môme était un spécimen magnifique, complexe, un vélo avec des roues qui tournaient et des pédales qui montaient et descendaient, et un cycliste fabriqué dans un bout de sac en plastique jaune d'hypermarché, rembourré et torsadé, avec un texte imprimé en bleu là où devaient être les yeux, avertissant qu'il ne serait consenti aucun remboursement. Les jambes accompagnaient le mouvement des pédales quand le vélo roulait. Ce jouet était un vrai chef-d'œuvre. Ils le tenaient en l'air comme un calice tandis que le gamin bondissait tout autour d'eux. J'entrai en flânant à la suite des frère et sœur canadiens dans leur refuge d'urgence, la salle de lecture du British Council, et je les regardai essayer le jouet en s'exclamant, jusqu'au moment où quelques Batswanas commencèrent à protester poliment tout bas. Nous bavardâmes à la fête. Ils étaient en mission au Botswana. Ils avaient quelques raisons de penser que, parmi les squatters du quartier d'Old Naledi, vivait quelque part un enfant aveugle qui était un génie artistique et faisait des choses incroyables avec des bouts de ferraille, des radios, des locomotives, des dirigeables, des choses de grande envergure. En avais-je entendu parler ? Jusqu'à présent, ils ne l'avaient pas déniché, mais ils étaient sûrs et certains qu'il était là. Je laissai entrevoir que je pourrais peut-être les aider : ils constituaient le type même de la clientèle sur laquelle je voulais m'étayer en ce temps-là.

Ce n'était pas une scène confortable et je disais le contraire de ce qu'il fallait, par distraction. Il se passait des choses que j'avais le sentiment de devoir comprendre, comme cette domestique qui furetait partout pour bricoler quelque chose sur chaque lampe. Ce n'était rien, mais bizarre – et je fus mal à l'aise jusqu'à ce que je comprenne de quoi il s'agissait : elle versait au compte-gouttes de l'encens liquide sur les ampoules. Je me faufilai dans un groupe de femmes qui parlaient de leurs dernières vacances. L'une d'elles revenait de Grèce et se demandait benoîtement pourquoi toutes les femmes de plus de quarante ans, là-bas, s'habillaient en noir. Quelqu'un leur a dit que c'était amincissant, lançai-je. Elles n'imaginèrent pas un instant que ce fut de l'humour.

Vers le même moment, j'observai qu'une femme en particulier semblait me suivre de groupe en groupe. C'était une épave.

Je me laissai rattraper près du gros acacia.

Me connaissez-vous ? lui demandai-je. Parce que vous semblez me suivre. Mon ton n'avait rien d'hostile. Elle admit aussitôt qu'elle me suivait.

Elle me suivait parce que j'étais américaine et que je paraissais très à mon aise et qu'elle cherchait quelqu'un à qui demander du secours. Sous des dehors navrants, elle était telle qu'on souhaiterait désespérément être au tout début de la quarantaine. Le genre école prestigieuse, club d'anciennes élèves. Elle était en tenue safari version couture et ne pouvait ignorer que c'était un impair. L'invitation spécifiait tenue de soirée, et elle était limite sport chic. Elle avait indiscutablement l'air riche, ce qui excluait pour moi toute affinité. J'ai une réaction marxiste primaire face aux gens riches, cela fait partie de mon tempérament. Non que je sois le moins du monde marxiste. J'aurais fait une admirable marxiste si j'étais née dans une famille marxiste, sans doute, ce qui aurait été la seule condition de s'en assurer. Tant pis pour le marxisme. J'éprouve à l'égard des marxistes ce qu'on éprouve à l'égard des Grecs orthodoxes quand vient le nouvel an et qu'ils assistent à cette messe de rêve, rythmée par les mélopées graves des prêtres, illuminée par l'éclat des cierges, l'or qui luit partout. Si seulement on pouvait y croire ! D'un autre côté, j'ai le tempérament marxiste en ce sens que la recherche analytique du *cui bono*, ou explication matérialiste, m'apparaît presque toujours correcte avec le recul. Et puis j'adore les universitaires marxistes parce qu'ils se muent en véritables chiens de meute quand il s'agit de critiquer le capitalisme tel qu'il existe. Mais pour ce qui est des États de merde que ces bouquets de pensée humaniste ont produits en se décomposant, non merci, non. Denoon savait tout sur le marxisme et adorait en parler. C'était la faute de Marx et d'Engels, disait-il, si Lénine, en prenant le pouvoir, n'avait pas la moindre idée de ce qu'aurait dû être un État socialiste, car ils ne s'étaient jamais donné la peine de le décrire. Engels pensait apparemment qu'une fois réalisé le communisme ressemblerait à la secte des Shakers, mais le célibat en moins. Denoon m'a dit le nom de la personne qui avait véritablement conçu le système russe d'État socialiste. Il est désormais tombé dans l'oubli complet. C'était peut-être Pashukanis. Pas Lénine, en tout cas. J'ai noté ce nom quelque part. Mais aujourd'hui encore je reproche à Denoon de ne m'avoir jamais reconnu le mérite d'avoir défendu ma propre vision du marxisme. Je maintiens que mon attitude a toujours été très nuancée. Il savait par cœur une lettre de Marx, dans laquelle ce dernier gémit que pour lui, il est trop tard pour ouvrir sa petite entreprise. Les riches ont une peau différente et cette femme-là, devant moi, l'avait. En plus, elle était blond cendré.

Elle allait se donner en spectacle si je ne l'aidais pas. Elle avait les yeux rouges, et sa main gauche ressemblait à ces griffes enserrant le globe terrestre que l'on voit, sur certains meubles du dix-neuvième siècle, sauf que dans son cas, le globe terrestre se composait de Kleenex trempés. Je m'aperçus qu'en réalité son gilet safari était parfaitement adapté à la situation, avec ses poches accordéon. Juste au moment où je les regardais, elle en extirpa un nouveau Kleenex et le passa sous ses narines avant de l'ajouter au petit tas qu'elle constituait. Ma première initiative fut de la débarrasser délicatement du monticule que j'enfonçai dans une urne en pierre.

Je veux rejoindre mon mari, dit-elle. Mais je...

Quoi ? dis-je.

Mais je, ils...

Quoi ? dis-je.

Ces hommes. Il y a des hommes.

Soyez plus explicite, dis-je. Je ne sais pas pourquoi j'étais si macho avec elle, mais elle le cherchait et elle semblait aussi y répondre.

Elle paraissait sur le point de tomber. Dieu merci, l'arbuste n'a plus d'épines, me dis-je, parce qu'on dirait qu'elle va s'écrouler dessus.

Vous voulez bien venir avec moi ? demanda-t-elle.

L'espace d'un instant je soupçonnai quelque chose d'autre à l'origine de sa détresse mais j'en perdis la notion quand elle me révéla son nom : Grace Denoon. Aussitôt je devins sa sœur.

Il y avait apparemment une fête, ou une réunion au sein d'une fête. Denoon y participait. Elle savait où c'était. Elle voulait s'y rendre. Elle avait le droit d'y aller. De bout en bout elle considérait à juste titre que son nom, Denoon, serait un élément déterminant, ne nécessitant pas d'autre explication. Serais-je personne à l'accompagner ? Oui. Sans hésitation.

J'étais survoltée, mais à son côté, je me sentais à présent pauvrement vêtue. Il n'y avait rien à y faire. Je me rendis compte que sa jupe était en vérité une coûteuse jupe-culotte. Ce soir-là, je faisais décidément partie des avec-culottes, fine plaisanterie que j'allais plus tard ressortir à Denoon, et qu'il adorerait. Elle portait autour du cou une chose diaphane en soie vert citron, qui dissimulait habilement les rides de son cou si elle en avait. Ses narines me stupéfiaient tant elles étaient petites, deux pépins de pastèque. Comment parvenait-elle à respirer ?

Alors vous viendrez avec moi ? dit-elle.

Bien sûr !

Je ne suis pas vraiment invitée, dit-elle.

Vous n'avez qu'à m'indiquer où ça se passe. Vous êtes sa femme. Vous avez le droit.

Dieu merci, je vous ai trouvée, dit-elle.

Z apparut au moment où je partais avec elle. Il tenait une Castle Lager à peine ouverte, un bouchon d'écume flottant au goulot, et m'annonça que, d'après ses informations, Denoon ne viendrait finalement pas.

Des hommes sérieux

Qu'est-ce que j'apprécie tant dans ces situations où je me retrouve seule femme ou presque dans une pièce remplie d'hommes qui s'efforcent de m'ignorer ? Cela me dope incroyablement. Je rêvais autrefois de m'introduire dans un spectacle burlesque, juste pour observer les réactions du public. Il y eut à la porte un petit défi à relever. Je me faisais l'impression d'être un remorqueur, car Grace me suivait en me tenant par la ceinture. J'eus un peu de mal à lui faire lâcher prise avant que nous ne nous imposions à l'intérieur. C'est sa femme, déclarai-je pour réussir à franchir l'antichambre et gagner le symposium proprement dit.

L'affaire était très improvisée, m'apparut-il. Cela se passait dans une maison d'amis, tout au fond de la propriété, et le mobilier habituel avait été débarrassé pour faire place à des rangées de chaises pliantes installées à l'intention du public, et à un grand fauteuil destiné à l'homme du jour. C'était un espace blanc très nu ménagé dans un bâtiment en parpaings, avec des fenêtres ouvertes sur trois côtés à cause de la chaleur et des effluves odorants de l'humanité en éveil. La pièce n'était pas assez grande pour la trentaine de personnes qui se trouvaient là.

Pitié, me dis-je en apercevant pour la première fois Nelson. Pitié, épargnez-moi des actes d'héroïsme quelle qu'en soit la forme.

Car j'avais face à moi un homme authentiquement beau, hélas. Il était bien sûr plus âgé que sur les photos que j'avais vues de lui. Le bas de son visage était adouci. On y voyait quantité de ridules au coin de l'œil. Il portait toujours les cheveux tirés en catogan court à la manière aborigène, ce qui était courageux, car ce style interdit tout camouflage de front dégarni. Le sien était encore très bien. Ses cheveux étaient toujours noirs, mais avec cet aspect vaguement poussiéreux qu'offrent les chevelures prêtes à grisonner pour de bon. La raie était déjà nettement bordée de gris. Ses pommettes étaient encore magnifiques. De face, il avait l'air désormais plus slave que cherokee, mais c'était une question de poids. Cet homme n'est pas vaniteux, songeai-je en observant que d'un côté ses cheveux lui couvraient l'oreille, et de l'autre passaient par derrière : oui, voilà donc un homme sérieux, selon toute vraisemblance. Les hommes sérieux sont mon type. C'est pourquoi j'avais tant souffert auprès de Martin Wade. Mais il y avait une différence entre eux – mon point de vue est en grande partie rétrospectif bien sûr – en ce sens que le sérieux de Martin était plus étroit et davantage induit par un sentiment de culpabilité. Il traversait des moments de franche irritation contre son destin : pas moyen d'échapper à son devoir, mais il était tellement bon en musique que c'en était vraiment injuste.

J'aurais peut-être dû me faire sculpteur, spécialiste des bustes. J'apprécie une tête en tant qu'unité esthétique – le poids, la pose, la forme. Cela échappe à la plupart des femmes. Ou plutôt elles y réagissent de manière subliminale, mais au niveau conscient elles procèdent à un hilarant morcellement esthétique et détaillent : Ces yeux, Ces lèvres, Ce sourire. Denoon avait une très belle tête. Ma perception plus experte de la tête remonte à la brève période pendant laquelle je me suis passionnée pour l'anthropologie physique, ses photographies face et profil, et ses indices céphaliques. Je m'étais crue futée en ne choisissant pas l'anthropologie physique comme spécialité. Il y avait pourtant eu des ouvertures. Je crois pouvoir affirmer en toute sincérité que j'ai même été discrètement sollicitée, un jour, par une véritable star du domaine. Mais je me suis dit S'il y a un sujet qui ne mène à rien, c'est bien celui-là. Tout le monde là-dedans est soupçonné de l'avoir choisi afin de prouver d'une façon ou d'une autre la sacro-sainte « supériorié » de la prétendue race blanche. Je connaissais au moins un raciste avéré dans ce domaine. Et puis, tous les hommes que j'ai croisés dans cette spécialité étaient mariés, tous sans exception. Mais sans doute aurais-je pu m'y essayer, histoire de semer la panique intellectuelle. Cela aurait allongé la liste des nombreuses gaffes qui ont ponctué ma carrière. En fait, je suis capable de souffrir les pires affres du questionnement intérieur et de m'accuser d'avoir choisi l'anthropologie nutritionnelle pour des raisons stupidement femelles, parce que la préoccupation nourricière m'est naturelle en tant que femme, bla bla bla, d'avoir suivi cette voie pour la même raison générique qui fait que tant de femmes en médecine choisissent l'obstétrique ou la diététique clinique. Denoon était plus enveloppé, au niveau du cou et du torse, qu'il n'avait besoin de l'être. On pouvait l'aider.

Je portai tout de suite un jugement erroné sur la façon dont Nelson était habillé. Il portait un dashiki voyant, avec un motif floral naïf rouge et noir, une sorte de pantalon informe retenu à la ceinture par un lien en mousselinoïde et des sandales de cuir raffinées comme je n'en avais jamais vues. J'en venais évidemment à la conclusion hâtive qu'il était vêtu de manière à montrer à quel point les questions vestimentaires importaient peu à quelqu'un de son niveau et de son sérieux. J'estimai que cela révélait un comportement inutilement combatif et provocateur. J'eus même un coup au cœur en me rendant compte que seul un être objectivement beau pouvait transcender un pareil costume. Par la suite, j'ai découvert qu'il s'habillait ainsi pour une excellente raison, que je jugeais néanmoins naïve. Il se comportait en mannequin. Tout ce qu'il portait ou arborait était l'œuvre d'un membre de son projet. Il prenait même des commandes. Tous ses accessoires provenaient des ateliers de Tsau, y compris une curieuse sacoche en peau de vache en forme d'as de pique et de hideux bracelets en cuir. Non seulement son costume était bien fondé, mais il était autosacrificiel. Pour le moment je me contentai de mon jugement premier, estimant que, au moins sur ce point, il était un peu ridicule.

Grande reconnaissance dans une petite pièce

Quelle était mon attitude ? Jusque-là, Denoon m'impressionnait par son calme apparent au cœur de la tourmente. L'assistance n'était qu'agitation – des types qui s'affairaient, qui échangeaient des saluts, qui vérifiaient l'heure, qui organisaient des expéditions pour renouveler le stock de boissons. L'habituelle tabagie virile régnait mais lui ne fumait pas. Bien que debout, il était au repos. Appuyé d'une main à l'encadrement d'une fenêtre, il contemplait les profondeurs de la nuit. Il était à peu près de ma taille ou un peu moins, ce qui m'allait parfaitement car je considère cette préoccupation de la stature comme l'expression d'une sorte de fétichisme – ce qui m'est facile à dire, je l'avoue, étant moi-même grande. Il me paraissait puissant et je sais pourquoi : j'associe les gros poignets et les coudes massifs à une force physique hors du commun. C'est Nelson lui-même qui éluciderait ce point à mon propos. Les néons diffusaient une lumière très dure. Même s'il pensait pouvoir le supporter du fait de sa peau mate, il s'exposait trop au soleil, à mon humble avis. Mais s'était-il aperçu de l'arrivée de sa femme dans la pièce ? Et où était-elle, à propos ? Avait-il pris cette pose d'homme perdu dans ses pensées pour ne pas avoir à s'occuper d'elle, ou bien s'agissait-il d'une simple coïncidence ?

Grace avait trouvé le seul endroit où se cacher : elle était assise sur un tabouret pliant près de la porte, derrière une grosse plante arbustive en pot. Comme je lui devais entièrement mon entrée dans ce cadre, je la rejoignis. Elle me fit signe de m'éloigner, violemment, mais en limitant au minimum ses mouvements. J'essayai à nouveau, et provoquai ce qu'on doit bien nommer un paroxysme ; je renonçai donc. Elle adossa de nouveau sa tête au mur, haussant ses narines minuscules jusque dans mon champ de vision. L'effet produit était d'un indescriptible raffinement. Je la laissai tranquille. Tout ce que je voulais maintenant, c'était entendre Denoon parler. Je fonctionne à la voix. Je juge beaucoup d'après la voix. Et je me rappelais les louanges de Whoreen.

Ce sera peut-être bien, me dis-je en examinant l'assistance. Il y avait là plusieurs types indiscutablement intelligents, pas des intellects stroboscopiques, mais des gens capables de vous mettre mal à l'aise dans un débat si vous vous aventuriez au-delà des faits établis. Je préfère toujours évoluer parmi les finalistes, et là j'étais servie. Ce que je voulais ? Je voulais que Denoon se révèle un vrai grand homme mystérieux, ou bien alors une imposture dans les grandes largeurs – c'est-à-dire un médiocre – afin que je puisse reprendre le cours de ma fuite éperdue devant l'unintelligentsia et ses œuvres. Je ne sais décidément pas ce que je souhaitais le plus, bien que j'y aie réfléchi depuis lors. Je me rendais compte que je me rejouais le chapitre neuf mille de cet opéra comique suprêmement ennuyeux et inachevé, *Les Médiocres et Moi*, et aussi que je ne n'avais moi-même rien d'assez extraordinaire pour justifier ce stupide élitisme dont je faisais preuve. Mais bon, je ne pouvais m'en défaire et cela me tourmentait, comme à l'accoutumée. La psychogenèse de tout cela ne présente aucun mystère à mes yeux.

J'adorais ces regards détournés que ma présence semblait stimuler.

Je finis par rencontrer deux ou trois personnes prêtes à ignorer mon intrusion et à m'adresser la parole. L'une était un sous-fifre éthiopien de l'UNPD [1]. J'adore les Éthiopiens pour leurs yeux en amandes. Ils me rappellent les chats siamois, par leur sinuosité féline. Je crus comprendre, à ce qu'il disait, que la gauche se réjouissait assez du premier acte, qui avait été consacré à la condamnation du mode de développement capitaliste de l'Afrique. Le représentant local de la Fondation Gustav-Noske paraissait satisfait, et les Suédois aussi, pour autant qu'on puisse déceler une quelconque émotion chez eux. J'observai que le deuxième acte, où il allait attaquer le mode socialiste, promettait d'être savoureux, surtout si l'on gardait en mémoire ce qu'avait naguère dit Denoon, à savoir que le socialisme, c'était comme de tricoter avec des pagaies. Mais au même

1. UNPD : United Nations Development Program [*NdT*].

instant un haut cadre de l'UNPD me vit converser avec mon contact, lequel s'évapora aussitôt.

Je me plaçai auprès d'un Motswana du Commerce et de l'Industrie, que je m'attendais à voir contrarié – mais qui ne l'était pas. C'était surprenant, en un sens, car le Botswana est un pays capitaliste. Un certain socialisme existe – habitat subventionné, prêts pour acheter des voitures, et ainsi de suite – pour le plus grand profit des fonctionnaires, mais la classe politique dans son ensemble soutient sans réserve le capitalisme aux griffes et aux crocs ensanglantés, ce qui explique pourquoi l'Occident aime tant ce pays. Quand l'homme qui venait d'y être élu président n'en était encore que le vice-président, il s'était levé en plein parlement pour affirmer Si un homme peut s'enrichir en vendant de l'alcool, qu'il rende donc alcoolique la nation entière. Alors que pensaient-ils, au Commerce et à l'Industrie, de Denoon, ce type qu'ils sponsorisaient et qui crachait sur le Botswana capitaliste, joyau de la couronne de la réussite capitaliste, avec le Malawi et la Côte-d'Ivoire ? Je constatai qu'ils semblaient tout bonnement satisfaits. Tout était pour le mieux, c'est-à-dire formidable en idiome sud-africain. Me revint comme un flash cette impression que j'avais éprouvée de temps en temps en observant les Batswanas assister au grand jeu des blancs intitulé « Gouvernons votre pays ».

En même temps, je m'efforçais de garder un œil sur Grace et de comprendre ce qui pouvait bien se passer pour qu'elle se fasse si petite derrière sa plante arbustive. Elle avait toujours l'air complètement dérangé. Souviens-toi qu'on est en Afrique, m'enjoignis-je, où les malades des hôpitaux courent en pyjama dans les rues. Les yeux étincelants de Grace n'étaient rien. En Afrique de l'Ouest, les fous faisaient partie du paysage urbain. Et puis j'étais sûre qu'il y avait chez elle quelque chose de faux, quelque chose où entrait la ruse, ce que je décidai de trouver rassurant. J'aurais dû être plus fraternelle avec elle, mais je n'y arrivais pas. Elle était extrêmement belle, ce que je devais oublier un peu si je ne voulais pas être dévorée de jalousie pour ses petites hanches dérisoires et sa poitrine juste comme il faut. La mienne n'est pas taillée pour une personne active. Elle conviendrait mieux à quelqu'un de parfaitement oisif. Je suis bâtie pour faire des enfants, ce qui était bien la dernière chose que je souhaitais – mais en la regardant je me consolais en me disant que si d'aventure je tombais enceinte, selon l'expression en vigueur, je serais en meilleure forme qu'elle. Elle avait un buste parfait en ce sens qu'il était idéal pour galvaniser la muflerie si elle choisissait de se tenir bien droite en inhalant, idéal en ce sens qu'elle pouvait laisser passer une kyrielle de types dans un étroit couloir de train sans avoir à leur tourner le dos à chaque fois. Il était évident qu'il se passait entre elle et son mari quelque chose d'indéfinissable. Et qu'elle avait élaboré un plan à ce sujet. L'un de mes talents consiste à savoir distinguer instantanément, dans une pièce pleine de gens, la majorité de ceux qui se trouvent là sans raison active et la poignée de ceux qui ont un projet en tête.

J'aurais dû être plus gentille avec elle. Mais quelque chose, à son propos, m'échappait. Son visage avait vraiment la forme d'un cœur. J'adorais ses dents. Elle était la parfaite incarnation de la taille qui était la sienne : toute en proportions, rien à redire. Se pouvait-il qu'elle fût d'origine sudiste ? Car il émanait d'elle des effluves de séduction, quand bien même elle n'y était pour rien : tout ce qu'elle faisait, c'était d'éprouver du malheur et de concocter un plan voué à l'échec. Elle aurait pu être dans ma classe, une de ces filles aux neuf cents pulls en cachemire, des cachemires qu'elle aurait tirés de son placard comme autant de Kleenex. Je n'ai jamais demandé à Denoon si elle venait du Sud. Dans mon lycée, on était classé en fonction inverse du nombre de fois où l'on portait les mêmes vêtements, et surtout les mêmes pulls. À mon humble avis, la vie ne devrait pas être plus pénible qu'elle l'est déjà. Je me rappelle toutes les improvisations et tous les camouflages désespérés qu'il me fallait mettre en œuvre pour déguiser l'atroce brièveté du cycle de vêtements que j'avais à ma disposition. Ce souvenir parvient encore à me glacer le sang.

Qui était ce Denoon, à propos ? me demandai-je : quelle classe, quel milieu ? Denoon n'était pour moi qu'un patronyme irlandais, et aucun indice particulier ne me titillait. Évidemment, ce qui jouait en sa faveur, c'était que sa qualité d'intellectuel céleste le plaçait désormais hors de toute catégorie. Je dus me secouer et me rappeler que l'information à laquelle j'aspirais n'allait pas tomber du ciel du simple fait que je l'observais fixement.

Il était temps de reprendre.

FARCE ÉCRITE AU SANG HUMAIN :
LA DESTRUCTION DE L'AFRIQUE
PAR SES BIENFAITEURS, SANS EXCEPTER
LES PERSONNES PRÉSENTES

ACTE DEUX

DENOON :

Je sais très bien que si je prononce le mot socialisme, j'évoque une notion assez populaire dans certains milieux des alentours. Et c'est bien compréhensible.

LA CLAQUE DES JEUNES DU FRONT SOCIAL DU BOTSWANA :

Hyah hyah !

(Reproduction semi-parodique du « Hear Hear » que, sur le modèle britannique, on entend au Parlement du Botswana.)

DENOON :

Bon. Mais comme j'ai formulé de vives critiques sur les avancées du capitalisme au Botswana, je me hâte de préciser que je n'envisage pas le socialisme comme un remède, au cas où quelqu'un ici l'imaginerait.

UN MARXISTE, ISAAC MBAAKE, SECRÉTAIRE À LA JEUNESSE DU FRONT SOCIAL DU BOTSWANA :

Peu importe, car nous savons tous ce que vous défendez. Vous êtes partisan du *suigénérisme*, alors n'allez surtout pas vous imaginer que vous pourrez nous surprendre. *(Il termine sur son fameux rire sec, sa marque personnelle.)*

UN SUÉDOIS :

Je crois que personne n'est intervenu de manière intempestive jusqu'à maintenant, non ? Je pense que nous aurons tous la possibilité de poser nos questions en temps et heure...

DENOON :

Non, tout va bien, ça va. Je connais Isaac. Nous sommes camarades. Il ne le dirait pas, mais moi je le dis. L'interruption ne pose pas de problème, camarades, tant qu'elle reste modérée.

Bon. Je commence toujours par affirmer que je ne suis pas contre tout système par principe. Je collectionne les systèmes. Je suis agnostique en ce qui concerne les systèmes, mais je les adore. Ce que je dis, c'est que nous devrions interroger de la même façon tous les systèmes envisagés. Premièrement, quels en sont les fruits, et deuxièmement, ou peut-être même avant tout, quelle coercition faut-il pratiquer sur les gens pour que ça marche ?

Voilà donc cette fameuse voix, un baryton profond au timbre magnifique, comme prévu. Quel atout ! Mais mieux encore, il semblait n'avoir aucune idée du trésor qu'il possédait là. Lorsque j'y fis allusion pour la première fois, plus tard, il ne s'y arrêta guère. Cela lui fit plaisir, et il se souvenait en effet que des gens lui avaient déjà dit quelque chose de ce genre, mais tandis que je le complimentais, son esprit œuvrait déjà à autre chose. Il y a des acteurs qui ont des voix superbes, mais cela n'a aucune portée parce qu'on sait qu'ils connaissent la beauté de leur voix. Stuart Whitman en est un cas exemplaire. Quand ils parlent, c'est comme s'ils tenaient leur voix en laisse, tel un borzoï qu'ils conduiraient à une exposition canine.

Il poursuivit sur la bonne attitude à adopter face aux systèmes. Il y avait par exemple un excellent livre intitulé Redéfinition du socialisme corporatif, *non qu'il fût un socialiste corporatiste... Il fallait être pluraliste et prendre ce qu'il y avait de bon dans un système s'il remplissait certaines conditions... Tous les systèmes forment des ensembles, des mosaïques.*

Ce qu'il faisait était pétri de bonnes intentions, mais restait théorique. Il s'attardait trop longtemps là-dessus.

DENOON :

Alors, juste pour faire contrepoids à mes livres, je veux énumérer ici les cinq objections les plus sérieuses au remède socialiste pour l'Afrique – et par socialisme j'entends ce qu'entendent les camarades, à savoir le modèle orthodoxe qu'on trouve à Cuba, en Allemagne de l'Est ou en Birmanie, ou encore récemment en Guinée.

Je pense que c'est là qu'il a perdu son public avec une plaisanterie sur le socialisme cubain, qui relevait du cubisme social.

Mais il n'entrait toujours pas dans le vif du sujet. *Il était trop proleptique et trop mielleux. Les camarades étaient censés se réjouir qu'il n'y eût que cinq objections, car il en avait opposé neuf au capitalisme. Pour lui, il y en avait neuf. Et puis il ne fallait pas oublier que si le socialisme pénétrait en Afrique, ce serait une Afrique déjà aux trois quarts intégrée dans le système capitaliste mondial, autrement dit, construire le socialisme ne reviendrait pas à partir sur une île déserte avec ses meilleurs amis et redémarrer à zéro. Il nous faisait tourner en bourriques, avec ses mises en garde. À propos, les camarades savaient-ils que Karl Marx n'avait jamais mis les pieds dans une usine ?*

DENOON :

Tous les étudiants qui écrivent pour *UBScope* terminent leur article par VIVE LE SOCIALISME SCIENTIFIQUE en majuscules.

Mais ensuite les auteurs de ces articles entrent dans l'administration, et plus jamais on ne les entend parler à ce sujet, sauf pour entretenir une petite flamme dans leur cœur et peut-être voter pour Boso [le Front social du Botswana].

Je dis que les gens qui prônent le socialisme et seulement le socialisme utilisent ce prétexte pour ne rien faire – et pis encore, pendant ce temps ils récoltent les fruits qui leur tombent dans les mains parce qu'ils appartiennent à une classe à laquelle le capitalisme distribue ses profits tout en entraînant la masse du peuple dans une misère plus noire encore qu'auparavant.

Et je dis que si un jour, par magie, les rues se muent en fleuves de poings brandis, et que le peuple vient chercher dans leurs bureaux les types qui crient aujourd'hui « Vive le socialisme scientifique » pour leur dire Le jour est venu, eh bien je dis que ce jour-là, vous aurez franchi la première étape d'une catastrophe.

Parce que votre socialisme est une réponse rhétorique à des problèmes réels.

Maintenant je vais vous dire pourquoi.

Dieu merci, me dis-je. Je sympathisais parce que, jusqu'à présent, il avait eu du mal à trouver le juste ton pour lancer sa harangue. L'un de ses problèmes, c'est qu'il avait trop de choses à dire. Et je voyais bien qu'il aimait l'idée de progresser face à des ennemis, en manipulant les gens de manière à leur inspirer une cordiale hostilité à son endroit. Je le voyais venir. Trop visible aussi, songeais-je, sa sympathie pour les gens qu'il essayait d'amener à des définitions antagonistes d'eux-mêmes. En outre, il se trouvait devant un groupe très hétéroclite et ne s'intéressait absolument pas à s'adresser aux membres les plus raffinés de son auditoire, puisqu'à l'évidence leurs opinions étaient déjà faites – il avait néanmoins besoin de gagner leur respect et mettait donc en œuvre quelques petits trucs allusifs pour montrer qu'il n'utilisait qu'une partie de ce qu'il savait ou de ce qu'il pouvait dire. C'était la jeunesse qu'il visait, mais là aussi le terrain était miné. Un des risques était de donner une impression de condescendance. Parce qu'ils étaient jeunes, ou parce qu'ils étaient africains, ils disposaient d'un jeu moins étendu de références politiques, ou plutôt d'un jeu différent, devrais-je dire. Il adaptait sa manière de parler à l'anglais d'Afrique. On mentirait si l'on niait qu'on parle plus lentement, et en articulant davantage, quand on parle anglais à des Africains. Le fait est que l'anglais qu'ils apprennent à l'école est prononcé de manière très articulée, en insistant sur les consonnes. On a beau le savoir, on a quand même l'impression d'être condescendant quand on le fait, et on transpire. Une dernière chose contre laquelle je le voyais clairement lutter, c'était sa conviction de détenir toutes les réponses. Il s'était creusé la cervelle jusqu'à l'os, à force de réfléchir à ces questions. Cela ne prenait pas la forme de l'arrogance mais plutôt d'une irrépressible certitude, ce qui peut être tout aussi irritant. Il y a dans cette analyse une bonne part d'illusion rétrospective, je l'admets, mais l'essentiel m'est venu progressivement, un peu à la fois, même si mes discussions ultérieures avec Nelson l'ont ensuite renforcée.

MBAAKE :

Et alors, nous sommes condamnés à périr pendant que les *makhoas* se disputent sur la façon dont nous devons vivre ?

DENOON :

C'est exactement ce que je dis – vous périssez maintenant, pas vous personnellement mais bon nombre de vos concitoyens, et attendre l'avènement du socialisme n'est pas la solution pour cesser de périr.

Le voilà qui recommençait avec ses périphrases. Et revoilà le capitalisme : les blancs occidentaux – ou le système du marché, l'un ou l'autre – abattaient les forêts de l'Afrique de l'Ouest au rythme de cinq pour cent par an, ce qui entretenait la sécheresse qui étranglait tout le monde dans le Sud. J'imaginais un début de conférence de Denoon Bonjour, puis-je commencer par des digressions ? Je le lui ai dit d'ailleurs.

DENOON :

Il n'y a pas de socialisme sans eau.

Il laissa flotter l'idée, dans l'intention de montrer que, dans son application à l'Afrique de l'Ouest et du Sud, le capitalisme était comme une tenaille et desséchait tout. Ce n'était pas très adroitement amené. J'aurais pu faire mieux. C'était un amalgame confus entre la déforestation causée par le marché et le trafic de pompes de forage dans le Sud.

Alors l'Occident blanc dit Ah, la sécheresse, tenez, achetez des pompes de forage et nous allons même vous prêter ou vous donner les derricks pour creuser, emmenez votre bétail de plus en plus loin à l'intérieur du Kalahari et allez y détruire la végétation, et en même temps installez un champ de puits à Lobatse et pompez tout ce qui reste d'eau fossile dans cette partie du pays pour que la construction puisse reprendre et qu'on puisse amener plus de gens sur une terre qui se transforme en écorce desséchée. Ah, et pendant ce temps-là, continuez à nous acheter de plus en plus de diesel pour faire marcher vos pompes, merci beaucoup.

Personne ne dit qu'il faut attendre de voir. Je dis précisément le contraire. Nous devons immédiatement regarder autour de nous et chercher le moyen d'interrompre notre destruction dès maintenant.

À propos, Karl Marx était un *lakhoa*, si je me souviens bien. Et malheureusement, dans son projet auquel tant d'entre vous préfèrent se raccrocher, le monde naturel n'est qu'un facteur de production, de surcroît inépuisable. Alors...

UNE VOIX :

Alors vous devez vite nous prêcher le développement vernaculaire, n'est-ce pas ? Afin que nous puissions être sauvés à temps.

DENOON :

Ah ! Seigneur – *sombrement.* Je n'ai pas utilisé l'expression « développement vernaculaire » depuis 1968. Et je ne suis pas ici pour prêcher auprès de qui que ce soit ce projet ni aucun autre dans l'intention de sauver le tiers-monde ou le monde entier. Pas ce soir. Ce soir, je me garderai de pêcher par *hubris.*

Mais je veux juste dire... *Je sentais venir de nouvelles circonvolutions. J'aurais voulu rejoindre Boso sur le champ. J'avais envie de lui crier de nous citer les cinq péchés du socialisme ou de se rasseoir.* Mais je veux juste dire que si vous attendez de voir la dispute entre *makhoas* capitalistes et *makhoas* socialistes aboutir à la victoire d'un des deux camps – *il parlait à présent un pur anglais-para-africain sans s'en rendre compte* – alors là, n'attendez plus. Car le capitalisme a déjà gagné. La république capitaliste mondiale est ici. La mère Russie est endettée auprès des grandes banques, chaque jour davantage, sans même parler de la mère Pologne. Le marché arrive ! Le marché arrive ! pourrait-on dire. Le socialisme se décompose.

Ah, mais la discussion continue, bien sûr : dans les universités.

Tout ce que je dis, c'est que la conversion de la Russie s'opère derrière le dos des généraux et des commissaires. Elle est déjà faite.

Grondements et murmures de désapprobation de la gauche.

DENOON :

Mais laissez-moi suivre le fil de mon raisonnement sur le socialisme.

Disons que vous vouliez supprimer la possession privée des outils de production et tout confier à l'État. Soit, mais il faut dans ce cas être prêt à payer cinq surcharges, des surcharges très lourdes. Ce sont des coûts récurrents, permanents, qui ne disparaîtront jamais. Ils sont intrinsèques à votre système.

Ce sont aussi des coûts dont on ne parle guère dans la littérature – ou réitérature, pourrait-on dire.

Voyons donc : le coût numéro un, puisque vous avez perdu l'usage du marché, qui organise tout gratuitement, c'est qu'il faut instaurer un système de planification. Et payer des gens pour le faire. Beaucoup de gens. Historiquement, cela a absorbé vingt-cinq à trente pour cent de la main-d'œuvre totale, juste pour assumer cette tâche. Il faut donc détacher cet énorme bloc de main-d'œuvre, le détourner du travail productif, de la fabrication des choses, juste pour accomplir cette unique fonction, la planification, aussi bien que possible, ce qui n'est franchement pas concluant la plupart du temps. Il faut aussi trouver des gens pour le faire – ce qui n'est pas si facile en Afrique, en grande partie par la faute du capitalisme mais pas entièrement, puis les former, et les rétribuer. Et la majorité d'entre eux seront parmi les meilleurs talents des diverses générations. Et ils devront consacrer leur intelligence à cette tâche. Donc, c'est le coût numéro un.

MBAAKE :

Je rappelle à mes camarades – *prononcé « camraids » en anglais africain* – que notre camarade orateur nous a dit Oh oui, le socialisme, c'est comme de tricoter avec des pagaies. On peut le faire mais pas longtemps, et le vêtement laissera à désirer, a-t-il dit. De même, notre camarade orateur – *il lit maintenant une fiche* – a dit, et il n'y a pas longtemps, pas en 1968, Oh oui, le capitalisme étrangle l'Afrique noire et c'est le socialisme qui l'enterrera. Il a dit ces choses.

DENOON :

Bon, c'est vrai. Je l'ai dit pour provoquer. Mais permettez-moi de passer au coût numéro deux.

Le numéro deux, c'est que sous un régime socialiste, vous allez devoir consacrer de l'argent à l'achat de technologie, toujours plus récente et toujours meilleure, auprès des États capitalistes. Et pour toujours. Parce que sous le socialisme, malheureusement, il n'y a pas d'invention, autrement dit d'innovation. Si vous me demandez pourquoi, je dois vous dire que je n'en sais rien. J'ai des idées sur la question. Mais je constate que l'invention de choses nouvelles est très limitée dans toutes les sociétés hors marché, et pas seulement socialistes.

Alors si vous voulez vous procurer les derniers produits, vous devrez les acheter, les voler, ou vous en passer.

Mais au niveau gouvernemental, on s'aperçoit que les dirigeants ne veulent pas s'en passer, surtout s'il s'agit d'un type d'armement plus performant. Et vous pouvez être assurés que l'Occident va continuer à produire des canons et autres colifichets toujours plus séduisants. J'espère que nous nous en rendons tous bien compte.

MBAAKE :

Si vous pouviez causer de tous ces problèmes intrinsèques relatifs au socialisme plus brièvement dans le temps, s'il vous plaît, afin que nous puissions nous aussi prendre la parole. Si cela ne vous dérange pas. Parce que nous voyons bien que vous nous racontez juste des âneries. Parce que nous savons que le socialisme arrive, quoi qu'en dise tel ou tel *makhoa*. Parce que les Africains ont toujours été des socialistes, dans nos villages nous étions socialistes quand Karl Marx n'était pas encore né, encore moins son grand-père. Nous sommes socialistes par le sang. *Quitte à devoir rester debout pour intervenir, Mbaake alla s'adosser définitivement au mur.*

VOIX BOSO :

Hyah, hyah !

DENOON :

Eh bien, voici pour moi une tentation. *Je le voyais bien.*

J'aimerais parler du socialisme africain, et de la question de savoir si le village a jamais fonctionné comme une institution authentiquement socialiste. *Je lui enjoignis in petto de n'en rien faire.*

On a écrit bien des contre-vérités sur ce sujet. *Je le suppliai intérieurement de s'en tenir à sa liste de contrôle. Mais aussi parce que cela m'intéressait.*

Le coût numéro trois, que vous ne verrez jamais figurer dans aucun tract du Boso, c'est le coût de la suppression de l'individualisme possessif. On pourrait dire que le socialisme est une plante annuelle, mais que l'individualisme possessif est une vivace d'acier. Il s'agit là d'un coût qui vient se surajouter à ceux de la criminalité générale, laquelle n'a encore disparu dans aucune société socialiste. Je me réfère là au coût de l'éradication d'une nouvelle classe d'activités désignée sous l'appellation de crimes économiques, telles que la peine de mort pour les gens qui spéculent ou qui stockent. Tous les crimes, mais surtout ceux de ce nouveau type, étaient censés disparaître quand le capitalisme serait renversé et que l'homme nouveau socialiste serait enfin libre de s'épanouir. Mais l'homme nouveau socialiste, *l'homo beneficus*, n'existe pas ; il n'a jamais existé. Bien entendu, quand on se plaignait auprès de Lénine des brutalités infligées à son propre peuple, il répondait qu'on ne faisait pas d'omelette sans casser des œufs. Bon, mais aujourd'hui l'omelette est cuite, et ses successeurs continuent à casser des œufs. Voilà donc le numéro trois.

J'espère que vous me croirez sur ce point-là, même si c'est le seul. Notez bien que je ne dis pas qu'il soit impossible de faire marcher les institutions économiques coopératives sous prétexte que nous avons besoin de notre ami *homo economicus* pour les soutenir. Bon. Je dis simplement que pour y parvenir, il faut être rusé comme le serpent... Mais passons maintenant au numéro quatre.

Quatre. Quoi que vous pensiez – quoi qu'on puisse penser – de l'idée de donner au Botswana une économie industrielle socialiste, souvenez-vous que l'économie du Botswana, comme celle de l'Afrique entière, est fondée sur l'agriculture. Montrez-moi un pays socialiste, et je vous montrerai un importateur de produits agricoles. Même à présent, vous – nous vivons de l'aide alimentaire allouée par l'Occident. J'observe que Boso parle de fermes collectives. Mais croyez-moi, l'application du socialisme – c'est-à-dire, la transformation du travail agricole en labeur salarié – a tourné partout au désastre. Le socialisme industriel est une chose. Le socialisme dans l'agriculture – hormis le cas particulier du kibboutz – ne peut pas marcher. La dernière des nombreuses fermes collectives établies au Kenya après l'indépendance a fermé l'an dernier. Si vous choisissez une seule des propositions que j'ai évoquées ce soir pour l'étudier et la réfuter, choisissez celle-là.

Une raison pour laquelle vous devrez importer de la nourriture et la payer cash, c'est que, étant un pays socialiste, vous ne recevrez d'aide alimentaire que si votre peuple sombre au même degré de famine que celui du Mozambique.

Cinq fut une catastrophe. Il ne parvint pas à le schématiser suffisamment, et pendant l'énoncé certains s'ennuyèrent à mourir. Mes notes, rédigées le soir-même en rentrant chez moi, rapportent qu'il y a deux méthodes pour s'assurer de la plus-value sociale – confiscatoire par le biais de l'État, ou bien individuelle et volontariste, par laquelle les gens se donnent du mal et se forcent à épargner. Je crois que ce qu'il voulait montrer, c'est que le taux d'accumulation de capital était beaucoup plus bas dans les systèmes où l'on ne pouvait compter que sur la première méthode, et que cela s'exprimerait par la nécessité d'emprunter perpétuellement à des économies de marché plus fécondes.

Se rattachait à cela un développement sur la lenteur d'adaptation des systèmes socialistes en général, et le fait que les unités efficaces devaient subventionner les unités inefficaces dans des proportions inimaginables. Comme les gens obtiendraient leurs emplois pour des raisons politiques et que l'efficacité des entreprises ne serait contrôlée à aucun stade, les unités inefficaces se multiplieraient et encombreraient l'économie. Désormais, j'écoutais davantage la voix que l'homme.

Je surpris le regard de Grace posé sur moi. Je devais être captivée. Il me sembla saisir un éclair de triomphe dans ses yeux avant qu'elle ne les détourne.

Il réussit sa conclusion, à savoir, en bref, qu'un socialisme orthodoxe, pour lequel on pouvait fort bien opter au demeurant, était un système plus lent, plus rigide, et plus fragile dans la mesure où la prise de décision y était centralisée et où l'on ne pouvait procéder à aucune mutualisation des risques, et qui imposait d'aberrants coûts récurrents, inconnus dans les économies des systèmes dits rivaux. Et même si la répartition des profits au sein du socialisme était plus égalitaire – sa vertu souveraine –, il se dessinait à long terme une tendance discutable à l'inégalité. Il fallait également garder en tête ce qu'il avait dit de l'incompatibilité du socialisme et de l'agriculture.

On entendit un mélange d'exclamations pour et contre. Soudain, quelqu'un de l'ambassade de Russie apparut, et je suppose qu'il était censé dire quelque chose – mais il se contenta de hausser les épaules. Il s'était malencontreusement absenté de la salle. Mbaake était tout prêt. Il faisait le geste de haut en bas que les Batswanas utilisent pour faire de l'autostop au lieu de lever le pouce – une manifestation de sarcasme.

DENOON :

Je veux juste dire...

Nouvelles exclamations, notamment : « Ouf ! » et « Menshevik ».

DENOON :

Camarades, je veux juste dire...

Si je cherche dans mes souvenirs l'empreinte que j'ai laissée sur Denoon plutôt que l'inverse, en voici une dont je puis être sûre : je lui ai fait cesser d'employer à tout moment l'entrée en matière « Je veux juste ceci », « je veux juste cela ». Je l'ai convaincu que c'était toujours perçu comme un début d'excuse. Je l'ai particulièrement mis en garde contre cette ouverture en matière de conversations téléphoniques. Il l'a bien compris et, après deux ou trois faux départs, il a complètement cessé.

MBAAKE :

Allons, s'il vous plaît, mon cher camarade – *intonation sardonique* – tenez bon, car vous alimentez la confusion. Car vous criez d'abord à bas le capitalisme qui fait des esclaves, et la fois d'après vous dites qu'il faut éviter le socialisme scientifique pour ne pas payer cinq lourdes surcharges. Alors il faut rester à nous tourner les pouces pendant que tout autour de nous des types blancs entreprennent tout ? C'est juste que Karl Marx a mis très longtemps à découvrir tout ce que les blancs nous ont empêchés de faire depuis des années. Et une fois que nous redémarrons avec le socialisme, vous oubliez de rappeler que l'homme blanc nous tue toujours, comme avec Asegyefo Nkroumah.

Maintenant vous devez nous dire quel est ce *suigénérisme* vers lequel nous devons nous tourner, et ce qu'est – *dit de façon très mordante* – le développement vernaculaire.

DENOON :

Mais je vous répète encore une fois que je n'ai plus utilisé cette formule que vous venez d'employer depuis au moins douze ans ! Et je veux juste dire que je m'écarte de mon sujet, qui est simplement de parler des villages ; pouvons-nous maintenant, là, déterminer ce qui est faisable pour sauver le village ?

Et ce que j'ai fait jusqu'à maintenant, c'est de dire Un, le capitalisme tue le village partout, le saigne, le tue, l'étrangle, vole ses jeunes. J'espère avoir bien établi cela, car je crois avoir vu mes camarades être tout à fait d'accord.

Et donc, Deux, le socialisme est-il le moyen de sauver le village ? Ce que je m'attendais à entendre dire, et à quoi je m'apprêtais à répondre d'avance Non, pour gagner du temps.

Ce soir, je n'aborde pas la question des systèmes généraux, sauf pour réfuter les objections par avance. Un, première question : Qu'est-ce qui détruit le village ? Réponse : le capitalisme. Deux : Qu'est-ce qui peut sauver le village ? Réponse : attendre le socialisme. La première réponse est juste, mais la deuxième est fausse. Alors, au sujet des villages...

UNE VOIX :

Alors si nous voyons la révolution se faire sous nos yeux, ce sera juste un attrape-nigaud ?

DENOON :

Ah, la révolution !

Rien n'est plus intéressant que la révolution, je devrais plutôt dire l'insurrection, car toute l'imagerie de la révolution vient de l'insurrection, qui est tout autre chose.

Je suis tellement loin de mon propos que cela me rend nerveux.

Je devrais me contenter de dire que, même si vous pensez que le socialisme est la voie, une voie, pour sauver le village, dans ce cas la révolution est le pire moyen d'amener le socialisme – absolument, sans conteste, le pire.

C'est ce que je tentais d'exprimer quand j'ai dit, il y a longtemps aussi, que le socialisme est la continuation du mouvement romantique par tous les moyens. C'était une parodie à la fois de Clausewitz et de certaines gens, socialistes, qui n'existent plus, qui formaient le parti des Panthères Noires. Révolution égale insurrection, et l'insurrection est l'icône au cœur du socialisme.

Vous comprenez pourquoi ! Les socialistes, surtout les jeunes socialistes, adorent l'idée de révolution. Tous les groupements d'étudiants en sociologie et de bibliothécaires veulent s'appeler le parti révolutionnaire de la gauche ou le parti de la gauche révolutionnaire ou le parti du peuple révolutionnaire de gauche – n'importe quoi, pourvu que révolution figure dans le titre. Rien que de très compréhensible. Tout ce que nous voulons dans une société, c'est ce que nous voyons apparaître chez les gens au moment de l'insurrection. La spontanéité ! La hiérarchie spontanée ! Le sacrifice de soi ! Les nuits blanches ! Le travail jusqu'à l'épuisement total ! L'audace ! La camaraderie ! Le carnaval derrière les barricades – ce que l'on ressent quand la police vient d'être chassée du quartier ! Les œufs gratuits, les marchandises gratuites... jusqu'à ce que les magasins pillés soient vides. Un homme, un fusil ! Sans oublier ce que l'on éprouve quand on ouvre en grand les portes des prisons ! Quel magnifique moment ! C'est le moment que le vrai socialiste vénère et qu'il imagine incarné dans la société dès le lendemain matin.

Voici la solitude intellectuelle qui montre le bout de l'oreille, me dis-je. Il était évident qu'il avait une sorte de propension hystérique à parler, qui s'aggravait à mesure qu'on l'interrompait. Il tournait dans tous les sens. Qui était Clausewitz pour Mbaake ? Denoon était censé s'adresser à la jeunesse, et il parlait de Clausewitz ! C'était un homme trop isolé. Je n'avais pas idée de qui se trouvait à ses côtés dans la brousse, mais cette scène donnait à penser qu'ils laissaient à désirer comme partenaires de discussion. Cette espèce d'hystérie m'était familière. J'avais vécu la même chose en débarquant des collines de Tswapong à Keteng. Je pourrais être utile à cet homme. J'adore parler, inutile de le préciser. Aussi, je m'enchantais de goûter la majeure partie de son baratin, même si c'était un peu en dehors de mon domaine universitaire. J'adore parler. On me considérerait même, sans vantardise, comme une conteuse. Je me rappelle les plaisanteries, par exemple. Mais, encore une fois, je me souviens de tout.

Il commettait encore une autre erreur par pure routine : il tenait des propos qui auraient pu passer pour des réparties humoristiques dans d'autres situations, mais pas dans ce contexte-là. Qu'est-ce que ça pouvait bien faire à son auditoire, qu'il soit disposé à dire qu'il était connu pour son goût des demi-mesures, et que s'il avait participé à la révolution d'Octobre, il aurait proclamé le « pouvoir mesuré pour les soviets » ?

Et c'était aussi théorique et du même acabit, de recommander en passant des livres comme Terre et Civilisation *et* Socialisme révolutionnaire *que personne n'aurait pu se procurer au Botswana pour un million de dollars : ils étaient même introuvables à Londres ou à New*

York. Il s'est défendu sur ce point. Il n'avait mentionné Terre et Civilisation *que pour citer l'expression-clé : « L'homme est un parasite sur la terre », qui l'avait frappé quand il l'avait lue pour la première fois. Je conviens que l'homme est un parasite, mais je lui fis observer que mentionner des livres, quand il argumentait, sur lesquels ses interlocuteurs ne pouvaient pas espérer mettre la main un jour, ça rend l'humanité folle. Nous sommes dans le tiers-monde, lui rappelais-je. Mentionne des livres dont tu possèdes des exemplaires, ou au moins des copies des principaux passages.*

DENOON :

Expliquant que les sentiments qui débordent au début de l'insurrection finissent par s'évanouir. Le moment est artificiel et fondé sur la montée d'adrénaline et cetera. Les prisons se remplissent de nouveau. Si vous ne prenez qu'un exemple, regardez l'Algérie. Évidemment, il y a beaucoup plus à dire sur le sujet, et je vois que mon collègue du Gouvernement Local et des Territoires ne sourit pas du tout.

Et donc, malgré toute mon appréciation de l'occasion que vous m'avez offerte de pontifier – *voilà qu'il recommençait* – je devrais revenir, ou plutôt je dois revenir à mon propos, qui est : Comment pouvons-nous, nous tous et de tous bords, nous unir pour préserver et sauver les villages du Botswana ? Nous devons retourner au village.

VOIX BOSO :

Oui, au village ! Au village ! Oui, retournez au village ! *Retour au village ! devint le cri prédominant. Denoon attendit patiemment le retour du calme.*

DENOON :

Au village, donc...

MBAAKE :

Mais alors vous ne voulez pas nous dire ce qu'est le développement vernaculaire ni ce qu'est votre grand projet, même en termes... en termes... en termes... concis... *Mbaake était excité, ce qui se traduisait non par un bégaiement véritable mais par un syndrome de répétition des mots. Je sentis qu'il avait une carte dans sa manche.* Ni de nos ancêtres pour discuter s'ils étaient socialistes ou quoi.

DENOON :

Mon propos, comme je l'ai dit, est d'évoquer diverses choses qui peuvent être entreprises dès maintenant, aujourd'hui, dans les villages, en particulier des projets de culture d'envergure modeste que je peux décrire, des cultures spécialisées que les *makhoas* d'Europe veulent et qu'ils paieront bien, des...

MBAAKE :

Ah, ouais, tout sur les champs de fleurs dans le sable du veld et ce genre de choses. Bon, ce sont des choses que nous aimons savoir aussi. Mais... mais vous voyez c'est toujours la même chose avec les blancs parce qu'une fois de plus c'est un *lakhoa* qui nous dit ce qu'il faut écouter ou ne pas écouter. C'est toujours pareil.

Vous dites Camarades, mais vous nous prenez pour des petits garçons.

DENOON :

Camarade, je suis aux ordres de votre gouvernement dans tout cela, comme vous le savez. Je n'aimerais rien tant que rester la nuit entière pour parler de ces questions. Mais, Rra, je suis un invité dans ce pays. Je...

MBAAKE :

Ah, mon camarade, mais que pouvez-vous nous dire sur votre saint des saints, votre... votre nouvelle Jérusalem, plutôt que si des fleurs peuvent pousser dans le sable du veld ?

Qu'est-ce que... qu'est-ce que, si vous pouvez le dire... qu'est-ce que cette – *très sournoisement* – démocratie solaire ? Ou bien est-ce que les blancs doivent continuer encore et toujours à produire de nouveaux secrets que nous devons implorer de connaître, même dans notre propre pays ?

DENOON :

Si vous imaginez qu'il y ait quoi que ce soit de sinistre dans...

MBAAKE :

Mais non, cher camarade, voyons, quand les blancs nous ont-ils fait du mal ou ont-ils comploté derrière notre dos ? Quand cela, voyons ?

Une sorte de transgression s'était produite, avec la mention de démocratie solaire. Denoon était soudain devenu glacial.

MBAAKE :

Alors, comment pouvez-vous décrire cette... cette *cité du soleil*, hein ?

DENOON :

Après une longue pause. Il n'y a rien de tel. *Nouvelle pause.* La démocratie solaire est... est encore... *Sa voix s'éteignit. Il but un peu d'eau.*

L'étrange passivité de la présence blanche était déterminée, tout l'indiquait, par ce désir de voir si le harcèlement Boso allait contraindre Denoon à révéler sur son projet des choses que chacun voulait connaître. Mais sous la passivité, l'intensité était palpable. Nous étions tous tendus.

Le haut fonctionnaire du Gouvernement Local et des Territoires, observai-je, était sorti. Cela signifiait quelque chose.

Ce fut encore plus excitant quand il reparut, accompagné de son patron, le ministre en personne, Kgosetlemang. Cela éleva considérablement les enjeux. Kgosetlemang venait d'entrer en fonction. Il était redoutable. Il avait fait son chemin dans la hiérarchie du parti national du Botswana, à la force du poignet, en soutenant la faction PNB au pouvoir, la faction Serowe. Le parti national détestait le Front social, composé de morveux marxistes qui avaient surpris tout le monde en remportant deux sièges au Parlement aux dernières élections. De plus, Kgosetlemang détestait Mbaake à titre personnel. On racontait que Mbaake avait séduit, si c'est bien le mot, l'une des maîtresses de Kgosetlemang, d'après ce que m'avait confié Z.

La tension qui entourait les divers protagonistes en place était presque sexuelle. Kgosetlemang allait-il interrompre tout cela ou, plus vraisemblablement, faire un discours ? Pour l'instant, il essayait de faire dire ou faire quelque chose à son haut fonctionnaire. Chacun ici avait en tête sa petite mosaïque de ce que mijotait Denoon dans le Kalahari, composée de vraies et de fausses tesselles. La démocratie solaire était une chose nouvelle, qui semblait démesurée et intéressante ; Denoon allait-il en dire plus ? Des mémos seraient rédigés ce soir même. Y aurait-il assez de substance pour un câble, peut-être ?

Quelque chose passa sur le visage de Denoon qui me plut infiniment. C'était subtil, comme l'ombre d'un nuage glissant sur un paysage que l'on contemple. Dans l'ensemble, et à la réflexion, je considérais que Denoon s'en était assez bien tiré jusqu'à présent, mises à part mes quelques chicaneries. Mais un changement d'état se dessinait. En termes héraldiques, il passait d'assis à rampant, mais intérieurement. Vous pouviez observer, si vous étiez dans ma peau, qu'il passait du jeu au travail.

J'adorais ça. C'était tellement viril.

Évidemment, je sais maintenant que Nelson réagissait à cette nouvelle dénomination d'inimitié qu'il suscitait en hauts lieux, car la pique de la démocratie solaire visait un document supposé top secret et purement spéculatif, que seules deux personnes du cabinet étaient censées avoir lu. Il avait surtout parlé ex cathedra jusqu'à présent, mais il se leva, contourna son fauteuil et fit face à l'assistance, cramponné aux fleurons ou dieu sait quoi qui dépassaient par derrière. Grace passait manifestement à côté de tout. Kgosetlemang montait au front. Denoon adore ce vers : « Car la nuit est finie, l'épée est tirée et le fourreau jeté », que son père, incurable poivrot, se plaisait à citer – et que j'associe au moment suivant.

DENOON :

Qu'est-ce que cela pourrait signifier, démocratie solaire ?

À mes collègues et amis, au Gouvernement Local et des Territoires, je présente mes sincères excuses pour ce que je pressens que je vais faire maintenant. Je leur demande pardon.

Mais imaginons un pays de la taille de la France, dont les frontières ne sont pas menacées car il est adoré de l'Occident blanc pour sa prudence, sa droiture et son parlement, comptant seulement un million d'habitants, et des millions d'hectares de terres libres, pour la plupart vides et inutilisées. Imaginez aussi que ce pays bénéficie en moyenne de deux cent vingt jours par an de pur ensoleillement, une pluie d'or que personne ne prend la peine de recueillir dans un seau.

Il y a des blancs dans ce pays, il y en a même beaucoup trop. Des blancs qui n'ont pas la peau requise pour l'Afrique. Le soleil est un poison pour nous et nous devrions sans doute le reconnaître et nous en aller. La plupart de ces blancs sont des experts et des conseillers, qui quittent le ciel de fer du nord pour venir ici avec un morceau de charbon dans les mains pour vous le faire adorer, ou du pétrole à vous vendre. Ils trouvent le soleil joli, sans plus.

Mais supposons que les Batswanas, ou plutôt les habitants de ce pays, pour une quelconque raison, décident d'asseoir tout procédé mécanique sur l'énergie gratuite du soleil. Chauffer, refroidir, cuire, transporter, pomper l'eau, tout ce que vous pouvez imaginer pourrait être accompli directement ou indirectement par cette énorme source inépuisable. Et l'industrie aussi, s'ils le voulaient, car l'espace est suffisant pour installer des collecteurs d'énergie, bien plus qu'il n'en faut pour répondre à la demande industrielle d'un million d'habitants.

Le soleil est gaspillé ici mais peut-être qu'un jour on s'en apercevra et on s'en servira. Ils pourraient, vous pourriez être riches, mais seulement si vous optiez pour quelque chose de plus élevé qu'être simplement riches.

Alors, si j'étais le roi-philosophe de ce pays-là et de son million d'habitants – que dirais-je à ces gens ?

Je leur dirais que cela peut s'accomplir en une génération. Vos enfants, si vous les formez, pourraient maîtriser la puissance du soleil. Ils pourraient être mieux que riches : ils pourraient être libres.

Les expatriés, ici et là, levaient théâtralement les yeux au ciel. Il semblait indifférent à tout cela.

Vous pourriez être la première nation à offrir à son peuple une vie de liberté, qu'il pourrait consacrer à l'art, à la science, à l'étude, au sport, pourquoi pas ? Vous pourriez travailler comme bon vous semble, en établissant une sorte de contrat : une demi-journée, une semaine à la fois, une année oui et l'autre non, différents moments et types de travail dans différentes villes, différentes régions, comme vous le souhaiteriez. Vous pourriez être la première nation à faire du développement individuel autonome l'objectif primordial de l'économie politique.

Vos villages pourraient ressembler aux grandes universités d'Europe pendant l'obscurantisme du Moyen Âge car nous observons aujourd'hui un obscurantisme d'un type nouveau : vos villages pourraient rayonner comme des soleils ou des étoiles resplendissantes car vous pourriez enseigner la maîtrise du soleil au reste de l'Afrique et bien au-delà. Le Botswana, notamment, pourrait devenir un jardin constitué de beaux villages, chaque fois unique. Vous pourriez être la première nation à dire à vos enfants de choisir le métier qui leur plairait le plus, qui conviendrait le mieux à leur esprit, et de s'y préparer.

Bien sûr, c'est moi, un *lakhoa*, qui vous dis cela, de cette race qui vous a imposé la taxe sur les habitations pour vous réduire en esclavage financier, et qui aujourd'hui encore vous persuade que le but de la vie est de s'enrichir, et qu'il faut consacrer votre vie de mortel à perfectionner un système en vertu duquel une fraction d'entre vous seulement pourra s'enrichir. Une fraction seulement, donc, mais peu importe.

Or, je dis que vous pourriez transformer ces villages en moteurs de repos. Les ratios sont là, à condition que vous contrôliez votre budget, et que vous empoigniez vos écoles par le cou pour les transformer. Vous pouvez être les premiers dont les femmes diront Je travaille à ce qui me plaît, comme les hommes, et comme je le décide. Vous pouvez être les premiers dont les enfants diront Nous ferons ceci ou cela parce que cela nous plaît, et non parce que les *makhoas* ou l'Église nous recommandent de le faire, ou le père, ou l'État, ou la poigne de fer de la faim, ou la démangeaison d'être plus riche que le voisin et de vivre derrière des murs protégés par des chiens et des vigiles.

Bien évidemment, ce peuple ne pourrait bâtir une telle démocratie, s'il choisissait de le faire, qu'à la condition de sauver ses villages au lieu de les vider dans les marécages d'Old Naledi, où l'on entend toute la journée Je n'ai pas d'argent, Je mendie de l'argent, *Ga ke na madi, Ga ke na madi, Kopa madi.* Des travailleurs à la journée, des mendiants, des petits enfants qui vous assiègent dans vos forteresses d'argent en criant *madi, madi, madi.* Old Naledi, terre nourricière des voleurs. Tandis que, chaque jour, au-dessus de vos têtes, une admirable machine va et vient, et déverse un trésor que personne ne prend la peine de recueillir.

Là, il fit un geste un peu sacerdotal, joignant ses mains ouvertes en calice, et je crus la digression terminée. Le discours avait été haché et peut-être un peu contrefait ici et là, mais je lui pardonnais parce que c'était improvisé. Ce ton de prêcheur ne me plaisait guère, mais, étant donné ce qu'il visait, force était d'admettre que ce n'était pas forcément inapproprié. On eût dit la fin. Je me demandais jusqu'où cela irait car si la gauche et la droite revenaient vers lui, elles devraient désormais reconnaître ou bien nier qu'elles étaient aveugles au soleil, à ce deus ex machina *qui méritait certes plus d'attention qu'il n'en recevait dans leurs littératures respectives. Il avait changé de terrain.*

Mais ce n'était pas tout.

Contre toute attente, il bascula dans la langue setswana et recommença, du début, à lancer son cri du cœur. Et il fut excellent. Je me déclarai Te voilà devant l'extraordinaire. Il était aussi bon que moi à l'époque : ses concordances de temps étaient impeccables.

En setswana, son numéro prenait les intonations d'une aria. En anglais, le ton incantatoire me gênait, mais pas en setswana. Je fus bouleversée.

J'avais entendu dire que les Batswanas l'appelaient Rra Puleng, c'est-à-dire l'Homme-Pluie, ou Bon comme la Pluie, le plus grand compliment que puissent décerner les Batswanas. « Pluie » signifie aussi richesse, comme dans leur unité de monnaie, le pula. Mbaake était très contrarié. En Afrique, les gens qui se mêlent de vous dire ce que vous avez à faire parlent rarement votre langue. Denoon lui témoignait une grande marque de respect. La seule critique que j'aurais à adresser à la version setswana, c'est que Denoon garda les yeux fermés un poil plus longtemps qu'il n'était absolument nécessaire lorsqu'il eut terminé.

Plus tard, en évoquant avec lui ce moment, j'appris que l'indiscrétion concernant la démocratie solaire avait été un réel soulagement pour Denoon, car cela lui avait permis de sortir son aria. Ce qu'il redoutait de se voir opposer, c'était la litanie « Pas de barrages, Pas de routes, Pas de touristes », qui résumait une vulgarisation de ses premiers travaux sur le développement vernaculaire. Il disposait certes d'une ligne de défense pour faire face à chaque élément de la litanie, mais c'était toujours ardu. Entre-temps, sa réflexion avait progressé. Il avait élaboré une théorie plus générale, et même plus difficile à résumer. Il y avait, disons, un suigénérisme.

Je trouvais cela érotique. N'est-ce pas érotique de se trouver dans l'entourage d'un être qui réfute avec désinvolture les deux systèmes qui divisent le monde, se montre assez convaincant dans l'exercice, et garde en réserve quelque chose de supérieur qui lui appartient entièrement ? N'est-ce pas érotique, qu'il répugne même à en parler, au lieu d'être à l'affût, de chercher à saisir les gens à la boutonnière et de les forcer à écouter, comportement qui accompagne d'ordinaire ce genre de convictions ?

Quand je repense à cette époque, je me rends compte que je n'ai jamais eu de vision globale d'un Denoonisme vraiment abouti, mais c'est sans doute parce que nous étions tellement occupés, pendant tout le temps que nous avons passé ensemble. Tantôt il affirmait qu'il avait bâti un système complet, tantôt il le niait ou le niait à demi. Ou bien il annonçait que sa stratégie consistait à développer et à diffuser des éléments séparés de son système, et à inciter le monde à imaginer comment tout cela pourrait s'agréger harmonieusement au sein d'une entité nouvelle et transcendante. J'avais toujours eu une vague idée de la généalogie de tout cela : on le devinait jusque dans sa petite aria sur la démocratie solaire. Il était partisan d'une décentralisation radicale, et son système consistait en un curieux amalgame d'institutions collectives et micro-capitalistes qu'il avait rassemblées à Tsau. Je l'ai harcelé à plusieurs reprises pour qu'il couche ses idées sur le papier, notamment celles qui concernaient la technologie solaire – où pointait, à mon sens, son orgueil démesuré. Mais je me heurtais à la position extrémiste qu'il avait adoptée sur la propagation de la foi littéraire-universitaire, à savoir que c'était une perte de temps, ou plus exactement que le temps requis était trop important pour qu'on puisse le perdre à cela.

Fait remarquable, il nourrissait une peur panique de la vulgarisation. Il était prêt à se montrer sommaire ou ironique sur les systèmes des autres, mais quand il s'agissait d'exposer le Denoonisme, il revendiquait une atmosphère de séminaire, beaucoup de temps, et bla bla bla. Il désignait certaines gens comme des « marxistes de genre », alors qu'ils ne le méritaient pas vraiment. Sa crainte d'être vulgarisé provenait en partie de la caricature que les gens avaient dressée du développement vernaculaire après la parution du livre. Et il abondait en exemples de bonnes idées grotesquement réincarnées, tel le positivisme devenu religion spiritualiste au Brésil, où un culte était consacré à la maîtresse d'Auguste Comte. Ce n'était pas tout. Sa description favorite de lui-même devant la gauche estudiantine du Botswana était « utopiste scientifique » : Je suis un utopiste scientifique. C'était là un oxymore élaboré, fondé sur la fameuse hargne de Marx à l'égard des socialistes utopiques auxquels il se croyait tellement supérieur, et sur l'inébranlable certitude si répandue chez les étudiants que le socialisme compte parmi les sciences. Sans doute aurais-je dû insister davantage. Ce serait bien qu'il existe aujourd'hui un grand texte classique. Désormais, bien sûr, inutile d'attendre. À moins que je ne me trompe. Je peux me tromper.

Le moment suivant fut magnifique aussi, mais d'une tout autre manière. Érotique mais pas seulement, gratifiant du point de vue nationaliste. Rra Puleng était américain. Avant lui, on avait compté deux ou trois autres Rra Puleng, des Américains eux aussi. Personne ne m'a jamais qualifiée de Mma Puleng, mais ils l'auraient fait s'il avait été en usage chez les Batswanas de remarquer l'existence des femmes. Jamais aucun Britannique à ma connaissance n'a été appelé Rra Puleng, et on raconte que même la femme de sir Seretse Khama parle à peine la langue. D'autre part, la nationalité américaine est en général plutôt encombrante. Reagan venait d'être élu, ce qui gênait tellement Denoon – j'allais bientôt le découvrir – qu'il ne pouvait pas prononcer son nom et, pendant les premiers mois où je l'ai connu, il ne l'évoquait que sous le sobriquet de « Tête Creuse », d'après les idoles en métal creux qu'offraient les prêtres de Babylone à l'adoration des fidèles, et qui étaient munies de tubes acoustiques reliés aux entrailles du temple, d'où les prêtres faisaient parler l'idole.

Nous jouissions d'un moment de sérénité. Kgosetlemang avait cessé d'attaquer Denoon de front. Mbaake faisait toujours son geste d'autostoppeur, mais la virulence en moins. D'après l'expression de son visage, tout indiquait qu'il s'apprêtait même à lâcher un compliment. Et puis tout le monde se leva, y compris les blancs.

Ce ne fut pas un hommage – mais un prodige sur le point de se produire. L'espace d'un instant, tout fut comme mort. Les lumières vacillèrent puis se stabilisèrent à un niveau plus doux, presque orangé.

Il y eut un son comme je n'en avais jamais entendu, tout à la fois grondement et remous, un bouillonnement. Un son immense. Puis une explosion de tonnerre – et d'ozone. On aurait dit que la mer rugissante venait revendiquer son ancien lit du Botswana.

C'était une tempête de sable. Une première pour moi. Mais c'était un vrai déluge. Il y en a plus fréquemment maintenant à cause de la sécheresse. Mais tout ce que je me disais c'était Ah, l'Afrique ! Et quoi, encore ?

Grace passe à l'acte

Le spectacle était terminé. Les types qui traînaient à l'extérieur voulaient rentrer à l'instant, et les types qui étaient à l'intérieur voulaient sortir. Ils s'inquiétaient pour leurs femmes et leurs voitures. Le sable pouvait s'infiltrer dans les conduits de ventilation des capots, et la plupart d'entre-eux avaient sûrement laissé les vitres ouvertes à cause de la chaleur. Les vigiles qui étaient entrés pour se protéger de la tempête sortaient leur chemise de leur pantalon pour secouer le sable, et riaient aux éclats. Je serais bien sortie pour voir, mais je me concentrais sur Denoon. D'habitude je m'intéresse comme tout un chacun aux bizarreries de la nature, mais à cet instant je ne bougeai pas d'un iota. J'étais déterminée à discuter avec Denoon, et il fallait que j'agisse vite parce que Z allait sûrement venir s'assurer que je ne me noyais pas dans le sable, et je ne voulais pas qu'au premier regard, Denoon m'associe à Z.

Avant que j'aie eu le temps de décider quoi que ce soit, je sentis quelqu'un me pousser par derrière. Ces mains étaient celles d'une femme, celles de Grace. Elle me tenait par les hanches et me propulsait à travers la foule en décomposition, droit sur Denoon.

La question reste ouverte : pourquoi ne l'ai-je pas repoussée d'une bonne claque ? Car si je mérite un surnom, c'est bien *Noli me tangere*. Du jour où j'ai eu mon mot à dire, j'ai toujours établi très clairement que personne n'était autorisé à me toucher sans y avoir été invité, ou avant que j'aie fait le premier pas. Tout ce pelotage et ce flirt dont on voit actuellement les hommes prendre l'initiative relève ni plus ni moins de l'agression non-violente. C'est un entraînement à la docilité qu'il faut combattre tant que l'équilibre n'est pas établi entre les sexes, ce dont témoigne l'état actuel des choses puisque, si les femmes prennent l'initiative du contact, cela est entendu comme Viens te servir. Je pourrais facilement devenir militante de cette cause. Dieu m'a épargné de finir dans le genre de bureau paysager où les petites caresses amicales constituent le lot quotidien des femmes. J'ai connu ce type d'endroits. À Stanford, pendant un temps, je n'étais pas très ferme sur ce point. C'était à l'époque où les relations entre étudiantes et professeurs sont devenues tellement relax. Le plus curieux, c'est que cette promiscuité n'a jamais, par exemple, suscité de remarques plus nourries que d'ordinaire pour commenter l'inévitable dix-sept et demi qui sanctionnait mes dissertations. Je crois que le flirt poussé était pire à Stanford qu'ailleurs à cause de l'odieux mouvement de potentiel humain, et aussi des vapeurs émanant de cette usine à cons d'Esalen, ce centre de méditation qui n'était pas bien loin et qui tournait à fond la caisse. On pourrait lancer une campagne pour demander que, dans les bureaux, les femmes désireuses de se laisser tripoter le signalent par un badge.

Nelson se plaignait toujours du mal qu'il avait à obtenir de moi des baisers. C'est comme ça, lui expliquai-je finalement. Pour moi, le baiser est une affaire charnelle. Il disait, T'arracher un baiser, c'est pratiquement aussi difficile que de convaincre une femme lambda à s'asseoir sur mon visage. Manifestement, je considère ma bouche comme un substitut de ce qu'il adorait appeler mon *je-ne-sais-quoi**. Je mentirais en affirmant ne pas voir le rapport. Nous avions trouvé d'autres noms délirants pour mon *pudendum*, parmi lesquels « si-senor », son préféré. Nous nous étions d'ailleurs chamaillés sur la raison pour laquelle seules les femmes ont des *pudenda*, seul un des deux sexes a quelque chose de honteux entre les jambes. Je dus lui rappeler que *pudere*, la racine latine, signifie causer de la honte.

Il maintint que le terme s'appliquait aux deux sexes, jusqu'au jour où je mis la main sur un dictionnaire complet et pus le convertir. Je remarquai que nous trouvions davantage de sobriquets pour mes organes génitaux que pour les siens : je me concentrai alors là-dessus et finis par le submerger de mes trouvailles. J'adore la rigolade. Je pense qu'il avait jusqu'alors été un peu floué dans ce domaine. Il était très doué. Par exemple, si je l'allumais, il m'avertissait : j'étais en grand danger de recevoir ce que je méritais. Mais il ne cherchait jamais à me rabaisser.

Je pense qu'en fait je me laissai pousser parce que j'éprouvais de la pitié envers Denoon, j'avais pitié que sa femme se comportât ainsi. Il n'avait sans doute pas besoin qu'éclate une scène embarrassante au cours de laquelle je me retournerais pour casser la figure à son épouse. Et puis autre chose m'apaisait. Cette autre chose qui la sauva de la catastrophe vers laquelle elle filait tout droit sans s'en rendre compte, c'était le sentiment d'accomplir ma destinée qui m'envahissait. Le sentiment que c'était écrit dans la trajectoire des astres.

Lorsque je repense au moment où j'ai ainsi été poussée vers Denoon, c'est comme un rêve au ralenti, le récit inversé d'une nouvelle intitulée *Le Baiser*. Je me souviens toujours des titres et des auteurs, contrairement aux femmes en général. Je m'en fais un principe, auquel je n'ai failli que dans le cas présent parce que je pensais trouver *Le Baiser* dans toutes les anthologies. Mais la nouvelle semble avoir disparu et, quand j'en parle autour de moi, on s'imagine que ce doit être une invention féministe de ma part. *Le Baiser* est bref. C'est, en deux pages, le récit de ce que voit un homme à mesure qu'il approche son visage de celui de la femme qu'il embrasse. Elle garde les yeux fermés, bien sûr, suivant l'habitude. Au début de l'approche menant au baiser, le visage de la femme est un masque de beauté sans faille. Puis, à mesure qu'il l'examine, le visage se mue en surface lunaire, parsemé de cratères, de points gras luisants, et son duvet commence à poindre. C'est bien sûr l'essence même de la haine des femmes qui apparaît alors. C'est la proximité et rien d'autre qui rend la femme laide, car sa beauté est tout à fait normale. J'ai tenté de retrouver où j'avais lu et qui avait écrit cette nouvelle. L'auteur était britannique, j'en suis sûre. Quand je demande à des femmes si elles l'ont lue et que je précise que dans mon souvenir, l'auteur est britannique, elles disent, Oh, alors ce doit être un truc homo...

Nelson avait beaucoup de mal à s'adapter à l'anxiété que me causait ma thèse. Il était à mille lieues de ce genre de questions. Et tellement antiuniversitaire. Tout avait été tellement facile pour lui ! Lorsqu'il eut renoncé à me taquiner avec des propositions facétieuses pour changer de terrain d'étude et de sujet de thèse, il lui arriva parfois de faire des suggestions intéressantes. Il pensait qu'on pourrait sûrement consacrer une thèse au fait que, si l'on analysait sur ordinateur toutes les histoires de meurtres écrites depuis la naissance du genre, on découvrirait une courbe ascendante de victimes féminines, contrairement à celle de leurs homologues masculines. Voilà qui devait bien signifier quelque chose. Je lui opposai que c'était un sujet de dissertation, et non de thèse. Alors, disait-il, je devrais enrichir cette grille de lecture d'autres statistiques démographiques. Il était convaincu que le nombre moyen de meurtres par titre avait également augmenté. Et il commença par se montrer insensible à un argument qu'il refusait de prendre en compte : de nos jours, on fait sa thèse et on découvre, à cause de la profusion des travaux publiés, qu'on a plagié la moitié ou le tiers de la thèse de quelqu'un d'autre. Je lui répondis Mais tu dis ça parce que tu es un penseur original. Cela le contraria.

Quoi qu'il en soit, à mesure que je progressais, j'avais l'impression de vivre avec Denoon *Le Baiser* à l'envers. Il embellissait à vue d'œil. Sa mâchoire devenait plus bleue, quoique ce fût sans doute là l'effet du curieux croissant fluorescent qui éclairait cette partie de la pièce. Son allure générale était satisfaisante. Le blanc de ses yeux était un modèle de blancheur. Il souriait à Kgosetlemang – l'événement méritait réflexion, visiblement – et je remarquais que ses gencives étaient aussi saines que les miennes, ce qui n'est pas peu dire. Je prends le plus grand soin de mes gencives. Dans la brousse personne ne se préoccupe guère de son hygiène buccale, pour ne rien dire du reste. Là, aucun signe de ce genre. Pour ma part, je suis une maniaque des gencives parce que pour moi, le sujet du film *I Wake Up Screaming*[1] est l'histoire d'une femme qui multiplie les rencontres pour trouver l'âme sœur, et qui a dû se faire poser un dentier. Mes angoisses viennent de très loin.

Il me plaisait, et réciproquement. Je m'en rendais bien compte et cela me mettait en rage parce que c'était évident, et ce malgré la bonne quinzaine d'années qui nous séparait. Qu'est-ce que cela révé-

1. Film noir réalisé par H. Bruce Humberstone, avec Betty Grable et Victor Mature, sorti en France sous le titre *Hot Spot* [*NdT*].

lait à mon propos ? Cela m'irritait aussi parce que je déteste les accouplements bien assortis, la seule idée de ça. L'une de mes plus farouches objections au monde, c'est l'existence même de l'accouplement assorti, la façon dont chacun à son niveau se retrouve physiquement avec celui ou celle qu'il ou elle mérite, tout au moins aux yeux d'un quelconque observateur idéal, à moins que l'argent ou le pouvoir ne viennent perturber le processus. Autant être irrité par la photosynthèse, ou par le fait d'habiter un corps contraint de déféquer périodiquement... je m'en rends bien compte. Grosso modo, cela se résume à l'assortiment des visages. La première fois que j'ai eu entre les mains de la littérature, je me suis dit en mon for intérieur qu'il s'agissait de face-isme. Je ne m'y ferai sans doute jamais. Pourquoi les accouplements en ce monde ne peuvent-ils pas se fonder sur le rapprochement des âmes au lieu de se résumer inévitablement à celui des enveloppes physiques ? Bien sûr, nous connaissons tous la réponse : parce que, sinon, nous enverrions l'évolution dans le décor. Pourtant, cela me déprime. On sait bien ce qu'on est.

Il était en bonne santé. Ses réflexes le prouvaient. Il faisait preuve d'un certain aplomb dans cette façon d'en finir avec Kgosetlemang pour se tourner vers une force irrésistible, à savoir moi-même poussée sous son nez par son épouse démente.

Déterminer l'état de santé de quelqu'un est un truc ou une illusion que j'ai acquise lorsque je travaillais à Belmont comme réceptionniste pour un charlatan spécialisé en thérapie nutritionnelle. Je prévoyais que Denoon aurait l'haleine douce, et c'était vrai. À ce stade, je désirais que Denoon soit ce qu'il semblait être, ou mieux. La seule question en suspens concernait son torse. J'aurais voulu avoir le pouvoir des imprésarios ou de quiconque qui, lors d'une audition, peut demander à une danseuse de relever ses jupes afin d'examiner ses cuisses. Un dashiki peut camoufler une multitude de défauts. La tension d'une scène comme celle qui se déroulait alors était de nature à vous nouer l'estomac. J'aurais voulu connaître son tour de taille. Il serait rassurant de mesurer l'étendue du problème. Je suis incroyablement concentrée quand il est question de graisse, ce qui me permet d'avoir une bonne influence sur mes amis quand ils ont besoin de perdre du poids. Mais en vérité, la face cachée de l'iceberg n'est autre que ma mère, et ce que son poids signifie à mes yeux. Un dashiki ressemble à une blouse. Ma mère portait toujours des blouses amples, longtemps encore après avoir été déclarée *persona non grata* dans les écoles maternelles du sud du

Minnesota pour avoir trop souvent mangé les aliments destinés aux jeunes enfants.

Grace avait cessé de me pousser. Je fus magnanime : je la couvris en lui décochant un regard complice ou malicieux, ce qui requérait une grande force morale de ma part.

Il dit Bonjour, Grace. D'une voix parfaite en la circonstance. Une voix lasse, mais à la fois gentille et légèrement menaçante. Il regardait au-delà de moi. Jusque-là, il avait à peine noté ma présence.

Voici quelqu'un qu'il faut que tu rencontres, dit-elle d'une voix éblouie. Tout comme lui, elle était dotée d'une voix exceptionnelle. Cela signifiait-il qu'ils avaient été faits l'un pour l'autre à un moment donné ? Si seulement leurs voix avaient pu vivre ensemble, me dis-je, et laisser leurs enveloppes corporelles partir chacune de son côté. Je n'avais pas remarqué sa voix auparavant.

Une chose au moins était claire : j'étais en présence d'un mécanisme déglingué. Leur relation était terminée qu'elle fût disposée à l'admettre ou non. J'étais navrée pour eux deux, mais également ravie, à dire vrai.

Nous formions à présent un triangle bien équilibré.

Elle t'a beaucoup apprécié, ce soir, dit Grace.

Vraiment ? répondit Nelson, s'adressant directement à moi.

J'ai adoré la tirade, dis-je. Cela me vint spontanément, et à peine eus-je prononcé ces mots que je pris conscience que je cherchais presque ouvertement, et sans aucune pudeur, à encourager le goût pour les jeux de mots qu'il avait dévoilé plus tôt. Je rougis, tant c'était évident. Mais je me disais aussi Et puis merde. Le fait est qu'on dispose d'environ dix secondes pour marquer les gens qu'on rencontre pour la première fois. Les gens vous jugent bien ou mal presque instantanément, sans même le savoir. Et les grands ou quasi-grands décident plus vite encore, parce qu'une partie de leur supériorité se fonde sur une facilité à classer immédiatement en deux catégories les gens qui les dérangent : ceux qui sont susceptibles de faire quelque chose pour eux, et les autres. Je marquai donc le coup. De surcroît, je me rendais parfaitement compte que je n'avais aucune chance de charmer qui que ce soit par le fait de ma seule beauté vu le poids que j'avais atteint. Le fer était chaud. J'étais la première sur les lieux de l'accident, à savoir le naufrage de leur couple. Je sais que j'ai rougi. Comme mon teint est un de mes points forts, c'était très bien ainsi.

Pour m'être trouvée dans les parages d'un certain nombre de quasi-grands, je redoutais d'assister à un phénomène bien particulier qui consiste en un effacement du regard, comme si une fine membrane venait leur voiler les yeux. Ils vous regardent toujours, mais ne vous voient plus vraiment si vous n'êtes pas à leur niveau ou que vous êtes une sorte de proie sans intérêt pour eux. Cela existe dans la nature : c'est la membrane nictitante dont sont pourvus certains reptiles, ainsi que le grand génie criminel chinois Fou Manchou, héros des lectures adolescentes de Nelson, comme je l'appris en discutant avec lui lors de notre première rencontre. Denoon nia absolument le fait. Je tenais que les grands ne peuvent pas s'en empêcher, mais je finis par concéder que je ne le lui avais jamais vu faire, pas une seule fois. Il se considérait comme un démocrate de bon aloi, c'était très important pour lui.

Quelle tirade ? demanda-t-il.

Je lui répondis en setswana, brillamment, mais non sans une légère ironie : la tirade sur le soleil qui est comme la vache que personne ne songe à traire. C'était un autre coup destiné à frapper avant la chute des herses et qui présentait plusieurs particularités : il donnait un aperçu de mes talents. Je sortais de l'ordinaire. Ma remarque soulignait aussi, quoiqu'indirectement, qu'il avait manqué un but dans sa description du soleil en ne le comparant pas à une vache. Au Botswana, la plus magnifique entité à laquelle on puisse être comparé est la vache. C'est vrai pour tous les peuples bantous, et pas seulement les Tswanas. Le dieu au nez humide, comme on l'appelle aussi. À ce moment-là, ou un peu plus tard, j'employai également l'expression « pluie sèche » pour désigner l'éclat du soleil, ce qui lui plut énormément et que l'on a retrouvé dans le livret en setswana consacré à la démocratie solaire, publié ultérieurement. J'ai dû ajouter cela plus tard dans la soirée.

Je m'y attarde parce que c'est inévitable : l'amour est important, et les raisons pour lesquelles on le rencontre ou non ne le sont pas moins. Le nombre de femmes de ma génération auxquelles quelqu'un, avec le recul, fera référence comme leur « grand amour », quelles que soient les circonstances, sera infime. J'avais besoin de savoir si, là, j'avais ma chance. L'amour est ardu. Pourchasser quelqu'un de ses assiduités est ardu. Ce que je veux dire, c'est que si vous vous trouvez condamné à vouloir l'amour, il faut jouer tant qu'on le peut. Bien évidemment, il serait beaucoup plus simple de jouer dans le camp masculin. Ils ne cherchent jamais l'amour pour l'amour, jamais. Ils cherchent des femmes. Et pour les hommes, l'amour est la distillation ou la description de tout ce qui a pu se passer avec chaque femme, qui n'ait pas été vraiment douloureux en termes de sentiments. Il y a là une contradiction que je ne peux pas mettre de côté. Ce qui me faisait agir, c'était le sentiment de mériter l'amour absolu de quelqu'un, le grand amour même. Et pour moi, cela signifie l'amour viril. Que je le veuille ou non, c'est comme ça. M'y voilà donc. Je ne sais pas si le fait d'obtenir l'amour d'un homme est un tour de force, une fois que c'est arrivé, sauf que je le sais : c'en est un. C'est affreux. Il n'y a pas de mots pour décrire cette épreuve. Quand je déprime, j'ai l'impression d'être définie par l'une de ses citations favorites : un festin amer était préparé et il fallait trouver une bouche pour l'avaler. Les hommes sont comme des machines blindées, d'énormes assemblages de métal et de cuir et même de maçonnerie, dont on nous dit qu'ils se démoliront tout seuls si nous touchons le point juste et qu'alors leur attention passionnée nous enveloppera. Et nous savons que cela arrive parfois à l'une de nos sœurs, ou que c'est déjà arrivé. Ce qui nous ramène à mon attitude quant aux baisers, à laquelle il ne s'est jamais habitué. On veut des baisers, bien sûr. Mais on veut ces baisers d'une source, d'une personne, qui soit dans l'état requis. Voilà pourquoi la plaie des petits baisers papillonnants des hommes qui n'aspirent qu'à vous imposer la supériorité de l'âge est tellement intolérable. Certes, tout en manigançant, je me rendais compte que j'étais à la périphérie de la chose qu'on désire ou qu'on soupçonne d'être là. Mais à ce stade de ma vie, la plus brève expérience de l'amour indiscutable serait déjà une chose à quoi me raccrocher, pour me prouver que ma théorie sur moi-même n'était pas incorrecte. Les théories peuvent être réactionnaires et tout de même valides.

À l'évidence, Grace était ivre. Cela crevait les yeux. J'avais introduit une femme saoule dans la salle, mais sans m'en rendre compte. Comment avais-je pu ne pas le voir, voilà qui aurait pu constituer un cas d'école sur les effets de la motivation sur la perception. Il devait certainement se dire que sans moi elle n'aurait jamais pu arriver jusque-là. Grace vacilla.

Que penses-tu d'elle ? demanda Grace.

Je croyais que tu partais mardi, Grace. Je croyais que c'était réglé.

Tu croyais que j'étais partie, dit-elle. Mais je l'ai trouvée. Elle te plaît ?

Il ignora la question. Il dit Grace, c'était décidé, le moment où tu partirais. Il faut que je retourne à... Il faut que j'y retourne.

Ah, mais Nel, j'ai des choses à faire. Vous pouvez l'appeler Nel. Mais je serai partie bientôt.

Bon, alors quand, à ton avis ?

Ne t'inquiète pas comme ça, dit-elle. Il a demandé le divorce, m'expliqua-t-elle.

Il gonfla ses joues.

Tout le monde veut divorcer, dit-elle. Pourquoi cela ?

Tout cela n'a pas grand intérêt, Grace, dit-il, l'air sévère.

Je ne suis jamais intéressante, dit-elle. Oh, je sais. Parlez tous les deux, plutôt qu'avec moi. Voilà qui pourrait être intéressant. Enfin, à mon avis.

Elle se redressa, très droite, mimant vainement une enfant attentive. Elle tenta, sans raison apparente, de se mettre sur la pointe des pieds. Elle oscilla sérieusement et, cherchant à la retenir, nous nous empoignâmes. Mon coude se logea au creux de son abdomen, mais ne me révéla rien.

J'approchai un siège et elle s'assit. Il plaça sa main droite sur sa tête, puis suivit la raie de ses cheveux avec ses ongles, un geste destiné à l'apaiser, qui s'apparentait au shiatsu et que je n'ai vu utiliser que dans des cas extrêmes.

Il nous était désormais embarrassant, sinon impossible, d'échanger la moindre parole, à moins que je parvienne à trouver un prétexte.

Des éléments épars de l'assistance étaient revenus. Un charmant jeune Motswana, très sérieux et très doux, qui travaillait à la librairie centrale du Botswana, s'approchait respectueusement de notre nœud de vipères, en ignorant tout de la situation. Je connaissais ce type parce que chaque fois que j'étais allée à la librairie, il lisait des classiques Penguin comme *Le Moulin sur la Floss*, allez savoir pourquoi. Son travail consistait à apporter des paquets du *Rand Daily Mail* et du *Star* jusque devant le magasin et à remporter les invendus, ce qu'il faisait. Mais entre-temps, il retournait vite à ses études.

Il voulait parler à Denoon, mais Grace l'intercepta.

L'Afrique est immense, n'est-ce pas ? dit-elle. Je la trouve immense.

Il était désemparé, mais il acquiesça. Denoon vint à son secours.

Le garçon voulait demander à Nelson ce qu'on pourrait faire pour arrêter les Boers. Mais je m'intéressai soudain à la question de savoir si Grace était sotte, ou simplement ivre. Se caricaturait-elle

elle-même par désespoir ou sous l'effet d'une sorte de *je-m'en-foutisme** ? Quel était son niveau d'intelligence ? Son emprise sur Denoon avait-elle échoué parce qu'elle se tenait au-dessous d'un certain niveau intellectuel ?

Je m'approchai d'elle.

Rien à faire. Manifestement, elle n'était plus en état de parler. Ce n'étaient que hochements de tête ou acquiescements. Pas question de déjeuner avec moi. Elle ne voulait pas que je la raccompagne à son hôtel, non non non.

Denoon concluait en proposant très succinctement de prendre des sanctions. Le moyen de provoquer une révolte blanche contre le gouvernement sud-africain serait d'obtenir des quatre compagnies au monde qui fabriquaient des pneus de voitures qu'elles participent au boycott. L'Afrique du Sud serait à court de pneus en moins d'un an.

Le haut fonctionnaire du ministère se tenait nerveusement à côté de Denoon en attendant qu'un nombre suffisant de gens soit rassemblés pour pouvoir les remercier de leur présence. Il finit par s'éloigner.

Denoon alla ensuite s'occuper de Grace. Il lui dit quelques mots, à quoi elle répondit quelque chose comme Tu t'imagines que je ne trouve pas l'Afrique agréable, mais si, bien au contraire. Je pourrais être très heureuse ici. Très très heureuse.

Old Naledi

Je consacrai la majeure partie de la journée du lendemain à tenter d'apprendre où séjournait Denoon à Gaborone. Naturellement, je fus confrontée une nouvelle fois à toutes les contradictions que j'avais déjà entendues à son propos : qu'il avait renoncé à sa citoyenneté américaine, mais aussi qu'il était sur le point de retourner là-bas pour sauver le South Bronx. Qu'il disposait d'une vaste fortune personnelle, mais aussi qu'il avait donné tous ses biens aux pauvres. Qu'il était un génie, mais aussi un allumé, un type fini. Son programme secret se trouvait dans le Kalahari, mais aussi dans le quartier de Tuli. Son programme s'auto-finançait, mais il bénéficiait aussi de fonds inépuisables fournis par l'Histadrut et/ou Olivetti. Le consensus se faisait sur un point – ce que je trouvais louche –, à savoir que tout était fini avec sa femme, laquelle avait entrepris cette ultime expédition désespérée pour le coincer et lui extorquer la réconciliation.

Quant à moi, j'allais le débusquer et me proposer comme bénévole dans son grand projet, pour quelque temps. J'avais davantage à offrir qu'il ne pouvait le deviner encore. À l'époque où je vivais dans la brousse, j'avais appris quelques mots de saherero, par désœuvrement. En fait, j'avais même envisagé de le saluer d'un chaleureux Wapenduka ! la veille au soir, et puis j'avais décidé, à juste titre, que ce serait vraiment trop artificiel. D'ailleurs, la seule façon de parler un saherero parfait, c'est de se faire ôter comme eux les deux dents de devant, ce qui serait vraiment trop demander. Mais je savais que des Hereros participaient à son projet, plusieurs d'entre eux en tout cas.

À sept heures du soir, j'arpentais Old Naledi. Il séjournait dans une famille nommée Tutwane. Le bidonville de Gaborone se compose de deux parties, Old Naledi et le nouvel Old Naledi. Le nouvel Old Naledi, c'est là où la Banque mondiale a rasé les taudis et posé les bases de plusieurs chantiers de construction au profit de leurs habitants : chaque unité est dotée d'un point d'eau et de l'électricité. Mais les maisons sont restées ces coques inachevées – des murs en attente de plafonds, de fenêtres, de portes.

Or, naturellement, Denoon avait décidé de séjourner à Old Naledi, là où les murs de boue séchée s'écroulent, où les trous dans les murs sont bouchés par de vieux chiffons, et où les toits en tôle sont tenus par des pierres. Je sautais par-dessus des fossés et me déchirais la gorge à crier *Footsek* ! aux terrifiants chiens ridgebacks qui rôdaient. *Footsek* est un mot afrikaans et, curieusement, c'est la seule chose qui les arrête. Un soleil couleur pêche et rouge sang s'était couché. La nuit tombait. Les gens auprès de qui je m'enquérais des Tutwane refusaient de me répondre. Et je ne pouvais vraiment pas leur en vouloir : j'aurais pu être n'importe qui.

Je commençais à désespérer car mon plan requérait que je déboule chez les Tutwane vers l'heure du dîner, afin de tirer parti de ce trait de la culture tswana qui veut que, si vous arrivez au moment du repas, on vous invite à manger. Aux yeux des blancs, cette tradition sent légèrement l'arnaque, car leurs invités batswanas ne peuvent avoir manqué d'observer que jamais aucune famille blanche n'a pris la liberté de la pratiquer. D'ailleurs, les Batswanas prennent leur repas principal à midi, et le dîner se compose essentiellement de ce qui peut leur tomber sous la main. Mais enfin.

J'étais à deux doigts de la défaite. Un nuage de fumée provenant des feux de bois disséminés dans les jardinets plane traditionnellement sur Old Naledi et vous fait pleurer. Au bout d'une heure de ce traitement, toute nostalgie des bons vieux feux de bois d'autrefois vous a complètement quitté.

Peut-être mes vêtements créaient-ils une fausse impression, me donnant une allure semi-officielle. J'avais cru bien faire en ayant l'air d'emblée prête à partir pour la brousse, et j'arborais un nouvel ensemble, composé d'un chemisier et d'une jupe kaki. J'aurais bien mis un jean, sauf que plus on descend dans la hiérarchie batswana, plus les gens sont scandalisés de voir des femmes en pantalon. Et Old Naledi est vraiment Traditionopolis, en ce sens que les squatters y sont les plus fraîchement débarqués de la brousse, encore bruts de décoffrage. Je pense aussi que plus je m'enfonçais dans Old Naledi, plus je prenais l'air officiel, par peur. Je me rendais compte que j'exploitais de plus en plus la couleur de ma peau, mais je ne pouvais pas m'en empêcher. C'était comme un train-fantôme dans un parc d'attractions, quand on avance dans l'obscurité, et puis un truc vous bondit dessus pour vous terroriser – un grand chien errant ou un vieux type qui essaye de vous vendre un truc qu'il a dans un sac, mais qui parle un dialecte que vous ne comprenez pas. Les gens rentrent dans leurs taudis et s'asseyent là dans le noir, ils règlent leurs affaires dans le noir, ce qui donne le sentiment qu'ils appartiennent à une autre espèce, et cette idée s'impose à vous quelle que soit votre expérience.

J'étais sur le point de perdre pied. Je m'enfonçais dans les profondeurs du labyrinthe du quartier le plus sinistre d'Old Naledi, près de Kgale Hill, où est exploitée une carrière et où flotte partout une fine poussière – on croirait évoluer dans un décor délirant, peint selon la technique du sfumato où tous les contours sont estompés. Cette fine poussière collait aux commissures de mes lèvres et dans mes cils. Je voulais avoir l'air convenable par-dessus tout, et voilà ce qui m'arrivait.

Impossible d'en rajouter à propos de Old Naledi, où l'on entre en sautant un fossé où coule un liquide noir et visqueux, probablement de l'huile de vidange jetée illégalement par les types des ateliers tout proches du CTO, l'Organisation centrale des transports. Personne n'avait entendu parler des Tutwane, et encore moins de Rra

Puleng. Je tentai ma chance auprès de tout le monde ou presque – y compris un type décharné qui pressait le pas, un filet rempli d'os de vaches ensanglantés sur l'épaule, la chemise trempée de sang et un marteau à panne ronde passé dans la ceinture. Trois femmes étaient assises dans une courette derrière une clôture entièrement faite de ressorts de freins rouillés, hérissés comme des crocs. Je m'approchai d'elles. Elles me répondirent, mais sans pour autant interrompre ce qu'elles faisaient, qui consistait à la fois à tailler une bavette et à mastiquer des morceaux de roseau sucré, *id est* d'en réduire les fibres en bouillie et de recracher par terre le résidu blanchâtre, comme s'il s'agissait des pièces détachées de machines agricoles. Les directions qu'elles m'indiquèrent étaient intrinsèquement contradictoires : je devais aller à la fois *bophiri-matsatsi* et *botlhabats-atsi*, vers l'ouest et vers l'est. Ma connaissance du setswana n'épatait apparemment personne. Au contraire, cela ne faisait que les rendre encore plus soupçonneux à mon égard. Certains semblaient même me détester pour cela.

J'aperçus au loin une sorte de terrain de jeux jonché de cubes bleus et blancs dispersés sur une vaste superficie. Je me dirigeai vers cet endroit avant de me rendre compte que c'était un débit de boissons clandestin, un *shebeen*, et que les cubes étaient des cartons vides de *chibuku*, par centaines. Deux ou trois des clients qui n'étaient pas étalés par terre s'intéressaient déjà à moi. J'allais devoir faire un détour. Une des grandes légendes du Botswana, c'est que les femmes blanches ne sont jamais violées par des hommes batswanas. Pur folklore d'ambassade.

Il est rarissime que je fasse un lapsus. Quand cela m'arrive, je peux être sûre que c'est le signe d'une grande tension. Je fus donc horrifiée lorsque, décrivant à Denoon mon odyssée à travers Old Naledi, je m'entendis dire qu'en voyant le *shebeen*, j'avais décidé d'exciter les types. C'était le trac. Inutile de préciser que j'avais simplement embrouillé « esquiver » avec « exciter ». Grande délicatesse de sa part, il avait fait mine de ne pas relever mon lapsus. Nous ne le mentionnâmes ni l'un ni l'autre, mais je souffrais intérieurement. À Tsau, je l'ai remercié, un jour, de l'avoir laissé passer et de ne jamais m'avoir taquinée sur ce point. Et de fait, cette expression de gratitude agit comme la détente d'un ressort, semblant l'autoriser à me taquiner à l'infini par le biais de multiples variations autour du lapsus. Mais c'était un signe de noblesse que d'avoir ignoré mon premier acte manqué commis en sa présence, et sans doute est-ce même l'une des raisons qui m'amenèrent à persévérer en dépit d'une rencontre assez peu prometteuse chez Tutwane.

J'étais arrivée tout au bout d'Old Naledi, là où s'arrête le bidonville et où commence la brousse. Un sentier menait droit à la brousse, le long duquel se déroulait un jeu d'enfants. Il y avait six ou huit *banas* de chaque côté, chacun faisant face à un espace libre. Un gosse de l'extrémité de la rangée de gauche remontait la file et disparaissait dans les fourrés où sa mission consistait à rapporter un couvercle de pot de peinture en le faisant rouler entre les deux rangs adverses qui l'assaillaient à coups de pierres. Quelqu'un comptait les points. Tout le monde bougeait d'une place après chaque lancer, comme au volley-ball. C'étaient des petits gamins de six à dix ans, tous des garçons naturellement, vêtus des shorts tout déchirés de leur uniforme, et trois petites filles jouaient les spectatrices. J'étais arrivée au moment-clé. Il allait bientôt faire trop sombre pour jouer et ils s'efforçaient d'accélérer le rythme pour terminer avant d'être obligés de s'arrêter.

Bien, me dis-je. Et sans plus de cérémonie j'entrai dans leur jeu où, tel un génie, je m'emparai du couvercle du pot de peinture alors qu'il roulait, avant qu'un seul caillou ait pu être lancé, et je les stupéfiai en le cachant derrière mon dos.

Ils réagirent comme des adultes. Ils firent face comme des soldats et entreprirent de se consulter. Je pensais qu'ils allaient peut-être se disperser après l'intervention d'une géante blanche. Je leur expliquai que tout ce que je voulais, c'était qu'ils me disent comment trouver la maison des Tutwane. Après quoi, je leur rendrais leur jouet.

Je regrette de ne pas avoir filmé la façon dont ils s'organisèrent. Ils se montrèrent très courtois, mais après tout j'avais été très courtoise aussi en les abordant d'un *Dumelang, bo bana*, et ainsi de suite. L'affaire fut conclue en trois minutes. Je tentai d'imaginer des enfants américains dans une situation similaire. Ils auraient couru trouver la police ou leur mère. Une chose qui cloche en Amérique, d'après Denoon, c'est que la société s'arrange pour bannir les jeux populaires non supervisés, en grande partie grâce à la télévision et aux sports contrôlés par les adultes, comme la *Little League*. Sa théorie, c'était que si l'on laisse les garçons en liberté, leurs jeux les feront passer du fascisme à la féodalité puis à la démocratie. Aussi règne-t-il maintenant une attirance diffuse et bridée pour le fascisme, qui cristallise à l'âge adulte. Il était fécond en théories. Il estimait aussi que l'accroissement des crises cardiaques dans l'Occident blanc pouvait être attribué au déclin des escaliers, c'est-à-dire à la victoire de la maison de style ranch et de l'ascenseur. Le passage de la baignoire à la douche était un désastre public associé car le bain en baignoire accomplit quelque chose d'unique sur le plan physiologique, concernant le nerf pneumogastrique. Son attitude concernant les jeux en bandes pour les garçons provenait de sa propre frustration dans ce domaine. Dans sa jeunesse, à East Oakland, on trouvait des terrains vagues partout, et des bandes de garçons qui se bagarraient à coup de boules de boue, qui construisaient des cabanes, qui formaient des confédérations. Mais ses week-ends à lui étaient engloutis dans les séances à l'église et le shopping obligatoire, ce qui l'empêchait de s'engager pleinement dans ces expériences politiques, comme il les appelait. Sa mère avait constitué la force motrice principale de sa captivité du week-end, mais avec le recul il s'efforçait d'être magnanime. C'était par solitude spirituelle qu'elle le voulait toujours présent auprès d'elle, supposait-il. Mais il n'avait jamais pardonné à son père de n'être pas intervenu pour le libérer, ne fût-ce que du shopping.

En fait, les Tutwane étaient très connus à Old Naledi. Notre accord stipulait que deux des *banas* m'y conduiraient tout de suite, mais que d'abord je devrais rendre le couvercle du pot de peinture. Je m'exécutai, et nous partîmes.

L'amour intellectuel

Par simple prudence, je n'avais pas voulu commencer par offrir de l'argent en échange des renseignements. Je ne voulais pas être perçue comme une blanche bourrée de fric et lâchée sans frein. Mais maintenant tout allait bien et je donnai quelques *thebes* à mes petits guides comme ils s'apprêtaient à filer.

La maison des Tutwane fut une vraie surprise. Elle était impeccable et bien tenue. Une clôture basse renforcée entourait la parcelle. La maison était une case ovale de bonne taille, récemment chaulée et coiffée d'un bon toit de chaume. Il y avait un enclos d'herbe à éléphant d'un côté de la maison, d'où provenaient des sons lustraux. Le long de la clôture, des baquets de bois régulièrement espacés contenaient diverses plantes buissonnantes. La cour en terre battue était bien balayée. Et dans un coin du terrain se trouvaient des cabinets d'aisance, également chaulés de neuf. J'avais désespérément besoin d'uriner.

Si je pouvais remonter le cours du temps et re-chorégraphier les trois premières minutes passées chez les Tutwane, je le ferais aussitôt. Bien sûr, je devrais quand même me précipiter dans les cabinets *tout de suite**, quelle que soit la nouvelle chorégraphie, à cause de cette maudite vessie féminine. S'il existe une justification, liée à l'évolution de l'espèce, de la vessie pygmée dont est affligée la gent femelle, je serais curieuse de la connaître.

Comme je frappais à la barrière en disant *Koko*, le démocrate solaire apparut à reculons dans l'herbe à éléphant, chargé d'une bassine d'eau grise qu'il commença à verser délicatement le long de la ligne plantée. Ce fut la goutte de trop. Mon envie était d'une urgence impérative.

Il s'était manifestement lavé le haut du corps, et il était encore torse nu, vêtu d'un jean coupé aux genoux et chaussé de ces grosses sandales qui ont l'air de cothurnes. Il m'entendit lever le loquet du portillon, se retourna, me vit plantée là, dans le crépuscule, et, curieusement, recula dans l'herbe à éléphant. Je l'ignorais alors, mais c'était par pudeur. Il battait en retraite pour enfiler une chemise. Ce n'était pourtant pas la peine. Il avait un beau torse, plus beau que je ne m'y étais attendue. Il y avait là un peu de rondeur, mais rien d'excessif pour son âge ou que le fouet d'un bon régime et de l'exercice physique ne puisse corriger.

Je courus aux cabinets. L'intérieur était propre et correct, et des bouts de papier journal étaient accrochés à un clou dans le mur. Il faisait noir. Je procédai à tâtons. Une bougie était posée par terre, que j'aurais pu allumer. Je me rendais compte que le siège même des toilettes avait quelque chose d'inhabituel.

Je crus entendre Nelson dire au loin Attendez. Puis je perçus sa présence juste derrière la porte, agitée. Je me hâtai de finir. En sortant, j'observai pour en avoir le cœur net que l'orifice des toilettes était décidément inhabituel, comme une serrure tournée sur le côté.

Il était contrarié et la mine empourprée, assortie à son dashiki criard.

Qu'est-ce que j'ai fait ? demandai-je. Vous vous souvenez que nous nous sommes déjà rencontrés ?

Bonjour, oui. Écoutez, avez-vous juste uriné ? Je suis désolé de vous poser cette question. Ce truc devrait être fermé à clé.

Oui, répondis-je, interloquée.

Il était irrité, c'était manifeste, mais surtout contre lui-même. Le sujet de la conversation relevait d'un genre plutôt intime, surtout pour une rencontre aussi brève que la nôtre. J'étais mortifiée.

Il m'expliqua, tandis que je m'excusais à plusieurs reprises, chacune plus fervente que la précédente : les gens qui vivaient là, et qui étaient absents, avaient eu la gentillesse de l'aider en expérimentant une latrine à compost. Le principe de ces cabinets consistait à séparer l'urine des matières fécales, en écoulant séparément l'urine. Il semblait que je fusse la seule personne instruite à ignorer ce fait universellement connu que l'urée empêche les matières de se transformer en bon compost. Et je devais donc être la seule personne liée au développement à ignorer que l'invention la plus utile au monde n'était pas la transmission sans fil de l'énergie électrique, mais le mélange chimique qui neutraliserait l'urée quand elle se mélangerait aux matières. Tout cela était assez vrai, à ma grande honte. En l'absence de la découverte en question, il existait ce système expérimental birman que, jusqu'à présent, seuls les confucéens d'Extrême-Orient avaient eu la discipline d'utiliser correctement pendant de longues périodes, à l'exception des Tutwane. Denoon lui-même avait quelque peu redessiné l'orifice. Il suffisait de glisser sur sa gauche pour la phase urinaire, puis de revenir sur la droite pour le reste. L'agriculture du tiers-monde attendait la confirmation de cette richesse en engrais naturel, et j'avais enrayé l'expérimentation.

J'articulai finalement que j'étais *horriblement désolée*, mais que je ne pouvais pas continuer à le répéter ainsi sans commencer à agir en mode automatique.

Cela lui renvoya apparemment sa propre image.

La célérité avec laquelle les gens admettent qu'une chose est fichue permet assez bien de jauger leur rationalité. Nous étions tous deux rapides en ce domaine. Il eut tôt fait de cesser de m'en vouloir. Et ce fut pareil pour moi. Je m'étais tiré une balle dans le pied au début de la course et il ne me restait qu'à continuer d'avancer malgré tout, armée de toute la vivacité dont j'étais capable.

Je me disais qu'à présent, il allait sûrement me demander ce que je faisais là. Au lieu de quoi il fut très correct. Il présuma que j'étais venue pour parler de son projet. Nous pouvions en discuter, dit-il, mais il préférait m'avertir d'emblée qu'il n'y avait de place pour personne, bénévole ou autre, sur le site. Tsau était toujours désigné comme « le site ».

Vu la façon dont les choses avaient commencé, je n'allais pas tenter de m'imposer à Tsau ce soir-là. La tâche plus modeste qui m'incombait consistait à le convaincre que j'étais de ses collègues. Il ne fallait pas qu'il me prenne pour une touriste au long cours, par exemple, issue de cette strate délibérément pauvre de la jeunesse du premier-monde, qui glande à travers le tiers-monde en quête de drogues bon marché et de sensations fortes en général et qui, dans les bus et les ferries bondés, encombre le peu d'espace auquel sont réduits les pauvres involontaires. Il fallait qu'il voie que j'étais compétente. La tâche était déjà herculéenne.

Il fit du thé.

Nous nous assîmes. Il me regarda bien en face.

Alors, vous aimez les Batswanas ? demanda-t-il. Je pressentis le piège.

Je ne sais pas encore, dis-je. Apparemment, c'était bien répondu. Silence.

Je tentai ma chance d'un Dites-moi comment faites-vous pour disparaître dans un projet ? Je suis sceptique. Vous êtes un *lakhoa*. Je ne vois pas comment la connaissance de la langue peut suffire.

Oh, si, dit-il. Il faut savoir ce qu'on fait. Par exemple, comment conclure un accord avec un Motswana.

Dites-m'en plus là-dessus, demandai-je.

Les *makhoas* concluent des accords debout en se serrant la main. Mais les Batswanas concluent les leurs accroupis ou assis. Peut-être est-ce qu'ainsi tous se retrouvent au même niveau : quand on est debout, il y en a toujours un plus grand que les autres. Je pense que l'idée, c'est que, provisoirement tout au moins, les hommes accroupis sont tous de la même taille. Enfin, c'est juste une idée. Un accord conclu debout ne paraît pas réel à un Motswana, surtout si l'accord porte sur quelque chose d'important. Il ne vous le dira pas, mais il ne se sent pas lié de la même façon, et il peut s'y tenir ou non. À propos, je sais que j'ai dit « hommes ». Je parle des traditionalistes.

Je voyais bien qu'il me faisait son grand numéro – mais pourquoi se donner tant de mal si toute association ultérieure entre nous était exclue comme il semblait vouloir me le signifier ?

Non qu'il n'y ait pas d'écueils à éviter, dit-il. Voulez-vous savoir quel est le pire problème que rencontrent la plupart des programmes une fois qu'ils roulent à peu près correctement ?

Oui, bien sûr. Je croyais que la pire chose au monde était ce que fait l'urée aux matières fécales. Mais étais-je sotte, il était maintenant passé à un niveau plus élevé – le psychosocial. La bonne réponse était *ressentiment**, connaissais-je le mot ? Je remerciai le ciel de m'être tue. Il se trouvait que je connaissais le mot, ce qui me permit de marquer un point. Il y a un classique qui traite abondamment de la question. *L'Envie*, par un certain Schoeck. Je l'avais lu, et pas Denoon. Il détestait d'avoir à confesser qu'il n'avait pas lu un texte considéré comme un authentique classique. Il s'abaissait couramment à dire qu'il *connaissait* telle ou telle œuvre. C'était infailliblement la coupable dissimulation du fait qu'il ne l'avait pas lue ou seulement en diagonale. Il cessa de le faire au cours de mon règne.

Bien sûr, dis-je. Je connais le ressentiment. C'est un terme issu de la sociologie française, qui signifie plus ou moins « rancœur exprimée en secret », surtout contre ceux qui sont nos bienfaiteurs. Puis je mentionnai le Schoek, et sa déconfiture, à l'idée de ne pas connaître ce livre particulier, me surprit. Mais mon incapacité à me rappeler le prénom de Schoek le rasséréna un peu.

Quoi qu'il en soit, dit-il, imaginons qu'on réunisse un groupe moyen de pauvres agriculteurs africains et que débarquent des experts blancs pour stimuler le développement, par exemple en créant un programme de développement rural intégré de la manière la plus sensible qu'on ait pu imaginer jusqu'à présent. Le temps passe. Les choses commencent à prendre forme. Mais il se produit un drôle de truc : les meilleurs de ces pauvres hommes, les plus compétents, ceux qui réussissent le mieux et même qui sont le plus proches de vous spirituellement, sont ceux qui vont vous tresser des guirlandes et des gerbes de ressentiment. Pourquoi ? Que peut-on y faire ? Et je parle ici d'un projet de développement tout à fait ordinaire.

Cela m'avait un petit air de crypto-entretien d'embauche. Mais je me repris – je me trompais forcément.

Aucun adulte ne veut être aidé, dis-je. C'est inscrit dans son essence même. Peut-être devrais-je d'ailleurs préciser adulte mâle, car c'est différent chez les femmes. Prenez par exemple les Français, les Britanniques et nous. On aurait pu penser qu'au moins une bonne partie d'une génération aurait fait semblant de nous aimer, ne serait-ce que pour les avoir sauvés et empêchés de devenir des provinces du Troisième Reich. On peut aider les femmes, mais gare à vous si vous aidez les hommes. Les nations sont viriles. Il me sembla qu'il s'opérait alors un léger changement en ma faveur dans la qualité de son attention. Et ce fut effectivement le cas, il le reconnut par la suite.

Après un moment assez tendu où il m'expliqua surabondamment qu'il ne fallait surtout pas m'imaginer qu'il avait soulevé la question du ressentiment parce qu'elle pointait le nez sur le site, nous passâmes à l'antiaméricanisme. Le point précis m'échappe maintenant. Mais il établissait un certain nombre de fines distinctions concernant l'antiaméricanisme. Ainsi l'antiaméricanisme britannique ne méritait-il pas qu'on s'y attarde car ce n'était qu'une facette du phénomène plus vaste de l'auto-vénération britannique. La seule race que les Britanniques aient jamais aimée alors qu'ils la soumettaient au joug de l'Empire était celle des fringuants pédérastes du Sahara, les Bédouins vêtus de leurs séduisantes tuniques. Les Français et les Britanniques pouvaient aller se faire foutre, surtout les Britanniques. Il n'y avait que deux pays d'Europe que Denoon pût tolérer, l'Italie et le Danemark, parce qu'ils étaient les seuls à avoir tenté de protéger leurs juifs pendant la Seconde Guerre mondiale. Tous les autres avaient sauté dans le nazisme à pieds joints ou, et cela revenait au même, soigneusement choisi de ne rien faire. Soucieux d'offrir à Roosevelt une preuve bien sentie de son estime, Churchill avait porté son choix sur une somptueuse petite édition personnelle des poèmes antisémites de Kipling. Et maintenant, ironique retour des choses, les Israéliens se rendaient impardonnables.

Par moment, au cours de cet entretien, je sombrais dans une sorte de torpeur, ou d'attaque cérébrale, mais avec du texte, où je me demandais avec incrédulité s'il se pouvait vraiment que j'aie commencé cette rencontre en urinant dans le creuset fondamental d'une expérience destinée à sauver les plus pauvres d'entre les pauvres. J'avais l'impression de déchiffrer les sous-titres d'un film muet.

Ensuite, il m'exaspéra presque au plus haut point, et je mérite bien une médaille pour l'avoir dissimulé. Si abominable que devînt l'Amérique, il n'en était pas responsable. Oh la la, me dis-je. Et pourquoi n'était-il pas responsable ? D'abord, il avait toujours voté, même par correspondance si nécessaire, et toujours pour le candidat du parti minoritaire le plus perpendiculaire à ce qui devenait la procédure opérationnelle nationale de rigueur. Il subsistait alors un infime vestige du parti socialiste original debsien [1] auquel il restait

1. Eugene Victor Debs (1855-1926) est un leader syndical et politique américain qui fonda le Social Democratic Party en 1901 et se présenta aux élections présidentielles en 1904, 1908, 1912 et 1920 [*NdT*].

attaché, mais qui malheureusement ne présentait plus de candidats à la présidence.

Non qu'il fût lui-même un socialiste à la lettre, précisa-t-il inutilement. D'autre part, il ne payait plus d'impôts fédéraux, en vertu de l'exception de l'outre-mer, depuis dix-neuf ans. Je vis rouge. Je jurai intérieurement que le sujet resurgirait tout à loisir entre nous le cas échéant, quand il serait moins explosif. Tout ce qui me venait à l'esprit, c'était Edmund Wilson, quasiment immortel, et qui, pendant des années, n'avait pas pris la peine de payer ses impôts, par pure paresse, distrait par la célébrité, et qui se drapa dans la bannière pacifiste lorsque le fisc vint se rappeler à son bon souvenir. Toute personne de bonne volonté peut être tentée de ne pas payer l'impôt quand la realpolitik devient trop gênante mais, en Amérique, l'évasion fiscale n'est pas à la portée du premier venu. Le degré de solvabilité est une notion de vie et de mort qui existe. À ce moment précis, je pouvais remercier Dieu de ne jamais devoir être célèbre. Ce type se croyait plus blanc que neige malgré le fait que seul le hasard de son génie l'avait introduit dans cet univers où il n'avait ni à affronter la nécessité de payer des impôts pour les choses qu'il condamnait, ni à envisager de renoncer à sa citoyenneté. J'étais évidemment d'accord avec lui sur le Chili et le Guatemala, mais étais-je supposée me sentir moralement plus fautive que lui parce que, pendant le mandat de Tête Creuse, j'allais devoir financer des actes plus cruels encore que tout ce que j'avais pu imaginer ? Non que j'aie jamais eu à financer grand-chose. C'était le privilège inconscient qui rejaillissait dans les propos de Denoon – et l'élitisme. Je songeai à ce malheureux ouvrier déserteur qu'Eisenhower avait fait fusiller, tandis qu'Ezra Pound avait tranquillement continué à pondre de la poésie et à déguster des petits fours jusqu'à la fin de ses jours. Cela me coupait le souffle. Mais mon destin est apparemment de servir de planche de résonance aux représentants de certains élitismes, bien contre ma volonté. Dernièrement, j'ai développé une indulgence plus racoleuse envers Denoon : après tout, il était le fils d'un homme si pur que, de rage, il avait détruit l'aspirateur familial après avoir lu dans un bulletin d'information qu'Electrolux appartenait à un collaborateur nazi.

Il fallait que j'arrive à passer de ce sujet à un autre plus reposant, présentant moins de pièges, aussi lui demandai-je si des anthropologues étaient associés à son programme. Grave erreur : l'anthropologie présentait tous les défauts du monde. Non, jamais aucun anthropologue n'avait été admis sur le site. La plupart des grands noms officiels de l'anthropologie étaient des médiocres. Certains étaient carrément nuls. Malinowski avait sauté des femmes trobriands. Boas avait inventé des tas de choses sur les Tlingits : si l'on retournait fouiller dans ses notes de voyage, on n'y trouverait qu'une vague parenté avec ce qu'il avait écrit dans ses livres. Aucune avancée de théorie générale depuis quarante ans. L'anthropologie ? Un *bolus*, anecdotique. Les quelques rares contributions intéressantes à l'anthropologie étaient le fait de riches dilettantes comme Theodore Besterman. Comment distinguer conceptuellement l'anthropologie de la sociologie ? Et ainsi de suite. J'avais du mal à suivre tous ses anathèmes. J'acquiesçais très vaguement à ce qu'il disait, tout en hurlant intérieurement sous l'effet de ce que cela impliquait pour son présent auditoire. Je me disais qu'il devait me tester, voir comment je tenais le choc en m'entendant marteler que ma spécialité était sa *bête noire**, et que je portais le flambeau d'une discipline qui se transformait en système de contrôle social comme la psychologie industrielle, feuille de vigne des sociétés multinationales et de la Banque mondiale. Les départements d'anthropologie avaient couvert des opérations de la CIA. Il pouvait citer des noms. Et ainsi de suite. Tout doit-il être épreuve ? me demandais-je. Le principe de base des programmes de doctorat est déjà bien assez mauvais, en ce qu'il élimine les éléments faibles du programme par l'épreuve du feu, jusqu'à ce que seuls demeurent les éléments forts. Il avait raison et tort à la fois. Je crois que j'étais perspicace. Il m'épuisait. J'étais obligée de me retenir. Je ne cachais pas que je réservais mes commentaires sur certaines de ses idées. Je pense que c'était visible. L'anthropologie n'est pas une discipline négligeable, même si, jusqu'à présent, elle vaut surtout pour les informations qu'elle apporte. Il s'agissait d'opiner à son iconoclasme général sans pour autant concéder que j'étais un charlatan et que je le savais. Heureusement, tout cela prit fin. Je fus sauvée par le hurlement d'une femme dans un taudis, quelque part à proximité. Denoon bondit par-dessus la clôture et écouta dans la nuit, mais on n'entendait plus rien.

L'amour intellectuel n'est pas du même ressort que la recherche d'un mentor, bien que des femmes avec qui j'ai soulevé la question veuillent le réduire à cela. Je me méfie du concept de mentor et je le rejette, et tant mieux car je ne semble guère les attirer. Nelson n'était pas mon mentor, ne l'a jamais été. Avec lui, j'ai donné aussi bien que reçu. Mais ce fut pour moi un amour intellectuel, à partir plus ou moins de ce soir-là.

L'amour intellectuel comporte un risque particulier pour les femmes instruites, à mon avis. Certaines conditions doivent être réunies. On rencontre quelqu'un – j'aurais tendance à préciser « du sexe opposé » mais c'est parce que j'ai l'esprit de clocher – qui vous frappe par ses réponses hautement convaincantes et bien argumentées à des questions comme Où va le monde ? Ce ne sont certes pas des questions portant sur le sens de la vie. Une chose dont Denoon m'a convaincue, c'est que toutes les réponses à la question Quel est le sens de la vie ? se dissolvent dans la détermination de ce qu'une certaine entité hypostatique supérieure veut que vous fassiez, *id est* déterminer comment et avec qui ou quoi vous devriez établir une relation d'obéissance. La preuve en est que, une fois convaincu que la vie est totalement accidentelle par son origine et son évolution, jamais personne ne dirait qu'il ou elle a découvert le sens de la vie. Fondamentalement, l'amour intellectuel est donc fait pour l'esprit profane parce que si vous découvrez que quelqu'un, quelle que puisse être son intelligence, est thomiste ou baha'i et qu'il a omis de le préciser, vous le considérez comme l'esclave de quelque chose sans intérêt.

Ce qui vous attire dans l'amour intellectuel, c'est l'impression de regarder une lampe torche mentale balayer le paysage avec indolence et en faire ressortir tour à tour certains détails qu'on pensait douteux ou trompeurs, mais sur lesquels on n'avait pas eu le temps ou l'énergie de s'appesantir, ou qu'on n'avait pas eu la fermeté d'âme d'ignorer *tout court**. À sa lumière se confirment les soupçons. Je pense aux remarques de Nelson sur l'ancienne célébrité Norman O. Brown, ou sur le déconstructionisme, même s'il n'en fut question que bien plus tard. Denoon était la réponse à une chose dont je ne percevais que subliminalement qu'elle me perturbait, à savoir la masse de choses dont on sent bien qu'on devrait les voir en perspective, analysées de manière centro-périphérale, ou suivant la fameuse hypothèse girardienne. On a à peine le temps de se pencher sur les nouveautés révolutionnaires que les gens produisent, qu'elles sont déjà noyées dans des bibliographies qu'il faut assimiler. Mais paradoxalement, on aime aussi jeter une touche de provisoire sur les affirmations sommaires les plus générales qui vous sont proposées. L'envie pouvait vous en prendre, par exemple, quand Denoon, parfaitement imperturbable, avançait que le christianisme était à l'origine une sorte de socialisme policier, *id est* que Paul était un agent subversif aux ordres de l'Empire romain, ayant pour mission de détruire le judaïsme messianique belliqueux et de le remplacer par l'inoffensif credo chrétien : « amour et bonté ». Il faut être armé d'humour, aussi. Et puis d'une certaine absence de préjugés face à la nature des propositions que notre héros est capable de défendre. Denoon procédait souvent par aphorismes. À l'aune de mes critères, ses propos auraient souvent pu être publiés. Mais il ne s'y attachait pas de grande vanité. Les idées lui venaient tout naturellement, et il mettait un scrupule maniaque à citer l'auteur, quel qu'il fût, de ce qu'il utilisait et que son auditeur risquait de lui attribuer, par exemple. La société, cet enfer de sauveurs, l'une de ses citations favorites, au sujet de laquelle je dus un jour lui dire qu'il n'avait pas à me rappeler chaque fois qu'elle était d'E. M. Cioran, un nom que je n'oublierai jamais.

Nelson était passionnant quand il était question des Boers, ce qui fut notre dernier grand sujet de conversation chez Tutwane. Je commençais à somnoler, et cela me réveilla. À Gaborone, et notamment dans la pénombre des ambassades, tout le monde parle des Boers mais personne ne fait rien – affirmation que j'énonçai un jour à voix haute, et qui, à mon grand plaisir, se répandit comme une traînée de poudre. Les Boers débarquent comme ils veulent au Botswana et, aujourd'hui encore, ils tuent les gens quand l'envie leur en vient. Nous nous demandions toujours quand aurait lieu le prochain raid, jusqu'où ils pousseraient le bouchon, quand ils couperaient la voie ferrée à Ramatlabama, et ainsi de suite. Toute personne détenant une information inédite ou un détail nouveau à ce sujet était considérée avec grand intérêt. En fait, je me hâtai de noter les mots-clé de la tirade de Denoon sur les Boers dès que je me retrouvai sous un lampadaire. Ne gaspille ni ne perds, telle est ma devise.

La folie des Boers s'explique par le nationalisme, m'expliqua-t-il. Les Boers n'ont eu le sentiment de diriger l'Afrique du Sud que récemment, depuis 1948 ou 1950, lorsqu'ils ont enfin réussi à venir à bout des Britanniques. Ils avaient à peine mis les pieds sous la table, pour ainsi dire, que justement les *kaffirs* leur ont dit que c'était terminé, qu'on ne servirait pas le dîner. Tout ce qu'ils auraient, ce sont les hors-d'œuvre. Il comparait les Boers à l'Amérique, qui n'avait pu imposer la Pax Americana que de la fin de la Seconde Guerre mondiale aux années soixante. Les nationalismes provoqués sont les pires. À quoi il ajouta que les Boers constituaient leur propre État, plus de la moitié des adultes actifs étant fonctionnaires.

D'autre part, l'apartheid devait être considéré comme une forme de folie génériquement masculine non sans rapport avec le sport. Il déclara On assiste là à un jeu particulier d'excellence compétitive, à la manière des bergers crétois dont la hiérarchie était fondée sur leurs performances comparées dans le vol de moutons. Opprimer les noirs est un sport national sanguinaire. Il faut considérer le handicap avec lequel composent les Boers : une infime minorité écrase une gigantesque majorité noire, qui devient chaque jour plus nombreuse et plus furieuse. Si les Boers y parviennent, cela vaut bien toutes les médailles olympiques – auxquelles ils ne peuvent prétendre, de toute façon. Le jeu se nomme Triomphe de la volonté. Je connais pas mal de Boers, dit-il, et les Boers *désirent* vraiment entrer dans l'armée sud-africaine et se rendre à la frontière, ou parcourir en seigneurs les townships. Les anglophones ne partagent pas ce désir, ce sont eux les objecteurs de conscience, eux qui décampent à l'étranger quand la conscription approche. Les exilés blancs que vous croisez à Gaborone sont anglophones pour la plupart. Vous entamez la conversation avec un Boer, et la première chose qu'il veut savoir, c'est si vous avez fait votre service militaire, quel que soit votre pays d'origine. Alors, vous avez été dans l'armée ? C'est leur première phrase. Si vous répondez non, ils vous parlent tout de même, mais gardent une vraie réserve. Je les connais, répéta-t-il.

Cette analyse ne constituait pas un morceau de bravoure dont il aurait tiré de la fierté. Je voyais même qu'il déprimait à mesure qu'il déroulait son argumentation.

Comment cela va-t-il finir, à votre avis ? demandai-je.

Je ne sais pas, mais ça finira un jour, dit-il, et il y a une chose amusante que les Boers se sont infligée à eux-mêmes et qu'ils n'apprécieront que quand tout sera derrière eux. La chose la plus stupide que les Boers aient sans doute jamais faite, c'est d'autoriser la projection de films de kung-fu dans les townships. Ils croyaient qu'ils diffusaient là des conneries vaguement culturelles bonnes à distraire les masses. Retenez bien ce que je vous dis, un jour quelqu'un retracera l'influence des films de kung-fu sur la lutte pour la libération, et mesurera son importance. Car les films de kung-fu, qui sont effectivement des conneries, enseignent inlassablement la même et fondamentale leçon : il faut toujours se venger. Le christianisme enseigne le contraire, et l'élite noire instruite s'y est conformée pendant des années. Mais voilà autre chose, un mode d'emploi extrêmement attirant et illustré, qui dit aux jeunes Formez des groupes, utilisez vos mains nues contre l'ennemi – en l'occurrence les clubs corrompus de kung-fu qui soutiennent les gangsters ou la dynastie malfaisante –, acceptez la discipline et l'adversité, constituez des équipes, ne renoncez jamais et vengez vos frères. À l'occasion, incluez ici et là des femmes combattantes.

Je m'en étais tirée aussi bien que possible. Il ne me restait plus qu'à faire preuve d'intelligence et à prendre congé avant d'être congédiée.

Je me levai et dis Savez-vous que les Batswanas attribuent aux étoiles les mêmes noms que les Sumériens – le troupeau brillant, *letlhape phatsimo* ?

Je me dirigeai vers la clôture. Je l'avais légèrement déconcerté en partant de manière un peu abrupte, ce qui me plaisait assez.

Accepterait-il au moins d'envisager de me prendre comme bénévole ?

Vous me tentez, dit-il, mais je dois vous dire non. Évidemment, ce qui vous rendrait irrésistible, c'est d'être incollable en tonnellerie. Ou en taxidermie, disons.

Désolée, dis-je.

Ce fut tout. Il me demanda si j'avais une lampe électrique, et je répondis que non, affichant l'air de celle qui juge cette question parfaitement stupide, pour bien lui montrer que j'étais habituée à me déplacer dans l'obscurité comme on le fait au village, la nuit. C'était là pure bravade, et en vérité j'avais peur. Mais je m'élançai dans le labyrinthe noir d'Old Naledi comme si rien n'avait pu me rendre plus heureuse et que j'avais eu un sens inné de l'orientation.

J'ai pris plaisir à notre conversation, me dit-il comme je m'en allais.

Tout le long du chemin du retour, je me flattai de m'être enfin introduite dans son champ de vision. Il m'arrivait de le croire. De toute façon, il reverrait mon visage.

Encore Grace

Je me sentais tendre et d'humeur à faire mes adieux à Gaborone, et même au centre commercial, maintenant que j'allais partir. Je m'apprêtais à rejoindre le site de Denoon. J'y étais déterminée. Quelle surprise ce serait pour lui.

J'aimais et détestais le centre commercial, une sorte d'enclave à demi-pavée et longue comme trois pâtés de maisons, qui constitue le cœur du commerce et de la vie de la capitale. Les boutiques se veulent pseudo-modernes, arborant leurs étalages d'attrape-gogos, une débauche de plastique luisant sous de petites ampoules multicolores, l'assourdissante muzak diffusée en boucle, et, bien sûr, les produits typiques du tiers-monde : des tonnes de tout ce qu'on ne veut pas et rien là où devraient se trouver les choses de première nécessité – comme par exemple les pinces à épiler, mon besoin le plus pressant à ce moment-là. La plupart des marchands sont chinois ou indiens, et quelques Batswanas servent de couverture à des Sud-Africains. On y trouve la même variété de commerces que partout ailleurs : quincaillerie et magasins de vêtements, pharmacies, traiteurs, boucheries, un ou deux dispensaires. Les seuls bâtiments vraiment spacieux se situent à l'extrémité du centre commercial – des banques, des ambassades. Pour l'agrément, vous disposez de part et d'autre de la partie centrale, qui est la plus large, entre le cinéma Capitole et le President Hotel, de bancs en ciment ombragés d'auvents métalliques parasoloïdes. Et par-ci par-là, des acacias rabougris. J'aimais le centre commercial pour sa *comédie humaine**, mais je le détestais parce qu'il incarne l'idée occidentale du devenir de l'Afrique et parce que les marchandises sud-africaines sous lesquelles croulent les rayons sont merdiques et vraiment trop chères. Je fais une fixation sur les fabricants de chaussures sud-africains – ma *bête noire**. C'en est risible. Une poignée de pauvres diables, essentiellement des femmes, vendent des produits saisonniers comme des chenilles frites ou des épis de maïs, et étalent leurs pagnes sous les arbres – mais juste une poignée. La construction du centre commercial a entraîné la démolition du marché paysan traditionnel, et les planches grossières sont devenues des étals permanents – loin, au bord de la voie ferrée, là où le marché s'étiole mais n'agresse plus le regard des *makhoas*, qui préfèrent effectuer leurs emplettes dans un cadre propre, sur du linoléum et au son des Violons de Melachrino ou d'un quelconque autre orchestre défunt.

Je traversai le centre commercial et je passai juste devant le President Hotel, lancée dans une deuxième expédition de recherche d'une pince à épiler que j'étais bien résolue à trouver chez Botschem. Mon mode opératoire, quand je veux vraiment quelque chose, et il a fait ses preuves, c'est de m'entêter jusqu'au dernier instant comme s'il ne faisait aucun doute que je finirais par parvenir à mes fins. En trois jours de travail incessant, j'avais réuni tout ce dont j'estimais avoir besoin pour entreprendre mon expédition vers le site de Denoon, à deux petites exceptions près : la pince à épiler... et la localisation du projet de Denoon.

Je perçus un certain remue-ménage dans le grandiose escalier reliant le balcon du President Hotel au centre commercial.

Oh non, me dis-je, encore la psychologie de l'anormal. C'était Grace, qui se frayait un chemin à la force du poignet pour descendre dans la foule montante de l'heure du déjeuner et qui criait mon nom.

Je m'immobilisai sur place pour calmer son anxiété et lui fis un signe la main.

Si conversation il devait y avoir, ce serait nécessairement dans un autre endroit. Il faisait très chaud, la lumière était vive, et nous attirions déjà l'attention. Les Batswanas adorent que les blancs se donnent en spectacle, par exemple en se battant, ou en manifestant leur affection en public. Grace paraissait aussi affolée qu'auparavant. Elle persistait à vouloir courir, et il était manifeste qu'elle avait décidé de jeter son soutien-gorge aux orties pour vivre à pleins poumons pendant son séjour au cœur des ténèbres où personne ne la connaissait en l'occurrence.

Elle arriva enfin jusqu'à moi, précédée par le parfum bien caractéristique du Mainstay. Elle portait une tenue différente, mais du même genre que chez les Bemis. Elle avait les yeux bouffis, mais elle était impeccable, propre et soignée.

Elle dut reprendre son souffle. Deux choses m'avertirent que j'avais raison de redouter que son affection ne tourne au spectacle baroque. Un ruban léopard dans les cheveux. Et sur le balcon je repérai Meerkotter, un Boer connu pour ses proportions colossales, qui suivait ses mouvements d'un air de propriétaire avec un verre rempli dans chacune de ses mains, dont l'un manifestement destiné à Grace. Il était le représentant local d'un consortium sud-africain d'entreprises de construction, je crois. Jouisseur impénitent et *bon vivant*[*], il prenait tous ses repas au Brigadier's Room du President, et commandait habituellement un steak pour l'une des innombrables belles adolescentes batswanas qu'il honorait de ses faveurs. Il préférait les noires, mais il n'excluait aucun groupe racial. Il était très fier de ce qu'Edgar Rice Burroughs aurait appelé sa vigueur. Ses avant-bras étaient gros comme des berlingots d'eau de javel. Je voulus aussitôt mettre en garde Grace contre deux ou trois dangers liés à ce type. Je pensais qu'il devait être contaminé. Pis encore, on racontait ces derniers temps qu'il entretenait une vraie liaison avec une authentique reine de beauté, Idol Mekta. Elle était célèbre pour ses coiffures, qui relevaient véritablement de l'art – la dernière, saisissante, évoquait un étalage de poignées de valises –, et pour la violence de sa jalousie. Meerkotter était considéré comme un gros lot. Il est d'usage que les femmes batswanas trompées ébouillantent leur rivale. Je pensais que Grace devait absolument savoir tout cela, si j'avais bien vu juste en pensant qu'elle était avec Meerkotter. On disait aussi que Meerkotter devait son œil de verre à une vengeance féminine, une indication digne d'intérêt, ne fût-ce que pour décrire le genre de milieu dans lequel il évoluait.

Nous nous saluâmes poliment. Elle tenait absolument à me dire une chose.

Elle portait un petit foulard noué autour de la gorge qui lui donnait l'air d'une jeannette. Je lui en fis compliment.

C'est ici que je l'ai reçu, dit-elle. En cadeau. Un cadeau d'une certaine personne.

Je souhaitais l'avertir qu'à Gaborone, on s'enivre vite avec peu d'alcool, à cause de l'altitude. Mais elle ne me laissait pas placer un mot.

Je sais que Nelson vous aime bien, dit-elle.

Le soleil nous écrase, dis-je. Allons quelque part. Mais pas au President.

Là où nous pourrons prendre un verre, dit-elle. Elle me saisit le coude d'une poigne d'acier et m'entraîna à travers le centre commercial, comme si elle avait eu une idée très précise en tête. La boisson lui donnait des ailes et l'amena à carrément piétiner le tapis d'une femme qui vendait des *niébés*, n'épargnant que de justesse la main de la marchande. Grace n'avait aucune idée de l'endroit où elle se dirigeait. Je pris la situation en main. Elle était bizarre. Mais elle me paraissait aussi fort déséquilibrée. Il me vint à l'esprit qu'il avait dû lui donner du Mandrax, auquel il avait libre accès à en croire la rumeur.

Changeant de direction, je l'entraînai hors du centre commercial, de l'autre côté de King's Road, sur la longue route de terre qui mène à la Ville blanche, minable secteur commercial sans revêtement au sol, où tout est à une échelle incomparablement plus réduite, et où certains commerçants sont même batswanas. On m'a dit que le nom de Ville blanche remontait à une époque déjà lointaine où la plupart des bâtiments étaient peints en blanc.

Je l'emmenai au Carat, un minuscule troquet tenu par une Batswana que j'aimais bien, et qui courait à la faillite parce qu'elle vous servait des portions trop généreuses pour une somme dérisoire. L'endroit a fermé depuis.

Grace voulait une bière. Je conspirai en setswana pour leur demander de ne l'apporter qu'au moment où elle aurait commencé sa salade, *id est* de la betterave râpée et un ragoût de haricots, et de nous servir du thé bien fort en même temps que sa bière. Je la convainquis de renoncer aux frites, qui, au Carat, étaient si peu cuites qu'on les eût dites en acrylique.

Elle était complètement saoule. Elle me dit Vous aimez les quatre saisons ? Parce qu'ici personne ne les aime, à qui j'ai parlé.

Je répondis que je les aimais toutes, croyant qu'elle voulait savoir si je n'avais pas de nostalgie pour la neige, les matins vifs d'automne, tout ça, et au même instant elle se mit à ânonner « Dawn go away I'm no good for you » d'une petite voix geignarde et désabusée. C'était du célèbre groupe de Frankie Valli qu'elle parlait : The Four Seasons. Je n'en croyais pas mes oreilles. Je lui en laissai chanter un bon morceau.

Quand allait-elle rejoindre Denoon ? Rétrospectivement, sa passion pour The Four Seasons me paraît curieuse, et peut avoir joué un rôle dans l'échec de sa relation avec Nelson car, pour lui, l'une des chansons populaires les plus idiotes de l'histoire était *Walk Like a Man, Talk Like a Man*, interprétée d'une voix de fausset par la vedette des Four Seasons. Pour moi, c'était la reine des chansons entièrement débiles, mais pour les paroles idiotes – sans parler du manque de cœur – la palme revenait à *Now Laughing Friends Deride Tears I Cannot Hide.*

Je m'inquiétais pour Grace. Elle était vulnérable. Je me lançai dans des circonlocutions pour lui dire un mot de Meerkotter. Elle le *voyait*, selon sa propre expression. Je tentai de la mettre en garde, avec délicatesse. Mais je me rendais compte qu'elle ne réagissait pas. Soit elle n'enregistrait qu'une part infime de mes propos, soit elle trouvait, à m'entendre, Meerkotter encore plus exotique et séduisant. Je m'autorisai à évoquer l'affaire de l'œil de verre, dont l'effet dévastateur sur elle me stupéfia. Elle fondit en larmes.

Impossible de l'arrêter. Je voulais savoir ce qui, dans mes paroles, avait provoqué une telle réaction. Elle finit par me l'avouer.

Les gens vous racontent des choses qui vous forcent à vous demander si le monde n'est pas une fiction. Elle s'était mise à pleurer, me dit-elle, à cause de l'œil de verre. Elle n'avait pas remarqué celui de Meerkotter, mais son père à elle en avait eu un et c'était l'une des raisons qui avaient fait d'elle une féministe. Elle avait un frère un peu plus jeune, qui, seul, avait le droit d'aider le père pour certains soins de l'œil, notamment le nettoyage. Elle, jamais. Alors qu'elle avait réellement aimé son père, contrairement à son frère, qui l'avait déçu à tous les points de vue. Apprendre qu'elle se considérait comme une féministe me toucha et m'aida à faire preuve d'un peu plus de patience avec elle.

Je pus finalement lui poser ma question Que vouliez-vous donc me dire à propos de votre mari – car c'est bien de lui que vous voulez parler, n'est-ce pas, Grace ?

Elle se remit brièvement à sangloter, puis répondit par l'affirmative. Elle voulait que je sache qu'entre Nelson et elle, tout était fini. Nelson était libre et elle voulait qu'il soit heureux, s'il en était capable. Elle avait un sixième sens, précisa-t-elle, pour détecter les personnes qui lui plaisaient et qui lui seraient bénéfiques, et elle espérait que je lui pardonnerais la façon qu'elle avait eue de nous présenter, mais le temps était compté. L'avais-je revu ?

Je répondis oui, que je l'aimais bien et que son travail m'intéressait.

Lui plaisez-vous ? me demanda-t-elle.

Je dis que je n'en savais rien, mais que c'était difficile à dire, car il retournait à son projet secret, dont l'emplacement même semblait constituer un vrai secret.

Elle leva un doigt et se força à manger un peu. Je suppose qu'elle souhaitait dessaouler un peu avant d'aborder cette partie de notre conversation. J'attendis. Jusqu'à présent, personne n'avait voulu me dire où se trouvait le site, pas même Z. Je devinais que l'embarras et le silence-radio s'étaient renforcés depuis la péroraison sur la démocratie solaire. Sans bien comprendre pourquoi, je n'étais pas pour autant désespérée. J'étais certaine qu'il devait exister un moyen de le découvrir, que je n'avais tout simplement pas encore imaginé.

Je sais où c'est, dit-elle. Mes avocats l'ont forcé à le dire il y a une éternité. Je pourrais même vous dessiner l'emplacement.

Je sortis mon bloc-notes. Dieu existait, donc.

Elle le savait, effectivement.

C'est un endroit qui s'appelle Tsau, dit-elle. En droite ligne à l'est de la réserve animale du Kalahari Central, à partir d'un endroit qui pourrait se trouver en Chine d'après son nom : Kang. Je corrigeai sa prononciation. J'avais le souffle coupé. Je savais même approximativement où était situé Tsau. Ce devait être à cent cinquante ou deux cents kilomètres de Kang. Rien d'impossible à trouver. Elle voyait bien que j'étais émue.

Vous ne devez évidemment le répéter à personne, dit-elle, car une partie de ce qu'il a signé jusqu'à présent m'interdit de le dire à quiconque. Ça ne doit pas aller plus loin. Vous devez me le jurer. Je n'ai jamais eu le droit d'y aller.

Je jurai. Nous nous détendîmes. Mais pourquoi me confiait-elle tout cela ? Mes pensées sur ce point étaient un *bolus*, pour reprendre un mot que je dois à Denoon et qui semble m'être devenu indispensable. S'agissait-il d'une vengeance sournoise, ou bien cherchait-elle à me jeter dans ses bras pour en tirer quelque avantage judiciaire ? C'était la thèse défendue dans mon lobe « realpolitik ». Mon autre lobe percevait là quelque chose de personnel et de désintéressé. Pour tout dire, un *bolus*.

Je sais tout de vous, dit-elle. Je vous ai repérée avant de savoir quoi que ce soit en dehors de votre physique, mais je m'aperçois que vous êtes parfaite. Tout le monde a une opinion sur vous.

J'étais aux anges.

Vous devez être quelqu'un de fort, je le sens, dit-elle. Quelqu'un comme vous doit avoir des quantités de frères et sœurs. Je répondis que non, et elle en fut surprise.

Je donnai le signal du départ. Elle me prit une ou deux fois par la main tandis que nous retournions au President.

Son quartier de bœuf sud-africain, en proie à une vive agitation, l'attendait au pied de l'escalier.

Il y eut un moment d'effusion lorsqu'elle me demanda, l'air un peu égaré, si je lui écrirais. Meerkotter cherchait déjà à l'entraîner.

Je n'ai pas votre adresse, répondis-je. Elle se dégagea vigoureusement de Meerkotter et extirpa de son blouson un sac minuscule dans lequel elle se mit à fouiller. Meerkotter la tira de nouveau par le bras. Cela me mit en rage, et sans doute le fixais-je telle la Méduse car il la lâcha et la laissa poursuivre sa recherche. Elle finit par brandir son carnet de chèques et à en détacher un chèque vierge, qu'elle me flanqua dans la main. Mon adresse est dessus, dit-elle. Elle vivait à Cos Cob. Je ne voulais pas de son chèque mais dans la tension du moment je ne savais vraiment pas quoi faire.

Oh, dit-elle, savez-vous ce qu'est le bruxisme ? J'ai oublié de le préciser.

Grincer des dents en dormant, répondis-je.

Nelson en souffre, dit-elle. Je savais bien que vous étiez calée.

L'idée me vint soudain de déchirer le chèque pour ne garder que l'adresse, et je le fis aussitôt.

Un sentiment confus m'étreignit brusquement. J'avais envie de lui dire que je savais qu'elle n'était plus ce qu'elle avait été. Je crois que je l'aimais pour m'avoir aidée. Je voulais lui dire quelque chose comme Moi non plus je ne serai pas toujours comme je suis maintenant. C'était impossible.

Meerkotter la conduisit jusqu'en haut du perron de l'hôtel.

Je pense que j'irai à Milan, lança-t-elle, probablement pour me rassurer.

Kang

Une fois par semaine, le gouvernement envoie un camion à plateau, un monstre Bedford, parcourir les quatre cents kilomètres qui séparent Lobatse de Kang, au nord. Le voyage commence en fait à Gabs, d'où l'on roule brièvement vers le sud jusqu'à Lobatse. Le camion transporte des sacs de farine de maïs du Programme alimentaire mondial, des matériaux de construction, du courrier, du savon et divers produits. La cargaison forme une montagne sous une bâche, et les voyageurs ont le privilège de pouvoir se cramponner aux sangles à condition de signer une décharge de responsabilité au CTO. Les camions tiennent lieu en outre, et de manière officieuse, de bus pour les gens rencontrés en chemin. On trouve toujours huit ou dix personnes juchées à l'arrière avec leur barda.

J'étais sur le camion et j'attendais que la rigolade commence vraiment, quand nous quitterions le macadam, à Jwaneng, pour nous aventurer sur la route de sable, de bouts de planches et de gravats qui mène jusqu'à Maun. C'était le moment de réfléchir, installés que nous étions dans cette phase pré-infernale, tandis que la circulation sur la route de Gaborone à Lobatse limitait normalement notre allure et nous contraignait même au point mort de temps à autre. Le soleil se leva alors que nous étions à l'arrêt devant l'une des quelques hauteurs de la région, le petit massif abrupt aux falaises striées de craie derrière Ootse, là où les vautours du Cap s'accouplent et font leurs nids. Ils ne le font que là et dans le Magaliesberg, un endroit du même genre. *Ergo*, ils sont condamnés par la civilisation qui vient grignoter les flancs depuis Ootse jusqu'au royaume des vautours. Mais je les comprends, me disais-je. En amour comme dans les ébats, l'atmosphère est primordiale.

Tout allait bien. J'avais vigoureusement rassemblé les éléments épars de ma vie. J'avais organisé une vente de mes affaires un peu comme une blague, mais j'en avais finalement tiré de l'argent. J'avais expédié des choses chez moi et réduit mes possessions à ce que je pouvais porter. J'avais dit merci chaque fois que c'était nécessaire. J'avais un peu brouillé les pistes. J'avais trouvé judicieux de laisser croire que je retournais aux États-Unis. J'avais tout ce qu'il me fallait pour réussir ma sortie, y compris ma pince à épiler de chez Botschem. J'étais correctement équipée pour faire un peu de camping et je possédais une carte des points d'eau le long de la piste que je comptais emprunter de Kang à Tsau, même si elle n'était pas aussi récente qu'on aurait pu le souhaiter. Elle avait été établie six ans plus tôt, mais je me disais que comme elle avait été tracée pendant une sécheresse antérieure elle était sans doute suffisamment détaillée.

Nous progressions de manière tellement irrégulière que j'avais même le temps, entre deux embardées, de bavarder avec ma copassagère, une jeune femme enceinte originaire de Mogoditsane qui pensait que son cousin pourrait lui procurer un travail de nettoyage à l'abattoir de Lobatse. Ses questions révélaient qu'elle avait pitié de moi, encore célibataire et sans enfant à un âge aussi avancé. Elle était célibataire, elle aussi. Au Botswana, dans les villages, il est courant que les femmes commencent par faire un enfant afin de proclamer leur aptitude au mariage.

Ça les regarde, pensais-je, ce qui me rappelle que je dois cesser d'utiliser des expressions dénuées de sens hormis entre Denoon et moi. Même chose pour Voilà ce qui arrive ! *Ça les regarde* vient d'un vieux couple juif qui était venu au Botswana avec les Peace Corps et qui avait dû s'adapter à pas mal de nouveautés culturelles, dont la plus obsédante à leurs yeux était le régime alimentaire de leurs voisins indiens qui mangeaient du riz tous les jours à l'étage au-dessus. De l'avis inébranlable des Roth, la pomme de terre convenait mieux à une consommation quotidienne, en tant que féculent de base. M. Roth convenait avec son épouse que les Indiens étaient des gens curieux, mais comme elle persistait inlassablement à s'en étonner en public, il avait pris l'habitude d'abréger ses ratiocinations sur la question – la préférence des Indiens pour le riz – en disant : Ça les regarde. Je rapportai l'anecdote à Nelson, et il la trouva aussi obscurément drôle que moi ; elle devint entre nous le code indispensable, désignant le problème récurrent posé par ces gens dont vous ne pouvez vous empêcher de juger les us et coutumes bizarres ou répugnants. À l'origine de *Voilà ce qui arrive* ! se trouvait un lac situé dans un parc d'Oakland où s'ébattait une nuée d'oies et de canards. Se rassemblait là un ramassis de galopins hispaniques, dont le chef de la bande, âgé de dix ou onze ans, voulait absolument faire uriner un gosse de cinq ans sur un canard. Le petit était réticent, mais il finit par obtempérer et se mit à courir après des canards avec son petit pénis à l'air, sous les encouragements vociférés par les grands Voilà ce qui arrive ! L'entreprise était apparemment menée conformément à l'esprit scientifique. Où trouverait-on meilleur mot d'ordre pour qualifier ces propositions douteuses qui sont encouragées si vigoureusement. Et où se trouve Denoon à cet instant qui le comprend ? Et que fait-il en ce moment ?

L'un de mes charmes, c'est que je ne m'ennuie jamais car pendant toute césure je retourne automatiquement à mon passe-temps favori qui consiste à remettre en question mes propres motivations. Je regardai ma co-passagère. Se pouvait-il que j'aie mis le cap sur Tsau sous l'influence d'instincts maternels que j'étais incapable de discerner en moi-même ? Étais-je en fait ce genre d'imbécile, tout au fond de moi ? Je crois et j'espère que je suis dotée d'un instinct maternel normal, mais je pense que je rejette l'idée que la compulsion de répétition, qui est mon expression personnelle pour désigner l'instinct de reproduction, puisse se tapir derrière tout geste entrepris durant notre phase de fertilité.

Je ne crois pas être à proprement parler antimaternelle, mais je n'éprouve pas non plus le besoin compulsif de me répéter. Je pense que si je pouvais me targuer de nombreuses réussites ou que j'en voyais se profiler à l'horizon, je ressentirais les choses différemment. Je n'avais pas non plus, jusqu'alors, rencontré d'homme qui m'ait assez impressionnée pour m'inspirer le devoir de contribuer à sa reproduction. Subissais-je maintenant le puissant assaut de cette question parce que, pour la première fois, l'impulsion de rejoindre

Denoon avait faibli en moi, physiquement ? J'étais sur une piste, je me laissais transporter, passive, à l'arrêt, et il y avait une femme enceinte dans le paysage. Denoon, à ma connaissance, n'avait pas d'enfant : voilà un fait intéressant. Mais, question suivante, si toute cette affaire de répétition est tellement dénuée d'intérêt, en quoi l'absence d'enfant de Denoon me paraissait-elle intéressante ? Attendait-il aussi la partenaire qui serait la parfaite pièce manquante du puzzle pour parfaire son intégrité intérieure et s'ouvrir au désir de se reproduire ? Que je puisse être ainsi projetée hors de moi-même sous le signe de l'amour absolu et dans le désir de maternité était une chose que, sans doute, j'assumais, mais cela devait rester entre les parenthèses de la question de population, sur laquelle je reste absolument intransigeante. Dans les villes du tiers-monde on a constamment le cœur déchiré par les enfants sans domicile fixe ou proches de l'être, ces enfants en surnombre pour lesquels on sent au plus profond de son cœur qu'on devrait faire quelque chose, créer des crèches ou des écoles, quelque chose. Et puis aussi qui voudrait avoir sur les bras la réplique de ce que j'étais adolescente ? *Pas moi**, en tout cas. Un jour Denoon m'a dit Tu te rends compte que quatre-vingt dix pour cent de tous les adolescents ayant jamais vécu sont vivants aujourd'hui ? Je pense que je voulais que la question de la reproduction reste l'objet de délibérations, du style, Bon, devrions-nous nous reproduire ? Ou Qui sommes-nous donc, pour vouloir nous reproduire ? Et ainsi de suite, à la Emmanuel Kant. Évidemment, cela donnerait au final une population mondiale minuscule.

Ou bien tenais-je à bout de bras la compulsion de répétition, à un niveau plus profond, de vagues admonestations intérieures me rappelant qu'il existait dans ma merveilleuse culture d'origine plus d'options que je ne pouvais en énumérer, plus qu'il n'y en avait jamais eu au monde, à savoir la maternité en solo, avec l'aide d'un ami ou d'une banque de sperme ? Ou même, pour ne rien omettre, pourquoi pas une liaison avec une autre femme ? Cela existait. Je n'avais aucune attirance pour ça, mais après tout, bien des femmes de ma connaissance qui avaient, contre toute attente, rejoint cette catégorie, le plus souvent quadra- ou quinquagénaires, n'en éprouvaient sûrement pas non plus. Je me souvenais en effet d'avoir entendu parler d'une femme qui faisait une thérapie dans le but de surmonter son hétérosexualité, sans doute en réaction à la pénurie d'hommes acceptables. Attends, rappelle-toi la source, m'objurguai-je en me remémorant que cette histoire était un joyau sorti des lèvres d'un homme avec qui j'avais eu une relation brève et intense, qui avait pris fin quand je m'étais aperçue que c'était un pur imbécile dont le niveau d'humour se limitait, par exemple, à sa façon de siffler ou fredonner les premières mesures de *Two Different Worlds* chaque fois que nous croisions un couple interracial. Gary ne présentait absolument aucun intérêt, ou plus exactement, le fait que son allergie au lactose constituait son trait le plus saillant suffit à révéler sa vacuité. Je pense que j'aime les enfants. Je sais que j'aime les enfants intelligents. Je serais sans doute impatiente d'entendre les premiers mots d'un enfant à moi. Je n'ai jamais voulu d'animaux de compagnie. Un jour ma mère avait voulu que j'aie un chien et j'ai essayé, mais j'ai abandonné parce qu'il ne pouvait pas me parler. C'est peut-être lié. Les nourrissons en tant que nourrissons n'arrivent pas à produire en moi la moindre défaillance ou synesthésie émotionnelle. Peut-être aurais-je pu m'attacher à mon chien si ma mère me l'avait donné quand j'étais plus jeune. J'en attendais trop quand finalement je l'ai eu. J'étais précoce.

À Lobatse, les chauffeurs proposèrent de laisser quelqu'un monter dans la cabine avec eux. Tout le monde refusa sauf moi. La cabine était spacieuse et donnait l'impression d'offrir un abri reposant pour une partie du voyage, ne fût-ce qu'en me permettant d'extraire de mes paumes les échardes de chanvre. Tout alla bien jusqu'à ce que nous parvenions sur un sol irrégulier, lors d'une dérivation à l'approche de Kanye. Il y avait à mes pieds un cric et une manivelle dans une caisse ouverte. Sur le sol bosselé nous roulions à une vitesse qui n'était qu'un avant-goût de ce qui allait ensuite se révéler la norme, mais qui n'en restait pas moins excessive. Résultat : à chaque cahot, quinze kilos de métal s'envolaient et tournoyaient dans l'espace entre mes genoux avant de retomber pesamment. Comme je suis attachée à mes pieds, je suggérai au cochauffeur – qui avait l'air d'un brave père de famille raisonnable et non d'un casse-cou diabolique comme l'adolescent au crâne rasé qui tenait le volant – qu'en fournissant un faible effort, nous pourrions caler le cric sous le siège. Mais il fit mine de ne pas m'entendre. Ce n'était qu'une suggestion de femme, après tout. Et puis ce risque continuel pour les jambes aidait sûrement tout le monde à rester vigilant. De sorte qu'à l'arrêt de Kanye, je repris ma place *al fresco*.

Le tarmac s'arrête à Sekgoma Pan, qui ressemble à une région de l'enfer – ce qui est normal, puisque rouler dans la brousse à l'arrière d'un Bedford conduit, suivant la théorie du CTO sur le maniement des véhicules, sur piste non goudronnée revient à voler à travers l'enfer. La région avait été ravagée par des feux de veld : les acacias évoquaient à présent des candélabres ou des pylônes noirs. Le sol était calciné, et il voletait ici et là de la cendre grise et blanche. Nous étions quatre sur la cargaison, et je ne pouvais m'empêcher de songer à cet attaché d'éco-po à l'ambassade américaine qui se plaisait à dire que le Botswana passait à côté de sa vocation : à son sens, c'était un cadre parfait pour les films sur le-lendemain-de-la-fin-du-monde où de rares gentils se démènent dans la désolation post-guerregasmique et protègent les dernières femmes nubiles de la lie du lumpen-prolétariat.

Comme le Bedford ne bénéficie pas de quatre roues motrices, la théorie du CTO consistant à conduire très vite n'est peut-être pas si délirante. L'idée, c'est de foncer, de traverser les zones d'ornières entrecroisées tellement vite qu'on ne touche que le haut des bosses, ce qui les transforme pratiquement en surface continue. En plus, la vitesse est censée maintenir l'élan pendant la traversée des zones purement sableuses. Nous commençâmes donc. Ici règne la folie, me disais-je, ce qui devint le titre que je donnai à mon expérience entre Sekgoma Pan et Kang.

Le vent arracha tout ce qui tenait mes cheveux en place, et je songeai Ainsi soit-il. J'avais les cheveux longs par souci esthétique, à contre-pied de toutes les règles sur la vie dans la brousse. La force du vent rendait impossible toute pensée consécutive. Je me levai dans la tourmente, le dos de ma chemise enflé et tendu comme une carapace de tortue, et entonnai la Marseillaise. Plus vite ! murmurais-je de temps à autre. Denoon est la seule personne non française que j'ai rencontrée qui sache toutes les paroles de la Marseillaise. Il connaissait aussi d'autres hymnes nationaux et s'était spécialisé dans ceux des petits pays. Il trouvait hilarants les hymnes nationaux en tant que genre et estimait que les corps de métiers devraient en avoir aussi : ainsi, pour les chefs, on pourrait en intituler un La Mayonnaise. Il se lança dans une version anglaise désopilante de l'hymne boer, Die Stem, que j'ai d'ailleurs sur cassette.

Nous nous arrêtâmes à plusieurs reprises avant de parvenir à Kang, une fois pour prendre une jeune institutrice en stop et pour que tout le monde puisse se soulager, et puis de nouveau lorsque nous nous enlisâmes dans des sables profonds aux abords de Mabuasehube, et que la portière du côté passager s'ouvrit brusquement, faisant jaillir et tomber par terre l'institutrice, le cric et la manivelle. Heureusement, c'était du sable meuble. Elle ne se fit donc aucun mal. La même secousse, ou une autre juste avant, avait fait éclater un carton de savonnettes Daylight, et les savons gisaient en rangs serrés derrière nous sur la route. Je dois dire que les chauffeurs furent scrupuleux. Ils grimpèrent au sommet de la cargaison du camion pour nous surveiller tandis que nous, les passagères, ramassions tous les savons répandus et ils nous encouragèrent vivement de leurs cris et de leurs exhortations. Ainsi se déroula la pause principale.

Pendant un moment, il sembla que nous aurions bien du mal à nous extirper du sable. Une fois déniché, le kit de réparation nous surprit en ce sens qu'il contenait uniquement un carburateur de rechange – pas de pelle, pas de tapis de sable du genre de ceux absolument fiables et mis à l'épreuve partout dans le Sahel, pas de trousse de premier secours. Et en fin de compte, la pièce de rechange s'avéra un vieux carburateur qui avait rendu l'âme depuis longtemps.

Apparemment, nos conducteurs allaient nous sortir de là par la seule force de l'expérience. Ils nous racontèrent le nombre de fois où ils avaient parcouru cette route, depuis tant d'années. L'adolescent avait dû commencer à conduire dans sa petite enfance. J'espérais qu'ils disaient vrai car la perspective de camper là s'ils se trompaient ne m'enchantait guère. Nous allions nous en tirer : il y avait de l'eau, même s'il fallait siphonner celle qui était potable avec le tuyau qui avait servi à remplir le réservoir d'essence à partir du bidon de réserve. On me demanda pourquoi je posais tant de questions.

Grâce à un truc qui consistait en de violents allers-retours entre la marche avant et la marche arrière et qui coûta certainement plusieurs années de vie à l'embrayage, ils nous sortirent de là. Et c'était reparti pour le même trajet aride, avec en arrière-plan le Botswana qui défilait dans un flou sépia. À la fin, j'étais trop desséchée pour chanter intérieurement. Je dus renoncer à mon petit jeu intime de voyage consistant à deviner quand le décor scintillant du bord de route, les canettes, les bouteilles, les tessons, s'atténuerait puis finirait par s'estomper. Mais il ne s'estompa pas. Mon cerveau se vidait.

J'étais exténuée mais de plus en plus euphorique. C'était le voyage à l'état pur, la vélocitude, ce sentiment de bien-être associé à l'état de transit prolongé. Je n'avais pas idée que ce fût une chose un peu méprisable. Pour quelqu'un qui avait voyagé partout, Denoon était particulièrement cinglant à l'égard des gens qui aimaient voyager. De tous les enthousiasmes, c'était celui qu'il trouvait le plus ennuyeux. D'après lui, on arrivait très rarement, voire jamais, à soutirer la moindre observation intéressante à un mordu de voyages. Ils peuvent, certes, vous citer les noms des lieux qu'ils ont visités et le nombre d'endroits où ils sont allés et si vous avez un peu de chance, ils pourront vous dire si tel endroit était fabuleusement bon marché ou criminellement cher. La quintessence de cette critique était résumée dans une phrase de Robert Louis Stevenson, quelque chose comme Je ne voyage pas pour aller quelque part mais pour partir, et qui était imprimée, à fort bon escient, sur le papier dans lequel Banana Republic emballait vos achats. Nelson était contre le voyage d'agrément. C'était sa façon à lui d'être puritain. Si votre travail vous obligeait à voyager, très bien. Dans ce cas, vous pouviez y prendre plaisir, je suppose. Mais il détestait le tourisme et pensait que les gens feraient mieux de rester chez eux à rendre leur jardin suffisamment attrayant pour soutenir leur attention. Cette façon qu'avait Denoon de ne pas se rendre compte qu'il était honteusement privilégié dans ce domaine me mettait hors de moi. Il n'était pas assez beau joueur pour l'admettre, en tout cas au début.

Le grondement cessa : nous étions arrivés à Kang. Fin du jour. C'était abrupt. J'avais l'impression d'être l'un de ces disciples de Gurdjieff qui démontraient la profondeur de leur servitude en se figeant sur l'ordre du maître au beau milieu de ce qu'ils faisaient, même lorsqu'ils couraient droit sur les spectateurs depuis le fond de la scène. Naturellement, bon nombre d'entre eux volaient jusque dans la fosse d'orchestre dans des postures merveilleusement figées, pour s'écraser triomphalement parmi les chaises et les pupitres de musique.

La lune était levée. Nous nous tenions sous les ailes déployées d'un arbre magnifique, ou dont la prestance paraissait magnifique. J'étais encore vibrante et encore embrouillée lorsque je rassemblai mes affaires et partis chercher refuge chez des sœurs, dans une mission curieusement baptisée, à ce que je compris, Marie, Étoile de la Mer.

Les Sœurs

Kang est imprégnée *de douceur**. Le village est très dispersé, mais son noyau se serre sous la ramée d'un vigoureux bosquet d'acacias dont la plupart des arbres sont de nobles spécimens adultes de type parasol ou nuage. Les aloès rouges flamboyaient. Kang a été un poste administratif, et on y trouve encore une poignée d'agents du gouvernement, toujours partis à la chasse, en congrès, ou en congé, ce qui ne trouble guère, il faut bien le dire, la population de cultivateurs et de pasteurs bakgalagadis. Les tribus dominantes méprisent les Bakgalagadis et se moquent d'eux. Ils les considèrent comme d'irrécupérables bouseux, à peine supérieurs aux chiens les plus vils du bas de l'échelle, les Basarwas. Dans certains endroits d'Afrique, parmi les plus reculés qu'on puisse imaginer, on rencontre parfois un *lakhoa* déconcerté qui reste là des années, incapable de partir, envoûté par l'esprit particulier du lieu. Je pouvais comprendre que cela se produise à Kang. L'atmosphère y est florale et somnolente. On marche sur un sable fin de couleur gris foncé, très doux, presque un talc, recouvert d'un lacis de vigne vierge ressemblant à un myrte rampant, parsemé de petites fleurs blanches et fermes sur lesquelles on répugne à marcher. On trouve là un silence orné d'occasionnelles sonnailles de clochettes de vaches et de chèvres. Toutes les habitations sont de l'ancien style : les rondavels masculins et communaux sont en chaume bien taillé, tandis que celui, plus lâche, des cases féminines pend. Les gens sont vêtus de haillons et l'endroit est pauvre, mais on sent que tout y est bien entretenu. Kang n'est pas démoralisé. La clôture de branchages qui entoure les *lolwapas* est bien touffue.

À Kang, les rares blancs sont dispersés. Il y a le commerçant et prêteur boer. Il y a les missionnaires franciscaines de Marie – elles sont six, à Marie, Étoile de la Mer, chez qui je m'incrustais donc. Il y avait encore censément des blancs un peu plus loin, dans le nouveau collège à moitié construit, à la sortie de Kang. Je m'arrêtai en route pour observer l'endroit. Le complexe scolaire est très futuriste, tout en ciment rose. Une grosse erreur a été commise lors de la préparation du site : on a arraché les vignes rampantes ainsi que le peu d'herbe qu'on a trouvé là, et, du coup, le sable s'infiltre partout et dans tout, une véritable désolation. Le Danois qui m'offrit du thé était obsédé par la maîtrise du sable. Il secouait un tapis lorsque je fis mon apparition. Tandis que nous étions assis, il balayait continuellement de la main le plateau immaculé de la table entre nous. Les autres enseignants étaient partis, et lui-même s'apprêtait à partir. Il était amer. On l'avait épinglé pour une violation des restrictions d'eau : on l'avait surpris en train de verser des pichets d'eau sur le sable devant la porte d'entrée de son bungalow, pour l'empêcher de se répandre partout. Les constructeurs italiens de l'école avaient fait faillite. C'était lui qui avait cru le plus longtemps que le gouvernement relancerait le chantier à brève échéance. Mais voilà bien sa malédiction, avait-il conclu : la crédulité. Il passait son temps à faire le point sur sa vie.

À Kang, on est absolument au bout du monde et au cœur de nulle part. Au nord s'étalent des centaines et des centaines de kilomètres de brousse jusqu'à l'Angola. À l'ouest s'étend le Kalahari puis la Namibie, ce vide replié dans le vide jusqu'à l'Atlantique, à l'exception de cette chiure de mouches de Gobabis. À l'est, c'est toujours le Kalahari, mais une partie encore plus déserte et plus vide, la réserve animale du Kalahari central. Le désert se fait plus sec et plus caillouteux à l'ouest, mais au nord, au sud, et à l'est le Kalahari n'est que veld broussailleux, plat ou ondulé, parsemé de bouquets d'arbres et d'arbustes ici et là, mais surtout recouvert d'herbe de brousse, torride, sec, sans eau de surface nulle part ni aucun de ces absurdes cactus qu'on chercherait d'ailleurs en vain dans un guide de la flore locale. Tsau, l'*omphalos* de ma quête, se trouvait à plus de cent cinquante kilomètres à l'est, dans la réserve. J'étais à l'affût, circonspecte, de quiconque ayant quelque chose à dire sur Tsau ou Denoon, mais rien ne venait. Tenir une conversation était chose ardue à Kang, ce que je n'avais pas du tout prévu. Je pense que, dans l'ensemble, les gens préféraient garder le silence. Je commençais à les comprendre.

J'aimais le silence de Kang. Mon séjour dans la brousse m'avait fait réfléchir au silence de manière concertée, pour la première fois de ma vie, mais là-bas, l'appréhension avait coloré mon appréciation du silence : je guettais tout ce qui pouvait évoquer un danger, des intrus. À Kang, j'étais toujours en sécurité. Et puis je venais tout juste de réchapper à la violence sonore du voyage depuis Gabs. Quoi qu'il en soit, je me découvrais une aspiration au silence que Kang semblait assouvir. La conversation parmi les sœurs était minimale, non par obéissance à une quelconque règle doctrinale pour autant que j'aie pu m'en rendre compte, mais parce que c'était ce à quoi aspiraient les gens. J'en étais presque venue à me demander si le succès des institutions cloîtrées ne s'expliquait pas par une exploitation parasitique de la profonde soif de silence qu'éprouvaient certaines personnes sans même en avoir conscience. Denoon convenait qu'il y avait peut-être du vrai dans cette idée, même s'il pensait aussi que le goût du silence dépérissait chez l'homme sous l'effet de la civilisation, et que le prix en était élevé, car il avait bien observé que le prix de l'agneau aux États-Unis était devenu prohibitif parce qu'on trouvait de moins en moins de gens capables de supporter la solitude qu'imposait le métier de berger. Il prétendait qu'un projet de formation à ce métier – qui est correctement rémunéré – à l'intention des bénéficiaires de l'aide sociale avait échoué spectaculairement du fait de l'aversion des pauvres pour le silence. Ce qui explique peut-être qu'il ait paru s'intéresser à mon attitude positive envers le silence. Non seulement j'aurais dû être plus fortement déterminée en ce sens par mes origines modestes, mais je m'étais évadée de cette haine généralisée du silence à laquelle sont formés les Américains et qui se manifeste dans l'horreur glaçante qui nous saisit lorsque la conversation défaille au cours d'un rendez-vous ou d'un dîner. C'est là que je compris que Denoon ne se considérait pas vraiment comme un Américain. Comme quoi se considérait-il, c'était une autre affaire. En vérité et malgré toute l'ardeur de ma réflexion, il nourrissait sur le silence des sentiments plus profonds que les miens. Tandis que je commençais à mieux connaître Denoon, durant ce que je m'autorise à appeler la phase de séduction, nous avons dérivé vers l'inévitable remous des échanges de souvenirs – les plus heureux, les plus affreux. En fait d'expérience déplaisante, j'avais platement évoqué un jour où je n'avais rien eu d'autre sous la main pour éteindre de l'huile en feu que la litière du chat. J'aurais dû me creuser la tête pour trouver une anecdote plus noble. Pour lui, le pire avait été de trouver un jeune cousin plongé pour la première fois dans la lecture de *Lord Jim* tandis qu'un disque des Doors gueulait sur la chaîne, toujours la même face répétée indéfiniment. Denoon racontait cela avec passion. Évidemment, à sa façon, il était aussi prosaïque.

Tout ce que je sais, c'est que le silence de Kang était presque lyrique, ou plus précisément qu'il y avait un rapport parfait entre silence et bruits anodins. Je pense qu'il faut se trouver très loin dans les terres pour connaître ce type de silence. Le susurrement du vent dans les arbres était très rare, imprévisible. De plus, j'étais écœurée de parler. Mes derniers jours à Gaborone n'avaient été qu'interminables élaborations oratoires – paroles évasives, promesses, cajoleries, pieux mensonges – du matin au soir. J'étais vraiment d'humeur à mettre un terme à tout cela.

La mission était constituée d'une enfilade de cases le long de la crête du bord le plus élevé de la cuvette de Kang. Les sœurs tenaient un petit dispensaire bondé et tentaient, sans succès jusqu'à présent, d'établir un foyer doté d'une école élémentaire pour accueillir les enfants basarwas. Je me plaisais dans la compagnie des sœurs, mais elles perdirent toute curiosité à mon égard lorsque je prononçai le mot anthropologie. Leurs yeux se figèrent. Nous ne sommes pas exotiques dans cette partie du monde. L'une des sœurs m'emmena au fond de la cuvette pour bien me montrer la gravité de la sécheresse. La cuvette de Kang est profonde, et il me revint un fond de scepticisme quant à l'explication standard de l'origine des cuvettes, à savoir l'action du vent pendant des millénaires creusant ces dépressions – la preuve en étant que le bord le plus exposé au vent dominant est censément toujours le plus haut. Mais ces cuvettes ressemblent beaucoup à des cratères de volcans ou d'impact de météorites. Nous descendîmes dans ce machin aveuglant. Il n'avait pas plu depuis trois ans. Un puits creusé à la main au centre de la cuvette, et qui avait brièvement servi à abreuver les troupeaux, était à présent rempli d'ossements. Nous nous en approchâmes. Le sol de la cuvette était recuit et crevassé, et en s'avançant dessus on avait l'impression de marcher sur des tessons. Dans certaines fissures, on pouvait enfoncer son bras jusqu'au biceps, et on touchait alors du doigt une substance humide, semblable à une pâte, qui avait séché et formait une sorte de croûte rigide et plâtreuse sur la peau avant même qu'on ait sorti la main. Il fallait frotter ses doigts contre quelque chose de dur pour s'en débarrasser.

D'un point de vue anthropologique, je m'intéressais beaucoup au fait qu'il existât des franciscaines, des femmes suffisamment motivées par l'idéal embaumé d'un homme pour passer leur existence dans un désert pareil. Je n'ai rien contre François d'Assise, que je sache. Je ne le connais qu'à travers des images. Mais c'était un fait anthropologiquement intéressant à mes yeux, que le gros travail de cette lointaine mission fût accompli exclusivement par des femmes très sympathiques. Et cela vaut pour l'Afrique en général, pour les luthériens et tous les autres. Même quand une femme arrive à instituer son ordre personnel, comme mère Teresa, ce sont toujours des femmes qui se retrouvent à faire la cuisine, le ménage, les soins, et de petits bataillons d'hommes qui se réservent les joies du prosélytisme. Comme je le disais, je m'intéressais plus aux sœurs qu'elles à moi. Peut-être est-ce parce que les gens qui font en permanence le bien, jusqu'au sacrifice de soi, semblent vivre la plupart du temps en état de légère transe. Comme nous nous tenions dans le fond de la cuvette, je me rendis compte que j'attendais une chose que je m'étais habituée à trouver chez les femmes missionnaires, à savoir une brève manifestation du péché d'orgueil. Elles sont consciemment déterminées à ne pas s'enorgueillir des souffrances qu'elles subissent par amour du Christ, mais elles ont tendance à chuter. Ma guide me demanda si je savais qu'une religieuse avait récemment été mortellement piétinée par un éléphant en Zambie. Je vis l'étincelle. Et je décelai le chagrin lorsque l'honnêteté l'obligea à préciser que ce n'était pas une sœur de leur ordre. Je compatis comme il convenait, honteuse d'être comme je suis.

Il me fallut une semaine pour m'équiper et m'approvisionner en vue de mon expédition, et j'aurais pu prolonger davantage mon séjour. Je temporisais. Kang était difficile à quitter. Apparemment, je n'étais pas seule à le penser, car l'une des sœurs était en rébellion contre un ordre lui enjoignant de retourner à Racine. Le temps que je passais à donner un coup de main au dispensaire me ralentissait également et provoquait des questionnements intérieurs du genre Quel mal y aurait-il à faire carrière dans la santé publique ? Et Qu'y a-t-il de tellement attirant dans cette fameuse étude de l'homme ? Qu'est-ce qui me retenait de faire quelque chose pour des gens dont les joues ressemblaient à des plaquettes perforées, plutôt que de passer ma vie à remonter le courant des capacités d'attention en constante régression des fils et des filles des classes moyennes de l'Amérique ? Je savais que j'avais passé l'âge d'entrer en faculté de médecine. Je connaissais une femme plus jeune de trois ans qui s'était entendu dire qu'elle était trop vieille pour l'école vétérinaire. Or les sœurs pratiquaient la médecine. Et elles paraissaient heureuses, elles vivaient correctement, en dépit de l'absence d'hommes. Elles étaient toutes un peu fortes, mais se satisfaisaient manifestement d'interpréter le poids qui leur était échu comme l'expression de la volonté de Dieu, qui aurait pris la forme d'un cocktail d'interaction génétique, d'un certain régime alimentaire et d'une bonne dose d'exercice physique. Ce n'était pas un souci. En Amérique, les types femelles dominants sont apparemment des femmes squelettiques qui pratiquent le jogging jusqu'à l'aménorrhée, ou des femmes tellement grosses qu'elles peuvent à peine pousser une cuisse devant l'autre quand elles doivent se déplacer, comme ma mère. Le problème, c'était le manque de mystère, à mes yeux, associé à la santé publique. Alors que l'anthropologie, même dans la banalité de mon secteur, me paraissait liée au mystère de tout, par quoi j'entendais sans doute les raisons pour lesquelles le monde était si déplaisant.

Ce qui me poussa à partir en fin de compte, ce fut l'eau de Kang. Elle était trouble et son goût âcre. Les sœurs s'en rendaient compte *mais*, me disais-je, se montraient curieusement exaltées sur ce point. Lorsque j'évoquai finalement le problème de front, je remarquai qu'elles étaient finalement assez fières, pourrait-on dire, de ce qu'elles buvaient. L'eau de Kang contient naturellement, semble-t-il, une forte densité de nitrates. Mais des analyses effectuées par les autorités avaient révélé un taux spectaculairement supérieur au niveau reconnu dangereux. Tout dans la littérature scientifique suggérait qu'une telle densité de nitrates devait provoquer chez les humains une maladie rénale nommée méthémoglobinémie. Mais on ne décelait aucun signe de ce mal chez les autochtones qui buvaient cette eau depuis des générations, pas plus d'ailleurs que chez les sœurs. De toute façon, aucun filtrage n'était possible et, quand bien même, n'auraient-elles pas eu mauvaise conscience à en faire usage si les malheureux de Kang n'y avaient pas accès ? C'était un mystère sanitaire, et le signe que Kang bénéficiait de la protection divine. Elles prononcèrent ces paroles. Le moment était venu pour moi de reprendre la route.

Je mentis aux religieuses sur ma destination, en prétendant que je me proposais de ne parcourir que quarante kilomètres jusqu'au point de rendez-vous avec une équipe de l'enquête sur les revenus ruraux, ce qui était censé donner un tour bien anodin à mon entreprise. Elles tinrent tout de même à me parler sérieusement du danger qu'il y avait à voyager seule dans la brousse. Le danger était d'ordre sexuel, bien que ce fût exprimé de manière plus qu'oblique. D'abord, elles voulaient s'assurer que j'avais bien communiqué mon itinéraire aux autorités concernées, à savoir les commissaires de district de Kanye et de Maun, à quoi je répondis par un beau Oui mensonger. J'avais décidé de ne pas le faire par excès de précaution : je pensais que Denoon avait peut-être conclu une sorte d'accord avec le ministère de Gouvernement Local et des Territoires, afin de dérouter les journalistes et autres doctorants suprêmement rusés. Je laissais tomber des perles comme N'oubliez pas que pour les Batswanas les femmes blanches ont une odeur repoussante à cause de toute la viande que nous consommons. Finalement, je dus mentir encore et jurer que j'étais munie d'un pistolet, ce qui, à peine la chose énoncée, me parut une assez bonne idée. Je n'avais jamais éprouvé le besoin de posséder une arme à feu quand je vivais en pleine brousse dans la région de Tswapong, mais ce désert-là était plus proche de la ville qu'aucun autre endroit où j'allais, sans compter que des fermes et des ranchs étaient éparpillés ici et là. La vie sauvage dans les collines de Tswapong était plus dispersée et plus réduite que ce que je risquais de trouver dans le Kalahari central. Je m'informai dès le lendemain en affichant un air insouciant, mais il n'y avait pas d'armes à vendre à Kang, en tout cas pas pour moi. Je me répétai donc toutes les raisons que je m'étais données à l'origine pour conclure qu'une arme à feu serait superflue, et je tirai un trait sur la question.

3 – MON EXPÉDITION

Les Bossus

Il faut que je m'efforce d'être plus synoptique.

Je pensais qu'il me faudrait quatre jours, à trente-cinq kilomètres par jour, pour atteindre Tsau qu'il m'est devenu plus confortable, ces derniers temps, de désigner intérieurement comme Pellucidar, d'après un livre de la série des Tarzan. Il m'en fallut plus de six, ou plus de sept, c'est selon, pour arriver jusque-là. Vers la fin, j'étais en mauvaise posture. Appeler Tsau Pellucidar, c'est en partie une mise à distance et en partie une juste appellation. Pellucidar résonne en moi comme l'effet que me fit Tsau sur un point : j'avais l'impression, pour la première fois de ma vie, de me trouver dans un lieu correctement éclairé. Je n'ai jamais lu le livre en question, mais je suppose que Pellucidar était l'une des nombreuses cités perdues où se rendait Tarzan, en Afrique bien sûr, même si cela pouvait aussi bien être au cœur de la Terre – le seul orifice permettant d'y descendre était réellement situé en Afrique. Tout se tient donc. Nelson, dans sa jeunesse, avait été un fervent admirateur de Tarzan. Le premier repas qu'il prépara de ses mains pour nous était un plat au curry baptisé Rice Edgard Burroughs parce qu'il contenait certains ingrédients favoris de Tarzan, dieu sait lesquels.

J'ai quelque part une liste des auteurs des livres de jeunesse préférés de Nelson. La plupart m'étaient inconnus, comme Roy Rockwood et Talbot Mundy. Je pense aujourd'hui que si je dispose d'autant de détails sur la phase adolescente de sa vie, c'est que le fait de m'en parler constituait une forme de déviation que j'ai mis une éternité à démasquer en tant que telle. Je cherchai à obtenir des détails sur sa vie conjugale et ses liaisons sérieuses, et je n'obtenais que les mille et une nuits de sa vie d'adolescent, encore et toujours les ingénieuses vengeances de Denoon contre les petits pharisiens du voisinage qui semblaient ne rien aimer tant que le tourmenter et l'empêcher de lire sans interruption dans les *pavilia* de lecture qu'il se construisait dans les arbres. Mais pour être juste, il faut reconnaître que la lecture était l'une de ses religions. Comme exemple de plaisir consommé, il me cita un été entier passé à lire les œuvres complètes de Sax Rohmer. Ce qui était aussi une illustration de l'inconscience dans laquelle peut vous plonger le fait de vivre sans le savoir une expérience unique, qu'on imagine être un simple avant-goût de toutes celles qui vous attendent dans la vie à venir. Je percevais qu'il regrettait de n'avoir pas savouré davantage ses lectures, en s'arrêtant peut-être à la fin de chaque paragraphe pour lâcher un Ah. Il semblait trouver originale l'idée d'avoir à reconnaître le moment où l'on s'amuse et de savoir s'y concentrer *passim.* J'ai suggéré qu'elle ressemblait beaucoup à cette bonne vieille Vigilance typique du Verseau, mais il ne voulait rien entendre. Il faut qu'ici je sois un peu plus didactique. C'est précisément la lecture de Sax Rohmer, et plus particulièrement d'un récit dont il adorait le héros, Morris Klaw, le Détective Idéal, véritable prodige qui résolvait les mystères en inhalant de la verveine et en s'endormant, que les sales gamins du voisinage interrompirent en vandalisant sa cabane perchée dans l'arbre. Sa famille possédait une maison de vacances dans une plantation marécageuse de séquoias, près de la Russian River. Denoon s'était vengé ingénieusement, mais je ne sais plus comment. Il m'arrivait de somnoler un peu, vers l'aube, au cours des mille et une nuits.

Il y avait un paradigme, lui fis-je observer, dans la manière dont il avait résolu le problème avec ces ennemis de son âge. En avait-il conscience ? Il réfléchit. Il n'en avait aucune idée. Je le lui exposai : spontanément, après t'être vengé, tu as désamorcé toute nouvelle persécution en devenant le chef de tes adversaires, en tout cas jusqu'à ton départ. Je note qu'à plusieurs reprises, tu as réuni tes anciens ennemis dans un club dont tu étais le président, et où tu multipliais des activités très prenantes auxquelles tu pouvais ne participer que d'un coup d'œil occasionnel, en tant que chef, comme de construire des bastions grandioses sur des terrains vagues en prévision d'attaques à coup de boue par des bandes d'autres quartiers, attaques qui n'avaient quasiment jamais lieu. Il y a des motifs récurrents dans nos existences, dis-je. Ces paroles ont pu contribuer au déclin de son ardeur à me raconter son adolescence, à moins que cela n'ait marqué une authentique évolution de notre relation. Quelque chose en tout cas a dû jouer.

Le jour de mon départ, je me suis levée à cinq heures, me suis habillée sans bruit et je me glissai hors de la cour de la mission quand le corps des sœurs au grand complet m'a interceptée de droit divin en me présentant des œufs durs et diverses autres gâteries. Je restai courtoise malgré la grande difficulté de trouver rapidement où caser ces provisions supplémentaires qu'elles m'imposaient. J'avais tout calculé à cent grammes près. Mes deux ânes étaient déjà chargés au point de risquer la chute. Bon, je chicane. Mais je fus effectivement un peu irritée de cette intrusion forcée entre moi et l'une des grandes joies solitaires sans mélange – être levée aux premières lueurs de l'aube et me lancer sur les routes désertes vers un lieu difficile et riche de sens. Je pense qu'on en profite mieux seul, mais je ne sais pas pourquoi je dis ça. C'était un bon adieu, quand bien même on me l'avait imposé.

Aux abords de Kang, il se produisit une chose qui me rappela de ne pas interpréter trop hâtivement les bizarreries de l'expérience. J'approchais du chemin qui menait à l'école primaire et je m'étais arrêtée pour regarder les enfants courir vers leur classe, un véritable flot d'enfants, et je songeai Ah mon dieu ! Non ! Car à leur passage je voyais un flot de petits bossus, chacun d'eux avec une bosse dans le dos. Je songeai Que de bossus dans un si petit bled du Kalahari ! Quel commentaire ! Pourquoi n'en a-t-on jamais fait état ? Comment cela se fait-il ? Mais c'est alors que je vis disparaître la bosse d'une petite fille et apparaître à ses pieds un bol en fer-blanc, que l'une de ses camarades projeta d'un coup de pied dans ma direction. À Kang, la coutume voulait qu'on apporte à l'école son bol à bouillie sur son dos, avec son vêtement bien tendu par-dessus pour le tenir en place, voilà tout. Et c'est ainsi que je m'éloignai vers l'inconnu, déterminée à me souvenir que bien des choses sont moins mystérieuses qu'elles n'en ont l'air. Considérant ce qui allait suivre, ce fut salutaire. Et dans le désert je m'en servis plus d'une fois comme d'un talisman.

Les lions

La première journée, tout se déroula parfaitement. Il faisait une chaleur modérée. Des nuages apparurent dans l'après-midi. Mes ânes semblaient des galions, transbahutant la réserve supplémentaire de nourriture et d'eau que je m'étais sentie obligée d'emporter pour le cas où nous tomberions sur une zone de brûlis plus étendue qu'elle n'aurait dû l'être, ou que nous manquerions un point d'eau. Ils avaient des noms. Le plus grand, qui était aussi le plus âgé, se nommait Baph, abréviation de Baphomey. Le Herero qui m'avait vendu les bêtes avait été incapable de m'expliquer l'origine ou le sens de ce nom. Denoon eut par la suite une réaction bizarre à ce sujet, que je n'ai jamais vraiment comprise. Baphomey pourrait être une déformation de *baphoumedi*, c'est-à-dire quelque chose comme « groupe de gens irréfléchis », ou bien de *bapola*, verbe qui signifie tendre une peau de bête à l'aide de piquets. Aucune de ces deux associations n'était vraiment rassurante. Le plus jeune des deux ânes s'appelait Mmo, pour *mmoduhadi*, ou fainéant. C'était on ne peut plus clair. Je considérais les ânes comme des petits mecs – mes petits mecs.

L'herbe se raréfiait, faisant place à des plaques de roche et de sable nu. Les arbres se clairsemaient. Je croisai mon dernier troupeau gardé à dix heures, et vers le milieu de l'après-midi j'avais vu ma dernière vache en vadrouille. Les ânes semblaient assez catholiques pour ce qui était des divers types d'herbe disponibles, ce qui me fut un soulagement. Vers le soir, je trouvai mon premier point d'eau exactement là où il était censé être, même si je dus creuser le lit du ruisseau de sable davantage que je ne m'y étais attendue. Je finis par obtenir un suintement visible dans le fond de mon abreuvoir. Nous établîmes là notre camp. J'attachai mes bêtes, dépiautai ma tente igloo et m'y enfermai. Je dînai d'œufs durs, et commis là une erreur. Je n'ai aucune idée de ce à quoi j'ai pensé pendant cette journée. Je crois que je m'accrochais mentalement à l'élan qu'on éprouve à entreprendre une grande action. J'étais même trop fatiguée pour noter quoi que ce fût. Je sombrai dans le sommeil comme une pierre.

Je m'éveillai à deux heures du matin, le cerveau embrasé par la question des lions. Je savais que théoriquement j'étais en sécurité, car on ne connaissait aucun cas de lion qui se fût introduit de force dans une tente fermée. De plus, les migrations de troupeaux étaient terminées, et c'étaient elles qui attiraient les lions, et de toute façon les routes de migration traçaient une large courbe au nord-ouest de mon itinéraire. Mais à présent, bien sûr, au plus noir de la nuit, je m'interrogeais sur la part de la légende de tout ce qu'on vous raconte en Afrique. Peut-être étais-je effectivement en sécurité, mais mes petits mecs ? À Gaborone, il y avait une attraction publique, un prétendu parc aux lions, où les touristes venaient assister aux repas de deux ou trois lions auxquels on jetait de la viande fraîche d'âne par-dessus une clôture métallique. La copule lion-tente relevait-elle de la légende ? Et les lions menaient-ils vraiment leurs expéditions de chasse tard dans la nuit ? Il y avait à Gaborone un homme avec qui j'avais parfois pris un verre, l'homme aux lions. C'était l'une de mes sources. Et il était de ceux qui s'étaient montrés rassurants. Mais il avait lui-même commencé par observer les lions avant de devenir complètement obsédé par son sujet. C'était le genre pilier de bar à qui l'on paye un verre. Je me souvenais de ses descriptions de lions égorgeant d'immenses buffles du Cap : l'un étouffait le buffle en lui mangeant le museau tandis que les autres le démembraient. L'homme aux lions ne voulait plus jamais voir un lion. Cela ne servait à rien, mais je passai presque tout le reste de la nuit à guetter les bruits.

Brève manie

Le lendemain, je me levai exténuée, et me jurai que chaque soir désormais j'aurais la prudence d'allumer un feu de camp, voire un cercle de feu tout autour de mon campement et d'attacher mes bêtes à proximité. Je m'en voulais de m'être gorgée d'œufs et de m'être ainsi constipée. Cela dura tout le voyage.

Il fallut longtemps à Denoon pour prendre au sérieux ma crise professionnelle. Au départ, il pensait que je pourrais faire ce que je voudrais au monde pourvu que je m'organise. Pourquoi ne pas écrire des articles de voyages, par exemple ? J'adorais voyager. « Obligé de voyager constipé ? » Voilà qui ferait sûrement un titre vendeur pour un magazine. Tout cela rejoignait son idée, à savoir que je fonde une revue intitulée *Voyages véritables*, pendant des *Crimes véritables* et de *Détective véritable*. Je devrais fonder un magazine qui énonce l'absolue vérité pour une fois et qui inciterait ainsi davantage de gens à rester chez eux, ce qui était à ses yeux éminemment souhaitable. Le tourisme corrompt, psalmodiait-il. Je serais parfaite pour *Voyages véritables* parce que, d'après Denoon, je n'avais jamais séjourné dans aucun pays qui me plaise vraiment. Y compris l'Amérique Fabuleuse.

Bien entendu, je disposais aussi d'un éventail de carrières potentielles à lui offrir. L'un de nous était déprimé, l'autre disait Bon, tu pourrais toujours faire ci et ça, et hop, nous voilà lancés. Au début, c'était un moyen bénin de sortir des moments de découragement. Puis cela évolua. L'idée, c'était d'autoriser celui qui remarquait la déprime de l'autre à sélectionner une nouvelle vocation que le déprimé serait désormais contraint de suivre, et dont la poursuite même rendrait forcément la déprime illogique. Ce jeu conserva son caractère facétieux, mais le moment vint où je commençai à y voir un subterfuge pour court-circuiter mon épisode dépressif car il me préférait naturellement allègre. Finalement, lorsque j'eus accumulé une bien plus grande quantité de vocations forcées que je ne pourrais jamais lui en imposer, j'en eus assez et je parvins à ce que nous discutions de la question, ce qui eut pour intéressant résultat de l'amener à comprendre que notre divertissement était sans doute la vague rémanence d'une sorte de jeu dans lequel il avait entraîné son malheureux petit frère au cours de longs et ennuyeux voyages en voiture. Il persuadait Peter, plus jeune de quatre ans, qu'ils allaient choisir chacun à tour de rôle, parmi tout un éventail de maisons devant lesquelles ils passaient, celle où l'autre devrait vivre tout le reste de sa vie. Il s'agissait évidemment d'imposer à l'autre le taudis le plus laid, le plus repoussant qu'ils auraient vu de tout le voyage. Étant l'aîné, Nelson savait mijoter son coup alors que son jeune frère se décidait précipitamment ; et Denoon prenait son temps pour choisir un endroit infiniment plus humiliant pour son frère que ce dernier pour lui. Il gagnait toujours. Il dégotait des maisons perchées sur des falaises érodées et d'effrayantes bicoques perdues dans des cimetières, par exemple. Denoon gagnait toujours, mais il gagnait toujours aussi le métajeu, bien plus important, qui consistait à entraîner son frère dans une nouvelle partie, et encore une autre. Nelson n'en était pas fier. Regarder l'affaire en face l'intéressait même. Cette évocation faisait resurgir le souvenir d'un jeu parallèle dans lequel il avait aussi entraîné Peter, en jouant sur le désir qu'avait l'enfant d'être traité en égal. Là il ne s'agissait plus d'un passe-temps de voiture car il fallait avoir recours à des listes et à des livres. Tu me fais un bien fou, me disait Denoon quand nous pénétrions dans ces zones. Tu me stupéfies. Nelson proposait qu'ils choisissent chacun à tour de rôle les noms des futurs enfants de l'autre toujours – détail intéressant – supposés être des garçons. Pendant ces récits, je me félicitais d'avoir été enfant unique. Je découvrais là quelque chose d'étranger. Le nom devait avoir une existence avérée, soit qu'il figurât sur les listes de noms qu'on trouve en annexe des gros dictionnaires – et auxquelles Peter était en quelque sorte réduit du fait de son jeune âge et de son manque d'imagination –, soit qu'il apparût dans quelque autre texte imprimé. Là encore, il savait que, dans sa hâte, Peter lui attribuerait un nom du genre de Percy, quelque chose d'efféminé, à quoi il pouvait opposer, dans les premiers temps, un nom comme Uriel, introduisant une association mentale de déjections humaines. Denoon gagnait donc et son frère hurlait de frustration que Bon, d'accord, il reprenait Percy et il allait forcer Nelson à appeler son fils Shitler. Denoon était toujours à l'affût de noms humiliants. Dans la dernière partie de cette série de jeux, triomphale apothéose de Denoon, il avait obligé son frère à prénommer son premier-né Dong, comme Dong Kingman, le peintre – dong étant à l'époque l'équivalent argotique de pénis. La règle de tous ces jeux, qui permettait à Nelson de tenter Peter, c'était que chaque nouvelle partie effaçait les résultats de la précédente. Je voyais là un véritable maelström d'oppression. Lorsqu'ils jouaient aux cowboys, par exemple, Denoon amenait son frère à se choisir un nom comme Roy Mucus, ou shérif du comté du Scrotum – des mots qui, pour l'enfant, ne signifiaient rien. Chaque partie pouvait durer des jours et des jours. Où étaient vos parents pendant tout ce temps-là ? demandais-je. Ils étaient *beset* à autre chose, dit-il, en utilisant au lieu d'« occupés » le terme afrikaans qu'on lit sur la porte des toilettes, dans les avions de la compagnie sud-africaine.

Le deuxième jour, le terrain changea, alternant les dépressions et les longues côtes. Je laissais les petits mecs brouter à cœur joie quand l'envie les en prenait. Vers midi, j'éprouvai ma première bizarrerie phénoménologique relative à la lumière. Cela vint d'un seul coup. Il y avait un surplus de lumière. J'avais l'impression de recevoir trop de lumière, alors que je portais des lunettes de soleil pratiquement noires. On n'apercevait pas un nuage dans le ciel. Un signe, ou une preuve, de ce surplus de lumière, c'est qu'il me semblait détecter un scintillement à peine visible dans le ciel juste au-dessus de l'horizon. Je tentai de chasser le sujet de mes pensées, mais il s'obstinait. Supposant que ce devait être l'effet d'un problème de glycémie et d'hypotension, j'avalai quelques raisins secs. Cette étrange fixation mentale sur la lumière continua néanmoins.

Je commençais à trouver mes lunettes de soleil lourdes et irritantes. Elles faisaient obstacle à quelque chose d'essentiel. La conviction me gagnait qu'elles m'empêchaient de voir les vraies couleurs du Kalahari et que cela constituait un risque pour moi. Je serais en danger si je ne reconfigurais pas mon sens des vraies couleurs des choses en ôtant mes lunettes à intervalles réguliers. Je cédai à cette idée, surtout pour l'épuiser, mais chaque fois que je relevais mes lunettes sur mon front, l'impression s'imposait à moi d'une vibration sourde cachée dans le paysage, et que je pourrais voir si je regardais plus intensément et plus longtemps la fois suivante. C'est la chimie du cerveau, me disais-je, et je m'accroupissais en laissant pendre ma tête entre mes genoux. Je me relevais, je baissais bien la visière de mon képi, je remettais mes lunettes et je pensais aux bossus de Kang.

J'allais bien pendant une vingtaine de minutes, jusqu'à ce que l'obsession revienne, assortie de cette théorie reformulée que, si je me débarrassais de mes lunettes, et alors seulement, je pourrais voir la couleur fondamentale de la nature, et je comprendrais que les belles couleurs distinctes de notre perception ne sont que des corruptions et des distorsions de la vraie couleur de la réalité, qui est éblouissante, sublime, et ne s'appréhende que dans des circonstances rarissimes. Ce n'était pas une affaire d'hallucination ; cela s'apparentait à la connaissance du rêve, mais de manière différente. Je savais que, pour quelque raison, à un niveau profond, c'était moi qui m'imposais cela. Mais j'étais tout de même tentée d'agir. Je disais à voix haute des choses comme C'est une affaire de blessures auto-infligées, C'est une affaire de valeur de soi, Que sommes-nous pour nous-mêmes ? et autre baratin psycho-pop. L'expérience était bizarre à tous les sens du terme. Cherchais-je à me faire rebrousser chemin et regagner Kang avant qu'il ne soit trop tard, car si naviguer dans le Kalahari sans lunettes de soleil est envisageable pour les Bochimans, qui ont vraisemblablement adapté leur vision à un excès de lumière au fil des millénaires, ce ne l'est vraiment pas pour une *lakhoa* déjà en situation d'angoisse ? Tout voyage de ce genre comporte un point de non-retour. Alors étais-je en proie à une réaction idéationnelle au fait – que je ne réprimais déjà qu'au prix d'un grand effort – que j'en avais par-dessus la tête ? Mon brillant inconscient avait-il choisi la chose entre toutes qui, si elle venait à manquer, m'interdirait pratiquement d'accomplir mon long périple jusqu'à Tsau, et me permettrait tout juste de regagner précipitamment le refuge sûr de Kang ? Je pense que ce qui a brisé cette obsession, ce fut d'abord le fait d'entendre ma propre voix, quelles qu'aient été les paroles prononcées, et ensuite le souvenir d'avoir lu l'histoire de quelqu'un qui s'était perdu dans le Kalahari et avait survécu, car, selon ses propres propos, il avait dû dépasser un stade où le désert lui était apparu comme un organisme ou une entité déterminée à le digérer, à obtenir son abandon. Voilà qui allait associer mon obsession des lunettes de soleil à l'impression qu'ont les gens perdus dans l'Arctique qu'ils seraient plus à l'aise sans leurs bonnets et leurs moufles. L'obsession s'évanouit, tout aussi soudainement, et nous poursuivîmes notre chemin sans encombre.

Ce soir-là, je fis tout bien. Je m'épuisai à ramasser suffisamment de bois pour faire un feu d'encerclement, nous installai tous à l'intérieur du cercle, entrai dans ma tente et fermai les yeux. Et aussitôt des lions apparurent dans le voisinage. Peut-être au fond n'y en eut-il qu'un. Mais j'entendis un rugissement qui ne ressemblait à aucun autre bruit au monde. Je le sentis dans mes atomes. Voilà bien ma récompense pour avoir pris tant de précautions, me dis-je d'emblée.

Je me forçai à émerger du sommeil. Je jetai un coup d'œil alentour. Mes petits mecs se serraient l'un contre l'autre, secoués d'un pathétique tremblement. Je cherchai des lueurs d'yeux de lions dans la nuit, mais je ne vis rien du tout. Je parvins à faire tout cela en gardant une main sur le battant de ma tente.

Je passai une nouvelle fois en revue tout ce que j'avais entendu dire sur les lions. Les lions ne rugissent que quand ils ont mangé, par exemple. Paradoxalement, je dormis mieux cette nuit-là que la précédente. En gardant mon coutelas de brousse à portée de la main.

Le lendemain matin, impossible de manger. La terreur m'habitait. Je pouvais mourir là, c'était clair.

Je lambinai pour lever le camp, afin de donner aux lions qui rôdaient peut-être dans les parages le temps de sombrer dans la léthargie. Les lions sont léthargiques dans la journée, d'après ce que je sais.

Musique

Quiconque s'imagine que la traversée du Kalahari en solitaire est fastidieuse se trompe. C'est comme d'être son propre employé dans une entreprise marginale : il y a toujours quelque chose à faire si vous voulez que votre petite boîte survive. Par exemple, il faut sans relâche lancer des coups de bâton devant soi dans les hautes herbes touffues pour avertir les serpents qu'ils doivent reculer. Mais cela ne suffit pas parce que certaines vipères ne prêtent aucune attention au bruit et se contentent de s'aplatir quand elles vous sentent approcher afin que vous leur marchiez mieux dessus : on doit donc constamment surveiller l'endroit où l'on met les pieds. Et puis il faut faire attention à ne pas marcher sous des branches d'arbres sans bien regarder s'il n'y a pas des mambas ou des boomslangs enroulés, à l'affût. En outre, il faut tout le temps relever son niveau de vigilance parce que les muscles des avant-bras, et en particulier les extenseurs, commencent à brûler, le mouvement nécessaire pour cingler les herbes vous étant totalement inhabituel. En plus de quoi, il faut se méfier du soleil. Je me tartinais régulièrement avec un truc que j'avais acheté à Botschem pour trois pulas et qui était censément d'un haut niveau de protection, mais je commençais tout de même à être couverte de plaques et de stries rouges. Et gare aux tiques. J'avais de la chance sur un point, celui de la déshydratation. Nous étions à la mi-avril, autrement dit au milieu de l'automne, et le temps était idéal pour la marche. En été, on était assuré de perdre plus d'un litre d'eau par jour en marchant au soleil.

Il faut savoir aussi travailler son mental, comme je l'avais déjà un peu appris, si l'on veut surmonter la solitude désertique du Kalahari. La peur ne suffit pas à vous soutenir et à vous occuper entièrement l'esprit. Dans l'ensemble, je pense m'en être bien tirée, ce qui aurait stupéfait certaines écervelées de l'ambassade américaine qui, en vertu de leur interprétation de mon mode de vie à Gabs, me surnommaient Passe-Parties, comme je l'appris beaucoup plus tard.

J'étais nerveuse et mes bêtes aussi, postlion. Je lambinais en chantant pour les calmer. Initialement, j'avais commencé à chanter pour moi, puis je m'aperçus que cela semblait aider mes petits mecs aussi, surtout Mmo. Je sais que c'est ridicule, mais ils avaient l'air de préférer les chansons entières plutôt que des fragments reliés par un fredonnement. Je dus me rendre à l'évidence que je connaissais très peu de chansons en entier et que, parmi celles que je connaissais en partie, il y en avait bien peu dont j'aie retenu plus d'un vers. Je pense pourtant que je dois connaître mon répertoire de manière plus exhaustive que quiconque, exception faite des chanteurs professionnels. Je sais à peu près quelles sont les chansons dont je ne connais que le refrain. Bref, je sais quelles chansons je connais, mais j'en ai découvert que je ne supportais pas de chanter dans le désert, *You are my sunshine* étant l'exemple absolu de chanson que je me suis mise à haïr alors qu'elle ne m'avait jamais posé le moindre problème. Il y a aussi des chansons qu'on n'a jamais chantées avec ferveur et qui, dans le désert, vous apportent soudain la sérénité et vous deviennent indispensables, comme *Die Gedanken Sind Frei*. On est étonné du nombre de chansons qui se sont si bien emmêlées dans votre tête qu'il est impossible de les distinguer. Et puis il y avait des chansons que je connaissais en entier et à la perfection, mais auxquelles je n'avais aucun souvenir d'avoir prêté attention à l'époque où elles étaient en vogue, comme *Heart of Glass*, qui est maintenant et à jamais l'une des mes préférées. Les chansons sont d'un grand secours dans les moments difficiles, ce qui explique sûrement pourquoi les Boers, ces génies de la cruauté, interdisent de chanter aux prisonniers placés dans les quartiers d'isolement.

Je chantais si continûment que je commençais à détester les moments où j'arrêtais – je détestais l'ambiance. J'ai brièvement travaillé dans une école maternelle pour enfants délaissés, et les mieux adaptées, les plus heureuses et les plus vives étaient trois petites sœurs que leur mère enchaînait au radiateur pour qu'il ne leur arrive rien tandis qu'elle-même courait les rues, et qui, quand je leur ai demandé ce qu'elles faisaient pendant tout le temps où elles étaient seules, m'ont répondu On chantait. Le réconfort qu'apportait mon chant aux bêtes n'était pas une illusion, ce qui me rappelle aujourd'hui l'époque où la banale platitude de mes rêves, comparés à ceux de Denoon, me déprimait. Il prétendait rêver rarement, mais quand il rêvait, ses rêves étaient dignes de Kafka ou de Fabergé. Il avait des rêves poétiques, et il en émergeait enrichi de quelque adage ou perception révélatoire d'un aspect occulte ou fondamental du monde. Par exemple, il s'est réveillé un matin avec la conviction que la musique était le reliquat d'un medium qui avait été utilisé dans les profondeurs du passé comme moyen de communication entre les hommes et les animaux – je conçois mieux le lien homme-flèche-animal que la vision de canards jouant de la flûte pour exposer à l'homme leur point de vue. Vivre à mes côtés le rendit plus circonspect quant à ses rêves, après que j'eus comparé l'un de ses adages à une formule qu'un surréaliste célèbre avait retirée d'un rêve et qu'il avait jugée assez importante pour la publier : Bats ta mère pendant qu'elle est jeune. J'obligeais toujours Denoon à tenter de réduire ses visions à une phrase ou deux. Le fait est que je me moque des rêves. Je les vois comme de somptueux déchets. J'ai surtout des rêves de vengeance au cours desquels je lance à des personnages proéminents de mon passé des choses comme Vous avez une cervelle de tambour. Et je continuais à chanter.

Est-il ou non absurde d'être fier de ses rêves ? Denoon l'était.

La poésie m'a déçue. Je dérivais de temps en temps vers la poésie et je m'apercevais que j'en connaissais un rayon. Mon attitude envers la poésie rimée changea pourtant radicalement. Le respect était né. Exception faite de Dover Beach, il n'y avait pratiquement rien dans mon répertoire qui ne fût rimé. Je sais beaucoup de Kipling. Je sais pas mal de Vachel Lindsay. Finalement, une strophe d'Elizabeth Bishop s'empara de moi et commença à s'intercaler entre des strophes d'autres poèmes, de manière agressive. Elle m'exaspérait tant par sa ténacité que par ses paroles : Loin sur la route noire et mouillée, je partirai je partirai sans retour, je vais aller prendre le bus, et trouver quelqu'un de monogame. Je fis appel à l'opéra pour m'en délivrer.

De sérieux ennuis

Les vrais ennuis commencèrent le quatrième ou cinquième jour parce que j'avais entrepris une chose contre laquelle on m'avait mise en garde : je faisais le bilan de ma vie. Plus précisément, je réfléchissais à un aspect spécifique de ma vie : j'imaginais à qui je manquerais le plus si j'étais portée disparue. De manière plus générale, je pensais aussi à la facilité avec laquelle on pourrait disparaître physiquement dans le Kalahari, à la vitesse à laquelle on retournerait à la poussière et à la dispersion, rien de très original. Certains comme l'homme aux lions m'avaient bien recommandé de garder ma lucidité consciente en superficie – la peau, les yeux, l'ouïe, les jambes – pour fonctionner à la manière d'un scanner automatique et rien d'autre tant que je parcourrais le désert. On m'avait également dissuadée de chercher à comprendre tout ce qui pourrait m'arriver d'étrange comme l'envie de m'immobiliser, qui m'avait effectivement saisie deux ou trois fois mais, je dois bien sûr le préciser, seulement après avoir appris que cela pourrait advenir. La raison pour laquelle mon esprit dérivait vers ces directions, je pense, c'est que je me lassais des chansons et des psalmodies qui m'avaient si bien servi pendant la première partie de ma folie. Aussi m'avait-on conseillé d'oublier toutes les notions bochimans que je connaissais, tous les trucs bizarres. Comme je n'en connaissais aucune mais que j'étais curieuse de savoir, j'avais encore offert un coup à boire à l'homme aux lions, dont le visage était marqué de rides tellement autoritaires qu'il y avait de quoi s'évanouir. Apparemment, les Bochimans disent qu'ils entendent grésiller le soleil, à quoi je réplique Et alors ? On m'avait signalé l'homme aux lions comme étant l'ultime autorité sur le Kalahari. On eût dit une autorité en effet, mais une autorité qui ne vivait que pour la boisson, pour autant que je pusse en juger. Les Bochimans disent qu'ils entendent un léger grésillement provenant du soleil, dit-il, tandis que je me demandais si c'était une chose qu'il venait d'inventer parce que je me tenais devant lui, brûlant d'apprendre toute la vérité sur le Kalahari. Il y avait une femme qui savait tout ce que je voulais savoir, une femme en qui j'aurais eu toute confiance, elle avait vécu dans le Kalahari, mais elle n'était plus là. Le gouvernement l'avait déclarée indésirable. Une chose dont je suis sûre, c'est que l'homme aux lions se teint les cheveux. J'étais restée floue avec l'homme aux lions sur la question de savoir si j'allais moi-même m'aventurer dans le Kalahari, mais il savait.

Juste après avoir levé le camp, le matin, et souffert l'agonie en me demandant si j'avais donné assez d'eau à mes petits mecs – nous avions raté au moins un point d'eau et devions rationner –, il me sembla entendre une déflagration qui devait être un coup de feu : un seul coup, comme le rugissement du lion. Était-ce de ces choses naturelles et banales sur lesquelles on ne prend pas la peine de s'informer ? Nous nous trouvions dans un secteur très désertique. En entendant la détonation, je me sentis près de défaillir. Puis plus rien. Nous reprîmes notre chemin.

J'essayais de me rassurer en me rappelant, à propos des histoires de l'homme aux lions, que le désir de raconter des histoires est parfois distinct de celui de dire la vérité, lorsque nous débouchâmes sur un secteur qui me déplut au premier coup d'œil. C'était une dépression herbeuse et densément boisée. Je savais que cette herbe rêche gris-vert inspirait une véritable aversion à mes petits mecs, s'ils n'étaient pas à l'extrême limite de leurs forces. Mais je me rendis compte que je n'avais pas le choix, j'allais devoir traverser ce vaste territoire. Le sol était spongieux par endroits. Il émanait de là une impression de claustration. Les arbres, des acacias rabougris, me paraissaient très uniformes, un peu comme les arbres des dessins d'enfants. Ils étaient envahis de nids de boue, des nids de tisserins, jusqu'à six dans un seul arbre. Mais aucun oiseau. C'étaient des nids morts. Non seulement il n'y avait pas d'oiseaux, mais on n'entendait à l'arrière-plan aucun froissement d'herbe, ce bruit presque subliminal causé par des animaux comme les lièvres ou les lézards et qu'on s'habitue à percevoir. Je bâillais à m'en décrocher la mâchoire, sans savoir pourquoi.

À dire vrai, je pense qu'une des raisons qui me firent pénétrer dans ces broussailles était une situation de désespoir concernant mes boyaux. Il régnait là une impression d'intimité. Nous y serions hors de vue. J'espérais avec ardeur que je pourrais enfin être rendue à un équilibre normal au moins sur ce point, que l'aspect clos et protégé de l'endroit pourrait provoquer quelque chose. Dans les régions normales du Kalahari, on est exposé à des kilomètres à la ronde.

Il y avait un *gestalt* sinistre auquel je commençai manifestement à participer et que je renforçai même, comme en trouvant l'air non seulement lourd mais fétide, et ainsi de suite. Peut-être s'y développait-il une anomalie barométrique, maintenant que j'y pense. Nous nous enfonçâmes davantage dans les taillis. Mes petits mecs manifestaient leur nervosité, ce qui m'affectait aussi. S'ils étaient restés placides, j'aurais pu m'appuyer sur eux pour modérer mes pressentiments, mais ils s'énervaient et renâclaient à mesure que nous progressions. J'aurais bien voulu connaître l'origine de tout le folklore sur la sensibilité des chiens et des chevaux à la présence de fantômes. Puisque c'était multiculturel, il devait bien exister un quelconque fondement ? Les Batswanas y croyaient.

Mais surtout, je voulais savoir pourquoi le cours de ma vie m'avait entraînée dans un endroit aussi effrayant, si j'étais aussi intelligente que j'étais censée l'être. Tout cela à cause d'une fixation sur un autre être humain, un mâle. Mais pourquoi la conviction que ce type de fixation atteint beaucoup plus souvent les femmes que les hommes n'avait-elle pas suffi à me retenir un peu, à m'empêcher d'agir de manière aussi générique et impétueuse ? Curieusement, cet endroit était pire que tout le reste, pire que le rugissement du lion, dont j'essayais d'ailleurs pathétiquement de me persuader que j'avais dû le rêver. De surcroît, il était amplement évident que jamais je ne pourrais me détendre suffisamment dans ces taillis pour me concentrer sur mes fonctions corporelles.

Je menais Baph par une corde fixée à son licou. Mmo était attaché aux sangles des sacoches de Baph. Mmo était le plus récalcitrant des deux. Je crus pouvoir améliorer les choses, comme je l'avais déjà fait deux ou trois fois, en me plaçant entre mes deux petits mecs afin de les mener de front. Je détachai donc Mmo, et ce faisant, je le perdis. Instantanément.

Cela put se produire parce que je n'avais emporté qu'une seule boussole et que j'avais nourri le besoin angoissé et récurrent de vérifier qu'elle était bien à sa place, dans ma poche de poitrine gauche. Toucher cette poche m'apaisait, et je ne lâchai la corde de Mmo que la fraction de seconde nécessaire. J'avais déjà dû le faire avant, sans provoquer d'incident. Mais Mmo détala comme un génie. Je ne l'avais jamais vu se déplacer ainsi. Rapide et déterminé. Je restai paralysée. Je songeai que j'avais dû lui faire quelque chose sans m'en rendre compte, le blesser. Cela me glaça. Que faisait-il, et que devais-je faire ? Je l'avais bien traité, me semblait-il. Je perdis un temps crucial à me demander ce que j'avais bien pu lui faire. Je ne pouvais pas imaginer qu'il n'allait pas se ressaisir d'ici quelques instants et revenir. Je m'élançai à sa poursuite, mais Baph n'était disposé qu'à marcher, et je ne me voyais vraiment pas lâcher Baph. L'idée de l'attacher à un arbre et de courir à toutes jambes pour tenter de rattraper Mmo ne me vint pas à l'esprit.

Je pris même le temps de m'étourdir dans un moment de rage sociale. Je n'avais jamais pu être de ces adolescentes qui vouaient un culte au genre chevalin. Il fallait de l'argent pour ça. Si j'avais pu être exposée aux chevaux pendant plus de dix minutes dans ma vie, j'aurais sûrement eu une meilleure notion de ce qu'il convenait de faire maintenant, ou de ce que j'aurais dû éviter de faire, et qui avait conduit mon petit mec à s'enfuir au galop, ce qui risquait d'entraîner ma perte. Cela devait procurer un merveilleux sentiment de toute-puissance à une jeune femme, de serrer ses jambes autour d'une bête puissante et virile et de lui faire accomplir toutes sortes de choses comme sauter des obstacles au commandement, et ainsi de suite. Et ce sentiment devait être au fondement de cette assurance qu'on envie aux femmes riches, même si les sources d'assurance chez les riches doivent être aussi innombrables que les grains de sable dans le desert de Gobi. J'avais connu quelques petites chéries équestres, coiffées de leurs petites bombes, qui s'exhibaient dans les concours hippiques. Ou plutôt, je les avais remarquées. Et pendant ce temps, Mmo se tenait cent mètres plus loin et me regardait par-dessus son épaule.

Finalement j'attachai Baph et tentai de courir après Mmo. Trop tard. J'étais terrifiée à l'idée de m'éloigner de Baph de crainte qu'il lui arrive quelque chose en mon absence. Chaque tentative éloignait Mmo un peu davantage. Baph s'affolait chaque fois que je m'éloignais. Pis encore, je me rendais compte que je n'avais aucune idée de ce qui pouvait remplacer Minet-minet-minet pour un âne. Il devait bien exister une expression pour les appeler qu'utilisaient les Batswanas menant leurs troupeaux. Dans ma fierté et ma hâte, je n'avais jamais pris la peine de m'en enquérir. Cela me démoralisait plus que tout le reste. Même si je parvenais jusqu'au point de sursaut, que ferais-je ensuite ?

Mmo détala hors de ma vue. Je tentai de reconstituer le contenu exact de ce qu'il transportait. Une partie de la nourriture, une partie de l'eau, et ma tente. Ne refais plus jamais ça, m'enjoignis-je lumineusement.

Ce que j'aurais dû faire, sans doute, c'est d'emmener Baph dans la direction générale qu'avait prise Mmo, dans l'espoir qu'il se lasserait et reviendrait. Mais c'était inconcevable. Mmo s'éloignait de Tsau, au lieu de s'y diriger. Et je n'avais d'ailleurs aucune idée du temps que pourrait durer ce genre de jeu. De toute façon, j'étais persuadée qu'il me serait impossible de former le moindre projet tant que je n'aurais pas quitté ces broussailles pour gagner une région moins maudite.

Après la grisaille

Nous émergeâmes de la grisaille, comme j'appelais intérieurement ce paysage, et nous nous arrêtâmes. Je bichonnai Baph comme une dingue. Il nous restait très peu d'eau.

J'étais éperdue de honte. Quel que fût le risque qu'il m'avait imposé en décampant, Mmo se condamnait lui-même. J'avais dû être trop machinale dans mon traitement de ces bêtes, pas assez aimante, pas assez en symbiose avec eux. C'étaient des bêtes de bât dont la charge assurait ma survie. Je leur avais failli, tout au moins à l'un d'eux.

À présent, que pouvais-je faire d'autre que ce que je faisais déjà, sinon plus vite ? C'est à ce moment-là que j'ai remarqué avec dégoût une trace d'exaltation dans ma réaction au tour que prenaient les choses. Je me réjouissais furtivement de voir s'élever le niveau de difficulté. Je rejette cette tendance chez l'humain, que j'avais toujours considérée comme une pathologie spécifiquement masculine, et pourtant elle était bien là, quoiqu'elle s'imposât de manière diffuse. Un jeune bon-à-rien tente de se suicider en se tirant une balle dans la tête et, n'ayant réussi qu'à se rendre aveugle, il est galvanisé par la détermination de réussir le concours d'entrée à la faculté de droit, de surmonter sa nouvelle infirmité, et de devenir un avocat millionnaire – ce qu'il fait. Voilà en quelle compagnie je me trouvais dans le Kalahari.

Rappelle-toi les bossus, n'interprète rien, m'enjoignais-je. Tu seras anormale jusqu'à ce que ce soit fini parce que personne ne peut être normal après le deuxième jour de traversée du Kalahari. Je me sentais un petit peu mieux. Le fait d'avoir retrouvé un paysage de désolation plus classique n'y était pas étranger.

Il s'agissait à présent de parvenir immédiatement à Tsau. Telle était ma nouvelle solution à tout. Rien d'autre ne m'intéressait. Des autruches traversèrent notre route à plusieurs reprises cet après-midi-là, mais j'y prêtai à peine attention alors qu'il s'agit d'une des rares espèces d'oiseaux qui m'inspirent un peu de curiosité. L'une des raisons que j'avais de vouloir gagner Tsau plus rapidement que prévu tenait à la disparition de ma tente, qui impliquait de s'arrêter chaque soir d'assez bonne heure pour ramasser suffisamment de bois et allumer ensuite des grands feux qui brûlent toute la nuit sans interruption. Impossible de se montrer laxiste ou minimaliste sur ce point. Nous accélérâmes considérablement le pas et, au début, Baph s'y prêta de bon cœur.

Nous marchions trop vite. Pour marcher si vite, il fallait se reposer davantage. Lors d'une pause je m'endormis adossée à un arbre, et ce fut une secousse de Baph qui me réveilla, car j'avais fixé l'autre extrémité de son licou à mon poignet. Nous repartîmes. Je nous pressais. Je parvenais même par moment à faire trotter Baph.

Je ne gémis jamais, mais là je gémissais. Nous n'arriverons jamais à Tsau, voilà ce que je gémissais. Comme si j'avais cru que mes récriminations allaient forcer Tsau à surgir du sol. Je m'irritais à l'idée que nous ne pouvions pas marcher droit sur Tsau à cause de la localisation des points d'eau, qui étaient situés nettement plus au sud ou plus au nord que l'itinéraire direct. Pourquoi ne m'étais-je pas imposé de calculer sommairement combien de temps nous perdrions en détours ?

La nuit de camping fut macabre. Ma carte nous conduisit à une ferme d'élevage abandonnée, sans doute allemande, remontant au début du protectorat, et visiblement en ruine depuis des années. Il y avait des enclos et des barrières effondrés, une auge éclatée et basculée, des restes de canalisations et de bâtiments, et, au milieu des ruines, une pompe à bœufs, c'est-à-dire une sorte de derrick en forme de papillon auquel on pouvait atteler deux bœufs pour les faire tourner, piétinant sans fin pour faire monter l'eau. Les clous dans lesquels je donnais des coups de pieds ici et là étaient anciens. Objectivement, l'endroit aurait dû m'apparaître plus sinistre que la grisaille précédente, mais ce ne fut pas le cas. J'étais totalement absorbée par ma hâte.

J'étais tétanisée. Je me précipitai pour arracher du sol des morceaux de bois à moitié enfouis et traîner de vieilles planches et des piquets des quatre coins du domaine pour les amasser en tas tout autour de la pompe. La majeure partie du bois vint combler une sorte de décharge centrale près de laquelle je comptais dormir et d'où je tirerais de temps à autre de quoi alimenter mes feux d'encerclement. Ce qui restait du lieu, je le rasai littéralement. Ce n'était plus du camping mais de l'incendie criminel. J'espère que le site n'avait pas de valeur historique. Rien ne pouvait me ralentir, pas même ma peur de l'eau. J'avais décidé très vite que tout au fond du puits brillait quelque chose qui devait être de l'eau. Restait à trouver un moyen de m'en emparer. L'équipement était rouillé, rigide, totalement inutilisable. Mais je remis ce problème-là au lendemain. Même quand il me sembla que j'avais assez de bois, j'allai encore en chercher. Je mangerais plus tard. Je n'avais pas pensé à apporter des gants, de sorte que mes mains s'étaient rapidement enrichies d'échardes que j'aurais le plaisir d'essayer d'extirper plus tard. Je savais ce que je faisais. J'en rajoutais par peur d'affronter la tâche suivante, qui consisterait dans l'inventaire de mes provisions et l'évaluation des pertes dues à la défection de Mmo.

J'étalai ce qui me restait. Je me disais que nous survivrions si Tsau se trouvait bien là où je le pensais. Il y avait largement assez de nourriture pour moi, surtout maintenant que j'étais devenue anorexique. Mais l'eau posait problème. Je disposais de deux jerricans en plastique de dix-huit litres, l'un vide et l'autre rempli au tiers et réservé à Baph. J'avais aussi deux gourdes, dont une pleine. Il y avait assez d'avoine pour deux rations maigrichonnes à l'intention de Baph. Si nous parvenions à notre but, il arriverait affamé.

J'avais commencé un nouveau journal à Kang, dans un cahier séparé. Il avait disparu depuis. Ce qui signifiait que je ne pouvais plus être sûre de la date. Je n'avais pas mentionné la date sur la page où j'avais noté mes pensées sur l'adieu-à-Kang. Mais tous mes journaux de Tswapong et de Gaborone étaient saufs.

Un parfait indice de mon état du moment fut ma réaction en constatant la perte de mon miroir. Tous mes articles de toilette avaient disparu avec Mmo. Insupportable. Comme si j'avais perdu ma main gauche. J'aurais volontiers échangé ma trousse de premier secours contre mon miroir et mon peigne. C'était irrationnel, bien sûr. Comment allais-je pouvoir me regarder et me préparer avant d'arriver à Tsau ? J'aurais besoin de me regarder. C'était urgent parce que je savais que la peur et l'épuisement me faisaient perdre du poids. J'étais certaine d'être en état de cétose, puisque je vivais d'eau et de protéines – pilchard et eau, thon et eau, abominables saucisses viennoises et eau. Quand je perds du poids rapidement, j'ai d'abord le visage marqué, puis la poitrine, les hanches et le ventre. Voilà pourquoi j'avais besoin d'un miroir. Je me sentais poignardée dans le dos par la vie, par la malchance. À présent, j'allais être obligée de me présenter devant Denoon sans savoir de quoi j'avais l'air, et hirsute. J'étais dans tous mes états. J'envisageai d'essayer de fabriquer un peigne avec des clous ramassés dans le sable.

J'allumai donc le feu. Quel spectacle.

Baph était manifestement exténué car il s'était laissé tomber à genoux dès que nous nous étions arrêtés. Je dormis à moitié sur lui, ou bien je dormis à moitié, je ne sais plus, après nous être couverts tous deux d'une bâche.

Les nuits d'avril sont froides dans le Kalahari, mais nous avions chaud. Je me relevai trois fois pour renouveler mon dithyrambe à la chaleur, à la lumière et à la destruction. Je brûlai tout. Alors même que la nuit s'achevait, j'en jetai encore dans le brasier.

Le puits

La journée commença par une épreuve : recueillir l'eau pour nous deux.

Il fallait pratiquement y aller à la cuillère.

Le châssis dans lequel s'encastrait l'axe de la pompe mesurait une vingtaine de centimètres de largeur. J'arrivai à ménager cinq ou six centimètres de jeu entre l'habitacle de l'axe et la paroi interne du puits à force de secouer l'axe en tous sens. Ma gourde était trop large pour passer dans l'interstice : raté. Idéalement, il m'aurait fallu quelque chose comme un étui de baïonnette, que je puisse faire coulisser pour remonter de l'eau peu à peu.

J'entrepris donc de bosseler, de cabosser, d'écraser ma gourde, d'en marteler les bords, d'aplatir le fond en priant pour qu'elle ne se casse pas, ni ne se troue. Lorsque j'en eus fini avec elle, elle était plus mince qu'un paquet de cigarettes, et n'allait guère pouvoir contenir plus d'une demi-tasse. J'avais laissé tomber une pièce de dix *thebe* dans le puits, et j'en avais conclu que l'eau se trouvait à dix ou douze mètres de profondeur. J'avais trente mètres de corde en nylon. Je perçai deux trous dans le bord de ma gourde pour y passer la corde.

À la première tentative, le récipient écrasé et compressé parut mettre bien longtemps à plonger dans l'eau, malgré les vigoureux soubresauts que j'imprimais au fil parvenu tout au fond. Avant la deuxième descente, je pris donc la précaution d'alourdir la tasse à l'aide de bouts de fer ramassés par terre, et tout se passa bien.

Je dus consacrer plusieurs heures à recueillir suffisamment d'eau pour remplir tous mes récipients, et cela dans une position affreusement pénible. Mes genoux et mon dos étaient à l'agonie. Celui qui a dit qu'on mesure sa vie à l'aune d'une cuillère à café devait parler de moi ce jour-là.

Je fis boire Baph à satiété avant le départ. Ce fut difficile car je découvris une déchirure dans le seau pliant en toile dans lequel il préférait s'abreuver, ce qui m'obligeait à bien replier et serrer l'endroit déchiré tandis qu'il prenait son temps, ce que je ne pouvais faire que dans une position spécialement inventée pour torturer mon dos déjà fortement endolori. Enfin, nous pûmes nous mettre en route.

Pendant un temps, marcher en me tenant droite fut un bonheur.

Nadir

Ce qu'il advint ensuite est assez flou dans ma mémoire. J'étais incapable de noter les choses. Peut-être y eut-il deux journées identiques, à moins que j'en aie imaginé une.

Nous marchâmes jusque fort tard. Lorsque nous nous arrêtâmes, je n'eus la force de faire qu'un tout petit feu, et nous nous couchâmes donc entre le feu et une termitière, dont il me semblait avoir entendu dire que les lions avaient horreur. Je dormis attachée à Baph, comme d'habitude. Il s'habituait très bien aux feux, observais-je. Cette fois, il resta debout toute la nuit. Je me rappelle cette scène nocturne, le feu se reflétant sur la termitière, comme si elle s'était déroulée deux fois, ce qui n'est pas possible.

Au matin, je m'éveillai avec deux chansons dont j'avais oublié l'existence dans ma mémoire – *The Old Triangle*, deux strophes, et *Where Have All the Flowers Gone*, toutes les strophes. C'étaient deux excellentes chansons de marche.

Le terrain devenait plus rude. Nous dûmes négocier une succession de petites dunes orientées nord-sud. Les vallées intermédiaires étaient caillouteuses et jonchées, çà et là, d'une herbe d'aspect métallique qui poussait en touffes. Maintenant que nous grimpions régulièrement, je devais tirer Baph, alors qu'auparavant il montait ou descendait volontiers d'un bon pas. Mes lèvres enflaient parce que j'avais laissé l'oxyde de zinc dans ma trousse de toilette, et non dans celle de premier secours. Ce qui provoqua un nouvel accès, plus modéré cette fois, d'angoisse du miroir.

Après les dunes, ce fut à nouveau la plaine, interminable et aveuglante. Où était Tsau ? Tsau aurait dû apparaître. Tsau était construit à mi-pente sur le pourtour d'un gros koppie vert de cent mètres de haut, et bien connu pour son aspect conique. J'aurais au moins dû apercevoir la ligne de crête des collines rouges qui précédaient Tsau d'une douzaine de kilomètres ou bien le fleuve de sable qui les traversait et bifurquait vers le pied du koppie de Tsau.

À l'est de notre position, le sol était gris et jaune, pommelé, parsemé de grosses touffes de broussailles presque à hauteur d'homme que nous préférâmes contourner. Au nord, il y avait récemment eu des incendies. Nous commencions à rencontrer des arbustes calcinés et des langues de terre brûlée. Le ciel était chauffé à blanc, semblable à l'intérieur d'une coquille d'ormeau.

Bien sûr, lorsque survint une tempête de sable, ce fut par le nord qu'elle arriva : la simple poussière et le sable ne nous indisposaient pas assez ; il fallait que nous goûtions aussi la cendre et les escarbilles. Baph s'en aperçut avant moi, tout au moins est-ce ainsi que j'interprète la façon dont il s'assit sur son arrière-train, tel un humain. On apercevait au nord une masse sombre en mouvement, où je distinguais quelques tourbillons de poussière. Je tournai le dos à la nuée qui approchait et serrai contre moi la tête de Baph, pour lui protéger le museau. La rafale arriva droit sur nous.

Heureusement, ce fut bref. Cinglant, mais bref. Je m'efforçai, en me brossant, d'être perfectionniste et d'ôter soigneusement toute particule de suie ou de poussière de mes vêtements afin d'éviter de les étaler et d'avoir l'air en tenue de camouflage. Mais c'était inévitable. Je brossai Baph et nettoyai ses yeux, qui coulaient. En fait, il avait l'air patraque, et je ne m'étonnai pas qu'il refuse de bouger quand je tirai sur son licou pour le faire venir. Je n'insistai pas. C'était grave. Comme un nouvel effort pour le tirer, de toutes mes forces, ne donna aucun résultat, je m'assis auprès de lui.

Je touchais le fond. Baph devait absolument se relever : je ne pouvais pas porter les jerricans d'eau.

Il fallait que je me remobilise. Inutile d'évacuer ma colère. Je veux prendre un bain, hurlai-je, et Ne refais plus jamais ça, mais c'était pour la forme.

Puis je me convainquis que si je mourais là, aucun être normal n'y verrait une tragédie. Je rejoindrais la catégorie des funambules morts en tombant. Ou bien je bénéficierais du type de commisération qu'on réserve aux gens qui arrivent dans les soirées avec des béquilles parce qu'ils se sont blessés en skiant à Gstaad ou dans quelque autre paradis terrestre de la bonne société. Ce serait triste, mais pas tant que ça.

Enfin je parvins à faire lever Baph en le piquant, plus précisément en lui piquant l'arrière-train avec un stylo-bille – pas au point de le faire saigner, mais plus fort que je ne m'en serais crue capable. J'en frissonne encore.

Il se leva et fut angélique.

En marchant, je décidai d'enduire mes lèvres de beurre de cacahuète. L'odeur me donnait la nausée. J'utilisais le beurre de cacahuète comme ersatz d'oxyde de zinc. Je décidai que de toute façon mes lèvres étaient irrémédiablement desséchées et boursouflées, et l'espace d'un quart de seconde j'arrivai même à me réjouir de ne pas pouvoir les examiner dans un miroir.

Le soir venait, mais camper était inenvisageable car je voyais bien que seul notre élan pourrait nous sauver. Il fallait que nous parvenions à Tsau. Nous tiendrions avec l'eau dont nous disposions, sans plus songer au dernier point d'eau.

Tant que Baph marcherait, je marcherais. Il y avait une autre raison de continuer : il progressait à une vitesse d'escargot. Et enfin une dernière raison : un couple de vautours nous avait repérés dans la journée et nous suivait. Nous n'avions vraiment pas besoin de ça. Les vautours vous laissent tranquilles pendant la nuit. Ils vont se percher quelque part. Il y avait une chance, me disais-je, pour que demain quelque chose de plus agréablement proto-moribond que nous retienne leur intérêt.

Cette nuit-là, enfin, je devins mon corps, mon corps et mon souffle, plus ou moins de la façon dont je suppose que les conseils de perfection que j'avais reçus de l'homme aux lions m'avaient incitée à l'être. Marcher devint indolore. Je n'eus aucune pensée punitive de la nuit, aucune. Il faisait très froid, et c'était agréable. Sans aucun doute, cet état était provoqué par la chimie de la menace, comme celui d'un Livingstone pris de transe religieuse lorsqu'un lion le saisit à l'épaule.

Apparition de Tsau

Je suppose que je fus en état de fugue jusqu'au moment, l'après-midi suivant, où surgirent les collines rouges qui attestaient la présence de Tsau douze kilomètres plus loin. Surgirent est le seul mot qui puisse rendre compte de cette expérience. Elles n'étaient pas là, et puis elles furent là.

Intérieurement, ce fut comme le pincement d'une corde profonde mais sub-audible. Et puis je devins attentive. J'eus l'impression de retomber de très haut dans mon corps. Tout me fit mal en même temps : mes entrailles, mes mains où pulsait l'infection des échardes que je n'avais pas pu ôter, ma langue épaisse et âpre comme du balsa, mes lèvres. Baph puait, ce que je n'avais pas remarqué, et il respirait de manière alarmante.

Aujourd'hui encore, tout ce que je me rappelle de la nuit précédente, c'est d'avoir marché dans l'obscurité sous un vent intermittent et imprécis. Deux ou trois fois, selon l'angle du vent, il me sembla entendre au loin un bruit de verre heurté. Je supposai, à tort s'est-il révélé, qu'il s'agissait d'une anomalie telle que le coup de feu fantôme que j'avais entendu précédemment.

Les collines apparurent, ainsi que le fleuve de sable, dont on m'avait garanti qu'il serpentait jusqu'aux abords de Tsau.

Bientôt j'arrivai aux collines.

Je voulais voir Tsau. Je ressentais comme une nécessité physique de voir ma destination.

À flanc de colline sur ma gauche, j'aperçus un curieux monticule, nettement plus haut, et couvert d'arbres évoquant le persil : des albizias, devinai-je. Un sentier empierré menait au sommet de ce monticule, et à l'entrée du chemin se dressait un poteau manifestement planté là pour attacher des bêtes. J'y attachai donc Baph, et m'engageai sur le sentier.

Tout l'aménagement de cette butte répondait à un concept. Il émanait des arbres des tintements de carillons, et la base de l'éminence était ceinte d'une collerette en brande. Je distinguais quelque chose comme des meubles sous les arbres.

J'éprouvais un sentiment de triomphe.

Il était manifeste que cette éminence était une chose amplifiée par la main de l'homme, conçue pour offrir au voyageur venant de l'ouest sa première vue complète de Tsau. Je contemplai Tsau.

La plupart des koppies ressemblent à des pyramides de gravats au sommet tranché, dotés seulement de quelques plaques de végétation sur les flancs. Celui sur lequel s'appuyait Tsau était différent et classique. C'était une vraie montagne isolée, superbement dressée dans la plaine, et uniformément couverte de boisements denses, presque jusqu'à la cime, coiffée d'énormes roches rouges bulbeuses, telles des ruines.

Sur le plat, une jonchée de petites maisons s'étalait devant moi comme un éventail ouvert dans ma direction. Il y avait d'autres habitations, en tout cas d'autres constructions, sur le bas versant du koppie. Tout ce que je voyais ne s'interprétait pas au premier coup d'œil. J'étais intriguée par trois barres ou fentes blanches qui tremblotaient, alignées vers le haut du koppie, et qui étaient les cylindres à ailettes servant à capter le vent dans les moulins d'avant-garde que Denoon avait installés à Tsau. J'étais également intriguée par le scintillement de Tsau, un effet de sequins dû à la profusion d'éclats et d'éclairs de lumière réfléchie qui provenaient de toute l'agglomération. Il y avait une explication à cela aussi.

Loin vers l'est, on distinguait l'extrémité d'un vaste ensemble de champs clôturés, aux formes très géométriques. Où donc se trouvaient les champs de maïs des Tswanas, ces formes disparates auxquelles j'étais accoutumée ? Tout ce que je voyais m'enchantait.

Je n'étais pas dans mon état émotionnel normal.

Suspendue par une chaîne à la cime d'un grand albizia se trouvait la réponse au mystère des notes cristallines que j'avais entendues dans la nuit. C'était une cloche de verre de la taille d'une grande carafe, et d'une très belle forme. Je n'avais jamais rien vu de pareil. Le verre était épais, du même bleu vert que les isolateurs sur les poteaux électriques, et le battant ressemblait à une larme d'acier étirée. Cela me parut le plus bel objet que j'aie vu de ma vie. Je le voulais. Je dus me forcer à me rappeler que la cloche était certainement là pour une bonne raison, même si j'étais bien incapable d'imaginer laquelle. Tsau étant à douze kilomètres, l'idée que cette cloche pût servir d'avertisseur était ridicule. D'ailleurs, elle était accrochée de manière à tinter chaque fois qu'un peu de vent soufflait sur l'arbre. Je secouai les branches pour m'abreuver de notes cristallines comme d'une eau fraîche. Je devais avoir besoin de me défouler, car je continuai à secouer les branches comme une malade jusqu'à ce que je m'aperçoive que le sang se retirait de mes bras.

Il me sembla voir une paire de cornes dépasser du sol à quinze pas de la base de l'arbre, un peu plus bas sur le versant qui faisait face à Tsau. Les crânes d'ongulés sont communs dans le Kalahari, aussi n'y avais-je guère prêté d'attention. Mais ces cornes étaient trop épaisses, et elles étaient effectivement taillées dans du bois et laquées de blanc. Je songeai brièvement que ce pouvait être un objet de culte, ce qui donnerait un sens à la somme de travail qu'avait dû coûter la création de ce sanctuaire ou autre site sacré.

Je déblayai le sable à la base du U formé par les deux cornes. Elles étaient plantées dans le couvercle d'un étroit réservoir en céramique vernissée qui était rempli d'eau. À l'intérieur, une louche en fer dotée d'un manche d'un mètre de long était appuyée contre la paroi. L'eau paraissait pure et délicieuse. Comme j'étais à court de pastilles d'halazone, il n'était pas question que j'en boive ; mais je pourrais toujours m'y laver, ou plutôt m'y rincer, puisque je n'avais pas de savon.

Cette citerne aiguisait ma curiosité : comment était-elle alimentée ? Je retournai examiner l'arbre de plus près. C'était une œuvre d'art. Il avait été aménagé de manière à recueillir l'eau des grandes pluies. La citerne était alimentée par un système de canalisations en polyvinyle, reliant les principales fourches de l'arbre à des bassins en céramique enfouis dans des cavités. Tous les petits tuyaux étaient réunis et proprement fixés hors de vue du côté de l'arbre qui se trouvait face à Tsau, avant de rejoindre au pied de l'arbre le grand collecteur souterrain qui alimentait la citerne couverte. Je ne pouvais évidemment pas le savoir, mais c'était mon premier contact avec la jungle d'inventions que Tsau donne si souvent l'impression d'être. Cette citerne était conçue sur le principe de la *praxis* bochiman, qui consiste à utiliser les arbres creux pour recueillir l'eau. En un sens, cela ne m'impressionnait pas. Ce qui me troublait, c'était la somme de travail que supposait la création de ce système. D'autres arbres étaient branchés sur ce circuit. Combien de gens allaient s'en servir ? Comment justifier tout ce travail de construction et d'entretien – il devait bien falloir quelquefois nettoyer et purger les bassins collecteurs et les canalisations ? J'entrepris alors de le justifier au moins dans mon cas, en utilisant l'eau en abondance, puisqu'il semblait y en avoir beaucoup.

Je commençai par descendre plusieurs fois jusqu'au piquet où était attaché Baph, pour l'arroser et tenter de l'entraîner avec moi vers l'ombre. Il renâclait. Je lui nettoyai les yeux et renonçai.

J'entrecoupai mes ablutions de périodes de contemplation, tournée vers Tsau. Je me rinçai le visage et les mains, ce qui me parut insuffisant, puis commençai à me passer de l'eau sur le torse, sous ma chemise, ce qui n'était pas mieux. Et c'est ainsi que peu à peu, en plein air et en pleine vue, je me dévêtis et m'inondai tout le corps de cette eau délicieuse. Mes pieds étaient dans un état innommable. J'éprouvais quelque chose d'exquis à être nue dans cet endroit, au mépris du Kalahari, histoire de lui dire Retourne à ce que tu faisais avant que je n'interrompe ton uniformité. Un sentiment adolescent. Je crois que j'ai même fait un petit numéro d'eurythmie, dont le véritable objectif était de remuer le bas de mon corps à la face du Kalahari, que je m'autorisais à considérer comme l'organisme malveillant qu'il est en réalité. Je songeai rhétoriquement Combien de femmes auraient fait ça, des femmes sans aucun soutien de grandes institutions masculines ou de guides masculins ? Et ainsi de suite. J'avais improvisé et j'avais gagné.

Je changeai de culotte et de T-shirt en dépit du caractère strictement Potemkine de ma toilette, et j'enfilai aussi des chaussettes propres. Mes cheveux étaient irrécupérables, réunis en paquet sur ma tête.

J'étais aussi bien retapée que je pouvais prétendre l'être.

Le moment était donc venu, loque que j'étais, de me représenter aussi bien que possible aux yeux de Denoon, et d'amener mon malheureux baudet à Tsau pour le confier à d'autres mains.

Des poteaux indicateurs, pas d'ail

Jusqu'à Tsau, la voie était balisée par des poteaux en bois d'à peu près un mètre de haut, plantés dans le sol à quelques centaines de mètres d'intervalle et en alternance sur les deux bords du chemin ; chaque poteau était surmonté d'une barre transversale, aux extrémités de laquelle pendaient des grappes de disques en verre, enfilés sur du fil de pêche : on approchait de Tsau par un couloir d'exquises tintinnabulations. Je me demandais quelle pouvait bien être l'idée sous-jacente à cela. Là encore, tout cela exigeait un effort humain. Les poteaux et les barres transversales étaient sculptés, rien de recherché, mais tout de même sculptés, par exemple de sillons torsadés. L'idée était-elle simplement d'aller prodiguer de la décoration d'intérieur dans l'immensité désertique et torride, juste pour s'amuser ? Comme les poteaux étaient espacés d'intervalles irréguliers, aucune intention de mesure ne semblait entrer en ligne de compte.

Ils avaient un effet déprimant sur moi, et lorsque je compris pourquoi, je les trouvai encore plus déprimants : je me rendis compte qu'ils provoquaient chez moi des associations macabres car, si petits qu'ils fussent, ils évoquaient les croix et les gibets dressés par des types genre centurions pour avertir les voyageurs approchant d'une ville conquise que le pouvoir en place était cruel et que la rébellion ne serait pas tolérée, comme dans les films sur le déclin de l'Empire romain et l'avènement du Christ. L'angoisse m'étreignit soudain à la pensée de tout le temps que j'avais perdu au cinéma dans ma jeunesse. Aller au cinéma sans être accompagnée avait été l'un des rares avantages de ma grande taille précoce. Mais je me disais Ne serais-je pas plus sereine, ne serais-je pas moins inondée d'images préfabriquées, n'aurais-je pas un charivari moins entêtant derrière les tentures qui tapissent mon esprit, si je n'avais pas passé toute ma jeunesse à courir au cinéma pour soulager mes malheurs préadolescents, aussi énormes qu'ils aient été ? J'aurais pu emprunter plus de disques à la médiathèque, par exemple, et me perdre dans la musique en même temps que j'aurais acquis une connaissance plus systématique des grands compositeurs, ce qui, entre autres vertus, eût été gratuit.

Du même souffle, une autre angoisse m'envahit : la conviction, issue de nulle part, qu'il n'y aurait pas d'ail à Tsau. Je sentais pourtant qu'il me faudrait absolument de l'ail, et de l'ail frais, pas de la poudre d'ail ou du sel aromatisé. Je nourris pour l'ail un amour immodéré. Ma mère l'avait renié pour nous deux sous prétexte qu'il ne lui réussissait pas. Mais en vérité c'était parce que les pauvres qu'elle connaissait le mieux, les Italiens, en mangeaient et qu'ils sentaient l'ail, précisément. Nous avions beau être pauvres, jamais nous ne sentirions l'ail. Les gens devraient deviner que nous étions pauvres par d'autres déductions lumineuses, en le déduisant, par exemple, de l'extrême usure de nos vêtements ou bien des deux incisives qu'il manquait à ma mère. Pour moi, la libération personnelle prit également un chemin culinaire, marqué par cette grande découverte : l'ail dans toute sa gloire.

Ne jamais dire que je ne suis pas ma propre assistante sociomédicale. Mon moi libéral cherchait doucement à me faire accepter l'idée que mon envie d'ail relevait de l'homéostasie, à savoir que mon corps réclamait du phosphore. À quoi mon vrai moi répliquait que si j'avais besoin de phosphore, ce n'était pas de l'ail que je désirerais mais plutôt du cresson, et que l'idée de marcher droit sur Tsau dans le seul but d'y trouver une énorme portion de bœuf en daube était idiote. Dès que nous évoquions les libéraux, Denoon devenait ridicule et il traversa une longue phase de bouderie d'où je finis par le tirer en lui disant que son aphorisme sur le libéralisme – *id est* Alarmer et apaiser dans le même moment politique – était faux et injustifié. Je pense que nous devrions sans doute tous être libéraux. Comme les choses se désintégraient entre nous, et je le regrette à présent, je lui ai même dit Je te donne mille dollars si tu arrives à me démontrer pourquoi on ne peut pas te définir comme libéral, compte tenu de ce que nous avons fermement déterminé comme étant ta ligne fondamentale. De toute façon, mon cauchemar libéral me disait maintenant, tra-la-la, que Tsau serait peut-être l'endroit, comme une ville d'eau, où je pourrais cesser d'être manipulée par les mécanismes culturels enfouis de mon adolescence et/ou des envies absurdes comme ce désir d'ail. Ma pauvre bête et moi chancelions en direction de Tsau. Et pendant tout ce temps, les tintements et tintinnabulations poursuivaient leur accompagnement.

Aujourd'hui encore, je me trouve en défaut sur la question de la vitromanie de Denoon, dont je commençais sans le savoir à apprécier les fruits. Nelson adorait le verre. Le souffler, le mouler, peu importait : il adorait ça. Si je l'avais un peu confronté à certains aspects de la question, cela l'aurait peut-être aidé à clarifier les choses. C'est un exemple de ce que j'aurais pu faire plus souvent. Je ne sais pas pourquoi je ne l'ai pas fait d'ailleurs, à moins que ce ne soit parce que j'ai entendu les histoires-clés de sa vitromanie à un moment où je lui étais encore reconnaissante pour les rares miettes de sa richesse intellectuelle qu'il me laissait recueillir, ou parce que c'était un moment où il se sentait fragilisé dans un autre domaine, et que je me retenais d'aborder de front la question de vitromanie. Pourtant cette vitromanie était fondamentale.

Voici quel fut l'événement décisif où le verre s'était trouvé mis en scène. Denoon était encore gamin, et son père avait récemment chuté, sous l'effet de l'alcoolisme, du noble état de cadre dans une agence de publicité à celui, moins noble, de représentant d'une fabrique d'encre d'imprimerie et de résines industrielles. La famille vivait au sud de San Francisco, sur la péninsule. Je crois que Nelson était plutôt heureux à l'école, et la maison que louait ses parents était contiguë à un beau domaine agricole désaffecté, un verger à l'abandon, dans l'ombre de la chaîne de montagnes du Coast Range. Ce devait être près de Belmont.

Deux conditions se trouvaient réunies. Nelson avait découvert une décharge pleine de bouteilles dans le verger voisin. Deuxièmement, il avait hérité d'une quantité de bouchons, car son père avait rechuté après avoir tenté de maîtriser le problème en se passionnant pour l'œnophilie et la vinification en chambre. Le père de Nelson était un buveur sournois, un maître-ivrogne comme disait Nelson, qui, à cette époque-là, s'arrangeait pour faire disparaître ses bouteilles vides dans les bois et dans cette décharge. J'oublie si la décharge contenait déjà pléthore de bouteilles lorsque le père de Nelson avait commencé à l'utiliser. Peut-être.

Nelson avait onze ou douze ans et n'avait qu'une conscience très elliptique de l'ampleur de l'alcoolisme de son père. Il était sur le point de découvrir l'intensité de la guerre causée par l'alcoolisme de son père, mais il n'en percevait alors que la rumeur.

Il ne décelait aucune pulsion secrète ou inconsciente à l'œuvre sous la surface de ce qu'il faisait. De cela, il était sûr. Son projet était esthétique, spontané. Avec le recul, il voyait bien en quoi ce projet démontrait la pure fiction de l'accord entre ses parents concernant l'addiction du père. Selon cet accord, le père n'était censé boire que des quantités préétablies, à des moments préétablis. Évidemment, le père devait boire des quantités d'alcool en cachette, et utiliser les petites quantités autorisées pour masquer ses excès. Mais la preuve de l'innocence du grandiose projet de Nelson était la manière *ad hoc* dont il l'avait entrepris à l'origine.

Quels que fussent les autres desseins en jeu, la volonté de maîtriser le gaspillage était manifeste. L'enfant est le père de l'homme. Son projet le révéla *ab ovo* comme le diabolique recycleur qu'il allait devenir adulte. Je me rends compte qu'une source de friction dans notre relation venait de son aversion pour l'utilisation que je faisais d'innocents clichés, comme dans L'enfant est le père de l'homme. Il me signalait subtilement qu'il déplorait l'usage excessif qu'en faisaient les gens, au lieu de s'exprimer d'une façon plus personnelle et plus esthétique, comme les Irlandais ou comme son père. Lorsque je lui fis observer que l'irlandais rural était truffé de clichés mais de clichés qu'il ne connaissait pas, il en fut contrarié. J'avançai aussi qu'une esthétique gouverne le choix délibéré d'utiliser des clichés. Il acquiesça vaguement, mais je voyais bien qu'il réprouvait toujours les clichés dans ma présentation personnelle. Je suppose que son père était un élégant orateur, même *inter pocula*. En conséquence de son attitude, je truffais parfois mon discours intérieur de clichés parce qu'il me faisait ressentir la privation d'une chose innocente, et j'ai même réussi à plusieurs reprises à l'entraîner dans un jeu où nous ne parlions que par clichés, le perdant étant celui qui se trouverait à court de clichés encore neufs. Je gagnais toujours, mais il est vrai qu'il ne jouait jamais avec autant d'ardeur que moi. Le projet démarra donc à l'aide de bouteilles au rebut et de bouchons inutilisés. Je fus tentée de relever ce détail intéressant qu'un enfant, confronté aux parents les plus monstrueux, débusquera et exploitera pathétiquement la seule chose susceptible d'être jugée admirable, comme par exemple une éloquence naturelle. Mais il ajouta aux bouteilles et aux bouchons un autre matériau de récupération, du papier crépon.

La famille habitait près d'un lycée. Quand le championnat de football commençait, arrivaient des voitures et des cars décorés de papier crépon aux couleurs de l'école qui venait disputer le match. L'équipe locale n'était pas fameuse, et elle perdait le plus souvent ; or la coutume voulait que les vainqueurs parcourent ensuite le centre de Belmont en klaxonnant à toute berzingue et en jetant des flopées de papier crépon dans les rues pour manifester leur victoire et leur mépris. Offensé au nom de Belmont, Nelson décida de répliquer en allant dépouiller de leurs décorations les voitures et les cars pendant le match. Il organisa donc des équipes de collégiens, futurs lycéens de Belmont, au nombre desquels son frère, Peter.

C'était risqué, mais il s'acharnait. Il devint le dépositaire du papier crépon exproprié qu'il entassait chez lui dans un abri de jardin, puis il remarqua incidemment que, sous la pluie, le papier crépon déteignait. Il commença alors à faire tremper le papier dans des récipients pour obtenir différentes couleurs, comme dans les deux grands flacons d'apothicaire remplis de jolis liquides colorés qui trônaient dans la vitrine de la pharmacie où il accompagnait souvent sa mère. Je remarquais qu'il semblait avoir été constamment traîné par sa mère chez des médecins ou des pharmaciens, qu'elle consultait très souvent. Cela éveilla ma curiosité. Pourquoi était-il toujours contraint de l'accompagner ? Il me stupéfia en répondant que les médecins trouvaient sa mère irrésistible. Selon la légende familiale dans laquelle il avait baigné enfant, sa mère plaisait tellement aux médecins qu'ils en perdaient toute déontologie et lui faisaient volontiers des propositions. Elle était apparemment très belle, dans le genre gracile et délicate. Elle se sentait donc mieux si son fils était là, ne fût-ce que dans la salle d'attente. Et elle le faisait même entrer avec elle dans la salle d'examen si elle consultait pour une chose convenable, comme sa rhinite chronique. Je lui dis Et tu n'as jamais réfléchi que toutes ces visites chez des médecins t'avaient inculqué l'idée que la beauté féminine était puissante et dangereuse ? Non, il n'y avait pas pensé. Il était désolé pour sa mère, voilà jusqu'où il avait mené sa réflexion.

Son père, tel qu'il en avait construit l'image, était un être qui mobilisait toute la puissance de son considérable intellect pour se présenter sous les traits extérieurs d'un bourgeois productif, tout en rehaussant constamment et en secret le niveau des obstacles à franchir pour y parvenir, par le biais de l'alcoolisme dans lequel il s'enfonçait de plus en plus. J'admettais que la trajectoire de son père n'avait pas été une dégringolade en droite ligne, mais j'avais du mal à croire que Nelson, à l'âge de douze ans, eût encore toute l'innocence dont il se targuait. À cet âge-là, j'étais bien consciente de tout ce qui m'arrivait dans la pathétique situation où je me trouvais. Pourquoi la sagesse, que Nelson précipita avec son projet de bouteilles, s'annonça-t-elle si tard ?

Nelson commença donc oisivement une collection de bouteilles, ou plus précisément une collection d'eau teintée. Il prenait des bouteilles vides là où son père les jetait, grattait les étiquettes et les remplissait d'eau colorée de différentes nuances obtenues en faisant tremper le papier crépon dans diverses permutations, puis il les bouchait. Toute cette entreprise se déroulait dans les profondeurs du domaine, non pas en secret, précisait-il, mais en privé. Au début, l'entreprise avait eu quelque chose d'un peu décousu, mais sa concentration décupla lorsqu'il eut l'idée de la phase suivante. Il ne s'interesserait pas seulement aux bouteilles d'alcool, mais à n'importe quelle bouteille de jus de fruit ou de soda, pourvu qu'il pût la boucher. C'était pure calomnie de dire que sa collection de bouteilles n'était composée que de bouteilles d'alcool, une calomnie qu'il ne pardonnerait jamais.

Il ne s'agit d'abord que d'un assemblage de bouteilles d'eau colorée, un ensemble qu'il prenait plaisir à regarder. Puis il commença à les disposer selon la taille et la couleur, diversement. S'y joignirent ensuite quelques stocks et échantillons de résine industrielle rendus inutiles par le retour du père dans les nobles sphères de la publicité. Il y avait là autre chose à ne pas laisser perdre. Mais qu'en faire ? Une caractéristique de plusieurs de ces résines était de pouvoir coller solidement le verre au verre. De cette découverte naquit l'*objet d'art**, un édifice de bouteilles bâti comme une pièce montée, sur plusieurs étages. La construction était ouverte par derrière, de façon qu'on puisse y installer des lumignons, une bougie magique, une lampe électrique, ou même, à la fin, une lanterne Coleman, afin de pouvoir se repaître du spectacle des ineffables effets et coruscations créés par l'éclairage intérieur de l'objet. Nelson envisageait même d'introduire un tourne-disques pour faire évoluer les sources lumineuses et produire des effets encore plus fantastiques. Ce serait sublime. Il économisait déjà son argent de poche pour acheter des rallonges électriques car il allait lui en falloir beaucoup. Mais la phase sublime du projet ne devait jamais voir le jour.

Je voudrais bien savoir pourquoi je persiste à soulever la question de l'innocence de Nelson dans cette affaire. Peut-être s'agit-il d'une sorte de protestation corporelle et mentale contre le fait qu'il soit obligé de raconter ce qui est finalement advenu ? Je considérais cela comme un *Götterdämmerung*, même si lui ne le voyait pas comme ça. En un sens, j'aurais préféré que son projet eût été une agression délibérée contre ses infâmes parents. Cela aurait été un peu plus supportable à revivre. Je me cramponnais donc à des notions comme cette méticulosité que Nelson avait toujours détestée chez son père, intraitable sur le principe de savoir à quel type de verre correspondaient quelles libations – le champagne seulement dans les flûtes à champagne, le cognac dans les verres à cognac, et ainsi de suite –, ce qui avait créé la nécessité d'un répertoire infini de réceptacles où l'un différait à peine d'un autre, mais où la disparition d'un seul pour cause de bris ou d'erreur de rangement provoquait de violentes récriminations et scènes de reproches qui mettaient en cause sa mère. J'en déduisais qu'il avait dû nourrir des sentiments à ce propos bien longtemps avant de créer ce qu'il appelait ses embouteillements. Il reconnaissait que ces scènes étaient fort pénibles. Il reconnaissait aussi, rétrospectivement, qu'on ne pouvait nier une certaine disparité entre la possession d'une collection de verres à vin digne d'un marquis et celle d'une voiture familiale dont le marchepied raclait la route en soulevant des gerbes d'étincelles. Mais son père ne s'intéressait pas aux voitures, voilà tout. Le projet des bouteilles était disjonctif. C'était l'impulsion artistique, l'élaboration systématique d'objets disponibles en compositions de plus en plus complexes, et manifestement esthétiques *tout court**. Je lui demandai ce qui se passait quand il cassait un verre à vin, ce qui devait parfois arriver en faisant la vaisselle. Épouvantable, dit-il, jusqu'à ce qu'il soit devenu un expert dans leur maniement et que cela ne se produise plus.

Et voilà sa création qui trônait dehors, dans une petite clairière au cœur d'un bosquet de madrones. Je pense que son frère, à certains moments, était autorisé à venir admirer le saint des saints du grand frère. La décharge de bouteilles du père se trouvait beaucoup plus près de la maison, dans un *arroyo*. Nelson croyait son site en sécurité car ses deux parents étaient très nettement des gens d'intérieur. Si la mère sortait, c'était par la porte de devant, pour aller faire les courses, prier à l'église, ou voir le médecin. Quant au père, il avait une sorte de bureau, une pièce réservée, où il se confinait.

C'était le soir. Nelson avait pris l'habitude, avant le dîner, d'aller contempler un moment son œuvre éclairée, il en avait toute latitude car le dîner était habituellement tardif, son père ayant à faire dans son bureau – *id est* boire – ce qui retardait toujours immensément les choses. Nelson s'y résignait, mais il détestait qu'on dîne tard, parce que son frère et lui devaient faire la vaisselle, ce à quoi il n'opposait aucune objection de principe, et qu'aucune heure n'était fixée pour le moment tant attendu où il serait libéré. On portait même parfois au père son dîner dans son bureau.

Je voulais savoir ce que son père faisait, de manière ostensible, dans sa solitude. Deux choses. L'une était la mise à jour de ses lectures sérieuses, c'est-à-dire en ce temps-là le *Socialist Call*, auquel il était abonné, et le *Militant* et le *Weekly People*, qu'il rapportait à la maison ; une fois par semaine il confiait le tout à Nelson, bien empaqueté, pour qu'il le brûle. Il se procurait aussi le *Dispatcher*, organe du syndicat des dockers, que les pouvoirs en place craignaient terriblement. En ce temps-là, dit Nelson, San Francisco était une ville très à gauche : on trouvait le *Militant* et le *Weekly People* dans les kiosques au même titre que le *Chronicle* ou l'ignoble *Examiner*. Nelson voyait son père comme un militant fondamentalement ancré à gauche. Or, le père n'appartenait à rien, ne faisait rien qui fût de gauche – toutes choses qui auraient pu lui valoir des ennuis. D'après Nelson, le fait que son père fût devenu un admirateur passif de la gauche s'expliquait par une grande déception qui lui avait brisé le cœur, lorsqu'un mouvement intitulé « Stop à la misère », lors de la campagne de Californie, avait été anéanti par des fourberies et des coups tordus d'infâme propagande orchestrés par l'industrie cinématographique dans les années trente. Et puis, le père haïssait Staline pour ce qu'il avait fait à la gauche de bonne volonté. Lorsqu'il avait enfin pu tenir des conversations adultes avec son père sur le socialisme, l'idée avait émergé que le fait d'avoir femme et enfants lui avait interdit d'adhérer ouvertement à quoi que ce fût. Nelson le croyait. Et son autre activité ostensible était l'élaboration de tableaux et graphiques censés prédire le moment où surviendrait la prochaine dépression, ce qui impliquait l'usage d'une machine à calculer – dont le bruit, lui fis-je observer, devait aussi servir à rappeler à la famille que s'effectuaient là des affaires importantes.

Nelson était donc accroupi dans la contemplation crépusculaire de sa création. Les dimensions de l'objet étaient considérables, la rangée du bas mesurant près de deux mètres de large et le sommet atteignant plus d'un mètre. La seule motivation qui ne fût point purement esthétique, et dont il reconnût l'intrusion dans son projet, était ce qu'il appelait son cathédralisme, c'est-à-dire l'impression osmosée en lui par sa pieuse mère que la création humaine la plus déterminante de tous les temps était la cathédrale.

Nelson entendit quelqu'un approcher furtivement.

C'était son père, ivre, qui, lorsqu'il fut assez près pour vraiment discerner la chose qu'avait construite Nelson, se montra incrédule, puis offensé, et enfin enragé.

Manifestement, il classa instantanément l'objet dans la catégorie des railleries sur son alcoolisme : tous ses flacons cachés avaient été récupérés, remplis, et illuminés à la face du monde entier. Nelson se recroquevilla, mais son père tourna les talons et repartit dans la nuit vers la maison. Il n'en avait pas fini avec cette histoire pour autant. Nelson le savait et il resta glacé sur place. Pas un mot n'avait été prononcé.

Le père de Nelson revint, chargé cette fois d'une clé anglaise Stillson et d'une pioche. Le cœur de Nelson se serra. Il n'avait jamais eu physiquement peur de son père qui s'était toujours fermement opposé aux châtiments corporels. Et Nelson l'avait vu réprimander sa mère lorsqu'elle déviait de ce principe.

Le père de Nelson était plutôt petit, le teint clair, avec une moustache blonde en brosse à dents. Rien de menaçant. Nelson avait le teint mat de sa mère, bien qu'elle fût de stature assez frêle et que la carrure d'ours de Nelson ne vînt certes pas d'elle non plus. Elle avait eu un frère, mort depuis longtemps, dont elle disait qu'il était le portrait craché.

Nelson entend le mot enculé pour la première fois de sa vie.

Son père balance la clé anglaise dans les embouteillements.

Il crée quelques dégâts, mais il a mal visé. La lampe électrique ou la bougie brille toujours, et cette proclamation resplendit.

Nelson n'a eu aucune occasion d'expliquer sa construction.

Quoi qu'il en soit, la clé anglaise a fracassé les bouteilles de la rangée extérieure, mais le cœur de l'insulte luit toujours.

Alors vient le moment de lancer la deuxième arme, la pioche.

Nelson est au désespoir, il trépigne autour du périmètre, mais en prenant garde de pouvoir esquiver quand le *pater monster* procédera au second lancer.

Il dit quelque chose pour faire renoncer son père, mais il n'a aucun souvenir des mots qu'il a prononcés. Son père commence à faire tournoyer la pioche dans l'air.

Ma seule pensée, la première fois que j'ai entendu l'histoire, fut Si tu te maries tu le regretteras, Si tu ne te maries pas tu le regretteras. C'est l'une des rares choses que j'aie été en mesure d'apporter à l'*armamentarium* intellectuel déjà surchargé de Denoon. Il était passé à côté du grand *Ou bien... ou bien* de Kierkegaard qui est une vraie corvée à lire, hormis cette petite section dont j'oublie le nom et qui contient cette perle. Et ce que je me disais, bien sûr, c'était Si tu as un père tu le regretteras, si tu n'as pas de père tu le regretteras : je pensais à moi. Cela devint l'une des citations favorites de Denoon, à mon relatif chagrin, compte tenu de ce qu'elle impliquait sur l'éventualité de vivre avec moi. Mais si nous avions été ensemble, j'aurais exigé qu'il s'engage à ne pas l'énoncer publiquement en ma présence. Il utilisait toujours l'aphorisme en son sens le plus général ou comique pour exprimer que rien ne marchait jamais, mais cela me piquait néanmoins un peu au vif. Il s'est tout de même trouvée une période où nous étions pratiquement mariés selon la plupart des critères.

As-tu crié ou pleuré ? lui ai-je demandé. Qu'as-tu ressenti, à le voir détruire cette chose sans laisser paraître un seul instant qu'il savait que c'était remarquable ?

Ce qui ajoute au pathos de l'incident, c'est que Nelson connaissait bien des histoires sur l'enfance misérable de son père – il avait été placé dans une famille rurale où on l'obligeait à boire l'eau des animaux et non celle qui était réservée à la famille – et que, parfaitement édifié sur ce plan, il avait été dévoré par le rêve de reculer dans le temps et de surgir au côté de son père, en copain protecteur, pour combattre les injustices qu'il subissait et le tirer d'affaire.

As-tu supplié, as-tu plaidé ? lui demandai-je. Il avait sûrement protesté, mais il n'aurait pas su dire comment.

Donnait-il au moins l'impression d'apprécier la persévérance que révélait ta création, qui est exactement le type d'activité créatrice qu'on voudrait voir ses enfants entreprendre, ne serait-ce que pour les empêcher de faire des bêtises ? Il était ivre, répondit Nelson.

Son père fait maladroitement tournoyer la pioche au-dessus de sa tête comme pour un lancer de tronc d'arbre, mais il est tellement ivre que, quand il lâche la pioche, elle s'envole à travers les arbres, ratant complètement les embouteillements pour aller se perdre dans les hautes herbes sur la pente.

Le détail est horrible.

Va me la chercher, dit ou hurle le père de Nelson, en désignant la pioche. Évidemment il en a besoin pour retenter sa chance. Il sait que l'alcool rend ses pas trop incertains pour qu'il aille chercher l'outil lui-même.

Je lui demandai Tu n'aurais pas pu aller chercher ta mère ? J'insistai, Nous sommes là pour ça. Mais il prétendit que l'idée ne lui en était pas venue, ce qui m'amène à soupçonner que la *praxis* du père envers la mère devait être assez cruelle, quoi qu'en dise Nelson, pour qu'il préfère la tenir en dehors d'une affaire qui risquait d'être dangereuse pour elle.

Nelson refuse d'aller chercher la pioche.

Bon, dit le père, alors je vais le faire avec la clé anglaise. Et il commence à tanguer vers la construction en partie démolie pour ramasser la clé anglaise au milieu des tessons.

La culpabilité noie aussitôt la conscience de Nelson, à la pensée que son père risque de trébucher et de se blesser voire de se tuer, empalé sur les pointes des bouteilles fracassées – et que lui, Nelson, constructeur de l'objet dangereux, en portera la responsabilité.

Il ne voit plus d'autre solution que d'aller vite chercher la pioche et la donner à son père, pour qu'il achève la destruction de sa création, ce qui va effectivement avoir lieu.

Dieu le guide dans la nuit droit à la pioche.

Il rapporte la pioche à son père qui réduit à néant la sculpture de bouteilles et, ce faisant, se compisse, bousillant un excellent costume.

Jamais je n'ai pu le convaincre que son fatalisme rétrospectif concernant l'incident était factice, et méritait d'être analysé. Comment se fait-il, lui ai-je demandé à de nombreuses reprises, qu'en entendant cette histoire je sois plus malheureuse que toi ? Il alla jusqu'à dire, un jour, que cela aurait pu être pire : son père aurait pu l'obliger à détruire lui-même sa construction. Voilà comment les choses se passent entre mâles.

Je ne sais pas sur combien de tons j'ai pu le lui répéter : il ne s'agit pas d'un incident parmi d'autres dans ta jeunesse – c'est un élément fondateur. Je lui arrachais parfois un C'est possible. Mais il m'a dit un jour, et avec ardeur, avant de changer de sujet, Combien de fois imagines-tu que cela puisse arriver à quelqu'un, encore enfant, d'être en mesure d'épargner à son père des blessures graves ou même la mort ? Je crois que c'est à ce moment-là que j'ai laissé tomber le sujet.

4 – TSAU

La perspective d'être sauvé vous démolit

La perspective d'être sauvé vous démolit.

Plus je me rapprochais de Tsau, plus je décompressais. Ces douze kilomètres me paraissaient interminables. Je me sentais bien plus mal. Je perdis toute patience avec mon âne et l'abandonnai à un ou deux kilomètres de la porte de Tsau. J'avais envie de courir. J'essayai, un peu.

Il y avait un vrai portail. Le chemin sur lequel je marchais débouchait sur une arche carrée en bois brut, haute de six ou sept mètres. C'était une structure sans porte, une manière de *torii,* striée comme un serpent corail de bandes peintes rouges et noires alternées, et frangée au sommet par des carillons plus imposants et plus beaux. L'ensemble était carnavalesque. Des haies de ficus vert sombre, hautes de près d'un mètre, s'étiraient à perte de vue de part et d'autre de l'arche. Sur la droite, deux rondavels dans un jardin, impeccables et couverts d'un chaume très brillant, présentaient d'autres singularités que j'étais trop éreintée pour analyser. Ce devait être la loge d'entrée. J'aperçus un siège *kgotla* à l'ombre d'un gigantesque mûrier dans la cour, et je sentis qu'il fallait immédiatement que je m'y affale.

Je voulais me reposer, mais je voulais aussi tout regarder. Le chemin qui conduisait au portail devenait une rue menant à un ensemble de bâtiments beaucoup plus grands, à mi-versant du koppie. Sur l'à-plat qui séparait l'arche de la pente, s'alignaient des rondavels identiques bien propres, sur des terrains rectangulaires clôturés. Partout poussaient des acacias. L'endroit était très animé, au sens qu'on appliquerait à une toile imprimée. Il y avait là des choses nouvelles pour moi. D'abord, les incessants miroitements et scintillements qui semblaient provenir de partout grâce – devinais-je déjà – aux divers miroirs, instruments solaires et autres curiosités de verre qui caractérisaient manifestement l'endroit. Ensuite, des éclats de couleur clignotaient ici et là le long des sentiers d'altitude : je n'avais aucune idée de ce qui les causait. Je voulais tout voir tout de suite, surtout cette chose blanche menaçante, enveloppée d'un linceul, qui pendait à un arbre là où le chemin commençait à monter. Un corps, me dis-je. J'avais peur et j'aurais au moins voulu voir de quoi il s'agissait. En fait, j'éprouvais une réminiscence régressive d'un sentiment datant du jardin d'enfants. Je peignais une page de journal avec de la calcimine bleue, d'un bleu uni. Je n'avais jamais vu un bleu aussi sublime et je tentais de m'en emplir les yeux en l'approchant tout près de mon visage pour le contempler fixement. La maîtresse me l'ôta des mains.

Les chèvres étaient apparemment toutes attachées ou en enclos, chose que je n'avais jamais observée en Afrique. Il n'y avait pas de chiens errants. J'entendais des volailles sans les voir – ce qui supposait aussi l'existence de poulaillers ou d'autres enclos. Les rondavels n'étaient pas de l'habituel brun rouge monochrome : ils étaient peints de couleurs vives où dominait le bleu ciel. Il y avait des gens, mais ils me regardaient de manière détournée.

La case la plus proche de l'arche était magenta, avec une porte canari. Cette porte s'ouvrit brusquement et une femme s'élança vers moi, s'arrêta, fit volte-face et rentra, puis ressortit avec un sifflet de police aux lèvres, avec lequel elle émit trois stridulences. Quelqu'un répéta le signal plus haut sur le koppie. Je n'y décelai rien d'inamical. La personne qui s'approchait avec le sifflet était une femme mûre de type maternel. Je m'aperçois que j'utilise un néologisme de Denoon ou de moi-même pour le son que produit un sifflet de police, néologisme résultant d'un de nos jeux personnels, intitulé « Remplir les blancs du dictionnaire ». Nous nous repaissions du fait qu'il n'existait rien d'autre en anglais que « bruit strident » pour définir ce son, et que ce n'était pas un mot spécifique. Chaque chose devrait porter un nom, d'après Denoon. La décadence commence lorsque les noms des choses se perdent. Il pouvait se montrer éloquent sur cette question. Il adorait les Écossais qui disposaient de plus de noms au dix-huitième siècle pour désigner les choses usuelles que nous aujourd'hui. La Grèce se trouvait, à cet égard, dans un état épouvantable. Il me montra un article de *The Economist* exposant que le tâtonnement du grand public pour trouver les mots justes devenait un grave problème. Qui allait persister.

Là, les choses commencent à se fragmenter dans mes souvenirs. La femme qui s'adressa à moi était inquiète. Je trouvai son costume magnifique, une tunique et une longue jupe grise, avec un foulard blanc dont les pans noués retombaient en oreilles de lapin. Elle était corpulente. Je crois que je lui parlai de légumes ou peut-être même d'ail. J'avais conscience qu'un peu d'incohérence ne me desservirait pas pour l'instant, en attendant de voir dans quel genre d'endroit j'étais arrivée : j'étais particulièrement déterminée à ne rien laisser transparaître qui pût suggérer une association antérieure avec Denoon. J'allais me présenter comme une malheureuse voyageuse dont l'excursion avait mal tourné. Une ornithologue. Tsau était un projet fermé, stipulant l'exclusion automatique des visiteurs non conviés. J'allais contourner l'obstacle.

Je savais qu'elle craignait que j'aie quelque chose à voir avec les Boers. Les forces armées de l'Afrique du Sud font ce qu'elles veulent au Caprivi et en Namibie, et si elles décidaient un jour de descendre sur le Kalahari central comme le loup sur le troupeau, rien ne pourrait les en empêcher. Elle avait les sourcils agités, mais elle se calma dès que je l'eus convaincue que j'étais américaine. J'étais alors assise et je buvais du bouillon, puis je perdis connaissance.

Je ne voulais pas perdre connaissance avant de savoir quel était cet endroit, ou à défaut comment c'était. Avec cette symétrie, cette propreté et cet ensemble de couleurs méditerranéennes, on aurait dit une ville tirée d'un livre de Babar, mais l'atmosphère recelait quelque chose de théâtral et d'extravagant. Je n'avais pas de référent pour cela.

Deux femmes insistèrent ensuite pour que je vienne m'étendre à l'intérieur. Je leur parlai de mon âne : il fallait envoyer quelqu'un à sa recherche. Elles eurent tôt fait de s'en occuper. J'entrai donc m'allonger sur un lit surélevé, dans une chambre blanche immaculée. On me fit boire du thé frais, on m'épongea le visage, puis je dormis.

Elles me réveillèrent pour me faire avaler de la soupe, une soupe substantielle, avec des macaronis. C'était le soir.

J'avais l'impression que mes mains étaient énormes. On les avait soignées, on avait extrait les échardes et on les avait enveloppées de bandages excessifs. On m'avait lavée. On m'avait tout fait sauf un shampooing. Je portais une sorte de longue chemise, très légère.

On m'emmena dans l'une des merveilles du monde, le cabinet d'aisance de Denoon, et l'on m'y laissa un moment. J'utilisai correctement l'installation. Lorsque j'en sortis, on me montra que normalement j'aurais dû tremper mes mains dans une cuvette de liquide légèrement antiseptique, sur un socle à côté des toilettes. Comme c'était impossible à cause de mes pansements, ce furent les pansements qu'on nettoya tant bien que mal avec un linge mouillé.

On m'apporta la bonne nouvelle que Baph était sain et sauf.

J'étais dans un endroit bien réglementé. On m'avait soigné les lèvres avec un onguent.

Me trouver là entre les mains de ces femmes allait à l'encontre de mon grand fantasme-refuge, dans lequel un père ou oncle – magistrat ou capitaine d'industrie à la retraite – possède une immense maison dans une région comme Bucks County. Il s'absente souvent. On peut se rendre dans cette maison comme on veut et s'y affaler aussi longtemps qu'on veut, sans qu'on vous pose de questions. Il y aurait des domestiques. Mon père ou oncle est puissant mais gentil aussi, ce qui explique en partie pourquoi l'endroit est si sûr. Il exhale la bienveillance de près comme de loin parce que ses jugements sont justes et révérés, mais aussi en raison d'autres bienfaits non spécifiés, touchant tous les habitants du comté. La nourriture y serait simple mais bonne. Une ferme serait attachée à la maison. Mon protecteur a su diversifier sa fortune de sorte qu'aucune crise ne saurait l'atteindre. Je pourrais être vieille fille si je voulais, vivre dans ma merveilleuse chambre, utiliser l'inépuisable bibliothèque et le piano, ou si je préférais, je pourrais rêver dans ma chambre et ne descendre que pour les repas. Ma mère était là aussi. Mais mon oncle cultiverait avec ferveur le souvenir de ma mère. J'ai dit un jour à Denoon qui niait l'existence de tout fantasme-refuge dans sa vie, Je ne te crois pas, mais si c'est vrai c'est parce que, en qualité de mâle blanc, tu emporteras jusque dans la tombe le sentiment d'être en sécurité partout dans le monde, à moins de souffrir d'un handicap physique spécifique. Je crois que ma position, c'était que tout le monde a des fantasmes-refuges. Je lui dis Prétendre que tu n'as pas de fantasmes-refuges, et même croire que tu n'en as pas, ce n'est pas la même chose que de ne pas en avoir sous une forme ou une autre. Il était furieux. Est-ce que je le soupçonnais de mentir ? me demanda-t-il. Seulement en partie, répondis-je. Bon, eh bien merde, dit-il, je te répète que je n'en ai pas et que je doute fort que des humains arrivés à maturité, quels qu'ils soient, en aient, et aussi que si tu en as, tu appartiens à ce dixième d'un pour cent de la race femelle qui construit ce fantasme-refuge parce que le fantasme automatique de mariage, qui est le vrai fantasme-refuge des gens jusqu'à ce qu'ils l'essayent, leur fait horreur pour une raison ou une autre.

Je regardai autour de moi. Le mobilier était apaisant. Il y avait par terre une natte en jonc. Je voyais une table en bois, une armoire, une penderie, toutes bien cirées. J'étais allongée sous une couverture en coton thermique, légère mais chaude. Mon oreiller, certes, était peut-être un peu dur. Ma garde-malade était assise dans un fauteuil de bois et lisait à la lumière de bougies fixées sur un candélabre, avec des ailettes en miroir déployées à partir d'un axe fixé à la base du chandelier. Il y avait quelque part une source de chaleur. Toutes mes affaires étaient alignées au pied du mur, là où je pouvais les voir.

Alors que je sombrais à nouveau dans le sommeil, il m'apparut que je n'avais pas encore demandé son nom à cette femme *in loco parentis*. J'eus honte. Je le lui demandai, et il apparut qu'elle s'appelait Mma Isang. Ma réaction fut alors inappropriée. Le fait qu'elle s'identifie suivant la tradition comme la mère de son premier-né, dans le cas présent un fils, n'aurait dû susciter en moi aucune réaction particulière. C'était normal. Mais je voulais la secouer. C'étaient des femmes qui me sauvaient, pourquoi cette femme maternelle n'était-elle pas un être à part entière ? semblais-je vouloir dire. Curieusement, cela réveilla en moi le mépris totalement sans rapport que m'inspire tout le système hiérarchique des deuxièmes, troisièmes du nom et autres juniors qui caractérisent le patriarcat américain et ne s'appliquent qu'aux fils, jamais aux filles. Denoon appelle cela le scionisme. Je souhaitais également savoir si Denoon avait seulement jeté un coup d'œil sur moi. Il devait bien être au courant que j'avais débarqué dans sa cité interdite, moi ou quelqu'un de très semblable à moi. J'avais traversé à pied la plaine de l'abysse dans un seul but. Où était Denoon ? Qui voudrait vraiment se sentir aussi gourde, et une gourde en échec de surcroît ? J'avais l'impression d'être l'un des spermatozoïdes perdants qu'on voit dans les documentaires suédois filmés à l'intérieur de l'appareil reproducteur, l'un des membres de l'étincelant troupeau qui n'arrive qu'à mi-parcours de la trompe de Fallope lorsque retentit la cloche, « C'est l'heure Messieurs », annonçant qu'une autre particule s'est introduite dans l'ovule et que la partie est terminée. Tu n'es pas toi-même, me dis-je. Mma Isang vit que je m'agitais, et il me semble qu'elle glissa entre mes lèvres de petits morceaux d'orange, puis je repris mon marathon de sommeil.

Yliane

Je m'éveillai dans l'obscurité totale, dans cet état de fatigue intellectuelle qui signifie qu'on a résolu des choses de manière violente et systématique dans sa vie rêvée. J'avais fait un rêve – dont les grandes lignes m'étaient restées, phénomène atypique – de grande ampleur, comme j'en ai peut-être eu six dans ma vie, toujours à l'occasion de franchissements du Rubicon. Mes rêves habituels sont pires que banals. Mais il est courant qu'on se tance symboliquement dans son sommeil quand son être intérieur perçoit un danger immanent. Étais-je en danger ou plutôt courais-je un danger plus grand que celui de me ridiculiser ? Quelque chose en moi semblait le penser. J'avais l'impression qu'on venait de me délivrer d'une conférence atrocement longue mais absolument essentielle, que j'avais dû écouter debout.

De fait, le rêve se déroulait autour d'une conférence et je connaissais la conférencière. C'était une femme que j'avais rencontrée en Californie, et dont le destin m'avait frappée. À l'origine, elle m'avait intéressée pour la simple raison qu'elle était une émigrée française, phénomène rare, rien à voir, par exemple, avec les Israéliens qui s'entassent sur les deux côtes. Elle m'intéressait aussi parce que son couple devait se fonder exclusivement sur une troublante parité de beauté physique. Son amant de longue date était beau et parfaitement proportionné, le genre d'homme qu'on voit dans les pubs pour les vestes Norfolk et les pipes sculptées à la main, tout en étant un parfait connard. Elle était à la fois belle et substantielle mais, *hélas**, elle approchait de la quarantaine et était terrorisée à l'idée de se retrouver seule et d'avoir à chercher quelqu'un d'autre. C'était une maquettiste accomplie, très demandée par tous ces gens qui publiaient des bulletins d'information avant l'avènement de la PAO. Il se montrait quelquefois infect avec elle. Il était vaguement créatif dans la presse périodique, mais il avait perdu la main. Sa carrière se désintégrait quand j'ai connu Yliane, même s'il s'en cachait en passant son temps au téléphone, à parler avec des contacts et à évoquer de minuscules projets free-lance espacés de longs intervalles. Peut-être que sa francophilie constituait un lien entre eux. Il était, lui, d'une francophilie écœurante, à tel point qu'il avait entre autres projets celui d'écrire une euchronie fondée sur la théorie que la cession de la Louisiane avait échoué. Ce projet lui permettait, chaque fois qu'elle lui demandait où il était quand elle avait eu besoin de lui, de répondre À la Bibliothèque. Comment cette femme si douce était-elle parvenue à l'exaspérer au point qu'un jour il la chassa en peignoir de leur appartement en la fouettant avec un cintre redressé, je n'en ai pas la moindre idée. La boisson n'y était pas étrangère. Il se peut que ses remarquables efforts culinaires l'aient desservie. Quoi qu'il en soit, au beau milieu de la nuit il la chassa sans un *sou**, si bien qu'en fin de compte elle fut réduite à se laisser sauter par le chauffeur de taxi qui l'avait conduite jusque chez une amie à laquelle elle espérait emprunter le prix de la course, mais qui n'était pas chez elle. Elle passa le reste de la nuit à pleurer, cachée dans les rhododendra, en attendant que son amie revienne du bal de la mi-carême ou de je ne sais où elle était allée.

Ils restèrent donc séparés quelque temps. Puis il reparut, jurant de manière abjecte qu'il voulait qu'elle revienne, qu'il avait pris la résolution de maîtriser son penchant pour la boisson, qu'il se tiendrait bien. Et il la convainquit de revenir. Mais il lui demandait juste une chose, lorsqu'ils se remirent en ménage, c'était qu'elle renonce à recycler ses ordures pendant un mois. Elle avait une sensibilité écologique d'avant-garde et prenait le recyclage très au sérieux. Il devait, je ne sais pour quelle raison, en résulter entre eux une harmonie parfaite. C'était uniquement une question de pouvoir : il n'avait personnellement aucune objection à élever contre le recyclage bien qu'il ne prît jamais la peine de s'en occuper. Comme il lui soumit ce codicille alors qu'elle était déjà retournée vivre avec lui et qu'il avait commencé à bien se tenir, elle négocia. Elle ne recyclerait pas pendant deux semaines. D'accord, décida-t-il. Puis les choses reprirent un tour aussi épouvantable qu'auparavant. J'ai beaucoup réfléchi à cette transaction, à l'époque. Elle eut un enfant de lui, un garçon à l'air angélique, et voué à devenir une monnaie d'échange, si je suis un brin perspicace. Après quoi j'ai perdu de vue Yliane.

Le message de la conférence du rêve, c'était que je devais éviter quelque chose. C'était difficile à formuler. Il y avait quelque chose dont je devais prendre conscience, quelque chose de pas assez bien.

Ce qui n'était pas assez bien, c'était la forme habituelle que prend l'accouplement.

Je ne m'étais pas rendu compte que l'idée masculine de l'amour réussi, c'est d'amener une femme dans un état de dépendance sûre, que le mâle peut entretenir de temps en temps d'une simple touche, d'une petite caresse, ou d'un geste, tout en réservant l'essentiel de son attention à son travail ou à la contemplation des diverses formes de simulation du combat que les hommes trouvent tellement fascinantes. Je devais comprendre que l'amour de type femelle est servile, demandeur, qu'il travaille à l'intensification des manifestations de servilité, dont l'objet est d'obtenir du partenaire masculin un surplus – le mot était accentué – d'attention directe. De sorte que, du côté maternel, le but est de réduire la quantité de manifestations serviles requises pour entretenir l'état de paix entre les deux éléments du couple. L'équilibre, ou accouplement idéal, survient quand le mâle est convaincu qu'il donne moins qu'il ne lui paraît requis pour maintenir la dépendance, et que la femelle a l'impression de recevoir davantage que son étalage de servilité ne lui semble mériter. Dans le rêve, je ressentais cela comme une perception brûlante et je me concentrais farouchement pour la retenir lorsque je m'éveillai : il fallait que je me rappelle cette dyade inévitable au cœur de l'accouplement parce que ce n'était pas ce que j'étais venue chercher.

Impossible de ne pas dormir davantage.

Vous devriez être un assassin

En tout, j'ai dû dormir plus de vingt-quatre heures.

Et voilà que soudain j'eus fini de dormir. Malheureusement, c'était encore le milieu d'une nuit, celle de mon rêve homilétique, ou bien la suivante. Je restai couchée là à contempler le néant et à avoir faim.

Je décidai d'utiliser mon temps de manière constructive, en essayant de me tirer de mon dilemme, en vertu duquel je voulais que Nelson voie mon expédition comme une épreuve téméraire, entreprise sous l'influence d'irrépressibles sentiments à son égard, mais aussi qu'il sache qu'un exploit pareil n'avait rien d'extraordinaire pour quelqu'un de ma trempe et de mon expérience. Mais il se passait un truc bizarre tout près de moi.

Quelqu'un respirait. Et ce n'était pas Mma Isang : c'était une respiration haletante. Je me tâtai pour m'assurer que j'étais dans une tenue convenable. Je cherchai la couverture thermique, mais elle avait dû glisser à terre. Ma chemise m'arrivait juste au-dessous du genou. J'aurais été plus tranquille avec mes sous-vêtements par-dessous, mais bon, ça allait.

Je me redressai tout doucement pour m'asseoir, en croisant les bras devant mon visage. Je retenais mon souffle pour entendre où se trouvait l'intrus.

Quelqu'un se jeta sur moi et me plaqua une main sur la bouche avant que j'aie pu hurler. Je sus que c'était Denoon et je fus estomaquée. Il avait des mains calleuses qui sentaient le diesel et la fumée, mais sa personne sentait le savon. Au moins s'était-il lavé avant de venir m'assaillir. Il me pressait contre le mur en essayant de me dire tout bas quelque chose. Le choc m'avait vidé la cervelle, mais je me souviens d'avoir tout de même pu noter qu'il y avait bel et bien de l'ail à Tsau. Il avait peur que je me débatte en résistant et que je renverse quelque chose. Il était d'une force prodigieuse et je sentais qu'il essayait de ne pas me faire mal. Il me tenait plaquée contre le mur, son bras gauche passé derrière mes épaules et sa main gauche agrippée à mon coude, tandis que sa main droite me couvrait la bouche. Une fois qu'il m'eut en quelque sorte ficelée à son goût, il me maintint dans cette position tout en continuant à me chuchoter des excuses à l'oreille, puis des objurgations de ne rien dire, de promettre de me taire pendant qu'il m'expliquerait quelque chose d'essentiel.

La preuve qu'au fond je suis capable d'empathie, c'est que j'obtempérai immédiatement. Ma nature profonde inclinerait à la violence quand on me touche sans y être invité, et je me sais de surcroît dotée d'une force physique indéniable. Il y avait des choses que j'aurais pu faire. Mais elles auraient prolongé cet imbroglio combatif, ce qui ne m'aurait certes pas déplu, sauf que la constitution mâle pose problème, ou plus exactement que la friction lui pose problème. Le pénis humain tient du marmouset ou de tout autre petit animal domestique indiscipliné que les hommes transportent partout avec eux. Une érection n'aurait pas signifié que Denoon fût amoureux de moi ni même qu'il me désirât *qua me* dans toutes mes sculpturales dimensions. Et je voulais nous éviter cet embarras. Et puis une érection aurait créé une sorte de vague engagement auquel je n'aspirais nullement et qu'il aurait été injuste de lui infliger. Si je provoquais une érection, il ne fallait surtout pas que ce fût accidentel. Dans mon infinie délicatesse, je me transformai donc en chiffe molle et acquiesçai énergiquement à la question Vous tairez-vous quand j'ôterai ma main de votre bouche ?

Il me lâcha brusquement et se laissa glisser à côté de moi, assis contre le mur, à moitié sur le lit.

Vous devriez être un assassin, lui dis-je.

Même à voix basse c'était trop fort. Il voulait que nous chuchotions.

Il commença par s'excuser une nouvelle fois. Ensuite Est-ce que j'allais bien ? C'est-à-dire depuis mon expédition, qu'il n'arrivait pas à croire que j'eusse tentée seule. Il n'allait pas chercher à me faire dire pourquoi j'étais venue à Tsau ni comment j'avais réussi à le localiser, mais il voulait que je sache – et là il devint hésitant – qu'il était impressionné, qu'il était flatté, si c'était le mot juste, et qu'il était content que je sois là. Nous étions tous deux mal à l'aise pendant ce discours, mais je me sentais également triomphante. Je comprenais que j'étais admise dans un jeu à propos duquel aucun de nous ne pouvait supporter d'être explicite, et que j'avais vu juste : le jeu avait commencé chez Tutwane. Je maîtrisais ma joie.

Il y avait à Tsau une situation que je devais comprendre, me dit-il ensuite. Je savais sûrement déjà qu'il s'agissait d'un projet destiné aux femmes. Il l'avait démarré en effet avec des femmes, des femmes indigentes venues de tout le Botswana, mais surtout du nord-ouest, des femmes coupées de leurs familles pour toutes sortes de raisons et n'ayant pour toute subsistance qu'un sac de farine de maïs par mois, alloué par le gouvernement. C'étaient elles qui avaient été rassemblées pour créer Tsau. Je restitue ces explications sous une forme plus condensée dans le temps qu'il ne me les livra, car il s'interrompait continuellement pour reprendre son souffle et guetter le moindre signe d'éventuelle intrusion. Mais je ne déforme en rien la substance intellectuelle du propos. Ce qu'il m'exposa dans l'obscurité et le temps dont il disposait relevait de l'exploit.

Ces femmes valides et indigentes avaient donc été rassemblées pour créer Tsau. Toutes les parcelles de Tsau étaient confiées à des femmes – autrement dit, les femmes du projet étaient individuellement propriétaires de leur lopin, et Denoon avait même obtenu du gouvernement qu'à Tsau, le mécanisme légal de l'héritage soit limité à la descendance féminine et à des collatéraux ou héritiers désignés de sexe féminin. Bien entendu, j'allais croiser des hommes à Tsau, essentiellement des parents qui avaient débarqué comme par miracle après coup, et qui ne constituaient qu'une minorité. Il fallait que je sache tout cela. Il y aurait davantage d'hommes dans la population à mesure de son développement, bien sûr. Mais la propriété du bien foncier ainsi que les droits associés resteraient toujours dans la lignée des femmes. Bien évidemment, l'idée était de démontrer qu'ici au moins on pouvait agir contre la déchéance économique des femmes qui se diffusait dans la société à mesure de sa modernisation. Les femmes étaient appauvries globalement parce que les troupeaux, principale richesse productive du Botswana, étaient de plus en plus concentrés entre des mains de moins en moins nombreuses et toutes masculines, comme il savait que je l'avais moi-même observé à Tswapong et à Keteng.

J'adore les esprits concis.

Il voulait donc s'assurer que je comprenais combien la présence de compagnons de vie était une question sensible, étant donné que la plupart des femmes de Tsau s'en passaient et devraient vraisemblablement continuer à s'en passer, ou bien qu'elles en étaient débarrassées et qu'elles nourrissaient des sentiments assez vifs à l'égard de celles qui en souffraient encore. Par esprit de justice, il vivait tout seul à Tsau. Il n'était pas question qu'il apparaisse comme quelqu'un qui invitait pour son plaisir des femmes ou des blancs issus du même milieu que lui. Il était impératif que rien ne suggère un lien antérieur avec lui, et impératif qu'on croie que j'étais arrivée à Tsau par pur accident. Il puisait une partie de sa force dans le fait que touristes et observateurs aient pu être tenus à l'écart du projet, et je ne devais pas être perçue comme telle. Il détestait les faux-semblants, dit-il, mais l'enjeu était primordial.

Il marqua une pause. Je songeais que le recteur spirituel d'une communauté féminine devait bien évidemment être un solitaire sexuel, tout au moins pendant les phases de fondation. Mais ces phases n'étaient pas appelées à durer indéfiniment, à mon humble avis. Je me demandai si cette situation n'était pas comparable à ce qu'il advient des westerns télévisés dont l'audience féminine se réduit à néant quand les producteurs autorisent le shérif à se marier.

Il ne voulait pas vraiment qualifier de rupture la situation créée par le manque d'hommes. Dans l'ensemble, les femmes les plus jeunes étaient les plus critiques, ce qui n'avait rien de surprenant, sans toutefois que ce fût général, et les femmes plus mûres étaient résolument de son côté. Si je parvenais à être crédible dans le rôle de voyageuse égarée, les choses pourraient ensuite évoluer. Mais il était obligé de faire comme s'il ne m'avait jamais rencontrée auparavant.

Cette perspective de complicité dans le mensonge m'excitait. Tout le côté implicite de notre entretien était d'ailleurs exquis. Je me sentais rayonner.

Je pense que les hommes détestent chuchoter car j'observais qu'il avait besoin de laisser émerger sa voix grave et virile de temps en temps, avant de la renfoncer dans la clandestinité.

Soyez une voyageuse égarée, dit-il. Avez-vous une histoire plausible ?

Je la lui exposai. Il aimait l'idée de l'ornithologie, ainsi que les fioritures de l'âne et des *impedimenta* scientifiques perdus. Il regrettait que je ne connaisse rien aux oiseaux, comme je le lui avouai. Il me dénicherait un guide, me dit-il, post-hâte.

S'agit-il d'une conjuration ? demandai-je.

Il éluda en répondant Les gens ne s'en rendent pas compte, mais la raison pour laquelle ils sont tellement pro-oiseaux, c'est que quatre-vingt-quinze pour cent des espèces sont monogames.

Ce n'est pas mon cas, dis-je. Je peux moi aussi m'y employer, mais je dois surmonter une sorte d'ironie intérieure à l'endroit des gens qui étudient les oiseaux. Je me dis volontiers Les oiseaux n'ont qu'à me regarder, *moi*. Évidemment, je parle en tant que forme vivante supérieure.

Vos mains sont en meilleur état, maintenant ? demanda-t-il. Il me tâta le front et dit Bien. Il avait donc veillé sur moi.

Bon dieu, qu'est-ce que je fais là ? dit-il, avec sincérité et à propos de rien, à quoi je répondis Pareil pour moi, et nous nous sommes mis à rire.

Ce lieu va créer de la richesse, dit-il. Et les hommes seront les bienvenus, mais d'ici là, les femmes seront à leur vraie place. Vous verrez. Je crois que vous méritez d'être ici.

Ce n'est pas exactement ça, mais il conclut par quelque chose comme Je suis ravi que vous soyez ici, et maintenant il faut que je me glisse dehors à plat ventre comme un reptile.

Il y eut un bref échange chuchoté avec quelqu'un dehors, probablement Mma Isang qui, pressentais-je avec raison, était une confédérée.

J'essayais déjà de me remémorer le peu que je savais sur les oiseaux africains, en songeant combien il était pervers d'avoir choisi l'ornithologie pour fabriquer mon personnage. Après tout, je suis fille d'une mère dont, humiliant souvenir, le programme radio préféré était un truc intitulé le Chœur des canaris, pendant lequel un orgue de Barbarie moulinait interminablement sur fond de canaris siffleurs. Elle recommandait cette émission à tous et à toutes.

Les mystères se dissipent

Au matin, je fouillai ostensiblement mes affaires avec anxiété, à la recherche de mes jumelles – comme l'aurait fait tout ornithologue en perdition, jusqu'à ce que je les retrouve.

Mma Isang semblait m'avoir à la bonne et je le lui rendais bien. C'était une quinquagénaire bâtie en armoire à glace, au visage désolé. La racine du nez très en retrait, les yeux renfoncés, des pattes d'oie qui se prolongeaient jusqu'aux tempes : il avait l'air embouti. Je n'ai jamais su s'il s'agissait d'un défaut congénital ou simplement d'un développement naturel. Son setswana conservait des traces de serowe, et elle se montra impressionnée lorsque je lui en parlai. Tous mes vêtements avaient été lessivés.

Je me sentais absurdement rétablie, mais jugeai plus prudent de me comporter en convalescente pour le moment. Je m'habillai en tenue de brousse : chemise militaire à manches longues, jeans, chaussures montantes. Il y avait un miroir. J'avais l'air pas mal cabossé. Je fis un brin de toilette, ce qui était ma limite tant que je ne pourrais pas me laver les cheveux. J'empruntai un foulard. Dans les intervalles de mon grand marathon de sommeil, je me souvenais vaguement qu'on m'avait promis que je pourrais me baigner.

Nous allions prendre le petit déjeuner avec quelques femmes, comme me l'annonça Mma Isang, me surprenant par sa connaissance de l'anglais. Nous parlerions aussi l'anglais quand la délégation serait là. Elles apporteraient notre repas derrière elles, me dit-elle.

En attendant, je flânai un peu dehors, empruntant l'avenue principale, Gladys & Ruth Street, jusqu'au mystérieux objet blanc qui m'avait effrayée quand je l'avais remarqué pour la première fois. L'avenue principale était ainsi nommée en hommage aux épouses des premier et deuxième présidents du Botswana. Curieusement, la rue s'appelait Gladys & Ruth à la porte de l'agglomération, et Ruth & Gladys à l'autre extrémité. Les gens affichaient un scrupule touchant pour respecter l'ordre des deux noms, selon le côté où ils se trouvaient. L'objet blanc était un voile de gaze qui recouvrait une carcasse écorchée, suspendue à un arbre – l'arbre à viande – pour sécher. C'était pour la protéger des mouches. J'avais déjà vu des arbres à viande, mais jamais entourés de ce raffinement. Quelqu'un montait la garde à côté de l'arbre, et les gens venaient lui indiquer quels morceaux de la vache ils désiraient qu'on leur donne quand on la découperait. La personne, en fait la propriétaire de la vache, notait les commandes dans un carnet, et les gens lui remettaient des jetons ou des bons d'un type ou d'un autre. J'observais tout cela de loin, pour ne pas déranger.

C'était un matin frais et lumineux, guère différent des autres matins depuis Kang, mais à présent j'étais en mesure d'assumer le plaisir que cela me procurait. Respirer était un plaisir. Je suis sûre que je n'ai jamais été aussi contente de moi. Toute l'innocente activité des maisonnées qui se préparaient pour la journée était un plaisir à observer. Et j'aimais Tsau du point de vue de la composition, depuis l'impression d'harmonieux pastel des rondavels jusqu'au fouillis de roches rouges qui couronnait le koppie. Dans mon esprit, je faisais déjà pompeusement référence à ces rochers comme à la Citadelle.

Un autre mystère se dissipa. À deux reprises je vis des enfants pousser de légers chariots de bois à deux roues, dont les flancs étaient décorés de figures ou de symboles simples peints de couleurs variées. Les roues étaient celles de bicyclettes. J'aperçus le décor qui ornait chacun des deux chariots, un motif représentant des femmes dont les yeux ou les colliers étaient figurés par des disques en verre, percés et vissés dans le bois. Ce genre de chariots, dans leur va-et-vient, expliquait tout simplement les éclats de couleur vive que j'avais perçus ici et là dans le paysage. Pourquoi qualifiait-on encore ces véhicules rococo de charrettes à purin quand le transport des déchets des kraals et des enclos était bien la dernière chose à quoi ils servaient ? Je ne l'ai jamais compris. Les charrettes à purin roulaient bien sur les chemins de terre battue et elles devaient être d'une construction solide car je les voyais constamment heurter les marches qui compensaient le dénivelé un peu partout sur les chemins pavés menant à la place centrale sans voler en éclats. Les enfants possédaient des charrettes bien à eux, et gagnaient des jetons en transportant des marchandises ou des messages. On pouvait voir un gamin pousser furieusement un chariot ne contenant qu'un bout de papier, et rien d'autre. Ce n'était pas totalement dérisoire car demeurait plausible l'hypothèse d'avoir autre chose de plus substantiel à transporter au retour. Comme j'allais m'en rendre compte, l'explication résidait dans l'immense indulgence prodiguée au petit peuple bichonné des enfants. Les gens envoyaient les enfants en perpétuelles expéditions, pour la plupart inventées ou sans importance, essentiellement par amour. Les chariots contribuaient à l'agitation visuelle qui caractérisait Tsau, en particulier à la fin de l'après-midi ou pendant les innombrables congés où les enfants n'allaient pas à l'école.

Comme je ne m'y sentais pas autorisée, je restreignais mes flâneries aux alentours immédiats de la maison. Les femmes que je regardais effectuer leurs transactions sous l'arbre à viande me regardaient aussi. Je devinais qu'on parlait de moi, mais ce bavardage semblait inspiré par un sentiment amical.

Je connus un moment de crainte lorsque toutes les femmes, me parut-il, pointèrent le doigt vers moi. Mais elles attiraient simplement mon attention sur Mma Isang qui était sortie dans la cour et m'appelait en frappant un stylo-bille contre une sorte de poids en verre. Les notes ainsi produites étaient agréables et mélodieuses, et elles portaient aux loin. Quelle courtoise façon de solliciter l'attention de quelqu'un, songeai-je, même s'il fallait apparemment se tenir sur le qui-vive pour la remarquer dans la réverbération sonore générale de Tsau – les tintinnabulements des suspensions en verre, les clochettes des vaches, des chèvres, des chiens, les piaillements des oiseaux et de la volaille, et tous ces autres bruits encore non identifiés de la *sinfonia domestica* qui se jouait du lever au coucher du soleil en ce lieu complexe.

Le conseil des sœurs fondatrices

Trois femmes arrivèrent. C'est le conseil des sœurs fondatrices, dit Mma Isang.

Le petit déjeuner aurait lieu *al fresco*, avais-je déjà observé, autour d'une table placée sous la ramure mousseuse du grand acacia.

Je me demandais si tout le monde, à Tsau, était toujours aussi magnifiquement vêtu. J'avais déjà noté que personne, pas même les enfants, n'allait nu-pieds. On portait des sandales ou des mocassins. S'ils allaient dans la brousse, ils étaient censés protéger leurs jambes contre les serpents avec des jambières de cuir, mais ils n'aimaient pas ça. Il existait un costume municipal, de type modulaire. Les gens étaient vêtus soit d'une longue robe sac sans manches, avec ou sans ceinture, ou bien d'une tunique retombant sur une jupe plus courte. Il existait encore un autre type de jupe, plus ample, et doté de panneaux boutonnés assez compliqués qui permettaient en principe de transformer la jupe en une manière de pantalon bouffant, mais la plupart des femmes n'en portaient plus. Il s'était agi d'une expérimentation. Tout était fait de la même étoffe, une mousseline brun roux. Mais là s'arrêtait l'uniformité. Les vêtements s'enrichissaient de décorations personnelles, soit qu'ils fussent teints de diverses couleurs unies ou combinées, ou imprimés de motifs comme des yeux, des croix, des étoiles, des croix de vie, des lettres de l'alphabet – certaines carrément très majuscules. L'impression, parfois dense, parfois dispersée, était réalisée au moyen de tampons découpés dans divers tubercules locaux. De modestes broderies ornaient certaines encolures et emmanchures. Le foulard de tête était universel, mais entièrement laissé à l'appréciation de chacune quant à la couleur et la façon de le nouer. La diversité de l'art du foulard à Tsau remplirait un livre. Les styles simples étaient la norme, mais de nouveaux excès triomphaux se faisaient jour sans cesse : tout était permis, et certaines ajoutaient du rembourrage pour créer d'étonnants effets de nervures, ou de tiare. Lorsqu'elles arboraient des bijoux, ils étaient le plus souvent faits de verre – quoi d'autre ? – ou bien de morceaux de coquilles d'œufs d'autruches, ces fameux bracelets et colliers courts basarwas qu'on peut acheter partout dans le Kalahari. Je me sentais moche et masculine, tandis que nous nous avancions vers la table.

Mma Isang murmura une expression setswana qui se traduit par Nous marchons sur nos orteils. L'équivalent de notre Marcher sur des œufs.

Il y avait là deux femmes du même âge que Mma Isang, et une d'environ quarante ans, Dineo. Les présentations se firent en setswana. Le ton était solennel. Je pris place avec la délégation. Comme on ne comptait que quatre sièges, des chaises européennes classiques, droites, Mma Isang alla en chercher une autre et s'assit un peu à l'écart de la tablée. Nous nous versâmes du thé. Mma Isang m'enjoignit à nouveau de me montrer patiente car ses sœurs apportaient notre petit déjeuner derrière elles, ce qui me fut incompréhensible jusqu'à ce que je voie un jeune garçon arriver dans la cour en poussant devant lui un chariot vermillon. Il arborait la tenue classique de l'écolier, short kaki et chemisette, et semblait pressé d'en finir avec nous pour filer ailleurs. Il était d'un sérieux charmant tandis qu'il soulevait en expert le couvercle d'un récipient métallique contenant de la paille sous laquelle était niché un autre récipient contenant notre repas de scones, ou prétendus tels, et d'œufs durs. La manœuvre fut rapide comme l'éclair. Le garçon reçut un jeton. Il s'éclipsa. Tout était chaud. Nous mangeâmes sur des serviettes en tissu.

Mangez autant d'œufs que vous voudrez, dit Mma Isang, cette fois encore en anglais, ce qui lui attira un geste réprobateur de Dineo. J'en déduisis que ce serait cette dernière qui déterminerait quand on utiliserait l'anglais pendant l'entretien.

Dineo était manifestement *primus inter pares*. Elle était musclée. Les hommes devaient la trouver sexuellement intéressante, à mon avis. Elle était grande pour une Tswana, et très noire, très nilotique, avec ce que les Batswanas appellent des yeux allongés, et un visage étroit et dur. Sa robe, fendue d'un côté jusqu'au genou, portait des bandes imprimées de petites croix noires, noir sur brun, ce qui conférait quelque chose de sacerdotal à sa présence. Car elle avait du charisme. Elle portait un foulard ambré drapé autour de la tête à la façon du Sphinx. Il devait y avoir un truc, peut-être de l'amidon, pour maintenir les pans delta du foulard bien écartés sur les côtés du cou. Cette coiffure était en quelque sorte sa signature. Je l'ai très rarement vue différente. Elle avait de la force. Cela me plaisait qu'elle me regarde droit dans les yeux, quand bien même j'étais blanche, contrairement à ses compagnes, qui se contentaient de regards obliques ou baissés plus typiques, tout en s'appliquant à boire leur thé et à écaler leurs œufs. Quelque chose dans son expression me rappelait la sévérité des femmes batswanas à l'égard des simulateurs, et je révisai mon plan de prendre l'air plus exténué que je ne l'étais réellement. Je me sentais malgré moi désireuse de l'apaiser.

Les deux autres étaient des subalternes. J'en suis arrivée à les considérer comme des jumelles, avant d'apprendre que d'autres les considèraient comme telles. Ces deux femmes étaient pratiquement inséparables. L'une, nommée Dimakatso, avait l'œil gauche malade, tout blanc. Quant à Joyce, ses mains étaient terriblement déformées par l'arthrose. Dimakatso pelait l'œuf de Joyce. Joyce participait à titre symbolique. Mais j'eus l'impression qu'elle écoutait attentivement d'un bout à l'autre, et en eus confirmation à la fin lorsqu'elle griffonna quelques signes sur la paume de sa main avec un stylobille.

Mma Isang apporta des oranges, du miel, et des couteaux. Dineo tint à délivrer en anglais quelques paroles préliminaires sur la question de l'anglais. Il ne fallait pas que j'imagine que personne à Tsau ne parlait l'anglais à l'exception de quelques rares femmes et de Rra Puleng. Mais je devais bien comprendre que, plusieurs sœurs ne parlant pas cette langue, il avait été décidé de ne jamais tenir de réunions en anglais comme cela se faisait au conseil de district et au Parlement, où, même si elles assistaient aux réunions, les femmes ne pouvaient jamais rapporter ce qui s'y était dit. C'était là une injustice que je ne rencontrerais jamais à Tsau. En tout cas, nous devions désormais parler en setswana, et de nouveau en anglais plus tard.

L'interrogatoire fut poli mais pointu, mené sous la direction de Dineo. On souhaitait savoir pourquoi je parlais si bien le setswana. Je leur livrai un authentique curriculum vitae botswana, sauf que je remplaçai l'anthropologie par l'ornithologie. Je détestais particulièrement l'idée de faire ça à Mma Isang. J'inventai un itinéraire dans le Kalahari qui aurait dû me conduire par un grand détour jusqu'au lac Ngami – véritable cirque ornithologique bien connu. Elles pouvaient parfaitement comprendre comment j'avais pu m'égarer au cours d'une aussi longue expédition entreprise en solitaire. Je dus improviser une histoire de compagnon de voyage qui avait été empêché de me rejoindre au dernier moment. S'aventurer seul dans le désert était la prérogative des Bochimans, et mes interrogatrices ne s'estimèrent satisfaites que lorsque j'eus bien montré à quel point mon obstination avait confiné à l'inconscience. Dineo m'entreprit alors avec une certaine pugnacité sur mon affirmation que Tsau constituait une totale surprise pour moi, que je n'en avais jamais entendu parler. Elle passa à l'anglais. Comment se faisait-il que je n'aie pas entendu parler de ce que faisaient les gens de Tsau, à savoir créer une cité où personne n'était pauvre, ce qu'aucun pays européen ne pouvait encore se vanter d'avoir accompli ? N'avais-je pas eu vent des rumeurs courant sur Rra Puleng, un homme très connu parmi les Européens, qui se trouvait à Tsau ? Je maintins fermement mes affirmations, et elle finit par renoncer.

La coda fut proférée en anglais. Malheureusement, Tsau n'était encore prête à recevoir aucun visiteur, excepté dans des cas de détresse accidentelle comme le mien, de sorte que le conseil et Rra Puleng lui-même seraient obligés de me demander de partir aussitôt que cela pourrait être mis en œuvre et que je serais pleinement rétablie. Malheureusement, Rra Puleng était le plus strict de tous sur ces questions. Tsau était comparable à un arbre aux fruits encore verts. Aucun visiteur ne devait y venir, sinon pour y prodiguer une aide ponctuelle, des médecins par exemple. Quand Tsau serait prêt à partager ses fruits, il pourrait accueillir autant de visiteurs qu'il voudrait en venir. Pour sa part, elle m'accueillait comme une sœur, et serait ravie que je reste pour longtemps au lieu de partir si vite et de n'avoir que les oiseaux à qui parler.

Elle me demanda quel était mon souhait et si j'étais pressée de retourner ailleurs.

J'affirmai que je ne m'étais jamais trouvée dans aucun endroit que j'aie autant envie de connaître que Tsau, et qu'à mes yeux, elles étaient toutes mes sœurs ou mes mères. Je souhaitais rester aussi longtemps qu'on me le permettrait. J'ajoutai que, de toute façon, les oiseaux m'attendraient toujours au lac Ngami quand j'y parviendrais. Nous hochâmes toutes la tête en signe d'acquiescement.

Dineo déclara que dans cinq jours au plus je rencontrerais toutes les sœurs du conseil et qu'elles diraient ce qui devait être. D'ici là, je devais me promener partout dans Tsau et tout observer pour constater ce qu'étaient capables d'accomplir des femmes quand elles décidaient de s'allier ensemble.

Mon journal

Aujourd'hui, quand je relis le journal que j'ai commencé à Tsau et que je vois de quelle écriture microscopique je croyais devoir noter mes premières impressions, je comprends que j'étais assez excitée. Je devais même être plutôt perturbée.

Mon écriture normale est d'une taille supérieure à la moyenne. L'idée d'écrire en miniature était de produire un texte sans attrait au cas où quelqu'un y jetterait un furtif coup d'œil, ce qui explique aussi pourquoi je me déchaînais dans un délire d'abréviations et de mots de codes, truffant mon texte de fausses observations ornithologiques pour parfaire le camouflage. Il en résulte une mixture qui ne m'est intelligible qu'au prix d'un gros effort de concentration et de remémoration de l'état d'esprit qui m'avait amené à choisir tel ou tel code ou expression trompeuse. J'aurais pu utiliser le code de Pitman, que je connais, mais je craignais que cela n'éveille les soupçons d'une personne un peu fruste qui commettrait une brève indiscrétion. Et puis, comme je parlais très rarement l'anglais en conversation suivie, cela me réconfortait de l'utiliser dans mon journal : cette écriture lilliputienne répondait au besoin de m'imposer une certaine discipline face à la cascade de nouveautés et de *rarae aves* dont m'abreuvait Tsau. J'y trouve aussi des glyphes. Les glaives croisés signifient sexe. Il est vrai, en ce qui me concerne, que lorsque j'aperçois chez quelqu'un des lettres ou autres documents personnels qui paraissent intéressants, je me permets d'y jeter un rapide coup d'œil. Je ne suis pas certaine d'être la seule dans mon cas, bien que j'aie pour excuse l'anthropologie. Jamais je n'exploiterais les informations recueillies à la suite de ces furtives indiscrétions qui sont totalement désintéressées. Quiconque pourrait lire dans mon cœur me disculperait et se rendrait compte que si j'agis ainsi, c'est uniquement en raison de mon intérêt dévorant pour le mystère du monde.

Les écrits ci-dessous composent donc une anthologie de mes notes datant, en l'occurrence, du début de mai 1981, jusques et y compris ma rencontre en grand apparat avec l'intégralité du conseil des sœurs. J'ai tenté de rassembler des choses sous des rubriques. Les écrits ci-dessous forment un texte impur, en ce sens que j'ai à l'occasion extirpé et restauré ce que je dissimulais sous mes abréviations et mes *enigmatica.*

> *200 foyers, plus 12 nouveaux en construction, tous orientés N-E./N-O. sur terrain plat et versants presque jusqu'à la grand-place. Avec 2,5 personnes par foyer, environ 450 de population totale, 50 hommes au max : soi-disant oncles, frères et cousins du genre perdu de vue depuis longtemps, mais plusieurs authentiques maris prodigues mineurs retraités venus de RSA. Enfants : 40, jusqu'à préadolescence. Tout le reste : femmes, 70 pour cent au-delà de l'âge de procréation, 30 pour cent en deçà. Femmes jeunes désignées comme reines ou* kgosigadi, *plus âgées comme tantes ou* mmamogolo *: termes utilisés ouvertement par les deux groupes, sans connotation inamicale. À l'écart, la maison de Denoon est un octogone en ciment construit N-O. sur les hauteurs du koppie,*

surplombant la grand-place en terrasse. À l'E. en contrebas : granges, ateliers, kraals, *champs de maïs, poulaillers, four, terrain de quartier. Du S. jusqu'à l'O., roche brute dominant fleuve de sable qui bifurque vers l'E. Terrasses inférieures N-E., sur plusieurs niveaux, en contrebas de la place principale : école primaire, buanderie, cuisines, infirmerie, maison de couture. Comment les mâles collatéraux perdus de vue depuis longtemps, et qui semblent se multiplier, parviennent-ils jusqu'à Tsau ? Certes pas par voie de terre à partir de Kang.* Certains arrivaient un à un par avion, voilà une partie de la réponse. Tsau était doté d'une piste d'atterrissage au sud-est où l'avion de la Barclays Bank faisait escale toutes les deux semaines pour apporter le courrier et échanger des documents bancaires. Ce fut pour moi une révélation. Il existait donc une voie d'accès à Tsau que je n'avais pas su découvrir – non, bien sûr, que j'eusse été capable de l'utiliser. Les hommes qui se faisaient déposer à Tsau avaient réussi à convaincre le gouvernement qu'ils étaient légitimement apparentés à des résidentes de Tsau. Je me consolai de ne pas avoir découvert la liaison de l'avion de la Barclays en me disant que cela donnait à mon expédition un air encore plus héroïque et authentique.

> *Les voies longitudinales qui convergent sur la place centrale sont appelées rues et sont nommées en l'honneur de femmes africaines éminentes, à la seule exception de la rue Mary Slessor Bénie. C'était une femme du clergé écossais qui recherchait partout dans la brousse d'Ashantiland les bébés abandonnés – les filles – pour les recueillir. Le principe même de l'honorer provoqua une querelle, qui s'acheva par la décision qu'il suffisait d'avoir été une femme et d'avoir accompli ses bienfaits en Afrique. Le comité des noms est apparemment une pépinière de chicanerie. Les voies latitudinales s'appellent des allées. On habite une rue ou une allée. Les allées sont nommées en l'honneur de diverses vertus sociales, comme Ipelegeng, ou union des forces. Un réseau de chemins sans noms court partout, jusqu'au sommet du koppie et sur tous les versants sauvages. Là où les arbres sont rares le long des rues et des allées, des efforts sont faits pour installer des treillis et encourager la pousse de plantes grimpantes, ce qui crée des effets de loggia. Au plus fort de l'été, il fait ici une chaleur aveuglante et brutale, d'après ce que tout le monde me dit, et on a besoin d'ombrage. Les gens utilisent donc des parasols et portent des chapeaux de paille importés du Lesotho. Un projet prévoit d'ériger des* toriis, *comme celui situé près de la grande porte à l'issue de chacune des rues principales. Mais la mise en œuvre*

bute sur le développement de la plantation de gommiers créée il y a huit ans, et qui commence juste maintenant à atteindre une hauteur adéquate, ce qui ouvre la voie à des suggestions contradictoires sur ce qu'il convient d'en faire. La plantation de gommiers se trouve au S-E., près de la piste d'aviation. Selon moi, Rra Puleng est celui qui tient le plus à ériger les toriis. *Il n'existe aucun plan du bourg. Tout le monde sait où tout se trouve. L'accumulation de lieux et de points de repères sans noms commence à provoquer des ronchonnements.*

> *Il n'est pas fourni aux hommes de tenue modulaire. Ici, les hommes ressemblent aux hommes de n'importe quel village pauvre : l'état de leurs vêtements va de neuf à très usagé, avec une prédominance visible de vieux habits de récupération. Mais le linge est lavé à la perfection, et les gens se changent régulièrement.* Les hommes ne recevaient jamais de plein droit (comme les femmes) des vêtements gratuits, mais ils pouvaient se procurer à bas prix une sorte de salopette très solide. Tous les vêtements allaient gratis à la buanderie. Régulièrement invités à prendre leur tour à la buanderie, les hommes suggéraient non moins régulièrement que les femmes prennent enfin leur tour à la tannerie, où la puanteur était insoutenable.

> *L'économie politique semble fonctionner comme suit : les femmes reçoivent en pleine propriété leur maison et leur lopin, ce qui vaut adhésion et droit de vote à Sekopololo. La Clé : Sekopololo est un système de crédit-travail volontaire. Selon son choix et son goût personnel, on échange son travail ou ses compétences contre un bon, qui donne droit à ce qu'on veut dans la maison des commerces, où l'assortiment de marchandises importées ou produites localement est surprenant. La valeur des bons qu'on peut gagner en effectuant différentes tâches est en révision permanente, afin d'inciter les gens à opter pour les travaux les plus nécessaires. Dineo semble chargée de cette responsabilité. La propriété de la maison s'accompagne d'une part du troupeau collectif et d'une parcelle des champs de maïs. Sekopololo est aussi un mécanisme de commerce extérieur : les biens exportés vont du tricot aux kaross, aux sculptures et, sans doute, aux curiosités en verre. Il y a d'autres produits encore que Tsau exporte, mais dont la connaissance est un privilège que je ne suis apparemment pas habilitée à partager en tant que personne extérieure. Les hommes peuvent être membres de Sekopololo, mais ils sont exclus du droit de vote. Ce qui ne se justifie pas clairement. Ils travaillent comme des bêtes de somme.*

> *Dans la plupart des rondavels est incorporée une touche de briques en verre, du genre qu'on trouvait sur les façades des bars chics modernes. Ces briques sont disposées au hasard dans les murs. En observant Tsau la nuit, depuis la plaine ou le sommet du koppie, on peut interpréter les points et les traits formés par les briques éclairées comme un message codé.* Revenant sur sa vitromanie, j'ai demandé un jour à Denoon de faire l'expérience intérieure de se demander ce qu'il aurait fait de sa vie s'il était né dans un monde évoluant assez bien tout seul pour qu'il n'ait pas à s'en occuper personnellement : aurait-il été souffleur de verre ou artisan verrier ? Je posais la question en toute innocence, mais il y vit une taquinerie. C'était exactement la question à poser si je voulais le rendre plus secret encore sur ses projets concernant le verre, au sujet desquels il était sur la défensive car, à l'évidence, son atelier de verre était déjà somptueusement suréquipé. Il disposait d'un creuset solaire très onéreux – valant dans les milliers de dollars – et d'une pléthore d'autres instruments et matériaux, y compris des sacs de sable rare. Son atelier de verre était mieux équipé que l'atelier de menuiserie, avec sa ridicule scie à pédale. Je m'étais exclamée la première fois que j'avais vu l'atelier, et ma réaction ne lui avait pas plu. Il était injuste de réduire le travail du verre à un simple hobby. Il était toujours à la recherche de quelqu'un de bien à former, bien que sa première tentative dans cette direction se fût soldée par un échec lorsque la jeune femme apprentie s'était grièvement brûlée au bras, ce qui l'avait traumatisé et l'avait par la suite amené à traiter son atelier comme un domaine strictement réservé. Lorsque je lui fis remarquer qu'il était curieux que l'atelier fût le seul endroit fermé à clé la nuit, mis à part le bureau de Sekopololo et la poste-banque, il cessa de le fermer à clé – mais je crois qu'il ne m'a jamais pardonné de lui en avoir fait ressentir l'obligation. Mon dernier assaut contre les racines de sa vitromanie survint lorsqu'il me raconta qu'il était allé, enfant, dans le quartier d'Oakland, situé au-dessous de la Quatorzième Rue, là où étaient établis les horticulteurs et les maraîchers japonais, juste après la déportation des Japonais dans des camps situés près du lac Tule. L'endroit était complètement dévasté. Des hordes étaient venues saccager des hectares de serres, vandaliser et démolir les maisons. Ce n'était plus qu'une immensité de verre brisé. Il en était resté suffoqué, et cela le déprimait encore d'y penser. Je suppose qu'il partageait le culte de la classe ouvrière manifesté par son père. Il y avait là un lien ténu mais important. Oakland et San Francisco constituaient alors, suivant nos critères, des citadelles du

pouvoir syndicaliste, affirmait-il. Comment ces destructions avaient-elles pu avoir lieu dans une ville syndicaliste ? s'interrogeait-il. J'observai : Les gens qui saccageaient les serres n'étaient tout de même pas des détachements du Central Labor Council ou du CIO, non ? Non, poursuivis-je. C'étaient sans doute des gamins. Mais non, il savait que les hordes étaient constituées d'adultes. J'en déduis que la question était de savoir pourquoi les syndicats avaient laissé faire, s'ils étaient vraiment ce que son père avait dit qu'ils étaient. Je cherchais à savoir comment situer cet épisode par rapport à l'agression de son père contre la sculpture en bouteilles de Nelson, ce qui était une question assez raisonnable. Mais sur ces paroles, les herses s'étaient abattues violemment.

> *Il y a le système de crédit établi par le biais de Sekopololo, il y a le troc privé en dehors du système, et il y a un système monétaire en bonne et due forme fondé sur le pula, qui fonctionne par l'intermédiaire de la poste. Je cherche quelqu'un qui existerait totalement en dehors de Sekopololo, chose théoriquement possible, mais il n'y a personne, même pas l'infirmière pourtant très hostile que le gouvernement a affectée ici au poste de santé. Elle s'estime exilée, mais les gens d'ici lui insufflent l'amour de Tsau en se montrant avec elle d'une inépuisable gentillesse. Tout le monde dit qu'elle était bien pire avant, ce qui est difficile à croire. Ils voudraient qu'elle parte si elle est malheureuse. La femme qu'on forme pour la remplacer est déjà plus douée qu'elle pour faire les piqûres. L'infirmière du poste de santé est trop jeune pour l'endroit. Le gouvernement voulait aussi nommer un fonctionnaire à la direction de la poste, mais Denoon a réussi à faire désigner une femme de Tsau. Ce que ces systèmes parviennent à produire, c'est une stupéfiante égalité de statut. L'égalité est reposante, dit volontiers Denoon. Certains pouvoirs ne surgissent que dans des conditions d'égalité, d'égalité absolue, et encore pas tout de suite, seulement quand les gens sont bien convaincus que ce sera permanent. Ne le ressens-tu pas toi-même ? demande-t-il, et parfois cela m'arrive.*

> *Décoration effrénée. Aucun objet n'est trop insignifiant. Encadrements, linteaux, tous sculptés et colorés. Manivelles des bennes à compost ornées de spirales évidées. Les charrettes à purin. Les lanières de sandales sont décorées de motifs flammés. Les allées dans les cours privées sont bordées de pierres ou de culs de bouteilles peints. Il existe ici un outil conçu pour scier les morceaux de verre, en particulier les bouteilles. Des*

entailles dans les planches qui entourent le trou dans les toilettes identifient à chacun la fonction précise réservée, et bien en face de soi sur le mur opposé quand on est assis, un œil en verre sur fond de peinture dorée, encastré dans une plaque en bois, vous rappelle par son scintillement la procédure à suivre. Quand je les ai vus au début, je me suis dit Quels merveilleux souvenirs de Tsau ce serait, et j'en déduisis que je me voyais déjà quitter Tsau – malgré la fascination que j'éprouvais et le fait que je venais d'arriver. As-tu une attache quelque part ? me suis-je interrogée. Denoon adorait un livre du frère de James Joyce, où leur père est décrit comme un être impossible à imaginer en homme heureux, productif, dans quelque société que l'esprit humain ait pu concevoir. Je pensai aussitôt à moi-même, Évidemment. *Vaisselle lourdement vernissée de couleurs variées, mais curieuse parce que les motifs floraux noirs sont manifestement des empreintes de pouces. Une fois les cases peintes, on applique du mastic sur le tiers inférieur des murs extérieurs pour chasser les termites : divers motifs de chevrons et d'ondulations sont tracés avec les doigts dans le mastic humide, y compris un signe qui ressemble beaucoup au symbole du dollar.*

> *Quel sérieux peut-on attribuer à cet endroit,* au fond* *?* J'ai dit un jour à Nelson qu'il devrait plutôt baptiser Tsau Le Tourment d'Occam parce qu'il multipliait toujours les entités inutilement. C'était pendant la longue période où l'on pouvait le taquiner assez librement. *Si le temps semble à la pluie, on tire un cordon et une gouttière faite de clapets en bois se met en place sous le rebord du toit de chaume, de sorte qu'il ne se perd jamais une seule goutte de pluie. La gouttière s'écoule dans une citerne enterrée, munie d'une pompe à manivelle de fonte sortie tout droit du dix-neuvième siècle. Une boîte fixée sur un poteau, près du perron, recueille les messages, écrits à la craie sur une ardoise ou bien au crayon tendre sur des rectangles de verre dépoli fixés sur une tablette en bois : on efface le message avec la paume ou bien à l'aide d'un chiffon humide. Le recyclage est roi. Ici le papier est précieux, et suivant la règle universelle, on écrit des deux côtés. On se douche l'après-midi, après avoir hissé un sac en polyvinyle noir rempli d'eau sur une étagère, en haut d'une cabine, où le soleil chauffe l'eau. Le bouchon du sac se transforme en pomme de douche quand on le dévisse. On hisse le sac de douche à l'aide d'une poulie. Le nombre de choses qu'on peut soulever, descendre ou manier à distance par des systèmes de poulies est beaucoup plus grand que je n'aurais pu l'imaginer.*

Toutes les tables sont à rabattants, munies de charnières très solides. Tous les bougeoirs et lampes à pétrole comportent des réflecteurs en miroir.

> *Je comprends certaines choses et d'autres non. Je peux comprendre pourquoi on trouve ici une forte proportion de femmes âgées présentant des défauts ou des difformités visibles. Je le comprends de manière générale parce que nous savons que cette culture interprète la maladie comme résultant d'une transgression par rapport à ce que les ancêtres voulaient qu'on fasse. Mais pourquoi Dineo est-elle ici ? Comment a-t-elle pu se trouver classée parmi les parias ? Elle pourrait être mannequin ! De nombreuses femmes plus jeunes ont été chassées parce qu'il apparaissait qu'elles se prostituaient, ou pratiquaient d'autres activités condamnées par le patriarcat comme l'insoumission, ou encore parce qu'on les accusait de sorcellerie. Dineo est atypique, en un sens. Son setswana est pur, sans traces de dialecte. Quand je demande à quelle tribu elle appartient, on me dit Bamangwato, mais si je pousse l'interrogatoire plus loin, j'apprends que c'est une pure supposition, sans doute fondée sur son assurance, et deux personnes m'ont répondu Bamalete. Elle m'obsède légèrement, et il faut que je me contrôle, parce que les questions personnelles, surtout au sujet de tierces personnes, sont très mal venues dans la culture tswana.*

> *La vie est agréable ici.* Quand on est blanc et qu'on séjourne un certain temps dans un village africain, on se surprend à compter inconsciemment les jours en attendant de regagner l'Occident blanc capitonné. Tout le monde peut s'adapter un moment au tabouret ou à la position en tailleur sur une natte quand le moment vient de ne plus rester debout, mais il en résulte une indiscutable impression d'intérim. À Tsau, on jouissait d'un confort quasiment occidental. Les matelas étaient des plaques de mousse de caoutchouc de la meilleure densité, même si les purs et durs pouvaient aussi dormir sur les paillasses expérimentales de Denoon, en balle de maïs broyé. Il était également convaincu qu'on devait pouvoir produire un papier hygiénique passable avec de la balle de maïs, mais il n'est jamais parvenu à joindre par voie postale l'expert idoine. Il vivait comme un échec quasiment tragique de devoir se résigner à des importations de substitution. À Tsau, il y avait un siège réglable, comme un fauteuil de l'Adirondack, muni d'une courroie en cuir, dans lequel on pouvait retrouver une position inconnue dans les villages africains ordinaires – la position semi-inclinée. *Mobilier mopane en bois : tables*

de marqueterie plus grandes : les chaises ont des assises en lanières entrecroisées ; sièges et tables semblent un peu plus bas que la norme américaine, mais confortables, ce qui suggère que le mobilier occidental est conçu pour un confort moyen établi suivant les critères du sexe fort. Températures intérieures agréables. Les rondavels ont des murs épais, surtout au niveau inférieur, et sont tellement efficaces du point de vue thermique qu'on peut en chauffer un en quinze minutes à peine avec un récipient de cendres chaudes. Le matin, par temps froid, on ouvre les fenêtres à double vitrage donnant au nord, et le soleil chauffe correctement la pièce pendant toute la journée, puis on conserve la chaleur pour la nuit en fermant les volets et en déroulant un store épais en sorte de feutre. Il existe un type de fourneau en terre séchée qui évacue la fumée au dehors ; pas très grand, en forme de carapace de tortue, il sert surtout à faire bouillir l'eau. Il y en a de plus grands dehors, que les gens semblent utiliser autant que les fours solaires, dont ils se plaignent continuellement parce qu'il faut tout le temps ajuster les miroirs capteurs. On peut le faire faire aux enfants s'ils ne sont pas à l'école, mais il faut aussi les payer parce que c'est une tâche ennuyeuse. Les enfants sont d'adorables démons. Jusqu'à présent, rien de raté ici.

> *Tsau est en ébullition permanente sur certaines questions. L'eau, sujet de préoccupation permanent, ne pas la gaspiller, la conserver. Pas question d'aller flâner hors des chemins battus n'importe où sur le koppie : l'intégralité de la surface du sol est équipée pour recueillir l'eau : barrières de ciment, petits barrages, écluses : tout cela se déverse dans deux profondes citernes souterraines, une à l'E. et une à l'O. Un système supplémentaire est en construction sur le versant sud, au pied d'une large falaise de roche nue – ce système n'est pas exactement une idée après coup, parce que la citerne a été creusée avant le départ de l'équipe de construction, mais les structures hydrographiques sont plus frustes, en roche et ciment, au lieu du ciment seul dans le système principal. On distingue l'eau de citerne, désignée comme eau conservée, et l'eau fraîche des puits artésiens du rebord S.E. du koppie, autour duquel s'étendent les champs et les* kraals*. Des pompes solaires et trois moulins à vent aspirent les deux types d'eau dans le grand réservoir enterré à l'arrière, parmi les rochers de la citadelle. Un réseau alimente les bâtiments publics et les parcelles individuelles, il y a des robinets dans les potagers, mais l'eau n'est distribuée que deux fois par jour, matin et soir, et pas bien longtemps. Chaque parcelle individuelle est dotée d'une citerne pour recueillir l'eau du toit et d'une autre, plus petite, pour les eaux usées.*

Enfin, dans le bosquet de mongongo situé plein sud sur le fleuve de sable, un système primitif de barre et de seau permet de puiser l'eau dans des puits creusés près du rivage. C'est une eau un peu turbide, qu'on transporte sur des charrettes pour subvenir aux divers besoins des bêtes. Les réserves d'eau sont juste au-dessus de la moyenne pour cette époque de l'année, mais les gens espèrent un ou deux orages phénoménaux, comme il s'en est produit cinq dans les huit dernières années, à des dates que tout le monde vous citera. En plus de son obsession de l'eau, la communauté doit rester vigilante sur plusieurs autres menaces récurrentes, selon la saison. Manifestement, la colonie tout entière protège de manière convulsive son équipement solaire et ses filets sous des bâches goudronnées si le temps semble virer à la grêle ou à la grosse tempête de sable. Les fours solaires dans les cours ont un coffrage de bois qu'on remet aisément par-dessus les éléments fragiles, mais recouvrir tous les panneaux solaires qui actionnent les pompes ou les éléments de cuisson dans la cuisine centrale n'est pas une mince affaire. Il y a des équipes constituées, et l'équivalent d'un exercice de sécurité : des cloches retentissent, et les enfants quittent l'école en courant. Puis il y a la question de l'entretien à très haut niveau qui doit être pratiqué : nettoyage des gouttières dans les bassins de rétention d'eau, javellisation des citernes, contrôle des niveaux d'eau, nettoyage des miroirs des divers instruments solaires, et graissage de leurs joints et engrenages. Les gens sont également sur le qui-vive dès qu'il est question de santé publique. On tue les mouches religieusement, parfois même avec frénésie. En fait, il y en a très peu, surtout l'hiver. Mais les gens semblent penser qu'il ne doit en rester aucune. Il se pratique une sorte de surveillance sociale détendue, et pas seulement auprès des enfants, pour s'assurer qu'on se trempe bien les mains dans la solution désinfectante placée à la porte des cabinets quand on en sort. On peut parfaitement s'attendre à être interpellée de l'enclos voisin ou de la rue si quelqu'un remarque que vous avez négligé cette étape. Quand on vient à Tsau, on doit pratiquement jurer sur l'honneur qu'on la respectera scrupuleusement. Tout cela est-il tonique ou non ? Ne tendrait-on pas, à la longue, à se lasser ? Comparons avec une vie de confort moindre mais dans laquelle vous êtes dispensé de vous enrôler dans un organisme d'autodéfense collective à chaque fois qu'une cloche sonne. Ou bien cela crée-t-il des sentiments de lien fort qu'on ne peut éprouver que dans ce genre d'organisation sociale ? Les incendies ne sont pas à craindre car les briques de terre ne peuvent pas brûler et le chaume est imprégné d'une substance ininflammable. Le chaume récem-

ment traité sent la cannelle, mais l'odeur s'estompe à mesure que le chaume vieillit.

> *L'alimentation* en bref[*]. *Bœuf et lapin de manière irrégulière, poulet et pintade plus régulièrement, serpent et gibier de temps en temps, chèvre à coup sûr, boudin beaucoup trop souvent, agneau et porc, n'y pensez même pas. Le lait frais de vache est normalement réservé aux enfants et aux femmes enceintes ou allaitant : lait en poudre partout et dans tout, de même que levure de bière et gélatine en sachet. Yaourt,* maas *et autres dérivés fermentés du lait obtenus à partir de lait frais et en poudre. Œufs de temps à autre, œufs en poudre disponibles mais peu appréciés. Viande et poisson séchés à l'occasion. Fromage jamais, beurre jamais sauf en conserve. Échalotes, choux, jeunes courges, poireaux, carottes nouvelles ou tardives, salades diverses, persil, épinards, chou frisé, blettes, germes de toutes sortes. Viande séchée rare parce que seuls les Basarwas peuvent légalement chasser le gibier de la réserve : d'où le développement d'un commerce intermittent de viande et aussi d'œufs d'autruches. Poudre de soja et pâte à tartiner* Marmite *méprisés, mais Denoon en raffole. Haricots mouchetés,* niébés, *pois chiches. Quant aux haricots verts d'ici, on ne devrait les cultiver que pour produire du fil, un point c'est tout. Tomates très sucrées, cannelées. On sèche beaucoup les légumes et les écorces de fruits. Huile et graines de tournesols, noix de cajou, noix pilées, noix de mongongo. Melons, papayes, oranges amères, citrons jaunes et verts, grenades. Dans tous les jardins, horticulture en pot concentrée sur variétés naines, incluant toujours des pêches et des tomates.* L'alimentation est l'une des choses qui déterminent une subtile limite à la durée prévue du séjour dans les recoins les plus rudes du tiers-monde, à moins que l'on ne soit un saint. La diversité de la nourriture à Tsau me stupéfiait. Denoon avait assisté à une conférence où il avait entendu un agronome généticien affirmer en privé qu'à son avis, en enrichissant de sciure de bois et de compost les sols du Kalahari, on pourrait pratiquement y cultiver ce qu'on voudrait. Denoon était farouchement déterminé à en apporter la preuve. La longueur de la saison nouvelle jouait en sa faveur. Le soleil étant à la fois ami et ennemi, il suffisait d'ombrager les cultures les plus délicates à l'aide de filets en plastique. L'arrosage se faisait à la main. Là où l'irrigation était nécessaire, elle s'effectuait au goutte à goutte. Notre régime de base était la bouillie de maïs ou de sorgho qui se préparait chaque jour à la cuisine centrale, dans de monstrueux autocuiseurs. On pouvait l'emporter dans des récipients

isothermes ou se la faire livrer par charrette à purin si l'on choisissait de ne pas grimper jusqu'à la grand-place. Ensuite, ce qu'on ajoutait à son repas était de l'ordre du plaisir, de la gourmandise. Les gens paraissaient ravis. Il y avait du pain frais un jour sur deux, et des semblants de scones à intervalles irréguliers. Jamais on ne jetait de pain rassis, on en faisait des croûtons à tremper dans le lait chaud du petit déjeuner, ou bien de la chapelure, autre additif universel à Tsau. Les rayons des commerces Sekopololo offraient toutes les denrées imaginables que les Sud-Africains aient jamais pris la peine de mettre en conserve, depuis les *pilchards* jusqu'aux lychees. Évidemment, la valeur d'échange de ces produits était maintenue à un niveau astronomique, tant pour tenir compte de ce qu'il en coûtait de les acheminer jusqu'à Tsau que pour encourager la consommation d'aliments locaux moins onéreux. *Riz, gruau, orge, pâtes. Café en poudre seulement, avec de la chicorée. Thé joko, thé rooibos.* Je m'étais attendue à une diversité alimentaire bien moindre. Il y avait aussi les produits de la brousse, comme les nèfles sauvages et divers tubercules étranges qui apparaissaient fréquemment au menu. À Tsau, on mangeait des choses intéressantes. Le régime était un peu léger en graisses, mais sinon ça allait. Manifestement, les facteurs indépendants de ma volonté n'allaient pas jouer leur rôle habituel dans la détermination de la durée de mon séjour à tel ou tel endroit, ce qui soulevait la question honnie, à savoir, qu'est-ce que je fais au juste de ma vie ? À Tsau, je m'étais attendue à me voir offrir une gamme de produits alimentaires que même un végétarien convaincu n'aurait pu supporter que pendant un certain temps. Ce n'était pas le cas. Je ne suis pas hostile au végétarisme. D'un certain point de vue, je pense même que le végétarisme est une bonne chose. C'est un régime certainement sain, pourvu qu'on surveille ses taux de lysine et de B12. Mais je ne suis pas végétarienne. Quelque chose me retient. Pourquoi suis-je convaincue que les mâles constituent une franche minorité dans la population végétarienne totale ? Je pense que je ne suis pas disposée à céder la protéine animale au maître sexe qui va et vient tandis que je grignote des feuillus. Je sais bien qui se réserve la viande dans les familles africaines.

> *Distractions. Pour un bon d'une valeur de vingt-huit cents, une femme, une Morolong originaire de Mafikeng, viendra se planter devant chez vous et jouer sur son violon des versions larmoyantes de Lady of Spain, Die Stem et divers autres airs. Elle se nomme Prettyrose Chilume,*

et, pour jouer, elle revêt une tenue de ville assez pute, et troque les sandales locales contre les chaussures à semelles compensées qui commencent à se démoder à Gabs. Elle paraît très frêle, la trentaine bien entamée, et elle a été prostituée. Avant cela, elle était une sorte d'esclave domestique chez un éleveur boer qui lui a enseigné le violon par manière de plaisanterie. Il y a deux chorales, l'une composée de reines, l'autre de tantes, et dont la rivalité est déclarée. Les enfants se mettent en petite tenue pour danser en ligne ou se lancer dans des concours de braillement de poèmes de louanges. Il y a des tournois d'échecs et des concours de rapidité de calcul sur des bouliers que Denoon a introduits et popularisés. Il y a aussi des cercles de lecture, dont plusieurs sont strictement consacrés à l'étude biblique. En fait, la lecture est étonnamment développée, en anglais comme en setswana. Ceux dont le travail est répétitif peuvent demander que quelqu'un leur fasse la lecture. Il y a des cours. Denoon donne des conférences sur pratiquement tout. Le phénomène des visites après le dîner oscille entre extrêmement courant et totalement envahissant. Depuis que je suis installée seule dans une case, j'ai conscience des pressions qui s'exercent sur moi pour que j'allume la lumière de bienvenue tous les soirs, parce que si je ne le fais pas, cela signifie que je refuse aux gens l'accès à un objet de curiosité : moi-même. Mais je ressens également l'obligation de me ménager du temps pour moi. C'est une existence très physique, et dès neuf heures du soir je tombe de sommeil. En plus, j'estimais de mon devoir d'essayer de mémoriser autant que possible le *Guide pratique des oiseaux du Sud de l'Afrique*, ce qui requérait un isolement complet. Je crois que jamais je n'ai autant détesté un sujet. *J'ai honte quand j'entends des gens approcher, s'éclaircir la gorge, s'attarder, s'étonner que ma lumière soit éteinte. Les gens possèdent des radios, mais la réception de Radio-Botswana est très mauvaise ici. Il y a des magnétophones. Il circule des exemplaires du journal gouvernemental, mais ils arrivent avec un mois de retard et nous n'en recevons que quelques exemplaires. Les personnes illettrées se le font lire.* J'ai dit quelque chose qui a fait croire à Denoon que j'étais froide ou méprisante à l'égard de ce que les gens faisaient pour se distraire à Tsau, soupçon que j'ai aussitôt démenti. J'ai dit que j'appréciais pleinement que les huit-dixièmes de ce qu'on faisait chez nous pour se distraire puissent également se faire à Tsau. Je parlais de lire, d'écouter de la musique, d'aller au cinéma de temps en temps. Je n'y incluais pas le dîner au restaurant, qui est une forme de distraction extrêmement répandue mais que ma situation m'a toujours empêchée de pratiquer facilement, non plus que le shopping. Comme les spectacles et les concerts auxquels j'assistais étaient toujours limités à des productions d'amateurs ou d'étudiants, je ne perdais pas grand-chose. Une fois par mois, le British Council envoyait des films par l'avion Barclays. Denoon rechignait à projeter des films, et je crus au début qu'il s'exaspérait à l'idée de mettre en marche le gros générateur diesel avec sa fumée noire et ses tressautements. Mais la cause en était plus profonde que ça. Après tout, il devait parfois démarrer le générateur pour utiliser son émetteur de radio ou pour souder et il le faisait sans se plaindre. Peu à peu, je parvins à tirer au clair les raisons de son hostilité à la projection des films. Son esprit vadrouillait pendant la projection, disait-il. Il n'aimait que le noir et blanc. Il n'aimait que certains classiques *recherchés** de Carl Dreyer et de quelques autres maîtres précurseurs. Il avait toujours conscience d'un tremblotement noirâtre : la vitesse de projection était trop lente pour lui. Le cinéma était une chose absurde parce que la musique de fond vous dictait toutes vos réactions. Pis encore, le cinéma vous rendait passif. On le subissait. On ne pouvait pas le faire aller plus vite, avancer, pas même comme on pouvait le faire avec des acteurs de théâtre – par exemple en maugréant. En tout cas, il préférait toujours consacrer ce temps-là à la lecture. Il ne le disait jamais clairement, mais à mon avis il espérait qu'un jour Tsau serait au-dessus de ça. Il regardait le cinéma comme une excentricité, mais je pense à présent que c'était là une forme de puritanisme venu de dieu sait où. Je lui suggérai que s'il aimait tant lire c'est qu'il s'agissait d'une activité plus proche du travail. Il répondit quelque chose de *passé**, comme *touché**. Il n'était pas contrarié. Tout cela est venu bien plus tard. Il disait, avec une petite touche facétieuse dans la voix, que le principal effort d'organisation devrait consister à réduire progressivement la quantité de temps requise pour vivre décemment, afin d'avoir tout le temps possible pour lire. Il y avait là de l'ironie, parce qu'avant mon arrivée et ma supervision des petites irrégularités dans l'emploi qu'il faisait de son temps, il était toujours en retard dans sa lecture chérie et obligé de la reporter, accumulant des retards de plusieurs mois dans le cas de *The Economist*, qui s'entassait en une pile branlante jusqu'au jour où j'obtins carte blanche pour ôter du dessous les numéros les plus anciens quand le tas montait trop haut, et les jeter. Il était d'accord à condition que je lui montre les numéros que je jetais. Je les lui montrais, et alors seulement il les lisait. Notre vraie distraction, c'était la discussion, activité que nous adorions tous deux. Nous aimions discuter jusque tard dans la nuit. Si nous commencions à discuter couchés, je pouvais toujours repérer le moment où nous abordions un point important parce qu'il voulait que nous poursuivions en position assise. Il n'a jamais su que je l'avais remarqué. Nous discutions de tout, mais nous finissions bien souvent par débattre des fondements de son anthropologie philosophique. Ses hypothèses étaient trop romantiques à mon goût. Je voulais qu'il comprenne des choses qui me paraissaient claires, ou bien qu'il les réfute. Nous nous lancions souvent dans des discussions intenses. J'ai fait progresser en lui ma thèse selon laquelle la concurrence masculine pour les femelles et le pouvoir femelle de reproduction en tant que denrée, en même temps que la quête de nourriture et l'apport de chaleur, sont à la racine des structures hideusement hypertrophiées qui se renouvellent sans cesse et reparaissent sempiternellement dans les affaires humaines. La survie de l'espèce est assurée par le fait que ce sont les meilleurs mâles qui se reproduisent le plus et voilà tout, telle était ma position. Nous nous trouvons ainsi placées dans une position de haine et d'acharnement à détruire les résultats de quelque chose qui nous est évidemment imposé depuis les profondeurs de notre être et, *sub specie aeternitatis*, qui est une bonne chose. Telle est selon moi la définition du péché originel. Je suis persuadée que tout ce que nous haïssons vraiment dans la société provient en dernier ressort de là. Denoon faisait mine de me donner raison en tout, mais ensuite il disait quelque chose comme Tu as peut-être raison, mais on peut encore le réfuter. Il disait cela avec passion. J'avais envie de le secouer là-dessus, et c'est ainsi que je remarquai un jour Tu serais moins optimiste sur la possibilité de changer les choses si tu avais la moindre idée de la théorie de groupe de l'intérêt fraternel, qui est une école d'analyse en anthropologie dont tu n'as que de pâles notions du fait de ta longue absence des vergers d'Academia. Dans ce cas, fais-moi un topo, me dit-il, en fureur contre moi. D'ailleurs, je lis les numéros de *Man* parus sur deux ou trois ans d'affilée quand je passe à proximité d'une bibliothèque convenable. Ils la reçoivent à Gaborone. Ça ne sert à rien, rétorquai-je, parce que cette école est américaine, et *Man* est une revue anglaise. Alors instruis-moi, me dit-il, à quoi je dus répondre que je n'étais manifestement pas en mesure de le faire tout de suite, mais que je m'y emploierais aussitôt que possible, c'était promis. Nos discussions pouvaient aussi bien s'enflammer, ce qui était une bonne chose, et un jour qu'il rechignait davantage que ce à quoi je m'étais attendue en le provoquant, je déclarai pour en finir, Eh bien, on peut toujours mener un cheval à la rivière, mais on ne peut pas l'obliger à admirer la vue. Je crois que ce fut l'une des premières fois qu'il me jeta un regard d'estime intellectuelle un cran au-dessus de sa manière habituelle de suggérer qu'il me trouvait passablement intelligente. Cela arriva aussi au cours d'une de nos premières discussions, à l'occasion de laquelle j'avais pris la défense de Samuel Beckett. Pour lui, la mort et l'approche de la mort étaient un sujet littéraire à peu près aussi intéressant que le péristaltisme. Mais j'objectai Le fait est que les gens ne vivent pas comme si la mort faisait une différence. Il existe d'ailleurs d'innombrables institutions créées pour les y encourager, ils passent des années de leur vie à se prémunir contre la pensée que la mort est une chose réelle et se consacrent corps et âme à envisager avec grand sérieux différentes formes fictives de vie dans l'au-delà. Mais le monde serait meilleur, disais-je, si les gens ménageaient une place à l'appréhension de la mort dans la façon dont ils conduisent leur vie. C'est ce que Beckett cherche à nous faire ressentir. C'est pourquoi il faut le considérer comme un écrivain moral et majeur. Il me regarda avec l'air de dire que j'avais bien raison et ajouta C'est un raisonnement qui se tient. Il allait réessayer Beckett, dit-il.

> Les lopins individuels font environ 50 mètres sur 30, généreux, mais ils donnent l'impression d'être pleins à craquer – chacun comportant deux cases ayant chacune ses cabinets, plus les poulaillers, les enclos des bêtes, les ruches, les fours solaires, les séchoirs d'aliments, les bennes de compost, les potagers, les jardins maraîchers, les plantes en pots, les platebandes ornementales, éventuellement une ou deux charrettes à purin rangées. Les parcelles s'étendent en arc de cercle le long des voies, avec des portes face à face, pour faciliter le bon voisinage. Quelque chose me fait résister à Tsau. Y a-t-il trop de symétrie ? me suis-je d'abord demandé, mais trop de symétrie pour qui ? Quand on entre dans un village réel tout est disposé autrement, en désordre, les habitations miséreuses mêlées aux plus prospères, des cases en ruines à côté de constructions florissantes. Matériellement, Tsau relève de l'univers des classes moyennes. Je ne sais pas exactement quelle est ma question, si ce n'est celle-ci : il existe des milliers de villages dans des endroits aussi reculés que celui-ci, des villages hideux, insalubres, avilissants, mais les gens y vivent d'aussi bon cœur que ceux d'ici, alors quoi ? Suis-je en train de faire mien le sentiment qu'on devrait manifester plus de gratitude à Denoon pour les bienfaits qu'il a mis en œuvre afin que tout cela

marche ? Une idée totalement réactionnaire. Certes, ces femmes ont connu des situations personnelles gothiques. J'ai entendu les récits de leurs vies passées, qui m'ont fait pleurer à chaudes larmes. Cela souligne bien ma confusion à l'époque. Ce qui me troublait se rapportait plus à l'économie politique qu'à autre chose. Mais flottait aussi dans l'air la question de l'amortissement qu'il faudrait résoudre pour que je puisse croire en Tsau. Des sommes énormes avaient été engagées dans la création du lieu. Tsau n'était pas une colonie autarcique, pas avec ces cases toutes bien construites sur des dalles en béton nivelées comme des lacs. Elle n'était pas une idée parfaite et bon marché qui se serait développée toute seule.

C'était un capital abondant et éclairé qui était venu élever toute une sous-classe de gens jusque sur un piédestal, en leur disant Allez-y. Ce que je me répétais indéfiniment, c'était Tout cela est formidable... mais. Tsau était une entreprise charitable, en quelque sorte, que Denoon devrait transformer en quelque chose de génériquement différent, sans quoi cela n'en valait pas la peine. Il lui faudrait susciter plus d'enthousiasme que je ne le voyais en recevoir. J'étais très partagée. On ne peut donner que ce qu'on peut donner. Si l'on sait, au fond de soi-même, qu'une chose est charitable par nature ou origine, on n'agit pas de la même manière que s'il agit de sa propre création. D'autre part, les gens ne se rendaient-ils pas compte que tout cela pouvait devenir extraordinaire – et l'était même déjà, en réalité ? J'avais un pied dans chaque camp. À quel bonheur pouvais-je m'attendre à Tsau, voilà, à l'évidence, la question annexe que je ne formulais pas. À quel bonheur pouvais-je m'attendre à Tsau ? Selon moi, l'individu moyen devrait être bien plus heureux ici qu'ailleurs. Mais qui est l'individu moyen ? Dans quelle mesure ces considérations relèvent-elles de la culture ? Ces sempiternelles questions revenaient me tarauder, *id est* l'anthropologie revenait à l'assaut. Ce dont j'avais vraiment besoin, c'était de ventiler tout ça avec Denoon. Mais où était-il ? Nous nous rencontrions brièvement en public, tous deux bien raides, et c'était tout. Les jours passaient. Les Tswanas croient qu'on voit souvent du coin de l'œil des fantômes, l'espace d'une ou deux secondes. Pour moi, Denoon était fantomatique. Il restait à la périphérie de mon champ de vision, toujours en route vers ailleurs.

> *L'atmosphère sexuelle de cet endroit est normale, il me semble. Mais comment est-ce possible ? On surprend quelquefois une expression de grande perplexité sur le visage des hommes, ce qui peut être lié à la*

situation de ce point de vue. Je m'attendais à ce que Tsau ressemble à un couvent tel que je l'imagine, en un mot, à un enfer pavé d'incessantes stimulations et obsessions sexuelles, le raisonnement étant qu'un couvent est une institution régimentée par un commandement qui peut se résumer à Quoi que tu fasses, ne pense jamais à l'éléphant, l'éléphant étant bien sûr une métaphore du sexe. La relative rareté des hommes devrait d'ailleurs faciliter l'application du précepte, au moins pour les reines, pourrait-on croire. Je suppose que des partenariats sexuels entre certaines femmes doivent se former. J'en arrive à penser que je suis la seule personne sexuellement perturbée ici. Dans mes fantasmes, je me suspends au corps de Nelson comme un langur et je furète sous sa chemise. Je songe à ses jambes et à sa nuque, seules choses de lui que j'aperçois quand il passe à proximité et qu'il s'éloigne en toute hâte loin de moi. Pourquoi ma rencontre avec le conseil est-elle sans cesse reportée ? Pourquoi ne reçois-je aucune nouvelle de lui ? Tout était trop lent. Je déteste l'immobilisme. Je commençais à couper les cheveux en quatre en me demandant pourquoi Denoon facilitait mon séjour ici. Je ne pouvais guère attribuer cela à l'amour, à ce stade, ni au proto-amour, ni même, vu la lenteur d'escargot à laquelle tout se déroulait, à un penchant sexuel opportuniste. Des raisons manifestes, compte tenu de son rôle à Tsau, lui interdisaient toute relation sexuelle avec les membres de la nubilité locale. Et d'une manière ou d'une autre, il s'était débrouillé pour être satisfait sexuellement. Je n'en étais pas à me flatter d'avoir détruit quelque équilibre sexuel qu'il ait pu savourer jusqu'alors par les seuls charmes réunis en ma personne. Bref je me demandais quelle était l'interprétation marxiste, c'est-à-dire égoïste, de son apparente volonté de me garder là. La lumière se fit. C'était évident. Denoon voulait savoir ce qu'il avait forgé à Tsau. Qu'était Tsau, au fond ? J'incarnais un moyen quasiment idéal pour lui permettre de le découvrir. Comme il n'avait pas dû se rendre compte de la dynamique interne qu'il avait insufflée ici, il avait inconsciemment laissé la petite parade amoureuse que je percevais lors nos rencontres à Gabs devenir ce que j'aurais la force d'en faire. J'étais l'observateur idéal, et maintenant que je m'étais montrée assez tenace et téméraire pour débarquer à Tsau, il était hors de question qu'il me laisse partir. Comme je le compris soudain, son problème était de savoir réellement ce qu'était Tsau. Il était tellement immergé dans son projet, il s'y identifiait tant, que sa propre analyse était suspecte. Et puis avec les vrais bénéficiaires de Tsau, il y avait un gouffre à franchir, ce que la connaissance de la langue ne facilitait que marginalement : le gouffre de la race, du genre, d'une culture tournée vers la dérobade et la courtoisie défensive ; et enfin il ne fallait pas oublier que les gens de Tsau auraient été fous de secouer la barque : ils n'avaient laissé derrière eux que misère, cruauté, famine. À la fin, quand les experts professionnels du projet parviendraient à forcer leur chemin jusqu'à Tsau, ils traqueraient les défauts, et ne pourraient se défaire du préjugé bien légitime des spécialistes orthodoxes en développement contre la réussite d'une telle création. Nelson ne serait en rien sous l'emprise d'une crise de paranoïa s'il ressentait cela. Il était célébré dans son domaine, mais pas aimé. Aussi, même s'il était impensable qu'il eût jamais pu orchestrer consciemment ma venue à Tsau sans perturber mon aptitude à observer les choses de manière désintéressée, mon arrivée avait dû lui sembler opportune. Chacun de nous est taraudé par son démon d'orgueil. Il éprouvait de la frustration, et voilà que surgissait quelqu'un qui avait pris la peine de traverser le désert pour le rejoindre et l'aider, rien de moins. D'autres motivations pouvaient venir à l'appui de celle-là, me disais-je pour me réconforter un peu. Mais mon intuition semblait dire vrai, et me fit redoubler d'efforts pour tout mettre à plat et parvenir à estimer avec finesse les synergies à l'œuvre à Tsau. Cela s'apparentait à une mission, et me convenait fort bien. En tout cas, voilà ce qu'il me restait à faire. *Je trouve difficile d'interroger les gens sur leurs éventuels objets d'insatisfaction à Tsau. Cela me donne l'air ingrat. Mais on décèle certains domaines empreints de tendresse. Il ne semble y avoir aucune sorte d'activité religieuse collective. L'étude biblique pratiquée est très* ad hoc, *et les gens restent assez évasifs sur la question. Le Botswana est un pays très christianisé, très chrétien sioniste pour être exact : alors de quoi s'agit-il vraiment ? Je suppose que Denoon est considéré comme l'athée du village. Il est connu pour ses jérémiades contre la religion, ce qui passe pour une de ses bizarreries* lakhoas *de prédilection. On peut percevoir certains doutes quant à la règle de multi-tribalisme du logement. Six des treize tribus tswanas sont représentées ici, plus une poignée de Bahereros. Dans l'ensemble, les gens sont partisans de la mixité tribale des quartiers et admettent que les appréhensions étaient beaucoup plus fortes au début. Je n'en suis pas si sûre. Demain, je vais enfin rencontrer le conseil des sœurs fondatrices, et avoir une chance d'observer de près les rouages de la supercherie dans laquelle je semble être embarquée.* Je n'avais pas écrit le mot supercherie dans mon cahier, bien sûr. J'avais mis *excursus* à certains endroits, et gavotte à d'autres. Avant que mon astuce passée ne me rende ces notes indéchiffrables, il faut que j'établisse un glossaire – ou sinon que je laisse tout tomber. Je suis déjà réduite à deviner ce que j'ai voulu dire ici et là.

La grand-place

À intervalles réguliers, Nelson allait regretter (puis ne plus regretter) d'avoir édifié les bâtiments publics de Tsau sur une terrasse dominant la plaine d'une hauteur de quarante mètres. Tout le monde déplorait, à un moment ou à un autre, que Tsau ne fût point construit sur un seul niveau. Je me suis habituée à voir les gens se traîner un moment d'un air exténué après avoir atteint la terrasse, surtout s'ils avaient dû grimper en toute hâte. Néanmoins, cela m'a surtout frappée *pro forma*. Il ne fallait jamais bien longtemps pour que les éléments toniques de l'endroit reprennent le dessus. Il y soufflait des brises délicieuses. On pouvait se promener le long du bord et regarder dans les jardins des gens. Et puis l'ascension était très graduelle, ponctuée de bancs le long des chemins.

La vue était spectaculaire. On appréciait la verdure de Tsau, par contraste avec les gris et les jaunes brûlants du Kalahari. Quand des nuages venaient projeter leurs ombres, le Kalahari ressemblait à une peau de léopard. Les gens venaient s'asseoir et communier avec le spectacle. Ce qu'avançait Denoon pour justifier l'emplacement, c'était que les événements importants sur le plan civique devaient se dérouler dans un cadre élevé. Je savais qu'il avait en tête des images de Delphes. Je savais aussi qu'il pensait que les escaliers offraient un avantage du point de vue cardiovasculaire et je me surprenais à songer que cela avait peut-être motivé subliminalement son choix. Mais je suis tout de même prête à parier que, tout bien considéré, aucune femme n'aurait voté pour que la buanderie, la maison des commerces, la cuisine centrale, et les bureaux Sekopololo soient situés tout en haut d'une longue rampe, même en pente douce. Nous vivons dans des lieux conçus par les mâles. Tout établissement humain résulte de l'activité masculine. Et cela valait aussi pour Tsau, qui était déjà construit à soixante-dix pour cent lorsque les premières femmes s'y établirent. Gladys & Ruth Street vous conduit au point central de la grand-place, en forme de haricot, qui mesure une bonne cinquantaine de mètres de long, dallée sur le contour et en sable ratissé pour le reste. Vous vous trouvez face au côté concave. Il y a plusieurs arbres mopane à l'arrière-plan ouest de la place, mais l'ombre est principalement fournie par des parasols, qu'on plante dans des cavités spécifiques irrégulièrement disposées sur toute la place. Droit devant vous quand vous arrivez, et très en retrait, se trouve la maison des commerces, une grand rondavel relié par un passage couvert à une grotte dans le koppie. Deux imposantes constructions jumelles de forme ovale, des ovaldavels, gardent les deux extrémités de la grand-place. J'avais eu beau ne jeter qu'un coup d'œil superficiel à la maison des commerces – dans la section antérieure du rondavel, mais pas dans les profondeurs de la grotte – j'avais été impressionnée par la densité et la variété des marchandises et des outils – empilés, rangés sur des étagères, dans des caisses, dans des boîtes, hissés et suspendus au-dessus des têtes – qu'on pouvait y trouver, chaque chose étant apparemment étiquetée et classée. Il fallait, à coup sûr, faire preuve d'une grande agilité pour se déplacer parmi la profusion de produits encombrant la première pièce et traverser l'arrière-boutique jusque dans la grotte, où l'on disait que l'entassement était pire. Le rondavel des commerces et les deux ovaldavels associés étaient des constructions magnifiques, volumineuses, dont les hautes voûtes s'ouvraient sous des toits de chaume. Elles n'étaient pas faites de terre séchée, comme les rondavels d'habitation, mais de parpaings, pourtant cela ne se voyait qu'à l'intérieur : un épais mastic recouvrait l'extérieur, peint d'une laque bleu ciel. La finition des pointes des toits renforcées par des revêtements en zinc, soit en calotte conique dans le cas des rondavels, soit oblongs comme des canoës retournés sur les ovaldavels, expliquait que Tsau eût de loin cet aspect scintillant.

J'identifiai l'ovaldavel de droite comme étant le bâtiment d'administration générale puisqu'il hébergeait la poste-banque, la bibliothèque, les salles de réunion du conseil, de la commission d'arbitrage, et de la commission des noms. Je comparai le conseil des sœurs fondatrices à un conseil municipal, bien que les interférences entre ce conseil et un autre, nommé comité des sœurs, et qui s'occupait exclusivement de l'aspect économique de Tsau, c'est-à-dire de Sekopololo, me soient longtemps restées impénétrables. Denoon ne disposait d'aucun bureau dans les bâtiments publics, eus-je la surprise d'apprendre. Des buissons étiques entouraient le centre administratif, ainsi que quelques freesias, je crois. Une cloche de navire était suspendue à un crochet, à côté de la porte d'entrée.

L'ovaldavel de gauche était Sekopololo – bureaux, archives, une véranda où s'opéraient les préparatifs du matin, et une boutique mâtinée de salon consacrée aux stocks des produits les plus communément utiles, comme le sel, le papier hygiénique, l'huile de cuisson, et les piles. Il y avait plusieurs petits bâtiments derrière Sekopololo, dont l'un abritait le plus gros des trois générateurs de Tsau.

On pouvait tendre des fils au-dessus de la grand-place depuis les toits des différents bâtiments, de sorte qu'à l'aide de poteaux et de toiles on pouvait couvrir la majeure partie de la place et y organiser des événements en plein air pendant la saison chaude. En fait, toute la population pouvait tenir à l'ombre sur la place. On fixait bout à bout des contremarches le long de la courbe intérieure de la terrasse sur lesquelles on dressait une estrade ombragée d'une marquise, et les réjouissances commençaient. C'était unique.

On m'informa que je devrais me présenter sur la place à sept heures du matin pour rencontrer le conseil des sœurs. Je me présentai à l'heure précise. À l'extérieur de la véranda de Sekopololo, des chaises entouraient une table basse ronde sur laquelle étaient posées une urne en faïence et neuf tasses. Au moment même où j'arrivai, les huit membres du conseil sortirent du bâtiment administratif. On me fit signe de m'asseoir où je voudrais. C'étaient de nouveaux visages, parmi lesquels seuls ceux de Joyce et de Dineo m'étaient connus. Nous nous présentâmes toutes les unes après les autres avant de commencer, mais je me concentrais tellement sur ce que j'allais dire que je ne retins qu'un seul nouveau nom, celui d'une femme qui paraissait fascinée par moi, Dorcas Raboupi. Ses yeux ne me quittaient pas. Elle avait des sourcils parfaitement droits, comme des tirets. Elle était de petite taille et, sans être jeune, n'entrait pas encore dans la catégorie des tantes. Elle avait le teint plus clair, presque sans couleur, et son visage bouffi d'un côté semblait révéler un désordre biologique. Assise, elle se tenait ramassée sur elle-même, dans une attitude qui me parut hostile. Il faisait frais, mais pas froid. Plusieurs femmes avaient apporté des châles et m'avaient suggéré d'aller en emprunter un au comptoir de Sekopololo. Je n'en avais pas besoin. Dorcas Raboupi était dérangeante. Elle semblait être la *nemesis* de quelqu'un, probablement la mienne, pour une raison qui m'échappait. Un pressentiment m'habitait.

Je m'attendais à ce que Dineo prît la parole et dirigeât les débats, mais une sorte d'aumônière passa de main en main, d'où chacune tira un disque, et ce fut celle qui tira un disque entaillé qui entama la procédure. La tâche échut à une jeune femme massive, Mma Molebi, qui devait sûrement allaiter : une tache de lait maculait son corsage, au niveau d'un sein. À en juger par sa façon de se tordre les mains avant de commencer, le choix du sort ne l'enchantait guère. Je tournais le dos au désert.

Mma Molebi commença par l'historique de Tsau, un passage obligé, évidemment. Pendant qu'elle parlait, les autres femmes allaient l'une après l'autre se servir du thé. Cela retint mon attention, parce que d'habitude c'était à la plus jeune de servir les autres. En Afrique, il y a une telle profusion de comportements hiérarchiques – les jeunes servent les vieux, les femmes servent les hommes – que ce côté self-service de la vie à Tsau me frappa et me rappela que j'avais assisté ici à un autre événement atypique, à savoir de jeunes mâles pelletant de leur plein gré du purin animal pour l'utiliser en compost. J'avoue que je n'ai vu ça à Tsau qu'une ou deux fois. Mais ce n'était pas le Botswana tel que je le connaissais. S'il y avait du purin à ramasser, c'était inévitablement à des femmes qu'incombait la corvée. Je savais, par mon médecin du Peace Corps, que c'était un *sturm und drang* permanent avec les petits jeunes que le Peace Corps employait comme messagers, quand il fallait porter des paquets scellés contenant des matières fécales du cabinet médical jusqu'au labo de l'hôpital de la Princesse Marina. L'un des messagers avait démissionné plutôt que de s'abaisser à ce point. Finalement la réceptionniste s'était proposée pour accomplir cette tâche.

J'avais l'impression que notre entretien se déroulait en plein air pour que les passants puissent tranquillement s'arrêter et voir de quoi il s'agissait. En effet, les gens venaient voir et ils écoutaient pendant un moment. Je trouvais ça à la fois troublant et relaxant, puis de plus en plus relaxant à mesure que le temps passait.

Mma Molebi parlait trop doucement pour le groupe, et les autres le lui signalèrent en levant l'index jusqu'à ce qu'elle élève un peu la voix. Ou bien elle concluait, ou bien elle avait perdu le fil. Tsau est un joyau, répéta-t-elle deux fois. Puis elle passa à quelque chose qui m'émut bien que son propos fût assez décousu et sans lien avec ce qui s'était passé auparavant. Elle dit Certaines femmes ici étaient naguère des mendiantes, mais elles ne le seront plus jamais parce que celles qui choisiront de quitter Tsau auront de l'argent à emporter avec elles, et elles connaîtront la cuisine et beaucoup d'autres sortes de travail, et on ne les verra plus jamais servir comme bonnes ou femmes de ménage chez les autres. La facilité et l'intensité avec lesquelles je peux être émue le matin de bonne heure doivent être liées à ma biochimie. Je me souviens d'avoir fondu en larmes la première fois que j'ai entendu un disque où Joan Baez chantait *The Cherry Tree Carol*, c'était à la même heure de la matinée. Mais j'ai connu aussi d'autres crises de douleur poignante dans ce créneau horaire, entre sept et huit heures du matin, dont une en particulier concernant la Réunion de la mère et de l'enfant, incident qui a fait de moi l'objet d'interminables taquineries. Les gens remarquaient que Mma Molebi m'avait émue, et ils approuvaient, me sembla-t-il. L'aumônière circula à nouveau.

Celle qui fut cette fois désignée semblait n'avoir rien à dire, sinon qu'elle me félicitait parce que je ne forçais jamais aucune sœur à me parler en anglais.

Dineo signala que mon tour de parler était venu, et je m'exécutai, décrivant qui j'étais et répétant essentiellement mon numéro, à savoir que j'étais fascinée par Tsau et que je souhaitais rester aussi longtemps qu'on me le permettrait, mais en ajoutant cette fois que je désirais travailler autant qu'on me le demanderait, afin de compenser les coûts occasionnés par ma présence. Je lançais quelques pistes, mais des pistes sincères, pour ainsi dire, exprimant à demi-mot mon désir de témoigner des choses extraordinaires que les femmes semblaient accomplir à Tsau.

Je me rendais compte que Dorcas mijotait quelque chose. Elle proféra à mi-voix, alors que son tour de parole n'était pas venu, quelque chose comme le souhait que je trouve suffisamment d'oiseaux à Tsau pour être satisfaite, et que si je n'arrivais pas à en trouver assez, que je n'aurais qu'à m'adresser au conseil, et que ce dernier se chargerait d'en trouver pour moi.

Dineo lui coupa la parole pour passer sans délai à ce qui me parut être un vote. Elle fixa à tour de rôle chaque membre du conseil jusqu'à ce qu'elle obtienne une réaction, laquelle m'était imperceptible. Mais le vote se dessina apparemment en ma faveur, car elle se lança ensuite dans un discours de bienvenue. Une grande exception m'était consentie, dit-elle, et je serais la bienvenue parmi elles aussi longtemps que je me comporterais en amie de la lutte des femmes pauvres unies pour réunir des forces et des biens. Elle s'exprimait avec détermination. Je pouvais rester là où je résidais actuellement, à savoir dans le rondavel vacant qui se trouvait à côté de chez Mma Isang, qui continuerait à veiller sur moi et à préparer mes repas, en contrepartie de quoi on me demanderait de travailler aux tâches de mon choix pour quinze heures par semaine au total. Elles espéraient que je voudrais bien envisager de les aider en enseignant l'anglais aux plus grands des enfants, car ils en avaient grand besoin. Enfin, elles jugeaient bon que je reste quelque temps, parce que c'était toujours un plaisir de rencontrer des personnes de son propre pays quand on était loin de chez soi, et qu'à leur avis Rra Puleng serait content de me trouver à Tsau. Si jamais je désirais partir, il faudrait prévoir un délai de trois semaines avant que le transport puisse être organisé avec l'avion de la Barclays. En aucun cas on ne m'aiderait à repartir par la voie du désert, même si je le souhaitais. En dernier lieu, étais-je satisfaite de la façon dont on s'occupait de mon âne ?

Je les remerciai, et ce fut tout. Mma Isang émergea des coulisses et vint m'étreindre, ce qui incita deux des femmes à m'embrasser aussi, mais moins chaleureusement. Pas Dorcas.

J'étais aux anges.

Dorcas passa près de moi en énumérant pensivement des noms d'espèces locales d'oiseaux, en marquant bien clairement qu'elle ne semblait pouvoir en trouver qu'à peine une demi-douzaine.

Le thé

Chaque après-midi vers seize heures, un thé complet était servi sur la véranda de Sekopololo. Il y avait là du thé, du lait en poudre, des fruits coupés en petits morceaux, parfois du pudding au pain. Denoon faisait souvent une brève apparition, mais il ne s'attardait jamais assez longtemps pour que je puisse bavarder avec lui. J'étais fatiguée de tout cela que je ne saisissais vraiment pas. Je trouvais que ma vie prenait un temps infini, je m'en souviens.

J'adorais, pourtant, le moment du thé. Il était empreint d'une dimension morale. Certains jours la collation était généreuse, d'autres fois elle était réduite. Tout dépendait de ce qu'on avait sous la main, des restes ou bien des réserves abondantes. S'il y avait peu de fruits frais, ils étaient coupés en tout petits morceaux avec une épine plantée dedans, comme pour des hors-d'œuvres. Le thé n'était jamais conçu comme un repas destiné à nourrir la population entière, dans l'hypothèse où elle se serait rassemblée. Le but semblait être d'habituer les gens à s'adapter à l'imprévisibilité du jour, de manière à ce que chacun apprenne à ne recevoir qu'un peu de ce qu'il y avait, au lieu de s'adjuger individuellement des grosses portions au détriment des autres. Une coutume voulait notamment qu'aucun adulte ne se serve de fruits avant que les enfants arrivés dans les premières minutes n'aient pris ce qu'ils voulaient. L'exercice avait apparemment pour objectif implicite qu'il reste toujours quelque chose sur la table à la fin du thé, quelle qu'eût été la quantité de nourriture servie. Tout le monde semblait connaître les tenants et aboutissants de l'affaire et s'y conformer avec plaisir, même les enfants. On les voyait assimiler les règles, se cédant parfois la place les uns aux autres, refusant des morceaux pour eux-mêmes. Je ne m'en lassais jamais.

Je m'arrangeai pour me trouver au bon endroit lorsque Denoon arriva cet après-midi là. J'allai lui serrer la main. Il avait les paumes comme des planches. Nous savions que tout le monde nous observait.

Il avait un talent qui consistait à parler intelligiblement alors même qu'il semblait se contenter de sourire. C'était remarquable.

Elles veulent que vous restiez, dit-il. Même une faction, composée de femmes dont j'étais sûr qu'elles diraient leur opposition, veut que vous restiez. C'est très drôle. Elles vous prennent pour une espionne venue chercher des informations sur Tsau, et ça leur convient ! Apparemment, la plupart d'entre elles vous trouvent sympathique. Mais continuez quand même à vous comporter comme vous le faites.

Je répondis Oui, tout le monde a été très gentil au conseil. Je suis bien décidée à rester ici quelque temps.

Félicitations, dit-il. Puis il ajouta Je n'en ai jamais douté.

Les adorateurs de l'asticot

Je lui pardonnai ce soir-là pendant le *corso*, un mot qui désignait la promenade post-prandiale et les visites rituelles dans les maisons où était allumée la lampe de bienvenue, et dont il avait introduit la coutume à Tsau. Il en avait eu l'idée en lisant *Les Récits de Sébastopol* de Tolstoï, me dit-il. L'histoire se déroulait apparemment au dix-neuvième siècle en Russie, dans les villes de province, et l'idée lui avait paru bonne, alors pourquoi pas ?

En plus des bavardages habituels, le *corso* donnait lieu à des scènes de témoignage, comme on dit dans les églises protestantes fondamentalistes. Ce pouvait être une femme qui racontait ses tribulations jusqu'à son arrivée à Tsau, et son auditoire l'accompagnait en chœur de ses gémissements, en lui faisant répéter plusieurs fois les épisodes les plus douloureux. De nombreux récits étaient véritablement atroces, mais la façon de les raconter avait quelque chose de codifié.

Ce soir-là, je me trouvais dans une maison de Slessor où vivait une femme du nom de Mariam Nene. Elle avait moins de quarante ans, et paraissait bien plus jeune que ne le suggérait la chronologie de son histoire. Elle était la fille d'une femme accusée de sorcellerie, et était âgée de quatorze ans à la mort de sa mère – par empoisonnement, Mariam en était sûre. Les gens étaient convaincus que sa mère lui avait enseigné la sorcellerie. Elle était donc *persona non grata*, et même très *non grata*, dans son village proche de Pandamatenga, près de la frontière rhodésienne.

Comme elle avait un oncle du côté rhodésien de la frontière, dans un village près de Plumtree, elle se mit en route pour le retrouver. À ce stade du récit, Denoon entra discrètement et s'assit. Les membres d'une même tribu vivaient de part et d'autre de la frontière, qui ne signifiait rien pour eux et qui n'avait encore jamais été clairement délimitée. Je me rappelle juste le point central de son histoire, son arrivée au village de l'oncle juste à temps pour assister à son meurtre. Comme il était herboriste, on le prenait évidemment pour un sorcier. Il était allé chercher dans une mare de la brousse de la fiente calcifiée d'alouette, puissant ingrédient des concoctions magiques, et des ennemis lui avaient tendu un guet-apens. Mariam était parvenue jusqu'à la mare et, depuis les taillis où elle se cachait, elle avait vu des hommes qui poussaient son oncle avec des bâtons jusqu'au milieu de la mare, puis l'avaient maintenu de force sous l'eau jusqu'à ce qu'il se noie. C'était une manière habituelle de tuer les sorciers, car elle ne laissait aucune trace. Les administrateurs blancs ne s'intéressaient jamais aux décès qui semblaient naturels. Denoon paraissait fortement affecté par son récit. Mariam commença à répéter cet épisode horrible de l'histoire et Nelson se leva et sortit. Je le suivis.

Il s'essuyait les yeux. Nous avons marché côte à côte un moment sans mot dire. Je me sentais proche de lui.

Je décidai d'éviter toute intrusion dans ses états d'âme, à moins qu'il ne me signale lui-même que j'étais bienvenue. Il me quitta devant chez Mma Isang et s'éloigna. Je faisais très attention. Je crois que ce fut le début de notre histoire d'amour.

Bien entendu, la vie étant ce qu'elle est, ce qui l'avait touché dans l'histoire de Mariam n'était pas ce que j'avais cru. C'était quelque chose de plus abstrait que ne l'aurait suggéré le récit. Beaucoup plus tard, j'évoquai la scène et, de son propre chef, il corrigea aussitôt l'idée que je m'étais faite de ses émotions ce soir-là. Je lui disais, me semble-t-il, combien j'avais été touchée de le voir aussi ému par Mariam.

La chose plus abstraite était la violence humaine en général. Avant de se rendre chez Mariam, il avait écrit de la poésie, ou plus exactement tenté pour la énième fois d'écrire un poème à partir d'une notion très claire qu'il avait en tête. Il avait ressenti un excès d'émotion chez Mariam parce que le sujet de son histoire illustrait parfaitement ce qu'il avait essayé d'introduire dans son texte. Il me l'expliqua. Il voulait écrire un poème pour montrer que quiconque embrasse la violence doit être considéré comme un allié des inévitables ennemis naturels de l'humanité, depuis les tremblements de terre jusqu'à la panoplie complète des maladies. La chose ne faisait pas l'ombre d'un doute à ses yeux, et il pensait manifestement que s'il parvenait à l'exprimer dans un poème à peu près correct, cela pourrait se révéler utile. Il me montra quelques échantillons de ce qu'il avait écrit. C'était whitmanien. Il travaillait à partir de titres comme « Les Alliés de la famine » et « Fournisseurs d'asticots » ou « Adorateurs de l'asticot ». Je me souviens qu'il qualifiait Claymore et Gatling d'alliés de l'asticot ou de la mouche à viande. Vous n'êtes pas poète, fus-je bien obligée de lui avouer. Ce n'est pas un poème. Un génie pourrait le faire, dit-il. Nous rîmes de bon cœur. Votre problème, lui dis-je, c'est que vous voulez être tout. Ce n'est pas le pire, dit-il.

Je lui demandai ce qu'était le pire.

Le pire, c'était qu'il avait été amené au cours de sa vie à bien connaître deux authentiques poètes, dont j'aurais reconnu les noms mais qu'il ne nommait pas par excès de honte. Il avait envoyé à chacun d'eux un résumé d'une de ses idées de poème dans l'espoir de les inciter à l'écrire. L'un n'avait jamais répondu. L'autre s'était contenté d'une réponse polie. Il ne semblait plus être ami avec eux.

Vous devez être le plus grand passionné de poésie qui soit, lui dis-je.

Suite de la phase amoureuse

La poursuite amoureuse dura un mois, après quoi je fonçai parce que je trouvais que l'équilibre entre nos rencontres publiques et privées n'était pas satisfaisant. Les occasions publiques prédominaient, et de loin - nous nous rencontrions lors d'un *corso*, d'un spectacle quelconque, ou au cinéma. Les occasions privées se résumaient essentiellement à de longues promenades chastes dans le crépuscule, qui finissaient souvent par nous conduire à quelque destination utilitaire comme le moulin, pour voir s'il y avait un peu d'entretien à effectuer. Jusqu'à l'extrême fin, il ne m'a jamais fait aucune déclaration.

Il fallait supporter le rythme étudié de tout cela. Je travaillais avec les lapins. Lors des rares occasions où Denoon et moi étions seuls ensemble, j'avais l'impression qu'il s'intéressait davantage à ce qui se passait dans les cages à lapins qu'à approfondir sa connaissance de ma personne. Il manifestait toujours un vif intérêt pour toutes les analyses de Tsau que je pouvais avancer, ce qui renforçait mon opinion qu'en vérité c'était mon point de vue sur le lieu qu'il recherchait. Nous progressions si lourdement d'une étape à l'autre du flirt – depuis les effleurements de main jusqu'à de mornes caresses, administrées debout – que pour ma part, je finissais par en éprouver de l'embarras. C'était bizarre, pour ne pas dire rétrograde, pour des gens de nos âges respectifs. Mais je me pliais au jeu, acceptant par avance la poursuite de l'écœurante routine d'avoir à guetter les signaux lancés par le souverain partenaire lorsqu'il voudrait me signifier que l'heure du prochain palier avait sonné. L'enjeu était de taille, me disais-je, et sa perception des ramifications de notre rapprochement dépassait la mienne.

Une chose que je sais à présent, et que j'interprétais alors de travers, était le goût de Nelson pour les périodes d'autocommunication, dont je pensais à tort qu'elles constituaient, pour lui comme pour moi, des longueurs. Il appréciait bien plus que moi nos promenades absolument silencieuses. Lorsque nous en discutâmes enfin, je le fis bien rire en lui avouant que je m'ennuyais quand je ne parlais pas. Je me souvenais qu'il m'avait dit que, pour ses parents, une bonne soirée entre amis pouvait signifier rester plusieurs heures ensemble sans rien dire, à écouter un enregistrement de la *Missa Solemnis.* Et tous deux ensemble, son père et sa mère, faisaient souvent la même chose. Je lui demandai si son goût pour le silence ne venait pas de ce qu'il avait vécu. Non, répondit-il, parce qu'à l'époque où il aurait pu être influencé, il avait déjà compris que cette scène était encore un truc inventé par son père pour passer une soirée apparemment normale alors qu'il était ivre : une tricherie, un prétexte pour fermer les yeux dans le canapé, en apparence présent, mais luttant pour tenir jusqu'à l'heure du coucher sans attirer l'attention sur la quantité d'alcool qu'il avait réussi à ingurgiter en secret. Une escroquerie à tous les sens du mot. Ainsi la musique sacrée dominait-elle largement la collection de disques du père, beaucoup de Bach, et Nelson y voyait une invitation transparente à faire participer la mère.

Rien ne peut donc être inné ? me demandait-il, objectant à mes nouvelles incursions dans son enfance. Tout doit-il toujours se rapporter au processus d'exfoliation des détails de nos malheureuses enfances ? Il se trouve que j'aime le silence, dit-il. Pourquoi faut-il que nous soyons embourbés dans la narration ? Nos vies se consument dans la narration. Nous rêvons, et c'est narratif. Nous nous endormons, nous rêvons, et c'est encore narratif ! Chaque être humain que nous rencontrons a une histoire à nous raconter. Alors que voyais-je de mal à un occasionnel répit du mode narratif ?

Rétrospectivement, je suppose que j'aurais pu creuser plus avant les raisons de ses crises intérieures, mais quand on est courtisé, on se hausse tellement du col, même à titre temporaire, qu'on n'est pas en mesure de saisir des indices qui d'ordinaire vous avertiraient des choses à creuser. Et rien n'est plus vain que de revenir sur les interventions qui auraient pu changer le cours des choses. J'ai envie de m'engueuler quand je fais ça.

Pourtant, je me rends compte que j'ai tout aussi bien pu entretenir son désir de silence pendant nos promenades par mes questionnements trop intenses et trop concentrés sur les livres de sa vie. Je cherchais à tâtons sa clé de voûte intellectuelle, mais sans montrer suffisamment de tact. Il y a certains bourbiers à éviter avec les gens. On peut s'attacher à quelqu'un qui paraît normal intellectuellement, et puis l'entendre lâcher tout à trac que son livre préféré au monde est *Le Prophète.* En l'occurrence, le danger ne gisait pas spécifiquement là avec Denoon, mais il y en avait d'autres. Un type qui vous dit que le meilleur roman jamais écrit est *Clarissa*, qui se trouve aussi être le premier ou deuxième roman jamais écrit, n'est pas incapable de vous dire aussi qu'en musique il n'aime que les motets, et que l'art n'a jamais vraiment progressé depuis les fresques de la grotte de Lascaux. Je suppose que j'étais à l'affût d'une variante de ce réflexe parce que Denoon avait dit que son roman préféré était *Guerre et Paix*, et je m'étais dit Oh non, et pourquoi pas Beethoven pour la musique et Shakespeare pour le théâtre. Ce n'est pas que ces opinions ne soient pas défendables, mais elles peuvent témoigner d'un déficit de la personnalité. Ce qu'on ne voudrait jamais entendre un homme avouer tout doucement, c'est que son livre préféré est *Le Carnet d'or.* Là, on est sûre qu'on a affaire à un menteur du lagon noir et il est grand temps de chercher dans son sac l'appoint pour un ticket de bus. Quoi qu'il en soit, quand j'ai perçu la profondeur du désir de silence de Denoon, j'ai laissé tomber. Ce que j'ai tiré de cette première tentative de plongée dans sa formation littéraire, ce fut un livre de poche intitulé *L'Afrique noire est mal partie*, à lire et à commenter.

L'octogone

Denoon avait disparu depuis quatre jours, sans avoir jamais parlé d'aller où que ce fût.

Sans que je le sache, cette absence s'expliquait innocemment. Il avait coutume de faire retraite une fois par mois, pour lire et réfléchir, dans un refuge situé à environ deux kilomètres en aval sur le fleuve de sable. La date l'avait pris par surprise : il avait découvert en tournant une page de son agenda que le moment de partir était venu. Il m'avait cherchée, ne m'avait pas trouvée et n'avait rien voulu laisser d'écrit pour m'avertir – le problème étant, comme je fus déconcertée de l'apprendre, que les communications écrites, à Tsau, n'étaient pas nécessairement des plus fiables –, et surtout, il n'avait pas voulu reporter un geste que tout le monde savait qu'il avait toujours effectué religieusement jusqu'alors, avec une régularité d'horloge. Ces scrupules étaient liés à sa mise en scène de notre relation, telle qu'il voulait la faire apparaître aux observateurs de Tsau. Tout dans notre rapprochement devait sembler résulter d'accidents et de l'évolution naturelle des choses. Tout devait sembler graduel de manière convaincante.

Je ne pouvais pas demander où était Denoon, car j'avais conscience de devoir me méfier d'une proportion sûrement plus grande qu'il ne semblait de femmes, à Tsau, qui étaient convaincues que j'étais venue dans l'intention préméditée de courir après lui. Je ne pouvais donc pas m'enquérir, mais ce que je pouvais faire, c'était me convaincre aussitôt que Denoon entretenait une liaison clandestine. Quelqu'un avait dû lui asséner un ultimatum et le forcer à partir, pour une confrontation. Il devait y avoir quelque part une caverne, me disais-je, ou une planque, où ils se retrouvaient. Qui pouvait bien être ma rivale ? Deux candidates me vinrent instantanément à l'esprit – Dineo, et Kakelo Modise, notre infirmière acariâtre. Il me semblait qu'elles avaient toutes deux disparu assez longtemps de la scène durant l'absence de Denoon pour que l'une ou l'autre fût une candidate plausible. Pour ma part, en tout cas, je ne les avais guère vues ces derniers temps, pour autant que je pusse m'en souvenir.

Mes soupçons se portaient plutôt sur Kakelo. Elle avait moins de vingt-cinq ans et un très joli corps, qu'elle mettait habilement en valeur avec son costume d'infirmière. Elle allait partout en grande tenue – toujours avec sa coiffe miniature – pour qu'on sache bien qui elle était. Elle avait un teint café au lait magnifique. En sa présence, on n'oubliait jamais qu'elle avait conscience de gaspiller son arôme dans l'air du désert. En fait, elle était la seule du village à utiliser du parfum, à ma connaissance. Elle m'inspirait de la compassion, mais je n'ai jamais eu l'occasion de la lui manifester. Elle se tenait incroyablement mal en ma présence. Il existait un protocole d'accord régissant les rapports entre petits groupes, pour faire face au cas où quelqu'un aurait souhaité parler en anglais. Tout cela était vraiment édicté pour la forme, car je n'ai jamais vu personne donner le signal du refus. Quand on voulait passer à l'anglais, on était donc censé nouer ses deux petits doigts pendant quelques instants, afin de donner au gens la possibilité de signifier qu'ils ne le souhaitaient pas en abaissant le pouce. Mais chaque fois qu'elle avait croisé un groupe où j'étais, elle avait dédaigné le protocole et démarré aussi sec dans un anglais rapide et saccadé. Naturellement, si elle était l'*inamorata* secrète de Denoon, sa grossièreté à mon égard s'expliquait sans peine. Manifestement, quelque chose la tracassait. Et n'importe quel mâle solitaire se serait intéressé à elle si elle-même s'intéressait à lui, me semblait-il. Je lui attribuais une psychologie complète. Je m'imaginais à sa place, nubile et involontairement postée dans une cité de femmes : qu'y aurait-il de plus logique que de chercher à séduire sexuellement l'auteur indirect de ma détresse et à le démolir ? Les infirmières qui avaient peuplé mon folklore adolescent m'ouvraient le chemin. Grâce aux amusants récits du monde viril que j'extorquais à un ami homosexuel, je savais ce que les lycéens de mon époque pensaient des infirmières. Mon lycée se trouvait à deux rues d'une école d'infirmières. Mon copain m'avait décrit une scène de vestiaires au cours de laquelle un type, champion de hockey, perdait les pédales et se mettait à taper sur les portes : il venait d'apprendre par le médecin de l'équipe qu'il avait contracté une maladie dite « de Vénus ». Sa vision du monde s'écroulait, car il tenait la maladie d'une infirmière, plus précisément d'une élève infirmière. Or, les infirmières étaient considérées comme des femelles sexuellement actives, tant parce qu'elles étaient chaudes – vivant sous des lois pariétales – que parce qu'elles savaient tout sur l'hygiène et les astuces contraceptives, et qu'elles pouvaient même pratiquer des avortements entre elles si quelque chose tournait mal. Les infirmières étaient donc censées garantir une salubrité sexuelle absolue. Et voilà qu'une infirmière l'avait contaminé.

Ma suspicion concernant Kakelo fut toutefois de courte durée. En jetant un petit coup d'œil dans son bureau, je ne pus m'empêcher de remarquer l'épaisseur du dossier de doubles des lettres qu'elle avait adressées au ministère de la Santé pour solliciter une mutation anticipée. La plupart de ces missives étaient récentes. Si elle avait embobiné Denoon, pourquoi aurait-elle insisté aussi ardemment pour être transférée ? En outre, une rapide enquête m'apprit que sa récente disparition de son poste médical était due à la bronchite ou à l'hypocondrie, maux auxquels elle avait déjà été sujette au dire de tous. Enfin, il me fut révélé qu'elle forçait tout le monde à parler l'anglais, que je fusse ou non dans le groupe. Détail amusant, son prénom se traduisait par Obéissance.

Le dernier jour de l'absence de Denoon, j'allai rôder du côté de chez lui comme une idiote, le matin de bonne heure. J'avais prévu un prétexte pour le cas où j'attirerais l'attention de quelqu'un, y compris lui s'il s'avérait être *in situ*. Il n'y était pas. Je m'y rendis de manière détournée, en descendant dans les fourrés du versant en surplomb au lieu de monter à la vue de tous par le chemin qui partait de la grand-place. Denoon disposait d'une terrasse privée, qui couvrait une superficie à peu près égale à deux courts de tennis mis bout à bout.

La maison était constituée d'un bloc de béton octogonal, l'ancien centre de commandement de l'équipe belge qui avait construit Tsau. Le toit de chaume à double pointe avait quelque chose d'abstrait et d'incongru. Cette impression se révéla par la suite prémonitoire : je regardais quelque chose qui allait susciter un problème pratique personnel. En fait, le toit original en tôle ondulée, en parfait état, avait été démonté sur instruction de Denoon, et remplacé par cette fantaisie en chaume qui, structurellement, n'était pas en harmonie avec la forme du bâtiment. Il voulait vivre sous le chaume comme tout le monde. Au premier abord, je fus touchée par le fait que Denoon soit obligé de vivre dans un bâtiment aussi bizarre, bien que spacieux. On aurait dit une construction vaguement industrielle, ou même industriel militaire, comme un blockhaus de la Première Guerre mondiale, ou peut-être plutôt une casemate, sauf qu'il y manquait les canons braqués aux étroites fenêtres rectangulaires disposées horizontalement, à un niveau plus élevé que la normale. Mais plus j'examinai sa maison et le terrain alentour, plus son choix de domicile me parut intéressant et trompeur.

Je m'amusais à appeler patio le terrain qui s'étendait sur le devant jusqu'au précipice. Nelson n'a jamais pleinement saisi l'humour du terme, qui m'est venu lors de cette première reconnaissance. En vérité, on aurait plutôt pensé à un jardin de sculptures, jonché de toutes ces pièces détachées et ces engins cassés, à moitié réparés ou obsolescents. Parmi ces machines se trouvaient d'autres éléments – des bassines où des pièces détachées marinaient dans des solvants, des tuyaux ficelés par paquets de même calibre, des caisses encore fermées. Ce terrain était en fait un anti-patio, même si un espace était dégagé près de l'extrémité de la terrasse, là où n'importe quelle personne normalement constituée aurait installé une table et des chaises, ou un hamac. L'endroit était par ailleurs ombragé par l'arbre parasol le plus parfait d'Afrique. En tant que jardinier, Denoon était insignifiant. Quelques malheureux plants de persil et d'autres herbes émergeaient de baquets installés près de la porte. On pouvait faire mieux. À l'arrière de la terrasse, derrière la maison, se trouvaient les cabinets, ainsi qu'une construction plus sommaire, coiffée de chaume, du genre de celles où l'on vous sert à boire sur les plages des Caraïbes, sauf que celle-ci renfermait une énorme et authentique baignoire en porcelaine. Les parois de cette installation étaient faites d'une juxtaposition de nattes suspendues, attachées entre elles par des pinces à linge. Je m'émerveillai brièvement devant l'installation, tout en notant mentalement que c'était le seul endroit de Tsau où l'on pût s'étendre de tout son long dans l'eau chaude. J'allais découvrir par la suite qu'il existait au moins une autre baignoire anglaise à Tsau, chez Dineo. J'essayai le robinet – rien. La baignoire n'était pas branchée sur le circuit d'eau. Il fallait apporter l'eau dans des récipients qu'on vidait dans la chaudière – un simple bidon à pétrole placé au-dessus d'un foyer en pierre – pour la faire chauffer : le prototype même de cet amalgame confort/inconfort que je percevais comme une ritournelle muette. On pouvait disposer de sa baignoire personnelle, mais il fallait que l'usage en soit éprouvant. La comparaison était injuste, mais ce qui me venait à l'esprit tandis que j'observais son installation, c'étaient les banderoles qu'on voit dans les manifestations mises en scène au cinéma, où les caractères prétendument tracés à la main par les gens sont à l'évidence la version artistique de ce que produirait une main inexpérimentée selon le cinéaste. C'était une pensée injuste, c'est vrai, mais c'était la mienne.

Ce que Denoon avait là, c'était de l'espace, une intimité préservée, une baignoire, des vues magnifiques – surtout vers l'ouest, où s'étendaient les collines rouges et le fleuve de sable. Mais manifestement, comme je l'analysais, le moindre privilège l'embarrassait et les thèmes de l'étude et du travail perpétuels, et de l'austérité fondamentale devaient se manifester partout. Je le voyais à la façon dont était aménagé l'espace intérieur de l'octogone. De surcroît, reconnut-il par la suite, il s'interdisait aussi d'avoir l'air de se poser en élément permanent, de planter ses racines et d'élaborer un environnement trop personnel, car il était prévu qu'il s'en irait lorsque Tsau serait achevé, c'est-à-dire parfait, ce qui ne pourrait manquer d'advenir un jour prochain. Il était là depuis huit ans déjà.

J'avais l'intention de me limiter à ce que je pourrais saisir en regardant par les fenêtres. D'abord, j'avais frappé vigoureusement à la porte pour m'assurer qu'il n'y avait personne au logis. L'intérieur était divisé en une grande chambre – salle de séjour – cuisine, et deux pièces plus petites à l'arrière, dont l'une était principalement occupée par un émetteur-radio. Pour toute décoration, des cartes et des tableaux de plantations. Les murs étaient blancs, quel soulagement, car ils auraient aussi bien pu être badigeonnés du même vert lentille que l'extérieur, ce qui aurait parfaitement correspondu à l'esprit général d'austérité, destiné à prouver qu'on pouvait se moquer de son environnement immédiat. Je distinguais quelques effets personnels dans la grande pièce : tout était bien rangé. Ses vêtements propres tenaient dans les compartiments d'une structure décatie en rotin, fixée au mur. Il y avait un siège pliant. Le matelas sur le lit surélevé devait être en balle de maïs, je le pressentais. Il fallait que j'entre, ne fût-ce que pour mieux observer ce qui tenait lieu de cuisine.

Je décidai que la cuisine était minimale mais utilisable. On y trouvait l'habituel fourneau en terre, et aussi un réchaud de camping, ainsi qu'une bonne réserve de bonbonnes de gaz au petit format. Je fus surprise de découvrir que le robinet, au-dessus de l'évier minuscule, n'était pas un simple ornement. Denoon avait le seul évier fonctionnel d'intérieur que j'aie connu à Tsau. Toutes les autres maisons étaient dotées de robinets d'extérieur. Je devais faire attention. Il y avait par terre des piles bien alignées de livres et de papiers, posées dans les endroits les plus inattendus. En surnombre, les tables étaient elles aussi chargées de livres, de papiers et de revues, de dossiers accordéon, et, dans les pièces du fond, d'*utilitariana* comme du matériel d'arpentage, des outils manuels, et des coupe-papier. Tout indiquait que l'espace d'habitation ne constituait qu'une réplique du *silva rerum* qu'était le patio.

Se posait l'inévitable question : Où trouverais-je ma place dans tout cela ? J'aurais à tout le moins besoin d'une table à moi, par exemple. Comment parviendrais-je à m'insérer ici sans me conformer à cet éternel féminin si longtemps oublié dont la touche rendrait tout désormais plus accueillant et plus confortable ?

Il faisait froid. Le sol requérait autre chose que les deux ou trois nattes jetées là, bien en évidence. En partant, je doutais de moi. Jusqu'à ce que surgisse de nulle part une image de Nelson sous forme de figue, pesante dans la main, pleine de graines denses, le contraire des choses légères et douces comme le raisin sans pépins. Il n'était décidément pas limpide. Je l'imaginais allant et venant d'une pièce à l'autre, ou plutôt ses jambes puissantes passant tout près de moi – moi qui étais assise à ma table.

Dineo

C'était le même jour. J'avais décidé que ma rivale devait être Dineo. Impossible de l'imaginer autrement qu'obtenant tout ce qu'elle voulait sans que ça se remarque. Elle était déterminée. La détermination irradiait de tout son être.

Je fus donc comme électrifiée, alors que j'écorchais des lapins que mes soins maternels n'avaient pas réussi à sauver, quand je reçus une convocation de Dineo. Laquelle convocation arriva sur une ardoise grisée dans une sacoche elle même placée dans un chariot poussé par mon courrier préféré, King James, celui-là même qui avait apporté le petit déjeuner lors de ma première rencontre avec le conseil des sœurs. J'étais priée de venir voir Dineo à Sekopololo après le déjeuner, *id est* pendant la sieste, un détail intéressant en soi, car j'avais remarqué qu'elle et moi étions les deux seules femmes à toujours travailler pendant la sieste. Elle l'avait observé aussi. Je répondis que je m'y rendrais. King James parut enchanté d'obtenir la course de retour. Sa mère était la jeune femme qui s'était brûlé au bras en apprenant le travail du verre avec Denoon.

Comme Dineo n'était nulle part en vue à Sekopololo, j'élargis ma recherche à la maison des commerces et m'aventurai jusqu'au fond, dans la grotte. Je fus interloquée en la découvrant, mais ce n'était encore rien en comparaison de ce qui allait suivre.

Il faisait chaud pour la saison – c'était le mois de mai, le milieu de l'automne en Afrique. Je me tenais juste à l'entrée de la grotte. Sur ma gauche s'ouvrait une sorte de passage, en fait une petite pièce assez dickensienne, dont les deux parois étaient tapissées de casiers contenant je ne sais plus quoi. Une lumière brillait au fond de la salle comme un reflet sur un beau meuble difficile à identifier, et je m'aperçus qu'une lanterne à la paraffine posée par terre faisait luire le dos nu courbé de Dineo cependant qu'elle fouillait dans quelque chose. Pour conjurer la chaleur étouffante, elle avait rabattu le haut de sa robe. Seul son dos était éclairé : sa tête penchée était invisible, de même que ses bras. Quelle est cette superbe chose ? me demandais-je, puis elle bougea en entendant mes pas. Il est courant dans les villages que les femmes se dénudent jusqu'à la ceinture quand la chaleur est accablante. On a beaucoup glosé sur la consternation des bénévoles masculins du Peace Corps qui enseignaient dans les classes supérieures des écoles secondaires les plus reculées, lorsqu'ils se retournaient, après avoir écrit au tableau noir, et se retrouvaient face à plusieurs rangées de jeunes femmes aux petits seins nubiles innocemment exposés. C'était avant que les diverses organisations de bénévoles n'implorent les directeurs d'écoles de décourager cette tradition. Désormais la chose était rare. Dineo se couvrit avec la rapidité de l'éclair, sans se retourner. Elle était surprise de me voir arriver si tôt, expliqua-t-elle, et elle me demanda si je savais l'heure qu'il était. Je répondis approximativement. À Tsau, l'heure se déterminait ainsi. Très peu de gens portaient des montres-bracelets. Dineo était de celles qui en portaient habituellement. Denoon le faisait de manière très sporadique.

Nous retournâmes à Sekopololo, dans la pénombre d'une salle de réunion où elle m'invita à m'asseoir à son côté, devant une grande table ronde en marqueterie. J'étais très mal à l'aise et je pense qu'elle s'en rendit compte car elle tenta de me détendre en nouant gentiment ses petits doigts comme par amusement – le signe qu'on pouvait parler en anglais. Nous échangeâmes un sourire.

Nous parlâmes du temps qu'il faisait, de la chaleur. Cela peut parfois nous aider, dit-elle en désignant le ventilateur fixé à une poutre du plafond, et relié par des tiges à un long boîtier équipé d'une manivelle et appliqué sur le mur. Je devinai que le ventilateur devait fonctionner, en vertu d'une variante de mécanisme d'horlogerie, par un système de ressorts. Dineo se leva et remonta à fond l'engin. Les minces pales de bois commencèrent à tourner faiblement. Elle avait mon dossier devant elle et se mit à le parcourir. Un feuillet se colla à son bras. Elle le détacha dans une grimace et agita la main devant son visage. Nous avions toutes deux accompli des travaux physiques éprouvants.

L'entretien semblait devoir concerner l'élevage de lapins, qui ne prenait pas un bon tour. En raison du climat, il fallait les élever sous des petites cloches en ciment, au lieu des habituelles cages grillagées. Ce système particulier avait connu un succès spectaculaire en d'autres lieux arides, comme le Negev, et Dineo savait que Denoon était obsédé par l'idée de développer l'élevage des lapins au niveau de chaque foyer. Elle parut soulagée de m'entendre convenir avec elle que l'idée était prématurée. Le ventilateur s'était arrêté. L'air résigné, elle se releva pour actionner la manivelle, en me faisant remarquer ce que je constatais déjà – à savoir que le ventilateur tournait bien peu de temps quand on considérait l'effort requis pour le mettre en marche. Une nouvelle illustration de l'inventivité de Denoon.

Je devinais chez Dineo quelque chose de réprimé qui la dévorait. J'avais l'impression qu'elle ne cessait jamais de lire en moi. Je le ressentis tout au long de ce récit de mise en garde qui prit la forme du récit des enthousiasmes successifs de Denoon pour divers types d'exploitation, le dernier en date étant l'élevage des autruches. Un message très clair m'enjoignait de me fier aux conseils des femmes, de certaines femmes, et elle m'en nomma quelques-unes qui élevaient d'autres bêtes. À une époque, Denoon avait apparemment décidé d'élever des porcs à Tsau. Finalement, l'expérience avait été abandonnée. À la base du projet : un mobil-home de cochons, selon l'expression de Dineo, une sorte de grand abri sans fond, rempli de cochons, et qu'on déplacerait en différents endroits pour enrichir la terre grâce aux déjections des porcs enfermés. Le problème, c'était que les porcs sont des bêtes très puissantes qui coopèrent volontiers entre elles. Comme il était impossible de bien ancrer la cage, les cochons la soulevaient et la trimballaient sur de grandes distances pour s'établir où bon leur plaisait, par exemple dans la cour de l'école primaire, pour la plus grande joie des enfants. Non seulement il était hors de portée d'un homme d'ancrer la cage, mais il était également impossible de la construire assez solidement pour empêcher les porcs de la démanteler peu à peu et de s'égailler dans toutes les directions. Maintenant, disait Dineo, Rra Puleng voulait attraper et élever des autruches qui étaient pourtant bien plus fortes que ces cochons. Quoi qu'il en soit, je devais continuer avec les lapins comme je croyais bon de le faire.

L'autre sujet de discussion, c'était que j'accumulais des quantités de bons de crédit sans m'en servir, parce que je travaillais plus d'heures qu'il n'en fallait pour couvrir mes besoins. Je répondis que je me demandais s'il ne serait pas possible d'en faire don à une femme âgée, quelqu'un ne pouvant plus guère travailler et qui serait heureuse de pouvoir s'offrir quelques petits luxes. Je rencontrai un vrai succès. Je m'en rendis compte parce que Dineo grimaçait quand quelque chose lui faisait plaisir, un peu à la façon de Humphrey Bogart.

Commença alors ce qui me fut véritablement insupportable. Nous parlions de manière générale du fait que je me plaisais à Tsau, et à mon avis elle tâtait le terrain en s'étonnant que je n'aie jamais entendu parler de Tsau à Kang, par exemple, où elle savait que les gens racontaient quantité d'histoires sur Tsau, qu'ils désignaient d'ailleurs comme Le village où les femmes mangent avant les hommes. Puis au beau milieu de la conversation elle se leva en me disant de la suivre à la maison de bains.

Je n'avais encore vu la maison de bains que de l'extérieur. C'était l'un des très grands rondavels situés en contrebas vers l'est, sur la vaste esplanade rocheuse où se trouvaient aussi la cuisine, la buanderie et le dispensaire. Pourquoi m'y emmenait-elle ? Étais-je censée saisir une allusion concernant ma personne ? Pensée facétieuse, mais qui montre bien comme j'étais loin du compte.

La maison de bains était vide. Le sol était en pierre, jonché de caillebotis mobiles en bois. On y voyait clair grâce à la lumière verdâtre provenant des deux larges vitrages en briques de verre teinté, encastrés dans le mur de part et d'autre de la porte. Dineo m'indiqua qu'on pouvait choisir entre deux types de baignoires – des cuves de douche standard en plastique, ou bien de hautes cuves cylindriques en bois où l'on accédait par une échelle, et qu'un système de gros crochets et d'anneaux autour de leur base empêchait de basculer. Ces hautes cuves permettaient de se plonger dans l'eau chaude jusqu'au cou. Je supposai qu'on s'y accroupissait jusqu'à ce que les genoux touchent les bords, puis qu'on se trempait dans cette position semi-assise. On pouvait déplacer toutes les cuves et tous les caillebotis de manière à les amener sous le bec d'un des trois tuyaux qui amenaient l'eau, de chaude à tiède, depuis une installation solaire installée sur le toit. On tirait le tuyau vers soi au moyen d'une corde. Il fallait tirer fort. Le maximum autorisé était de trois coups, et cela devait suffire pour un bon bain.

Chose extraordinaire, elle commença à se déshabiller sans façons tout en m'expliquant le fonctionnement de la maison de bains. Elle me tendit même ses vêtements pour que je les tienne. Elle parlait sans répit. Je pourrais, me dit-elle, utiliser librement la maison de bains chaque fois que j'en aurais assez de me doucher chez Mma Isang. Actuellement, l'endroit était réservé aux femmes, mais bientôt les hommes se verraient attribuer des horaires spécifiques, signalés par un chiffon accroché à la porte. Il fallait toujours que je pense à me savonner avant de tirer l'eau. Et ainsi de suite. Sans la moindre allusion à ce qu'elle-même était en train de faire.

Je ne percevais aucune cause au déroulement de cette scène. Elle ôta tout sauf son foulard. Elle tira sur l'un des tuyaux, juste assez pour obtenir un mince filet d'eau, mais elle ne fit rien de plus que se tamponner le visage et les aisselles. Elle avait un corps magnifique. Visiblement, elle n'avait jamais allaité. L'espace d'un instant, il me semble bien que je perdis la notion de l'endroit où je me trouvais. Un énorme malaise m'avait envahi. J'assistais à quelque chose d'intentionnel qui n'avait rien d'insignifiant, mais sans pouvoir l'interpréter. Ce n'était sexuel en aucun sens que je puisse appréhender. Chez les Batswanas, la pudeur du corps n'existe guère à l'exception du *pudendum* féminin, et encore, seul compte réellement l'*introitus*. Les hommes tswanas ne sont absolument pas sensibles à la nudité féminine, comme peuvent l'être les *makhoas*. Voulait-elle me faire savoir que, pour son âge, elle avait un corps de la catégorie des plus beaux enjoliveurs ? Sa toison pubienne était du genre étroit et vertical, et non pas touffu, telle qu'on voit de plus en plus dans les revues de masturbation comme *Playboy*. La sienne était naturelle, et je suis sûre que celles des magazines sont des artifices créés pour répondre aux fantasmes du salariat masculin, apparemment faits d'une chimère aux seins de nourrice et au pubis préadolescent, épilé et affiné. Où cela nous mène-t-il, nous autres plus abondamment fournies, voilà une bonne question – et une raison de plus pour nous coller des complexes.

Je remarquai toutefois une cicatrice irrégulière et boursouflée qui allait du nombril au pubis. Ce n'était pas l'emplacement d'une appendicectomie. J'en déduisis qu'elle avait subi une hystérectomie, et il me vint à l'esprit qu'elle avait peut-être voulu me montrer cette cicatrice. J'étais tout simplement paumée.

Cela ne dura pas longtemps, si interminable que cela parût. Dineo se rhabilla rapidement après ce semblant d'ablutions. Elle parlait sans arrêt, mais rien de langoureux ne perçait.

En sortant, elle me montra un bosquet de papayers à côté de la maison de bains. Ils étaient arrosés par les eaux usées des cuves. Les gens plaisantent sur la douceur et la vigueur de l'eau des bains de femmes, dit-elle, et ils disent que pour connaître le goût de la femme, il faut goûter ces fruits.

L'idée qu'elle pût être la maîtresse de Denoon me parut dès lors infondée, sans que j'eusse pu dire pourquoi.

Festival de gaffes

Lorsqu'il revint, je traitai par l'indifférence ses quatre jours d'absence. La dernière chose que je souhaitais déclencher dans notre relation, c'était bien un éclat susceptible de provoquer des réactions phobiques relatives à des restrictions et à des notifications personnelles concernant la liberté de mouvement. Je ne pouvais m'empêcher de penser que cette retraite était également destinée à me mettre à l'épreuve, pour décider si j'étais véritablement à la hauteur d'un personnage aussi hautement et subitement mobile. Sans doute pensais-je aussi que si jamais nous devions vivre ensemble sans pour autant sombrer dans les inévitables sentiments de claustration qu'entraînerait le fait d'être confiné à une vie sociale limitée à un koppie, il lui faudrait – et peut-être même me faudrait-il à moi aussi – avoir recours à des séjours loin du foyer d'interactions qu'était, à l'évidence, Tsau. Il précisa qu'habituellement il ne s'absentait que trois jours au plus lors de ces retraites, mais qu'il avait prolongé celle-ci pour la conjuguer avec une étude de terrain en vue d'un projet d'élevage d'autruches qu'il avait en tête.

Nous avions suffisamment avancé pour qu'il vienne dîner chez Mma Isang. Les deux premières fois, Mma Isang dîna avec nous, mais ensuite nous nous retrouvions chez elle pour sauver les apparences, et elle prenait son repas dans mon rondavel. Elle insistait. Elle appartenait à la catégorie de femmes qui estimaient que lui et moi devions nous mettre ensemble. À l'époque, j'interprétais sans ambages ce sentiment : à mon sens, il habitait ceux qui voulaient voir Denoon rester le plus longtemps possible à Tsau, et qui pensaient que ce serait à la longue son célibat – si telle était bien la réalité de son statut, ce que je répugnais à accepter –, sans entrer dans trop de détails, qui le pousserait à partir. Après tout, chacun savait qu'il allait bientôt être un authentique divorcé. Du coup, une impression de changement possible était dans l'air. Intellectuellement, je voyais bien en quoi le célibat représentait pour Denoon un choix plausible. Toute liaison avec une femme de Tsau l'aurait contraint à choisir une personne issue de telle tribu parmi toutes les autres, compromettant du même coup sa position de surplomb, et compliqué sa situation aussi bien que celle de l'élue. En outre, les femmes tswanas veulent des enfants, et elles les veulent tout de suite. À quoi s'ajoutait la question de son image professionnelle, celle d'un homme qui s'efforce de construire puis de développer des entités politico-économiques autarciques, ne dépendant ni des cadres occidentaux ni du charisme d'un seul homme, blanc de surcroît. Et puis dans le cas de Tsau, dont la raison d'être était l'égalité des femmes et leur dignité avant tout, il n'aurait pas été franchement sympathique de prendre une femme par convenance personnelle, une femme locale pour ainsi dire, puis de l'abandonner de manière insultante ou bien de l'emmener avec lui lorsqu'il partirait, démontrant ainsi à toutes les autres que le vrai bingo dans la vie, c'était de fuir vers les métropoles occidentales au bras d'une icône. Je me rendais bien compte que, de plusieurs points de vue, je serais parfaite pour lui, si l'on pouvait me croire sincèrement attachée à Tsau, comme j'en avais tout l'air, et non pas pressée de décamper, autrement dit si j'étais bien celle que je semblais être.

Il y eut un soir un dîner embarrassant. Je devinais que Nelson se sentait d'humeur sensuelle, à sa façon de chercher à anticiper les mouvements de Mma Isang et à supputer les moments où elle risquait de revenir. De toute évidence, il essayait d'apprendre, sans poser de questions trop directes, si Mma Isang et moi-même avions déterminé une heure précise pour son retour. Je ne l'aidais pas. Je le taquinais, en partie parce que notre promenade au clair de lune avait été vraiment trop sérieuse, et en partie à cause de ses quatre jours d'absence. Il se tramait donc une petite comédie de vengeance.

Sans aucun doute possible, taquiner est une attitude régressive. Je m'y prête rarement, mais quand je le fais, je le justifie toujours par le fait que les femmes sont autorisées à taquiner dans une certaine mesure, mesure que je suis loin d'approcher.

Denoon s'était mis sur son trente et un : il arborait son absurde pantalon bouffant serré à la taille par un cordon, une tunique bleue bien propre, et comme il s'était rasé juste avant de venir, il brillait.

Au menu, un plat de carottes et de gruau que j'avais concocté. C'était une production tout-solaire qu'il était forcé d'aimer – ne fût-ce que pour cette raison.

Au cours de mes allées et venues dans Tsau, j'avais entendu dire que Nelson était entré dans l'école primaire, et avait remarqué que, sur un dessin d'enfant représentant un cheval qui était exposé, une sorte de nuage recouvrait l'emplacement du pénis de l'animal. Le tracé original du pénis se devinait encore sous le nuage gommé. Nelson avait alors établi qu'une enseignante puritaine avait imposé à l'artiste de modifier le cheval s'il voulait que son dessin soit accroché. Et Nelson, enflammé, avait porté l'affaire devant la commission scolaire.

Est-ce vraiment le niveau de problème auquel vous souhaitez être associé ? lui demandai-je.

Voulez-vous dire que j'ai été *ultra vires* ? dit-il. Ce fut l'instant – nous en convînmes par la suite – où nous découvrîmes que nous étions tous deux de fieffés latinistes. Plus tard, cela constitua un lien fort. Nous adorions le latin.

Je répondis Pas vraiment, puisque j'ignore quelles sont ici vos limites du point de vue institutionnel, ou plutôt juridique. Vous semblez être *ex officio* dans la plupart des commissions dont j'aie pu entendre parler, ou plus exactement vous débarquez quand ça vous chante et personne ne vous demande ce que vous faites là. Et puis, comme cet endroit résulte d'une idée à vous, il en découle vraisemblablement des pouvoirs non définis à votre profit. J'ai, en effet, l'impression que vous devenez un peu plus *emeritus*, mais ce n'est qu'une impression. Disons que pour moi tout cela est assez opaque, voilà tout.

Délibérément, me parut-il, il laissa passer l'occasion de m'éclairer sur ces questions. Il se contenta de continuer à manger d'un air satisfait, allant même jusqu'à murmurer qu'il fallait que je lui donne ma recette. Je réitérai donc mon opinion, lui répétai qu'il n'était pas de son niveau de s'agiter parce qu'une enseignante cherchait à empêcher un enfant de dessiner un cheval doté d'un gros pénis. Je me rendais bien compte que le pénis en question avait été de dimensions caricaturales dans l'œuvre originale, et aussi que l'artiste était King James, rien de moins.

Il observa La censure n'est-elle pas un sujet qui devrait tous nous préoccuper ?

Bien sûr, si vous faites partie de l'Union des libertés civiques du Botswana. C'est le cas ? Ou bien êtes-vous plutôt une manière d'inspecteur général ? Je n'obtins pour toute réponse qu'un silence prolongé.

Je pris peur. Le harcèlement n'était pas loin, et je le voyais mal à l'aise. Je me lançai dans des associations d'idées, histoire de trouver quelque chose de léger à dire, et lançai Savez-vous comment les Batswanas désignent un homme mené par le bout du nez ? Il l'ignorait. Ils disent qu'il mange son manteau. Les gens rient quand ils disent ça, et je ris moi-même, mais ils sont aussi incapables que moi d'expliquer pourquoi ils trouvent ça drôle.

J'étais tombée sur quelque chose qui l'intéressait beaucoup – l'humour tswana. Connaissais-je d'autres plaisanteries tswanas ?

J'étais bien soulagée d'en connaître une autre. Mais seulement une autre. Oui, bien sûr, dis-je. Puis je pris conscience de ce que j'allais dire, mais trop tard.

Ce n'est pas vraiment une plaisanterie, dis-je, c'est une devinette. En fait, ce n'est même pas une plaisanterie du tout.

Il voulait l'entendre. Je n'en revenais pas de m'être fourrée dans ce piège. J'essayai même d'improviser une plaisanterie ou une devinette pour remplacer celle que, sinon, j'allais devoir raconter. Mes facultés étaient paralysées. Il patientait.

Bon, voilà. Savez-vous pourquoi le pénis attire toujours les histoires louches ? Vous ne le savez pas, eh bien c'est parce que le pénis est borgne.

Il se mit à rire, et sans se forcer le moins du monde. Mais j'étais mortifiée. Jusqu'à cet instant, tout ce que j'avais raconté tournait autour du pénis. Quelle idiote je faisais. Mais son rire charmant me faisait tout de même plaisir.

J'eus alors l'intuition brillante que pour désamorcer mon apparente fixation sur cet organe, je devais montrer le peu de cas que j'en faisais, malgré ce qu'il pouvait penser, en me lançant dans des histoires encore plus corsées. J'essayai de démontrer ma totale insouciance.

Je poursuivis donc. À propos, ceci vous amusera peut-être : à l'époque où j'étais au lycée, pendant cette brève période où mes trois meilleures amies suivaient la mode adolescente des diminutifs en ajoutant un i à la fin de leurs prénoms, nous nous demandions les unes aux autres si tel garçon avec qui nous avions, disons, flirté, avait été *sincère*. Sincère supposant qu'il ait eu une érection, naturellement.

Il trouva cela drôle, vraiment drôle. C'est nouveau, dit-il. C'est une nouvelle.

Sommes-nous sûrs d'être seuls ? demanda-t-il. Mais à l'instant même survint Mma Isang. Je m'arrangeai pour lui faire comprendre qu'elle devait rester. Je me sentais sotte et coquette, mais c'était là que je voulais en rester ce soir-là.

Causer un plaisir actif à son compagnon, c'est une chose que les gens ont tendance à limiter au royaume sexuel, ou bien à la présentation d'une nourriture attrayante à heure fixe, mais le renouvellement permanent d'une comédie intime compte à mes yeux plus que tout.

Naturellement, c'est en vivant avec Denoon que m'est venue cette idée dans sa forme élaborée, par contraste avec l'intuition brute qui m'en effleura le soir en question. Je ne parle pas d'un sens de l'humour se ménageant une place en toutes circonstances, hauts et bas confondus de la vie en commun. Je parle de jouer activement la comédie. À la fin, j'étais meilleure dans ce domaine que Denoon. Je ne sais pas pourquoi l'idée de faire rire quelqu'un me paraissait tellement nouvelle. Je n'y avais jamais songé à propos d'aucun homme avec qui j'aie entretenu une relation sérieuse. Denoon avait très tôt manifesté, en s'abstenant de toute objection, que j'étais libre de l'inclure dans mon numéro, avec ses défauts comme ingrédients et accessoires. Il était donc différent. Ou bien était-ce simplement que j'avais, pour la première fois de ma vie, affaire à un homme réellement adulte et mûr, idée que j'avais jusqu'alors tenue pour une création purement littéraire, et une manière comme une autre d'esquiver la question de savoir si le monde réel ne se réduisait pas à un millefeuille superposant les différents degrés de l'hystérie, celle du sexe dominant étant simplement la plus réprimée, et s'exprimant dans des formes ritualisées telle que la surpréparation ou la mémorisation de scores complets de joueurs de baseball, que nul ne songerait à associer à l'hystérie ? Quoi qu'il en soit, je m'étonnais du plaisir que j'éprouvais à faire jaillir de lui ce rire profond, spontané, sans réserve.

Beaucoup plus tard, Nelson se montra extrêmement gentil lorsque nous discutâmes de mon festival de gaffes sur les pénis. Il me prodigua des consolations intéressantes fondées sur un concept qui allait nous servir en d'autres occasions. Il voulait que je sache que la séquence-pénis l'avait titillé *sub rosa*, et ce d'autant plus qu'elle avait été si manifestement accidentelle. Tu n'es jamais aguicheuse, dit-il. Il existe une école de pensée, une hérésie de la folie des hérésies au neuvième siècle, d'après laquelle Dieu est bon et contrôle toute chose, tout événement, mais c'est malheureusement le diable qui contrôle le timing. D'où les gaffes. D'où le monde actuel. Entre nous, nous pourrions utiliser cette idée et nous en amuser. Bien entendu, une idée diffère des choses solides comme la maxime stoïcienne, De toutes les choses existantes certaines sont en notre pouvoir et d'autres non. Maxime qui m'habite pour toujours et que je tiens de Denoon, que j'ai forcé à défendre comme étant parfaitement distincte de sa variante populaire en usage dans les groupes des Alcooliques anonymes.

Travaux d'approche

Les notes ci-dessous remontent à la fin de notre période préamoureuse.

> *Méfions-nous de la mauvaise humeur des hommes. N. palpablement déprimé par une rupture au sein de je ne sais quel syndicat espagnol. Il va et vient en maudissant à mi-voix un groupe qui s'appelle les* renovados. *Ses informations proviennent d'un bulletin ronéotypé datant d'un an et qui vient seulement d'arriver jusqu'ici. Il m'a déjà fallu pas mal de témérité pour lui faire cracher ça. Tout ce que je voulais, c'était pouvoir l'aider si possible à recadrer cette mauvaise nouvelle pour qu'il soit moins triste, et lui offrir une épaule sur laquelle s'appuyer quand je connaîtrais le nœud du problème. Mais je m'entendis répondre qu'il aurait fallu que je connaisse toute l'histoire de l'anarcho-syndicalisme en Espagne depuis l'époque de Cro-Magnon, et pour cela qu'il prenne le temps de me l'expliquer, pour pouvoir ne serait-ce que commencer à prendre la mesure de l'importance de la chose. Il n'est pas disposé à faire ça pour moi, même succinctement, et la réponse à la question de savoir s'il a quelque chose à me prêter que je puisse lire pour m'informer est négative. Il préfère à l'évidence mariner dans sa déprime, sans intervention aucune d'amis chers. Je crois que j'ai fait preuve d'une certaine bravoure en lui demandant s'il y avait d'autres domaines de sa vie d'où pouvaient brusquement surgir les tentacules de la dépression susceptibles de l'envelopper et de le transformer sans avertissement en lugubre partenaire de table, à quoi il a répondu non.* Mon aversion pour la mauvaise humeur chez mes intimes est surdéterminée et trouve son ancrage dans la réalité. Un élément central de mon histoire personnelle est la mauvaise humeur dans laquelle j'ai accidentellement plongé ma mère pendant trois mois d'affilée, un certain été. J'étais sur le point de faire quelque chose de gentil pour elle. Je venais d'obtenir mon permis de conduire après une longue période de supplications et de cajoleries pour être autorisée à emprunter des voitures et apprendre avec des copains. Un triomphe pour quelqu'un de pratiquement issu du lumpenprolétariat. La première chose que j'allais faire avec mon permis et la voiture que j'avais empruntée, c'était d'emmener ma mère passer le week-end dans un bungalow au bord d'un lac. Ce serait formidable, l'un des meilleurs moments de la vie de ma pauvre épave de mère. Quoi qu'il en soit, ce qu'il advint fut une forte secousse au moment où je m'engageais en

marche arrière dans notre allée. Je descendis voir ce qui se passait, et ce qui se passait c'est qu'en reculant j'avais écrasé la valise de ma mère – écrasé et massacré, devais-je alors apprendre, la valise qui précisément signifiait plus pour elle qu'aucune autre possession jamais possédée, selon ses propres termes, car c'était un cadeau de sa thérapeute, la seule chose correcte que personne lui eût jamais offerte, à l'en croire – ne parlons pas de mes innombrables et pathétiques gestes d'amour sous forme de dessins, cendriers, ronds de serviettes et natures mortes découpées dans des magazines. Le fond de la question semblait être que la valise était flambant neuve. Je croyais qu'elle avait mis la valise dans le coffre, et elle croyait que j'avais vu qu'elle l'avait posée à l'endroit le plus pratique pour que je la range dans le coffre, vu qu'il lui aurait été difficile de se pencher suffisamment pour le faire elle-même. Tout était donc au point mort, sauf sa douleur. Elle était déchirée. Elle porta le deuil de sa valise pendant au moins trois mois, sourde à mes excuses comme à mon offre, plus offensante encore, d'acheter une autre valise encore plus belle pour la remplacer. Que pouvais-je en conclure, sinon que l'émancipation consistait à se délivrer des gens qui ont mauvais caractère ? Vers la même époque, la mère de ma meilleure amie Toni entra dans une crise de rage, qui dura deux semaines entières, à cause d'une vague tache brune causée par le contact d'une casserole brûlante sur le comptoir en formica de sa cuisine refaite à neuf, et qui gâchait censément tout, bien que le père de Toni eût aussitôt fait remplacer l'élément en formica.

Plus tard, lors d'une discussion véhémente – survenue au fil d'une conversation jusqu'alors placide sur les différences entre les hommes et les femmes – qui portait sur sa théorie que, contrairement aux hommes, les femmes ressentent plus vivement l'offense et l'injustice que la chance ou l'absence de chagrin, tout cela m'était désagréablement revenu à l'esprit. Néanmoins, je remportai le morceau.

> *Il m'interroge constamment sur le moral qui règne ici, et je lui réponds en toute honnêteté que dans l'ensemble tout semble bien aller pour les femmes, mais qu'en est-il exactement du bonheur des hommes ? Nous nous tenions dehors après le repas, à réparer des clôtures anti-chèvres autour du bosquet de peupliers, près de la plantation de gommiers. Les jeunes pousses de peupliers sont aux chèvres ce que l'herbe à chat est aux chats. M'entendant dire que le moral des hommes était une question, il éluda en déclarant Les hommes ne sont heureux qu'en prison*

ou dans l'armée. J'en suis au point où je le soupçonne de sortir un peu trop de ces savoureux aphorismes sur les perfidies de la race mâle parce qu'il a l'impression que je vais boire du petit lait. Alors pour changer, je prends ses affirmations cum grano salis. *Comment pouvez-vous savoir si les hommes sont heureux en prison ? lui demandai-je, m'attirant en réponse Je sais que les hommes sont heureux en prison à cause de ce qu'ils ne font pas lorsqu'ils en sortent. La plupart ne réussissent pas à ne pas y retourner. Deuxièmement, ils ne réussissent pas à décrire leur expérience de manière assez négative pour empêcher leurs proches et les jeunes de prendre le risque d'y aller. Et l'on sait que les hommes sont heureux dans l'armée parce que, lorsqu'ils en sortent, ils ne font rien pour empêcher les jeunes de s'engager, et eux-mêmes s'engagent volontiers dans l'American Legion pour garder bien frais leurs souvenirs de guerre et de tueries, et ils forment des clubs à la con où ils traitent de communistes tous les partisans de la paix, et un calme profond envahit l'âme virile quand elle sent l'individu qu'elle habite bien calé dans une hiérarchie d'acier, la meilleure de toutes étant celle qui permet de tuer en toute légitimité.* Sa misanthropie se révélait authentique bien qu'elle fût d'expression sporadique, et constante en dépit de notations hagiographiques relatives à certains hommes contre-typiques. Lors de notre conversation près de la clôture anti-chèvres, il releva mon scepticisme sur la sincérité de son attitude et soudain relata, d'un air sombre, une anecdote sur un artiste de rue qui faisait partie du décor de l'arrondissement où il avait séjourné à Paris. C'était un Africain, un magnifique Sénégalais musclé dont Nelson au premier abord crut qu'il faisait un numéro d'escapisme, car il était bardé de chaînes et faisait jouer ses muscles puissants pour s'en défaire. Il était à genoux. Mais ce n'était pas un numéro d'escapisme, c'était de l'art. La lutte interminable de l'homme contre ses chaînes constituait le spectacle. Et le plus intéressant, c'était le public, composé essentiellement d'hommes fascinés. Les femmes approchaient, jetaient un coup d'œil, frissonnaient, puis, surprises de constater qu'il n'y avait pas d'évasion, passaient leur chemin. Mais les hommes étaient cloués sur place, ils restaient et ils mettaient de l'argent dans le bonnet de l'artiste. Expliquez-moi ça, dit Denoon. Une autre fois, Denoon affirma qu'il n'existait pas de poème achevé qui fût réussi, que la perfection devait se rechercher dans des fragments de compositions ratées de plus grande ampleur, à quoi j'objectai qu'il confondait la limitation humaine – la tendance à ne retenir que les fragments les plus vifs des poèmes – avec un jugement cosmique pervers de la poésie en soi. Il cita en passant quelques vers qu'il aimait, d'une œuvre poétique dépourvue de grandeur à ses yeux pour le reste. Le plus curieux, c'est qu'il m'aura suffi de les entendre pour la première fois ce jour-là pour les graver dans ma mémoire. Je crois que c'est mot à mot ceci : Le comptable chauve de retour au bureau après ses vacances / Se console dans l'ordre furieux du président / L'exilé de retour après des honneurs dans une autre nation / Éprouve un frisson de plaisir à la vue du premier visage brutal à la frontière. Là où je le soupçonnais de la plus mauvaise foi, c'était quand il racontait des histoires abracadabrantes d'écolier à propos des garçons en général, et de lui-même en particulier. Par exemple : en première année de fac, il avait lu un récit de James Agee présentant le point de vue de la vache en route vers l'abattoir, tour de force qui l'avait tellement affecté que sa petite amie avait cessé de manger de la viande pendant les vacances d'été – mais lui, il avait continué à en manger. Comment interpréter cela ? Comme la confession de tendances fondamentales dont je devais être avertie ? Comme une preuve de sa perception et de sa réprobation quant à la traditionnelle division émotionnelle du travail entre les hommes et les femmes ? Ou comme quelque chose de tendancieux et d'ambigu, d'ostensiblement offert comme un avertissement à son égard même, mais dans l'intention secrète de me le faire apprécier, surtout au regard de son admirable évolution jusqu'à aujourd'hui ? Je redoute et je hais les menteurs. Je regrette presque que nous ne soyons pas au dix-neuvième siècle, pour pouvoir dire à quiconque s'y hasarde Vous me mentez à vos risques et périls. J'avais un symbole pour identifier le mensonge auquel je recourais dans mes journaux intimes, un cercle traversé d'un trait, d'une inclinaison différente selon les degrés probables de mensonge, *id est* un clin d'œil à différents degrés. Je vois que j'ai même ajouté un nota bene dans mon journal pour traquer toute référence de Nelson à lui-même comme piètre menteur, ce qui prouverait que j'avais affaire en effet à un vrai menteur. Cette insistance me fait passer pour une phobique sur ce plan. J'essayais en même temps de garder à l'esprit que l'approche de l'amour peut vous rendre paranoïaque. Et puis il peut m'arriver de mentir moi aussi quand je suis dos au mur. Évidemment. Mon existence même en ce monde est issue de mensonges. Je n'ai pas été conçue par une association d'idées : quelqu'un a dit à ma mère qu'elle lui plaisait, qu'elle l'attirait, qu'elle pouvait lui faire confiance. Je pense que mon utopie personnelle serait que personne ne mente.

Nous nous engageons

Un soir, après avoir dîné chez moi, il m'invita à l'accompagner jusque chez lui. Il y avait à cela une raison précise que j'oublie, en fait c'était fondamentalement pour me montrer l'endroit car, pensait-il, je ne l'avais encore jamais vu. Tout y était complètement changé. Il était devenu l'homologue de l'oiseau à berceau. Il y avait de nouveaux meubles. Les fenêtres avaient été lavées. Les engins et les pièces détachées avaient été consolidés. Les coulures de bougies avaient été grattées sur les surfaces où elles se voyaient le plus. Un réservoir d'eau conséquent était à présent relié à la baignoire. Je le tapotai : il était plein. La maison regorgeait de kaross, non seulement étalés par terre mais aussi accrochés aux murs.

La chanson des années soixante que je déteste le plus commence ainsi : Je le suivrai, le suivrai partout où il ira, et ainsi de suite, chantée d'une voix plaintive. Elle signifie quelque chose d'humiliant. La perspective de vivre avec quelqu'un nourrit toujours des peurs – d'être l'affreux, le suppliant, le suiveur, aussi trouvai-je très rassurante la délicatesse avec laquelle Nelson me fit visiter sa chaumière.

Nous nous tenions par la main pendant la visite et, lorsque nous sortîmes dans la nuit tombante, il nous vint simultanément l'idée de balancer nos mains nouées en parodie des comportements de l'école élémentaire. Puis vint l'étreinte. Il y a des façons d'étreindre une femme qui sont standard, et d'autres qui sont parfaites. Ce fut le cas. Quand on est de ma taille, on remarque très vite que les hommes à peu près de même stature que vous s'arrangent toujours pour que le premier baiser ait lieu quand on se trouve tous les deux assis, de manière à pouvoir vous faire glisser subrepticement et vous délivrer d'en haut le coup de grâce, le baiser déclaratoire, tandis que vous penchez la tête en arrière et offrez votre gorge à la manière d'une bête se soumettant à un specimen plus puissant de l'espèce. Ce que j'appréciai avec Nelson, c'est qu'aucun baiser ne s'ensuivit. L'étreinte n'était pas là pour l'échafaudage du grand baiser déclaratoire. La meilleure étreinte en position debout est comme celle-là, légèrement décalée pour que vous sentiez contre vous sa jambe et non son téméraire, une main à la base de votre épine dorsale qui vous presse contre lui, mais sans vous écraser. Sa joue contre votre oreille, mais sans boucher le canal auditif. Son souffle dans vos cheveux. Puis on veut le sentir sombrer contre soi, un peu, dans une suggestion de repos et de soulagement : une étreinte véritable, et pas simplement la première étape d'une campagne d'appropriation.

Nous étions donc en suspens l'un contre l'autre. Son odeur me plaisait. C'était une odeur positive, qui me rappelait très légèrement celle d'une soupe à la viande de veau que ma mère avait préparée quatre ou cinq fois dans ma vie, lorsque pour des raisons inconnues quelque chose l'avait mise de très bonne humeur. L'odeur persistait à l'état de trace, qui perçait sous l'amalgame de savon, de diesel et de fumée.

Ce qui compte aussi, c'est qui met fin à l'étreinte. Cette tâche m'incombait.

Sans réfléchir, je glissai mes mains le long de son dos, sous les ceintures élastiques de son absurde pantalon bouffant et de son caleçon. Je lui écartai les fesses. Et je rompis l'étreinte. Je crois que cela l'amusa. Il me demanda quelque chose comme où j'avais appris à être aussi mutine.

Bref nous en étions là, avec l'Afrique qui glissait dans la nuit, les chauves-souris qui commençaient à circuler, et le village qui se muait en brillant message codé à mesure que les lumières s'allumaient. C'était à moi de décider si nous voulions pousser plus loin, mais je freinai. J'aurais aimé toucher ses superbes sternocléidomastoïdes épais comme des sangles de sac à dos. J'étais heureuse. J'étais tellement heureuse. Le sentiment qui m'inondait, c'était que nous allions être des amis physiques, des corps amis, quoi que nous puissions faire d'autre l'un pour l'autre. Je déterminai quand le moment était venu de me faire raccompagner chez moi. J'annonçai en plaisantant qu'il fallait que je me couche de bonne heure parce que je n'allais sans doute pas fermer l'œil de la nuit, en lui laissant le soin de deviner pourquoi.

Femmes-serpents

Je ne saurais recenser ici toutes les étapes intermédiaires de mon installation avec lui, si fascinant que soit encore à mes yeux chaque moment du processus. Plus tard, comme nous discutions de ses manœuvres d'approche à la Achille-et-la-tortue, je le fis rire en lui demandant s'il ne pensait pas que mon narcissisme fût vraiment la chose la plus intéressante au monde. Je parvins à surmonter mon obsession de n'avoir pas été soulevée de terre dès mon arrivée à Tsau lorsque Nelson déclara que je devenais une louve-garou. C'est-à-dire que pendant de longues périodes je me conduisais en compagne normale, et puis *voilà**, quand la lune est pleine je deviens *echt*, une ultra-femme ruminant, avec nostalgie, les détails de notre poussive phase préamoureuse.

Il prétendait que nous avions été bien divertis par ma distinction au rang de femme-serpents, un titre hautement honorifique. Les femmes-serpents se voyaient attribuer d'énormes crédits supplémentaires à Sekopololo lorsqu'elles revenaient d'une alerte au serpent avec le coupable physiquement intact ou, mieux encore, vivant. Adhérer au groupe relevait d'une démarche purement contre-phobique de ma part : j'ai ces bêtes en horreur.

On sonnait la cloche de la grand-place à l'occasion des naissances, des décès, des orages et de la grêle, des assemblées plénières, et des signalements de serpents. Il fallait alors que tout cesse et que tout le monde se rassemble.

Je suis devenue femme-serpents sans guère de cérémonie. J'assistais à l'assemblée qui se tenait chaque matin devant Sekopololo. Sur un tableau noir étaient inscrites les tâches les plus gratifiantes – et les crédits qu'on pouvait remporter en les accomplissant – il y avait une femme qui, tenant lieu d'aboyeur, appelait à effectuer les plus urgentes dans un style héroïco-comique. J'ai ensuite tissé des liens amicaux avec elle, par pure admiration. Par ses gestes, elle me faisait penser aux agents de la circulation des Bermudes. Elle se nommait Leto Mayekiso, et était l'ex-serve de la maison d'un chef bakwena. Les gens semblaient connaître les tenants et aboutissants de son affranchissement, qui n'était pas sans lien avec la récurrence de petits départs de feux inexpliqués près de chez elle, bien qu'elle fût toujours en mesure de prouver sa totale innocence. Elle avait été libérée, mais avait subi une sorte de mise à l'index informelle. Des railleries fusaient parfois dans la foule quand elle appelait à travailler au four ou à la buanderie en ne manquant jamais de rappeler qu'il y faisait trop chaud pour qu'on puisse espérer y affecter les femmes. En fait, l'un de ses grands trucs consistait à insister sur le caractère physiquement intolérable de certaines tâches, visiblement par défi. La foule répondait par des ululements appréciateurs. J'adorais ça. Elle avait à peu près mon âge. Elle était très astucieuse. Si elle voyait des femmes hereros ou kalangas venir à l'assemblée de répartition du travail, elle basculait dans leur langue. Pour autant que je puisse en juger, c'était un être humain parfaitement heureux et satisfait. Quiconque est capable de faire rire les austères Bahereros ne peut être qu'un génie. Elle vivait seule. Les gens heureux me fascinent.

Par une froide matinée la cloche sonna donc, et tout s'évanouit autour de moi à une vitesse folle : on avait vu un serpent. Leto lâcha le chasse-mouches qui lui servait d'accessoire et se précipita à l'intérieur de Sekopololo. Dans les villages ordinaires du Botswana, les hommes s'occupent des serpents, et à mon avis il s'y prennent de manière hystérique, leurs efforts culminant dans la mise à feu de l'arbre parfaitement sain où s'est réfugié le serpent, et la destruction à coups de pioches de la souche calcinée. Le bataillon de chasse aux serpents se composait de six femmes entraînées et de deux novices, dont l'une encore très jeune. La lutte anti-serpent se conformait à une routine bien établie. Celui ou celle qui repérait le serpent restait sur place et donnait l'alerte avec un sifflet de police. Les femmes-serpents se précipitaient alors à Sekopololo et revêtaient une tenue spécifique en cuir, d'aspect assez médiéval : des protège-tibias étaient attachés sous la jupe, on glissait son avant-bras droit dans une sorte de tube évoquant un tuyau de pipe, on enfilait des gants épais, et il y avait enfin un semblant de casque ou de chapeau-cloche que tout le monde ne prenait pas la peine de coiffer. Quant à l'armement, il ressemblait à une panoplie de cheminée hypertrophiée – des pincettes, de longues piques à l'extrémité enduite d'amadou qu'on embrasait avant de les enfoncer dans les failles, et des machettes, des filets munis de poids, des sacs, ainsi qu'un bâton terminé par un nœud coulant en fil de fer. On avait attrapé des douzaines de serpents depuis la fondation de Tsau. Plusieurs femmes-serpents avaient été mordues, mais aucune mortellement. Outre le grand objectif de rapporter le serpent vivant ou tout au moins intact, il y avait un bonus pour les œufs de serpents. Les peaux étaient tannées et vendues, les squelettes étaient plongés dans du polymère et vendus à des facultés de biologie quelque part, on gardait les cobras et les boomslangs pour récupérer leur venin, pour lequel existait aussi un marché. La viande de serpent finissait grillée et coupée en morceaux que l'on servait en guise de canapés lors d'une fête sur la grand-place.

Sur l'inspiration du moment, sans doute, Leto ressortit et voulut m'entraîner avec elle. Elle m'invitait à venir combattre les serpents. Des ululements d'encouragement fusèrent tout autour de moi, et je répondis oui, sans guère savoir à quoi je m'engageais. Puis ce fut l'aventure, pendant laquelle je restai essentiellement un observateur aux nerfs en pelote, et qui s'acheva par le retour de la troupe avec un python de deux mètres cinquante à peine endommagé, enroulé sur un mât que portaient notre plus jeune novice et la fillette qui avait découvert le serpent. Je n'avais pu me défaire d'une vraie terreur, mais mes compagnes déclarèrent que j'avais accompli des tâches utiles et qu'elles voulaient que je rejoigne le groupe. Je répondis Bien sûr, vous m'honorez.

Ensuite, je fus au septième ciel. On nous servit, à notre retour, un déjeuner impromptu. Denoon prétendit que cela s'était produit le jour même où il allait me demander d'envisager de m'installer avec lui, mais qu'en me trouvant si radieuse et engagée dans le groupe, il avait décidé de patienter. Il me semble bien me souvenir de son regard avunculaire fixé sur moi tandis qu'au déjeuner, on lui faisait le récit de notre bravoure. Il affirma même qu'il avait éprouvé une attirance supplémentaire à mon endroit, provoquée par mes accessoires d'amazone et mon allure générale. Seul un fétichiste avouerait pareille chose, rétorquai-je. En tout cas, plusieurs jours allaient encore s'écouler avant que la demande ne soit faite, et plutôt lamentablement à mon avis.

La demande

J'aimais le travail. D'abord, on m'appréciait beaucoup parce que je travaillais plus que je n'y étais obligée et parce que je me portais facilement volontaire pour les boulots les plus durs. J'aimais l'idée de pouvoir ne pas travailler du tout si je me sentais d'humeur méditative. J'aimais particulièrement passer d'un *phylum* de travail à un autre, et aussi entendre les chants spontanés qui s'élèvent parfois à l'occasion de certains types de travail en équipe. Ces chansons étaient de véritables créations. Elles étaient d'actualité. Il existait quelque chose de ce genre dans le Mexique rural. Rien à voir avec les gens qui chantonnaient mécaniquement du bout des lèvres le top cinquante, ce qui était l'expérience la plus proche que j'ai connue sur un lieu de travail. Et puis le travail était limpide, sans rien d'abstrait. Je me trouvais plus ou moins à la perpendiculaire par rapport à mon état médian habituel d'Américaine, où l'on vit dans l'anxiété permanente de ce qui est censé suivre dans le programme de sa vie, à tel point qu'on peut à peine jouir de la chose qu'on vient de faire ou du palier qu'on vient d'atteindre. Pourra-t-on être enceinte ? Oui, mais l'enfant sera-t-il sain ? Sera-t-il aimé, productif, et si c'est une fille, saura-t-elle s'affirmer sans agressivité ? Et ainsi de suite jusqu'à Va-t-elle ou non vous abandonner quand vous serez vieille et un fardeau pour elle ? C'est comme être écrivain et voir chaque livre qu'on écrit jugé essentiellement sur ses promesses et sur ce qu'il augure de la réussite de sa prochaine œuvre. En Amérique, il y a des gens qui s'angoissent toute l'année parce qu'ils ne savent pas à quel genre de réveillon ils seront invités pour le nouvel an. Même en colonie de vacances, où l'on est censé jouir d'un répit, il m'était impossible de me détendre parce que les Luthériens qui m'accordaient si charitablement une bourse la définissaient de telle manière que je m'efforçais sans relâche de me hisser à un niveau supérieur et moins humiliant de la hiérarchie de compétence en natation pour ne pas devenir l'objet d'un subtil mépris – dont ils n'avaient d'ailleurs pas conscience. Tout cela s'estompait ici – en partie grâce au simple fait d'être en compagnie d'Africains qui sont si loin de l'anxiété américaine. Et qui sait dans quelle mesure je ne devais pas mon plaisir et ma sérénité à l'idée romantique que je me faisais de cette expérience plutôt qu'au résultat de l'expérience elle-même, par quoi j'entends mes idées sur les préjugés concernant la beauté du labeur collectif, les femmes au pouvoir, et ainsi de suite ? Un autre fragment parfait d'un poème imparfait cher à Nelson décrit assez bien ce que j'éprouvais alors : La flèche de Zénon en plein cœur / Je flotte dans l'année plongeante. Au fond, si j'ignore pourquoi je ressentais cela, c'est parce que malheureusement nous ignorons ce que nous sommes, quoi qu'affirme l'anthropologie, même si je m'accrochais à l'anthropologie car j'étais convaincue que les disciplines universitaires faisaient ce qu'elles disaient, au lieu de constituer des foyers de comportement dominant où la moindre remise en question vous plonge dans un *Götterdämmerung* avec quelqu'un ou ses disciples. Autre problème : je savais que Nelson m'aimerait sûrement davantage si j'aimais son système, qui était Tsau, *tout court**. Il serait heureux si j'étais heureuse, il serait séduit si j'étais séduite, et ainsi de suite jusque tard dans la nuit. Encore un gros *bolus*.

C'est en public que Nelson me demanda de venir vivre avec lui. Il saisit l'occasion d'un thé d'après-midi qui se trouvait être particulièrement bien achalandé. J'en suis encore contrariée. Il s'approcha d'un pas décidé et me prit les mains pour me faire quitter mon siège, comme dans un vieux film. Il faisait ça pour attirer l'attention. J'ai sûrement dû me trahir un peu, mais j'étais vraiment trop soulagée que ce moment ait enfin lieu. Je le voulais. Je l'avais recherché. On pouvait aussi voir dans cette scène une confirmation que c'est bien Satan qui contrôle le timing. J'acceptai d'un signe de tête. Quelques femmes à ma table firent Oh !, expression de surprise, d'agréable surprise, à la limite des ululements à l'applaudimètre.

Nous nous étreignîmes. De ma part, un geste résigné mais insensible, et bref. Un baiser aurait choqué les Batswanas, qui persistent à trouver cela *outré* *, et de toute façon je n'étais pas d'humeur.

Bien plus tard, j'ai évoqué avec lui ce choix singulier. À ma plus grande horreur, il commença par répondre qu'il avait choisi ce moment sur une pulsion, et non par souci de soigner ses relations publiques. Je réprimai ma fureur, mais répliquai Tu mens. Il se rétracta aussitôt, avoua tout, s'excusa et conclut en déclarant qu'il avait toujours été un piètre menteur.

Ah oui ? lançai-je d'un ton sans doute plus appuyé que je n'en avais eu l'intention, ce qui me valut de sa part un long regard méfiant. Il devinait quelque chose.

Déluge

Nelson vint dîner ce soir-là, en apportant des présents à Mma Isang qui figuraient une sorte de substitution humoristique au traditionnel *lobola*. L'attention était délicate. Une petite foule traînait alentour. Des personnes entraient et sortaient, pour présenter leurs bons vœux.

La dot qu'apporta Nelson se composait de diverses friandises, parmi lesquelles je me rappelle une boîte de morceaux d'oranges et un pot de *Marmite*. Il essayait de répandre l'usage du *Marmite* comme pâte à tartiner. Je lui avais démontré à quel point il serait souhaitable d'accroître la consommation générale de complexe vitaminé B. Le *Marmite* étant une levure, Nelson renouvelait donc une tentative qui avait été couronnée d'échec, visant à le faire apprécier par la population. Il lançait des choses comme En Australie tout le monde adore ça. Lors de notre petite cérémonie de départ, il en mangeait lui-même ostensiblement, et en tartinait des biscuits salés qu'il passait à la ronde, comme les maîtresses de maison, quand une sauce raffinée qu'elles ont pris la peine de préparer part difficilement. Mma Isang me déclara avec émotion qu'elle resterait toujours ma mère.

Un cortège amical nous accompagna jusqu'à la porte de l'octogone. King James fit valoir avec emphase que le service de sa charrette à purin était offert. Toutes mes possessions s'y trouvaient.

Il me sembla entendre de lointains ululements quelque part en contrebas, et je supposai, à tort, que c'étaient encore des bons vœux pour la fête de l'hyménée. On s'habitue complètement à entendre les ululements comme l'expression normale de la bonne humeur et des bons souhaits en Afrique. Et quand on s'est habitué à les considérer comme la norme, les applaudissements paraissent bizarres et moins délicats. Denoon était d'accord avec moi sur ce point. Un jour, pendant une période de détente, il avait eu le privilège d'entendre Vladimir Horowitz jouer des sonates à Londres, et le concert avait été sublime. Et puis les applaudissements avaient commencé, et ces battements de mains pour exprimer l'admiration lui avaient fait l'effet d'un procédé bestial et grossier. Durant tout mon séjour en Afrique, je n'ai jamais réussi à ululer, mais ce n'est pas faute d'avoir essayé. La gêne me paralysait. Je prenais les ululements que je percevais pour l'équivalent d'applaudissements dispersés en l'honneur de notre union, un reliquat d'enthousiasme comme ces pétards qu'on entend encore ici et là le lendemain du 4 Juillet. Nelson interrompit à plusieurs reprises notre marche pour écouter au loin. Il avait une tout autre idée de ce qui se préparait, manifestement, de même que notre cortège qui se dispersa une fois parvenu au seuil de la maison. Que se passe-t-il ? lui demandai-je tandis que nous procédions à mon emménagement. Peut-être rien, dit-il.

Nous nous embrassâmes un peu et je le complimentai sur l'aspect des choses. L'intérieur avait complètement changé. J'étais extrêmement heureuse. Il s'était appliqué à faire mieux correspondre la maison à mes besoins tels qu'il les imaginait, jusqu'à disposer de petits bouquets un peu partout. Il était heureux aussi, mais je sentis que je le retenais à l'intérieur, et la suite me donna raison lorsqu'il déclara Attends un instant et sortit. Lui emboîtant le pas, je le trouvai debout à l'extrémité de notre terrasse, le regard tourné vers le nord.

Brusquement je pris conscience de l'épaisseur de la nuit. Denoon pointa le doigt vers le nord, là où les étoiles disparaissaient sous un large front. Une sensation similaire à celle qui vous saisit dans un ascenseur en pleine descente m'envahit. La chair de poule me râpait les jarrets.

As-tu idée de ce que tout le monde pensera s'il pleut cette nuit ? Ce serait le meilleur présage qu'on puisse imaginer. Il exultait. Nous étions en juin, une époque où l'on ne pouvait guère espérer de pluie. Très bien, dit-il, ils s'y attendent. La cloche de la grand-place avait sonné pour avertir les gens d'un risque de grêle.

Il voulait voir venir l'orage, si orage il y avait. Le spectacle me convenait tout à fait. Nous étions intimidés. Nous avions tous deux été fort timides en parlant du lit. Il s'était excusé. Le matelas était neuf, pour deux personnes, mais toujours fait de la balle de maïs et non de mousse. On trouvait quelques matelas en mousse dans la maison des commerces, mais les nouveaux foyers avaient priorité. J'avais affirmé que ce matelas me convenait tout à fait et qu'il devait cesser de s'inquiéter. Ce que nous savions tous les deux, c'est que nous avions devant nous l'équivalent moral d'une nuit de noces à affronter. Nous étions nerveux. À mon avis, nos émotions dépassaient ce que nous avions imaginé. Les miennes en tout cas.

Nous prîmes des tabourets et restâmes assis l'un contre l'autre, face à l'orage. Les premiers éclairs étincelaient au loin tels des filaments.

Je lui pris la main. Est-ce que tu te concentres pour faire venir l'orage par ici ? lui demandai-je. Il sourit et dit Bien sûr. Alors moi aussi, dis-je.

L'orage rampait vers nous, immense et magnifique. Il a l'air organique, songeai-je, plus comme un placenta électrifié qu'autre chose. L'ampleur du champ d'éclairs était saisissante. C'était fascinant. Plus tôt il avait fait frais, mais maintenant la chaleur était tropicale pendant de longs moments, et des bouffées d'air torride faisaient frémir les arbres. La magnitude de l'orage n'avait été perdue pour personne au village. On entendait des portes claquer, des huées, des voix criant des ordres.

Jamais je n'ai assisté à pareil événement naturel. Je frissonnais, et il me venait à l'esprit une philosophie de café du commerce – par exemple, l'être humain est un microcosme au sein de ce vaste système dans la mesure où ce qui nous permet de saliver, de penser et d'étreindre est aussi d'essence électrique. Nous étions apparentés, ce monstrueux souffle d'air et moi. J'étais sa pâle affiliée. Et puis je me sentais manipulée, à un niveau constitutif et peut-être électrique.

J'étais terrifiée et je voulais m'arracher à tout ça, mais quelque chose m'en empêchait, c'est-à-dire en dehors de la présence de Denoon.

La violence du tonnerre s'en mêlait, gutturale au début mais fracassante et métallique à mesure qu'il approchait. Nous nous levâmes. Denoon m'entoura de son bras. Il se trouve que je ne suis pas de ces innombrables femmes qui trouvent l'orage sexuellement stimulant. J'associe le tonnerre, ou plus spécifiquement les longues séquences de tonnerre, avec les expériences où l'on se trouve sans défense, avec les choses involontaires en général, et les vomissements en particulier. J'ai toujours plus ou moins souffert de la phobie du vomissement : devoir vomir, le sentir venir, être en proie à quelque chose qui vous rend spectateur d'un événement bestial interne, un besoin irrépressible des systèmes qui vous composent et qui ne relèvent pas du domaine de l'esprit. Enfant, je me retenais de vomir quand j'étais malade, et je considérais comme bizarre quiconque m'encourageait à me laisser aller. Et s'ils insistaient et m'enjoignaient à faire jouer le réflexe vomitif, alors j'étais convaincue qu'ils étaient fous. Je gardais la tête entre les jambes jusqu'à ce que mon visage vire au noir plutôt que de céder. Durant mes premières expériences de suralcoolisation, lorsque je me suis rendu compte que vomir était une séquelle banale – que d'autres étaient disposés à accepter – je suis devenue plus ou moins sobre à vie. Le tonnerre est une métaphore évidente d'un événement face auquel on est impuissant, et que bon nombre de femmes avec qui j'ai parlé trouvent érotique, l'idée d'être engloutie, comme par la passion, même si elles sont bien conscientes que c'est là une idée absolument contre-révolutionnaire. Mais nous sommes ainsi faites, du moins certaines d'entre nous.

J'associe également le vomissement à la destruction de la dernière chance offerte à ma mère de nous assurer une vie meilleure. Par l'entremise d'une amie, ma mère avait été recommandée pour un emploi de réceptionniste qui lui offrait la perspective d'être élevée au poste de comptable. Elle était prête à prouver qu'elle connaissait la comptabilité. Son amie l'avait préparée pendant un mois entier. Parallèlement, ma mère avait suivi un régime express dans le pathétique espoir de se rapprocher un peu d'une obésité normale. Ma mère n'est pas idiote. Elle a la poisse, mais elle n'est pas idiote. Elle apprit la comptabilité. La veille de son entretien d'embauche, elle avait perdu un tout petit peu de poids mais elle était encore terriblement grosse. Et dans un moment d'hystérie, elle décida que la meilleure chose à faire pour perdre quelques grammes supplémentaires serait de se faire vomir. Elle était donc allée dans la salle de bains pour s'enfoncer les doigts dans la gorge et, comme elle n'avait pratiquement rien mangé, rien de vint. Elle avait donc répété l'acte inlassablement, jusqu'à se faire éclater tous les capillaires du blanc de l'œil, garantissant qu'elle apparaîtrait à l'entretien comme un monstre de cinéma aux yeux de braises. Et le lendemain matin, c'est exactement l'état dans lequel elle se trouva. Et la chance de sa vie lui échappa. Après quoi, elle n'occupa que des emplois d'assistante dans des jardins d'enfants. Ne rate pas ta chance, tel fut le message de toute mon enfance. Bien entendu, l'idée d'une chance-unique-manquée est souvent fausse. Le père de Nelson avait aussi une histoire de chance-unique-manquée à mettre en avant pour justifier son échec dans la publicité. Il avait obtenu une bourse partielle pour étudier dans un certain Brookwood Labor College, et s'il y était allé, sa vie en eût été changée. D'autres gens sortis de Brookwood avaient fait des carrières intéressantes dans le syndicalisme. Mais sa mère avait refusé de lui donner le petit extra nécessaire pour survivre pendant ses études, ou bien elle avait trouvé des moyens plus insidieux encore de lui mettre des bâtons dans les roues – elle était disciple du père Coughlin – le réduisant naturellement à boire ensuite toute sa vie et à appliquer son génie à être un brillant liquidateur dans la publicité, évidente antithèse du syndicalisme, pour gagner sa vie.

L'orage formait comme une cage glissant au-dessus de nous. J'aurais préféré rentrer dans l'octogone, mais Nelson voulait rester dehors jusqu'à ce qu'il sente la pluie sur lui. C'était ridicule de rester là. Le tonnerre était si violent qu'on avait envie d'entrer sous terre. L'odeur d'ozone était envahissante, une vraie puanteur. Je relâchai notre étreinte et décidai que mieux valait le contrarier en l'entraînant avec moi que le voir électrocuté sous mes yeux après être arrivée jusque-là. Les éclairs se succédaient sans interruption au-dessus de nous et heurtaient le sommet du koppie. Je lui jurai que j'entendais venir la pluie.

Un grand fracas retentit dans le ciel, puis la pluie s'abattit sur nous. Nelson poussa un cri de pure joie. Il exultait. Il balança son bras en arc de cercle comme un lanceur de baseball en folie prenant son élan. Puis il se figea, fit volte-face et se précipita dans la maison en criant quelque chose par-dessus son épaule.

Il venait de penser au toit. Quand j'arrivai à l'intérieur, il se démenait à déployer des bâches en plastique partout. L'eau s'infiltrait déjà comme une lame par le jointement du toit. Je l'aidai.

Quand ce fut fait, nous retournâmes nous blottir dans l'encadrement de la porte, tels des personnages de série B serrés l'un contre l'autre dans une grotte dissimulée derrière une cataracte. Il était extatique et c'était délicieux à voir, car cela me prouvait aussi que Tsau n'était pas juste un truc qu'il faisait de la main gauche, d'une façon lasse ou *pro forma*, ou comme la dernière blague que l'on fait à quelqu'un. Viens, viens, disait-il au déluge. Nous cherchons toutes un homme passionné. Voici peut-être l'Homme, me disais-je. Je me rendais compte qu'on ne voit jamais d'homme manifester sa joie en public, sinon dans une manifestation sportive professionnelle, assez stupidement. Ses bras disparurent jusqu'aux coudes lorsqu'il les tendit sous le mur vitreux que formait la pluie en tombant plus que de raison. Et lorsque l'eau de l'intérieur commença à ruisseler entre nos pieds, il fut encore plus heureux. Je rentrai et commençai à ramasser les kaross avant qu'ils ne soient imbibés. Je l'entendais chanter. Il rentra s'assurer que le toit était sec et tenait bon au-dessus du secteur radio.

La pluie faisait un vacarme incessant. On entendait à présent le rugissement secondaire des systèmes de récupération d'eau au-dessus et autour de nous. Pendant vingt minutes, nous regardâmes la pluie former un mur puis des lignes verticales, et enfin diagonales. J'observai que sous les cheveux hirsutes et trempés de Denoon pointait un début de calvitie typiquement masculine. Pour son âge, c'était encore très peu marqué.

Une certaine divergence se marquait dans nos attitudes, maintenant que la pluie faiblissait. Il avait du mal à contenir sa joie devant l'arrosage qu'avait reçu Tsau et ce que cela signifierait. Je pensais pour ma part à la dévastation de la maison. De l'eau coulait encore quelque part à l'arrière. Était-ce censé relever de mon domaine alors qu'on ne pouvait même pas dire que j'étais vraiment installée ? Chose incroyable, il semblait sur le point de sortir, en me laissant la responsabilité de réparer les dommages causés par l'inondation sur toutes nos possessions, cependant qu'il irait évaluer les dégâts ailleurs, juger comment avait tenu telle ou telle vanne ou canalisation. Je me demandai ce que ferait un génie dans ma situation. Lui intimer l'ordre de rester et de m'aider dès le premier soir de notre *ménage** me paraissait peu opportun. Mais je n'aimais pas davantage l'idée de jouer humblement la femme de ménage pendant qu'il irait vaquer aux besoins supposément plus grands de la populace, de tout bien ranger et nettoyer, puis d'attendre qu'il rentre à la maison afin que puisse commencer notre vie intime. Je me connais et je savais que cette expérience était pratiquement vouée à me laisser dans un état de désintérêt sexuel très marqué.

J'articulai donc quelque chose du genre Sois gentil de ne pas courir faire des vérifications avant que nous n'ayons un peu repris la situation en main et je te raconterai quelque chose d'intéressant sur le tonnerre que je parie que tu ne sais pas. J'étais sûre et certaine que cela l'intéresserait.

Cela marcha. L'une des vertus de l'anthropologie, c'est qu'on recueille en l'étudiant des masses d'informations sur des sujets fascinants qui ne relèvent pas à proprement parler de votre spécialité. Il savait déjà cela à mon sujet. Combien d'étudiants en informatique ou, disons, en communication savent que dans toute l'Europe, les cadavres des pendus appartenaient au bourreau jusqu'à la fin du dix-neuvième siècle, et que les bourreaux pratiquaient un commerce fort profitable de morceaux de chair, en les vendant à des apothicaires qui les utilisaient dans diverses panacées ? Comment pourrais-je jamais regretter d'avoir choisi l'anthropologie ? Le sang frais des pendus était aussi recommandé pour soigner l'épilepsie. Je tenais Denoon grâce à des informations générales de ce genre, parce que ses connaissances en anthropologie étaient obsolètes et parce que son rejet initial, dirons-nous, de cette discipline signifiait qu'il ignorait des tas de choses, du fait de l'explosion de l'information. Et ignorer une chose susceptible de concerner de plus ou moins près son gigantesque projet dans le monde le mettait instantanément mal à l'aise et sur ses gardes. Il savait que je comprenais la position où il se trouvait, mais ce n'était pas grave.

Tout en travaillant de concert, je lui parlai – autant qu'il m'en souvienne – de ces expériences prouvant que les ondes infrarouges juste au-dessous de vingt hertz associées à l'approche du tonnerre semblent produire des effets étranges sur le lobe temporal d'une partie de la population, et provoquent des sensations d'effroi et d'extase injustifiés. D'après cette théorie, certains types de chants résonnant dans l'acoustique particulière des voûtes d'églises, certains sons qu'émettent certaines cornes rituelles, produisent le même effet. Et par miracle je me rappelai les noms des sept ou huit fondateurs de grandes religions sur les dix connues qu'on soupçonnait d'être épileptiques, l'épilepsie étant une dysfonction du lobe temporal par excellence. Je dois dire qu'il se montra enchanté, parce qu'il adorait l'idée d'une cause biométéorologique à l'existence d'une de ses bêtes noires, la religion. C'était exactement ce qu'il lui fallait, comme je l'avais deviné bien sûr. Il me pressa de questions. Ma théorie sur le tonnerre mit immédiatement à bas celle qui lui avait plu précédemment, qui relevait, elle aussi, de la biologie, et selon laquelle la religion était la conséquence de la consommation d'*amanita muscaria* ou de quelque autre champignon de la même famille. Il était soulagé d'abandonner cette théorie aux fondements incertains, et qu'il tenait d'un riche individu dont il réprouvait l'activité. Je crois qu'il s'agissait d'un banquier, ou d'un *bankster*, comme Denoon s'amusait à les surnommer.

Puis il sortit et, à ma grande surprise, revint au bout de quarante minutes, après avoir manifestement refoulé l'impérieuse envie de se promener plus avant dans sa création bien-aimée. Et cela parce que j'étais là.

Tout se passa donc pour le mieux, sur le moment et presque aussitôt après.

Après la pluie

Le lendemain matin, alors que nous descendions au village, j'observai que bon nombre de femmes qui pelletaient, écopaient, essoraient, portaient ces curieuses jupes qu'on pouvait boutonner afin d'en faire de larges pantalons. J'avouai alors à Denoon que j'avais eu tort de juger le modèle ridicule. Cette tenue se révélait très pratique pour qui entreprenait un effort physique soutenu. Il en fut ravi. Tu reviens sur tes premières impressions, dit-il. Sous-entendant peut-être par là que ce n'était pas le cas de toutes les femmes, mais je n'insistai pas.

Les gens paraissaient enchantés de l'orage, presque au point de l'hilarité. Tout le monde était dehors. Partout où nous allions, on m'attribuait tout naturellement, par allusion, cette pluie miraculeuse survenue, selon eux, parce que je m'étais installée avec Rra Puleng. C'était sincère et même parfois carrément paillard. Je pardonnais à Denoon d'avoir voulu se mettre en route d'aussi bonne heure, dès sept heures, pour ne pas manquer le corps politique, levé et mobilisé, qui discutait du grand orage. L'école était fermée. Mon seul problème, c'était qu'au bout d'un moment je ne savais plus exactement ce que nous faisions là, Denoon et moi. Nous semblions progresser d'un pas royal, jetant un coup d'œil ci et là. Tout était censé bien se passer parce que Sekopololo était fermé aussi. On entendait beaucoup de chants. Deux groupes chantaient des cantiques. J'entendis chanter Ke Bona à plusieurs reprises.

Je ne peux pas vraiment dire que notre premier petit déjeuner à deux ait été des plus intimes, car Nelson mangea debout, tandis que je renonçais peu à peu à l'idée de le séduire en adoptant une pose semi étendue, tant était grande sa détermination à descendre en ville. Il trouvait amusante mon habitude d'appeler la grand-place « en ville ».

L'odeur du Kalahari après une pluie soudaine est inoubliable. Ce qui s'épanouit alors, surtout quand le soleil se met à l'œuvre, et même par un temps de juin plutôt frais, c'est une odeur si puissante et pourtant si insaisissable qu'on voudrait l'inhaler sans cesse afin de décider enfin si elle est exquise ou dégoûtante. Elle semble en suspens à mi-chemin entre les deux extrêmes. C'est une odeur résineuse ou apparentée au goudron, qui rappelle le premier effluve du foie lorsqu'il touche une poêle chaude. Elle s'estompe quand la sécheresse revient, et l'on voudrait qu'elle persiste jusqu'à ce qu'on en soit imprégné. Elle est également minérale. Nelson me crut en hyperventilation, jusqu'à ce que je m'explique. Je crois qu'il trouva cela aussi remarquable – j'en étais à affirmer que l'odeur était rouge, ou plutôt bordeaux – mais qu'il ne réagissait pas aussi vivement que moi, pour une bonne raison. Je suis ici depuis plus longtemps que toi, expliqua-t-il.

Exubérance

Notre *dolce farniente* mobile se poursuivit toute la matinée. J'avais une conscience aiguë de son corps, tandis que nous déambulions en silence, tous deux satisfaits des effets de l'orage. Nous avions jusqu'à présent fait l'amour à deux reprises, une fois en mode majeur et une fois en mode mineur, pour ainsi dire. Je voulais qu'il soit aussi bien accordé physiquement à moi que je l'étais à lui, qu'il soit dans mon aura. C'était un bon amant, un amant très confortable, et courtois en diable. Il m'avait en effet remerciée cérémonieusement les deux fois, comme s'il avait été le seul bénéficiaire de nos efforts communs. Je voulais qu'il soit à l'aise, une fois bien établi qu'il me convenait tout à fait, et surtout qu'il ne se croie pas obligé de se montrer sexuel à tout bout de champ pour souligner le fait que nous étions bien ensemble. Il n'était plus dans sa prime jeunesse, ce qui n'était pas pour me laisser insensible, je crois. Selon moi, il devait avoir quarante-six, quarante-sept ou quarante-huit ans, mais quel âge au juste ? J'étais quasiment en droit de savoir. Je suppose que cela me semblait l'une des questions test. Il y en avait d'autres : Et Grace ? Pourquoi leur rupture était-elle aussi sombre et déplaisante ? L'avait-il aimée ? Et aussi, qu'avait-il fait *versus* le sexe durant toutes ces années ? S'était-il masturbé, par exemple ? Et si tel était le cas, qu'est-ce que cela pouvait me faire ? Mes positions à ce sujet sont complexes et pas nécessairement rationnelles. Autant de questions que je ne pouvais poser qu'après être devenue aussi proche de Denoon que je l'étais désormais. Je devais être bien installée dans le paysage. Mais rien de tout cela n'était une condition préalable et indispensable. Je n'allais pas le bousculer. Mais je suis l'exact opposé d'une de mes relations qui, après la première nuit, déclare à son nouvel amant Dis-moi ce que je dois faire pour te garder.

La sieste ce jour-là fut très agréable et prouva à Nelson que je n'étais pas obsédée par l'idée d'accomplir l'acte sexuel dans son intégralité dès que certains points de non-retour bien connus étaient atteints. Il saisissait et appréciait les promesses que recelaient ces échéances reportées. Il me fit une proposition à propos de la préparation des repas. Si je n'y voyais pas d'inconvénient, il souhaitait cuisiner nos dîners sous réserve d'imprévu particulier ou de requête spécifique de ma part. Cela me convenait-il ? Je répondis Julio Iglesias possède-t-il une lampe à bronzer ? mais je dus expliquer que ce genre de questions était du même ordre que Le pape est-il catholique ? Nelson n'avait jamais entendu parler de Julio Iglesias.

Il voulut sortir à nouveau l'après-midi pour continuer à se réjouir, et il voulut que je l'accompagne. Nous avions déjà fait le nécessaire comme de vérifier l'état des serres grillagées et des moulins à vent. Les gens disaient qu'il avait tant plu qu'on apercevait des flaques en certains points très bas du fleuve de sable. Ils allaient s'extasier par groupes, et nous nous joignîmes à eux. Tout était vrai. Nous avions également fait le tour des quelques arbres, surtout ceux du sommet, qui avaient été touchés par l'orage. Des congères de sable et d'alluvions bouchaient l'entrée des principales rues nord-sud, mais dès midi tout avait déjà été pelleté. Quelques supports d'auvents en treillis s'étaient affaissés, et le sol était par endroits évidé sous les pavages. Par chance, il n'avait pas grêlé. Dans l'ensemble, les gens s'affairaient surtout à sortir des nattes et des kaross trempés pour les faire sécher. Cette journée de congé était prétexte à fêter cet apport d'eau inouï aux réserves de la communauté. Nelson recommandait à chacun d'aller chercher des paquets de chlore à Sekopololo pour assainir leurs citernes. Alors que nous partions pour reprendre le cours de notre tournée, je fus soudain saisie d'étonnement. Je demandai d'une voix hésitante à Nelson s'il ne voudrait pas porter son képi lorsqu'il sortait au soleil. Il en possédait un, je le savais. Il sortait habituellement tête nue en plein midi, sauf au plus fort de l'été. Il me regarda. Ta nuque me préoccupe, expliquai-je. Il prenait la couleur du jambon fumé. Inconsciemment tu ne le portes pas pour éviter de ressembler à un légionnaire, voilà ce que je pense. Il hésitait toujours. Je veux que tu vives pour toujours, repris-je, et mes yeux s'emplirent de larmes. L'heure de sa mort était plus proche que la mienne, et cette pensée me fut intolérable pendant un instant. Ce n'était certes pas la dernière fois qu'un tel incident se produirait. Il fit aussitôt preuve de bonne volonté à propos du képi.

Je m'efforçais de me montrer aussi détendue, attentive et patiente que possible mais, tandis que nous continuions à nous promener et à rendre visite à des tas de villageois, je pris soudain conscience d'un de ses traits saillants et je sentis qu'il me démolirait. Voici ce dont il s'agissait. Quand on lui servait quelque chose de liquide, une soupe ou une quelconque boisson, il gardait très longuement la première gorgée dans sa bouche avant de l'avaler. C'était une habitude inconsciente, une sorte de tic. Et je ne pouvais pas le supporter. Je savais qu'il aurait été insensé de faire la moindre remarque alors que nous nous connaissions depuis si peu de temps, mais il m'était impossible de ne rien dire. Je ne m'étais encore jamais trouvée assez longtemps en sa compagnie dans une situation conviviale pour que ce tic me frappe. Les manières de table comptent beaucoup pour moi. Je refoulai ma réaction. Ma mère avait fait de moi une convive diaboliquement polie et maniaque, par abréaction au chaos intérieur et à la perte de contrôle qui la saisissaient dès qu'elle se trouvait devant un aliment. Pendant certaines périodes, elle s'alimentait hors de ma vue, puis me servait mon repas et s'asseyait en face de moi pour commenter et corriger mon maintien à table. Parcourant Tsau de haut en bas et de bas en haut, nous buvions du thé ou du jus de fruit à la chaîne, et je ne savais que faire face à cette affreuse grossièreté qu'il répétait sans fin. D'où cela venait-il ? Même quand elle était censément nourrie et rassasiée, je percevais des ondes de convoitise irradier de ma mère pendant que je mangeais. Quelque chose s'embrasait en elle chaque fois qu'elle voyait de la nourriture, qu'elle eût déjà mangé ou non, et je compris par la suite que c'était là un trait particulier propre aux personnes qui ne devaient se reproduire en aucun cas, car si cette particularité devait se reproduire indéfiniment, la Terre finirait par être rongée jusqu'au trognon. Justement elle était parvenue à se reproduire, et le résultat, c'était moi. Pour l'heure, je me dominai.

Vers le soir se tint une assemblée générale au cours de laquelle Denoon annonça le taux de remplissage des principaux réservoirs : excellent. Les hommes eux-mêmes se sentirent libres d'exprimer leur joie, une bonne humeur renforcée par le fait qu'une génisse et deux veaux tués par la foudre allaient être offerts pour faire un grand *braai*[1]. Je me tenais près de Denoon en tant que quoi ? Épouse royale ? Pourquoi circulais-je aux côtés de Denoon, bien gentiment, au lieu de vaquer aux diverses tâches que j'aurais pu énumérer et qu'il fallait bien accomplir ? Je me consolais en me répétant que la pluie apportait rarement de tels prodiges.

Un petit hic surgit à propos du bétail mort. Dineo et Nelson s'entretinrent à ce sujet, et personne n'objecta à ma présence. La génisse foudroyée appartenait aux Bahereros. Selon un arrangement légèrement dérogatoire, le bétail des Hereros appartenait en propre au groupe herero, bien qu'il fût gardé avec le troupeau municipal, et les frais d'alimentation et de soins vétérinaires étaient décomptés par l'intermédiaire de Sekopololo. Quoi qu'il en soit, les Bahereros avaient décidé de ne pas offrir la génisse morte, mais de la vendre à Sekopololo pour le festin. La journée était très avancée. Toutes les bêtes avaient déjà été préparées. Denoon était déçu et voulait que quelqu'un en parle sérieusement avec Martha, porte-parole des Hereros, pour tenter de lui faire entériner cette nouvelle habitude, à savoir qu'on procédait à une donation dans pareil cas. Je pris un vif intérêt à observer les manœuvres de Dineo amadouant carrément Denoon,

1. Barbecue [*NdT*].

selon moi, afin qu'il n'entreprenne rien et regrettant avec lui qu'il en fût ainsi tout en soulignant que se voyait là confirmer sa certitude bien ancrée que les Bahereros lèveraient le camp et repartiraient pour la Namibie dès que le gouvernement céderait à leur exigence de repartir avec tous leurs troupeaux au lieu de devoir les laisser derrière eux. Un jour en nous réveillant, dit-elle, nous découvrirons neuf maisons vides. Elle rappelait ainsi à Denoon qu'il aurait de façon subtile et détournée bien meilleures chances de voir les Bahereros de Tsau rester là même si leur nation entière repartait vers la Namibie – si cette petite histoire n'était pas montée en épingle. Il céda.

L'heure du dîner était venue, et je ne pouvais toujours pas obtenir que cet homme cesse sa tournée des travaux de nettoyage, désormais en phase terminale. Comme je me plaignais un peu, il bougonna quelque chose sur le fait que Tsau était un organisme capable de se réparer tout seul. L'autonomie était une chose importante à ses yeux. Le contraire de la décadence sociale. Et savais-je quand Ignazio Silone avait décidé de ne plus se comporter en socialiste statique ? Il y avait un texte racontant ce moment exact, un classique, bien sûr. Une inondation avait eu lieu dans le Mezzogiorno, et les habitants du village, qui avaient toujours pris en main le nettoyage et la reconstruction de leur bourgade, s'installèrent cette fois sur des chaises pliantes, habitués à ce que l'État-providence leur vienne en aide, et regardèrent les carabiniers faire tout le travail.

Sais-tu de qui je parle ? me demanda-t-il de but en blanc. Je me creusai les méninges pour allumer le neurone qui me renseignerait sur ce type. Je l'avais sur le bout de la langue, me semblait-il. Mais ça ne venait pas.

Il me fixa alors intensément et dit Ne te torture pas si tu ne le sais pas.

Il m'expliqua alors qui était cet homme, et quel grand plaisir m'attendait, quand je lirais *Fontamara*, le roman dont il était l'auteur, et dont il pensait même avoir un exemplaire quelque part dans un coin. Entre-temps, nous étions enfin rentrés à l'octogone.

Le dîner était prêt lorsqu'il dut finalement admettre qu'il n'arrivait pas à mettre la main sur *Fontamara*. Faire la cuisine pendant qu'il cherchait me convenait très bien. J'aime qu'un homme adopte une attitude tutélaire à mon égard, tant que ce n'est pas pour faire de moi un nouveau fidèle de son culte. Sa religion devait être du genre œcuménique. L'idée que quelqu'un veuille me faire progresser et m'enrichir d'idées nouvelles plutôt que me punir pour mes lacunes est assez revigorante. Je me perçois comme un être tout à fait perfectible. J'ai toujours été surprise de constater le peu de pygmalions polymathiques ayant nourri l'ambition de m'élever au-dessus de ma condition – quand on sait combien je suis disponible, enthousiaste, et dotée d'une mémoire impressionnante, un trait que l'on remarque instantanément chez moi.

Pendant le repas, je me sentis virer au cramoisi en me rendant compte que j'avais été à deux doigts de lancer Ah oui, Silone le fasciste ou profasciste. C'est à Céline que j'avais pensé. Je remerciai le Ciel que mon cerveau eût failli. Silone était en fait une icône du socialisme humaniste.

Cette anecdote juste pour illustrer à quelles profondeurs intello-émotionnelles sombrent souvent les femmes : l'idée m'effleura brièvement d'avouer mon erreur muette sur Céline. Ce mariage peut-il être sauvé ? plaisantai-je intérieurement, pour me détourner de ma lâcheté. Je m'étais répété cela toute la journée, en fait, quand je m'étais rendu compte que j'avais mieux à faire que de flâner avec Denoon tout à sa joie de citoyen, mais qu'il semblait être dans son élément. « Ce mariage peut-il être sauvé ? » était une rubrique d'une revue que ma mère chipait de temps à autre au supermarché près de chez nous, et dont elle étudiait alors obstinément page après page, comme si elle avait trouvé là le manuel qui allait lui apprendre à devenir une personne normale.

Notre conversation à propos du socialisme se poursuivit à bâtons rompus pendant le repas et la vaisselle. Nous étions surtout contre le socialisme en tant qu'orientation esthétique ou émotionnelle, et plutôt pour le socialisme en tant que doctrine proposant des solutions institutionnelles concrètes, dont on pouvait démontrer qu'elles fonctionnaient ou non. Une forme de *stimmung*, dis-je, ce qui lui plut. Le premier numéro d'une revue socialiste avait choisi comme épigraphe la phrase de Tolstoï : Le Socialisme est le nom de mon désir au-dessus de sa déclaration de principes. Ils n'avaient pas idée de ce qu'ils révélaient sur eux-mêmes, dit Denoon. Le socialisme devenait un bibelot. Le socialisme étudiant se résumait surtout à un phénomène d'école artistique. Il frémissait en songeant que bien peu de socialistes étaient capables de définir l'utilité marginale. Et ainsi de suite.

Que cet homme ait adoré parler, c'était évident. Tout comme allait de soi le fait que je lui convenais bien, en tant qu'oreille à défaut d'interlocuteur, bien que cela dût évoluer très rapidement. Il avait été un représentant isolé de l'Occident pendant de longues périodes. J'appartenais à la même subculture universitaire que lui. Une nuit, alors que je me levais pour aller aux latrines, je le réveillai par inadvertance. Quand je me recouchai, il me demanda si j'avais envie de discuter, en ajoutant aussitôt que ce n'était pas grave si je n'en avais pas envie et que je préférais me rendormir. Il me semble qu'il m'avait confié en guise de prologue que je le stimulais. Bien sûr, tout cela me convenait parfaitement. Comment aurait-il pu en être autrement ?

C'était juste qu'il ne voulait pas que je me méprenne quand il était question de socialisme : on pouvait le considérer comme un socialiste au sens nouménal dans la mesure où il défendait une société qui viserait l'accomplissement et la libération de l'homme, et pas seulement des plus doués, des plus déterminés ou des plus dénués de scrupules. Il ne comptait pas m'ennuyer en décrivant par le menu les outils nécessaires à un résultat aussi ardemment désirable. Mais je ne devais pas non plus le prendre pour un adepte d'un capitalisme pur ou croire qu'il ne considérait pas la société à responsabilité limitée comme un virus dévorant le monde. Il s'imaginait parfois qu'un son subliminal grondait sous l'Amérique, tout au fond, comme un cageot craquant sous le pied, – un son qui ne cessait jamais. Quand Nelson était vraiment lancé et qu'il était pris de passion pour ses propos, la nuit, il aimait qu'il y ait de la lumière, juste un peu, une seule bougie, découvrais-je à présent. Nous avons besoin du socialisme, d'un socialisme correctement défini, dit-il, ou plutôt, nous avons besoin de son âme, de son *noumen*. Puis il ajouta, nerveux, Quand je dis nous, je ne cherche pas à t'incorporer subrepticement dans mon concept, tu sais. Pas de problème, répondis-je, Je ne suis pas pas-socialiste, si je peux me décrire ainsi politiquement. Tu pourrais me qualifier de nihilo-libérale. Il se mit à rire. Mais j'étais sérieuse.

Il se trouve qu'être en symposium, couchée dans son lit, au beau milieu de la nuit, alors qu'on n'aspire qu'à dormir, cela revient en quelque sorte à se résigner à se laisser saigner à mort. J'ai fini par réussir à entrecouper ma somnolence de petits murmures ici et là – une tactique qui se révéla assez satisfaisante. Je m'estompais. Le problème, c'était qu'en se définissant comme socialiste on se mettait sur le même plan que des gens dont la vision du socialisme était des plus simplistes : ce serait ce qui viendrait après la défaite du capitalisme, quelque chose de magnifique. Le grand penseur aux pieds desquels la nouvelle gauche s'était le plus prosternée avait décrété qu'il suffisait de savoir une seule chose sur cette future société émancipée : elle serait aussi exaltante que l'émotion provoquée par l'art, le vrai, par la musique sublime. C'était vraiment le signe de la décadence. On avait prédit que les étudiants seraient les accoucheurs de cette nouvelle société. Marx était le criminel originel, lui qui s'en était pris le premier aux téméraires qui tentaient physiquement de porter des coups concrets contre la vie de tous les jours. Il commença à les nommer. À ce moment, je me laissai glisser dans l'inconscience, et refis surface à un moment bien plus intéressant à mon goût. Je m'étais endormie avec son bras enroulé autour de moi, et voilà qu'il me tapotait doucement du doigt pour établir un fait. Il se réjouissait infiniment que nous fussions tous deux non-religieux et empiriocritiques, car il était nocif d'accompagner les fortes convictions d'un partenaire contre des choses comme le socialisme ou la religion si l'on conservait en soi l'opposition résiduelle d'un fond de crédulité. Je supposai que ce méandre découlait de la terrible disharmonie de ses parents, ou peut-être des sentiments épiscopaliens que Grace persistait à nourrir en secret. À mes yeux, elle était forcément épiscopalienne, même si elle s'était vraisemblablement présentée à lui comme étant le fruit de sa *tabula rasa*. La fin de son exposé traitait de la purification, contre toute attente ; l'homme ne ressentait-il pas un besoin diffus de quelque chose portant ce nom, et n'était-ce pas là l'élément dans lequel puisait la religion, une fois qu'elle avait démarré ? C'est ainsi que j'appris en passant qu'il avait été enfant de chœur. Je me souviens d'avoir demandé si, par purification, il n'entendait pas plutôt expiation, une notion que je saisissais mieux, ce besoin d'évacuer la culpabilité résultant des milliers de transgressions qu'on s'aperçoit qu'on a commises quand on grandit, et, avec soi, sa conscience de l'éthique. Non, ce n'était pas du tout ce qu'il voulait dire. On pouvait n'avoir rien à se reprocher et tout de même ressentir cet autre besoin. Il y avait là quelque chose d'intéressant à débroussailler, mais je passai à côté. Au matin, je fus réveillée par un baiser posé sur ma jambe.

Je ferais mieux de tout raconter

Mon récit s'apparente de plus en plus à cette carte imaginée par Borges, qui serait exactement de la taille du pays qu'elle représente, mais je pense quand même que je ferais sans doute mieux de tout raconter.

Il y avait l'atmosphère de chez nous après la tombée du jour, que je me rappelle comme blonde, auréolée de cette lueur jaune des bougies qui englobait tout. J'avais persuadé Nelson de me laisser accrocher des rideaux couleur café aux fenêtres, le jaune crème anglaise étant la seule couleur disponible. Quelle utilité, demanda-t-il, quand on se trouve face à un précipice et en l'absence totale de voisins ? Je répondis Comme cela, si quelqu'un passe au mauvais moment il ne verra pas mes seins et mon vagin, et ton pénis et ton anus. Il rit et dit Et *ton* anus, alors ? Il m'a échappé, dis-je. Nous étions dorés, nus, et beaux me semble-t-il, même si nous n'étions pas parfaits.

On agit plus délibérément à la lueur des bougies. Les gestes se font plus lents. J'avais quelquefois l'impression d'évoluer dans un dessin. D'autres éléments renforçaient cette atmosphère de miel. Il se peut que l'absence de multiplicité des surfaces réfléchissantes en ait été une. En Amérique, l'appartement le plus spartiate recèle tout de même de nombreuses surfaces réfléchissantes : fenêtres, verres des cadres, parois du grille-pain, miroirs. En fait, la présence des miroirs est en vogue, véritable manœuvre en trompe-l'œil pour se donner l'impression d'avoir plus d'espace pour son argent, à mesure que diminue la surface réelle de ce qu'on a les moyens de louer. J'y ai moi-même cédé dans certains placards à balais que j'étais réduite à habiter. Dans la rue, ce sont les vitrines des magasins et les vitres des bus qui participent à la conspiration qui vous force à surveiller votre aspect. Avant Tsau, je savais que quelque chose clochait : au lycée, je perdais tout le temps mes poudriers, jusqu'au jour où j'ai cessé d'en avoir sur moi, imitant ainsi ma mère sur ce point au moins. Je suis restée attachée aux miroirs jusqu'à mon voyage dans le Kalahari où j'avais ressenti un choc en perdant le mien. Les miroirs sont nocifs. L'Afrique est avant tout opaque, ce qui vous renvoie inopinément à vous-même.

Mais je ferais mieux de tout raconter. Le dessous du chaume, au-dessus de nous, était brun doré, le côté protégé des intempéries, et les kaross que nous avions largement étalés partout se déclinaient du brun moyen au beige pâle. Un pan du grand kaross qui couvrait notre lit était brun roux, parfaitement assorti à mes cheveux. Pour un homme, Nelson était très précis, sexuellement. Je lui disais qu'il devrait écrire un livre intitulé *Comment déshabiller une personne autre que vous*, une manière de rendre hommage à sa façon délicate et non invasive de me dévêtir totalement avant de s'occuper de lui. Au début, pendant qu'il me déshabillait, il faisait Chh quand j'essayais de lui rendre la pareille, histoire de rendre le processus un peu plus réciproque. Chh voulait dire Ne fais pas ça. Après quatre ou cinq tentatives, je m'effrayai de deux choses. La première était que nous instituions un rituel figé préétabli, révélateur d'une hystérie enfouie quelque part dans son passé. La seconde, que cela dénonce en lui l'un de ces raseurs congénitaux, convaincus que le silence pendant l'acte sexuel est sacré, et qui se révèlent le plus souvent réchappés d'extrême justesse des effets d'un régime religieux intense pendant leurs années de formation. Or bien sûr, je venais d'apprendre que Denoon avait été enfant de chœur, bien que très brièvement. Je craignais de me retrouver avec une offrande déjà carbonisée sur les bras. Mais heureusement, rien de tout cela n'était vrai. Je suppose que je sur-réagissais à la dimension politique du sentiment que je devais toujours me laisser dévêtir passivement, alors que cela ne me dérangeait pas tant que ça d'un point de vue érotique. Mon idée de livre lui plut. Il apprécia aussi, beaucoup plus tard, une autre proposition de titre pour un livre qu'il devrait écrire *Que faire de vos mains quand vous faites l'amour*. Il savait comment vous toucher.

Quoi d'autre ? Qu'est-ce qui me blessait ? Pas grand-chose, à la vérité. Seulement que quand il s'excusait pour l'ambiance, parce que nous n'avions rien à boire et qu'il aurait aimé m'offrir quelque chose s'il avait pu, le fait est qu'il aurait pu. Je le dis avec le recul, et cela m'irrite encore. À l'époque, qu'en savais-je ? Bien sûr, je n'étais pas tout à fait franche sur la question. Il y avait amplement de quoi boire au village si vous étiez fana de *bojalwa*. Je savais, mais pas lui, qu'il y avait deux *shebeens* ouverts à Tsau. Ils étaient plutôt cachés, mais ils fonctionnaient bien, et pas seulement pour les hommes. Tout cela est purement symbolique car un verre avant le dîner n'est à mes yeux qu'un élément du décor, et le décor est un sujet que je préfère tenir à distance. Je savais que Nelson se sentait de grandes affinités avec l'abstinence régnant à Tsau, aussi refoulais-je de mes pensées conscientes le sentiment qu'il aurait pu prévoir de se faire livrer une bonbonne de Carafino par l'avion de Barclays. Il s'excusa aussi pour le choix limité de cassettes qu'il avait à proposer comme musique de fond pour nos soirées, et mentionna en particulier le regret de ne pas disposer d'un enregistrement de l'ouverture du Festival Académique de Brahms. L'insistance sur l'identifiant Brahms me tua.

Une fois dévêtu, il devenait très *laissez-faire**. Il faisait preuve d'une assurance sexuelle manifeste. La génisse herero avait fini sur le marché, n'étant pas offerte pour le *braai*. Je profitai de ce petit surplus de viande bovine disponible pour nous mijoter des soupes et de ragoûts, sans négliger d'en suspendre beaucoup pour le *biltong*. Quelque chose dans tout cela l'amusait, et je parvins à lui faire dire quoi. Tu penses que j'ai déjà un certain âge, dit-il, et que c'est bon pour ma libido. Je dus pratiquement faire le signe de croix pour le convaincre que j'ignorais tout de cette croyance folklorique. Sa libido allait très bien. D'ailleurs, dit-il, je suis vieux : je me rappelle l'époque où la science-fiction s'appelait scientifiction, et ce n'était pas rien. Il ajouta Tu pourrais intituler mon autobiographie *Je me souviens de Kolynos*. Qu'était Kolynos ? Je n'en avais aucune idée, même si cela avait des résonances vaguement classiques, comme un nom de lieu grec. Il s'agissait en fait d'un célèbre dentifrice des années quarante. Je déclarai Vous êtes bien vieux père William, et c'est ainsi que le père William entra dans notre idiolangue. Il riait toujours quand je m'y référais, et, gentiment, il n'éprouvait jamais le besoin de me rappeler que je n'étais pas non plus du dernier printemps. Ah, bien sûr, lança-t-il au milieu de sa tirade sur le fait d'être vieux, Ne nous étonnons pas que science-fiction ait remplacé scientifiction : le terme compte une syllabe de moins, alors cela conforte George K. Zipf et le Principe du moindre effort. George K. Zipf était l'un de ses dieux intellectuels. Comme il était question d'autobiographie, je lui dis Un de mes amis qui enseignait l'écriture créative avait une étudiante qui écrivait la sienne et voulait l'intituler *Quand les styles capillaires étaient différents*, ce que j'ai toujours considéré comme une sorte de point de repère pour marquer une innocente banalité. Cela lui plut. Je n'avais aucunement à me plaindre de Nelson, sexuellement, du fait de son âge. Par *laissez-faire** j'entends que tout lui allait, une fois qu'il était dévêtu. Il pouvait plaisanter, dire n'importe quoi. Prends-moi dans tes jambes, par exemple, il pouvait dire ça dans un moment qu'on aurait imaginé sérieux.

Il régnait en tout une grande douceur, que je qualifiais de mélodiance en mon for intérieur. Il glissa qu'il avait été chaste pendant deux ans. Je n'avais absolument pas sollicité cette information, ni fouiné pour l'obtenir. Cette pensée fut pour moi une source d'excitation. Avant qu'il ne le dise, il était déjà évident que notre entente sexuelle l'enthousiasmait. Mais il y avait plus. Sa sécheresse prenait fin grâce à moi. Lune de miel est l'expression qui me vient inévitablement à l'esprit, mais elle ne convient pas : nous travaillions tous les deux toute la journée, normalement, et nous savions tous deux sans le dire que nous vivions quelque chose de bien supérieur à ce à quoi renvoie cette expression. En fait, il avait déjà connu une lune de miel à proprement parler avec quelqu'un, et à quoi cela l'avait-il mené ? Je pense qu'implicitement nous voulions tous deux transcender les clichés et les homélies sur le fait de s'unir. Nous ne nous encombrions guère de formalités avant de faire l'amour.

Je fus la première à le complimenter, en disant que j'avais l'impression d'émerger d'un labyrinthe. À quoi il répondit C'est peut-être ton impression, mais en vérité tu viens juste d'entrer dans un autre. Pour moi, il ne s'agissait là que d'une méta-évocation du sexe. Mais ensuite il s'enchanta de mes cheveux et de mes seins, deux très bons choix. Plus précisément, à propos de mes seins, il dit quelque chose comme Si les diverses parties de nos corps devaient finir dans des paradis spécifiques, mes seins iraient au paradis des mains.

Son seul défaut, c'était de demander conseil à l'excès. Il était empressé. Il pouvait être dessus autant que je pouvais le désirer. Vu de près, il avait plus de poils sur les épaules et le dos que je ne l'avais remarqué. Il avait dû être plus corpulent à une époque parce qu'on voyait des vergetures sur les fesses et l'extérieur des cuisses. J'adorais nos rapports sexuels du début. Si c'était possible, je voudrais les faire revivre encore et encore, comme ces rats qui appuient sur une pédale reliée à leur centre de plaisir et appuient indéfiniment jusqu'à en mourir. C'est la seule façon de dire dieu sait comme je regrette de ne pas pouvoir le revivre. C'est excessif. Je deviens parfois excessive, encore aujourd'hui.

Puisqu'il me faut vraiment vraiment tout raconter, je précise qu'il n'était pas circoncis. Son pénis était d'une taille imposante, et au début je dus lutter contre le sentiment qu'un pénis plus petit m'aurait permis d'être plus détendue. Cela découlait de mon histoire. D'une certaine façon, un pénis moyen ou légèrement au-dessous de la moyenne me sera toujours un soulagement, à cause de ma mère et de ses efforts délirants pour m'imprégner d'une peur sexuelle particulière. Elle devait avoir un *introitus* anormalement petit, pour peu que tout cela n'ait pas été de l'ordre du fantasme. Elle prétendait qu'elle avait souffert d'une relation avec un homme dont le pénis était trop gros pour elle, trop large comme elle disait. Il fallait toujours vérifier si c'était le cas avec un homme, pour ne pas risquer de souffrir physiquement si l'on tombait amoureuse. Selon ma théorie actuelle, c'était probablement un fantasme obliquement concocté à cause de son obésité, la justifiant, afin que la graisse devienne une forme d'armure pour se protéger de toute éventualité d'approches sexuelles. Mais peut-être avait-elle effectivement un *introitus* anormal, auquel cas cela est injuste. Elle comparait le pénis coupable à un salami et à un rouleau à pâtisserie. Denoon a suggéré que cette scène pouvait peut-être se transposer en réel incident de molestation intervenu dans son enfance, ce qui ne m'était jamais venu à l'esprit.

Je crois qu'elle cherchait aussi à me mettre en garde contre les hommes non-circoncis, mais sans insister suffisamment pour que j'en sois marquée manifestement. J'examinai son membre d'assez près la première fois que nous fîmes l'amour, pour son plus grand amusement. Je tenais une bougie tout près, et il me recommanda de faire bien attention, à cause de la cire fondue. Il me demanda si je savais que les prostituées de Gaborone, les plus branchées, avaient toujours un citron dans leur sac pour le presser au-dessus du pénis du client prospectif lorsqu'elles craignaient la présence de petites lésions ou plaies – un moyen de s'adapter à la détestation du préservatif par les deux sexes. Tu sais beaucoup de choses, dis-je, mais je n'ai pas besoin de ça : il tenait à la main un petit pot de vaseline. Sa femme s'en était toujours servie, ou de quelque chose du même genre. Il était embarrassé. Je demandai Et si le client prospectif fait la grimace, que se passe-t-il ? La transaction est-elle rompue, ou bien le jus de citron tient-il lieu de désinfectant ? Il répondit qu'il l'ignorait. C'est malin de ta part de l'ignorer, dis-je.

Dans l'acte même il était très orthodoxe, ce qui était ce que je souhaitais. Je le voulais solide dans ce que je considère comme l'élément fondamental du sexe. Son endurance était telle que je devais parfois me retenir longuement, mais pas souvent. L'homme était resté chaste pendant deux ans, il fallait prendre ça en considération. Je lui demandai s'il utilisait des images particulières pour se retenir. Oui, dit-il, mais il ne voulait pas me dire lesquelles. Je tentai de l'y encourager en lui disant une ou deux choses auxquelles j'ai recours pour m'exciter si besoin est. Il existe un certain type de balançoire pour les jeunes enfants qui était fort répandu dans les jardins publics du Minnesota, constitué d'un cadre métallique recouvert d'un morceau de toile tendu, fixé à l'avant et à l'arrière. Il s'exerçait une pression assez notable sur votre *je ne sais quoi**. Ma mère avait la particularité de m'emmener au parc à l'heure du dîner ou même plus tard, pour être plus sûre de ne rencontrer personne avec qui elle devrait parler ou se comporter en personne normale. Elle parlait toute seule en me poussant fort, interminablement. J'étais toute petite, mais certains moments étaient enivrants et érotiques. C'était apparemment lié à la durée de la séance. Quand j'y repense, je suis stupéfaite que personne n'ait jamais jugé nécessaire de s'informer sur cette femme bizarre. Nous n'étions pas toujours seules au jardin, et ma mère parlait beaucoup. J'ai été très étonnée de découvrir qu'il y avait des gens qui ne parlaient pas tout seuls à jet continu dans l'intimité de leur foyer. Je croyais que c'était là une caractéristique de l'âge adulte. Mon histoire intéressa Nelson, mais il ne voulait toujours pas me révéler ses images, disant que ça pourrait attirer la malchance. Il faisait beaucoup de bruit, pour un homme. Je ne m'en plains pas. Ces balançoires de marine étaient suspendues à des chaînes, et non des cordes, et le grincement des chaînes au point culminant des plus hautes envolées, juste avant que se relâche la tension quand on dépasse la barre transversale, ce bruit-là m'aide si je peux l'imaginer à nouveau. Ses gémissements de délivrance étaient pour moi à mi-chemin entre la musique et la nourriture. J'étais convaincue que j'entendais jaillir de la tristesse quand ils s'élevaient. J'avais l'impression de savoir ce qui l'attristait, ce qu'il n'admettrait assurément jamais, mais dans ces moments je pouvais l'entendre disparaître, engloutie.

Ensuite il sombrait dans un sommeil de mort, presque aussitôt après me semblait-il. Une sorte d'hommage. Il s'efforçait parfois de converser un moment, mais dans ma grande mansuétude je le laissais plonger. Je tentais de petites expériences, comme de voir à quelle force je pouvais parler ou chanter pendant son sommeil avant qu'il ne s'ébroue. Je l'examinais. Il avait l'habituelle cicatrice de vaccination, et une autre due à une mastoïdectomie. Il avait plus de cicatrices que moi. Selon le côté sur lequel il se trouvait, je pouvais prendre sa bourse dans ma main et la regarder s'enfler lentement, un de mes phénomènes favoris pour le pouvoir qu'il avait de vous clouer dans le substrat biologique de l'être. Il grisonnait, mais de manière concentrée, sur la nuque et derrière les oreilles, et davantage derrière l'oreille droite que la gauche. Mon utopie égale l'amour, égale l'amour entre gens de même valeur, bien que valeur ne soit qu'une approximation du mot que je cherche. Pourquoi est-ce aussi difficile ? L'harmonie dans l'accouplement prouve qu'il doit bien exister une force dans la nature qui rapproche les égaux dans le labeur de l'amour, alors pourquoi, même dans les unions les plus éclairées et les plus magnifiquement lancées, redoutons-nous d'entendre la relation maître-esclave remuer ses lentes cuisses quelque part dans le voisinage ? Ce doit être culturel. En fait, ce que j'ai de plus proche d'une conviction religieuse, c'est la certitude que ce doit être culturel. Je pourrais faire pratiquement n'importe quoi sans le déranger pendant qu'il dort. J'écrivais mon journal, je faisais la vaisselle au ralenti si nous ne l'avions pas encore faite. J'étais très émotive en secret. Je voulais tout incorporer, tout comprendre, parce que le temps est cruel et que rien ne dure jamais.

5 – L'AMOUR ACQUISITEUR

La machine de bain

La machine de bain nous faisait du bien. Nous l'utilisions plutôt par temps froid. Denoon allumait le feu sous la chaudière et je me précipitais en kimono quand la baignoire était remplie d'eau chaude. Nous nous y blottissions ensemble, et j'écartais une natte *litani* pour que nous puissions contempler ensemble le désert. Denoon prenait position dans le fond, et je m'étendais contre lui. Dans la cabane de bains régnait une pénombre d'une qualité particulière qui me troublait au début. Puis en me lançant, avec Nelson, dans des associations libres sur les causes de cette impression, je parvins à la transcender. Ce qui rendait ces séances de bain passionnantes. C'est là que se nouaient nos humeurs, tantôt à la confidence tantôt à la distance critique.

Je fulminais pour des choses idiotes. En faisant le ménage, j'avais trouvé la copie d'un message radio qu'il avait envoyé en février, en apprenant que Bernadette Devlin McAliskey avait été blessée par balle. J'étais contrarié qu'il la connaisse, qu'il puisse s'abaisser à ce niveau. Je m'imaginai même qu'il avait pu avoir une liaison avec elle, puisqu'elle était si remarquablement politique, tout à fait son genre de femme, et ainsi de suite. Nous tirâmes la chose au clair. Je fus en mesure de l'aider quand il déprima au sujet de la Pologne. Il s'attendait à ce que les Russes l'envahissent et provoquent un bain de sang. Solidarność avait été rudement réprimé, mais il s'attendait tout de même à voir débarquer les Russes. Je lui suggérai une petite règle pratique. Dans le cas de la Pologne, dis-je, qu'est-ce qui serait le plus dramatique et intéressant du point de vue historique : que les Russes l'envahissent comme ils ont envahi la Tchécoslovaquie, ou que le gouvernement gère les choses tout seul, et réponde par des emprisonnements, des demi-mesures et ainsi de suite ? Il reconnut que ce serait la première hypothèse. Ma petite règle pratique, c'était que, par le jeu d'étranges lois des probabilités et pour quelque mystérieuse raison, entre deux éventuels résultats politiques suffisamment prévisibles pour vous obséder, c'était le moins dramatique et le moins intéressant du point de vue historique qui avait le plus de chances d'advenir. Voilà un de ces concepts qui se vérifient la plupart du temps. Et cela lui plut au point qu'il me le rappela une ou deux fois par la suite, quand je m'abandonnais à des considérations de ce genre.

Nous faisions mutuellement preuve de circonspection l'un envers l'autre. Je n'avais pas fait le traditionnel saut de l'ange auquel ne résistent pas les femmes quand elles entament une relation prometteuse, et qui consiste à livrer en vrac tout ce qui les concerne de près, la pourriture détaillée de leurs relations précédentes, de leur premier acte sexuel, de leurs espérances, de leurs rêves – un gros tas de fumier livré d'un seul coup de pelleteuse. Nous étions prudents et procédions de manière plus virile, telles deux personnes assises face à face et ajoutant à tour de rôle des soupçons dans la balance que porte la justice aveugle, en s'efforçant de maintenir les deux plateaux en équilibre. Il était parcimonieux parce qu'il était un homme. J'étais parcimonieuse parce que je savais que j'avais affaire à un féministe qui risquerait de considérer comme un cliché un saut de l'ange à cœur ouvert, et aussi parce que j'avais mené une existence plus brève et, pour dire le moins, plus restreinte. Je me disais donc qu'il serait plus habile de rationner un peu mon *res gestae*. Je n'étais pas de celles qui envoient un télégramme pour souhaiter un prompt rétablissement à une Bernadette Devlin McAliskey, ou qui reçoivent une lettre de six pages rédigée par des socialistes hongrois appelés Kornai – encore un nom que je venais d'ajouter à mon *syllabus*. La personne la plus célèbre de mon entourage était précisément Denoon. Mais dans la machine de bain, la spirale de nos existences s'ouvrait d'un ou deux crans. Ainsi une certaine affaire de fusils semblait-elle l'inquiéter.

Personne ne t'a parlé de fusils ? me demanda-t-il.

De fusils ? Non. Le grand sujet reste l'orage. On dit que Tsau est désormais juteux comme une prune, et ainsi de suite.

Personne ne dit qu'on devrait stocker des fusils à Sekopololo ?

Non, de quoi s'agit-il ?

Probablement rien, mais préviens-moi si ça arrive.

Je pense qu'il tentait de changer de sujet quand il aborda, heureusement pour la suite, la question de savoir quelle pouvait bien être la particularité atmosphérique de la cabane de bains qui me rendait un peu nerveuse.

Quelle lumière cela évoque-t-il ? demanda-t-il.

Eh bien, justement, cela me rappelait la lumière d'une cabane que des garçons de mon quartier avaient construite dans un arbre, et dans laquelle j'étais autorisée à grimper pour jouer au docteur. Une bâche goudronnée était tendue par-dessus et presque tout autour, mais on pouvait obtenir une relative intimité en faisant glisser des plaques de carton sur les endroits ouverts. De là, on avait une belle vue. La cabane était perchée très haut. On y accédait par des tasseaux cloués au tronc. Ma mère nous y suivit un jour pour nous espionner. Elle voulait savoir ce qui se passait là-haut. Je ne sais plus que ce que nous lui avions raconté, mais ce ne devait pas être très convaincant parce qu'elle décida de grimper pour juger de ses propres yeux. Résultat prévisible : les tasseaux craquèrent aussitôt sous son poids, ce qui eut pour effet immédiat de la faire hurler comme une bête. Descends de là, criait-elle tout en arrachant les derniers échelons de l'arbre dans sa rage et sa force hallucinée, détruisant ainsi notre seule voie de sortie. Nous réussîmes à descendre un peu, puis il fallut nous suspendre et nous laisser tomber vers notre destin.

Tu devais être terrorisée, dit Denoon.

Oh ! oui alors, répondis-je. Mais au moins elle ne m'a jamais frappée. Sur ce point, j'étais inviolable. La propriété était une autre affaire.

Nous restâmes un moment silencieux. La lumière point où ne luit aucun soleil, dit-il, citant quelqu'un.

Déjà la cabane de bains m'inspirait un sentiment différent.

Les vervets

Peu de temps après, je commençai à entendre parler de fusils à propos des singes vervets qui connaissaient une véritable explosion démographique dans les régions de l'Est.

Je le signalai à Nelson tandis que nous dînions et que je lui faisais admettre qu'il avait incroyablement meilleure allure depuis qu'il m'avait laissé lui couper les cheveux, bien courts, presque en brosse, la raie tombant au-dessus de l'œil gauche. Je l'y avais amené progressivement en raillant ses cheveux longs et sa frange de page, et en l'appelant Prince Vaillant.

Il était au courant du problème des vervets. Les mâles sont particulièrement dérangeants parce que leur passe-temps favori consiste à s'asseoir sur le seuil de votre maison ou sur le rebord de la fenêtre, et à exhiber leurs testicules bleu électrique ou vert citron, ne s'interrompant que pour chaparder de la nourriture. J'ajoutai que je comprenais l'idée proposée, qui consistait à acheter deux ou trois fusils pour qu'on puisse en disposer à Sekopololo dans des situations analogues. On m'avait gentiment chargée de transmettre la requête, et je m'étais exprimée en faveur de cette proposition qui ne me semblait pas déraisonnable.

Des fusils, ce n'est pas une bonne idée, dit-il sur un ton très cassant. Puis il ajouta Qui, exactement, t'a parlé ?

Raisonne avec moi et je te le dirai peut-être, répondis-je.

Il ne voulait pas. Il voulait que je me soumette à la proposition générale. Je tins bon. J'adoptai une approche plus souple, en lui parlant de mes amis pacifistes, à Palo Alto, qui avaient interdit à leur petit garçon de jouer avec des jouets figurant des armes. À l'âge de cinq ans, il était tellement obsédé par les fusils qu'il transformait tout en fusil. Il croquait son pain grillé de manière à lui donner une forme de pistolet. Il vous visait avec sa banane pendant le petit déjeuner. Il se pouvait qu'on soit confronté au même genre de situation.

Mais, apparemment, je révélais un infantilisme crasse. Il y avait de sérieuses raisons de prendre ces choix comme il le faisait, lui, ne serait-ce que la paranoïa que suscitait Tsau dans certains quartiers de Gaborone. Dans certains ministères, certaines personnes à la solde des Boers étaient convaincues que Tsau apportait aide et soutien au SWAPO [1], sinon à l'ANC, voire aux deux. Tout ce qui était acheminé par l'avion de la Barclays était surveillé. Il ne voulut pas me dire comment il avait appris tout cela. En outre, la chasse était illégale dans la réserve du Kalahari central où nous nous trouvions. Seuls les Basarwas avaient le droit de chasser, et exclusivement au

1. Southwest Africa Peoples' Organization [*NdT*].

moyen d'arcs, de flèches et de sarbacanes. Il donnerait l'impression de s'apprêter à violer l'une des conditions de base qu'il avait acceptées.

Je pensais que nous en avions fini avec cette histoire, mais une minute plus tard il y revint avec une véhémence accrue. Ne voyais-je donc pas où tout cela mènerait ? Supposons que nous obtenions une dérogation et que nous disposions d'un ou deux fusils. Très vite il nous en faudra davantage. Et les hommes ne s'occuperont plus que d'aller chasser clandestinement au lieu de faire le travail moins amusant qu'ils accomplissent actuellement. Les femmes emprunteront les fusils en prétextant des nuisances légitimes comme les vervets, et puis elles les passeront en douce aux hommes. En tant qu'anthropologue, j'étais pourtant mieux placée que quiconque pour savoir que le plus ancien racket inventé par l'homme est la chasse. N'avais-je pas appris à quel point la contribution nutritionnelle des chasseurs au régime alimentaire général est partout ridiculement faible ? Ce qui ne les empêchait pas d'en tirer du prestige auprès des femmes, en l'honneur de leurs longues heures de beuverie et de balivernes passées dans la brousse. Il allait donc s'opposer à cette dérive aussi longtemps qu'il le pourrait. Il était très malheureux.

Qu'est-ce que les femmes étaient donc censées faire face au fléau des vervets ?

Il fallait qu'elles cherchent une solution au lieu d'adopter la ligne de moindre résistance. Comment faisait-on dans les villages avant l'arrivée des fusils ? Les prédateurs ne manquaient pas alors, et ils finiraient par régler la question pour peu que les gens acceptent de patienter un peu.

Les vervets vont se multiplier, dis-je. Ils commencent déjà à se pointer autour de la cuisine.

Eh bien alors, du poison ! Il connaissait quelqu'un à qui il pourrait écrire.

Tu es trop rigide, dis-je. Tu voudrais tout maîtriser.

Non, ce que j'essaye de faire, c'est de préserver le plus longtemps possible ce que cet endroit a d'exceptionnel, pour qu'il en subsiste quelque chose quand commenceront à pleuvoir les coups de massue et les coups de ciseaux.

Et puis, dis-je – et je n'aurais pas dû –, les gens racontent que toi, tu possèdes un fusil.

Qui t'a dit ça ? demanda-t-il, sur un ton manifestement outragé. Je détestai chez lui cette expression meurtrière, teintée d'une nuance contenue de honte, et qui révélait quelque chose de bien pire : le message que j'intervenais *ultra vires.* Cela me piqua au vif alors que j'étais déjà irritée.

Eh bien, était-ce vrai, oui ou non, qu'il possédait un fusil ? C'était vrai. Mais il pouvait à peine dire pourquoi. L'équipe de construction le lui avait laissé – d'accord, le lui avait vendu. Il le gardait pour faire face aux cas d'urgence, une ultime précaution. Comme un extincteur. Et il voulait savoir, sérieusement, par qui je l'avais entendu dire.

J'esquivai la question et lui demandai pourquoi au nom du ciel il ne se servait pas du fichu machin pour apaiser la population en abattant quelques vervets. Je lui dis Ton *deus ex machina* traîne quelque part sur une étagère et tu refuses de t'en servir.

Il était opposé à l'idée de tirer sur quoi que ce fût. Mais il tenta d'en plaisanter en même temps, en me disant qu'il gardait le fusil pour le cas où quelqu'un essayerait de violer sa mère ou sa sœur. En fait, il était contre le fait de faire feu, contre le fait de tuer des choses vivantes avec un fusil, lui personnellement, et il n'entendait pas confier son fusil à quiconque. Il regrettait sincèrement d'être en possession de ce truc.

Ta position est purement idéologique, objectai-je. Nous nous trouvons au milieu du désert du Kalahari où la nature présente des menaces qui requièrent des fusils – dans ce cas précis, les vervets –, et il y en aura d'autres, tu peux en être sûr.

Il était bouleversé, mais j'admirais ses efforts pour se calmer, notamment en contrôlant sa respiration.

Je me levai et me plaçai derrière lui. Je suggérai Serait-il envisageable de poursuivre cette discussion pendant que je te touche ? Je posai mes mains sur ses trapézoïdaux : du granit.

Ce geste le mit littéralement hors de lui. Il se dégagea d'une secousse. Qui étais-je pour parler d'idéologie quand j'introduisais cette connerie de contact de groupe dans tout ? Un comportement typiquement californien. À coup sûr, j'allais vouloir ensuite que nous nous prenions tous par la main.

C'était pure calomnie, bien sûr. Cela me mit en fureur. Il amalgamait la pratique normale et empathique qui consiste à calmer quelqu'un en lui massant les trapézoïdaux avec une chose entièrement différente que j'avais mentionnée avec perplexité, en passant, lors d'une autre occasion : une technique de réduction de l'hostilité dont j'avais entendu parler, en vertu de laquelle vous prenez les mains de votre adversaire pendant que vous évacuez quelque chose de douloureux entre vous, un ressentiment. Je suis sûre que je l'avais mentionné de manière critique, même si j'avais pu admettre que j'y trouvais un vague intérêt.

C'est de l'agression non-violente, dit-il, à quoi je répliquai Très drôle, cela me paraît s'inscrire tout à fait dans le droit fil des diverses petites inventions que tu es parvenu à imposer ici dans la texture des choses, comme le signal que l'on doit faire avant de parler anglais, pour n'en citer qu'une. Ce que tu dis, en fait, c'est qu'il est inconcevable que toi, un mâle, puisses prendre la main d'une femme et la tenir pendant une discussion sérieuse, ne fût-ce que pour voir ce qui se passerait. Ce que je peux te dire, mais rien ne t'empêche, bien sûr, de noyer tout cela dans cette stupide *californiade* que tu sembles tant priser, c'est que la plupart des femmes seraient prêtes à tenter le coup. Sa riposte fut Veux-tu savoir quel ustensile de cuisine j'ai l'impression d'être en ce moment ? Au fait, ajoutai-je, je ne viens pas de Californie. Je n'ai rien à voir avec la Californie si ce n'est que je suis allée à Stanford.

Puis l'idée me vint que je pourrais le sauver, si seulement il me laissait faire. Stanford proposait la panoplie complète des sports de grands bourgeois un peu ridicules, y compris le tir au *skeet*. Je savais tirer. Si son arme n'avait rien de particulier, je pourrais résoudre pour lui le problème des vervets, il n'aurait pas besoin de solliciter une dérogation, il n'y en aurait qu'un et ce serait donc facile à gérer, j'en assumerais la responsabilité, etc.

C'est bon ? demandai-je. Oui ou non ? J'étais sûre qu'il était sur le point d'accepter. L'idée ne lui plaisait pas du tout, mais il reconnaissait que c'était une issue possible.

J'imposai une condition, toutefois ; il renoncerait à me demander les noms, parce que cela me donnait l'impression d'être un indic.

C'était un magnum sept millimètres, modèle courant.

D'accord, dit-il, puis, compulsivement, Je ne tue rien.

Moi si, dis-je. Quelquefois.

Journées types

> *Les vervets s'en vont. Encore abattu 3 aujourd'hui, et Prettyrose et une autre femme ont essayé le fusil. Maigres compliments de N, ostensiblement parce que nous n'avons que des balles à impact mou, qui*

déchiquètent la cible, de sorte qu'il n'est pas question de dépouiller la bête morte, et la fourrure, qui pourrait probablement être utile à quelque chose, est perdue. Mon oreille droite gronde, hors de combat[*] *en dépit du capitonnage. Mal au deltoïde. Nouvelle tribune en développement, majoritairement masculine, animée par un Mongwaketse, Hector Raboupi, env. 35 ans, l'œil étincelant, bonnet de fourrure personnalisé avec queues d'ânesses qui pendent à l'arrière, des joues qui enflent comme des poignées de porte quand il sourit pour vous enjôler, dents écartées comme des patères. Passe à l'anglais sans se soucier du signal préalable de requête, et m'a même parlé en afrikaans, en manière de plaisanterie. Il voulait utiliser le fusil et j'ai répondu non. Il m'a dit Vous me taquinez. Paresseusement déboutonné sa chemise tout en m'observant, censément pour attraper quelque chose qui le piquait mais en vérité pour exhiber son torse sculpté. Quelque chose me disait de tirer uniquement sur les mâles, faciles à repérer à cause de leurs testicules iridescents. Je n'aimais pas le fait de tuer, mais j'aimais l'idée de contribuer à résoudre le problème. Raboupi me déteste.*

> Encore Raboupi. J'ai répondu en setswana à son anglais. Il est le frère longtemps disparu de la postière. Il dit qu'il est de Bokspits, qui n'est pas l'endroit d'où j'ai le souvenir que venait Dorcas. H.R. immigrant dans les mines d'or de RSA jusqu'à son expulsion, d'après Dineo, pour des histoires de bagarres. Il travaille contre argent comptant à la tannerie. Il considère les villes-dortoirs des mines comme les lumières de la ville. Il doit détester être ici. N s'intéresse à lui et se concentre dès que je lui répète la moindre chose que je me souvienne d'avoir entendu de la bouche d'Hector. Pourquoi en faisant l'amour quelqu'un semble préférer un sein à l'autre ? Voilà qui est sans doute intéressant. Son faible pour le droit n'est pas vraiment prononcé. J'y suis excessivement sensible parce que mon mamelon droit est légèrement plus haut que le gauche, raison pour laquelle j'adopte une posture compensatoire quand je suis nue et que j'y pense. Ça passera.

> J'ai pensé qu'il était temps de recommencer à manifester de l'intérêt pour la vie des oiseaux et je suis allée vagabonder vers le S-O., le long du fleuve de sable, seule, trop loin. Derrière moi, je ne voyais plus que le versant désert du koppie, aucun signe d'habitation. Panique : toutes les peurs que je parviens à maintenir à distance fondirent sur moi : le

sable engloutira Nineveh, Tsau est trop étrange pour durer, la contrée est si brutale, je n'aide pas N, je devrais la boucler davantage, il arrivera quelque chose à N si je ne me comporte pas à la perfection, je m'interpose entre lui et Tsau, ce qu'il ne me pardonnera jamais, et ainsi de suite. Une crise d'amour pour mon parasol si magnifiquement sculpté, la lanière et le mécanisme d'ouverture, le motif de chevrons en batik sur la toile. Je me déshydratais, toute à ma hâte de rentrer. Il avait dû arriver quelque chose à Nelson, c'était sûr, j'étais folle, etc. Mais il allait bien, il était inquiet. J'allai me calmer dans la bibliothèque, refuge pathétique.

> *Hier soir, N : Ma moitié inférieure ne s'est pas sentie aussi bien depuis des années. Ta moitié inférieure, ça veut dire ce que je pense ? Au-dessous de la ceinture. Pourquoi ne pouvais-tu pas dire que ça ne t'était jamais arrivé ? Je voulais dire jamais. Silence. Puis N : J'adore te voir aller et venir nue. Je n'ai jamais connu ça. Grace est mal à l'aise nue. Nouveau silence. N : Je tiens sans doute ça de mon père qui a été abonné à* Soleil et Santé *pendant des années. C'était pour tourmenter ma mère, qui ne faisait jamais la moindre réflexion. Il disait qu'il s'y abonnait pour la poésie. L'une de ses préférées était Ô comme j'aime dormir tout nu dehors, m'éveiller au matin en état de bonheur. Une pure agression. Il s'en tirait parce qu'il s'abonnait à tout. La seule raison pour laquelle il avait épousé une catholique, c'était pour avoir une martyre en permanence à portée de coups. Nelson, tu ne comprends pas : Je me promène comme ça parce que je trouve ça vicieux. Nous avons ri. N : Voilà un homme qui prônait des idées progressistes, de gauche, en compagnie de ses copains de gauche, un humaniste en somme, et tout ce qu'il trouvait à faire de sa vie, c'était de voir jusqu'où il pourrait faire souffrir une pauvre femme étroite d'esprit, issue comme lui d'une tradition qu'il détestait. Il aimait passionnément la littérature, au fait, et il a même mis fin à une amitié avec un crypto-trotskyste de la police sur la question de savoir si James T. Farrell n'était pas un plus grand écrivain que James M. Cain. La boisson aussi était une agression. J'aime qu'il me complimente sur mon corps, mais je déteste ça aussi parce que ça me donne envie de hurler qu'un jour je ne serai plus qu'une vieille peau et alors qu'est-ce qui se passera ?*

> *Je faisais la vaisselle quand N est arrivé par derrière et s'est mis à me peloter, gentiment. J'ai dit Tu ne connais apparemment pas le premier commandement du féminisme, alors puis-je te le révéler ? Bien*

entendu. C'est Ne jamais saisir ni peloter les parties intimes de la bien-aimée quand elle a les mains occupées, surtout à des tâches domestiques. Ne le prends pas comme une rebuffade, il s'agit juste d'un conseil à l'intention des esprits sages. Il a immédiatement cessé et s'est excusé. J'ai dit Généralement c'est quand la bien-aimée est à l'évier ou au fourneau que l'envie en vient aux hommes, ce qui donne à penser que la vue d'une femme occupée à des tâches ancillaires est aphrodisiaque. Il a dit qu'il croyait que le premier commandement du féminisme c'était de ne jamais employer l'impératif avec une femme à moins qu'elle ne se trouve sur le passage d'un bus dont le chauffeur aurait perdu le contrôle. Je repoussais les limites de notre paradigme en employant le mot bien-aimée. C'est passé inaperçu.

> *J'ai parlé à N des* shebeens. *Il m'a dit qu'il le savait plus ou moins, mais il m'a paru surpris. Nous sommes tous les deux endoloris à force de baisers. J'ai les lèvres meurtries. Nous nous embrassons comme des adolescents depuis deux soirs, fougueusement, à tel point qu'on commence à se sentir d'humeur anthropologique et à se demander, par exemple, comme un extra-terrestre Pourquoi deux personnes s'écrasent les cavités orales l'une contre l'autre et pourquoi l'une des deux presse les glandes mammaires de l'autre alors que rien n'en sort ? Ne pas être au courant des* shebeens *le contrariait, ou en avoir une connaissance approximative, histoire de lui accorder le bénéfice du doute. J'ai beau lui répéter qu'aucun village de cette taille en Afrique n'en compte au moins un ou deux, rien n'y fait. Un accord verbal avait été passé avec les sœurs fondatrices. Quelqu'un aurait dû dire quelque chose. Et ainsi de suite.*

> *Il méprise les anniversaires. Pourquoi ? Parce qu'ils célèbrent la simple durée. Mais les révoltes, on a le droit de les fêter. La révolte des Casas Viejas ? et la prise de la Bastille. Est-ce que tu ne célèbres rien dans ta vie, Nelson ? Je n'ai encore rien accompli qui mérite célébration. Tu me sidères. Et j'énumérai toute une série de ses projets, des noms qui sont restés célèbres, cités dans les manuels, débattus. Il les considère comme des échecs. Je lui dis Et Tsau ? Pas encore. Nous voulons de la franchise chez les hommes que nous désirons, mais pas cette morgue que, de l'extérieur, on pourrait prendre pour une pose perfectionniste. Je dis Tu les considères comme des échecs ? En as-tu au moins informé tes illustres collègues étincelant au firmament des théories du développement ou bien encore les petits jeunes qui les étudient pendant leur doctorat,*

et depuis tant d'années ? Il aurait pu en dire plus sur les raisons qui les lui faisaient considérer comme des échecs, et je le désirais, je l'y invitais. Mais il sombra dans la morosité et je songeai Reculer pour mieux sauter[*] *si tu sais ce qui est bon pour toi. Je me suis contentée d'ajouter Sais-tu combien de gens mourraient heureux s'ils pouvaient échouer à ton niveau ?*

> 2 jours à enseigner l'anglais aux gosses, ça me rend maternelle, ce dont je n'ai pas besoin, alors je me suis imposé deux jours de buanderie. N s'inquiète de voir des gens s'habituer à ne faire qu'une ou deux catégories de travail, ou même une seule, comme la bande de copains qui régentent la cuisine. La hausse et la diminution des valeurs de crédit ne valent que jusqu'à un certain point. N dit que le phénomène est surtout répandu parmi les femmes âgées, et qu'il ne faut pas y voir une conséquence du principe de moindre effort – c'est-à-dire gagner des points en faisant les choses qu'on sait le mieux faire et qui vous coûtent donc le moins d'efforts – mais que s'il se trompe, alors il faudra peut-être envisager d'instituer une règle ou une coutume limitant le nombre de jours d'affilée où l'on peut ne faire qu'une chose. J'ai objecté que ce serait malheureusement une mesure liberticide. Pas si un groupe s'impose lui-même une règle dont il comprend la nécessité. De quelle planète viens-tu ? C'est comme en Russie, où tu dois attendre quinze ans pour avoir une voiture parce que c'est pour le bien commun qu'on creuse le plus long canal du monde avant de faire quoi que ce soit d'autre. Tu as peut-être aussi entendu parler de l'instinct d'artisan, qui est, je crois, ce à quoi je faisais allusion précédemment. Mais il s'obstinait dans l'idée que Tsau était différent par essence. L'exemple du kibboutz, dans lequel les femmes se retrouvaient finalement à faire la lessive, la cuisine et à s'occuper des enfants, l'irrita, mais la prétendue explication était qu'au kibboutz les hommes étaient dominants, tandis qu'ici les femmes constituaient la base. Je crois que j'ai semé une graine, mais rien de plus. Une chose qui corrompt la vision du monde de N, c'est sa propre énergie diabolique, à quoi se réduit la prétendue grandeur. Il est hors du commun. Il peut travailler six heures à poser des dalles ou des pavés, couvert de croûtes de ciment, s'arrêter pour grignoter un morceau, sauter dans la machine de bain, et le voilà prêt à travailler jusque tard dans la nuit, à lire, écrire, et faire des comptes sur son boulier. Mais la clarté d'esprit doit sous-tendre l'énergie. Je crois que ce que je veux, c'est ce que j'ai ressenti la première fois que j'ai lu David Hume, quelque chose comme une lumière froide qui m'inondait. Qu'est-ce que je ressentirais

si je lisais Denoon aujourd'hui ? Je découvre que Denoon ne possède aucun exemplaire de ses livres ici. Il les dénigre. Le passé est un seau de cendres und so weiter. Le matin, je me sens quelquefois comme un mollusque. N jamais. Je n'ai jamais été la première levée, jusqu'à présent. Il faut que ça change.

> Tenter de convaincre N qu'il est trop fertile en idées pour les actifs dont il dispose ici. Des projets dans des projets qui débouchent sur d'autres projets. Je tiens le rôle de l'apôtre de l'immobilisme. Aimerais-je vivre dans un endroit comme Gumare, et ainsi de suite. Il essaye seulement d'entretenir une propension à continuer d'expérimenter des choses. Il poursuit sa manie d'élevage d'autruches. Je dis Tu vas partir attraper des autruches, mais comment vas-tu t'en procurer un couple reproducteur ? Tu ne pourras pas distinguer leur sexe à la distance à laquelle tu seras. Il faudrait voir pratiquement sous l'animal. Les autruches sont dotées d'une force colossale. Certains ici savent comment les attraper. C'est le cas, par exemple, du grand chasseur aux qualités sous-exploitées Hector Raboupi ? C'est possible. Ils ont soulevé les mêmes objections quand j'ai proposé d'élever des pintades. Et maintenant ça marche très fort. Puis il suggéra Ce serait peut-être une bonne idée que nous fixions un moment chaque soir pour nos discussions ? Je ne relevai pas. L'idée des autruches est à l'étude au sein du conseil.

> Glané ici et là à propos de Grace : C'est en raison de sa grande beauté que tout a commencé. Es-tu particulièrement vulnérable à la grande beauté ? Telle fut ma question. Sans doute, oui, répondit-il. Elle a essayé bien des fois de vivre à l'étranger avec lui, et de renoncer à sa propre carrière d'historienne spécialisée dans la préservation du patrimoine architectural ou de la mettre entre parenthèses, mais il l'encourageait toujours à accepter des missions quand l'occasion s'en présentait, ou de s'établir comme conservatrice, ce qui avait été l'idée originelle. Elle était animée d'un excessif désir de plaire : il avait dû la convaincre qu'elle n'était pas obligée de prétendre qu'elle aimait le sexe per anum. Elle disait que la seule question qui comptait, c'était de savoir si lui aimait ça. Peu lui importait que les femmes, étant dépourvues de prostate, aient infiniment moins de sensibilité anatomique que les hommes pour l'apprécier. Elle détestait carrément l'Afrique mais n'en disait jamais mot. Elle tentait de s'intéresser à l'architecture locale, mais en vain : son cœur et ses pensées la faisaient pencher vers le baroque. Il suppose deux fausses couches en Tanzanie, dont une dissimulée. Elle

était timide au sujet de la nudité et il aime mes façons putanesques, mais il suffit de le presser un peu, et oui, il admet que le style hypermodeste et conventuel peut avoir quelque chose d'érotique. Aux dernières nouvelles, elle s'intéressait au Vedanta. Il pense qu'elle finira peut-être par développer un sentiment religieux à cause de ses phobies en matière de propreté et de contamination. Une fois lancées, toutes les religions manipulent et accroissent l'hystérie humaine au sujet de la contamination, une question dont il aimerait discuter davantage avec moi. Je crois que j'en sais long sur la lustration, pour peu que je parvienne à m'en souvenir. Elle avait une œillère pour se rincer les yeux avec une solution, mais pas parce qu'elle souffrait de conjonctivite – à titre préventif. Elle examinait N sous toutes les coutures pour débusquer le moindre bouton. Sa première réforme du mode de vie de N avait été de ne jamais ranger son peigne dans une poche où il mettait de l'argent, pour d'évidentes raisons d'hygiène, et comme il avait refusé catégoriquement, il la surprenait à ébouillanter son peigne en cachette. Obsédée par l'épilation. Règles sévères. Un exemple de la dépression qui accompagnait ses règles : il l'avait trouvée en larmes, et avait fini par lui en faire avouer la cause, c'était parce que, quand elle perdait quelque chose, il venait à son aide et ils le retrouvaient, mais quand il perdait des choses, elle ne pouvait jamais contribuer efficacement à la recherche. Elle ne cherchait pas à le réformer, à part la manie du peigne, et elle s'était limitée à cette seule tentative. Mes antennes vibrèrent : que sous-entendait-il ? Se lançaient-ils dans de longues discussions ? Très peu, mais une fois, tout de même, ils avaient discuté au point de se faire du mal, sur la question de savoir si la danse était un art majeur ou non, lui étant d'un avis négatif. Elle voulait entendre de la musique symphonique pendant l'amour, surtout Sibelius. Elle faisait partie d'un ensemble de flûtistes. Sexuellement, elle avait deux registres : au stade un, normale, pas particulièrement portée sur la chose mais bon petit soldat qui se donne du mal pour atteindre le stade deux auquel elle devient presque folle, dissociée, respiration rauque, perte de conscience occasionnelle, bruits de gorge : le passage de un à deux est le chas de l'aiguille, de plus en plus étroit, probablement à cause de la fréquence de leurs séparations, dit-il. Avait-il remarqué la légère asymétrie de mes mamelons ? Non. Il niait tout. Il disait que je ne devrais pas me plaindre. Pourquoi ? Grace avait un mamelon surnuméraire. Il voulait que je sache bien qu'il ne critiquait pas Grace, qu'il se contentait de la décrire. Sa mère lui avait appris qu'on peut toujours trouver quelque chose de gentil à dire sur une fille. Si l'on ne trouve rien, on peut toujours dire qu'elle a une jolie peau. La peau ravissante de Grace revient inter alia *sur le tapis plus souvent qu'il ne doit s'en rendre compte. Les riches ont une peau différente, dis-je. Elle vient d'une famille riche, donc* ipso facto *elle doit l'être aussi, mais il reste vague sur les magnitudes, ce que j'interprète marxistement comme le signe qu'elles sont substantielles, et aussi comme la raison pour laquelle leur séparation fut apparemment un si doux chagrin, en dépit de toutes ses dénégations. Il juge machiavélique la recommandation de sa mère, dans la mesure où le motif caché était de lui donner auprès de ses camarades de lycée la réputation de quelqu'un qui avait toujours quelque chose de gentil à dire sur une fille, afin qu'il multiplie ses chances de trouver la compagne* ad hoc *au lieu de faire le mauvais choix, car un divorce l'aurait tuée, elle, sa mère. Si l'on ne rencontrait pas la personne de sa vie, c'était la vie dans la mort. Chaque femme est à l'image de la Vierge Marie que le monde salit et cherche à détruire. Grace collectionne les laques et les majoliques, ou les collectionnait. Elle est sujette à la fièvre des roses. Quand elle lit un roman, elle s'estime obligée de le lire d'une traite jusqu'à la fin : il pouvait dormir pendant ce temps-là, mais le matin elle était à bout de forces. Elle s'en remettait aux goûts littéraires de N. Comme il déplorait la pénurie de courts romans et de nouvelles de grande qualité en langue anglaise, il en était venu à en chercher pour elle, qui ne se départait pas de sa façon obsessionnelle de lire les romans. Ils ont essayé toutes les variations de la vie conjugale alternée : les visites, six mois ensemble et six mois séparés, les réconciliations, tout. Toute cruauté que j'aie pu déceler envers elle à Gaborone était un faux-semblant, destiné à l'inciter à abandonner, et à affronter la nécessité de trouver quelqu'un de mieux adapté à elle pendant qu'elle était encore belle et peut-être même fertile, avec un peu de chance.*

Quelle contrée est-ce là, mes amis ?

Comme le travail consistant à extirper des latrines les déjections nocturnes requiert un dos solide, je me portais volontaire une ou deux fois par semaine. Cela me valait l'affection de plusieurs vieilles tantes, ce qui me faisait plaisir. J'aimais aussi le faire parce que cette tâche peut s'envisager comme une réponse concrète à la fameuse question *Mais qui videra le pot de chambre** ? qui, à en croire

Denoon, avait tourmenté les anarchistes français au dix-neuvième siècle chaque fois qu'il était question de réorganiser la société sur une base volontariste. Est-ce que je m'identifiais non seulement à Denoon mais aussi à son *weltanschauung* ? Certainement. Les propositions complexes que le questionnement le plus élémentaire permettait de réfuter ne cessaient jamais de le tourmenter, à la manière des conseils de révision britanniques demandant aux pacifistes, pendant les deux guerres, comment ils réagiraient si quelqu'un essayait de violer leur sœur. Les écailles étaient censées leur tomber des yeux devant la lumineuse simplicité de cette rhétorique. J'appréciais tout particulièrement la réponse qu'avait faite quelqu'un de remarquable : Sir, je m'efforcerais de m'interposer entre eux.

Je me trouvais dans une maison de la rue Reine-Nzinga, je commençais juste à travailler, quand deux enfants très excités passèrent en courant, s'arrêtèrent, et revinrent sur leurs pas. Ils cherchaient Rra Puleng, mais il fallait que je vienne à sa place, afin de comprendre ce que voulaient deux *makhoas* qui s'approchaient avec des armes.

La situation était déroutante. Je savais qu'un dentiste devait arriver deux semaines plus tard, mais aucun autre visiteur n'avait été autorisé ni prévu. Je savais mieux que Nelson ce qui était inscrit dans son agenda. Tsau était une authentique cité interdite. J'envoyai l'un des enfants chercher Nelson dans la plantation de gommiers, puis allai, en compagnie de l'autre, voir qui étaient ces intrus. Chacun redoutait en son for intérieur qu'un jour les Boers attaquent Tsau. Les Forces armées sud-africaines franchissaient si fréquemment la frontière afin de détruire les maisons et de supprimer des personnes que les réfugiés sud-africains avaient du mal à rencontrer des gens disposés à leur louer des logements à Gaborone et à Ramotswa. Et des Boers dévastaient et massacraient tout près de là, en Namibie. Les agents bophutatswanas de Mangope étaient partout. Les intrus avaient été repérés sur la route menant à la piste d'atterrissage. Nous prîmes des raccourcis. En chemin j'entendis que, de l'avis général, il s'agissait de Boers venus envahir Tsau. La cloche d'alerte se mit à retentir.

Il y a un malentendu, me disais-je. Et je fus certaine d'avoir raison lorsque nous rejoignîmes la route, et que je constatai qu'elle était déserte jusqu'à la piste d'aviation.

Mais aussitôt des cris s'élevèrent sur notre droite, sur un contrefort du koppie où s'étendait le cimetière et où menait un embranchement.

L'incident, quel qu'il fût, se déroulait à grands renforts de vociférations et de gesticulations. Nous hâtâmes le pas en direction du cimetière.

Au-devant de nous, sur le chemin, venaient à reculons un homme et une femme, blancs. Il me sembla voir l'homme mettre une épée au fourreau, si pareille chose était concevable. Ils étaient lourdement chargés de sacs et de valises. Des femmes et des enfants les suivaient, sans rien avoir de menaçant pour autant que je puisse m'en rendre compte. Mais ils étaient agités et hurlaient des questions. Le couple nous vit. Nous sommes anglais ! hurla la femme. Dites-le leur !

Nos visiteurs se nommaient Harold Mace et Julia Rodden. Ils s'agrippèrent littéralement à moi. Le nom de l'homme me disait quelque chose, rapporté à un contexte spécifique. Ils étaient acteurs et ils étaient mariés. Ils voulaient que je comprenne bien que leur présence n'était en rien irrégulière : le British Council les envoyait à travers le pays lire Shakespeare dans les écoles, et dieu sait quoi encore. Ils exhibèrent un document provenant du British Council qui les avait bien engagés. Ils allaient là où ils étaient invités à le faire. Quelqu'un d'ici devait bien être au courant. Y avait-il un administrateur de district ? Le pilote les avait déposés précipitamment parce qu'il était attendu sur une autre piste d'aviation où l'éclairage de nuit était signalé en panne, alors il avait dû se presser pour l'atteindre avant la nuit. Il les avait pratiquement éjectés, disaient-ils.

La vue du cimetière les avait visiblement affolés. Ils étaient désolés s'ils avaient fait quelque chose d'interdit, mais ils avaient cru suivre la bonne direction. Harold désigna alors d'un geste le baobab étrangement décoré qui dominait le cimetière. Je comprenais comment ils avaient pu lui prêter une signification officielle ou d'accueil. Et je voyais bien comment, débarqués là sans avertissement, ils avaient pu s'affoler. Cinq femmes étaient enterrées là. Chaque tombe était couverte d'une dalle de ciment au format d'une très grande planche à repasser. À l'endroit où se serait dressée la pierre levée se trouvait une boîte plate en métal, et dans la boîte un masque mortuaire de la défunte, en céramique. Les masques étaient recouverts d'un émail translucide. Sur le couvercle de chaque boîte étaient inscrits deux ou trois cents mots résumant la vie de la défunte, sur un vélin pressé entre deux verres scellés par une substance goudronneuse et étanche. On était saisi la première fois qu'on soulevait le couvercle pour regarder dans la boîte et qu'on voyait un masque, non seulement à cause du visage brillant qui vous faisait face, mais aussi parce qu'une agrafe était fixée dans le masque en plein front, les deux pointes profondément enfoncées dans le ciment, ce qui donnait l'impression furtive d'une personne ligotée ou terrassée. Aucun symbole religieux n'apparaissait sur les boîtes ni sur les dalles, ce qui dut paraître étrange à Harold, car je remarquai qu'il portait au cou un crucifix d'une certaine taille. Puis, quand le regard s'égarait vers le baobab, on voyait sur la grosse branche planant au-dessus des tombes cinq objets en verre rouges comme des rubis, allongés comme des larmes et gros comme des calebasses, s'apparentant plus à des pendentifs géants qu'à autre chose. Par des trous percés dans le col de ces pendeloques, des chaînes les suspendaient aux branches. Il y avait quelque chose d'ineffable à l'extrême dans cette ornementation du baobab. Elle évoquait des larmes, du sang, des ornements de sapin de Noël, des enseignes de prêteur sur gages, des feux de circulation. En outre, le baobab lui-même était impressionnant, sa surface ressemblait à une peau de bête grise plus qu'à une écorce, et l'aspect forcené des branches se concentrait à la cime. Les baobabs m'avaient toujours fait davantage penser à des monuments qu'à des végétaux.

Je percevais la fine main italienne du *dieu caché** dans la conception d'ensemble du cimetière. Nelson niait que ce fût là son idée. D'après lui, c'était le conseil qui l'avait mise en œuvre, et il s'était contenté de le suivre.

J'avais vu juste, pour l'épée. Harold avait tiré sa rapière, qui était l'accessoire d'un de leurs numéros. Il se confondait en excuses à ce propos. Il semblait incapable de désigner le cimetière autrement que par La Nécropole. Ils étaient entrés dans la nécropole, donc, et avaient aperçu des silhouettes, apparemment armées, accourir vers eux. En fait, l'une des femmes portait une houe, rien de plus. Je crains d'être un peu myope, avoua Harold.

Julia voulait que je sache qu'ils ne craignaient pas les lieux les plus reculés. Ils venaient de donner une représentation au Moeng College. Savais-je où c'était ? Là-bas, dans les montagnes sauvages. Le Haut Commissariat ne leur avait jamais donné à entendre qu'il y eût quoi que ce fût de différent ici, à Tsau. J'essayais de les avertir par petites touches que Tsau était en vérité très différent, qu'il s'agissait d'un projet fermé – que je tentai de leur expliquer –, mais je leur répétais que tout se passerait bien et que leur visite serait tout à fait agréable. Je voulais cadrer le plus possible la situation avant que Denoon ne vienne briser la surface. Je savais qu'il allait y voir le signe d'un complot. Il était certain, pour je ne sais quelles raisons, que le haut-commissariat britannique nourrissait de la malveillance à l'égard de Tsau. Plus que pour aucune autre ambassade, il avait toujours le chapître et le verset aux lèvres pour accuser le haut-commissariat britannique d'être cul et chemise avec les Sud-Africains. Il prétendait savoir de source sûre que, parmi les hommes du renseignement britannique, le nom de code pour l'Afrique était le Zoo.

Je fis les présentations. Je devinai qu'ils avaient eu peur de Dirang Motsidisi qui avait participé au premier comité d'interception. Une charrette à purin arriva pour porter leurs bagages. Elle contenait une cruche d'eau et une serviette humide, que Harold et Julia utilisèrent pour s'humecter le visage et le cou, une fois ôtés leurs casques coloniaux.

Physiquement, c'étaient des gens intéressants. Entre deux âges, mais bien conservés. Ils étaient entre deux âges comme le sont les acteurs, c'est-à-dire différemment. Harold avait fière allure, il était bâti pour porter le collant. J'aimais sa grosse mâchoire martiale et sa crinière grise coiffée à la lionne, mais aplatie par derrière, là où le casque colonial avait pesé. Ses sourcils étaient d'une teinte cuivrée. Il avait de la prestance. Ils en avaient tous les deux, d'ailleurs. On aurait dit des danseurs. Julia était petite et musclée, une femme au visage impétueux. Elle était fatiguée. Sous ses yeux, la chair était molle et semblait flétrie. Ils portaient tous deux une tenue safari. Je vis qu'elle n'avait pratiquement pas de poitrine, en dépit des braves petites bosses pointant sur le devant de sa chemise. Elle avait le haut du torse osseux. L'effet blond-gris de ses cheveux résultait d'un savant balayage, sur une coupe plutôt courte. Examiné de plus près, Harold n'était pas parfait. Son nez magnifique avait un *septum* légèrement tombant, ce qui n'aurait guère fait de différence si ce n'est que l'intérieur de son nez était vermillon, et qu'on le remarquait donc. Son front était parsemé de quelques taches de vieillesse qui n'étaient apparues qu'après son brin de toilette, juste à l'instant. Il avait dû se maquiller. Le blanc de ses yeux était congestionné, sans doute le signe d'une simple fatigue, rien de plus.

Tandis que j'ouvrais la voie vers le village, ma propre obsession quant à la relation qui existe entre l'aspect et le destin reprit vigueur. Quel âge avait Julia ? L'âge de ma mère, plus ou moins ? De quoi aurais-je l'air dans une vingtaine d'années ? Qu'est-ce que la vie aventureuse dans laquelle je semblais me complaire allait faire de moi ? Quelle serait la conséquence de toute une vie privée de crème hydratante ? Quelle était l'histoire de Harold ? À l'évidence, son apparence physique lui aurait permis de prétendre à quelque chose de plus noble que cette vie de comédien ambulant dans des endroits comme celui-ci.

Ils semblaient me trouver sympathique. Julia faisait ce qu'elle voulait avec sa voix ; on y décelait quelque chose de délicieusement rauque. Harold était doté d'un timbre riche, puissant, que l'on sentait capable d'une ample projection. Et puis il y avait la belle voix de Nelson. Il allait naturellement m'échoir d'être la seule *lakhoa* de Tsau dotée d'une voix quelconque. Il était vrai qu'ils semblaient me trouver sympathique, mais ils ne paraissaient pas le moins du monde surpris de trouver quelqu'un comme moi dans un endroit comme Tsau. Je ne sais pas exactement à quelle réaction je me serais attendue, quelle magnifique situation aurait à l'évidence mieux correspondu à quelqu'un d'aussi jeune et éblouissant que moi, mais j'étais un peu ébranlée.

Ils étaient particulièrement britanniques, ce qui m'inquiétait. Ils n'étaient pas britanniques incidemment, comme ces bénévoles britanniques qu'on pouvait croiser en Afrique. Ils étaient des modèles rétribués. L'hostilité de Nelson à l'endroit du Royaume-Uni était née du refus britannique d'infliger des sanctions à l'Afrique du Sud et s'était nourrie du passé, d'épisodes comme le feu vert donné à Mussolini pour envahir l'Éthiopie en empruntant le canal de Suez, ce qui, d'après Nelson, n'aurait autrement pas pu avoir lieu. Ses connaissances étaient encyclopédiques. En 1898, le Japon était le seul pays du Pacifique à qui la Grande-Bretagne ne fût pas parvenue à imposer le commerce de l'opium. Et si vous avanciez le moindre argument favorable aux Britanniques, il vous rappelait que si vous l'enfermiez dans une boîte avec toutes les choses du monde et que vous secouiez le tout, ce qui en sortirait serait encore et toujours l'Empire britannique. De plus, il se considérait comme Fénian[1] par droit de naissance. Cela lui venait par osmose paternelle d'un oncle encore plus farouchement nationaliste, si farouche même qu'il avait brièvement été chemise bleue et qu'il était allé combattre aux côtés des Allemands, les grands ennemis de son ennemi. Évidemment, aux yeux de son père, c'était aller trop loin, et lorsque l'oncle leur avait

1. Guerriers irlandais héroïques au II-IIIe siècles après J.-C. [*NdT*].

rendu visite après la guerre, il y avait eu des scènes cataclysmiques, s'achevant dans la boisson et la violence.

Je remportai un petit succès. Harold s'était calmé. Il déclama Lieu – la côte maritime de l'Illyrie, puis Quelle contrée est-ce là, mes amis ? Je répondis *La Nuit des Rois.* Je ne sais pas trop comment je le savais, étant donné que ma connaissance de Shakespeare est très brumeuse, à l'exception de Hamlet et de Macbeth. Harold releva que je le savais, avec élégance. Je les menai tout droit à la chambre d'hôtes de Mma Isang. Mon prétexte pour leur éviter la grand-place et les formalités, c'était qu'ils avaient terriblement besoin de se reposer et de se ressaisir.

Corps étrangers

Une heure plus tard, j'essayais de convaincre Denoon qu'il n'avait pas affaire ici à de mauvaises gens, pour autant que je pusse m'en rendre compte. En approchant de l'octogone, j'avais entendu les vibrations du générateur et deviné à raison que Nelson réclamait par radio des explications à Gaborone. Un témoin de l'arrivée de Harold et de Julia avait couru lui rapporter les faits. Nelson en savait déjà plus que moi sur les visiteurs, à savoir que Harold avait joué le confident de Richard Cœur de Lion dans une série télévisée de la BBC dans les années soixante. Leur présence s'expliquait par le fait qu'un nouveau directeur avait été nommé au British Council, et aussi que le fonctionnaire du Gouvernement Local et des Territoires, qui aurait dû être suffisamment averti pour empêcher cette visite, était en congé. Le gouvernement était navré. Nous allions accueillir Harold et Julia pendant quatre jours, pas un de plus.

Il semblait se faire à l'idée de l'intrusion, mais poursuivit en grommelant ses petits apartés sur Shakespeare, dont les pièces historiques n'étaient que de la propagande royaliste de la plus belle eau. Savais-je que, dans ces pièces, seuls les rois avaient le droit de parler assis ? Le royalisme était le moteur secret de l'impotence du socialisme anglais. Tout cela se résumait à une position intransigeante, du style ne pas aimer que l'Amérique fût issue d'une culture aussi peu gratifiante que celle de l'Angleterre. J'éprouve les mêmes sentiments que Blake envers l'Angleterre, disait-il.

Il ne voulait pas les rencontrer tout de suite. Dineo pouvait s'occuper d'eux pour le moment, comme d'ailleurs Dineo me l'avait déjà suggéré. En attendant il avait une idée en tête – une idée qu'il voulait creuser et dont il me parlerait plus tard. Il paraissait content de lui, d'une manière que j'étais venue à considérer avec une certaine appréhension.

Vers trois heures, je passai chercher Harold et Julia pour leur faire visiter Tsau. Ils s'étaient reposés. Je leur fis prendre des vêtements de rechange – j'avais l'intention de terminer la visite à la maison de bains, où ils pourraient se laver et se changer avant la cérémonie d'accueil et le dîner que le conseil avait décidé d'organiser.

Tsau les impressionna, même s'il était évident que cette forte impression rendait Harold malheureux. C'est tellement propre, disait Julia, tellement suisse. Elle posait de bonnes questions, manifestement consciente du fait que Tsau était une brillante machine conçue pour redistribuer le pouvoir aux femmes de multiples façons. Elle se montra très intéressée par la loi réservant l'héritage exclusivement aux femmes. Je fis preuve d'éloquence. J'expliquai que la prochaine étape du système d'équité serait la création de satellites de Sekopololo dans de gros villages comme Maun, des succursales enclavées qui réuniraient au départ le même type de femmes pauvres et démunies qui avaient bâti Tsau, et dont l'objectif ultime était de faire évoluer Tsau en un centre de formation, une sorte de Vatican chapeautant un mouvement élargi, si tout se passait bien. Là, je m'aventurais un peu. Mais les choses allaient sûrement prendre une tournure de ce genre. Harold affichait des réactions délibérément superficielles, s'exclamant à chaque fois qu'une chose le frappait comme étant particulièrement excentrique, Mais quelle contrée est-ce là, mes amis ? Ses remarques suggéraient toujours que Tsau était une sorte de théâtre, artificiel. J'adore le costume, disait-il. Il se faisait un peu blessant à l'occasion – comme lorsqu'il qualifiait de porteurs les garçons et les filles qui poussaient les charrettes –, mais c'était dû à un certain décalage. Il se demandait à voix haute si le ministère de l'Outre-Mer avait investi dans tout cela. Chaque fois que je le présentais, il y avait quelqu'un pour demander si c'était l'homme à l'épée dont tout le monde avait entendu parler, ce qui ne lui plaisait guère. Où se trouvent vos églises, si je puis me permettre ? m'interrogea-t-il. Je lui répondis qu'il n'y avait pas d'églises, mais que certains groupes se réunissaient à leur gré. Même quand il se montrait dédaigneux, il y avait chez cet homme quelque chose d'espiègle qui me plaisait.

Je les menai à la maison de bains et leur en montrai le fonctionnement. Elle leur était exclusivement réservée pour une demi-heure. Harold commença à dire quelque chose d'un air mystérieusement drôle, mais Julia prit le dessus et me remercia, puis l'entraîna à l'intérieur. Quand elle lui lâcha le bras, un pinçon blanc marquait l'endroit où elle l'avait serré.

Alors, où sont les corps étrangers ? me demanda Nelson plus tard.

Ils se lavent, dis-je. Il était en train d'écrire quelque chose, qu'il fit vite disparaître à mon arrivée.

Il m'accusa en passant de commencer déjà à m'exprimer comme une Anglaise. Je niai, mais je sais que j'y suis prédisposée, et peut-être avait-il raison. Je l'accusai de s'exprimer déjà plus qu'à l'accoutumée comme un Américain, ou plus exactement comme un prolo américain. Le sujet avait déjà été abordé, quand il se glorifiait d'avoir eu une flopée de copains issus de familles de cols-bleus. Il nia. Mais ce que je flairais n'avait rien de spéculatif. Il est clair qu'il se mettait en condition.

Shaxpur

Au début du dîner d'accueil, Harold se tint droit comme une statue. Nous étions rassemblés dans l'annexe de la cuisine centrale, une salle basse de plafond mais assez spacieuse qui donnait une impression de claustration parce que le cercle de tables autour desquelles nous étions assis était très rapproché du mur sur trois côtés. Denoon avait conçu ces tables aux rallonges biseautées de telle façon que chaque table puisse s'imbriquer dans une autre, et que le cercle puisse ainsi aisément et solidement se former. J'ai vu un jour un dispositif de ce genre dans un film sur le roi Arthur dont il prétendait n'avoir jamais entendu parler. La froideur de Harold était très injuste pour le conseil. Elles s'étaient surpassées. Il y avait là du curry de chèvre, de la salade de chou, du riz rouge – pas mon préféré, mais très apprécié à Tsau, le rouge provenant du jus de betterave – et une sorte de pain à la levure chimique qu'on ne boulangeait que dans les grandes occasions. Denoon ne disait rien non plus. De sorte que pour donner le change, Julia et moi multipliions à l'excès les marques d'amabilité. Entre Nelson et Harold, les choses se passaient plus ou moins comme je l'avais prévu. Nelson m'avait informée *sotto voce* avant le repas que Harold était tellement en manque d'alcool qu'il avait demandé à deux ou trois membres du conseil s'il y aurait du vin. Et puis Harold était un suppôt de l'Empire dont il fallait se méfier, et ainsi de suite.

Julia multipliait les appels du pied vers Harold pour le faire participer, et il finit par demander, de sa voix riche et profonde, à cette tablée de treize femmes et de Denoon en sus, Quelqu'un a-t-il une question portant sur Shakespeare, l'homme aux humbles origines, trois points de suspension. On l'avait averti que la plupart des femmes comprenaient l'anglais mais qu'il fallait parler lentement, ce qu'il commença par faire.

Les femmes étaient timides. Il pesait dans la salle une atmosphère de plomb.

Denoon déclara Par Shakespeare vous voulez dire Shaxpur ? et il prononça le *a* bien plat, bien traînant pour ajouter l'insulte à l'offense.

On aurait pu voir Harold bouillir.

Denoon persista. Mais dites-nous donc ce qui vous chante sur cet homme, ajouta-t-il.

Je ne pouvais pas croire qu'il allait être vraiment question de l'identité du dramaturge. Il y avait pourtant bien des façons de parler de Shakespeare qui auraient graduellement impliqué les femmes et leur auraient appris quelque chose. Harold se réjouissait manifestement du tour que prenaient les choses. Il commença à attaquer le dessert gélifié qu'il avait jusqu'alors ignoré.

N'est-ce pas un parfum de Bacon que je sens dans l'air ? dit Harold, faisant mine de humer d'une manière ridicule et incompréhensible à tous, à l'exception des quatre blancs.

L'hypothèse donnant Francis Bacon comme auteur des pièces est plus solide que celle avançant Shaxpur, comme vous pouvez le savoir ou l'ignorer, dit Denoon.

Ah, Bacon à la broche ! s'exclama Harold. Quelle rareté ! Quelle découverte ! Et où d'autre pourrait-on découvrir une telle rareté ? Où d'autre aurait-elle pu survivre ?

La perspective de se prendre le bec à ce sujet réjouissait visiblement Harold et Nelson. Ils se lancèrent. Julia tenta à deux ou trois reprises d'ouvrir le débat à une intelligibilité plus générale, mais les titans semblaient bien déterminés à ne rien céder.

Je détestais l'idée de les écouter. En fait, cela m'intéressait, mais je craignais, en paraissant suivre le débat de trop près, d'abandonner Julia qui tentait de sauver vaguement les apparences en entretenant des conversations secondaires avec divers membres du conseil.

Ces deux hommes n'étaient pas des ignorants. L'échange fut d'abord courtois, mais intense et substantiel. Harold concédait qu'il était étrange qu'aucun livre ni document d'aucune sorte n'apparaisse dans la liste des biens énumérés dans le testament de Shakespeare, mais il ne voyait rien de probant dans les références à la circulation du sang dans trois de ses pièces malgré le fait que Shakespeare fût mort douze ans avant la publication de la théorie de Harvey, tandis que Francis Bacon était un intime reconnu de Harvey et devait certainement tout savoir de sa théorie. Harold ne voyait rien d'étrange non plus à ce que Bacon eût écrit dans l'un de ses cahiers, comme un seul nom continu : sir Fraunces Bacon William Shakespeare. Et que dire de la représentation d'Athéna brandissant une lance sur les armoiries de Bacon ? Ce détail était lié à un autre détail qui m'échappa à propos de la présence du filigrane de Bacon dans le papier de certains des premiers folios et aussi au fait que Shaxpur n'avait jamais possédé d'armoiries de famille, même s'il était avéré qu'il avait consacré énormément de temps à tenter d'en obtenir. Nelson avançait et Harold réfutait chacune des raisons qu'un membre considérable de l'aristocratie pouvait avoir de dissimuler une activité aussi vile que celle de dramaturge. Harold me parut convaincant sur ce point. Et ainsi de suite. Une seule fois Harold mit en doute la véracité d'une affirmation de Denoon, à savoir l'inscription Macbethus Tyrannus ! écrite de la main même de Bacon en marge d'une histoire de l'Écosse figurant dans sa bibliothèque personnelle. Mais il parut ensuite se rallier à Denoon et soutint que c'était là pure coïncidence. Nelson niait qu'on pût accorder le moindre crédit au fait qu'à la parution du Premier Volume, la préface désignait l'auteur comme défunt, alors que Bacon vivait encore. On peut dire n'importe quoi dans une préface, dit-il.

Puisque ces pièces et ces poèmes ravissants sont parvenus jusqu'à nous, protesta Julia à la cantonade, qu'est-ce que cela peut bien faire, d'où ils viennent ! Ne s'est-il pas trouvé quelqu'un, même, pour démontrer qu'Homère était probablement une femme ?

Je crois que Julia aurait voulu ajouter quelque chose, mais elle n'eut pas le temps de conclure, car les duellistes s'allièrent aussitôt pour démolir cette proposition. Pour ma part, dieu sait que je ne conteste pas que la notion d'un Homère femme soit autre chose qu'une blague de Samuel Butler.

Et voilà Harold qui attaque par derrière, après avoir amené Denoon à admettre qu'il pouvait y avoir motif à envisager la candidature d'Edward de Vere, peut-être plus sérieuse même que celle de Bacon. Le piège étant que le choix de Nelson quant à la paternité des pièces se faisait entre quelqu'un qui avait défendu la torture, Bacon, ou de Vere, qui avait assassiné une cuisinière dans une crise de colère. Le fond de sa pensée, c'était que toute personne douée de raison eût voulu qu'un auteur de ce calibre ne fût ni un salaud ni un monstre.

*Mais non**, selon Denoon. C'était uniquement affaire d'équité, ou de vérité abstraite, je ne sais plus trop. Il tenait à préciser que lui-même, Nelson, n'avait rien d'un fan aveugle des pièces, et surtout pas des chroniques, qu'on pouvait aussi bien réduire à de la propagande royaliste même si l'on y trouvait de fort belles choses. Et il réagirait de même pour la paternité de *Ralph Roister Doister* ou de la *Duchess of Malfi* si le moindre indice devait en exclure John Webster.

Nelson se replongea dans ce qu'il considérait comme son point fort – les faits troublants ou discordants. Il n'avait aucune idée de l'état d'esprit du reste de l'assemblée – nous toutes. Comment se fait-il que, quand on l'accuse d'être fou, Hamlet réponde Laissez-moi réitérer la question, d'où s'échapperait la folie ? Ne serait-ce pas là un bien curieux concept, ou un test, pour un logeur et marchand de laine comme Shaxpur ? Évidemment, les carnets de Bacon contenaient des pages entières de notations sur la maladie mentale, y compris un projet de test pour la folie identique à celui de Hamlet.

À cet instant Dineo enclencha un mécanisme de régulation sociale dont j'avais vaguement entendu parler mais que je n'avais jamais vu à l'œuvre. À son signal, toutes les femmes sauf Julia et moi se levèrent. Puis nous suivîmes le mouvement, déconcertées. L'idée était de changer de place, et plus particulièrement de changer de place afin que Nelson et Harold, placés à six et neuf heures dans le cercle, se retrouvent côte à côte. Denoon se rendit compte de ce qui se tramait, ce qui n'avait rien de bien surprenant, sans doute, car cet exercice portait pratiquement sa signature. La femme assise entre eux s'écarta. Denoon prit sa place, en brave convive, et Harold et lui se retrouvèrent donc voisins.

Selon le concept de base, les deux polémistes ainsi rapprochés devaient finir par se calmer. En vertu du même principe qui inspirait le stratagème de se tenir par la main, celui-là même qu'il avait tant fustigé, mais passons. Et ils se calmèrent effectivement ce soir-là, bien que j'aie découvert par la suite que c'était en raison d'un sujet que Harold avait abordé pendant le jeu de chaises musicales. Il était censé exister un manuscrit d'un fragment de pièce sur sir Thomas Moore, fruit d'un auteur inconnu. Le fragment lui-même se subdivisait en quatre fragments, chacun rédigé d'une écriture différente, et le dernier – le fragment D – était écrit de la même main que le testament de Shakespeare. C'était une information totalement inédite pour Nelson. Cela le stoppa net. Non pas qu'il ne crût pas Harold sur ce point, mais justement, il lui fallait obtenir davantage de détails, et de temps, pour tenter d'imaginer la meilleure façon d'inclure ce *datum* dans le *corpus* de son anti-stratfordisme.

Le combat de paons étant apparemment terminé, je me concertai avec Julia pour résumer *La Mégère apprivoisée*. Je traduisis de temps à autre, pour m'assurer que l'image était claire. Des scènes de la pièce allaient être jouées le lendemain, ici et là dans le village, et nous espérions que les sœurs du conseil feraient pour nous un *modicum* de préparation du public. Harold et Nelson commençaient à nous écouter, et Harold finit même par participer un peu à la conversation.

Au moment de nous mettre au lit, Nelson se montra globalement désolé du tour qu'avait pris la soirée, mais ses excuses étaient parsemées de questions pour savoir ce que j'avais pu entendre dire à ce propos. Pas mon domaine, répondis-je. Je ne savais rien là-dessus. La lumière n'était éteinte que depuis deux minutes quand il la ralluma pour rédiger à la hâte une lettre à un ami professeur à Cambridge sur le sujet. Son ami devait être une sommité mondialement connue, car j'en avais entendu parler. Puis je m'endormis.

Je m'éveillai une heure ou deux plus tard. La lumière était encore allumée, et Nelson écrivait toujours. Mais c'était autre chose, une surprise pour Harold et Julia sur laquelle il préférait que je ne l'interroge pas, parce que ce serait aussi une surprise pour moi.

Perfide Albion

Les deux jours suivants furent dominés par une belle cordialité, me sembla-t-il. Harold en particulier se montrait plus accommodant et consentait à tirer sa rapière pour simuler des duels dans le vide quand les enfants le suppliaient avec assez d'insistance. J'étais l'interlocutrice et la traductrice pour les spectacles ponctuels – ou *séquences*, comme ils les appelaient – que nous présentions à divers groupes. Les costumes et les accessoires constituaient le gros de l'attraction : Harold arborait un pourpoint et un haut-de-chausse, et Julia revêtait l'une ou l'autre de ses diverses robes et jouait d'un luth de théâtre dont elle pinçait les cordes en contrepoint de certains poèmes. Elle chantait aussi des airs de Dowland et de Purcell. Harold et Julia faisaient tout de mémoire, ce qui alimentaient de nombreux commentaires. Et je pense qu'ils étaient heureux de voir à quel point les gens semblaient bien suivre, car la plupart des spectateurs sifflaient et ululaient après avoir entendu ma traduction de la tirade de Petruchio sur la possession de Kate. En fait, constatant la réaction qu'il provoquait, Harold noircit sa déclamation des vers Je serai maître de ce qui m'appartient / Elle est mon bien, ma propriété, elle est ma maison / Mes meubles, mon champ, ma grange, mon cheval, mon bœuf, mon âne, mon tout. Je commençai à remarquer que certaines personnes que je me serais attendue à voir aux représentations n'y assistaient plus. Par des voies détournées j'appris qu'elles participaient avec Denoon aux répétitions d'une pièce montée par Rra Puleng et le conseil, et conçue spécialement pour les visiteurs, en guise de remerciement. Je décidai de ne pas chercher à en savoir davantage. J'étais débordée. Nelson m'aurait pourtant raconté le détail de tout ce qui se préparait si je le lui avais demandé, comme je le compris par la suite.

Soudain la nouvelle éclata que Harold et Julia allaient rester un jour de plus. Nelson avait arrangé l'affaire par radio. C'était lié à ce qu'il manigançait, évidemment. Il me pria de les informer qu'il y aurait une journée supplémentaire mais sans leur révéler pourquoi, ce que je me refusai à faire et que Dineo fit en fin de compte.

L'avant-dernier jour de leur visite, ils donnèrent leur ultime et grandiose représentation, à l'intention du village entier, de tous ceux qui voudraient venir y assister, sur la grand-place. Ce fut essentiellement un dîner-spectacle où, devant les gens assis sur des nattes qui mangeaient leur bouillie de céréales sur fond de Kalahari crépusculaire, Harold et Julia se dépensèrent une heure durant. Je traduisais. À la fin, j'avais la gorge en feu. Nous formions désormais une équipe. Ils savaient instinctivement quand marquer une pause pour moi. Tout marchait comme sur des roulettes. Denoon entrait et sortait. J'aurais voulu qu'il détestât moins Harold malgré les provocations de ce dernier, comme de toujours apparaître entre les spectacles un crucifix autour du cou ou une croix de Saint-Georges épinglée sur sa lavallière. Ces penchants datent de bien avant toi et ne te visent en rien, suggérais-je à Nelson. J'aimais bien Harold. Plus tôt dans la journée, je l'avais trouvé assis sous un arbre, à lire Andrew Marvell.

Dineo se chargea très joliment des remerciements et des adieux.

Je pris conscience d'une sorte de brouhaha contenu à l'arrière-plan, sur la gauche. L'assistance, qui avait commencé à se relever pour se disperser, fut priée de se rasseoir et obtempéra. Un peu plus tôt, je m'étais rendu compte qu'il s'était passé des choses en coulisses, et sur le moment j'avais trouvé grossier de distraire ainsi l'attention des gens pendant le duo de Hamlet et d'Ophélie, qui requérait une certaine concentration. Quoi qu'il en soit, j'étais revenue parmi le public, et Harold et Julia, encore en costume, m'y avaient rejointe. Il faisait un peu frais. Tout le monde n'avait pas prévu d'apporter des châles et des couvertures pour cet *addendum*, mais les organisateurs avaient tout préparé : on passait des châles et des nattes supplémentaires à la ronde, et nous en profitâmes pour tenter de nous installer à notre aise. On annonça que nous allions assister à un bref spectacle qui exprimerait notre gratitude envers Harold et Julia. Harold n'était pas bien assis par terre. Je lui demandai s'il ne voulait pas plutôt prendre un siège, quitte à se faire un peu remarquer en trônant comme un roi au-dessus de tous. Ainsi soit-il, dit-il, et il invita vivement Julia à accepter un siège elle aussi, ce qu'elle refusa. Ils discutèrent un peu, et j'entendis à un moment Julia employer l'expression Childe Harold, probablement à mon intention. J'approchai un siège, et Harold s'y assit. Le *proscenium* s'anima soudain : quatre torches calées dans des pieux métalliques flamboyaient, deux de chaque côté de la scène.

J'étais déchirée. Je savais que Harold et Julia devaient avoir faim et qu'il m'incombait d'y remédier, mais le sentiment de devoir rester auprès d'eux était le plus fort. On faisait passer à présent des paniers d'arachides, et j'y vis le signe que ce qui allait suivre serait bref, aussi restai-je sur place. Julia mangea des arachides, mais Harold négligea le panier. Nelson donna le signal du commencement. Je ne sais plus à quoi je m'attendais. Sans doute à quelque chose de bénin, qui aurait pu s'intituler *L'Apothéose de Tsau*, quelque chose d'historique et de poétique.

Rétrospectivement, et connaissant les intentions de Nelson, je compatis. Il peut arriver que la force du besoin d'agir vous fasse oublier le gouffre qui bée entre l'incident que l'on se surprend à provoquer et l'incident idéal que l'intensité de vos sentiments vous autorise à rechercher. Par ailleurs, le spectre de William Blake se mêlait à l'idée qu'avait Nelson de ce qu'il faisait – Blake, le défenseur de l'essence même de l'Angleterre contre les traîtres qui faisaient d'elle un simple empire. Nelson idolâtrait Blake. Et en le défendant, lorsque nous en discutâmes par la suite, ce fut précisément son identification à Blake qu'il convoqua pour répondre à mon accusation d'anglophobie forcenée. L'idée du spectacle avait été de présenter à Harold et Julia, émissaires de l'Angleterre, mère de tous les empires, les sentiments de quelques anciens sujets de la couronne qui n'étaient plus ni dupes ni paralysés par l'humilité – tels qu'ils auraient pu être articulés par des gens assez acculturés pour s'exprimer en termes d'art dramatique. Cela peut paraître alambiqué, mais je tiens à rendre justice à Nelson. Le scénario était issu de plusieurs séances au cours desquelles les sœurs du conseil avaient été encouragées à procéder à des associations libres au sujet de l'Empire britannique – Nelson remuant le fond du pot, interpolant infiniment plus qu'il n'aurait dû, j'en suis sûre, transcrivant et recomposant le tout. Je n'ai jamais compris comment il avait pu aller aussi loin sans se rendre compte du caractère bien embarrassant du résultat. Car tout cela était franchement embarrassant.

Et j'étais moi-même embarrassée, ce qui explique sans doute pourquoi mon souvenir global de l'événement est ce qu'il est. Je détournais les yeux. Je suppliais intérieurement qu'on en finisse vite. Et ainsi de suite.

Deux garçons apparurent, mon ami King James et son meilleur copain, Edison. Ils portaient le costume traditionnel – cape en peau de chèvre, pagne et bracelets de grelots aux chevilles. Ils se postèrent avec truculence, chacun face à un faisceau de torches, adossés contre des bâtons figurant manifestement des lances. Nous disposions de vraies lances dans la maison des commerces, mais jamais aucune arme véritable ne serait utilisée dans la vie réelle tant que Nelson aurait son mot à dire. Mais, bien sûr, de vraies lances auraient été autrement plus efficaces. Une fille apparut, Adelah, un amour d'enfant qui devait bientôt nous quitter pour aller à l'école secondaire publique, à Kang. Elle se tenait dans l'ombre d'une présence massive, une femme entièrement drapée de noir et portant une torche électrique pour aider les acteurs à lire leurs répliques. Il commençait à faire vraiment nuit. La présence en question était celle de Dirang Motsidisi, enveloppée de ce grand voile noir pour qu'on ne la remarque pas, chose incroyable. Sa tête même était voilée. Prettyrose Chilume rejoignit le groupe central, son violon bien calé sous le menton, prête à jouer. Le tableau avait quelque chose de fascinant, sur fond de lueur mourante au-dessus du désert, dans le frémissement des flammes des torchères. L'assistance fixa sans délai son attention.

Alors on entendit une déclamation. Je pense que le terme de déclamation contre l'Angleterre, pour qualifier ce que dit alors Adelah, convient. Prettyrose n'était pas là pour jouer la Dame d'Espagne mais pour psalmodier par saccades brutales de nombreuses accusations contre la perfide Albion. Les garçons ajoutaient de l'emphase à la scène en frappant le sol de leurs pieds et de leurs bâtons. Le plus intéressant, pour moi, était d'assister à l'inversion totale de la traditionnelle cérémonie tswana de louanges en l'honneur du chef et de ses collaborateurs qui se déroule lors des fêtes, et où, grand compliment, la famille royale est très longuement comparée à du bétail.

J'espère pouvoir décrire l'événement assez fidèlement. Le propos se concentrait sur la guerre du Zimbabwe qui venait de s'achever, par exemple : En *Angleterre* vous aviez un esclave assassin, mais vous l'avez laissé en liberté pour tuer les nôtres à Lesoma, où il a abattu dix-sept soldats tswanas, et cet esclave s'appelait Ian Smith. Il s'agissait d'un massacre réel de soldats batswanas lors d'un raid au Botswana.

On entamait ensuite : Maintenant, *aujourd'hui*, Ian Smith est le premier à s'enfuir, des excréments collés aux talons sous l'effet de la peur.

Angleterre, tu as abandonné Ghanzi Ridge aux Boers, et aussi les fermes de Tati aux Boers, et aussi les riches fermes de Tuli Block aux Boers, qui à ce jour volent aux Batswanas les oranges de tous ces arbres-là. Tout cela était dit en anglais.

Angleterre, comment as-tu pu nous laisser sans routes, quand il y a tant de routes à travers l'Angleterre ? Il y en avait un long morceau sur ce modèle.

Puis *Angleterre*, tu voulais abandonner le Botswana entier aux Boers, mais tu as été empêchée de trahir par ta reine quand Tshekedi l'a convaincue de t'en empêcher.

Angleterre, tu as retenu le président sir Seretse Khama loin de nous pendant plus de sept ans.

Angleterre, quand tu as apporté tes églises chez nous, même tes pasteurs pouvaient faire des Bakhurutshes et des Barolongs des esclaves et les vendre au Natal contre de l'argent parce qu'en ce temps-là tu étais dure comme des dents contre nous, comme les Boers ou les Mzilikazis.

Et la litanie continua, plus brève toutefois qu'on n'aurait pu s'y attendre. Je fus bien soulagée que ce fût aussi succinct. Harold regardait tout autour de lui, avec l'air de se préparer à délivrer une réfutation en bonne et due forme si l'occasion s'en présentait.

Un effarement à peu près unanime avait accueilli ce spectacle, me semblait-il, et même une stupéfaction contrariée dans un ou deux cas, devant tant d'indélicatesse. Comme je m'apprêtais à emmener Harold et Julia prendre une collation, le bruit circula qu'il fallait à nouveau se rasseoir. Manifestement, nous n'en avions pas encore fini avec la représentation.

Fin des lamentations de femmes, point final

Cinq femmes s'alignèrent entre les torches. Quatre d'entre elles brandissaient des lampes électriques au-dessus de leurs têtes, et la cinquième portait un engin tout d'abord impossible à identifier, qui se révéla un fléau gigantesque, aux dimensions presque caricaturales. Quelqu'un émergea de la nuit pour déposer un objet, une sorte d'ottomane, devant ce chœur, et je compris aussitôt ce qui allait se passer. L'objet était un segment de tronc d'arbre grossièrement cousu dans une enveloppe en peau de vache. La femme au fléau s'apprêtait à le maltraiter. Les lampes électriques s'allumèrent et suivirent Dirang Motsidisi, toujours drapée de noir mais la tête découverte. Elle était à présent directrice d'école. Le fléau lui fut remis. J'avais vu juste. Nous étions bons pour un épisode de la *Fin des lamentations des femmes, point final.* J'espérai et priai pour qu'il n'y eût qu'un seul épisode. De temps à autre, j'en avais vu jouer ou répéter des épisodes. C'était un spectacle continu qui, dans son entier, ne serait sans doute jamais représenté à cause de son caractère excessivement épique.

Je frémis et éprouvai aussitôt un sentiment de déloyauté d'être tellement embarrassée ; je m'identifiais comme une gamine à l'Occident blanc et tournais le dos à l'être dont je partageais la vie, et tout cela parce que sa tentative d'exorcisme et de représentation de la voix des anciens opprimés était trop démesurée pour moi, tout au moins lorsqu'il fallait assister à cette tentative non plus *en famille** mais en compagnie d'occidentaux instruits, et dont la culture, à tort ou à raison, me faisait grande impression. Nous apprécions tous la démesure chez notre compagnon de vie, mais nous la préférons modérée. Je sais parfaitement ce qui m'arrivait alors. Quelque chose chez Harold et Julia ravivait une certaine sensibilité héritée de mon éducation. Je parais en fait plus instruite que je ne le suis vraiment. Je connais la quantité de points superficiels et la proportion de détails flatteurs qui ne relèvent que de la simple mémoire. Harold et Julia me faisaient régresser. Ils étaient superbement instruits et moi pas, *ergo* ils représentaient l'observateur idéal, à eux deux. Il était mortifiant que Nelson se complût dans cette seconde folie délirante, dont l'innocence et les bonnes intentions échapperaient à Harold et à Julia du fait de son apparence superficiellement provocatrice et singulière.

Comme j'appréciais la stratégie de Denoon, de même que son innocence, il m'est difficile d'expliquer pourquoi je paniquais, même en tenant compte de tout ce que j'ai dit. Manifestement, la première partie de ce qui nous avait été présenté aurait pu s'intituler *Chœur de sifflets pour Albion la décrépite mais toujours perfide*, et la deuxième partie, qui en était maintenant au stade de l'ouverture, *Les Lamentations*, allait être une démonstration en live de la nouvelle culture de Tsau post-Albion. Or même si, à travers *Les Lamentations*, Denoon proposait quasiment un spectacle de nos corps et de nous-mêmes, nous les femmes, où était le problème ? Pourquoi tout cela m'était-il soudain devenu intolérable ?

Le rituel des *Lamentations*, car c'en était un, était une chose hybride. C'était à la fois artificiel et spontané, étranger et familier. C'était un rituel en ce sens que le format était fixe – encore que le fléau apportât une nouvelle touche, une amélioration, et je suppose une escalade par rapport aux longueurs de corde que j'avais vu utiliser lors de représentations antérieures, lorsque l'ottomane était fouettée pour souligner l'emphase à certains moments du spectacle –, mais seule une partie du contenu était fixe. Le germe des *Lamentations* provenait des notes que prenaient les gens en écoutant Denoon donner une série de conférences, que je suis tentée d'appeler séminales, sur l'histoire de l'oppression des femmes. Ces notes avaient ensuite été développées par les femmes et avaient constitué une liste principale d'iniquités dont chaque foyer possédait une copie dans un portefeuille spécial, accroché près de la porte du rondavel.

Dans l'ensemble, la réaction face aux *Lamentations* fut favorable. Je connais le cas unique d'une femme dont le portefeuille avait été dévoré par une chèvre, et je dois préciser que c'était son mari qui avait laissé la chèvre le manger, alors qu'il avait la charge d'empêcher les chèvres de pénétrer dans la maison. Une peine très sévère lui avait été infligée, ce qui avait reçu l'approbation de toutes – moi exceptée. Les gens étaient censés apporter leur liste aux séances du spectacle évolutif des *Lamentations*. Beaucoup le faisaient. L'entourage de Denoon était fidèle sur ce point et savait introduire correctement les injustices historiques dans le processus lorsque la *vox populi* déraillait, virait au fantasque, à l'abstraction, ou bien évoquait des injustices sans lien précis avec les hommes, ou inadéquates suivant d'autres critères. L'*agon* était toujours le même. Une femme tenant le premier rôle commençait à lire des injustices spécifiques, le chœur et l'assistance hurlaient Honte ! Le public était encouragé à ajouter des injustices personnelles – il y en avait qui étaient particulièrement prisées, que les gens souhaitaient inlassablement entendre et réentendre – et les femmes ululaient, l'ottomane était fouettée, et de temps à autre on proclamait que jamais on ne laisserait se produire de telles choses à Tsau. Les hommes qui assistaient aux séances se tenaient dans une réserve polie, mais je notais qu'ils avaient tendance à rentrer chez eux de bonne heure. D'ordinaire, *Les Lamentations* commençaient en anglais, puis le setswana prédominait à mesure que l'émotion allait crescendo. Comme je l'ai dit, je n'avais rien contre *Les Lamentations*. Je les acceptais pour ce qu'elles étaient, pour leur didactisme et leur *sociocatharsis*, pour la paillardise qui s'y mêlait, pour tout. Mais j'eus tout de même envie de m'enfuir. L'attitude de Denoon envers *Les Lamentations* était par trop bigote. Cela n'échapperait pas à Harold ni à Julia. *Les Lamentations* étaient une production profondément amateur, burlesque aussi, mais Nelson se comportait alors comme s'il eût écouté un poème symphonique, un morceau de musique sentencieux d'un compositeur du rang de Messiaen, de la même manière qu'avait un jour eue ma mère, pieusement figée pendant qu'elle écoutait une pièce de Messiaen, dont elle avait décidé que, de tous les disques que j'avais empruntés à la bibliothèque municipale, c'était lui qui s'adressait à son âme. Il était sacré. Il contenait le sacré. Sachant qu'elle l'aimait, j'économisai mon argent de poche pour lui en offrir un exemplaire – l'une de mes pires erreurs car, chaque fois qu'elle le passait, tout le rez-de-chaussée devait observer le silence absolu afin qu'elle puisse l'écouter religieusement. Tout ce que je faisais était trop bruyant, y compris, une fois, me gargariser. Elle écoutait ce machin en boucle, et à certains moments on aurait dit une drogue. J'avais essayé de lui imposer le goût de la musique, à partir d'une liste d'œuvres que j'avais établie moi-même, et voilà qu'elle s'était arrêtée pile à Messiaen. Et cela n'avait rien à voir avec Messiaen en particulier, puisqu'elle n'avait jamais rien voulu écouter d'autre qu'eût composé le maître de son âme : l'idée seule lui répugnait. Ce serait cette œuvre-là, parfaite et divine, à l'exclusion de toute autre. Le regard de Denoon prenait une expression plus douce que celui de ma mère pendant Messiaen, mais c'était de la même eau. Je détestais le voir ainsi transfiguré. Dans ces moments-là, je me répétais que personne n'est parfait. Ainsi, le Christ lui-même n'avait jamais imaginé inclure dans sa doctrine la condamnation de l'esclavage humain. Je réagissais sans doute ainsi parce que je me sentais totalement débordée sur la question de la femme, et cela d'autant plus que cette question mettait l'accent sur la difficile conciliation entre ma prétendue noblesse et mon goût pour l'indépendance avec les exigences de la campagne que j'avais menée pour mettre la main sur Denoon, lui qui m'apparaissait de plus en plus comme le dépositaire de toute valeur, quoique j'en dise à l'occasion. Je voulais Denoon d'une façon de plus en plus absolue, et je perdais le contrôle. Indubitablement, la dernière chose dont j'avais besoin sur le plan émotionnel était de me laisser convaincre – ou reconvaincre – que toute société qu'on observe assez en profondeur se révèle être une nouvelle conspiration des mâles contre les femelles, à laquelle concouraient les victimes elles-mêmes. J'étais en train d'accomplir quelque chose et je comptais bien m'y tenir, et je suppose qu'il me paraissait inutile de me paralyser moi-même sur un plan philosophique. Quoi qu'il en soit, voir Harold trôner tel le roi Canute et me chercher des yeux pour me sommer de lui expliquer ce qui allait encore se passer, voilà qui en fut trop pour moi, et je pris la fuite.

Je me rends compte à présent qu'un incident survenu le matin même m'avait déstabilisée. Je pensais l'avoir surmonté en ne le prenant pas au sérieux. C'est seulement récemment que je l'ai associé à ma fuite. Il s'agissait d'une pseudo-révélation concernant Nelson. Je vis l'arbre de vie sur son corps, l'espace d'un instant, et je sentis mes yeux devenir brûlants et mon corps entier chanceler. Il rentrait nu après s'être lavé dehors avec une éponge. Comme il franchissait le seuil, un rayon de soleil illumina son ventre, donnant à la répartition de la pilosité de son corps, les poils de son torse, de son abdomen et ainsi de suite, l'aspect d'un arbre de vie parfait, l'exfoliation de son torse formant la canopée, le pelage serré de son ventre le tronc, la toison de son écusson et de sa zone génitale – il avait pas mal de poils sur le scrotum – la racine, et la totalité de la grappe génitale le trésor ou coffre ou rare joyau qu'enlaçaient les racines de l'arbre. Je me ressaisis et me dis que si la chair de Nelson m'apparaissait comme un tableau représentant l'Yggdrasil, je vivais là la révélation de tous les temps. Mais nous sommes bien stupides, et cet épisode contribua indiscutablement à mon énervement lorsque débutèrent *Les Lamentations.*

Je me retirai jusque dans des cabinets situés à l'arrière du bâtiment de la cuisine. Je me cachai là. Le prétexte de mon absence serait un bouleversement gastrique, je n'aurais pas à donner plus de détails. Quant à savoir pourquoi je pris la peine de me séquestrer moi-même durant *Les Lamentations,* c'est, rétrospectivement, une bonne question, car tandis que la représentation suivait péniblement son cours, je commençai à y introduire mes propres récriminations, en guise de distraction, pour remplir les vides dans les cycles d'acclamations et de gémissements. Je suis ainsi faite. Je connaissais par cœur une bonne partie des *Lamentations.* Dans mon spectacle personnel, j'incluais ces masses de femmes qui vilipendaient l'état du Maryland pour avoir choisi comme devise officielle *Fatti maschii, parole femine* : Actions d'hommes, paroles de femmes – ces pauvres impuissantes. Je mélangeais pas mal de choses, du cas de la première femme gynécologue, forcée de se déguiser en homme pour assister aux cours puis pour exercer, à l'histoire du lynchage à mort de celle qui avait inventé l'astrolabe par une populace masculine qui avait commencé par lui arracher ses vêtements, sous l'autorité du patriarche d'Alexandrie. Et lorsque je sentais que je me focalisais sur une classe vraiment trop élitaire, je me rabattais sur la catégorie générique des femmes d'Afrique, depuis l'Est jusqu'à l'Ouest, qui avaient couramment été contraintes d'accepter d'avoir des rapports sexuels avec leurs proches masculins en échange de prêts dérisoires, sans parler d'une étude que j'avais lue quelques années plus tôt portant sur le pourcentage d'Américaines propriétaires de petites entreprises, et qui, dans l'incapacité d'obtenir des prêts, gagnaient leurs premiers emprunts en vendant l'unique bien matériel dont elles disposaient, à savoir leur corps. Il était facile de suivre *Les Lamentations* et de savoir où l'on en était parce que, vers la fin, on entendait proclamer en anglais et en setswana un vers de Blake que Nelson chérissait tout particulièrement : Toute femme est tisserande d'or. Ce moment-là vint.

Tout s'évanouissait à mesure que j'approchai. Il y eut encore deux contributions tardives, dont le caractère étranger à l'esprit du moment me frappa, l'une étant Fini terminé de boire seulement toujours le thé de brousse ! et l'autre Fini terminé d'utiliser seulement toujours le savon collectif ! La première concernait la résistance de Sekopololo à l'achat de « thé blanc », des marques comme Joko fournies par l'Afrique du Sud, par fidélité au principe qu'il fallait continuer à boire le thé rooibos cueilli localement, qui était gratuit et parfaitement bon bien que dépourvu de théine. La seconde concernait la même réticence de Sekopololo à commander des savons produits commercialement, là encore parce que nous étions censés aimer le savon artisanal fabriqué localement, nonobstant sa faible capacité de lavage. Quelqu'un avait décidé d'être provocateur. C'était intéressant.

Denoon s'éloignait avec les artistes. C'était vraiment fini. Une fois de plus, il me revenait de prendre en charge Harold et Julia : logiquement d'ailleurs, puisque personne d'autre ne semblait disposé à faire quoi que ce soit pour eux, et les voilà maintenant qui venaient vers moi, Harold l'air d'être particulièrement au-dessus de tout cela, et Julia affichant une expression d'apaisement figé. Harold avait voulu dire quelque chose, mais, affirmait-il, uniquement pour remercier, et rien n'avait été fait pour le lui permettre, ce qui accrut mon sentiment de culpabilité car, si je ne m'étais pas volontairement séquestrée, j'aurais pu faire le nécessaire.

Je leur recommandai donc de venir dîner une demi-heure plus tard, que ce serait juste *entre nous**, et ils parurent à demi soulagés. En vérité, je les invitais peut-être parce que je croyais cela plus facile que d'affronter Nelson en face, pleine des questions que j'avais accumulées et qui menaçaient d'exploser. Il y entrait aussi une part de défi, en ce sens qu'à mon avis, la dernière chose à laquelle il aspirait ce soir devait être une confrontation prandiale avec les gens qu'il avait visés de ses flèches, tout au moins dans la partie consacrée à la Perfide Albion. Cet esprit de défi me soufflait que, si je prétendais inviter des gens, je devais être en mesure d'assumer mes responsabilités. Il serait donc le bienvenu, mais pas en goujat. Il allait devoir faire preuve de gentillesse, par correction envers moi. Il allait devoir être gentil en s'appuyant sur son meilleur instinct, et non après avoir négocié avec moi. Avec les hommes je mets trop longtemps, d'habitude, pour regarder en face la nature de la situation dans laquelle je me suis fourrée. Est-ce lui le bon ? Telle était la question qui ne me lâchait pas. Nelson serait adorable avec les gens de mon choix, ne fût-ce que par correction à mon égard, faute de quoi je pourrais en tirer mes propres conclusions. Dans le cas présent, certes, je choisissais des convives singulièrement peu à son goût. Mais *tant pis**. Il détestait ce que les Britanniques avaient accompli en Afrique. J'avais conscience de tout cela, ainsi que de son angoisse refoulée concernant ses origines, depuis la mère de tous les empires jusqu'à ses propres parents. Mais tout de même. Pourquoi aurais-je dû céder à cette hystérie née du fait que lui aussi était un être engendré plutôt qu'un original autocréé ? J'adorerais être une originale. J'adorerais ça. Mais il y a des choses sur lesquelles on peut influer, et des choses auxquelles on ne peut rien. J'étais bien déterminée à empêcher Nelson de développer une vraie névrose à propos de ses origines. C'est la voie de la démence.

Quoi qu'il en fût, Harold et Julia allaient débarquer d'un instant à l'autre pour participer à j'ignorais encore quoi. Mais je courus à la maison et commençai à choisir quels trésors en conserve il me faudrait sacrifier pour l'occasion. Notre dernière boîte de consommé fournirait la base d'une soupe à l'oignon. J'étais pleine de témérité. Je descendis des mets comme des huîtres fumées, dont je savais que Nelson serait furieux de les offrir. Curieusement, et à mon vif soulagement, il réagit avec douceur à la perspective de ce souper. Je devinais qu'il appréhendait, pour le moins, de me voir aborder cette affaire d'Albion, et qu'il se réjouissait de ne pas se retrouver en tête-à-tête avec moi, quand bien même cela supposait de supporter une nouvelle dose de Harold. Il faut dire aussi qu'aux ondes d'indignation que je devais émettre il y avait ce couteau que je maniais pour émincer les oignons, très finement, telle une véritable machine. J'émince très fin, et très vite. C'est un de mes dons. Nelson m'aidait avec la plus grande précision dans les préparatifs.

J'entendis nos invités au dehors. Je dis à Nelson La seule chose importante, je te supplie de laisser tomber la question de la religion. Cet homme est un catholique pratiquant, et non pas un gamin auprès duquel tu pourrais raisonnablement envisager de faire du prosélytisme. Si tu veux discuter de l'Angleterre, libre à toi, mais fais-le à bon escient et en érudit, comme tu sais le faire. Il me dit quelque chose comme Il n'est jamais trop tard pour entendre raison, ce que je pris pour une réponse à ma requête concernant la religion, mais murmuré si bas que j'y perçus un acquiescement.

C'est plus une collation qu'un véritable dîner, m'excusai-je en les accueillant. En contemplant ce que j'avais préparé, je me rendis compte que je m'étais contentée de poser des choses les unes à côté des autres, et que le résultat était plus que modeste. Je m'étais concentrée sur des plats rapides à préparer. Il y avait des *chapatis*, des germes grillés, du taboulé, des huîtres, de la soupe à l'oignon française, et du lait de chèvre caillé pour accompagner le taboulé – mais pas de plat principal à proprement parler. Je décidai de faire cuire des œufs.

À l'évidence, Harold possédait plusieurs crucifix. Celui-ci était en argent, et de très grande taille : une croix de Malte. Denoon l'admira et demanda à Harold s'il savait qui détenait la plus grande collection privée de crucifix au monde. Harold n'en avait pas la moindre idée mais, lorsqu'il s'entendit dire que c'était Boy George, il parut sincèrement ravi de l'apprendre, sans s'en offusquer d'aucune manière, et je compris ensuite pourquoi : il basculait dans le royaume de l'ivresse. Ce qui expliquait *sans doute** aussi pourquoi Julia paraissait si distraite et tendue. En un clin d'œil, Harold tira d'une sacoche la source de son euphorie, une bouteille d'un scotch rare, Oban, un peu plus qu'aux trois quarts pleine, un cadeau. Ah, fit Denoon, en essayant de ne pas croiser mon regard.

Harold rayonnait. Il allait et venait dans la maison, jetant des coups d'œil condescendants sur différents objets et marmonnant des choses d'une voix inaudible – et que lui seul, donc, comprenait. Je ne sais pas à quoi il s'était attendu, mais il était manifestement (et sottement) satisfait de constater que, techniquement parlant, nous comptions parmi les pauvres, et que, quel que fût son mode de vie, il était supérieur au nôtre. Julia voulait se montrer aimable. Elle suivait Harold et lui donnait la réplique. Mais il voulait encore à boire. Vous voyez ce que c'est ? dit-il en levant la bouteille sous le nez de Nelson : Oban. J'espère que vous allez m'accompagner, et vous aussi – me dit-il – parce que Julia n'en sera pas, c'est son seul défaut. Mais une surprise l'attendait : elle avait les mains embarrassées de grandes tasses. Bah, dit-elle, pour une fois. Il avait commencé à verser. Il la foudroya d'un regard meurtrier et lui versa un petit fond de tasse. Encore je vous prie, beau seigneur, dit-elle. Il n'obtempéra qu'à contre-cœur. Il la dévisagea, manifestement stupéfait. Il me servit très symboliquement aussi. Puis il servit à Denoon une large rasade, comme à lui-même.

Denoon hésita devant son verre trop rempli. Là, j'accepte une part de responsabilité. Je pense qu'il s'apprêtait à observer pieusement le principe de ne se permettre aucun écart, un mal qu'il enjoignait constamment les habitants de Tsau à éviter, mais j'intervins en disant Ils s'en vont demain, histoire de lui indiquer qu'accepter un verre d'alcool ce soir n'avait guère d'importance. Je pensais que pour une fois nous pourrions nous comporter normalement, puisque nous nous retrouvions tous ensemble. Je voulais sans doute aussi montrer à Julia que Nelson n'avait nullement besoin de ma permission pour boire un verre avant le dîner. Car je crois que, d'une manière qu'il imaginait insoupçonnable, Nelson avait été sur le point de guetter ma permission, ce qui n'était pas tolérable.

Julia lança un regard d'agonie dans ma direction. Le ciel au crépuscule est si lumineux, dit-elle, et elle sortit dans le jardin comme pour le visiter, bien que la nuit fût tombée et que j'avais allumé des batteries de bougies. Je ne bois jamais, dit Denoon à Harold, puis il but avidement. Je constatai qu'il se métamorphosa aux deux premières gorgées. Sa sensibilité à l'alcool devait être génétique. Julia m'appela à l'extérieur.

Donnez-leur quelque chose à grignoter en hors-d'œuvre, dit-elle. Je proposai de leur servir les huîtres en amuse-gueule, mais ça n'allait pas parce que Harold détestait tout ce qui venait de la mer, à l'unique exception du carrelet frit. Puis elle demanda quand, au plus tôt, on pourrait servir la soupe. J'estimais qu'il faudrait attendre une vingtaine de minutes, ce qui parut la plonger dans l'angoisse. Elle alla se planter sur le seuil, observa Harold et Nelson à l'intérieur, puis revint et se mit à quatre pattes pour souffler dans le foyer du fourneau du jardin, afin d'avancer la soupe, selon son expression.

Est-ce qu'ils s'entendent bien ? demandai-je.

Mieux que bien, dit-elle. Puis Je pense qu'il mangerait des noix de cajou, si vous en aviez sous la main.

Je n'en avais pas.

Plusieurs fois elle se lança, Bon, il faut que je vous dise. Mais elle s'arrêtait net avant d'en avoir dit davantage. Il fallait que je l'empêche, dans son agitation, de jeter plus de brindilles dans le feu qu'il n'était raisonnable.

Je ne sais pas pour votre mari, dit-elle, mais Harold est très sensible à la boisson. C'est malheureux, mais cela m'inquiète beaucoup. Harold aime beaucoup votre mari, et il pourrait dire des choses qui risquent de, euh, revenir aux oreilles du British Council, et cela me préoccupe beaucoup.

Nelson n'est pas mon mari, dis-je. Je ne voulais pas m'étendre davantage sur le sujet. Elle me fixa longtemps, l'air surpris.

D'où tenez-vous qu'il aime Nelson ? demandai-je. Tout semble les opposer. Avant qu'elle puisse m'expliquer, je me souvins qu'un fromage de gouda, pas trop vieux, trônait quelque part sur une étagère. Le gouda est durable. Je courus le chercher. Cela pouvait résoudre la question des hors-d'œuvre. Mais quelque chose s'était introduit dans sa coque rouge. Le fromage était dur et tout rabougri, réduit à l'état de résidu. Voilà la nouvelle que j'avais pour elle.

Elle dit Voyez-vous, lorsque nous terminons une mission, nous avons un accord qui prévoit que, bon, il peut – euh – être lui-même, hum. Mais comme nous vous aimons tellement, enfin, et que c'est plus d'alcool qu'il..., voyez-vous, je m'inquiète, il faut que nous mangions, vraiment, comment sont-ils ? Elle semblait tellement démoralisée.

Je dis J'ai eu le temps d'entendre Nelson expliquer les origines de sa *bête noire**, la Première Guerre mondiale, quand l'histoire s'est engagée sur la mauvaise voie.

Harold adore l'histoire, dit-elle.

Je dis Eh bien il a droit à une explication complète du commencement de la guerre qui a tout gâché. Je l'avais déjà entendue. L'hypothèse était que le tsar avait causé la guerre en procédant à la mobilisation générale afin de mettre fin à la grève qui paralysait Saint-Pétersbourg. Les Allemands et tous les autres avaient mal interprété la mobilisation, et *voilà**. Nelson collectionnait les hasards historiques, les accidents sous-jacents aux événements supposés inévitables ou nécessaires. Je ne peux pas me les rappeler tous. L'un concernait la prétendue énigme historique posée par la persistance de l'entité judaïque dans un monde qui lui était tellement hostile. Il y avait à cela deux parties. La première était que l'existence du judaïsme en tant que religion à part entière s'expliquait par le renversement accidentel des Ptolémées par les Séleucides, car si les Ptolémées avaient gardé le contrôle de la Palestine, le processus d'hellénisation qui avait déjà gagné les élites urbaines se serait progressivement imposé dans les campagnes et aurait suivi son cours. Mais les Séleucides, saisis d'une passion fanatique pour les conflits, avaient radicalisé les juifs, et le reste appartient à l'histoire. J'ai oublié la seconde partie du raisonnement.

C'est une très mauvaise idée, de vouloir enseigner quoi que ce soit à Harold, dit Julia. Et surtout dans le domaine de l'histoire.

Elle avait raison. Je dis En cet instant précis votre mari adopte la position que, si l'analyse de Nelson sur la Première Guerre mondiale est avérée, ce sont en fin de compte les socialistes qu'il faut blâmer, car ce sont eux qui ont lancé une grève à ce moment-là. Or, ce n'est pas du tout l'interprétation que défend Nelson.

Denoon sortit avec une lampe électrique à la main, et je crus un instant qu'il allait nous aider à faire la cuisine dans l'obscurité, mais non, il chancela vers les broussailles d'un pas auquel je n'étais pas accoutumée.

Elle décela quelque chose dans mon expression, car elle me saisit la main entre les siennes et dit Et ce n'est pas mon mari non plus, Harold. L'Angleterre est dure. Je ne pense pas que vous le sachiez. Il n'y a pas de théâtre régional, rien de tel. Alors nous faisons cela. Mon mari est mort. Harold est homosexuel, voyez-vous, et nous avons décidé de dire que nous étions mariés. Une sorte de cérémonie a eu lieu. Car le British Council préfère de beaucoup employer des gens mariés pour ce genre de travail outre-mer. Nelson se faufila près de nous pour entrer dans la maison, portant quelque chose.

Elle voulait tout me dire. J'essayais de prêter attention. Il y avait une tortueuse histoire de favoritisme à la BBC. J'avais plusieurs choses en tête, dont la principale était de savoir si Nelson tiendrait sa promesse d'éviter le sujet de l'Église catholique. L'Église le fascinait, et il soutenait la thèse selon laquelle, en prônant l'obligation de célibat pour les prêtres, elle avait accidentellement créé un sanctuaire d'homosexuels dont les talents cumulés formaient un mécanisme hors pair d'accumulation de capital, puisque les biens de l'Église ne risqueraient jamais d'être dispersés entre les héritiers de ses *dramatis personae*. Et donc, par le biais du célibat, pouvoir temporel et invincibilité. Il adorait parler de l'Église, et je redoutais que la boisson ne vienne éroder l'éventuelle barrière que constituait sa promesse. La permanence de l'institution le fascinait, l'immuabilité historique des meneurs. Et Harold qui était si pesamment catholique ! L'Église stigmatisait les homosexuels tout en exploitant brillamment leurs énergies en sous-main, cette ironie de l'histoire ne manquerait pas de venir à l'esprit de Nelson, et il aurait du mal à y résister. Il m'apparaissait aussi que l'antisocialisme de Harold offrirait un autre angle d'attaque. Nelson avait mis au point une analyse provocatrice de l'Église en tant qu'institution socialiste archétypale que je l'avais déjà entendu débiter. En fait, j'arriverais plus facilement à reprendre en main la situation s'il succombait à la tentation.

Julia servait la soupe sous mes yeux. Elle n'était pas aussi brûlante ni aussi amalgamée que j'aime la soupe à l'oignon française, mais je respectai son anxiété.

Nous portâmes la soupe à l'intérieur. J'eus l'impression que l'alcool favorisait une réelle affabilité chez Harold comme chez Nelson. Leur fraternité était en pleine floraison. Nos hommes avaient trouvé un terrain d'entente sur une question étonnante, Shakespeare, et s'étaient mis d'accord sur le fait que, quel que fût l'auteur des pièces, il était incroyable car, pour tous les candidats crédibles, y compris Shaxpur, l'écriture avait été une activité à temps partiel, subsidiaire dans ce cas particulier des professions d'acteur et de collecteur de laine, comme le disait Denoon. Il voulait bien sûr parler de courtage en laine. Ils commençaient même, me parut-il, à convenir de disconvenir sur les rapports entre hommes et femmes, à la suite d'un échange de civilités concernant le spectacle des *Lamentations*. Harold voulait faire entendre son avis pour le principe, à savoir que les hommes n'étaient pas plus durs avec les femmes qu'avec les autres hommes. Autrement dit, songeai-je, il nie la réalité de la gynécophobie. Allez-y, dit Denoon, fair-play incarné. Suivit encore une théorie selon laquelle les femmes étaient aussi mauvaises que les hommes quand l'occasion leur en était donnée, la preuve en étant que la période la plus meurtrière et la plus dépravée de toute l'histoire turque correspondait à l'ère bien connue, dite de la Loi des femmes, pendant laquelle les concubines cachées derrière le rideau du sérail dictaient leur conduite aux divers sultans. Nous adorons les femmes, maintenait Harold.

Je nous fis tous asseoir, prêts pour la soupe. Harold et Nelson avaient kidnappé la bouteille d'Oban. Je n'étais pas certaine que, plus tard, je pourrais encore me faire entendre. J'avais vécu des scènes assez semblables à celle-ci dans ma vie antérieure. Avant qu'il ne fût trop tard, je tenais à faire entendre mon point de vue sur le sujet de la gynécophobie ; je racontai donc une histoire, dont j'avertis Harold qu'il pourrait la trouver enrichissante, un sujet de réflexion pour le moins. J'avais naguère vécu, commençai-je, dans une maison communautaire à Stanford, en compagnie de dix-neuf autres personnes, mâles et femelles. L'un des membres de cette communauté était une femme nommée Betty. Puis arriva un nouvel occupant, mâle, dont la chienne se nommait également Betty. On en vint donc tout naturellement, chaque fois que c'était nécessaire, à préciser de quelle Betty il était question en disant, le cas échéant, la chienne Betty. Inconsciemment j'attendais ce qui allait inévitablement se produire, et qui se produisit en effet : au cours d'un échange où quelqu'un mentionnait la chienne Betty, un type lança Quelle chienne Betty ? Qu'était-ce là sinon saisir l'occasion d'exprimer une hostilité en roue libre émanant de quelque substrat primal ? Il se trouve que la femme Betty était la plus aimée et la plus belle de notre maison, et qu'en fait, le type qui l'insultait était sorti avec elle une ou deux fois.

Mon anecdote ne rencontra guère de succès. Il y eut quelques hochements de tête *pro forma*. Je ne sais pas si j'avais vraiment su retenir leur attention. Mais je n'eus pas à me sentir idiote bien longtemps. Denoon se montrait particulièrement conciliant et passif. Je ne tardai pas à comprendre pourquoi. Il avait honte de quelque chose, et voici de quoi il s'agissait : deux bouteilles de riesling du Cap dont les étiquettes étaient encore un peu recouvertes de terre. Elles dataient de l'époque des ouvriers italiens qui avaient construit le village, et il les avait cachées en prévision de quelque événement exceptionnel. Il m'était difficile de ne pas songer aux occasions spéciales qui nous avaient concernés tous deux seuls, et pendant lesquelles un peu de vin aurait été bienvenu, mais non, on déterrait le vin en l'honneur d'un mâle en visite que jamais personne n'aurait pu prendre pour un copain à lui. Rien d'autre ne justifiait le geste sinon le sentiment de devoir répondre à l'offre de partager l'Oban. Je n'étais vraiment pas contente.

Denoon commença à servir généreusement à la ronde. Presque comme une corvée, il avala le fond d'Oban qui restait dans sa tasse, afin de pouvoir se servir de vin. Julia me donna un petit coup de pied sous la table. Elle refusa le vin, jusqu'au moment où je lui fis comprendre que ce serait une bonne idée de m'aider à réduire les stocks, comme nous avions déjà symboliquement tenté de le faire avec l'Oban. Je supposais que ces deux bouteilles constituaient la totalité de la réserve. Nelson me donnait à penser que c'était le cas. Mais comment en être sûre ? Se pouvait-il qu'il cherchât simplement à me convaincre que jamais plus je n'aurais rien à subir de tel, quelles que fussent les conséquences de cette nuit même ? J'éprouvais un brin de compassion, tant sa honte était visible.

Harold débitait le baratin habituel sur l'ingratitude des femmes qui ne reconnaissaient pas à leur juste mesure les efforts menés par les hommes pour les faire vivre, alors qu'on savait bien que les femmes, à long terme, vivaient bien plus longtemps qu'eux. Où était la haine dans tout cela, de la part des hommes ? Tout ce que les hommes accomplissaient dans la société était destiné aux femmes, à l'acquisition des accessoires de toutes sortes qui étaient nécessaires pour les séduire et les entretenir dans le maximum de confort possible. Et quand, en dépit de leurs jérémiades, les femmes avaient finalement obtenu le droit de vote, qu'avait-on vu comme résultat ? Accorder le droit de vote aux femmes était le seul préalable indispensable pour instaurer un monde neuf et parfait, voilà ce qu'on avait dit à la génération précédente. Mais en fin de compte, à quoi cela avait-il mené ? Des femmes qui votent pour soutenir en tout point le monde tel que les hommes l'ont bâti, avec juste un petit quelque chose en plus pour les crèches. Vous êtes de notre côté en fait, dit-il, n'est-ce pas ?

Je tenais mon artillerie toute prête, mais j'attendais Nelson. Je me disais, Il en connaît bien plus que moi là-dessus. Où était-il, pendant que Harold était seul maître à bord et agitait ses vignettes à deux sous où les femmes de pouvoir se comportent exactement comme des hommes ? Il fallait un homme pour réfuter ces paroles d'homme. Nelson l'ignorait, bien sûr, mais Harold tenait à cet instant un rôle, celui du pater familias. Parle, enjoignais-je silencieusement à Nelson, ou bien garde à jamais le silence.

Nelson contre-attaqua Savez-vous quel est le pays d'Europe occidentale qui compte le moins de femmes au Parlement et au gouvernement ? Il but une solide rasade de vin en attendant que Harold ait trouvé. Harold ne trouvait pas. La Grèce, répondit Nelson, et juste après, en deuxième position, le Royaume-Uni, sur ses talons. L'expression de Nelson m'indiquait que cette maigre riposte était censée me calmer. Mais cette statistique était à des années-lumière de l'argument avancé par Harold. Si c'était Denoon *inter pocula* qui se tenait là devant moi, mieux valait que je le sache.

Cela ne me réfute en rien, dit Harold. Julia me demanda en aparté si c'était vrai, et je lui répondis que les faits et les chiffres de Denoon étaient toujours exacts.

Finalement, ce fut mon silence persistant qui fit comprendre à Denoon qu'il lui fallait procéder à la péroraison. Il s'ébroua et se lança pour de bon – uniquement pour moi. Je savais que ses connaissances sur la question des femmes étaient encyclopédiques, et ce soir-là il en fit la preuve. Il déclara à Harold Vous évoquez la Turquie geignant sous la loi des femmes, ce qui est un vieux bouteillon, mais savez-vous seulement que pendant tout ce prétendu règne de terreur, les *kadins*, c'est-à-dire les concubines favorites, et même les plus favorites et les plus souveraines d'entre elles, devaient rejoindre le lit du sultan en titre en rampant depuis la porte de la chambre jusqu'au lit, baiser la courtepointe, puis se glisser dessous et ramper jusqu'à hauteur de leur seigneur et maître ? C'était un nota bene à mon intention, car Nelson était venu se coucher de cette façon une ou deux fois et, ne connaissant pas l'anecdote, j'avais cru qu'il s'agissait d'une simple plaisanterie. Je crois que je m'enorgueillissais de penser que son côté joueur grandissait sous mon influence encourageante. Mais ce qui comptait à mes yeux, c'était qu'il fût capable de contrer aussi précisément l'un des principaux bobards de Harold. J'en fus enchantée. Ici je perds un peu le fil parce que je devais nous trouver autre chose à manger. Les hommes avaient ingurgité toute la soupe qu'on pouvait espérer leur voir engloutir. Il était peu probable que Julia fût du moindre secours. Sa participation à ma stratégie de réduction des stocks de vin l'avait visiblement détendue.

Nelson fut magistral. Il développa deux thèses. Tout d'abord, malgré d'apparentes différences, l'analyse de toute société démontrait que les femmes sont essentiellement éduquées à promouvoir les impératifs masculins et la reproduction physique du pouvoir masculin. Il ne poussa pas cette thèse jusqu'à sa forme la plus parfaite, dans laquelle il prouve qu'en termes strictement biologiques, l'homme est le parasite de la femme. C'en aurait été trop pour Harold. La seconde thèse soutenait que, du fait de l'histoire de l'oppression et du conditionnement des femmes, les hommes n'avaient aucune idée de ce qu'étaient réellement les femmes ou de ce qu'elles deviendraient pour peu qu'on les laisse tranquilles. Une preuve en était le spectacle du marxisme mâle désespérément en quête de la classe émancipatrice qui parviendrait à élever la société humaine jusqu'à l'état de rédemption – le prolétariat, les étudiants, le *lumpen*, les nationalistes du tiers-monde –, en bref, tous les groupes à l'exception du plus prometteur d'entre eux, du groupe majoritaire de surcroît, une classe nécessaire et suffisante *an sich*, la masse des femmes, les femmes suffisamment éclairées et donc *für sich*. Puis il ajouta une de ses affirmations de prédilection, à savoir que parmi les milliers de coopératives de crédit et de production que comptait l'Afrique, celles qui n'étaient pas gravement endettées ou pillées par leurs propres administrateurs étaient le plus souvent celles que contrôlaient les femmes. Puis il se tut.

Nelson n'était pas vraiment synthétique. Et il se répétait. Mais le pouvoir était de son côté, et Julia, pour sa part, recevait apparemment bien le message. Nelson connaissait son auditoire. Il aborda la question de la religion avec circonspection, évoquant à peine sa responsabilité dans les cas d'excision. Elle lui fit répéter l'estimation de soixante-quinze millions de victimes vivantes et souffrant aujourd'hui même de cette mutilation, et non soixante-quinze millions depuis les origines de cet acte barbare. Je crois que la seule autre référence à la religion dans ce chapitre figurait dans sa conclusion, à l'occasion de laquelle il fit allusion à la Trinité du pillage – Église, État, Capital. Julia paraissait comme envoûtée. Je la vis se répéter l'air songeur certaines expressions, notamment la Trinité du pillage.

Le finish fut retentissant. J'en fus moi-même émue, bien que j'eusse déjà plus ou moins tout entendu. Comme toujours, il comportait un nouvel élément, qui me rappela ma chance d'avoir auprès de moi un être aux connaissances encyclopédiques. Cette fois, il évoqua ces épouses chinoises sous l'ancien régime qui attendaient, couchées dans le lit nuptial, la venue de l'époux, tandis que des centaines de bannières brandies au-dessus du lit proclamaient Puissiez-vous produire cent fils et mille petits-fils.

Venez dehors, s'exclama impulsivement Julia, défaite, pensai-je, par la boisson que je l'avais incitée à ingurgiter de manière préventive. Je n'en avais aucune envie. J'avais besoin de mieux comprendre ce qui se tramait. Denoon à moitié ivre était *terra incognita*. L'observant, je le surpris à faire une chose que, d'une hauteur olympienne, il avait observée chez son père *inter pocula* – élever la bouteille de vin presque vide et l'approcher tout près de son visage pour examiner l'étiquette en grimaçant, l'air de se dire Qu'est-ce que c'est que ce foutu liquide que je bois là ? Il m'avait présenté ce geste comme le signe indiscutable de l'ivrognerie. Et voilà qu'à présent il s'y abandonnait lui-même. S'il vous plaît, venez, insista Julia. Il devait s'agir, me dis-je, d'un besoin intime, comme celui d'être escortée jusqu'à nos latrines pour être rassurée. Je l'accompagnai donc.

Julia m'entraîna presque jusqu'au précipice. Manifestement, je n'avais pas vu juste. Nous restâmes debout dans le clair de lune. Elle commença par me lancer un long regard lourd de sentiment. Les petites femmes s'enivrent manifestement plus vite que les grands formats. Vous le devez, sembla-t-elle dire. Je la priai de s'expliquer. Il fallait absolument que je m'empare de cet homme et que je l'épouse. Elle était subjuguée par Nelson. Elle ne pouvait pas comprendre pourquoi je ne l'avais pas déjà épousé, puisqu'il était évident qu'il m'adorait, que tout le disait dans sa façon de s'en remettre à moi, dans son attitude. Il ne fallait pas que je rate ma vie pour une bêtise. Elle avait été mariée. Puis un second thème émergea : surtout, il fallait que je garde mon calme sur la question de la boisson. Elle voyait bien que cela me déplaisait. Mais elle avait été mariée avec un homme qui buvait quelquefois à en tomber par terre. Il était mort à présent. Mais c'était un homme bien. Elle et lui avaient été des amis intimes de William Empson et de sa femme Hetta ; Empson, encore un grand homme, et quelqu'un qui buvait trop, mais William et Hetta avaient été très heureux ensemble. Connaissais-je les livres de William Empson ou sa poésie ? Nelson lui rappelait Empson par les sujets sur lesquels il dissertait ; William avait vécu en Chine, et voilà que Nelson vivait en Afrique... J'ignorais qui était William Empson. Je pensais qu'il devait avoir quelque chose à voir avec *Les Bases de l'anglais*.

Je la remerciai et lui assurai que j'appréciais ses paroles. En vérité, c'était bien la dernière chose que j'avais besoin d'entendre, mais cette sincérité était touchante, de même que le fait de se laisser aller à une intimité aussi ouverte pour quelqu'un d'aussi britannique. Maintenant, elle voulait aller au petit coin. Je l'y accompagnai, l'attendis, et nous regagnâmes la mêlée.

Harold et Nelson étaient plus proches que jamais. Chose incroyable, ils se réjouissaient d'être tous deux irlandais. Harold avait avoué qu'il s'appelait de son vrai nom O'Mealia. Je constatai que cela n'amusait pas du tout Julia. Et une autre petite bombe m'attendait : Denoon mélangeait ses dieux personnels. Je l'entendis soudain raconter combien son père s'était comporté en pur Fénian, derrière les apparences. Jusqu'à cet instant, j'avais cru comprendre que l'attitude de Nelson vis-à-vis de ses origines irlandaises était la même que celle de son dieu James Joyce – à savoir que l'Irlande était une fosse d'aisance, un miroir brisé et ainsi de suite. Et voilà que soudain, le fénianisme de son père avait pris corps et noblesse. Je m'aperçus qu'il évoquait même de manière positive la figure de son oncle, cet homme qu'il regardait comme pire qu'une brebis galeuse, celui qui était allé en Espagne combattre aux côtés des chemises bleues fascistes sous l'autorité d'un fou nommé O'Duffy contre – oui, contre ! – les autres dieux de Nelson, les anarchistes espagnols, la magnifique Confederacion Nacional de je ne sais quoi. Je ne me souviens que de Ceneté, des magnifiques Cenetistas. J'avais peine à croire que j'apprenais là, *in extenso*, quel véritable Fénian son père avait été, car je me rappelais clairement le fait – ou la légende – que lui, Nelson, avait été horrifié par les deux ou trois incursions qu'avait tentées son père dans des réunions culturelles irlandaises avec danses folkloriques et ainsi de suite, spectacles qu'il m'avait cités en exemple de tout ce dont son père avait été capable pour camoufler ses beuveries, avant de décréter que les *eisteddfods* – le terme est gallois et mal venu, disons son équivalent irlandais – étaient trop frelatés et embarrassants pour qu'on puisse les supporter, même dans cette sainte perspective. Et puis il y avait la terrible bagarre à coups de poings entre son bon vieux fasciste d'oncle et son bon vieux père, qui avait eu lieu lorsque l'oncle était reparu dépenaillé à Palo Alto après la guerre, le fameux oncle Niall jusqu'alors haï, jusqu'à cet instant précis. Mais des miracles parallèles, devinai-je, survenaient du côté de Harold, qui était un loyaliste de l'Empire britannique, convaincu que l'IRA – et surtout les provos – devait être éradiqué, branches et racines, et qui pourtant, en bon fils de l'Irlande, aussi clandestin qu'il fût, admirait leur cran, leur ténacité, quel que fût le terme adéquat. Qu'est-ce qui arrivait donc à Nelson ? J'étais choquée. S'agissait-il d'adorer l'oncle Niall pour la ferveur de ses croyances, aussi imparfaites fussent-elles ? Mais je songeais que si ma vie avec Nelson m'avait appris quelque chose, c'était bien que le *crédulisme* – croire au fait de croire – était pire que rétrograde. Sinon, pourquoi aurait-il parlé aussi favorablement de cet oncle Niall soudain haut en couleurs et rien de plus ?

Certaines nouvelles étaient vraiment nouvelles de mon point de vue à moi, par exemple que, la dernière fois que Nelson en avait entendu parler, son oncle Niall avait œuvré comme courrier de l'IRA, vieux *factotum* traîne-patins et meurtrier jusque bien après le milieu des années soixante. Ne décelais-je pas une petite note de fierté dans la voix de Nelson ? Je n'en revenais pas, car quand il abordait le sujet, Nelson affirmait habituellement que la lutte en Irlande du Nord était la meilleure occasion depuis la fin de l'Inde coloniale de mener une campagne vraiment non violente : deux années de *satyagraha* disciplinée auraient suffi, à l'entendre, pour que les six comtés s'unissent à tous les autres en une seule et unique maison de fous. Qu'est-ce que c'était que cette célébration fraternelle de leur souche irlandaise commune ? Était-ce la révélation d'un autre Denoon, intériorisé, plus banal, moins intéressant, presque un anti-Denoon, n'apparaissant que sous les effets désinhibants de l'alcool, son ennemi juré ? Comment était-ce possible ? Se pouvait-il que l'homme caché au fond de lui fût plus commun et plus ordinaire que celui que j'étreignais et qui m'étreignait ? Était-ce le vrai sens de tout cela, ou bien pouvait-on le comprendre de manière plus bénigne, comme une sorte d'excursion hors de soi, de délassement après une lourde charge, quelque chose de ce genre ? Avait-on simplement affaire à l'amplification d'une faiblesse élevée au rang de seconde personnalité par la force du parfait acteur masculin qu'était Harold ? Ou bien Nelson se livrait-il plus simplement à l'expulsion des toxines accumulées au fil d'une trop longue période de trop grande solitude passée dans la brousse ? En outre, cet homme caché était-il un vieil homme comme Niall, le résidu d'une chose déjà surmontée, ou bien était-il fœtal, un homoncule, quelque chose à venir ? Tout cela me donna envie de me saoûler moi aussi, et tout de suite, afin que nos personnalités révélées puissent se rencontrer, apprendre à se connaître, et valser ensemble. Dans cet état de désespérance, j'aurais eu envie de hurler Mais qu'est-ce qui ne va pas dans cette histoire ? Sauf que ce qui n'allait pas, je m'en rendais compte, c'était ma présence.

Les gens ne mangeaient pas assez. Saisie d'une brusque inspiration, je me levai pour commencer une *commedia*, et je raflai dans notre garde-manger toutes les boîtes de conserve et les bocaux contenant ces mets de choix que j'avais stockés, un geste analogue à celui qu'avait fait Nelson en sortant le riesling, reconnaissons-le. Je ne suis pas absolument certaine de m'être rendu compte de ce que je faisais. Mais le geste était symbolique Bon, si vous ne mangez pas ce qu'il y a, alors que diriez-vous de ça, et de ça, et de ça ? Et encore ça ? Vous préférez boire seulement, mais ne changerez-vous pas d'avis quand vous verrez ça, et ça, et ça ? Finalement, ce fut moi le dindon de la farce. Je croyais leur offrir une surabondance mirobolante de nourriture, mais boire donne faim et ils liquidèrent tout – les quartiers de mandarines, les anchois, les cœurs de palmier, les prunes, la pâte de figues. Des trésors. C'est seulement vers la fin du repas que les convives parurent remarquer le mal que je m'étais donné. Nul ne commenta l'extrême diversité des mets présentés.

Les discours cessèrent et l'on se mit à manger de bon cœur. La soirée s'acheva quand nous fûmes tous repus jusqu'à l'hébétude.

Nous étions devenus méditatifs à la fin. Je crois que Nelson commençait à se rendre compte que le lendemain il n'y aurait plus que nous, et que certaines questions béaient droit devant.

Tout cela n'est rien

Je fis exprès de laisser Denoon dormir le lendemain matin, tandis que je me levais et que je sortais sans bruit pour escorter Harold et Julia jusqu'à l'avion, qui devait atterrir de bonne heure. J'espérais retrouver Nelson encore endormi ou ensommeillé à mon retour. Il fallait que nous parlions, et nous atteindrions plus vite le cœur du sujet si aucun d'entre nous ne s'était préoccupé de construire des défenses et des justifications élaborées.

Pendant tout le trajet jusqu'à la piste d'aviation, Harold se retourna pour chercher des yeux Nelson, pour lequel il s'était visiblement pris d'admiration. Je l'informai que Nelson était allé régler une affaire urgente mais qu'il arriverait peut-être à nous rejoindre avant le départ. Harold voulait dire à Nelson que son domaine – c'est-à-dire Tsau – était vraiment extraordinaire. Julia était touchante. Je lui souhaitais d'être heureuse. En fait, elle était sur le point d'être aussi connue que Nyree Dawn Porter, après avoir tenu la vedette dans une interminable série télévisée adaptée du roman de Maria Edgeworth, comme je l'appris plus tard. J'en fus ravie et soulagée pour elle.

Leur départ fut très courtois. Ils se montrèrent charmants avec les femmes et les enfants venus leur dire adieu. Je n'avais que Denoon en tête.

Mais en me hâtant vers l'octogone pour régler la situation, je fus en proie à une étrange évolution, presque une mutation. J'avais recours à une sorte de mantra pour me calmer, quelque chose comme Nous sommes encore en cours d'acquisition mutuelle – dans l'intention de ne pas agir prématurément. J'avais dépassé le stade de l'anxiété à propos des exercices de *Lamentations* et de *Perfide Albion*, que j'étais parvenue à reconsidérer comme de simples tentatives délibérément excessives visant à démontrer quelque chose, le genre d'excès dont je pourrais être moi-même capable si j'étais animée par la même passion que Denoon et que je me trouvais dans la même situation concernant mes capacités intellectuelles. Mais voilà qu'avait eu lieu cette soirée d'hier, ce dîner. Toute la *bonhomie** accablante de Nelson envers Harold se résumait-elle à *in vino veritas* ? Quelle était cette *bonhomie** si puissante qu'elle l'avait amené à sortir du vin d'une cachette presque sacrée d'où il n'aurait pas été déplacé de tirer au moins une bouteille pour célébrer un ou deux événements personnels d'importance qui me venaient à l'esprit ? Et puis, qu'était-ce que cette immense vulnérabilité à l'alcool ? Et cette nostalgie d'un oncle qui était un fasciste avéré ? Comment cette nostalgie s'accommodait-elle de la conviction de Nelson, jusqu'alors inébranlable, que la poursuite de l'*anschluss* – son propre terme – par l'action armée en Irlande du Nord était un parfait exemple d'un choix de stratégie exactement inverse de celle qui avait quand même fait ses preuves dans l'histoire, *id est* la non-violence de masse *à la** Gandhi en Inde ? Et que faisait-il de ce trait d'ironie sous-jacent qu'il aimait tant à rappeler lorsqu'il avait toute sa tête : que le résultat de toutes les souffrances subies en Irlande du Nord, si et quand l'*anschluss* surviendrait, serait de concentrer tout le pouvoir entre les mains des prêtres et du crétinat, leurs dupes ? Et voilà que maintenant la situation de l'Irlande était rose bonbon. J'avais raison, et encore bien plus que je ne le pensais : j'ignorais à l'époque que, quand il laissait libre cours à ses fantasmes secrets de poésie, il avait écrit un poème qui commençait ainsi La nuit tombe et les Irlandais cessent de battre leurs enfants, une allusion aux importations irlandaises, les plus importantes du monde, d'un certain type de tiges de canne à sucre qu'utilisaient les bonnes sœurs et les bons frères pour fouetter les écoliers. Mais ce qui se produisit, c'est que pendant ma course je sentis ces questions s'évanouir, sans raison. J'avais l'impression d'être entrée dans un nuage tiède et d'en ressortir transformée. Je pense qu'il s'agissait d'un changement profond. Un instant j'avais été terriblement irritée, et celui d'après j'étais convaincue *mordicus* qu'il fallait laisser Denoon tranquille. J'avais dû traverser un nuage d'incertitude. Il m'apparut avec une limpidité cristalline que j'avais suffisamment fouillé, point final. L'homme ordinaire en lui était très bien, point final. Je devais cesser de l'*évaginer*, pour reprendre un terme que je tenais de lui et dont j'avais exigé qu'il renonce à l'employer la deuxième fois que je le lui avais entendu énoncer parce que c'était bêtement provocateur et pas vraiment drôle, même si, techniquement, cela signifie tout simplement retourner l'endroit à l'envers.

Je n'avais plus grand-chose à discuter quand j'arrivai à la maison. Nelson se répandait en excuses. Il ne fallait plus jamais qu'il boive. Je devrais l'y aider par tous les moyens si jamais la tentation le reprenait un jour. Il avait tiré le vin par souci de réciprocité. Et c'était du vin qu'il avait gardé pour une occasion vraiment spéciale, un événement dans notre vie à venir. Il m'avait préparé du pain grillé et du Ricoffee. Il s'apprêtait à s'asseoir avec moi, mais il lui était impossible d'ingérer quoi que ce fût, compte tenu de son état. Il était bien le fils de son père. Jamais encore, ni depuis, je ne me suis sentie apaisée aussi soudainement, et sans raison. Je peux dire rétrospectivement que je vivais sans doute là une sorte d'étape physico-chimique entre l'état que je nomme amour acquisiteur et l'état d'amour proprement dit. Je me sentais élue. Quelque chose me disait Tout cela n'est rien. *Ecce homo*.

La première chose que j'estimai de mon devoir fut de le convaincre qu'il était absous en ce qui concernait les spectacles des *Lamentations* et d'*Albion*. Ton problème, c'est que tu veux tout faire, être tout à la fois – un imprésario, dis-je. Essaie de te rappeler que personne ne peut tout faire. Il prit un air désabusé, et répondit Sauf Léonard de Vinci : savais-tu qu'en plus de tout ce que l'on sait, il était l'un des grands chanteurs de son temps, doté d'une voix superbe, et qu'il a remporté le premier prix dans un concours à Milan, battant des chanteurs venus de toute l'Italie, en s'accompagnant lui-même sur un nouveau modèle de lyre qu'il avait inventée, toute en argent et en forme de tête de cheval, et qui produisait des sons puissants et merveilleux, tels qu'on n'en avait jamais entendus ?

Retour sur l'alcool. Il en réprouvait la consommation. Le détestait. Ça favorise les pseudo-révélations, comme celle de trouver absolument stupéfiant que des créatures contraintes d'aller si souvent aux toilettes pour évacuer leurs déchets aient réussi à créer des civilisations aussi complexes que la nôtre, dit-il. Oyez, oyez ! c'est ce que j'essayais de dire, mais tout doucement.

Lentement, il se préparait à entamer une journée ordinaire. Il commença à se raser. Hector Raboupi était passé pendant que j'étais au terrain d'aviation. Nelson s'agitait en me parlant. Raboupi prétendait qu'on avait aperçu des lions. Il lançait une nouvelle fois l'appel aux armes. Raboupi avait pratiquement été frappé d'apoplexie quand Nelson avait proposé, si vraiment des lions rôdaient dans les parages, qu'on fasse appel à la patrouille de reconnaissance de Maun, parce que, selon Raboupi, les hommes de Tsau seraient alors passés pour de petits garçons. Finalement, il avait renvoyé Raboupi en lui disant qu'il faudrait apporter des preuves de la présence de lions, par exemple des crottes. Nelson se coupa. Je lui pris le rasoir des mains et il me laissa terminer, une première. Je dus l'empêcher de parler pendant que je le rasais. C'était bien. Il voulut embrasser mes seins, mais à travers mon chemisier, il n'en demandait pas plus. De nouvelles excuses s'ensuivirent.

Admets une chose, lui dis-je. Admets que tu aimes te battre à la manière primaire des mâles, tu aimais te battre ou discuter avec Harold parce que tu aimes te mesurer à d'autres hommes, spécifiquement, ce qui est plus amusant que discuter avec des femmes, ou ce qui répond à un autre besoin. Non, répondit-il, non et non.

À propos, repris-je, tu sais que Harold est gay, bien sûr ?

Tout ce qu'il trouva à dire, après un moment de silence, fut Comment le sais-tu ? Il paraissait offensé, à moins qu'il ne fût blessé.

Je lui révélai comment je l'avais appris. Il voulut savoir quand je l'avais su pour de bon, et parut un peu soulagé que ce n'eût pas été avant qu'on me l'eût dit. Mais tout cela produisait un curieux effet.

Il s'assit brusquement. Il avait encore du savon sur le visage. L'état dans lequel il semblait plongé n'était pas cet état méditatif que je lui connaissais assez pour l'identifier au premier coup d'œil. Il s'agissait d'autre chose – une simple cessation, une *stasis*. Je priais pour que tout cela soit lié à sa gueule de bois. C'était alarmant.

Nelson avait cette particularité de s'abandonner parfois à un état statique d'intense compassion pour quelque groupe de victimes auquel il n'avait pas pensé depuis longtemps. C'était un trait de caractère qui flirtait avec la névrose, à mon humble avis, et qui participait à sa grande question récurrente, à savoir déterminer le pire fléau contemporain, celui contre lequel il fallait concentrer tout l'effort de sa vie. Ce souci obsessionnel des groupes victimisés me donnait l'impression de voyager en montagne avec quelqu'un qui s'arrêterait pour ruminer, la mine assombrie, au bord de chaque précipice alors que la nuit tombe et que l'auberge est encore loin. Les premières fois qu'il sombra dans cette humeur ténébreuse, il me sembla que j'avais affaire à quelqu'un de très pur, quelqu'un qui avait besoin de protection, d'un bouclier. J'associais ces crises de mélancolie à sa connaissance des statistiques recensant toutes les injustices frappant l'humanité, comme le nombre de personnes tuées dans les camps de concentration sous Tito ou les chiffres de l'année en cours comptabilisant les meurtres de femmes liés à des histoires de dot en Inde.

Il sortit de sa *stasis* en lâchant quelque chose comme Quel calvaire ce doit être d'être homosexuel dans une société dont le moindre aspect juridique et culturel vous donne le sentiment d'être impur. C'était une forme de crucifixion. Il ne pouvait rien imaginer de plus pervers, pour sa part, que d'être obligé d'agir à l'encontre de son orientation sexuelle.

Je commençais seulement à percevoir l'ampleur de sa gueule de bois. Il me prit les mains et dit Un alcoolique qui promettrait de ne plus boire est à peu près aussi crédible que quelqu'un qui promet de ne plus jamais péter, je m'en rends compte, mais plus jamais, je le jure, alors aide-moi.

J'appréciai l'intention cachée derrière ses paroles, mais je voulais qu'une chose soit claire. Je ne me mêle pas de ce qui ne me concerne pas, dis-je, et je ne suis pas ta mère. Tu me verras réagir à la façon dont tu te comportes quand tu bois, si tu bois, mais jamais de ma vie tu ne me verras agiter le doigt. Je n'ai aucune envie de contrôler les vices d'un autre être humain. Je précisai que je réagissais uniquement au fait qu'il n'eût jamais trouvé de raison valable justifiant d'aller chercher du vin juste pour nous deux, ou pour moi seule, pourquoi pas, mais tu dis que le souci de réciprocité, plus le fait que tu avais déjà commencé à boire, avait altéré ton jugement, et c'est parfait. J'ajoutai que je pensais aussi qu'il m'associait à cette vertu, cardinale à ses yeux, de sobriété. Je conclus par Considérons simplement cet épisode comme surdéterminé, et oublions-le.

Un coup de génie, à l'évidence. Il parut soulagé. Nous nous tenions les mains à travers la table. Et vogue le navire, songeai-je, ce qui est mon expression favorite pour désigner les moments où je me sens parfaite et à mon aise. Je le chantonne plus que je ne le dis, mentalement. Je ne l'utilise qu'in extremis, pour ainsi dire, quand je dois affronter le fait que rien ne va mal. J'ignore si l'expression ne me vient pas de quelque chanson pop bas de gamme. C'est bien possible. J'avais oublié quand je l'avais utilisée pour la dernière fois.

Je vivais l'expérience passionnante d'être allègrement bien avec quelqu'un sans me demander ce que lui ou moi devrions faire ensuite pour que ça dure. Personne ne cherchait à faire plaisir à personne. Le remords est un moteur puissant chez moi. Je dis Puisque tout le monde ici s'excuse, je voudrais m'excuser aussi pour quelque chose : je veux m'excuser d'avoir qualifié ma mère de Colosse de Duluth. Il sourit, mais il voulait que nous gardions un moment le silence. C'était donc extraordinaire aussi pour lui. Pour moi, c'était comme d'être plongée dans un bain et d'être nourrie en même temps, ou quelque chose du genre. Mais je tenais également cela de Nelson, qui avait évoqué un jour la théorie de quelqu'un qu'il respectait beaucoup, selon laquelle tout tableau abstrait qu'on admire instinctivement représente en fait un biomorphe dans son environnement idéal, un homologue de l'utérus. Dans mon souvenir, c'était une idée qu'il avait avancée comme exemple de paradoxe, car l'auteur de cette théorie était un fasciste littéraire terrible de tous les autres points de vue, mais sans conteste d'une grande intelligence. Nous devions discuter alors des êtres malfaisants trois points de suspension, des bonnes idées, comment y réagir, comment réagir à la malhonnêteté intellectuelle, l'un de ses thèmes de prédilection.

Je ne veux pas vraiment connaître la réponse, dis-je, mais si tu te trouvais dans une pièce remplie de femmes, une trentaine de femmes disons, ou une dizaine, et que tu en repérais une qui t'attire profondément, et si tu possédais un anneau magique qui te permette, d'un simple geste, de rendre les femmes amoureuses de toi, mais pas une par une, seulement celles réunies dans une large zone, et que ce soit le seul moyen de te faire aimer de la femme en question, en englobant toutes les autres avec elle donc, ce qui supposerait d'avoir ensuite à les repousser, au risque de les blesser, le ferais-tu quand même ? Je ne sais toujours pas, à ce jour, d'où cela me venait.

Il répondit Non, bien sûr. Mais il voulait encore que nous nous taisions. Je sentais clairement qu'il désirait éprouver les sensations que nous procurait ce silence partagé. Ce que je redoutais, c'était de laisser deviner que je tolérais le silence parfait moins bien que lui, ou moins bien que je n'imaginais qu'il le tolérait. Vogue le navire, me répétai-je.

Les choses se sédimentent. Le sentiment m'effleura à nouveau le lendemain, lorsque Nelson me prodigua bien des mots tendres. Je manquai de défaillir en les entendant, ce qui révèle bien l'état dans lequel j'étais. J'eus une association de type *klang*, et me vint alors le fantasme de me trouver dans une maison où la mère est une cuisinière accomplie, et quatre plats cuisent au four en même temps, dont du pain et un gâteau, et l'harmonie d'effluves est parfaite. Ce qui me rappela que, enfant, lorsque j'étais invitée chez quelqu'un pour un bon repas, j'avais pour rituel secret, à chaque bouchée, de déposer sur ma fourchette un peu de chaque mets présent dans mon assiette, ce qui doit sûrement signifier quelque chose. Nelson faisait preuve d'une grande prévenance sexuelle, post-Harold et Julia. Je tirai de grandes conclusions de ses mots doux, qui n'étaient pas vraiment le signe d'un véritable engagement franc et sans pareil, mais je m'y accrochai tout de même sur le moment. Nelson fut le premier levé ce matin-là et, lorsqu'il m'entendit m'ébrouer, il dit Ah, la voix de la tortue s'entend dans le pays. Suis-je donc ta tortue ? demandai-je. Oui, dit-il, tu es ma chère tortue. Manifestement, il aimait bien m'imaginer en tortue. Il recourut encore à cette expression avec affection plus tard dans la journée, et de temps à autre par la suite. Je crois qu'il m'était reconnaissant ce matin-là d'une franche discussion que nous avions eue dans la nuit sur le cunnilingus. Je lui avais dit que j'aimais bien ça, mais qu'il devait se détendre sur la question. Il avait pris l'habitude de descendre régulièrement toutes les quatre ou cinq fois. Je lui expliquai que j'aimais bien ça, mais seulement quand j'avais l'impression que l'entreprise était motivée par un élan sincère et passionné. Sinon, autant qu'il sache que je préférais notre face-à-face habituel, combiné à cette excellente approche progressive qu'il pratiquait. Il se montra soulagé. Ils le sont toujours. Le cunnilingus a quelque chose d'infantile, non ? Sauf au bon moment et au bon intervalle. Et en plus, le sujet se retrouve seul face au vide pendant ce temps-là.

Où allions-nous ?

Je crois que je commençais timidement à m'enorgueillir d'avoir un effet globalement salutaire sur Nelson. Il le reconnaissait volontiers, tout au moins pour ce qui concernait son besoin de se tenir au courant des dernières informations, une habitude qu'il combattait sans cesse pour éviter qu'elle ne tourne à l'obsession. Il l'avait maîtrisée dans le domaine de la presse écrite car, même s'il conservait toujours ses *The Economist*, il s'était imposé de les lire par liasses, en partant des numéros les plus récents pour pouvoir sauter les articles consacrés aux mêmes sujets dans les numéros antérieurs. C'était l'une de ses plus anciennes intentions, qu'il n'honorait que rarement avant mon arrivée. Il passait beaucoup moins de temps qu'au début à essayer de capter Deutsche Welle ou BBC World Service. En fait, l'attentat contre Reagan ne nous était pas parvenu comme événement d'actualité, et j'en étais bien contente. Tu n'imagines pas, disait-il, tout le temps que j'aurais perdu, quand on a cru que Reagan allait mourir, à tenter de déterminer quelle clique ou faction finirait par être incriminée pour tout ça. L'affaire était bel et bien terminée, quand il avait fini par en entendre parler, ce qui lui avait sauvé des heures de santé mentale, et j'en étais indirectement responsable.

Je pensais aussi qu'il avait tendance à dire davantage la vérité, ou du moins à dire la vérité plus vite. Cela était vrai, sauf le jour où je lui demandai, en passant et d'un ton badin, quel âge il avait, et qu'il hésita un bon moment avant de répondre. Nous travaillions dans la plantation de gommiers. Je restai un instant ébahie de constater qu'il était homme à donner de l'importance à cette question. Aucun homme véritablement adulte ne fait ça. Puis il répondit la seule chose qui pouvait le sauver, à savoir qu'il ne savait pas exactement l'âge qu'il avait. Il avait probablement quarante-sept ans, peut-être un an de plus. Il était né à la maison, et sa mère était sans doute déjà enceinte de lui lorsqu'elle avait commencé à vivre avec son père, qui essayait de gagner sa vie comme apprenti chez un type qui vendait de la pulpe de séquoia et fabriquait des tables basses en bois de séquoia, et qui, parallèlement, était sculpteur sur bois. Cela se passait dans une colonie utopienne au bord de l'effondrement, fondée au dix-neuvième siècle par des socialistes finnois au milieu des bois, dans l'état de Washington, pratiquement abandonnée par eux, et vaguement colonisée à nouveau par des chômeurs pendant la Grande Dépression. La mère de Nelson avait été accouchée par son mari, et comme le certificat de naissance n'avait été établi qu'a posteriori, longtemps après, la susceptibilité de sa mère, en bonne catholique, avait pu influer sur la date indiquée.

Puis il me surprit en disant Je sais que tu penses que j'allais te mentir sur la question de mon âge. Mais c'est tout le contraire. Le mensonge n'aurait permis que de gagner un peu de temps. Mais je pense que nous pouvons tous deux faire front si nous, si *je* m'en tiens désormais à l'absolue vérité. Il le dit avec un arrière-ton du style Que dis-tu de ça, hein ? qui me fit l'effet d'une vague menace.

Sa réponse était menaçante parce qu'elle me défiait de m'aventurer prématurément sur des questions dont je savais qu'elles lui poseraient problème. Elles étaient incomplètes et générales, pour la plupart, mais elles se pressaient déjà en moi. Où allions-nous ? par exemple. Qu'étais-je censée comprendre à ses récentes allusions au truisme selon lequel les gens œuvrant au développement créaient des situations censées être à tout jamais bénéfiques pour les autochtones mais pas pour leurs animateurs occidentaux, qui partiraient bientôt pour retrouver les lieux de plaisir de chez eux, ce que tout le monde devait comprendre. Cela signifiait-il qu'il comptait être l'exception ? Auquel cas cela soulevait bien des questions chez moi, parce que les exceptions connues à cette règle, c'étaient les religieux. Ils étaient les seuls à refuser d'être arrachés à leurs programmes installés dans les rues sordides du monde, et dans leur motivation devait flotter – Denoon le savait bien aussi – quelque chose comme de l'autoflagellation. Il semblait aimer Tsau plus qu'avant. C'était en partie à cause de la pluie miraculeuse, du sentiment d'une abondance extraordinaire qui facilitait infiniment la vie quotidienne. J'examinais constamment l'équation partir *versus* rester sous différents angles. Bien entendu je suis et j'étais en révolte contre le diktat culturel – car c'était bien ce dont il s'agissait – qui veut que les femmes soient par nature sessiles et les hommes libres comme l'air et que, quand elles rencontrent l'homme de leur vie, les femmes soient censées lutter contre leurs instincts sessiles si elles n'arrivent pas à ancrer leur homme auprès d'elles, et le suivre dans son errance, jusque dieu sait où. Mais là, Denoon était trop sessile à mon goût. Disons que j'étais un peu déchirée.

La déclaration de Denoon eut pour résultat paradoxal de me rendre plus réticente qu'auparavant à poursuivre notre relation. Je me demandais ce qui se passait, puisque je ne lui avais rien demandé d'aussi absolu. Mais voilà, et en plus je l'avais obtenu sans répondre Ah, moi aussi, car je ne suis pas une hypocrite.

Je dormais singulièrement bien à Tsau, conséquence de la substantielle charge de labeur physique que j'accomplissais quotidiennement, mais ma nature insomniaque latente se galvanisait encore de temps en temps, surtout quand je découvrais au milieu de la nuit que Nelson était parti quelque part, généralement pour un bref moment, mais pas toujours. Il partait effectivement, comme je le savais, pour des retraites d'un jour ou deux, sans grand préambule. C'était une chose établie entre nous. Mais il y avait bien des moments où je me réveillais et m'apercevais de son absence inopinée.

J'échafaudais les hypothèses habituelles sur les endroits où il avait pu se rendre, au moins pour les absences les plus courtes. Il y avait aussi la délicate affaire de notre régime diététique très *sendero leguminoso*, comme il disait, qui entraînait des problèmes de flatulence, de simple flatulence. Dans les premiers jours de notre vie commune, nous avions trouvé chacun des raisons de nous absenter une minute, surtout après nous être couchés, pour éviter l'antiromance de la chose. Mais finalement, c'était trop de complication. Nous trouvâmes un *modus* assez acceptable, me parut-il. Il disait par exemple, lorsque j'étais l'auteur, *Also sprach Zarathustra*, ou Ah, un rapport de l'intérieur, comme s'il était ambassadeur ou proconsul. Ces formules et quelques autres évoluèrent à mesure que nous étions plus à notre aise. Il faut parvenir à régler cette question entre amants. Je connais un couple chez qui la première fissure – d'où découla l'effondrement – apparut lorsque le mari prétendit qu'il n'avait de problème de flatulence que quand c'était lui qui faisait la cuisine.

Plusieurs fois je m'abstins de rien dire à son retour. Puis un jour je demandai Où vas-tu, la plupart du temps ?

Eh bien, généralement c'était aux latrines, mais pas toujours. Parfois c'était pour rêver devant le paysage, pour contempler la lune.

Je ne me laissai pas démonter. Je demandai Mais arrive-t-il que des gens viennent te rejoindre tard dans la nuit ?

Quelquefois, oui, dit-il, mais c'est assez rare. C'était un peu plus fréquent – les rencontres en dehors des circuits habituels – avant que la situation ne soit solidement établie à Tsau et que les comités ne se mettent vraiment au travail. Les Tswanas sont plutôt cachottiers, au cas où tu ne l'aurais pas remarqué.

Oublie ma question, dis-je. Mais je repris, comme une folle Raconte-moi ce que tu faisais, sur le plan sexuel, pendant toutes ces années ici ; quand tu ne voyais pas souvent Grace, disons, que faisais-tu en dehors de la sublimation ? Cette question me brûlait les lèvres depuis les temps les plus anciens, et le moment de la poser s'était imposé comme ces moments où l'on sait avec certitude que rien, aucune posture, aucun geste, ne pourra vous empêcher d'éructer. J'avais honte de moi, naturellement.

Je dois lui rendre cette justice, il fut direct. Je me masturbais, dit-il, mais pas régulièrement, ou bien j'allais voir deux ou trois femmes à Gaborone qui ne sont pas exactement des prostituées et qui sont mes amies. Mais la vraie question que tu veux me poser, et à laquelle la réponse est non, c'est si j'ai couché avec des femmes de Tsau. Voilà. Et la belle Dineo est incluse dans le lot.

C'est plus que je n'en demandais, dis-je. Changeons de sujet. J'étais à bout, et cela continua, en partie parce qu'il faisait preuve d'une telle noblesse à mon égard et qu'il n'attendait guère de *quid pro quo* en retour. J'y vis la noble et subtile confirmation de l'idée selon laquelle le stock de mensonges et d'aventures du camp mâle est tellement plus vaste, en général, que celui du camp femelle, qu'il n'y a aucun besoin d'exiger de sa partenaire la réciproque. Je songeais, Bah, la masturbation, bien sûr ! Mais combien de fois en moyenne ? Trois points de suspension. Mais c'eût été aller trop loin, de sorte que nous retournâmes vaquer à nos occupations comme à notre habitude, aussi contrariés l'un que l'autre.

Il était encore contrarié lorsque vint l'heure de ma leçon de boulier. C'était un pédagogue-né, mais ce jour-là il se montra impatient et confus. À Tsau, tout le monde finissait par apprendre le maniement du boulier. Les réunions de travail à Sekopololo étaient rythmées par le cliquètement des boules. C'était obligatoire, comme d'apprendre la boucherie. J'adorais manier le boulier et je m'en sers encore. Pourquoi n'enseigne-t-on pas cet extraordinaire instrument dans les écoles américaines ? lui demandai-je. Parce qu'il ne crée pas de dépendance, répondit-il. Pas de piles, pas d'électricité, et un seul boulier suffit pour la vie entière. Il avait un projet de Société du boulier pour le Botswana entier, et au-delà, au Swaziland et au Lesotho. Je ne retins rien de ce cours-là.

Diagramme

À partir de là, je commençai à devenir plus inconstante. Je tenais mon journal moins assidûment. Sans doute parce que sa tenue me paraissait un peu antiromantique, même si ce n'est pas ce que je me racontais. Je ne réagissais pas à une quelconque pression exercée par Nelson. Il adoptait, au pire, une attitude narquoise quant à ce journal : il était également flatté, tout au moins était-ce ainsi que je prenais toutes ses références à Boswell. Peu de temps auparavant, j'avais fait quelque chose qui avait vivement soulevé l'indignation de Nelson. Et cet incident a pu influer sur mon ardeur de diariste.

J'avais dû manifester un intérêt, dont la force frappa Nelson, pour le vécu de diverses personnes, leur appartenance, qui était fan de l'Église chrétienne sioniste et qui était pro-Boso, et ainsi de suite. En vérité, je le faisais surtout pour en savoir davantage sur les femmes qui m'intéressaient, en essayant de me faire confirmer par lui l'exactitude des croquis que je m'amusais à esquisser pour passer le temps quand je travaillais à quelque chose d'ennuyeux.

Je me souviens que nous parlions du Front social du Botswana. J'étais curieuse de savoir ce qu'ils pensaient de Tsau. Ceux avec qui j'avais discuté à Gabs étaient partisans de tout nationaliser sauf le bétail, et d'attribuer une allocation à chacun, qu'il travaille ou non. Ils avaient une immense section de jeunes, je le savais, et une organisation de femmes. Ils avaient deux représentants au Parlement et, ce que j'ignorais à l'époque, étaient sur le point de remporter deux élections municipales dans des grandes villes. Martin Wade les avait énergiquement soutenus, et cela ne m'avait pas échappé. Les Boso que j'avais croisés se classaient en deux catégories, ceux qui étaient de bonne volonté mais d'une ferveur difficile à prendre au sérieux, et ceux qui étaient froids, rigides, et avides d'accéder à une position où plus jamais personne ne les contredirait.

Ah, les Boso, ah oui, dit Nelson. Il poursuivit, copieusement, même après que je lui eus rappelé que je connaissais assez bien le jugement que lui inspiraient les Boso, puisqu'il avait débattu avec l'un d'eux, Mbaake, la première fois que nous nous étions rencontrés. Il me répéta ce que je savais déjà, à savoir que les Boso étaient des jacobins, corrompus au sommet, rusés à la base, et que les chiens galeux en place recevaient des pots-de-vin des chefs tribaux – ou plutôt, leur en distribuaient – et des Russes, et de De Beers, et des Sud-Africains. As-tu déjà rencontré Pamane, le secrétaire suprême des Boso ? me demanda Nelson. Tout ce que je savais, c'est qu'il était dentiste. Alors tu ne sais probablement pas pourquoi la gauche étudiante le vénère : c'est parce qu'il a appris par cœur le dernier volume du *Gesamtausgabe* de Marx et Engels, la *Chronik Seines Lebens*, qui consiste en l'énumération jour après jour des lieux où se trouvaient Marx et Engels à chaque instant de leur vie, et de leurs faits et gestes. Voilà ce qu'ils vénèrent. Il te donne le livre, tu choisis un mois, et il te récite tout ce que faisait Marx, comme un mentaliste. Voilà ce qu'ils vénèrent ! Ici, au cœur aride de l'Afrique moribonde, dans un pays gravement sous-équipé en soudeurs, en plombiers, en foreurs ! On parle d'imbéciles savants – eh bien, en voilà un ! Les étudiants veulent tous lui ressembler. Ainsi que tout ce que l'administration compte de fonctionnaires du premier échelon. Et il n'est pas dentiste, à propos, il est pédicure, ironie supplémentaire en ce sens qu'il n'y a pratiquement pas de problèmes de pédicurie en Afrique parce que les gens vont encore beaucoup nu-pieds et que les chaussures du commerce sont la principale cause des problèmes de pieds, de sorte que sa spécialité médicale est probablement la moins utile de toutes celles qu'il aurait pu choisir.

Il dit En tout cas j'ai préparé ceci pour toi. Et il me tendit un épais folio plié en deux ou trois. Il le déplia sous mes yeux, en précisant qu'il y avait beaucoup travaillé.

C'était un diagramme politique de la population de Tsau, d'après ce que je compris, un diagramme complexe car les familles, les tribus et les diverses autres affiliations figuraient parmi les éléments saisis. Le tout en plusieurs couleurs.

Quelque chose me poussa à refuser qu'il me le montre. Je ne voulais absolument pas le voir. Je ne l'avais d'ailleurs pas demandé.

Je le repoussai.

Vexé et contrarié, il répéta qu'il y avait beaucoup travaillé.

Ne le prends pas mal, dis-je, mais je ne veux pas le voir, un point c'est tout.

Je ne sais pas ce qui motivait mon attitude. Il aurait été facile d'invoquer une forme de pure solidarité avec les femmes, par exemple. Mais quoi qu'il en soit, je serais partie plutôt que de jeter un coup d'œil à cette chose. Je me demande à présent si, de manière très oblique, je n'étais pas furieuse d'avoir entendu l'hypermnésie de Pamane vilipendée, car si je suis dotée de la moindre vertu mentale répertoriée, c'est bien de celle-là. Qu'y avait-il de si méprisable dans l'aptitude de Pamane à retenir une somme remarquable de choses sur quelqu'un qu'il admirait, à tort ou à raison ?

Quoi qu'il en soit, mon refus suscita un acte singulièrement rageur qui me prit totalement au dépourvu. Ce fut comme une performance d'Hercule de cirque, tellement c'était agile et précis, et très rôdé en apparence. Vif comme l'éclair, il plia le tableau en un carré de la taille d'un jeu de cartes, puis il s'élança dehors et le jeta dans la gueule du fourneau en terre.

Je le suivis et m'accroupis près de lui pour saisir ce qu'il marmonnait à mon intention tout en s'efforçant d'embraser le papier, carton, papier ministre ou je ne sais quoi. Il semblait dire qu'il n'y avait pas de problème.

Je parvins à distinguer les mots Tu t'identifies, ce que j'adore. Tu t'identifies.

Je répondis Je ne sais pas si je m'identifie ou non, mais je ne pense pas que ce soit la question ici. Je pense que ton document a quelque chose de tordu.

Il se releva et secoua la poussière de ses mains, toujours très empourpré. Tu t'identifies, dit-il. Tu es une femme. Tu penses que mon diagramme est un outil de manipulation.

Je trouvai cela très réfléchi de sa part et le lui dis. Je creusai en moi-même, une tâche facilitée quand quelqu'un vous caricature à l'excès. C'est un principe, dis-je. Ton diagramme participe de quelque chose que je n'aime pas. Ces gens ont le droit d'être ce qu'ils veulent et de ne pas être enregistrés ou fichés par toi, sauf incidemment. Es-tu anthropologue ? Qu'est-ce que c'est que ça ?

Il parut sidéré.

Je dis Ma mère trouvait que les nègres étaient drôles. Je l'ai fuie. Combien de noirs y avait-il dans le Minnesota ? Elle s'était forgé sa vision des noirs en écoutant la radio, Amos et Andy, et elle me parlait petit-nègre quand j'étais vilaine, à grand renfort de ha-ha-ha. J'étais vraiment remontée.

Cela me rappelle ma mère et m'évoque les *dossiers**. Tu crois que tu es neutre, tu crois que ce que tu fais est neutre parce que tu n'es pas anglais ou boer, parce que tu es américain et que nous n'avons jamais accompli grand-chose dans ce coin du monde. Mais c'est encore une histoire de forts et de faibles, en tout cas c'est l'effet que ça me fait. Désolée si je suis incohérente.

Tu es tellement stricte, fut son dernier commentaire sur l'affaire, et il me tourna le dos, ce qui me frustra considérablement, moi qui éprouve le besoin de faire le tour complet des choses.

Il fit trois pas puis s'arrêta net et revint pour m'étreindre. Je suis à toi, dit-il. Entièrement.

La seule chose qui me déplut fut la soudaineté de la transition entre la rage manifeste et cela. Je déteste les *bouleversements** en général.

Le plongeon

Son Je suis à toi resta en moi et s'enracina dans mon esprit au fil des jours. J'y voyais le signe que nous étions proches au point qu'il serait aussi douloureux pour lui de me perdre que l'inverse. Chaque fois que je me prenais à y croire, j'essayais de clamer à voix sonore Orgueil va-t'en avant la chute, mais sans grande efficacité.

Où que nous en fussions exactement, je remarquais bien que je m'intéressais plus que jamais aux conditions précises de son divorce, tout en sachant qu'il n'aurait pas été bien malin d'avancer à découvert. Et je notais que notre vie sexuelle évoluait. Le sexe peut être bien des choses, mais selon mon expérience cela se résume le plus souvent à une rivalité de courtoisie de la part des deux êtres concernés, des sketches à la Alphonse et Gaston – après toi, non, après toi, *mais non** –, la tradition la plus courante chez les gens bien élevés. Mais il existe un autre type de sexe qui ressort davantage du désespoir de part et d'autre. J'appelle cela le sexe à vide. C'est le sexe sans ordre de bataille. Aucun programme n'accompagne le sexe à vide. Mon analogie non sexuelle la plus proche du sexe à vide est le plongeon à répétition. Quand j'étais gamine, j'allais à la piscine municipale, l'été, et je plongeais sans interruption, hop sur la planche, hop dans l'eau, et hop sur la planche, et ainsi de suite le plus vite possible : le plongeon à la chaîne. Depuis le plongeoir du bas, pour que le circuit soit le plus court possible. Il s'agissait, me semble-t-il, d'essayer de resserrer les intervalles entre les moments où l'on est en l'air aussi étroitement entre eux qu'il était humainement possible. Ou peut-être étaient-ce les moments de plongeon que je tentais de lier entre eux. Ce qu'on recherchait, c'était une certaine sensation de fourmillement intérieur, sous couvert de se tester sur le nombre et la qualité des plongeons qu'on parvenait à enchaîner. Je m'étonnais toujours qu'il n'y ait personne pour remarquer ce que je faisais de façon si obsessionnelle, et tenter de me modérer. Mais je recourais à des feintes pour pouvoir continuer. Je faisais de temps à autre des signes de tête en direction du secteur où étaient assises les mères, mais pas la mienne, afin de détourner l'attention de quiconque m'aurait jugée excessive. Dans le sexe à vide, tout ce qui est tangible chez le partenaire se transforme en quelque chose qui vous excite et vous affaiblit, quelque chose qui semble irremplaçable, sa respiration, même ses tares physiques, et tout cela devient nécessaire à votre salut ou à votre survie physique, alors que vous savez que jamais vous ne pourrez les posséder, pas même au moment où vous vous en approchez le plus et que vous essayez de vous convaincre que dans l'ardeur du sexe vous vous les appropriez pour toujours, tout en sachant au plus profond de vous que c'est faux. D'où l'énergie du désespoir.

Le sexe à vide n'est possible qu'entre adultes – ce n'est pas une réminiscence du sexe des premiers émois adolescents, qui est certes intense mais tellement diligent et pédagogique que la tristesse et l'intuition de sa propre finitude n'y ont guère leur place. Mais ensuite on acquiert de l'expérience et l'on vieillit, et le sexe va perdurer et il perdure en effet, et le sexe est ce qu'il est, moyen, jusqu'au moment où tout change radicalement.

Il y avait plus de sexe à vide, ces derniers temps, ce qui était formidable – mais pas si formidable, en fait, en ce sens que c'était énervant. *Postcoïtum* on pouvait se retrouver dans un état mental cristallin mais sans pouvoir exécutif physique, en quelque sorte. Nous reprenions le cours de nos tâches à Tsau, mais je craignais toujours que les gens ne le remarquent, qu'ils ne percent à jour ma langueur existentielle, malgré tout le mal que je pouvais me donner pour la dissimuler sous des réactions et des mouvements vifs. Il était regrettable que cela nous prenne généralement vers midi parce que nous devions sortir et nous mêler aux autres tout de suite après. Et parfois, je sentais que les effets du sexe à vide se prolongeaient le lendemain et qu'ils seraient parfaitement perceptibles par l'observatrice idéale si jamais elle venait à passer.

Masepa

Tes cheveux poussent comme de beaux diables, dis-je à Nelson. J'aimais lui couper les cheveux, maintenant qu'il ne résistait plus à mes fréquentes retouches. Il mettait même de la bonne humeur à me laisser prendre mon temps pour y ajouter une touche artistique. Je procédais paresseusement cet après-midi-là, un samedi, pour la raison susmentionnée. J'avais réussi à le convaincre d'opter pour une brosse longue pour le moment, bien que cela n'eût aucun effet sur son début de calvitie, contrairement à son catogan – dont c'était le seul but. Mais il n'en tirait aucune honte, absolument aucune, comme je devais peu à peu l'admettre.

Dineo apparut sur la terrasse, surgie de nulle part et hors d'haleine, aussi belle que d'habitude. Son image me rappelait que je ne compterais jamais parmi les êtres authentiquement souples. Elle portait une longue tunique blanche par-dessus une jupe noire drapée, très sévère pour elle, et un turban bleu pastel serré. Il n'y eut aucune salutation. Elle s'adressa directement à Denoon par-dessus moi, en setswana mitraillé que je m'efforçai de comprendre, et dont mon improbable interprétation était que quelqu'un venait vers nous chargé de *masepa*, ce qui signifie merde.

Nelson s'était levé si vite à son approche que je lui avais légèrement heurté le milieu du cou avec la pointe des ciseaux. Il commença à se démener pour secouer les cheveux tombés sur ses épaules nues en me disant d'un ton impérieux qu'il voulait sa chemise. Je ne vais pas courir comme un enfant ou un valet pour te chercher ta chemise, répondis-je, sauf en cas d'urgence, et ce n'en est pas une. Tout cela susurré du coin des lèvres. Mais je changeai d'avis en constatant qu'il était malheureux et se sentait visiblement désarçonné. Je lui apportai donc sa chemise, mais avec une certaine désinvolture.

Grimpant vers nous, une procession approchait sous la houlette d'Hector Raboupi. Dineo me dit, en anglais, Raboupi vient présenter des déjections de lion.

Soudain Denoon opta pour une mise en scène différente de celle qu'il avait paru envisager l'instant d'avant. Maintenant, il voulait être assis en train de se faire couper les cheveux lorsque Raboupi arriverait : il voulait être interrompu. D'une claque il écarta ma main qui pressait la goutte de sang perlant sur son cou, et le coup cinglant me fit mal. Il jeta par terre la chemise que je venais de lui apporter. Il saisit ma main qui tenait encore les ciseaux et la ramena en position de coupe. Il leva les mains et les agita d'un geste dur et saccadé en direction de Dineo, lui intimant à l'évidence de disparaître derrière la maison ou sur le côté, mais elle ignora la consigne, ce qui me ravit. Règle tes problèmes toi-même, me retins-je de dire à Nelson.

Raboupi et sa sœur, accompagnés de quatre autres femmes et de six hommes, approchaient. Il traînait triomphalement un sac de toile grossière.

Ils arrivèrent bientôt.

Je trouvai significatif que ce fût à Dorcas, une femme, qu'il enjoignit de nous apporter le sac et de lui entrouvrir la gueule, afin de révéler quelques boulettes épineuses et noirâtres de prétendus excréments léonins. Dineo alla jeter un coup d'œil.

Raboupi triomphait. Il arborait son bonnet de fourrure, dont la queue était ramenée sur l'épaule droite, en signe de fierté ou de défi, m'avait-on expliqué. Il faisait frais, mais il portait un gilet en peau de vache en guise de chemise, et le gilet n'était pas fermé. C'était l'hiver. Il était le seul du groupe à être aussi légèrement vêtu. Les autres hommes portaient des pulls et des bonnets de laine. J'observai qu'il avait réussi à se procurer une paire de superbes bottes d'équitation noires, apparemment neuves.

Alors, ma sœur, qu'en dis-tu ? demanda Raboupi à Dineo, en anglais.

Je me demandais quelle stratégie elle adopterait. On ne pouvait nier que ce fût là de l'excrément de lion, à cause des piquants. Les lions sont les seuls animaux qui mangent des porcs-épics.

Ce sont des excréments très anciens, déclara Dineo en anglais, puis en setswana.

Si un groupe peut rugir, c'est ce que fit celui-là. Dineo haussa les épaules. Raboupi se lança dans une description enflammée du lieu et de la date précis de la découverte des excréments.

Denoon se contracta soudainement pour me rappeler que j'étais censée lui couper les cheveux, ce qui m'était difficile étant donné que la tâche était déjà faite. Mais je finassai un peu, selon son souhait.

Denoon demanda d'une voix paresseuse pourquoi ils étaient venus ici, alors que l'affaire concernait le conseil.

Raboupi réagit rapidement. Nous allons partout pour montrer ça, pas juste ici. Plus tard vous nous verrez aux alentours afin que tout le monde voie.

Dineo murmura que le conseil attendrait sa visite au plus tôt.

Denoon s'impatientait, et son impatience signalait qu'à ses yeux, Dineo aurait dû en dire davantage.

Enfields ! Enfields ! scandait le groupe de Raboupi. Ils savaient quel fusil spécifique ils voulaient. Raboupi récitait son morceau de bravoure sur l'incompétence et les délais d'intervention des patrouilles du gouvernement.

Dineo était de marbre.

On peut trouver des Enfields en location, dit Denoon, en anglais puis en setswana, très pro.

Dineo restait passive.

Nelson dit alors, usant d'une image théâtrale à mon avis, et en setswana, Il faut que vous demandiez au conseil des sœurs si elles pensent qu'on peut emmagasiner quelques Enfields, un petit nombre, et les mettre en location le cas échéant.

J'en fus comme électrisée car je savais que Nelson savait ce que voulait Raboupi : des Enfields ou autres armes disponibles en permanence à Sekopololo, ce qui signifierait leur circulation par l'entremise des femmes jusque dans les mains des hommes qui vivaient avec elles. La location était donc une brillante idée. Évidemment, cela allait à l'encontre de sa fonction de protecteurs des surplus collectifs, les armes étant coûteuses comme chacun sait. Mais je connaissais Nelson, et c'était là un signe de flexibilité chez cet homme qui se plaisait à répéter que la meilleure définition de l'État était celle qu'en avait donné Lénine : L'État, ce sont des unités d'hommes armés. L'idée de location limiterait en outre le nombre de fusils en jeu. Bref, il faisait des progrès. C'était aussi depuis mon arrivée que ce protecteur des surplus collectifs avait renoncé à s'opposer à l'importation des soutiens-gorge, après avoir affirmé qu'une bande de tissu artistiquement entrecroisée autour du buste ferait aussi bien l'affaire. Je lui avais dit que sa notion du sein post-allaitement était tellement fausse qu'elle en était risible. Sa noble conclusion à l'adresse de Raboupi fut qu'il remettrait définitivement son propre fusil à Sekopololo pour marquer le début du projet.

Dineo revint sur le devant de la scène pour acclamer tardivement la proposition de Nelson, qui avait manifestement pris Raboupi par surprise, et ne l'enchantait pas du tout.

Lui et sa cour se retirèrent, harcelés par King James, qui avait commencé à se plaindre que Raboupi avait refusé les services de sa charrette.

Je crois que j'étais ravie de cette idée de location. Je voyais bien que Nelson avait été contrarié de ne pas voir Dineo prendre une part plus active à la résolution de l'affaire, mais rien de réprobateur ne perça tandis qu'ils résumaient la question après le départ de Raboupi. Pourquoi avais-je l'impression qu'il avait si vite lancé cette proposition en partie pour me prouver quelque chose ? Tout semblait réglé. Il y aurait peut-être un peu de difficulté à déterminer la quantité de fusils à acheter : Nelson pensait qu'on pourrait s'en tirer avec deux ou trois, et Dineo qu'il en faudrait peut-être bien cinq ou six, mais qu'on parviendrait à trouver une solution. Nous échangeâmes tous des regards tristes, et puis l'incident fut clos, du moins le croyais-je.

Psychismes

Pendant deux ou trois jours Nelson rumina d'un air sombre le projet des fusils, strictement *entre nous**, et je le trouvais un peu obsessionnel, à supputer comment on pourrait s'y prendre pour le renforcer en instituant des règles sur le nombre de fusils susceptibles d'être loués à un moment donné, et ainsi de suite. Puis défila l'escalade des scénarios terribles que pourraient déclencher ces fusils à louer. D'abord les fusils seraient sortis lorsque des lions se manifesteraient, autant d'animaux que n'importe qui était autorisé à chasser. Puis on tirerait des coups de feu occasionnels sur des espèces autorisées, comme les phacochères et les lapins. S'ensuivrait un accord avec les Basarwas, qui étaient de mieux en mieux établis dans leur petit village derrière Tsau, de l'autre côté du fleuve de sable ; et cet accord autoriserait les hommes de Raboupi à tirer sur les impalas et les gnous, dont les carcasses seraient vendues aux Basarwas selon des conditions préétablies tandis que les impacts de balles seraient trafiqués de manière à paraître infligés par des flèches ou des pièges. Tout aurait l'air légal. Et les Basarwas négocieraient la viande avec Sekopololo, mais Raboupi aurait droit à des ristournes. Et nous nous retrouverions bien avancés sur la voie d'une nouvelle classe d'hommes, des chasseurs en situation de loisirs permanents – tout ce qu'il y a de plus traditionnel comme parasitisme. Il allait forcément se produire quelque chose de ce genre-là car seuls les Basarwas étaient autorisés à chasser le gros gibier à l'intérieur de la réserve. Je me disais bien sûr que rien dans tout cela n'était entièrement mauvais. Un peu plus de protéines animales ne pourrait pas nous faire de mal. Il connaissait mon point de vue à ce propos. L'infirmière affirmait qu'il y avait trop de cas d'anémie. Les seules exceptions aux sévères restrictions qui encadraient la chasse concernaient les lions et les léopards que l'on pouvait abattre s'ils menaçaient directement des personnes ou du bétail. Détail touchant, Nelson me fit part de son obsession à échafauder des scénarios, ce qui revenait à me demander de l'aider à s'en débarrasser.

Je commençai par énumérer toutes les objections que je pus imaginer, toutes les failles de ses hypothèses sur ce qu'il se passerait post-location. Mais en fait, en sous-main, je partageais son point de vue. J'avançai toutefois une idée qui lui plut : il faudrait que toute partie de chasse comprenne des femmes, que les femmes soient formées au maniement des armes et qu'elles soient impliquées dans tous les aspects de l'affaire. Cette précaution ne pourrait évidemment pas enrayer le processus de dissémination que redoutait tant Nelson, mais il me semblait qu'elle pourrait au moins le ralentir. J'exposai mon point de vue. Tu vois ce que je veux dire ? demandai-je, voyant qu'il mettait trop longtemps à s'illuminer.

Pigé – Gotcha Buthelezi, dit-il, jouant sur le nom Gatsha Buthelezi –, un nouveau signe de bon augure. Il montrait davantage de bonne volonté à plaisanter avec les choses sérieuses. Gotcha était un nouvel élément d'un jeu que j'avais initié entre nous en déclarant, sans raison apparente, qu'une de ses idées était Assez Sélassié, ou en lui disant Relax, Marx. Ce jeu l'avait d'abord mis au supplice, mais depuis peu il se montrait plus disposé à y participer et avait même créé lui-même des inversions.

Hélas, en dépit de ses efforts sincères, il sombra à nouveau dans la morosité causée par la question des fusils. Cette fois encore, il me supplia quasiment de l'aider. Cette fois encore, nous réfléchîmes ensemble. Avant même que j'aie eu le temps de proposer une nouvelle approche, il déclara qu'il croyait savoir où gisait le problème, ce qu'il n'arrivait pas à surmonter.

Son problème, selon ses propres termes, était métaphysique. Il était d'humeur très confessionnelle. Il nourrissait à propos de Tsau une conviction qu'on ne pouvait qualifier que de métaphysique : selon lui, Tsau ne pourrait prospérer que si, en tant qu'entité créée ou greffée sur un organisme plus vaste et potentiellement hostile, à savoir le désert, il prélevait sur celui-ci ce dont il avait besoin pour exister, mais rien de plus. Il décrivait lui-même ce sentiment comme une *idée fixe**. Je donnai des signes de compassion, même si j'étais un peu embrouillée. Après tout, c'était le même homme qui définissait la religion organisée comme une superstition organisée. C'est de la superstition, dit-il. Si les fusils entraient dans la danse, il craignait que ne se développe une chasse compétitive, inutile et meurtrière, au nom d'une population – celle de Tsau – dont les besoins étaient déjà satisfaits. Il enchaîna par une vague digression sur les Basarwas, soulignant que les seuls peuples à avoir survécu dans le désert brûlant pendant des milliers d'années étaient ceux qui sollicitaient le pardon des divinités de l'espèce dont ils tuaient un représentant, et qui ne prenaient jamais plus que ce dont ils avaient besoin pour survivre. Très abattu, il ajouta J'ai le sentiment d'avoir raison sur toute la ligne sans pouvoir le justifier, et j'ai besoin d'en parler si je le peux, et si je le dois.

Il poursuivit sur un thème que j'eus du mal à relier à ce qu'il venait de dire. Il proféra en effet des choses sur sa mère, qui était tellement instinctive. Sans doute étais-je censée incarner la voix de la raison. Une histoire qu'il voulait me raconter se rattachait à cela.

Sur sa mère : elle aurait dû être reconnue pour ses dons de médium, même s'ils ne s'exerçaient que sur un mode futile. Par exemple, elle devinait vingt minutes à l'avance que des invités allaient venir et elle commençait alors à tout préparer, et cetera.

Je dis Des gens qui débarquaient tout à fait à l'improviste, ou bien des invités qui étaient en retard ?

Les deux, dit-il, les deux. S'ils étaient en retard, elle s'était mis tardivement à tout préparer. Elle le savait. Et puis, elle retrouvait les objets perdus, un don précieux, sachant que, pour le père, égarer ses affaires relevait pratiquement du hobby. Nelson ajouta Pendant un certain temps, le plafonnier de la voiture s'allumait alors qu'elle était garée dans l'allée et fermée à clé, et que nous savions qu'on l'avait éteint la veille au soir. Ce modeste phénomène de *poltergeist* rendait fou son archi-empirico-matérialiste de père, et non parce qu'il craignait de voir la batterie se décharger. Tu aurais dû voir ça, dit Nelson. Mon père est passé par une sacrée période de quasi-paranoïa dirigée contre mon frère et moi. Il s'assurait qu'il détenait bien l'unique jeu de clés de la voiture et il prenait grand soin, chaque soir, de vérifier que la voiture était fermée à clé et que le commutateur du plafonnier était bien en position « off ». Le mystère eut lieu sporadiquement pendant quelques semaines, puis cessa net. Mon père finit par associer ma mère à cette bizarrerie, et effectivement la lumière semblait s'allumer quand ma mère passait à proximité de la voiture, pour sortir la poubelle ou déposer du courrier dans la boîte à lettres par exemple. Il a fini par faire démonter tout le système électrique, mais le garagiste n'a rien trouvé.

Il dit Elle était voyante, mais pas une voyante flamboyante, quoi. Elle savait toujours où nous nous trouvions quand nous n'étions pas à la maison, chez qui appeler, par exemple, pour localiser mon frère qui était le genre de type à traîner n'importe où. Elle était une sorte de médium physique, à mon sens, mais l'ironie de la chose c'est qu'elle considérait les manifestations de ses pouvoirs comme l'effet de simples coïncidences, rien de vraiment spécial. Elle adoptait l'attitude traditionnelle des catholiques vis-à-vis du paranormal – c'était illicite et probablement démoniaque. Et pour mon père, bien sûr, le paranormal relevait du charlatanisme, des foutaises tout simplement. Ses soupçons étaient tombés sur moi parce que j'apprenais des tours de cartes, à l'époque.

Il dit *Le coup de grâce** eut lieu vers la fin de la vie de mon père, quand il avait cessé de boire et qu'il était devenu un époux très docile. Son foie était atteint et sa mort était proche. Je pense qu'il était sur le point de devenir très pieux, mais il est parvenu à mourir avant que cela n'arrive. En tout cas, rien n'était trop beau pour ma mère, pas même de l'emmener en Europe afin qu'elle puisse *inter alia* visiter des sanctuaires et des cathédrales dont elle avait rêvé toute sa vie, y compris Notre-Dame, véritable joyau de la couronne selon l'idée qu'elle se faisait de l'Europe catholique.

Ils entrent dans Notre-Dame et, pour marquer le coup, il décide d'acheter plusieurs de ces cierges qui se vendent dans le fond de l'église, et de les allumer à côté de tous ceux qui brillent déjà dans la nef. Ma mère en prend une poignée, lui aussi, et ils y vont. Il attend qu'elle dispose ses bougies et qu'elle les allume, puis il ajoute les siennes : pas une seule ne veut s'allumer. Pas une seule mèche n'accepte la flamme. Il retourne en chercher d'autres, dans différentes zones de l'étal, mais rien n'y fait. Il en remporte quelques-unes à l'hôtel, et trois cierges s'allument aussitôt. J'imagine qu'elle devait être complètement sidérée. Et quand mon père m'a demandé quelle explication je pouvais donner à ce phénomène, j'ai répondu qu'il s'agissait peut-être d'un effet *poltergeist* inversé : au lieu que les sentiments refoulés se manifestent par des embrasements spontanés de rideaux et de boiseries, comme le veut l'explication classique du phénomène *poltergeist*, peut-être as-tu produit un effet de suppression d'embrasement ? Il a paru très affligé par cette explication, se demandant à quoi m'avait servi toute la bonne éducation universitaire qu'il m'avait procurée pour que j'en arrive à débiter des fariboles pareilles.

Aujourd'hui j'associe ce récit à une autre remarque de Denoon, à laquelle je n'avais pas prêté attention sur le moment, à savoir que lorsqu'on est heureux et qu'on mène bien sa vie, y compris moralement – par exemple en ne vivant pas dans la fuite –, il faut s'attendre à rencontrer des cas récurrents de petites bizarreries. Des intuitions se confirmeront. Un mot ancien ou archaïque te viendra sans raison à l'esprit, et huit jours plus tard tu t'apercevras que c'est exactement le mot dont tu as besoin dans le passage difficile d'un texte que tu rédiges. Je me souviens de m'être demandé à l'époque s'il voulait vraiment dire que plus on mène une vie juste, et plus il vous arrive de bizarreries, de sorte qu'en parvenant à une véritable sainteté séculière on finirait par voir approcher d'elles-mêmes les boîtes d'allumettes en lévitation quand on a besoin de feu, et son poids baisser idéalement quelle que soit la quantité de forêts-noires qu'on engloutit.

Je sais que j'aurais dû m'intéresser à la racine de tout cela, parce que j'étais la seule capable de le faire, ne croyant rien qui ne me fût prouvé à mon entière satisfaction. Et la première chose à prouver est que personne ne ment, personne ne veut mentir, personne ne ment – telle est mon utopie, et souhaitez-moi bonne chance.

Je croyais qu'en écoutant son histoire de cierges, j'avais accompli tout ce qu'il attendait de moi. Mais Nelson voulait savoir ce que j'en pensais. Sérieusement.

Je lui répondis donc qu'à mon avis quelqu'un mentait, racontait une histoire. Je lui demandai Se peut-il que cela ait été une sorte de *folie à deux** provoquée par ta mère ? Jamais suggestion ne fut plus mal accueillie. Mon idée était de reconstituer rigoureusement et de qui et comment il avait entendu l'histoire originale, mais il se montrait plus que réticent.

Mais qui aurait menti ? dit-il. Il faut une raison pour mentir !

Non, dis-je, on peut mentir sans raison, et c'est justement le problème.

La question des fusils sembla alors s'évanouir, mais avais-je fait plus que renforcer un certain fatalisme qui le taraudait à ce sujet, je l'ignore. Je suis vraiment la plus mal placée pour discuter du prétendu royaume parapsychique. Cela ne m'inspire aucune sympathie. J'avais cru jusqu'alors, en me fondant sur tout ce qu'il avait dit et sur son comportement vis-à-vis du surnaturel et de l'Église, que nous étions à cet égard deux oiseaux de même plumage, mais à l'évidence demeurait une inclusion, un résidu ou quelque cavité sublunaire en lui. Je déteste le mystérieux parce que les menteurs trouvent là leur medium idéal, le lieu où ils se rendront pour se multiplier, se pavaner et se mentir les uns aux autres. Les menteurs, voilà l'ennemi. Ils transcendent la classe, le sexe, et la nation. Ils rendent tout impossible.

Le meilleur bonheur

Parvenir à distinguer les moments où l'on mène une vie juste de ceux où l'on s'évade dans la fuite avec un F majuscule, cette question avait surgi peu après notre discussion sur la *psychania* de sa mère, et elle commença à me préoccuper de manière subliminale parce que ma vie quotidienne me comblait, et aussi parce que Nelson affirmait, me semblait-il en tout cas, qu'il distinguait clairement le bonheur brut, qui peut survenir n'importe où et emporter n'importe qui, et le meilleur bonheur, dont il m'avait insidieusement insufflé la notion, me convaincant presque de son existence. Le meilleur bonheur naît du sentiment de congruence entre vos propres pouvoirs et les malheurs du monde, pour autant que j'aie compris. Tout au moins en est-ce une condition nécessaire. Je tentai d'approfondir la question en demandant si tout cela n'était pas un peu hégélien. Quelle erreur ! Il détestait Hegel et m'expliqua en détail pourquoi. Une haine profonde chez Nelson. À tel point qu'il termina par une sorte de questionnaire, tant il redoutait que je ne confonde ses idées avec quoi que ce fût de relatif à l'abominable Hegel.

J'étais heureuse. Et Nelson ?

Je détenais un élément de réponse : il faisait un rêve récurrent ces derniers temps, qu'il associait à la notion de planer ou de se sentir très bien. Je restais toujours très prudente quand j'interprétais ses rêves, tant je les trouvais transparents, et notamment ce rêve de chance. C'était un rêve de paysage. Il surplombe le paysage, depuis un promontoire, ou bien de très haut dans l'air, bien centré sur l'élément principal. Il contemple au-dessous de lui une campagne boisée, une région sauvage au cœur de laquelle s'étend un lac circulaire, comportant une île ronde au milieu, et au centre de l'île un étang rond. Difficile, bien sûr, de ne pas associer ce rêve aux heureuses combinaisons de sa vie. Pouvait-il s'agir d'autre chose qu'une métaphore du sein ? Je suis sûre que c'était ça parce qu'il associait ce qui se passait sur l'île et autour de l'étang – pensait-il, devinait-il – avec un groupe de jeunes femmes nues, étendues ou sur le point de se baigner. Si cette scène est investie du moindre sens, c'est bien de signifier un sein dans une douve, d'autant que l'île était bombée, et non plate. Je lui fis incidemment part de mon interprétation, mais il semblait ne pas vouloir suivre cette direction. Voici un autre exemple témoignant de la complexité de ses élaborations oniriques : il entre au Grand Véfour, on le place à une table, mais ils n'ont plus d'argenterie.

Je crois que je me sentais libérée des efforts de base qu'il m'avait fallu fournir, que je traversais une période de libération encore adoucie par certains détails. J'étais de plus en plus libre – en tout cas était-ce mon sentiment – d'aller et venir dans les divers royaumes de Nelson, comme la verrerie – qui, depuis l'épisode de la mutilation de son apprentie, était pratiquement devenue son *sanctum sanctorum* – ou certaines zones délicates de son passé. Il y avait moins de retenue entre les incidents du présent et certains éléments intéressants de son histoire personnelle auxquels on pouvait les relier. Par exemple, il était content de lui sur le plan sexuel ces derniers temps, surtout quand je lui demandais de renoncer, de m'accorder un peu de répit. Cela l'amena à me peindre son père comme une sorte de radical sexuel en chambre, possédant une bibliothèque vitrée et fermée à clé où étaient rangés un livre de D.H. Laurence sur un Christ obsédé sexuel, *La Majorité de l'amour* d'Edward Carpenter, véritable bible en ces milieux, et *Le Dieu des corps* de Jules Romains, dans lequel le pénis était désigné comme Dieu de la Chair – une allégorie que Nelson trouvait hilarante. Il avait bien évidemment trouvé le moyen de piocher dans cette collection. Comment conjuguer l'existence de cette cachette sacrée avec le choix qu'avait fait son père d'une compagne aussi hermétiquement fermée à des goûts culturels comme les siens ? Grave question. Cela créait un lien entre eux, selon Nelson, quelque chose avec quoi son père pouvait se flageller, un équivalent de la souffrance distincte et séparée de sa mère. Nelson était certain que pour sa mère, le sexe était strictement réservé à la procréation, et que tout autre point de vue étant un péché, on devrait l'expier éternellement. Il était également sûr que son père avait fait preuve d'une fidélité irréprochable pendant toute leur vie conjugale, mais, pour ma part, je n'ai aucune confiance dans la fidélité dont est capable un alcoolique. Qu'ont-ils à y perdre qu'ils n'aient déjà perdu ? Nous imaginions combien ce devait être magnifique, disons vers 1923, de croire qu'une fois le monde éveillé à la liberté sexuelle, les institutions humaines basculeraient dans l'utopie.

Un autre signe d'équilibre devait être ce sentiment récurrent d'équanimité pour des choses qui, normalement, auraient dû vous tracasser. Je prenais plaisir à accomplir un travail qui, par définition, était ennuyeux, comme de passer des briques de main en main vers le haut de la colline au sein d'une chaîne de femmes, afin de réparer le système de captation d'eau. Puis je prenais le même plaisir à mener des expéditions exténuantes dans le désert afin de recueillir certaines plantes aux racines profondes, qui constituaient l'une des productions *sub rosa* de Tsau ; et là encore, c'était un honneur d'être invitée à faire partie d'une équipe, car elles n'étaient composées que de femmes mûres – et donc prétendues plus dignes de confiance –, et pour la plupart dépourvues de tout partenaire masculin sur place. Tsau vendait très cher ces plantes, dont les feuilles servaient à concocter une potion censée guérir l'impuissance. L'acheteur était un consortium de magasins bio ouest-allemands. Le nom tronqué, exotérique, des équipes était Kokotsetsa, les Défenseurs, mais leur vrai nom ésotérique était Défenseurs des pénis tombés bien bas des Européens. Je n'ai participé qu'à deux ou trois reprises aux expéditions de cueillette, et seulement le temps d'une journée ; d'autres équipes s'aventuraient bien plus loin, deux jours ou davantage. Pour Sekopololo, le gain était formidable, ce que je fus ravie d'apprendre, car cela démystifiait les choses et calmait ma tendance à interroger de manière marxiste toute institution qui parvient à survivre dans le temps, *id est* d'où vient l'argent ? Selon moi, on pourrait appeler le marxisme *cui bonisme* – de *cui bono*, à quoi il se réduit. Cette année-là, la récolte fut colossale. Lors des expéditions auxquelles je participai, il s'agissait surtout de glaner ce qui avait poussé après la pluie providentielle ; ce qui prouvait bien que cette seconde cueillette tardive était une bonne idée.

Je situe l'apogée de cette période à mon retour d'une de ces expéditions, probablement la dernière. Il devait être deux ou trois heures de l'après-midi. Nelson était introuvable, personne ne l'avait vu, aussi allai-je le chercher à un endroit que je savais qu'il affectionnait, une saillie sur la paroi sud du koppie, très haute, et surplombée d'arbres mopane. Il s'y trouvait effectivement.

Il était là, étendu sur une peau de chèvre, plongé dans son Blake Sans-Pareil, faisant ce qu'il enjoignait au monde entier de faire – et me l'enjoignant à moi aussi – à savoir cesser tout activité pour lire pendant la meilleure partie de la journée, et non plus tard, lorsqu'on est à bout de forces et que la lecture doit rivaliser avec la télévision et le paiement des factures. Dans la bonne société, on voyait les gens lire ainsi au beau milieu de la journée ; c'était comme ça. Nelson était couché à plat ventre sur la peau de chèvre, deux oreillers calés sous la poitrine, vêtu d'un short de toile et d'un gros pull noir à capuche dont j'ignorais l'existence, et sans chaussettes ni sandales.

Je rampai jusqu'à lui. Ses jambes étaient de trois tons différents, pâle là où les chaussettes le couvraient habituellement jusqu'aux genoux, puis plus brun, et encore plus foncé là où une barre d'ombre lui zébrait le haut des cuisses. J'avais lu pas mal de Blake, par obligation, au cours de ma vie, et cette lecture m'avait paru récursive et pénible, aussi n'avais-je jamais beaucoup songé à sa poésie, hormis les trois ou quatre strophes brèves qui plaisent à tout le monde, et je n'avais jamais tenté d'apprendre le moindre vers de Blake. J'en retenais ce que tout le monde connaît, Tyger tyger et Qu'est-ce chez les femmes que les hommes désirent ? L'expression du désir assouvi. Ce que je souhaitais presque, vaguement, en me glissant jusqu'auprès de Nelson, c'était d'extirper un vers approprié de toute la masse floue de William Blake. Ce serait parfait. Et comme par miracle, grâce aussi à ma réelle capacité de cryptomnésie, le vers *Il reposait dans le Désert sauvage* me revint à l'esprit. Je me sentis médium. Nelson bascula sous le choc. Il venait justement de parcourir les *Quatre Zoa* et la section des *Notes et fragments additionnels*, d'où provenait ma citation.

Ce doit être ça, la vie juste, songeai-je.

Les Batlodis

À l'enclos des autruches, deux piquets étaient complètement tordus vers l'extérieur, et entre eux le grillage avait été écrasé, laissant le passage libre à notre couple d'autruches reproductrices qui avaient décampé. Sachant que Nelson suspectait une intervention humaine, je passai un long moment à me jeter de tout mon poids contre l'un des piquets encore en place, pour lui prouver que tous mes efforts étaient vains et incapables de produire le spectacle que nous avions sous les yeux. C'était la vie, et tout le monde le lui avait dit : les autruches sont des bêtes d'une force incroyable.

Son humeur ne s'améliora guère à la vue de Raboupi émergeant des fourrés, l'air fort intéressé. Pis encore, nos deux plus récentes recrues, les *batlodis* – mauvaises filles – accompagnaient Raboupi. Elles étaient sœurs, en fin d'adolescence, et apparentées au ministre du Gouvernement Local et des Territoires. Elles avaient été impliquées dans une longue histoire de vol de bouteilles chez un commerçant chinois de Mmadinare. Nelson avait consenti, bien à contre-cœur, à rendre au ministre ce service impossible à refuser et les avait accueillies ici en liberté conditionnelle, à titre d'unique exception. L'idée du ministre, c'était qu'il suffirait aux *batlodis* de passer un moment dans la saine atmosphère de la vie rurale, loin des discothèques et des lumières de Gabs, pour reprendre le droit chemin. De toute évidence, on en était bien loin. Les filles étaient très dures. Et elles savaient à merveille exploiter une certaine ambiguïté des sentiments d'une partie de notre population à l'égard des crimes commis contre les Chinois ou les Indiens, je devrais plutôt dire larcins par souci d'exactitude. Les Batswanas ont horreur du crime, surtout lorsqu'il est commis au sein du groupe. Ils lâcheront tout pour pourchasser un pickpocket et le cerner, en hurlant des imprécations jusqu'à l'arrivée de la police. Et ils ont vite fait d'agir contre les voleurs de bétail dans le veld. Mais bien des Chinois sont détestés parce qu'ils sont patrons et commerçants. Or, les *batlodis* en question étaient auréolées d'une vague aura de célébrité à ce sujet. Et elles s'étaient fait prendre à cause de leurs vantardises. Elles ne devaient rester que six mois parmi nous. D'emblée elles s'étaient liées aux Raboupi, à notre infirmière renfrognée et à quelques autres qui se distinguaient par une attitude critique à l'égard de Tsau. Les *batlodis* étaient extrêmement sporadiques dans leur participation au travail. Hector et les *batlodis* s'évanouirent en direction de la tannerie.

Je pense que Nelson fut content de se convaincre de l'évasion des autruches, qui faisait de lui la victime de la force et de la ruse aviaires. Je pourrais être marié avec toi, dit-il, puis il passa très vite à l'éloge de mon bon sens, à des questions sur les idées que j'avais pour ma thèse, et suggéra enfin que j'étais formidable et que je pourrais faire bien plus de choses dans le monde que je ne m'en croyais sans doute capable.

Les Basarwas

Une autre raison de ne pas s'inquiéter outre-mesure de l'évasion des autruches, c'était que des provisions supplémentaires de viande fraîche et séchée arrivaient à Tsau. Cela n'avait rien à voir pour le moment avec les Enfields, qui étaient encore à l'état de commande.

Sekopololo troquait de la viande et des rayons de miel avec les Basarwas, dont le campement nomade sur le fleuve de sable semblait se sédentariser et prospérer. Par le passé ils n'avaient campé là que par intermittence, en vertu de l'usage, avant de repartir quand les puces et les poux devenaient par trop insupportables. Personne ne leur avait prêté grande attention tant ils étaient évanescents. On comptait huit familles dans le camp. Nos enfants entretenaient aussi des relations indépendantes avec les Basarwas, qui repéraient admirablement les fourmilières les plus fraîches, que les gamins rapportaient en morceaux dans leurs charrettes à purin pour nourrir les poulets, ces derniers se portant soudain très bien, mieux que jamais.

Denoon commençait à s'interroger sur les conditions du troc, sur l'équité ou l'absence d'équité qui le régentait. Sekopololo importait plus de sel que d'ordinaire, et pour la première fois du tabac pour la pipe. Or, c'étaient justement là les marchandises les plus convoitées par les Basarwas. De manière générale, les échanges inégaux répugnaient à Nelson. Je lui demandai s'il savait que des bénévoles du Peace Corps gardaient leurs chemises et leurs jeans usagés pour les apporter à Sashe, par le train de Francistown, où ils échangeaient leurs loques, d'authentiques loques, contre de magnifiques sculptures en bois que produisaient les Basarwas misérables qui vivaient là, dans une petite colonie dirigée par les Mennonites le long de la voie ferrée. Nous pouvons considérer que c'est objectivement malhonnête, lui dis-je, mais malheureusement il est avéré que les Basarwas sont enchantés de l'affaire. L'échange idéal, à l'en croire, devait s'effectuer quand toutes les parties prenantes disposaient de surplus, une situation assez peu vraisemblable. Ses questions sur le déroulement du troc avaient été assez mal reçues. Il exerce des pressions sur nous, m'avaient confié deux ou trois femmes à Sekopololo. Je lui avais transmis le message.

Je me demande ce que les Basarwas pensaient de Nelson, quand il commença à faire des incursions dans leur campement, mais de manière assez lunaire, timide ou désincarnée. Il s'asseyait quelquefois sur le versant qui surplombait le camp, en pleine brousse, et il paraissait les étudier. Il ne parlait pas leur langue, et le fait est qu'il n'essayait pas de l'apprendre, au-delà des salutations d'usage. Le campement se portait bien. À cause des pluies dont tout le monde m'attribuait la venue, le fleuve de sable était une bonne source d'eau, plus abondante que d'habitude lorsqu'on y creusait des puits. Les Basarwas composaient un autre univers. C'était trop d'altérité, en un sens. Ils le fascinaient. Il observait le contraste entre l'effort, la concertation, et les réunions de comités qui gouvernaient la vie à Tsau, et l'absence totale d'organisation qui dominait la colonie basarwa. Quelle était sa responsabilité vis-à-vis des Basarwas, quoi qu'on puisse en penser ? Il était désemparé. Il savait que Tsau portait sa part de responsabilité, même si personne n'avait encouragé la dépendance croissante du camp nomade à l'égard de Tsau. Je pense que le problème était en partie dû à ces huit années qu'il avait passées à Tsau sans que les Basarwas y soient venus autrement qu'en passant. S'ils s'étaient attachés à Tsau dès le début, lorsqu'il était encore novice, sans doute aurait-ce été plus facile à accepter pour lui. Je pense qu'intérieurement il implorait leur départ. Quand nous en parlions, la discussion déviait invariablement vers les questions les plus absolues, comme de savoir comment déterminer qu'une société est réellement supérieure à une autre, étant admis que les deux sont également dépourvues de cruauté. Nous traitions avec les Basarwas selon des termes que Nelson trouvait injustes, en notre faveur, mais à part cela, que leur devions-nous, médicalement par exemple, et quelle serait pour eux l'utilité à long terme d'utiliser ce que nous pouvions leur offrir ? Il était à côté de la plaque, d'après moi.

Lorsqu'il disparaissait, j'avais désormais un nouvel endroit où le chercher, plus proche que bien d'autres – le pyramidon, comme il appelait le sommet du koppie, ou son rebord rocheux, ou encore la verrerie. Cela devenait surréaliste, en ce sens que je partais à sa recherche et que je le trouvais plongé dans ses pensées, en pleine brousse, surplombant le campement, et il m'arrivait de m'asseoir un moment à son côté pour l'observer en train d'observer.

Sans doute devrais-je m'en vouloir d'avoir gardé aussi longtemps mes distances sur cette question. Moi aussi, j'aimais regarder les Basarwas. C'était comme d'observer un peuple de fées, tant ils paraissaient gentils entre eux, attentionnés, patients. Pourquoi aurais-je voulu troubler le lien qu'il pouvait ressentir avec un spécimen de société si proche de son idéal, à savoir ne pas abîmer la terre ? Lorsque je finis par le sentir trop envoûté par sa vision romantique des Basarwas, je tentai de lui expliquer qu'en fait, il y avait en coulisses plus d'homicides et de violences conjugales qu'il ne s'en rendait sans doute compte. Mais coup de chance : il savait que ce n'était pas mon domaine, ce que je dus reconnaître. Il ne voulait pas vraiment entendre cela, et il avait pour lui l'évidence de ses sens qui lui montraient la vie du campement sous un jour pacifique – jusqu'à la mièvrerie.

Il me fut donné à plusieurs reprises d'observer Nelson durant ses visites au camp. On l'y accueillait en affichant la même attitude qui aurait pu être la leur face à un héron ou à une cigogne parcourant leur site. Le temps libre, voilà ce dont parlait Nelson après ces visites, combien de temps libre une société garantit-elle à tous ses membres, et pas seulement aux classes privilégiées ? Je lui rappelai que, pour ce qui était du temps libre, les hommes basarwas étaient nettement mieux dotés que les femmes. Je fis état de mes informations sur le degré de violence cachée qui s'y déployait. Puis l'expression « innocence organisée », tirée de William Blake, s'immisça paresseusement dans la conversation.

On ne trouva jamais la clé des impressions mêlées qu'ils nous inspiraient, ni lui ni moi à dire vrai. Je revois encore le campement avec une parfaite clarté. Je vois huit cases en dôme, le lattis apparaissant par endroits mais généralement couvert d'un mélange de roseaux, d'écorce, de toile à sacs, de bouts de feuilles de polyvinyle qui ressemblaient étrangement aux protections de sol que nous utilisions dans les serres grillagées. Je vois le feu de camp central qu'on laissait fumer toute la journée en vertu d'un système d'entretien qui était apparemment conçu au petit bonheur, et qu'on alimentait le soir pour l'embraser. Voici des hommes qui s'en vont quelquefois au matin, et quelquefois pas, suivant des règles qu'on adorerait pouvoir comprendre et dont on a l'impression qu'on devrait parvenir à les percer à jour à force d'observation. Et voici des femmes qui partent déterrer des tubéreuses ou récolter d'autres *varia*, les tâches étant accomplies par des groupes qui semblent se former selon des configurations différentes chaque fois qu'on y prête attention. Elles bavardaient en permanence. Mon souvenir du campement est légèrement embourgeoisé : il était mal entretenu, mais ce n'est pas l'image qui m'est restée.

Denoon cogitait et cogitait encore. Il fallait que nous fassions davantage. Il y avait des questions d'hygiène sur lesquelles nous devions nous montrer plus agressifs. Je fis le lien entre deux ou trois nuits de bruyants grincements de dents, et des visites, plus tôt dans la journée, au camp des Basarwas. Les Basarwas peuvent vous faire perdre vos repères. Je connais deux collègues qui ont travaillé sur le terrain avec les Basarwas et qui, par la suite, m'ont surprise en devenant différents, plus doux et plus rêveurs qu'auparavant, en un sens, et toujours prêts à entreprendre de nouvelles études de terrain, pour effectuer de nouveaux séjours là-bas.

Soda de pignons

Un épisode qui me parut incroyable : Nelson vint s'asseoir près de moi et dit Au lieu d'en référer au conseil ou à Sekopololo, je vais me plaindre à toi de quelque chose, la récente composition de nos réquisitions, leur tendance, puis je tirerai un trait là-dessus.

Je dis Je suis donc censée ne rien faire au sujet de ta plainte ?

Rien du tout. Il s'agit d'une expérience. Avant que je ne commence à protester au sujet des soutiens-gorge, j'en ai discuté avec toi et tu m'as convaincu. De même, tu m'as convaincu que j'avais tort de m'opposer au thé blanc, à l'huile de camphre, et à quoi d'autre encore ? Au fil à tresser les cheveux. Mais maintenant, il y a autre chose qui me tracasse. Tout d'abord, nous laissons diminuer nos réserves d'engrais à base d'os broyés et de corde, mais ce n'est pas la question, quelqu'un s'en apercevra avant que le problème ne se pose vraiment. J'ai remarqué un nouveau produit d'importation, le soda de pignons, qui m'a frappé comme étant le dernier truc à la mode. Mais non, ce n'était que l'avant-dernier. Le dernier truc en vogue, c'est la bière au lait.

Je l'interrompis pour défendre le soda de pignons, sinon la bière au lait. Même si les canettes de soda prenaient excessivement de place dans l'avion, elles avaient des effets positifs. Sekopololo le vendait à un taux de crédit de travail astronomique parce que les gens en demandaient pour les grandes occasions, où il faisait pratiquement office de champagne. On le mettait à refroidir dans le réfrigérateur solaire de l'infirmerie, et les gens étaient ravis. Je supposais qu'il en allait de même pour la bière au lait, bien que le coût en fût encore plus élevé et, il faut bien l'admettre, que le marché fût très majoritairement masculin. Et puis, bon, c'était une boisson alcoolisée tandis que le soda de pignons ne l'était pas. Mais je réitérai, en toute sincérité, que Sekopololo prospérait grâce à ces marchandises, pour lesquelles les gens étaient prêts à fournir beaucoup de travail. Il fit la grimace.

Il dit Je ne veux pas t'entendre défendre tout ça ; ce que je veux, c'est t'en parler pour cesser d'y penser. Sérieusement. Voici ce que j'en dis. Je n'ai pas besoin de croire qu'aucune erreur n'a été commise. Mais je veux avoir le sentiment que je n'ai pas besoin de tout prendre en charge moi-même, vois-tu. Il était gêné. Je veux me détacher des choses à ce niveau, je crois. Je pense que c'est que je devrais faire. Et cela m'aiderait sûrement. Je veux surtout avoir l'esprit libre pour penser à d'autres choses.

C'est sans doute la sagesse, dis-je. J'étais flattée, profondément.

La lectrice

Nous flânions près des *kraals* au crépuscule et regardions les chauves-souris sortir de partout. Denoon pouvait se montrer éloquent à propos des chauves-souris, de leurs formidables déjections qui étaient récupérées dans les nombreuses niches cylindriques qu'il avait fixées pour elles dans les arbres, de leurs capacités de destruction des insectes, et ainsi de suite. Quoi qu'il en soit, nous étions riches en chauves-souris qui virevoltaient, plongeaient et pépiaient çà et là au crépuscule, s'égaillant depuis le koppie au-dessus des terrains plats, et même jusqu'aux *kraals*.

Près d'un des réservoirs d'écoulement, nous rencontrâmes trois femmes portant des bêches sans raison apparente. Dirang Motsidisi avait le bras passé autour des épaules d'une femme manifestement éprouvée, Mma Sithebe, notre lectrice. Le rôle de guetteur, décidai-je, incombait à Idol, notre cuisinière en chef. Je l'aimais bien, même si la dynamique qu'elle insufflait en cuisine n'était pas faite pour les âmes sensibles, car c'était un volcan d'insultes et de moqueries qui, paradoxalement, entretenait un climat d'hilarité permanente parmi ses collègues. On eût dit la Chambre des communes à l'heure des interpellations. Et les gens ripostaient. Plus d'une fois j'avais entendu comparer la voix d'Idol aux hurlements des léopards amoureux. J'avais de bonne foi essayé de travailler à la cuisine et je n'avais pas pu supporter ces moqueries permanentes. Mais un groupe d'habitués semblait s'en régaler. En dehors de la cuisine, Idol était une femme paisible, et très tendre avec sa petite-fille.

Les attributions de la lectrice consistaient à se présenter sur rendez-vous devant divers groupes de travail et à leur faire la lecture, soit pendant les pauses, soit même pendant le travail s'il s'agissait d'une tâche silencieuse, mais jamais pendant de longues périodes, et jamais de manière intrusive. Le texte était rédigé en anglais ou en setswana, selon les préférences de l'auditoire. Elle disposait de tout un éventail de livres, grâce à une véritable petite industrie que Denoon avait développée à l'université de Gaborone, et qui alimentait Tsau. Il rétribuait des étudiants pour traduire des classiques en setswana pendant leur temps libre. On trouvait là Austen, Kafka, Dickens, Thoreau, beaucoup de textes d'un poète qu'il préférait même à Yeats, Edwin Muir, dont je n'avais jamais entendu parler avant de m'établir à Tsau, et qui est effectivement magnifique, et puis, bien sûr, Blake, inutile de le préciser. Il s'en tenait à des textes brefs, à des extraits surtout. Les seuls auteurs africains dont je suis sûre qu'ils figuraient dans cette petite bibliothèque étaient Chinua Achebe, Wole Soyinka, et Ayi Kwei Armah. L'un de ses traducteurs avait abandonné à mi-chemin un grand projet, *Les Hauts de Hurlevent*, au moment où les gens commençaient à s'y intéresser.

L'idée d'un lecteur était venue à Nelson au contact d'un des socialistes qu'hébergeait parfois son père, un Cubain cigarier, celui-là, dont le syndicat avait embauché des acteurs au chômage pour leur lire du Calderón et du Kropotkine tandis qu'ils roulaient les cigares. La chronologie de tout cela est un peu embrouillée dans ma mémoire. Quoi qu'il en soit, pendant une période faste, le père de Nelson avait été envoyé en congé à Cuba par une boîte de publicité ou autre, à moins qu'il n'ait gagné un prix, du temps de Batista. Au fil de séances d'ivrognerie bon enfant ponctuée de bons pourboires, il s'était lié d'amitié avec des serveurs qu'il avait connus là-bas, et qui lui avaient offert un abonnement au bulletin de leur syndicat, *Solidaridad Gastronomica*. Il se souvenait de l'air accablé de son père lorsqu'il avait reçu ce qui était à n'en pas douter le dernier numéro, puisque Fidel Castro avait dissous le syndicat. Évidemment, Castro les détestait parce qu'ils étaient anarcho-syndicalistes. Aussi, en dépit de leur vaillant combat contre Batista, Castro les avait démantelés, avait exproprié leurs fonds d'assurance mutuelle, fermé leurs cantines coopératives, et créé une diaspora – dont des membres apparaissaient de temps à autre sur le seuil des Denoon, pour se faire servir et choyer par Madame. Nelson aimait appeler Fidel, Fidel Catastro. Nelson décrivait son père comme un permissif de gauche, un fan de la gauche générique, au sens où, pour qu'il soit de votre côté, il vous suffisait de vous référer à n'importe quelle famille de gauchistes, pourvu que vous apparteniez à sa base. Peu lui importait que votre gauchisme fût à l'opposé de la tendance ou variante professée par la personne qu'il avait invitée avec vous à sa table. Vous pouviez tout à fait être un vieux trotskiste et vous retrouver à dîner à côté d'un docker stalinien, votre ennemi mortel historique. Il suffisait d'être dans le monde réel, et surtout pas un gratte-papier, autrement dit un fonctionnaire ou un enseignant. Je suppose que le peu de cas qu'il faisait du parti socialiste s'expliquait par le fait que ses membres étaient censément tous instituteurs ou pharmaciens.

Mma Sithebe avait une voix claire et ferme, elle pouvait traduire de l'anglais en setswana ou l'inverse très correctement, et elle faisait preuve de la même gentillesse avec tout le monde. Son fils de neuf ans, Sithebe, était un enfant charmant et studieux. Mma Sithebe n'avait rien d'envahissant. Même lorsqu'elle résumait les événements en cours lors des thés ou des repas en commun, elle s'excusait presque avant de commencer et elle était toujours concise. Elle tenait le rôle du crieur de rue. Il n'y avait jamais eu le moindre signe que quiconque y trouvât à redire, même quand elle avait pour mission d'aller battre le rappel pour des assemblées ou des classes, ou qu'elle appelait les noms des gens qui manquaient leur tour de vaccination au dispensaire, ou bien encore qu'elle annonçait les dates limites d'inscriptions aux multiples concours constamment lancés. Et voilà, apprîmes-nous, que trois ateliers avaient voté contre sa venue à l'avenir, sous prétexte que les gens préféraient converser entre eux plutôt que s'entendre imposer de la littérature *makhoa*. Les trois femmes étaient donc venues à notre rencontre. Mma Sithebe était effondrée. Ils disent qu'ils n'ont aucun besoin de moi, disait-elle. Dirang déclara que Dorcas Raboupi était derrière tout ça, tout au moins en ce qui concernait la buanderie et la maison d'impression de tissu. Idol avait manigancé une manœuvre similaire à la cuisine centrale.

Denoon fit un numéro troublant. Il tenta de convaincre Mma Sithebe que l'affaire se dissiperait, qu'il n'avait entendu que des compliments sur elle. Il semblait vouloir dire que ces actions n'étaient pas vraiment dirigées contre elle mais contre lui, à travers elle, mais il l'exprimait de manière si floue que j'avais moi-même du mal à saisir le sens de ses propos. Pourquoi avais-je l'impression que les trois femmes étaient beaucoup plus engagées que lui sur cette question ? Il y aurait une réaction, lui répétait-il, et les gens allaient changer d'avis. Il trouverait à répondre. C'était une prestation bien faible de la part de Nelson, sa plus faible, et nous le ressentions toutes, j'en étais certaine.

6 – L'AMOUR MÊME

Voilà jusqu'où l'on peut tomber

Nelson commença par avoir les traits tirés, puis il sombra dans une sorte de léthargie. Je compris que quelque chose ne tournait vraiment pas rond lorsque je lui proposai de ne pas venir à table, à une ou deux reprises, et de prendre son dîner au lit, adossé contre les oreillers. J'y voyais la conséquence de l'épuisement, après une journée entière passée à nettoyer le terrain d'aviation, ce qui était censé avoir lieu périodiquement, requérant une *levée en masse**, comme pour un atelier de patchwork. Je trouvais que beaucoup de monde y avait participé. Mais il voulait que tout soit terminé dans la journée, comme c'était apparemment le cas dans le passé, et il s'était surmené pour y parvenir, nivelant et ratissant jusque tard dans la soirée, en compagnie à la fin, en tout et pour tout, d'une poignée de bons à rien.

Je lui apportai un bol de soupe et au moment où je lui tendais une serviette humide, il dit, à ma grande surprise Je ne voudrais jamais te quitter. Il dit cela hors de tout contexte. En incurable névrosée, je me demandai aussitôt pourquoi j'avais entendu *voudrais* au lieu de *pourrais* : cela ne signifiait-il pas qu'il manquait une partie de sa phrase, tel un membre fantôme, ou bien qu'il avait seulement voulu dire qu'il ne me quitterait jamais une fois que nous aurions atteint un certain niveau d'intimité encore bien éloigné ? N'aurait-ce pas été préférable, plus clair, davantage ancré dans le présent ? J'étais énervée.

Je m'énervais parce que nous essayions tous deux, je crois, de parvenir à l'amour manifeste – c'est-à-dire à un pacte d'amour qui nous donnerait satisfaction sans que personne eût à en passer par l'affreux rituel bourgeois de la déclaration d'amour, lui pour ses raisons, moi pour les miennes. Étant sensible par nature, il savait que la dernière chose au monde que je souhaitais, c'était d'entendre un horrible Je t'aime prononcé *sotto voce*, suivi d'une frénésie de baisers gloutons voués à faire oublier le caractère machinal de ce qu'il se serait senti obligé de dire. J'imaginais qu'il avait bien dû, à un moment donné, déclarer sa flamme à Grace. Inévitablement, les déclarations précèdent non seulement les quelques mariages qui tiennent, mais aussi toutes les mascarades et les divorces. À en juger d'après la télévision britannique, cette pratique est tombée en désuétude là-bas, sauf dans les sitcoms et dans le monde rural. Il ferma les yeux et commença presque aussitôt à s'agiter et à marmonner, et à transpirer. Il basculait dans un autre état. Il avait le front brûlant. Il était en pleine crise. Déjà il paraissait à la limite du délire. Et voilà jusqu'où l'on peut tomber : je me penchai un moment pour écouter s'il ne lui échapperait pas un mot sur l'amour – ou n'importe quoi susceptible de m'aider à interpréter son Je ne voudrais jamais te quitter, n'importe quoi susceptible de m'indiquer si cette déclaration comportait en soi la moindre intégrité, ou si elle n'avait été que le signe avant-coureur de la tempête dont j'avais maintenant à m'occuper. Allait-il répéter la phrase, mais en prononçant *pourrais* à la place de *voudrais*, me confirmant ainsi que j'avais mal entendu la première fois ?

Épouvantée, je tentai de le réveiller. Je le secouai, ce qui me parut aussitôt être une erreur. Je crois que dans mon affolement je lui ai même tiré les oreilles. Il se reprit, mais juste une minute, avant de sombrer à nouveau dans un état comateux. Ce n'était pas prévu au programme, mais saisie par la peur je lui déclarai que je l'aimais, assez fort, et à plusieurs reprises. Rien n'y faisait. Je courus chercher l'infirmière.

Chose étrange, Dineo se trouvait déjà chez nous et elle avait pris la situation en main lorsque je revins en traînant l'infirmière derrière moi. J'avais dû attirer davantage l'attention que je ne le pensais, en arrêtant les gens pour les interroger quand j'avais trouvé porte close au dispensaire. Elle avait eu vent de la nouvelle et elle était là. Nelson semblait déjà aller mieux.

L'infirmière fut d'un grand secours. J'essayais de me rendre utile et de rester en alerte, mais je luttais pour ne pas défaillir. Je me sentais incompétente. Je sais prodiguer les premiers secours et je connais assez bien le corps humain, mais toutes ces connaissances s'étaient évaporées, sûrement parce que le patient était Nelson. J'avais l'impression d'être une paysanne en comparaison de ces deux femmes. Dineo arborait un magnifique caftan orné de symboles *ankh*. L'infirmière était mince et forte sans être trop massive, contrairement à moi et mes grosses épaules, etc. Je devais cacher ma terreur de voir Denoon s'éteindre. Il était visiblement très malade, et peut-être plus qu'elles ne le disaient. Il était malade, cet homme que je n'avais jamais vu malade, et qu'avais-je fait de ma vie, ces derniers temps, si ce n'est examiner comme une possédée tout ce qui se passait entre nous ?

Je notai ce qu'elle me dirent de faire – il y avait des médicaments dans la maison – et chose incroyable, mon écriture était celle de quelqu'un d'autre : celle de ma mère. Nouvelle preuve, pour moi, que j'étais prédestinée. Métaboliquement prédestinée. Vivre avec Denoon m'avait déjà rendue plus grosse que je ne l'avais été depuis longtemps. Et voilà qu'il m'était intolérable que ces deux femmes, celles-ci en particulier, se trouvent dans notre maison, dans notre intimité, à observer mais sans comprendre qu'une guerre se déroulait entre deux conceptions esthétiques différentes du confort. Je voulais qu'elles partent et je hurlai littéralement Non, lorsque Dineo m'annonça qu'elle allait envoyer quelqu'un pour s'installer avec nous.

Toute ma vie j'ai été sur les nerfs, mais là j'atteignis un sommet, dont le point culminant fut ma course pour les rattraper sur le pas de la porte et leur dire en sanglotant que j'aimais Nelson, que je voulais qu'elles le sachent, et que je ferais n'importe quoi, vraiment n'importe quoi pour lui.

Puis tout se passa bien. Je restai quarante-huit heures d'affilée au chevet de Denoon, lui faisant la lecture à voix haute, appliquant à la lettre tout ce qu'on m'avait prescrit, et me jetant sous les couvertures pour le tenir contre moi aussitôt qu'il commençait à trembler. Il avait contracté la malaria lors de son séjour en Tanzanie, et les crises étaient assez espacées, me dit-il, jamais plus d'une par an. Il retrouva définitivement sa lucidité vers le milieu de la première nuit, même s'il lui arriva encore plusieurs fois de tenir des propos sans lien évident avec ce qui se passait autour de lui.

Tout se passait bien. Je suis convaincue que je puisais ma force à quelque nouvelle source. Je combattis trois femmes qui insistaient pour s'installer chez nous pendant que Nelson se rétablissait ; selon une tradition tswana, plus il y a de gens à vos côtés pendant votre convalescence, moins vous risquez que le *badimo* s'empare de votre âme. Mais je parvins à me débarrasser de tout le monde sans offenser personne et j'eus l'impression que si je parvenais à dominer la situation je pourrais dominer le monde entier. Quelqu'un lui offrit du soda de pignons, en toute innocence. Nelson le but et déclara que c'était un vrai régal. J'avais à lui annoncer une nouvelle que je devais d'abord garder pour moi : Dineo voulait que je me charge de l'informer d'une règle récemment adoptée, selon laquelle il serait le bienvenu aux réunions de la commission, mais uniquement lorsqu'il y serait explicitement invité, à l'exception des réunions portant sur les noms, auxquelles il pourrait assister aussi souvent qu'il le souhaiterait. Je compris qu'on en faisait un *emeritus*, que cela lui plût ou non. Je trouvais intéressant qu'on m'eût désignée pour être la messagère de cette nouvelle, et je me demandais même si le changement serait intervenu si je n'avais pas été là pour jouer les parfaites intermédiaires ; mais peut-être est-ce me donner trop d'importance. La nouvelle ne lui fit en apparence aucun effet. Il me fixait tendrement après les soins que je lui avais prodigués, et son regard resta le même pendant et après que je lui assénai la nouvelle, à tel point que je le crus lorsqu'il m'affirma que ce n'était rien. J'étais tout, ou plutôt ensemble nous étions tout, voilà ce qu'il suggérait. Chaque jour qui passait était si doux.

Un statut réduit

Lorsqu'il fut rétabli, je pus enfin laisser libre cours à une belle crise d'urticaire. Je me sentais hideuse, non seulement parce que c'est toujours au visage que ces crises m'affectent en premier, mais aussi parce que ma mère en souffre également, ce qui me faisait l'effet d'un regain d'influence parfaitement déplacé. Mais ce genre de désagrément ne peut agir sur deux êtres réellement épris, puisque Denoon parut ne s'apercevoir de rien. Et cela n'entamait en rien l'attrait physique que je lui inspirais. Lorsque finalement je lui fis remarquer mine de rien qu'il semblait être indifférent au fait que mes yeux disparaissaient sous les bouffissures adjacentes – j'exagérais un peu – ou que des plaques rouges couvraient certaines de ses zones favorites sur mon corps, il admit qu'il l'avait remarqué et qu'il avait ensuite remercié le ciel que je fusse dermato-réactive. Les humains réagissent au stress de trois façons, m'expliqua-t-il, par leurs organes, leurs muscles ou leur peau ; il ne s'aperçut que progressivement, à l'infinie patience dont je faisais preuve, que je connaissais à fond ce chapitre de psychosomatologie populaire. Il poursuivit néanmoins Les plus fortunés sont les dermato-réactifs, qui jouissent d' un immense éventail de traitements à leur disposition. Aussi était-il soulagé de me compter dans cette catégorie. *Inter alia* il laissait entendre qu'il se rendait compte que la responsabilité de mon stress lui incombait sans aucun doute, à lui ou à sa malaria, et qu'il était reconnaissant de ce que j'avais fait pour lui, plus qu'il ne pouvait l'exprimer. Pour conclure, il dit J'appartiens à la catégorie de ceux qui réagissent par les organes. Ça, tu peux le dire, glissai-je, sur un ton salace qui lui passa bien au-dessus de la tête. Il n'était que prévenance à mon égard. Il me prit la main. Le remède à l'urticaire est le même que celui qui permet de traiter la malaria, ajouta-t-il, le temps.

Je crois qu'il fut presque déçu lorsque les plaques rouges disparurent aussi soudainement qu'elles étaient apparues. Il voulait me rendre la pareille pour les soins que je lui avais prodigués. Ironiquement, les plaques s'étaient évanouies juste après qu'il m'eut suggéré d'accélérer le processus en concentrant toutes mes pensées là-dessus. Il proposa également que je me représente mon corps comme une poupée de papier couverte de taches, et puis comme une poupée de papier sans taches, immaculée. Il me mima même quelques passes magnétiques, par plaisanterie, tandis que je me pliais à l'exercice mental requis pour lui faire plaisir. Le lendemain matin, je fus bien obligée de rire tant l'amélioration était flagrante. Il semble que nous étions capables de tout surmonter, sans effort, presque automatiquement. Même la rétrogradation de son statut auprès de la commission ne l'affectait pas, à première vue, bien que toutes les nouvelles quotidiennes pendant la période où il n'y était plus dussent être épluchées et examinées avec soin, afin de s'assurer que rien n'y était inclus qui provînt de son délire. Je pense que sa mise à l'écart lui apparaissait comme une vue de l'esprit. Mais il paraissait ne pas s'en soucier. Bientôt devraient avoir lieu des élections, suivies d'une assemblée générale plénière où tout serait réglé, comme à l'accoutumée. Pour ma part, je n'étais pas malheureuse de sentir que la force des circonstances le conduisait progressivement à envisager l'avenir en un lieu moins reculé, même si je gardais ces pensées strictement pour moi.

Je ne peux pas dire que j'aie décelé en lui une intention sérieuse de quitter Tsau un jour. Ou bien, si j'en ai eu l'intuition, je me persuadai que je devais faire erreur. Un jour que je vantais les mérites de Tsau, à propos d'une chose que j'oublie et qui m'avait alors frappée, il se lança dans une grande *aria* sur l'air de Comment Tsau aurait-il pu ne pas être extraordinaire puisqu'il était le pyramidon coiffant tous ses prétendus échecs antérieurs. Il me dressa la liste exhaustive des vérités qu'il avait apprises, de projet en projet, telles que le contrôle du développement, le travail au jour le jour, la réduction du personnel étranger à pratiquement zéro, la nécessité de se tenir suffisamment en retrait pour éviter toute perturbation prématurée, d'équilibrer les stimulations individuelles et collectives, de fonder l'économie politique sur les femmes plutôt que sur les hommes – son refrain favori, Toute femme est tisserande d'or. J'avais déjà entendu tout cela, mais cette fois c'était proféré d'un cœur léger. Il ajouta même que si Tsau avait été parfait, la preuve en aurait été apportée par l'incapacité de son fondateur à le quitter, Mais rien n'est parfait, dit-il, et si cela avait le moindre sens prémonitoire, cela m'échappa. Je le perçus comme un adieu.

*Accouchements**

L'une de mes erreurs fut d'assister à deux reprises à des accouchements.

Je m'y rendis la première fois par curiosité et pour raviver mes talents de sage-femme, lesquels sont attestés par un authentique certificat. À peine avais-je mis le pied dans la maison de naissance qu'un déluge de plaintes concernant Nelson me tomba dessus, à tel point que je me demandai si ce n'était pas la vraie raison pour laquelle j'avais été conviée. Il fallait qu'il reste à l'écart, protestait-on essentiellement. Apparemment, il rôdait autour de la maison de naissance pendant les accouchements, d'un air possessif que, pour la plupart, elles comprenaient fort bien, mais dont elles se seraient volontiers passées. En fait, c'était là un progrès par rapport à sa conduite antérieure, lorsqu'il cherchait à assister aux naissances et incitait les pères à faire de même. Sans mettre en doute sa bonne volonté, j'étais effarée qu'il attaque tête baissée une base aussi fondamentale de la culture setswana, la conviction que si l'œil mâle se pose sur la tête d'un nouveau-né, jamais sa fontanelle ne se refermera. Nul mieux que moi savait combien il appréhendait l'approche de tout accouchement. Il ne tarissait pas d'histoires horribles où des mères arrivaient trop tard à l'hôpital, quand l'enfant s'était retourné dans leur ventre, où il fallait décapiter des enfants pour sauver la mère, où des césariennes entraînaient la mort par défaut de soins adéquats, autant d'anecdotes qu'il tenait d'une femme qui avait été infirmière accoucheuse au Jubilee Hospital de Francistown, et qui, à mon avis, les lui racontait dans le seul but de le décourager de s'immiscer dans des scènes aussi abominables.

À Tsau, on accouchait assise dans une sorte d'énorme fauteuil en bois équipé d'étriers réglables qui vous maintenaient en position repliée, genoux relevés. Ce siège était un magnifique objet sculpté et jointé, et l'idée que tous les bébés de Tsau arrivaient au monde par ce même siège avait pour moi quelque chose de très émouvant. Je me disais que c'était ainsi que les choses devenaient sacrées. J'étais également prise par l'envie fugace de m'asseoir un jour dans ce fauteuil, juste pour voir l'effet que cela faisait, surtout quand on ouvrait la trappe du fond. Je me disais aussi que je me faisais du mal. J'étais partagée entre l'envie de m'y asseoir, et la certitude que je n'en avais pas le droit. Le siège était placé sur une estrade en forme de U, afin que les assistantes puissent se glisser à genoux sous la mère et l'aider à dégager l'enfant, avec ou sans le secours d'une glissière en bois que l'on fixait pour empêcher que le nourrisson échappe à la prise et ne tombe. On apportait toujours des fleurs dans la chambre de naissance, suivant le principe – d'après ce que j'ai compris – que les premières choses perçues par les yeux d'un nouveau-né doivent être belles. On m'a raconté que parfois la mère apportait une pièce d'étoffe imprimée ou de tissage, ou encore une image qu'elle aimait, et qu'il fallait brandir devant l'enfant avant qu'on ne l'approche des fleurs. La pièce était immaculée, recouverte de carrelage rouge à la surface hachurée et de carreaux rouges lisses jusqu'à mi-hauteur des murs du rondavel. Il y avait là aussi l'un de ces ventilateurs à manivelle de l'invention de Denoon, fixé tout en haut de la voûte, mais je ne l'ai jamais vu servir. Tout le monde allait toujours nu-pied lors des accouchements.

Je ne sais pas ce que je trouvais de si déchirant à cette expérience. Ce n'était pas la souffrance ni la souillure de la naissance, qui m'étaient déjà familières et qui, de toute façon, semblaient bien moindres à Tsau qu'ailleurs. L'accouchement en position verticale se déroulait si bien et tellement plus facilement pour les mères, de toute apparence, que j'avais l'impression d'être là en touriste. Une heure ou deux, c'était la durée maximale des récents accouchements, et la rumeur amusée courait qu'une mère avait fait durer la chose pour pouvoir fumer du *dagga*, ce qui était autorisé dans ce cas. On avait même entendu l'infirmière, qui censément détestait Tsau, déclarer un jour qu'elle serait enchantée de revenir en ces lieux quand son tour viendrait de mettre au monde son enfant. Une petite cérémonie avait lieu après la coupure du cordon ombilical : chaque femme posait ses mains sur l'enfant pour lui dire qu'il entrait dans la liberté et que chacune ici était sa mère. Ce n'était en aucune façon une cérémonie étouffante. On y formulait aussi le vœu que la mère ne lui faillisse jamais. Quand c'était terminé, l'équipe tout entière allait se laver à la maison de bains. Et voilà tout. Mais les deux fois je me retrouvai déprimée, hostile, et déstabilisée.

En rentrant après le premier accouchement, je me mis à hurler après Denoon qui n'avait pourtant rien fait d'autre que de me demander si l'enfant était normal et en bonne santé : il était obsédé, il fallait qu'il arrête de rôder autour de la maison de naissance, qu'il arrête d'être impossible et qu'il se prépare à recevoir un rapport différent, un jour, parce que c'était dans les cartes, *undsoweiter*. Après le second accouchement, je me conduisis de manière tout aussi épouvantable.

Comme il était absurde de me retrouver lessivée émotionnellement toutes les semaines, j'annonçai que je renonçais à assister aux accouchements, ce qui parut le soulager, et suscita en moi de nouvelles bouffées d'hostilité à son égard.

À aucun moment Denoon ne manqua d'être compréhensif et réconfortant. Il était aimant quoi que je fisse, même quand je voulais me plaindre de ma vie difficile et de ses inconvénients, même si j'étais issue de *lefatshe la madi*, le pays d'où vient l'argent, et ressassais que je détestais inspirer la pitié à des femmes qui possédaient infiniment moins.

Chez Raboupi

Nelson était convaincu que Raboupi se servait des Basarwas pour dissimuler ce qu'il appelait sa chasse à titre privé. Il est vrai que les Basarwas avaient du gibier en abondance, ces derniers temps, et particulièrement des gnous. Par ailleurs, le fusil avait été sorti, ostensiblement pour surveiller les lions. Nelson était convaincu que les gnous tués près du lac le plus proche nous arrivaient après que Raboupi et ses hommes les avaient criblés de balles et distribué aux Basarwas le foie, la langue et la graisse qui entoure le foie. Il en était convaincu parce que Raboupi avait cessé de travailler à la tannerie et à la briqueterie. Nelson détestait l'admettre, mais Raboupi était un bourreau de travail et ses absences faisaient une nette différence dans la quantité de travail accompli.

Je me trouvais avec Nelson le soir où, sur un coup de tête, il s'arrêta brusquement devant chez les Raboupi pour dire deux mots à Hector. Il y avait des gens chez eux, notamment les *batlodis*, dont on distinguait clairement les voix fortes et dures. C'était le crépuscule, le début du crépuscule, pas assez tard pour qu'il soit inconvenant de frapper chez quelqu'un qui n'avait pas allumé la lumière de bienvenue. Il avança pour prétexte, bien peu plausible à mes yeux, qu'il voulait remercier Raboupi pour dieu sait quoi.

Nous frappâmes donc, et tout d'abord personne ne répondit. Puis nous entendîmes des voix étouffées et un rire mauvais, et finalement, Dorcas vint à la porte, torse nu – une serviette autour du cou, mais les deux pans resserrés entre ses seins, de telle sorte qu'on voyait tout. Il n'y avait aucune excuse à cela. Les nuits étaient froides. Les femmes tswanas vont seins nus à la campagne quand il fait chaud, ou peut-être le font-elles *en famille** plus fréquemment que je ne l'imagine. Mais il y avait des gens massés derrière elle pour voir comment réagirait Denoon. De plus, Dorcas était très occidentalisée. L'affront était délibérée. Elle affirmait en toute vulgarité la truculence dédaigneuse des Tswanas.

J'étais furieuse, mais Nelson garda son calme. Il demanda à parler à Hector.

Allez le chercher vous-même à la briqueterie, répondit-elle.

J'en viens, dit Nelson. On n'y a pas vu Hector depuis mardi.

Ah bon ? fit-elle, feignant la surprise.

Dites-lui que je suis passé le remercier pour un service, dit Nelson, puis tout le monde déclara *gosiame*, signifiant que tout allait bien, et l'entretien prit fin.

Raboupi avait effectivement rendu un service à Denoon récemment.

Que se passe-t-il ? s'était étonné Denoon en voyant pour la première fois au village une grand-mère basarwa, droite comme une sentinelle près de la véranda de Sekopololo. Elle était enveloppée de l'habituel patchwork de loques et de peaux, l'air antique et souriant, affichant cette innocence absolue si typique des Basarwas.

Je lui expliquai qu'elles venaient de temps en temps, une seule à la fois, jusqu'à la grand-place, où elles faisaient la même chose qu'aux Armes du Roi à Ghanzi – c'est-à-dire rester plantées là à attendre que quelqu'un leur donne de la nourriture, et si personne ne leur en donnait, elles commençaient à danser sur place, les yeux fermés, en chantonnant tout bas. Ce qui leur vaut habituellement une aumône. Elles peuvent danser ainsi pendant des heures.

Il essayait de ne pas la regarder. Le troc est une chose, dit-il. Mais là, c'est de la mendicité. Cela ne doit pas être.

Je lui demandai pourquoi cela posait un problème municipal ici mais pas à Ghanzi, où l'on se contente officiellement d'ignorer la scène. Non, il fallait faire quelque chose.

Aussi, quand il me demanda qui parlait le mieux la langue sesarwa à Tsau, je lui dis la vérité : c'était Hector Raboupi le meilleur, et de loin.

Et voilà que maintenant, en quittant cette scène désagréable avec Dorcas, j'apprenais que Raboupi l'avait accompagné pour demander aux Basarwas de ne plus venir mendier à Tsau. Nelson supposait qu'il s'était fait comprendre. Il en était sincèrement reconnaissant à Raboupi.

Je l'entendis répéter que les choses seraient clarifiées lors de l'assemblée plénière.

Proposition

Un matin, pendant le rassemblement, deux femmes m'approchèrent pour me demander à voix basse si je voudrais bien aller voir Dineo et lui dire si je me présenterais à l'élection pour entrer au conseil des sœurs. Je restai interloquée. Je leur dis que personne ne m'avait sollicitée, à quoi elles répondirent que c'était précisément ce qu'elles étaient en train de faire. Nous disons que vous être très agréable et forte pour les femmes, ajoutèrent-elles. Je leur fis part de ma surprise et de ma joie, mais précisai que je ne pouvais pas prendre une telle décision rapidement, d'autant plus que cela impliquerait que je passe encore au moins un an à Tsau. Et il fallait que j'en parle à Nelson.

Je choisis sans doute un mauvais moment pour lui faire part de cette proposition. Nelson s'était plongé dans une phase de dur labeur physique de l'aube à la nuit. Il travaillait à étendre le réseau de sentiers sur le haut du versant sud du koppie. Il rentrait à la nuit tombée, se lavait, mangeait, et dormait comme un loir. C'était une bonne thérapie à ses yeux. Il pensait que cela lui ferait le même effet que la thérapie russe par le sommeil, qui consiste à vous maintenir dans un sommeil artificiel pendant une semaine – par manipulation des ondes cérébrales et sous perfusion, naturellement – afin qu'au réveil vous soyez débarrassé de toute mélancolie. L'un de ses tests, pour déterminer si une société était vraiment équilibrée, c'était d'observer s'il était prévu qu'on se livrât de temps à autre à d'intenses activités physiques dès lors que le besoin s'en faisait sentir. La mode de l'aérobic en Amérique constituait à ses yeux un triste ersatz du labeur physique, et un immense gâchis dans la mesure où l'on ne produisait rien d'utile en s'y adonnant. Je savais qu'il était fatigué, mais je savais que le conseil ferait pression pour que je donne ma réponse, aussi abordai-je la question alors qu'il dodelinait de la tête au-dessus de sa tasse de café.

L'offre le surprit, mais je découvris qu'il était bien décidé à ne rien dire qui pût influer d'une manière ou d'une autre sur ma décision. Il ne voulait ni en discuter ni en entendre parler, pas même évoquer la question pourtant pertinente de savoir si cette proposition visait à compenser son relatif bannissement. Non, c'était un hommage personnel qui m'était ainsi adressé, il n'avait à rien à y ajouter ; c'était mon affaire, et la décision ne relevait strictement que de moi. Je m'efforçai d'imaginer quel principe ou scrupule expliquait son attitude, mais je ne trouvai rien. Je l'implorai tout à fait. Il faut que nous en discutions, disais-je, parce que tout est lié.

J'en restai là, à tâtonner. Étais-je censée prendre une décision qui engagerait la question de son avenir sans qu'il s'y implique au prétexte qu'il était indécis sur la conduite à adopter ? Ne valait-il pas mieux que je me laisse porter par le courant ? Je déteste les tempéraments capricieux chez les hommes, mais rien de tel : chez lui autre chose était en jeu, ce qui n'était pas forcément mieux. Je détestais l'idée d'être *ananke* pour lui, ou de prendre la forme des tiges d'achillées qui, en tombant, rendaient un oracle auquel il s'était juré en secret d'obéir. J'avais beau lui répéter que cela révélait son goût pour la *stasis*, il s'obstinait parfois à me citer Zenon, La flèche dans mon cœur, je flotte dans l'année plongeante – jamais très à propos, pour autant que j'aie pu en juger. Qu'est-ce que cela signifiait ? Le destin est notre destinée, voilà une *bêtise** qu'il avait retenue d'un politicien en vue. En règle générale, prenez garde si vous êtes un grand personnage ou quelqu'un d'important de ne jamais rien proférer d'idiot quand Denoon est dans les parages, car il s'en souviendrait. Il ne voulait rien ajouter à son Fais-le ou ne le fais pas. Je me souvenais de ses propos sur la relation idéale entre l'homme et la femme, qui consistait à tenir en alternance le rôle du yin et celui du yang, chaque partenaire suivant son inclination pour la vigueur ou bien pour son contraire, auquel cas l'autre prend le relais. Les Américaines détestent cette idée, avait-il dit. Pas moi, je l'aime bien, avais-je soutenu. Mais pourquoi ma petite affaire avec le conseil avait-elle provoqué cette soudaine crise de laxisme ? Cela me dépassait.

Je laissai tomber le sujet et décidai que s'il pouvait rester inerte, eh bien, moi aussi. Du pur dépit. Je fis une réponse floue à mes intermédiaires auprès du conseil des sœurs, qui me laissèrent tranquille par la suite, et peu à peu toute l'affaire sembla s'estomper. Lorsque Nelson manifesta un vague intérêt pour la suite des événements, je coupai court en disant que personne n'avait donné suite, ce qui était vrai.

C'est ça, l'intimité, disais-je

J'avais l'impression, chose nouvelle, que l'envie de nous reposer en silence côte à côte venait autant de lui que de moi. Nous en avions eu un avant-goût lors de nos trempettes à deux dans la machine de bain, mais la nudité et l'inévitable conclusion provoquée par le refroidissement de l'eau, en faisaient tout autre chose. À présent, nous nous étendions simplement vers la fin de l'après-midi ou le soir, tout habillés, pas nécessairement – en vérité, souvent pas du tout – dans une humeur précoïtale, et sans même lire ni nous rappeler l'un à l'autre les tâches à accomplir. Il renonçait à avoir toujours un bloc-notes et un crayon à portée de main. Ce repos en commun était sans objet. Je percevais, et il me confirmait, qu'il préférait que je ne lise rien de trop absorbant pendant que nous nous reposions ainsi parce que cela me distrayait. La poésie lui convenait parce que je marquais des pauses entre deux poèmes, et que je redevenais présente. Je n'y croyais pas vraiment. C'était bien trop flatteur.

C'est à cette époque précisément que la question de la véritable intimité – comment la définir, existait-elle ou non entre nous – cessa, dieu merci, de se poser. Parfois, Nelson se retournait vers moi en affichant un sourire d'illuminé qui le faisait ressembler à un logo de salle de jeux. Il voulait alors que je le rassure sur l'aspect de ses dents et de son sourire. C'est ça, l'intimité, disais-je. Il était conscient que s'il souriait moins que les autres, c'était parce qu'il pensait être affligé de vilaines dents, car elles étaient un peu de travers sur les côtés, et quand il souriait, il sentait son visage enfler artificiellement. C'est ça, l'intimité, lui disais-je, et le fait d'évoquer par exemple un vieux fantasme de coucheries avec de vraies jumelles ne témoigne que d'un semblant d'intimité, même si c'est l'idée que s'en font quatre-vingt dix pour cent des mecs.

Manifestement, les débats préalables aux élections au conseil des sœurs se déroulaient l'après-midi, pendant que nous étions occupés à nos nouvelles siestes prolongées, car ce fut presque avec surprise que nous apprîmes que les élections étaient terminées. Denoon me surprit en réclamant que nous descendions lire les résultats sur la grand-place, dans l'aube glaciale, au lieu d'attendre le milieu de la matinée. Et il me surprit encore davantage en ne laissant paraître aucune réaction. Quelques nouvelles femmes étaient élues mais, hormis la progression de Dorcas Raboupi à la deuxième place, je ne décelai aucun changement notable. Dineo restait présidente.

Nelson devait être moins serein qu'il ne le laissait paraître, et les signes qui en témoignaient étaient sûrement perceptibles mais, dans l'état d'euphorie où je baignais, je ne les décelais pas. Tout au plus des vaguelettes.

Nous étions au plus profond de l'hiver, et pourtant grâce à l'incroyable durée de la saison des récoltes dans le Kalahari, nous cueillions encore des légumes verts de nos cultures sous filet, même si ce n'était que de la scarole et encore de la scarole, dure comme de la toile à sac. Nelson n'en mangeait que servie en salade. Et dieu sait qu'il pouvait être têtu. Je ne sais pas combien de fois j'ai proposé On devrait en faire de la soupe, hachée avec des oignons. Mais non, il fallait la subir en salade, et pourquoi au juste ? Parce qu'il fallait manger quelque chose de cru ou de vivant à chaque repas. Je m'assurai que je n'avais pas affaire à un avatar de ma campagne destinée à encourager la consommation de légumes verts à Tsau. Non, il s'agissait d'autre chose. Il me revint alors qu'il ne manquait jamais de cueillir une tomate-cerise ou un brin de persil dans nos jardinières après un repas, ou de dénicher une pincée de ce que nous faisions pousser cette semaine-là, au cas où cet ingrédient n'avait pas figuré dans notre dernier menu.

Cherchait-il à s'alimenter parfaitement afin d'incarner une sorte d'Anglais de référence aux yeux de tous les habitants de Tsau ? Son comportement relevait-il de la pensée magique ?

Ce n'était pas cela. Non, dit-il, ce que je crois, c'est qu'on devrait manger quelque chose de frais – pas forcément en grandes quantités – juste quelque chose, à chaque repas.

S'agissait-il d'une forme de pensée magique répondant à l'appréciation pour le moins mitigée que recueillait la culture potagère à Tsau ? Non. Ce n'était pas dû non plus à ce que je lui avais dit un jour au sujet des enzymes, à savoir que le besoin d'aliments frais s'accroît avec l'âge parce que notre organisme produit moins d'enzymes. Non, cela remontait à bien plus loin, dit-il.

Cette habitude relevait davantage, selon lui, de l'intuition. La notion lui en était venue comme ça, tout simplement. Une expérience noétique, pour ne pas chercher une définition trop alambiquée.

Ainsi donc, dis-je, cette manie des aliments frais pourrait être qualifiée de science révélée.

J'ai rarement vu quelqu'un être aussi enchanté par une expression. À tel point qu'il se montra apparemment disposé à renoncer au principe de ne consommer la scarole qu'en salade. On pourrait en consacrer une partie à la soupe, concéda-t-il. Voilà comment se passaient les choses, en ce temps-là. Nous semblions capables de naviguer sur n'importe quel torrent, l'onde était profonde et les rochers restaient bien au fond.

Pour moi, l'amour est ainsi fait : on entre dans une pièce ou un appartement qu'on trouve tout à fait à son goût, et puis on franchit une porte et on la referme derrière soi, et on se retrouve dans l'appartement voisin, qui est encore mieux, plus vaste, plus spacieux, et la vue plus belle. On y est heureux, et puis on passe dans l'appartement suivant, on referme la porte, et c'est encore mieux. Et la séquence se poursuit, mais avec ce trait particulier que, malgré la répétition du processus, on oublie : chaque fois le nouveau logis est nettement mieux, et chaque fois cela vous coupe le souffle, cela vous surprend, alors qu'on n'a rien fait pour le mériter ni le susciter. On n'a jamais l'intention de passer d'une pièce à la suivante – c'est juste une chose qui advient. On remarque une porte, on l'ouvre, et on se trouve à nouveau enchanté.

Ce sentiment de progression vers quelque chose de mieux et de plus grand était également perceptible dans notre conversation. Je suppose que les éléments de sa *personnalia* que je pouvais désormais évoquer sans réticence obscurcissaient ma vision des sujets plus anodins mais critiques qui posaient encore problème. Et puis, bien sûr, chaque sujet que j'abordais était en réalité un cheval de Troie contenant les questions Qu'est-ce que tu comptes faire ensuite ? Et quand ? Et quelle y sera ma place ? Sans doute est-ce pourquoi je trouvais si rassurant de l'attirer vers l'immense question générale du sens qu'il fallait donner à sa vie. Il était toujours prêt à y revenir, encore et encore.

Au temps de sa jeunesse prégandhienne, il avait été convaincu que ce qu'on pouvait faire de mieux dans sa vie, c'était d'assassiner Franco. Il ne faisait aucun doute à ses yeux que c'était ce que son père aurait pu faire de mieux à la fin de sa vie. Mais finalement, mieux valait que Franco fût décédé de mort naturelle, les phalangistes étant tout à la fois repus et démobilisés, afin que l'Espagne puisse progresser vers la normalité sans subir les spasmes de meurtres croisés entre les parties en présence. Son intransigeance à propos de l'Esquive du sens de la vie était si inattendue chez quelqu'un parvenu à ce stade du jeu que j'en étais toujours stupéfaite. Comment pouvait-on ne pas considérer Tsau comme le joyau de la couronne et l'apogée de toute une vie, et s'en contenter, voilà qui me dépassait. La question le rendait nerveux, et il ne voulait pas trop parler de Tsau, sans doute parce qu'il était encore trop tôt pour le définir comme un succès ou un échec. Nous parlions du péonage en Inde, qui s'accroît. Il écoutait, mais disait que s'attaquer au péonage supposerait probablement de se lancer dans une nouvelle entreprise physique, et que Tsau serait son dernier projet, point final. Il rechignait un peu quand je lui faisais remarquer qu'il faisait toujours mine de se présenter comme un homme beaucoup plus près de la fin de sa vie active qu'on n'était en droit de le faire à quarante-huit ans. Et pourquoi ne pas écrire ? Ah, il pouvait m'en parler. Écrire sans thèse personnelle, si je voulais parler d'essai politique, n'avait aucun sens à ses yeux. Il avait toutefois écrit quelque chose qu'il serait heureux de me montrer, quelque chose qu'il avait placé entre des mains bien choisies, quelque chose qui, avec le recul, se révélait absolument correct. Il s'agissait d'une attaque contre la stratégie de double pouvoir de l'ANC. Le double pouvoir revient à s'emparer d'un bloc de cellules tandis que le reste de la prison demeure aux mains de la bourgeoisie ou des blancs ou des fascistes, peu importe. La grande apothéose du double pouvoir révolutionnaire s'était produite en Italie, quand les ouvriers s'étaient emparés des usines du nord en 1920, et les avaient tenues juste assez longtemps pour que la bourgeoisie terrifiée s'allie à Mussolini. Il n'y avait pas eu de deuxième acte pour les occupants des usines, pas plus qu'il n'y en aurait pour l'ANC après sa prise de pouvoir dans les ghettos noirs. Le double pouvoir dans le contexte de l'Afrique du Sud conduisait à la décapitation à répétition. Je pouvais juger par moi-même de la pertinence de son argumentation, puisque l'ANC était plus que jamais attelé à des stratégies de double pouvoir. Ignorant ce qui était important et ce qui ne l'était pas dans les discussions de ce genre, j'allais noter tout ce que je pouvais dans mon journal, quand ses propos étaient encore frais dans mon esprit. Il arborait encore un air renfrogné à mon retour, mais semblait toujours disposé à parler.

Il disait qu'en fait, il y avait un projet d'écriture qui, mené à bien, suffirait à justifier l'existence de quelqu'un : ce serait un essai convaincant contre la violence, contre toute participation à la violence officielle. Il avait déjà conçu la forme nouménale que prendrait l'essai en question. Ce serait bref, ce serait profane. Le texte serait imprimé sur papier bible, en trente langues, ce qui en ferait un livre de la taille d'un jeu de cartes. On pourrait envisager de le distribuer au moyen d'une fondation, à la façon des bibles Gideon, mais à l'échelle internationale. Le problème, évidemment, c'était que l'essai lui-même devrait être une œuvre de génie, concise, inspirée. Ce qui revenait à s'enjoindre à soi-même de se mettre au travail et d'écrire non seulement un poème, mais un grand poème. Il faudrait que ce soit du calibre des écrits de Thoreau sur la désobéissance ou de Hume sur la causalité. En vérité, il portait déjà ce projet en lui, me dit-il, dans son esprit et dans ses sentiments, mais là résidait tout le problème : ses convictions en matière de violence, ou plutôt contre la violence, débordaient de tous les textes auxquels il avait jamais tenté de les confiner. Le texte était toujours pâle et faible en comparaison de ce qu'il savait et de ce qu'il ressentait, ce qui prouvait bien qu'il manquait de génie pour prendre le recul nécessaire sur cette question. Grâce à cet essai, on pourrait éradiquer la guerre et les armées à la racine, et ainsi de suite. En me disant cela, il rougissait légèrement.

Je me rendais mal compte à quel point il était sérieux, surtout quand il parut se souvenir qu'un autre projet justifierait son existence, quel que fût le jugement ultime qu'on porterait sur tout ce qu'il avait accompli jusqu'à présent. Il s'agissait d'œuvrer contre la fuite des capitaux, contre les comptes secrets, de faire quelque chose de déterminant pour empêcher les *banksters* d'aider les Wabenzis, la *kleptocratie*, afin de rendre le secret bancaire illégal partout dans le monde. Je ne savais pas qui étaient les Wabenzis : c'était le nom que donnaient les Kenyans aux fonctionnaires africains roulant en Mercedes-Benz. Si l'on voulait vraiment démultiplier le processus de développement de l'Afrique, c'était sur la réforme du secret bancaire qu'il fallait faire peser les plus gros efforts. Bien sûr, cela impliquait de faire du lobbying, de passer par l'ONU, de créer une organisation, or il s'était solennellement juré que plus jamais de sa vie il ne siégerait dans un bureau. La question était donc apparemment réglée. Quant à savoir à quel point j'étais moi-même prise au sérieux dans tout cela, j'évitais de poser la question pour le moment.

Tout cela ne menait nulle part. Rétrospectivement, je déplore d'avoir été aussi passive. Mais je voulais tout entendre. Je tentai de creuser un peu plus l'idée du secret bancaire – dont le potentiel était bien réel –, mais je fus complètement prise de court quand il me demanda, de but en blanc, si je ne trouvais pas intéressant qu'il n'y eût pas de terme équivalent à cocu pour désigner les femmes trompées. La situation était-elle si banale qu'aucun terme particulier ne fût nécessaire ? Il ne connaissait aucune langue qui en comportât un.

J'adore ta tournure d'esprit, dis-je.

Changement de décor

Il semblait que nous puissions tout surmonter dans la foulée, y compris les décisions, hardies à mes yeux, prises par le nouveau conseil, de reporter l'assemblée plénière et d'accorder aux hommes l'adhésion intégrale à Sekopololo. Les hommes pouvaient désormais travailler pour s'assurer des crédits de temps et non plus seulement des pulas, ce qui leur conférait un avantage économique, mais ils restaient inéligibles aux postes à pourvoir ou aux comités. Et pas question non plus de modifier le système de succession des biens et des maisons réservé aux femmes. Je tentai de taquiner Nelson en comparant les hommes de Tsau aux juifs du Moyen-Âge ou aux Indiens de Fidji, en ce qui concerne l'accès à la propriété du sol. J'ouvrais là une polémique, aussi ajoutai-je aussitôt que les hommes du Botswana, au vu de leurs performances passées, l'avaient bien mérité, contrairement aux juifs ou aux Indiens. Il ne voulait pas entrer dans le jeu. Le conseil des sœurs changeait complètement la donne, me disais-je, mais il restait serein.

Sauf qu'il voulait parler, aussi calmement que possible, du report de l'assemblée plénière : il fallait à tout prix qu'elle ait lieu. C'était la coutume d'en organiser au moins une par an. Il répéta à plusieurs reprises Espérons qu'elles vont changer d'avis. Jusqu'à présent, tout le monde a toujours apprécié les assemblées plénières. Il était important de rassembler périodiquement la totalité du corps social. Puisque les Batswanas adoraient les réunions *kgotla*, ils devaient adorer également les assemblées plénières, qui en étaient l'exact équivalent. Il nourrissait des sentiments assez forts sur ce point pour prendre la peine d'exprimer publiquement sa déception, manifestement dans l'espoir que la nouvelle circulerait.

Exprimer son opinion à plusieurs reprises sur la grand-place sembla lui suffire. Il cessa donc bientôt d'évoquer l'assemblée plénière, et c'était exactement ce que je voulais.

Aussi abordai-je moi-même le sujet. J'avais quelque chose à dire qui, à mon avis, mettrait un terme encore plus définitif à l'affaire.

Mais je crois que je l'exprimai de manière confuse.

Je déclarai Une chose que tu n'apprécies pas suffisamment chez toi, me semble-t-il, c'est la complexité des raisons pour lesquelles les gens acceptent volontiers de considérer comme de bonnes idées les décisions que tu prends pour eux. Ne te fâche pas mais, d'une certaine façon, on pourrait résumer l'œuvre de ta vie comme d'avoir fait faire aux gens des choses que tu considères toi comme des progrès, les menant vers un mieux-être. Tu es doué d'un grand pouvoir de persuasion pour faire agir les gens à ta guise. Et cela s'explique seulement en partie par le fait que les choses que tu proposes sont raisonnables en elles-mêmes. Le reste est dû à quelque chose de bienveillant émanant de toi, de singulièrement bienveillant. Tu parais bon. Tu parais dévoué. Même les gens qui te sont réellement opposés s'en rendent compte, bien que ça exacerbe leur exaspération à ton endroit. Et puis tu parais le contraire de ce que tu es, dans la mesure où tu ressembles plutôt à un lutteur au chômage qu'à autre chose, ce qui, incidemment, participe de ton pouvoir. Ce que tu es opère au-delà des différentes cultures, pour une raison qui m'échappe. Ce que j'essaie de dire, c'est que l'assemblée plénière est peut-être moins importante structurellement que tu ne le penses, et qu'elle va devoir couler ou surnager, mais que tu devrais te garder d'utiliser tes pouvoirs pour tenter de la restaurer. Ce que je souhaiterais, c'est que tu parviennes à t'en détacher tout à fait.

Voilà comment je reconstruis la scène aujourd'hui. À la fin je m'embrouillai complètement, je perdis le fil de ce que j'essayais réellement de dire, à l'exception de l'évidente déclaration de mon appréciation, qui équivalait à l'amour le plus servile.

Sa réaction fut de s'exclamer La lumière des cavernes ! C'était son expression quand il entendait un solécisme ou un cliché.

L'envie de m'excuser m'envahit, mais je la réprimai.

Petite conférence passionnée sur le mouvement des enclosures

Lorsque Nelson déclara dans les termes requis qu'il m'aimait, j'aurais dû mieux saisir que j'étais confrontée à un tournant majeur, le moment tant attendu. Nous vivions alors comme s'il l'avait déjà dit. Et il me semblait que cette façon qu'il avait de toujours ajouter une expression comme cœur et âme ou racine et branche à sa déclaration supposée lui donnait une touche plus littéraire et moins réelle. Quelque chose tomba d'une étagère au milieu de la nuit et quand je demandai Qu'est-ce que c'était ? Il répondit Les écailles qui tombaient de mes yeux. Je t'aime.

Il commença à parler cinéma avec moi, faisant preuve d'une vaillance un peu piteuse, car il craignait d'avoir naguère insulté la cinéphile en moi en déclarant par exemple Seul un imbécile pourrait qualifier de majeure une forme d'art où les émotions sont dictées par une musique d'ambiance. Il faisait des efforts sincères pour se souvenir des films qu'il avait vus, mais dont il avait oublié qu'il les avait aimés, comme *Au cœur de la nuit* et *L'éperon de la gloire*, que je n'avais malheureusement pas vus. Il allait faire venir de meilleurs films à Tsau, pas seulement les spectacles de kung-fu qui rencontraient tant de succès. Il fallait que je pense aux classiques que j'aimerais qu'il commande. Je me souviens de lui avoir dit Explique-moi comment je peux être amoureuse d'un homme qui n'a jamais aimé suffisamment un film pour le voir une seconde fois ? Il en tirait même une certaine fierté. Cela relevait de son aversion pour la réitération des expériences quelles qu'elles fussent, et qui expliquait, selon lui, la répulsion que lui inspirait la seule idée d'enseigner dans une université. J'avais récemment tenté de creuser un peu cette fameuse détestation.

Je recevais aussi quantité de confirmations par l'intermédiaire de mes sens. Il faisait froid, et nous limitions donc notre usage de la machine de bain, mais aussi pour donner, comme toujours, le bon exemple en matière de consommation d'eau. Il en résultait des séances plutôt débraillées de douche et de toilette à l'éponge en intérieur et en duo. Je dus même l'admonester pour qu'il tempère les aspects idolâtres et hyper-intimes de nos *lustrae*, à moins qu'il ne se décide à être un peu moins économe avec les briquettes que nous utilisions comme combustible avec une grande parcimonie, là encore à titre d'invisible bon exemple kantien. *!Gum*, disions-nous en frissonnant, patauds et emmitouflés dans nos anoraks et nos épaisseurs de chandails. Il était très disponible sur le plan sexuel. Le nombre d'érections qu'il portait à mon attention était remarquable pour quelqu'un de son âge, lui disais-je, comme toujours disposée à m'abaisser plus bas que terre pour m'attirer un sourire. *!Gum* signifie « hiver » en sesarwa.

J'appréciai particulièrement l'incident suivant. Un soir qu'il refusait mon aide pour faire la vaisselle après le dîner, je décidai de lire quelque chose pendant qu'il terminerait, mais comme je ne trouvais rien à lire dans les parages immédiats je m'en plaignis avec humour, ce à quoi il répondit Tu peux lire mon *fichier** si tu veux. C'était une surprise. Son *fichier** était un énorme porte-documents en toile cirée qu'il gardait près de sa lampe de nuit, et dans lequel il rangeait des extraits de texte et des citations qui lui parlaient – tous recopiés de son écriture bien lisible sur des fiches de sept centimètres et demi sur douze. Rien dans ses propos ne laissait entendre que ce fussent des écrits intimes – comme mon journal, par exemple –, mais la tendresse avec laquelle il maniait ce porte-documents lorsqu'il y cherchait quelque chose me disait que c'était un objet pour le moins personnel. Je soulève le voile, tel était le message qu'il me faisait passer par cette offre. J'étais nerveuse, car je pressentais que lire avec avidité serait mal perçu, aussi fus-je brève et, en conséquence, je me rappelle très peu de détails. On y trouvait ses chevaux de bataille comme la Flèche dans mon cœur de Zénon, ou encore le fameux Société, un enfer de sauveurs, mais aussi une citation de Rousseau qui me parut essentielle, et qu'il me laissa recopier par la suite pour mon édification personnelle, et que j'ai d'ailleurs encore : La difficulté est de trouver une forme d'association qui défende de toute la force commune la personne et les biens de chaque associé, et dans laquelle chacun, s'unissant à tous, pourra n'obéir qu'à lui-même. Il y avait aussi plusieurs longs passages extraits d'un livre consacré au mouvement des enclosures en Angleterre, et plus particulièrement à l'unique village qui avait eu le bon sens de ne jamais clôturer ses communaux, une bourgade nommée Laxton et qui existe aujourd'hui encore : je me souviens qu'elle était décrite comme un village fier, heureux et prospère. Ce qui suscita une discussion, ou plus exactement une petite conférence passionnée de Nelson sur le mouvement des enclosures. Il était contre ! Quel drôle d'homme était-ce là ! me disais-je. Le mouvement des enclosures n'est pas de ceux contre lesquels on se déclare avec fougue et militantisme, croiriez-vous. Eh bien lui, si !

J'étais gâtée de diverses autres manières. Nelson préparait davantage de dîners qu'il ne l'avait fait dernièrement, composés essentiellement de soupes et de plats uniques, mais j'adore la soupe. Parle-moi encore, me demanda-t-il à plusieurs reprises alors que nous avions fait le tour d'un sujet et que je m'éloignais pour vaquer à une autre occupation. Moi qui craignais toujours d'être trop bavarde, je ne pouvais rien entendre de plus rassurant. En outre, il semblait bien réagir à mes encouragements, lorsqu'il était question des femmes en général, de surmonter son *stimmung*, que je trouvais complètement idéologique.

Les femmes ne sont pas semi-sacrées. Je l'informai que notre infirmière combattait encore des résurgences isolées de la méthode traditionnelle de sevrage des enfants, survenant vers l'âge de deux ans, et qui consistait à enduire le sein d'onguents amers ou à raconter aux enfants qu'il en sortait des vers. N'était-ce pas du joli ? Je notais un net progrès quand il faisait des plaisanteries : un jour, par exemple, au petit déjeuner, il prit par erreur mon tas de cachets au lieu du sien, le mien comprenant de l'Enovid, et le soir, quand je lui signalai son erreur, il répondit Voilà qui explique pourquoi je me suis montré particulièrement sensible aux besoins des gens aujourd'hui. J'eus aussi droit à quelques confessions a posteriori que je n'avais pas sollicitées. Tout d'abord, il avoua qu'il s'était senti vraiment dégueulasse quand je lui avais décoché un reproche du genre Tu ne te dis jamais que tu aimerais partir loin d'ici, juste pour quelques jours, histoire de te comporter comme un porc, de manger du steak et des profiteroles, de t'habiller chic et d'aller danser en compagnie du genre de déconneurs qui aiment ça, de boire du whisky, dans ton cas, un verre avant le dîner et un verre de vin à table, et tout cela simplement par considération pour ma personne ? Il avait répondu non, et à présent il le regrettait ; évidemment qu'il avalerait volontiers un steak *chasseur**. Il m'avoua aussi qu'il était sûr de m'avoir laissé entendre qu'il avait lu *Middlemarch*, quand, en réalité, il n'en avait lu que les deux tiers – ou peut-être même seulement la moitié.

En guise de couronnement de ce délicieux tableau d'ensemble, nous eûmes droit pendant deux soirées consécutives au passage d'étoiles filantes particulièrement spectaculaires. Tout le monde s'accordait à dire que cela annonçait de grands changements.

Un piédestal pour quelque chose

La responsable de l'arbre à viande était des nôtres, engagée du côté de Nelson et Dineo. Et comme elle répercutait toutes sortes de nouvelles et de commérages de ses clientes, il valait la peine de s'arrêter pour bavarder avec elle, quand bien même vous trouviez que le choix de viande qu'elle proposait ne correspondait pas tout à fait à vos attentes. Je me rappelai que les choses empruntent toujours un chemin tortueux à Tsau lorsque je compris, à ses dires, que Rra

Puleng avait décidé que la lectrice continuerait à lire et à proclamer les nouvelles comme auparavant. Il continue donc à manœuvrer en dehors des circuits institutionnels, me dis-je. Comme c'est intéressant. J'achetai deux lièvres parce qu'elle en avait encore beaucoup et que la fin de la journée approchait. Il semblait y avoir un flux constant de lièvres en provenance du campement basarwa ces derniers temps. C'était une bonne chose car la situation des lapins dans nos clapiers n'était pas brillante.

Je vis alors fondre vers moi plusieurs femmes, parmi lesquelles plusieurs amies comme Mma Isang et Dirang Motsidisi. Ce qui suivit fut étrange, et me fit songer Voici un piédestal pour quelque chose. Nous comptions rentrer ensemble, ce qui m'obligea à attendre la fin des transactions prolongées à propos des lièvres. Une conversation se forma bientôt, à la traditionnelle manière *echt*, et on me posa des questions sur mes proches. Ma mère se portait-elle bien ? C'était une personne malheureuse, n'est-ce pas ? Je n'avais pas de père, n'est-ce pas ? Cela me déstabilisa un peu car je n'avais parlé de mon père *absconditus* qu'à deux personnes à Tsau : Denoon et Mma Isang. C'était vrai que je ne recevais jamais d'argent de chez moi ? D'autres questions établirent que si je retournais à *lefatshe la madi*, il n'y aurait sans doute personne pour payer mes études sur les oiseaux et je devrais accomplir de viles besognes comme de servir à boire aux hommes. J'étais un peu irritée. Elles étaient sur le point de compatir à l'évocation de chacune des nouvelles misères censées m'accabler. Il me sembla que Mma Isang et Dirang m'adressaient des œillades pour m'encourager à exagérer toute tristesse ou intuition que j'aurais éprouvées. Cette scène était pure manigance. Nous passions de l'anglais au setswana et inversement. J'étais mal à l'aise et impatiente de partir, non seulement à cause de l'étrangeté de la scène mais aussi parce que j'étais consciente de tenir une trouvaille majeure pour le concours idiot dans lequel Nelson et moi nous étions lancés pour nous amuser. C'était lui qui avait commencé : dans le seul but de me taquiner et en se fondant sur mon âge et mon milieu, il avait affirmé que j'étais forcément une fan de Bob Dylan. Cette remarque s'inscrivait dans une série d'autres allusions concernant notre différence d'âge. J'étais tellement jeune que naturellement je ne pouvais être qu'une fan du grand barde des cohortes de ma génération, de son élégante éloquence de parolier, éclatant dans *Lay Lady Lay*, ou dans sa supplique geignarde exigeant qu'on interdise à jamais les canons. Denoon aimait tellement cette idée que mes protestations restèrent vaines. Et je crois que je suis allée jusqu'à revendiquer cet extrait : La pompe marche pas parce qu'un vandale a volé la manivelle. Ainsi débuta, une chose en amenant une autre, une sorte de jeu de ping-pong qui consistait à compléter la phrase La fanfare ne peut pas jouer parce que trois points de suspension. Nous avions passé le stade des compléments simples du genre Parce qu'une mauviette a volé la trompette, ou un balourd a volé le tambour, et nous en étions au niveau de Jean Arp a volé la harpe, ou un zig aphone a volé le xylophone. Je voulais damer le pion à Nelson en lui servant que la fanfare ne pouvait pas jouer parce que Vera Hruba Ralston avait volé le tuba pour Halston. Comme il ne connaissait rien au cinéma, il allait sûrement croire que Vera Hruba Ralston était un nom de mon invention.

J'avais du mal à retenir l'attention de Nelson, ces derniers temps car il se comportait comme une véritable abeille industrieuse. Comme je le lui faisais remarquer, il me cita un vers de Blake, tiré du catalogue d'une exposition de ses tableaux, qui me revient ainsi : Après de si longs sommeils je redéploie mes formes géantes. L'exposition se conclut par un échec, si ma mémoire est bonne, et Blake retourna à la gravure publicitaire.

Quoi qu'il en soit, Nelson, à ses moments libres, s'était remis au travail sur un engin de la taille d'une chope, et que je commis l'erreur de désigner comme étant une lampe. Non, c'était plus que ça, beaucoup plus, c'était une chose qu'en latin on aurait appelée *lucinant, lumignon, noctiluminant.* La carapace polygonale était constituée de panneaux de verre couleur d'ambre et vert salade, encastrés dans un cadre métallique. À l'intérieur tournait une entité alvéolaire composée de miroirs et de cellules, de grossières lentilles destinées à grossir les rayons de lumière. Un collier de pales, autour du sommet, devait permettre à la moindre brise de faire tourner l'entité intérieure, au cœur de laquelle brûlerait une lampe qui durerait vingt-quatre heures grâce à deux litres d'huile de tournesol. L'idée était de pouvoir la hisser en haut d'un mât sur la grand-place ou, mieux encore, au sommet du koppie. Mais elle finirait sans doute sur la grand-place, puisque la décoration du sommet du koppie ne pourrait intervenir que quand le comité des noms serait sorti de l'impasse pour s'entendre sur celui qu'il convenait d'attribuer au koppie. À l'origine, Denoon avait souhaité le baptiser Pivot, avant de se laisser convaincre qu'il n'existait pas de mot équivalent en setswana. Il proposa d'adopter un mot sekalanga dont le sens pût être élargi à pivot, mais n'avait alors obtenu que de furieuses salves d'objections. Même à Tsau, les Sekalangas étaient considérés comme étrangers, encore plus étrangers que les Bahereros. Il avait alors suggéré Tshiamo, Justice. Mais un consensus dur comme l'acier s'était soudain formé pour que le koppie soit nommé en l'honneur d'une personne, d'une femme, peut-être d'une femme de la première époque de Tsau. Des factions s'étaient constituées, et l'affaire demeurait bloquée en ce point.

J'aimais descendre à la verrerie et écrire des lettres ou lire tandis qu'il bricolait son appareil, ponçant, polissant, perçant, ajustant. Comme la concentration était essentielle quand il travaillait là, je n'étais pas censée lui adresser la parole, à moins que quelque chose au fil de ses pensées ne le fasse rire ou parler tout seul. Dans ce cas, j'étais autorisée à participer. Il s'esclaffa un jour parce qu'il venait d'avoir une révélation, où le comique du mot *foolproof* – littéralement « garanti contre les sots » – lui était apparu dans toute sa splendeur, et avec lui une imagerie d'objets ou de machines tellement simples qu'aucun imbécile ne pourrait les endommager ou les utiliser à mauvais escient. C'était *!gum*, de surcroît, et la verrerie était généralement bien chauffée grâce aux fours qu'utilisait Nelson. Il y avait là d'immenses surfaces de tables, alors qu'à l'octogone je devais écarter du coude ses *impedimenta* lorsque j'essayais de me consacrer un peu à mes travaux d'écriture. La verrerie était un lieu domestique. Le chaume du toit était récent, me semblait-il, car il en émanait une vague odeur de cannelle ou de sherry. De généreuses fenêtres donnaient à l'est sur les kraals et les champs de céréales. Je pouvais à l'occasion filer dehors et rendre visite à mon petit mec, Baph.

Je me rendais compte que le *lumignon* devait être l'objet dont il avait dit plus tôt qu'il avait renoncé à y travailler parce qu'il se rendait compte qu'il ne serait jamais achevé. Je ne résistai pas à l'envie de dire Au risque de me comporter comme ce que tu détestes le plus au monde, c'est-à-dire les psychologues, je voudrais au moins que tu reconnaisses que nous savons tous deux que cet objet que tu fabriques est une forme de reconstruction du château de bouteilles que ton père avait détruit. Je crus d'abord qu'il ne m'avait pas entendue, puis il répondit Je ne suis pas complètement idiot, non ? Alors, quoi ? Il paraissait calme. Je songeai, mais restai silencieuse, qu'une fois terminé ce colifichet ressemblerait surtout à un ananas géant ou à l'une de ces boules à facettes qui vous signalent qu'on a bien affaire à un bal de fin d'année et non à une soirée dansante ordinaire. Toute une ribambelle de vieux souvenirs déferlèrent : éviter à tout prix la piste de danse. Nous avions établi que nous étions tous deux des non-danseurs, historiquement. De mon point de vue, il y avait de la mauvaise foi dans l'acte de danser, surtout quand vous dansiez collée contre quelqu'un avec qui vous n'aviez pas la moindre intention de coucher. La danse est érotique, à mon sens. Quant à lui, la danse lui était désagréable parce qu'elle le faisait bander, ou plutôt l'avait fait bander au temps de son adolescence, quand il se tenait encore sous l'aile lugubre et rétractile de l'église. C'était entre nous un lien mineur.

Il me tournait le dos lorsqu'il dit Nous pourrions rester ici. Peut-être se tenait-il même complètement hors de ma vue : tout ce qui me reste, c'est sa voix. Nous étions alors dans la verrerie. Peut-être faisais-je face au paysage, à tenter d'apercevoir mon âne, ce qui arrivait parfois s'il poussait jusqu'à l'extrémité du kraal où il se trouvait. Je sais que je me figeai là où j'étais, et que je tentai de me repasser brutalement ce que Nelson venait de dire, pour être sûre que ce n'était pas une parole anodine et fortuite du type Nous pourrions rester une heure ou deux de plus à la verrerie si nous faisions apporter de la cuisine de la soupe et des scones, au lieu de rentrer dîner à l'octogone. Mais l'inflexion de la voix ne correspondait pas à cela. C'était bien ce que cela semblait, et c'était crucial. Je me sentis glacée. Il fallait à tout prix que je parvienne à affronter mes propres sentiments sans rien dire qui puisse se révéler fatal ni qui soit agressif à l'encontre de l'œuvre de sa vie, Tsau. Mais pourquoi avais-je tellement froid ?

Rester, dis-je, tu veux dire rester définitivement à Tsau, nous deux ?

Oui, c'était bien ce qu'il voulait dire.

Mais les juifs, alors ? telle fut ma première pensée, bizarrement. La panique m'étouffait. Rester à Tsau avec Nelson ne pouvait certes guère être considéré comme une affreuse captivité, mais il se trouve en outre qu'il n'y avait pas de juifs ici. Tous mes amis proches étaient juifs. Les seuls collègues masculins que Nelson eût jamais mentionnés avec un peu d'amitié étaient juifs, avais-je remarqué. Puis je fus prise d'un élan d'affection pour ma mère. Je ne la reverrais jamais.

Nelson vint à moi et nous nous étreignîmes.

Tu n'es vraiment pas maligne, me disais-je, d'aimer quelqu'un qui te fait passer des tests. Car cela m'avait tout l'air d'un test. Et ce n'était pas dans la suite logique des choses.

J'entrepris une manœuvre de diversion. Mais comment pourrais-tu légitimement rester à Tsau, demandai-je, puisque nous ne sommes pas citoyens ?

Aucun problème. C'était prévu dans son contrat avec le gouvernement, qui spécifiait que lui et toute personne dépendant de lui pourraient obtenir la citoyenneté – mais pas la double nationalité, se hâta-t-il d'ajouter. En fait, le gouvernement avait été ravi lorsqu'il avait proposé cette clause. Première nouvelle pour moi, là encore, et nouveau barreau de l'échelle de tests que j'avais l'impression de gravir. J'essaye d'être juste envers moi-même est ce que j'ai pensé en entendant tout cela. J'avançais dans un grand tumulte. Je voulais savoir pourquoi tout prenait toujours pour moi la forme d'une épreuve, d'un examen. Toute ma vie les examens ont été ma *bête noire**.

Je dis Mais quel est ton statut, sinon ? D'après le règlement, les hommes ne peuvent vivre à Tsau que comme dépendants, comme proches parents. Même chose pour Sekopololo. Tu ne peux pas juste dire *koko*, je veux être membre, et être admis comme cela. Il y a des règles.

Je pourrais grâce à toi, dit-il. Voici comment : étant dépendante de moi, tu pourrais devenir citoyenne, et étant dépendant de toi, je pourrais vivre ici et adhérer à Sekopololo. Ça marcherait. Tu pourrais entrer dans le cadre du règlement, techniquement : tu n'as pas d'argent, pas d'emploi, en fait tu es même carrément une pauvre, avec ton prêt étudiant. Ta mère ne constitue pas une ressource.

Je maintenais assez bien mon attitude de façade, oscillant de neutre à légèrement positive, jusqu'au moment où il mentionna en passant qu'il avait récemment fait don de tous ses droits d'auteur à Sekopololo, à titre définitif. Nous n'en avions jamais discuté. À l'entendre, c'était un simple geste, mais j'y voyais une mesure de prévention. Je me sentais trahie, mais en même temps j'avais l'impression de trahir Nelson par mes réactions, mon apparente tendance à ne saisir que les aspects négatifs de la perspective de rester vivre dans sa création.

Je me fis violence pour reprendre une attitude plus décontractée. Je revois Denoon à son établi, levant une pièce de verre pour l'examiner à la lumière. À cet instant, il me parut d'une beauté absolue, oui, plus beau que jamais. Voilà un homme sérieux, me disais-je en boucle. Les autres hommes ne le sont pas. Ce que je redoutais soudain, c'était que ce moment fût notre périhélie, que nous soyons là au plus près l'un de l'autre que nous pourrions jamais l'être, et qu'ensuite tout se déliterait entre nos corps en train de s'éloigner. Je songeais qu'à la fin de tout accouplement, si l'on se retournait pour en observer la trajectoire, on devait sûrement pouvoir identifier un périhélie. L'idée que ce fût le nôtre m'était insupportable. Je ne sais même pas pourquoi je le pensais. J'avais les yeux en feu. Il fallait que je sorte. Ce n'est qu'une hypothèse, dis-je d'un ton affirmé, en m'efforçant de refouler toute note de supplication. Mais je n'étais pas dupe.

Je m'éloignai vers le kraal. Le plus curieux, dans ce *fait accompli** que Nelson m'avait présenté de manière détournée, c'était que je ne l'aie pas vu se mettre en place, une pièce après l'autre, sous mes propres yeux. Par exemple, il évoquait constamment ces programmes de développement qui étaient toujours suffisamment bons pour que les autochtones s'y installent, mais jamais assez pour les fondateurs ni les donateurs. Et puis il avait commencé à parler dans sa barbe, à plusieurs reprises, de la rapide accumulation de surplus à Tsau – bien qu'elle eût pu être encore plus rapide si seulement les gens s'étaient montrés un peu plus ascétiques – et sur la lugubre évolution générale de l'Afrique dans son ensemble. Et puis il avait complètement changé d'avis à propos de ma thèse. Il avait commencé par m'exhorter à chercher un nouveau sujet. Mais il estimait à présent qu'on pouvait sûrement en faire quelque chose. Qu'est-ce que cela signifiait ? Peut-être que si je me cramponnais à ma dépouille de thèse je n'aurais pas à retourner à Palo Alto pour négocier un autre thème de recherches, puis me lancer dans une nouvelle étude de terrain, ce qui me tiendrait longtemps éloignée de lui, et, trois points de suspension, qui sait ? m'intéresser éventuellement à quelqu'un d'autre. Tout ce que j'avais tiré jusqu'à présent de ces discussions, c'était son intérêt flatteur pour mes problèmes universitaires.

De manière tout à fait irrationnelle, ce fut soudain le cimetière, toute l'histoire du cimetière et surtout la perspective d'y finir, qui me glaça le sang. Je savais ce que me répondrait Nelson si je m'en ouvrais à lui Si une coutume ou un usage particulier te déplaisent ici, tu peux le changer, ou du moins tenter de le faire, tu peux proposer le tien. C'était censément la vertu cardinale de Tsau. Pareil pour la culture. Tsau rivalisait avec Paris, en comparaison de quatre-vingt dix-huit pour cent des villages du monde. Il me répéterait encore combien il croyait au village en tant que village. N'importe quel livre ou revue du monde pouvait être acheminé jusqu'à Tsau. Certains villages en Autriche étaient aujourd'hui moins ouverts et moins avancés sur le plan culturel que Tsau. Et aussi à Tsau nous disposions de tout ce que nous étions en droit d'exiger dans un continent aussi trahi et menacé que l'Afrique : une alimentation décente et de l'eau propre, des loisirs, un travail varié et correct, l'autogestion, des groupes de discussion sur tout, des soins médicaux. Et ce n'étaient pas des mensonges.

Je fis quelque chose d'infantile : je laissai le vent me souffler dans la bouche. Et puis, dans la même veine, me prenant pour un personnage de Tchékhov, je déclarai à Baph, J'ai une question pour toi : Qui conçoit ma vie à ma place ? Je détestais me sentir soudain perdue dans cette confusion des sentiments. Je détestais ma versatilité. S'agissait-il d'une forme de retraite anticipée à laquelle j'étais sommée de participer aux côtés de Nelson ? Comment cela se pouvait-il ? Il n'avait pas encore cinquante ans, même s'il en était proche. Mais tout le monde atteint ce stade, et certains plus tôt que d'autres. Était-il donc si fatigué ? Et comment appelait-on déjà ces fous qui s'accroupissaient au sommet de piliers dans le désert de Libye, au nom de la pureté, certains devenant même aveugles, et dont je connaissais le nom, je le connaissais ? Le mot Monachisme me revint. J'enfouis alors mon visage contre le cou de Baph et cessai de parler.

Qu'est-ce qui t'a troublée ? s'enquit Nelson à mon retour. Rien, peut-être ma mère, répondis-je, choisissant d'esquiver sa question, alors que je mourais d'envie de lui crier à la figure quel gigantesque quiproquo il me proposait, de hurler par exemple Nous pouvons être ensemble à jamais mais seulement sur une tête d'épingle, à Tsau. J'en avais assez, que les bonnes et les mauvaises nouvelles aient toujours partie liée. Tu gagnes un voyage de noces, mais à Beyrouth, tu gagnes un chalet pour ta retraite, mais au sommet du Kanchenjunga. J'avais envie d'aller et venir, et de lancer des coups de pieds dans ses sacs de sable rare. Et je sentais qu'il fallait absolument éviter de me laisser entraîner dans une discussion vantant les mérites de Tsau en tant que lieu de vie, car cela lui donnerait l'occasion d'énumérer à nouveau l'éventail déprimant de tous les endroits au monde où sont obligés de vivre les pauvres, ou bien traitant de la possibilité qu'à l'avenir il pût vivre ailleurs qu'auprès des pauvres. C'était chez lui un principe fondamental que d'ailleurs je respectais, même si je me réservais le droit d'esquisser des moyens de vivre avec les pauvres sans toutefois être nécessairement au coude à coude avec eux à longueur d'années. J'éprouvais un élan rétrograde d'émotion ou d'attirance pour le sentiment religieux, car lui seul m'aurait permis de croire que ma souffrance, en dehors de tout ce que je pourrais accomplir d'autre, allègerait métaphysiquement les souffrances des pauvres. Mais la religion m'était décidément inaccessible, et les volées de condamnations imprécatoires de Denoon sur le sujet m'avaient écartée encore davantage de toute éventuelle tentation de m'y raccrocher au cas où j'y serais réduite. Il mettait de l'huile sur le feu. Et ses dernières harangues sur la religion, à savoir que le pivot originel de la religion est l'irrationnelle haine de soi individuelle et sempiternelle, avaient été particulièrement incisives. La religion peut bien prendre sa source dans le tonnerre, les éclairs et les interrogations sur ce que sont les étoiles, disait Nelson, mais une fois qu'elle s'affirme, elle se résume à une histoire de haine de soi. C'est pourquoi les religions, prises interculturellement, exaltent et béatifient toujours ceux qui se font du mal ou qui permettent aux autres de leur faire du mal. Je crois que ce discours avait été suscité par la récente bénédiction papale d'une belle baigneuse dévote qui avait traversé les Alpes à quatre pattes pour lui rendre visite. À éviter aussi, affirmer que Tsau étant une communauté de classes moyennes à l'aune des critères africains, sa présence se justifiait-elle en tant qu'elle était nécessaire pour maintenir ce niveau ? Et sa présence de blanc ? Et la mienne ?

Je me trouvais admirable de retenue, étant donné ce que j'éprouvais, jusqu'au moment où Nelson observa Voilà donc le bruit que fait un applaudissement d'une seule main, évidente allusion à la tiédeur que j'avais cru si bien dissimuler face à la perspective de rester pour toujours à Tsau. La proposition était grave pour nous deux, et je le constatai à bien des détails, des plus grands au plus infimes. Parmi les infimes, ces âpres démangeaisons que je commençais à ressentir dans mon *quant à moi*[*], et qui accompagnaient toujours les mauvais pressentiments. De la même façon, l'amalgame bondieudemerde que Denoon utilisait pour jurer çà et là. Jamais il ne forcerait ni moi ni personne, si c'était ce que je croyais. Il était désolé que je puisse le penser. Il m'aimait. Il ne fallait pas que je m'inquiète. Puis il confessa pour la deuxième fois qu'il regrettait de m'avoir donné l'impression, quand nous discutions de *Middlemarch*, qu'il l'avait terminé.

Avant que j'aie pu lui rappeler qu'il me l'avait déjà avoué, il alla plus avant, confessant qu'il ne l'avait même jamais commencé, et qu'il n'en connaissait l'histoire que pour avoir entendu des femmes en parler. Mais maintenant il allait le lire, c'était juré. Puis, une certaine confusion s'ensuivit. Nous passâmes à autre chose.

7 – DISSENSIONS

Rétrospectivement, où étais-je ?

Rétrospectivement, où étais-je quand les dissensions ont surgi à Tsau, et que faisais-je ? Je me pose inlassablement la question. Étais-je tellement inerte ? N'aurais-je pas pu intervenir davantage pour défléchir l'avenir ? Je pense que si. Ma seule excuse, c'est de m'être complètement absorbée dans la perspective de rester définitivement à Tsau, de combattre cette idée, de tenter de la regarder bien en face et de l'examiner en profondeur afin de trouver les termes précis qui la définissaient, et de ne pas m'obstiner à l'envisager comme un exil pur et simple.

J'avais mes propres batailles à mener. Des statistiques me perturbaient, comme celle établissant qu'aux États-Unis un diplômé universitaire devait vivre dans une ville d'au moins un million d'habitants pour être assuré de s'y faire cinq véritables amis, et je ne pouvais les oublier en me répétant qu'à Tsau je comptais déjà un ami parfait. Quelle ville d'Amérique pourrait m'en garantir autant ? Et je devais constamment refouler certains renversements de valeurs : des choses qui m'avaient ravie à Tsau, comme les ciels océaniques ou la quintessence de la solitude qu'on atteignait au sommet du koppie, prenaient soudain un tour menaçant et effrayant. Ou bien je devais combattre la certitude qui m'étreignait par moments qu'il ne s'agissait que d'une épreuve infligée de sang-froid. Et toujours cette lutte intérieure pour ne pas être sordide, pour ne pas chercher à me laisser engloutir par un amour aveugle, un amour servile si fort qu'aucune contrainte spatiale n'importerait plus.

À certains moments, tout me semblait relever d'une conspiration dirigée contre moi pour m'imposer un choix comme la théorie de Denoon sur l'effondrement caractérologique du mâle dans le monde occidental, notamment en Amérique. Plus les femmes deviennent fortes et s'affirment, plus les hommes deviennent stupides, violents, et généralement capricieux, disait-il. J'en convenais tout à fait. J'étais l'incarnation des notions sur lesquelles reposait l'idée. Mais à quoi bon y revenir à plusieurs reprises si le but n'était pas de me terrifier en posant la seule question qui vaille : qui pourrais-je trouver d'autre si j'abandonnais Nelson, cet homme clairvoyant, et bien évidemment le seul sur un million qui fût préservé de cette malédiction sociologique ? Était-ce seulement par hasard qu'il s'appesantissait sur la supériorité morale des petits États dénués de pouvoir comme le Botswana ou l'Irlande, et la qualité de vie qu'ils offraient ? Même si l'on s'oppose de toutes ses forces au pouvoir dans une superpuissance, on est impliqué dans les horreurs quotidiennes commises par la CIA ou ses équivalents, les guerres secrètes, les ventes d'armes qui déboussolent le tiers-monde et sèment des dents de dragon jusqu'à l'ultime génération. J'étais tentée de répondre Oh oui, l'Irlande ! Mais aussitôt je me souvenais de la *prêtrocratie*.

Je savais que ce dont j'avais besoin était exactement ce que je ne pouvais pas obtenir : une amie à qui parler de Nelson, à qui me confier. Aussi proche que je puisse être de lui, je butais toujours sur une barrière politique. Elle existerait toujours. En travers de mon chemin, il y avait aussi la folie institutionnalisée des Tswanas à propos des secrets. Les secrets sont exclusivement réservés à la famille. En dehors de la famille, les secrets confèrent un dangereux pouvoir au récipiendaire sur le divulgateur. Quand je dis que les Batswanas sont opaques, je pense par exemple à cette jeune femme, cadre supérieur de la banque nationale, dont le mari avait passé quatre années d'affilée en Angleterre pour obtenir un doctorat en biologie : elle était parfaitement gaie et riante, réputée pour cela – et aussi pour le fait qu'elle n'avait pas de petits amis. Bien entendu, avec le temps, toute civilisation finira par s'incliner devant quelqu'un d'assez admirable, pensais-je. Et bien entendu aussi, j'en étais réduite depuis quelque temps à converser avec mon âne. Et alors ? Il y avait deux femmes aux États-Unis et une, peut-être, en Suède, à qui j'aurais pu envisager de lancer un appel au secours et me confesser par téléphone. Mais il n'y avait pas de téléphone à Tsau et je serais devenue chèvre avant qu'il y en ait un, pour peu qu'il y en ait un jour. La vie à Tsau consisterait-elle en une déambulation sans fin sur l'interface entre les deux principales races que je ne comprendrais jamais, à savoir les Bantous et les hommes ? Voilà quel était le niveau de mes réflexions quand je touchais le fond.

J'essayais de me dire L'Amérique m'a appris à surestimer mon importance dans la disposition des choses. J'essayais souvent. Je refoulais l'assaut d'images de jeunes mariées de cinéma qui, confrontées à des appartements plus qu'humbles, plantaient leurs poings sur leurs hanches et déclaraient Cet endroit a un potentiel, ce qui m'entraînait dans des fantasmes surréalistes au cours desquels je remodelais et redécorais Tsau selon mon goût, de longs rêves éveillés dont je me repaissais. Surtout, j'essayais de trouver un équilibre en me convaincant que les paroles de Nelson étaient sûrement plus interrogatives qu'assertoriques. Mais il me désarçonnait alors en se remémorant des initiatives abandonnées qu'il comptait relancer – entre autres, la promotion de la choucroute et du jeu de croquet. Et pendant tout ce temps-là, il se montrait particulièrement irréprochable et prévenant.

J'aurais dû me douter qu'il y avait anguille sous roche. Une ou deux fois, Dineo me parut accablée par un souci intime. Peut-être aurais-je pu en savoir davantage si je m'étais attardée dans le vestiaire après une battue lancée pour débusquer un python de rocher à laquelle je participai. Mais je ne restai pas à faire la conversation. J'étais trop pressée de retourner auprès de Denoon et de ressasser les fruits de mes observations. Et de noter mes ressassements. Et de relire ce que j'avais écrit, encore et encore.

Les hommes de la nuit

Un exemple de mes déchirements et de la perfection du comportement de Nelson à mon égard : m'éveillant une nuit à trois heures, je le réveillai pour lui demander de ne plus me lire de poésie le soir, pour le moment, parce que c'était trop injuste. C'était trop injuste parce que pour moi, entendre de la poésie, c'était comme recevoir la manne, et qu'il le savait bien. Nous l'avions beaucoup fait pendant nos premières semaines ensemble, puis il y avait eu une césure et c'était devenu sporadique, et maintenant il me lisait Whitman tous les soirs, magnifiquement. Il fut aussitôt d'accord. Tout ce que je pouvais juger coercitif de sa part, sous quelle que forme que ce fût était proscrit. Au milieu de tout cela, je m'emplissais de culpabilité et d'émerveillement à l'idée d'avoir un homme que je pouvais sans problème réveiller en pleine nuit pour lui faire part d'un souci particulier et recevoir aussitôt son accord ou des paroles d'apaisement sans un murmure de protestation. Tous les autres hommes avec qui j'avais dormi de façon régulière se comportaient comme des bêtes sauvages avec leur sommeil sacré parce que – est-ce que je l'oubliais ? – ils travaillaient le lendemain, assénaient-ils en majuscules. Comme si ce n'était pas également mon cas. Je gisais là. Avec Nelson, j'avais trouvé quelqu'un qui ne se contenterait pas de me dire que mon cauchemar était un simple rêve, ce que j'avais tendance à savoir déjà, mais qui ferait tout son possible pour m'accompagner dans mes tentatives d'analyse. Où retrouverais-je jamais cette qualité chez quelqu'un, si je renonçais à lui ? Il s'était déjà rendormi, et j'étais tellement déboussolée que je le réveillai à nouveau pour m'excuser et retirer ce que j'avais dit, et il n'y fit pas davantage d'objection. Je lui dis que j'avais été une vraie merde. J'avais beau me répéter que, dans toutes les cultures connues, les hommes dorment mieux que les femmes, rien n'y faisait. Le matin, je m'excusai une nouvelle fois et le laissai me faire l'amour debout, la position que j'aimais le moins, une gâterie pour lui et une pénitence pour moi.

Je me rendis à une fête de *menarche* en l'honneur de Golepe Setlhabi, une fillette de douze ans. J'en avais déjà expérimenté une. Il s'agissait plus de soirées musicales que d'autre chose, et réservées aux femmes. Mais, chose nouvelle, on servait du kadi à boire. Quand vint mon tour, je chantai *By the rivers of Babylon.* Nous offrîmes collectivement à Golepe une peau de mouton. Elle fut sincèrement enchantée. Je le fus donc aussi : c'est moi qui avais eu l'idée de la peau de mouton. Les marques d'authentique gratitude que l'on reçoit d'autrui à l'occasion d'une chose qu'on a faite pour eux ou qu'on leur donne agissent décidémment comme un vrai remontant. J'étais aux anges. Évidemment j'avais bu du kadi. Ici régnait le bien sans mélange, me semblait-il. En Amérique, les adolescentes sont tellement blasées qu'une réaction comme celle de Golepe serait impossible. Pourquoi quitterais-je un endroit comme Tsau ? Étais-je donc folle ? Pourquoi n'appréciais-je pas davantage les plaisirs simples ? Étais-je plus blasée que je ne voulais l'admettre, et Tsau pouvait-il y remédier ?

Je fus contente que mes ruminations intérieures soient interrompues par l'arrivée de la lectrice. Elle rappela à toutes de ne pas manquer l'imminent grand débat sur l'existence de dieu, pour voir qui remporterait le prix. C'était la première fois que j'entendais parler de cette manifestation. Tsau m'apparut alors comme infiniment varié et précieux. En rentrant je demandai à Nelson ce dont il s'agissait au juste, sur un ton enthousiaste pour une fois, presque excité.

Je me rends compte à présent que c'est à cette fête que circulèrent les premières rumeurs sur les hommes de la nuit. Cela me fit peu d'effet. Quelques hommes de l'entourage de Raboupi, mais pas lui, étaient en fait des prostitués qui passaient la nuit avec des jeunes femmes en échange de cadeaux. Je demandai s'ils pratiquaient la contraception, ce qui était, à mes yeux, la seule question sociale qui vaille la peine de se poser et l'on me répondit Oui. Quelqu'un affirma que les *batlodis* étaient à l'origine de l'entreprise, mais j'en doutais. Étant donné la structure démographique de Tsau, il n'y avait là rien de bien surprenant. Tout avait commencé par des petits présents offerts par des femmes en concurrence, puis avait débuté l'escalade. Je suis certaine que la discussion tourna court dès qu'elles s'aperçurent que je parvenais à suivre malgré tout une conversation en setswana rapide et prononcé *sotto voce*.

Si j'en pensai quelque chose, c'était que Tsau en devenait un peu plus intéressant. Je n'ai pas souvenir d'avoir pensé quoi que ce fût d'autre, non plus que d'avoir envisagé l'intervention de quiconque. Je me rappelle l'éclat des étoiles, et mon optimisme.

Parlamente

J'interrogeai Denoon à propos de cette assemblée dont j'avais entendu parler. Cela m'avait eu l'air d'un lieu de débat.

Mais non, c'était différent. C'était syncrétique. Il s'agissait de grandes assemblées périodiques de libre expression, qu'il animait lui-même. Chacune traitait d'un unique et vaste sujet. Des approches opposées y étaient soutenues, l'assistance réagissait par une masse de questions et d'interventions, puis un lauréat était désigné, suivant un procédé nouveau : les gens se rangeaient physiquement dans le camp qui avait leur préférence. Autre particularité, tout le monde devait rester assis pendant la totalité de l'exercice, même au plus fort de la discussion, et ce jusqu'au moment où chacun se rangeait définitivement dans son camp pour le décompte des votants. L'idée de rester assis était empruntée à la forme de l'*indaba* zoulou. Si vous vous leviez sous le coup de la colère, votre camp s'en trouvait déshonoré, disgracié. Nelson qualifiait ces assemblées de délibératives. Je lui fis remarquer que le terme était mal choisi à moins qu'il ne se fût agi de légiférer, me référant au seul vestige de droit ancien qui me soit resté en mémoire. Il se montra impressionné. Le terme tswana pour ces réunions était *parlamente*, mot d'emprunt qui désignait les assemblées de palabreurs, ou bien *phugeto*, signifiant réunion publique. Ces séances étaient manifestement détendues et interminables, et les gens y apportaient des nattes et piquaient même à l'occasion de petits roupillons. Sekopololo distribuait par moments de la nourriture afin d'encourager les participants à rester jusqu'au bout, finit par m'avouer Nelson. Il dit Les gens attendent ces choses-là avec immensément d'intérêt. Il cita quelques thèmes précédents, Maître et esclave, et Qu'est-ce que le travail ? ou Comment devrions-nous travailler ? Tu devrais en faire une sur Où vont les Bochimans du coin ? proposai-je, songeant à l'ambiguïté croissante de leurs relations avec Tsau. Il y en avait davantage qu'avant et ils se rendaient de plus en plus souvent au dispensaire. Il me répondit par un gémissement. Je n'avais pas pris conscience de l'ampleur des questions pour lesquelles avait été créé le parlamente.

Choisir l'existence de Dieu comme sujet du parlamente me laissait perplexe. En ce qui concerne les attitudes religieuses, Tsau se trouvait dans la moyenne du Botswana. À ma connaissance, on n'y connaissait pas de problème de fanatisme religieux, de compétition galopante entre les sectes, d'explosions de passion. En fait, régnait à Tsau davantage de tranquillité agnostique que n'importe où ailleurs, à l'exception des plus grandes villes du pays. Il existait trois ou quatre congrégations informelles de lecture de la Bible. Les Boso, sympathisants du Front social du Botswana, pouvaient être cinglants envers les quelques chrétiennes dévotes, surtout celles de l'Église chrétienne sioniste, mais leur logique était curieuse : pour des raisons d'image, ils se disaient protraditionnalistes, mais limitaient leur foi aux attendus d'herboristerie de la sorcellerie traditionnelle, ignorant notamment un de leurs fondements, à savoir que ce sont les offenses ou la malveillance exercées contre les ancêtres défunts qui causent les maladies affectant chacun. Les écoles ne diffusaient pas d'enseignement religieux, hormis un cours d'histoire des religions à faire dresser les cheveux sur la tête concocté par Denoon, dans lequel on insistait lourdement sur les massacres et les anathèmes. Bref, Tsau semblait en voie de sécularisation paisible, sans tapage. La vulgarisation scientifique était très en vogue.

Tout allait bien. Personne ne pratiquait l'activité de médium. Il n'y avait pas de processions. Et dominait surtout ce culte diffus célébrant la grandeur des femmes. Tous s'y conformaient, même les *batlodis*, Dorcas Raboupi, et autres réversionnistes culturelles aigries ou matérialistes didactiques, selon le camp auquel elles appartenaient. La seule pierre d'achoppement que j'aurais pu citer était cette règle dont personne ne se plaignait jamais, à savoir la prohibition des édifices religieux, qui avait été glissée dans les statuts. Toute congrégation était libre d'opérer officieusement, mais sans pouvoir jamais disposer de clergé ou de chefs rémunérés à plein temps, non plus que de bâtiment exclusivement consacré. L'argument justifiant cet état de fait soutenait que les églises restaient inoffensives tant qu'elles restaient informelles et se cantonnaient aux cœurs de leurs adhérents, mais devenaient agressives et sources de divisions dès lors qu'elles possédaient des biens et se dotaient d'un clergé. Cette mesure s'inscrivait dans le cadre plus général d'une exclusion du droit de propriété de tout club ou groupement politique, pour les mêmes raisons. Je comprenais l'intention excessive, mais noblement excessive, qui était à l'origine de cette prohibition. Selon moi, les femmes qui arrivaient ici, enchantées par le miracle que représentait Tsau pour les déshérités, devaient tout naturellement consentir à une chose de ce genre, la remarquant à peine, mais avec le temps leur rancœur risquait d'éclater vivement. Pourtant, il n'en paraissait absolument rien. Ce parlamente me semblait donc inutile, voire motivé par une volonté délibérée de réveiller le chat qui dort.

Il fit une remarque sur ma méditation manifestement fort prolongée sur la question.

Je lui expliquai les causes de ma perplexité.

Il resta évasif. Il n'avait pas eu grand-chose à voir dans le choix du sujet, qui était le fait du conseil des sœurs fondatrices. La manifestation avait une réelle utilité car elle donnerait à toutes et à tous une chance de voir ce qui mijotait dans le secret où ploient les ombres, c'est-à-dire quelles involutions doctrinales s'échafaudaient dans les sombres recoins que cultivaient les divers groupes bibliques. De surcroît, un certain nombre de garçons et de filles allaient partir pour l'école secondaire de Kang où ils seraient la cible de l'Union des écritures. C'est comme un rinçage, disait-il, un rinçage qu'il faut effectuer périodiquement. Essaye de t'en réjouir.

Calme épais

Différentes choses m'incitaient à esquiver ce parlamente. L'une était l'insouciance de Nelson et le flou qu'il entretenait quant au déroulement de l'événement : impossible d'obtenir des réponses à des questions comme Y aurait-il des équipes, Qui parlerait et quand, Ferait-il la conférence d'ouverture ? Il s'attendait trop à ce que l'ordre se fît spontanément. Moi, je veux toujours connaître les règles, parce qu'il y en a toujours. Les gens qui vous disent le contraire dissimulent le plus souvent à leur avantage leur connaissance des règles. Et puis il s'efforçait manifestement de rameuter le maximum de gens à ce parlamente, si j'en croyais l'hyperactivité de la lectrice multipliant les proclamations. On aurait presque redouté de la voir surgir de derrière un arbre pour vous rappeler une fois de plus de ne pas oublier d'y assister. Pourtant Denoon affirmait que l'importance de l'auditoire lui était indifférente. Il était dans un état que je commençais à qualifier intérieurement de calme épais. Il voyait tout *sub specie aeternitatis*, soudainement.

Je pris soin de lui faire observer que tout en organisant un tir nourri sur toute religiosité jugée indue, il encourageait en douce une sorte de culte sirupeux des fondatrices, centré sur le cimetière. J'étais de tout cœur avec ce qu'il cherchait à faire sur ce plan. Je l'admirais même pour ses efforts. Il tentait d'influer sur un fondement de l'esprit tswana, où était ancrée la conviction que nos ancêtres, étant d'une extrême susceptibilité, nous observent et nous haïssent. Par des petits pique-niques et des rites dans le cimetière, il essayait de propager l'idée que les cinq fondatrices enterrées là étaient nos mères à tous et toutes, puissantes et bienveillantes à notre égard, nous les vivants. Sans doute parviendrait-il ainsi à évincer très progressivement la source majeure d'une sorte de paranoïa sous-jacente à la culture tswana. Si vous croyez que les morts vous haïssent et que toutes vos afflictions proviennent d'offenses à eux infligées, vous développez précisément ce que *nous* appellerions paranoïa, une paranoïa structurelle : il avait raison. Je lui dis Ton culte des fondatrices est une sorte de *mariolâtrie*, de la même manière que les catholiques utilisent Marie dans le but d'adoucir la vision d'un cosmos gouverné par un dieu punitif et par son pote Satan. C'est de la religion, dis-je. Il répondit Non, c'est de l'idéologie. Il était extrêmement mal à l'aise. J'avais envie de dire que le fait de reprocher à ses ancêtres toute la malchance et la maladie qui vous échoient inexorablement dans un pays aussi éprouvant que le Botswana était sans doute une attitude de survie, de survie de groupe, en ce sens qu'elle dirigeait la rage et la suspicion vers le passé et loin des contemporains, exception faite, de temps à autre, d'une malencontreuse sorcière.

Je comprenais donc ce qu'il s'efforçait de faire, mais aussi que De toutes les choses de l'existence certaines sont en notre pouvoir et d'autres non. Et voilà qui est une vérité. Point n'est besoin d'en faire beaucoup dans le genre prométhéen pour être déclaré dingue. Que fallait-il faire ?

Quand les hommes blancs viennent parmi le peuple, c'est toujours pour mentir

Le matin du parlamente, je me réveillai avec une migraine invalidante. C'était classique. Je suis sujette aux maux de tête mais, pour éviter d'être regardée comme un stéréotype, je les mentionne rarement. Aussi suis-je crédible quand je m'en plains. Nelson se montra attentionné, et manifestement malheureux de m'abandonner à mes misères. Mais il y alla. J'insistai. Je restai étendue là dans un brouillard complet jusque vers trois heures de l'après-midi, quand la tenue de l'assemblée devait avoir commencé depuis deux heures au moins. Et là, la conviction m'envahit soudain que si je n'y allais pas, je manquerais d'un point d'appui primordial pour savoir quoi penser de la perspective de rester à Tsau. J'avalai quatre Compral et sortis, en essayant vainement de ne pas faire coïncider mes pas avec le martèlement de ma tête.

Le parlamente se déroulait *al fresco.* Une centaine de personnes étaient massées en croissant de lune autour de la véranda de

Sekopololo. De grandes toiles avaient été tendues au-dessus des têtes. Tout le monde était assis sur des nattes. Denoon était adossé à la véranda, assis sur une bande de toile qu'il partageait avec Dineo et Mma Keridile, une tante à la langue acérée qui avait la charge du troupeau municipal collectif. Il était venu des renforts de je ne sais où. On passait de la nourriture à la ronde, des haricots en salade et des petits pains, et aussi du thé chaud, qui était le bienvenu. Il faisait un peu froid. Les gens s'étaient emmitouflés. Je trouvai à m'asseoir en bordure de la foule, tournée vers le désert, calée contre le tronc d'un acacia. La disposition de la foule ne répondait à aucun motif particulier, à l'exception de la grappe d'hommes postée juste en face de Denoon, autour d'Hector Raboupi. Cette nonchalance partagée et cette confrontation d'idées me plaisaient, ainsi que l'impression vaguement proche-orientale que procuraient les tapis et les toiles tendues. La lumière brune était apaisante. De même que le contact de ma tasse de thé contre mon front, où je la pressais.

La procédure me parut être la suivante. Les gens avaient soumis à l'avance leurs idées ou leurs convictions sur le sujet général de dieu et de la religion. Ces idées avaient été notées sur des fiches que Denoon, Dineo, ou Mma Keridile mélangeaient maintenant avant d'en sélectionner une pour la lire publiquement. L'auteur confirmait. Les gens réagissaient alors, parfois sur le fond, et parfois par des cris désapprobateurs. Le principe d'avoir trois interlocuteurs permettait de prendre à tour de rôle la responsabilité de désigner les personnes dans l'assemblée qui souhaitaient répondre. Et l'on était censé manifester son désir d'intervenir en brandissant un rameau. La moitié peut-être de l'assistance adhérait à ce protocole, et peut-être la moitié du temps. Les présidents de séance avaient par ailleurs le droit de résumer ou de compléter les contributions, et de déterminer pendant combien de temps serait développé tel ou tel point. Manifestement aussi, le comité était équilibré en termes de points de vue, dans la mesure où Mma Keridile était croyante, probablement membre de l'Église chrétienne sioniste, Dineo était neutre, et Denoon était l'athée du village. On pouvait voir qui présidait la phase en cours de l'assemblée au fait qu'il ou elle tenait à la main une baguette en verre comme celle de Mma Isang, et de l'autre un petit marteau métallique pour la frapper afin de ponctuer le flux. La plupart des grands enfants étaient là, l'air excité. Il y avait des allées et venues dans la foule, mais pas tant que ça.

Au moment de mon arrivée, Denoon rappelait que le parlamente n'était pas fait pour mettre en valeur telle idée ou telle croyance au détriment des autres, mais pour que toutes les opinions s'expriment en pleine lumière. À présent nous allions procéder en anglais pour un moment. J'en fus soulagée. La perspective de devoir me concentrer suffisamment pour suivre en setswana, accablée que j'étais par ce mal de crâne, était douloureuse.

La déclaration qui nous était soumise alors protestait contre l'injustice créée par le fait que, dans un seul et unique village du Botswana, précisément celui-ci, Tsau, les croyants n'aient pas le droit de construire un édifice. Et voilà. Cette question, dont on me répétait jusqu'à plus soif qu'elle n'avait pas d'incidence, était désormais posée sur la table.

Non, rétorqua quelqu'un, cette règle était juste parce que, dans la religion des gens d'avant l'arrivée des *makhoas*, on n'avait pas besoin d'églises. Mais la règle était juste aussi parce que même le parti national ou le parti social n'avaient pas non plus le droit de construire d'édifices, ce qui valait mieux parce que ces édifices seraient le signe et la preuve de la division au sein du peuple. Mma Isang fit observer que, si Tsau était un village pour les femmes, pourquoi faudrait-il édifier une église alors que dans aucun recoin du Botswana on ne pouvait voir de femme prêtre ou pasteur dans les églises. Elle répéta sa déclaration sous forme de question rhétorique adressée à la foule, en demandant qu'on lui cite une seule église où ce ne fût pas vrai. C'était une fusillade, hautement organisée, et ce n'était pas terminé. Courageusement, Dirang Motsidisi signala que l'on savait par les Écritures que le Seigneur Jésus était très impoli avec sa propre mère, Marie. C'était prouvé tant et plus, alors pourquoi nous précipiter à construire des églises ? Elle poursuivit Rappelons-nous toujours qu'autrefois des chefs faisaient passer des tribus entières sous la coupe d'une Église, comme les Bakgatlas que le chef Lentswe a donnés à l'Église Ned Geref, dont on connaît le nom aujourd'hui car elle a écrasé le peuple africain et propagé l'idée en Afrique du Sud que l'apartheid est un commandement de la Bible. Mais où se terraient donc les tenants du point de vue proédifice ? Cela tournait à la déroute des opposants. J'étais convaincue que Nelson et Dirang avaient orchestré leur coup. Et indiscutablement, de main de maître.

Mon copain King James lança d'une voix flûtée Jusqu'au jour où dieu parle les mêmes règles pour toutes les Églises il ne faut pas avoir d'églises différentes construites. Parce que les églises se disputaient beaucoup, pourtant tout le monde disait que c'était les églises le plus près des lèvres de dieu. Nelson s'illumina à ces propos, et à Même il y a des églises qui disent qu'il faut parler comme les poules ou les chiens, qui ne veulent rien dire, pour montrer qu'on est à dieu. Je devinai là une pique contre une tendance pentecôtiste dont j'ignorais tout à Tsau.

Mais ce ne fut pas tout. Un groupe qui, notai-je, se présentait lui-même comme les Amis de Dieu, objecta que dieu faisait délibérément multiplier les croyances à seule fin de contraindre les gens à déterminer quelle était la vraie – le christianisme sioniste étant implicitement élu. Quelques Amis de Dieu avaient apporté des Nouveaux Testaments en petit format et s'en servaient pour demander la parole, plutôt que de se servir des rameaux.

Une majorité répondit par un rire poli à cette affirmation des Amis de Dieu, et au milieu des rires s'éleva la voix claironnante de Dirang. Ne gaspillons pas les poutres de gommier et les briques en terre pour construire des églises, dit-elle, car s'instaure alors la dérision. Si vous vivez au Kenya, l'Église Neveneh d'Israël vous dira de vous exprimer par tous les mots dénués de sens que dieu vous envoie, comme les petits garçons de Tsau peuvent eux-même s'en rendre compte. Si vous vivez au Zimbabwe, les disciples de Maranke vous enseigneront que pour prier il faut être agenouillé, garder les yeux ouverts et les mains levées et écartées l'une de l'autre, et que vous devez vous tourner vers l'orient d'où reviendra le Christ, et qu'il faut faire un grand bruit avec votre nez comme les Zoulous quand ils découvrent des sorcières. Elle récolta une onde de grommellements : il y avait quelques Zoulous parmi nous. Puis elle reprit À Malagasy, une Église de vomisseurs enseigne que c'est en vomissant qu'on vénère le mieux dieu, aussi faut-il s'exercer à vomir, parce que dans le vomi se trouveront les péchés et les démons que vos yeux ne voient pas, et vous devez interroger sur ce point votre *moruti*, qui voit tout. Puis elle répéta qu'elle ne dénigrait aucun point de vue, mais que tout le monde voyait bien que si une église vous dit qu'un homme ne peut avoir qu'une épouse, et qu'une autre dit qu'il peut en avoir beaucoup, et que chacune a un édifice où se réunir et comploter, cela créera très vite des problèmes. Son argument final fut une trouvaille : elle nous rappela que dans bien des villages du Botswana les églises étaient plus nombreuses que les puces, et pourtant dans ces villages, il y avait des vols et de la prostitution en veux-tu en voilà.

Je me rendis compte que je considérais les gens pro-Denoon comme les loyalistes et tous les autres comme l'opposition, que leurs différences fussent issues de l'utra-traditionnalisme, du marxisme à la Boso ou d'un centrisme réfléchi. Intéressant trait de caractère, songeai-je. Je constatai combien il était facile de diviser les femmes – les sœurs – en gagnantes et en perdantes lorsque je m'entendis classer en moi-même les loyalistes, y compris moi, comme les gagnants jusqu'à présent.

Le comité fit retentir un son cristallin de baguette de fée, et tout le monde se leva pour se dégourdir les jambes. Il me sembla que le signal avait retenti un moment après les faits, car les hommes de Raboupi avaient commencé à se lever alors même que Dineo terminait son homélie, déclarant que si dieu était notre créateur, il souhaiterait que nous utilisions notre cerveau sans restriction, même sur des questions aussi délicates que dieu lui-même. Elle était toujours aussi singulière et superbe qu'à l'accoutumée, vêtue d'un fourreau violet fendu assez haut sur les côtés – ce qui lui donnait de l'aisance pour aller et venir –, d'un cardigan blanc grossièrement tricoté, et d'un turban noir dont elle pouvait déployer les larges pans en foulard autour de son cou. L'ensemble frappait par son étrangeté. Denoon était accoutré d'une manière qui, à mon avis, devait lui donner l'impression de paraître moins occidental. Il avait remis son bandana, inutile maintenant je lui coupai les cheveux court. Il arborait son pantalon bouffant, et portait un ample dashiki uni bleu ciel pardessus un chandail à col roulé noir. Je fixai mon attention. Sur le côté gauche de son dashiki s'étalait une large tache de nourriture ou de boisson. Ma réaction fut d'une curieuse vigueur : j'eus honte ! J'étais coupable de le laisser paraître à une cérémonie avec des vêtements sales. Évidemment, j'étais couchée, un linge humide posé sur les yeux quand il était parti, mais tout de même. Puis je fus à nouveau submergée par la honte, cette deuxième vague étant due à l'ampleur de mon identification avec Nelson. Il y avait de cela bien longtemps, j'avais été témoin de l'archétype de l'identification pathétique et je m'étais juré d'en retenir la leçon. La scène se passait dans une cafétéria bondée, dans une station de bus Greyhound à Yreka, au cœur des forêts de séquoias du nord de la Californie. Je partageais une table avec un jeune couple appartenant manifestement à la classe ouvrière locale. Ils avaient commandé des omelettes, ou des œufs brouillés si mal cuisinés qu'on eût dit des omelettes. Le mari devait mourir de faim, car il parvint à en rouler une portion de la taille d'une manicle sur sa fourchette, et l'enfourna d'une seule pièce dans sa bouche. Manifestement, l'horreur transparut sur mon visage. Sa femme vira à l'écarlate en me voyant choquée. Puis, d'un air de défi, elle roula sa part rigoureusement comme l'avait fait son mari, dans l'intention, j'en suis sûre, de suggérer que c'était une façon locale de manger les œufs, et que cette façon de faire ne révélait aucun manque d'éducation qui lui fût spécifique. Elle l'avait fait d'instinct. Voilà, c'est de la servilité, m'étais-je dit, ne l'oublie jamais. Et j'étais là, les joues en feu, brûlant de rejoindre Nelson pour faire en sorte que les gens ne voient pas la tache sur sa chemise.

Je restai assise, craignant, si je me levais pour commencer à circuler, de relancer mon mal de crâne. On commençait à servir un nouveau *hors-d'œuvre**, et quelqu'un m'en apporta. C'était de la brème fumée découpée en morceaux, dans lesquels étaient plantées des épines d'acacia pour faciliter le service. C'était tout à fait correct. J'avais entendu dire que des pasteurs hereros venaient jusqu'à Tsau, apportant du lac Ngami des sacs de brème fumée. Si nous pouvions être approvisionnés régulièrement, c'était une bonne nouvelle. J'étais obsédée par les protéines animales, à cette époque-là. Je remarquai pourtant que les gens manifestaient moins d'enthousiasme pour la brème que je ne l'aurais pensé, les préjugés contre l'idée de manger du poisson étant ce qu'ils sont parmi les Tswanas.

Quand le débat reprit, la nouvelle présidente fut Mma Keridile. Après un vote, on passa au setswana. Comme le seul fait de mastiquer un peu fort relançait ma migraine, je devais me concentrer pour mâcher tout doucement ma brème. Mon attention s'égara donc pendant une sorte de ralliement diffus des croyants, consistant en des réponses toutes faites à la seule question de savoir pourquoi les églises étaient en vérité nécessaires, des réponses comme Pour nous empêcher de faire le mal et Pour dire où nous serons quand nous serons morts. Les tenants de cette position étaient clairsemés et, me semblait-il, pratiquement à bout de souffle lorsque Denoon se sentit appelé à ajouter un point qui n'avait pas été traité. En setswana, et de manière très prométhéenne, il déclara qu'une meilleure perspective pour considérer la religion, plutôt qu'au travers des croyances particulières qui la composaient, était d'observer la quantité de répétitions requises de ses plus fidèles disciples. Par là il entendait le nombre de fois dans la journée ou la semaine où l'on devait répéter un texte ou suivre un office. Chaque Église était là à surveiller si vous pratiquiez de manière suffisamment répétée pour donner satisfaction. Les églises édifiées étaient des machines à faire appliquer la répétition. Or, la répétition est la méthode qu'on emploie pour endormir un enfant. Tout cela durait trop longtemps, cela n'en finissait pas. Partout où se dresse une église, c'est pour vous donner un lieu où venir répéter quelque chose. Et vous le répéterez, car toutes les Églises enseignent que c'est la maison du père, et on a l'habitude d'obéir à son père. La raison de la répétition, c'était d'endormir les esprits. Et il serait bon de se rappeler que la grande concurrence entre les Églises n'était pas seulement une affaire de doctrines, mais aussi de rivalité, pour savoir laquelle l'emporterait sur les autres quant au nombre et aux types de répétitions qu'elle parviendrait à imposer à ses fidèles. J'avais de la peine pour Denoon. Tout cela venait du fond du cœur, mais c'était indigeste. Je connaissais son discours, qui était profondément enraciné en lui : je l'avais déjà entendu évoquer les prêtres comme autant de surveillants de répétition. La répétition posait un problème partout. C'était le fondement de la télévision américaine, ou *irrélévision*, comme il ne cessait de l'appeler, au point d'en devenir exaspérant. Le genre en était une forme camouflée, et le genre envahissait la littérature. Et ainsi de suite.

Je n'étais manifestement pas la seule à avoir manqué le signal par lequel on obtenait l'autorisation de pérorer aussi longuement. La plus terrible des *batlodis*, Leta, protesta en criant.

Elle poursuivit en hurlant Mensonges ! Elle-même enfreignait la règle en passant à l'anglais sans solliciter l'accord des autres, ce qui nourrit bien des commentaires.

Pourquoi parlez-vous si longtemps pour dire que nous ne devons pas avoir des croyances alors que vous proposez des croyances sur ces gens qui étaient là bien avant notre première arrivée ici ? demanda-t-elle.

Des gens crièrent Honte ! Mais elle poursuivit. Toujours vous donnez des croyances, et vous êtes un *lakhoa*, et nous demandons pourquoi ne donne-t-il pas des croyances aux *makhoas* plutôt qu'aux Batswanas.

J'étais stupéfaite. Elle était bien jeunette pour se mettre en avant de manière aussi agressive, et son statut à Tsau était pour le moins provisoire et douteux. Et puis elle faisait preuve d'ingratitude. En acceptant les *batlodis*, Nelson les avait sauvées d'un séjour en prison.

Tout cela émergeait dans le brouhaha qui s'était élevé contre elle Quelle impudence, Elle est nouvelle ici et pas pour longtemps, Où est sa mère, qu'elle assiste à ça ?

Elle dit Vous voyez parce que quand les hommes blancs viennent parmi les gens c'est toujours pour mentir, comme nous le savons depuis qu'ils sont venus à Xhosa et Pedi avec le Nouveau Testament qui disait Un homme doit aller avec une seule femme comme c'est écrit. Et puis avec le temps ils ne pouvaient plus cacher l'Ancien Testament, qui prouvait que beaucoup de rois avaient beaucoup de femmes en ce temps-là. Et il faut faire que cette femme cesse d'écrire, parce que je ne suis pas pour les examens, je parle avec mon cœur.

Elle me désignait du doigt. Ce fut comme un coup. J'avais sorti mon cahier et je notais quelques petites choses. Je l'avais fait assez souvent en public, sans que personne objecte rien, mais je suppose que d'habitude, les gens pensaient que je notais mes observations sur les oiseaux. Avant que quiconque eût pris ma défense, je m'interrompis ostensiblement.

Leta s'arrêta alors. Denoon gardait le silence, abattu sans aucun doute. Il paraissait préoccupé.

Je flairais une vaste attaque en cours de préparation. Dorcas Raboupi semblait se faufiler entre plusieurs groupes. Lorsque je me rendis compte qu'une offensive s'annonçait, mon mal de tête s'évanouit comme par enchantement.

La suite de ce qu'on va lire est plus schématique qu'elle ne devrait l'être, car j'étais empêchée de prendre des notes *in situ*, et il s'écoula un long moment avant que je puisse m'atteler à la reconstitution des faits. Et puis l'événement en soi marqua une véritable embardée vers la fureur.

D'abord on entendit une sonnette tinter en vain. En un sens, je la perçus comme un glas pour quelque chose de perdu. Je n'avais jamais été témoin, à Tsau, d'un comportement aussi grossier que ce à quoi venait de se livrer Leta. J'étais lucide et pleine d'énergie. Je voulais me battre, même si je n'avais aucun droit particulier à le faire et que me battre risquait d'être plutôt contre-productif étant donné mon statut, c'est-à-dire mon lien avec Nelson, et aussi ma race, je suppose. Mais j'avais tout de même envie de me battre. J'étais formidablement galvanisée. Et ma tête se portait on ne peut mieux.

Ce qui se préparait, c'était un pot-pourri de plaintes faussement spontanées, encouragées par la salve de Leta. Rien à voir avec le sujet du parlamente. Il s'agissait d'enfler l'affaire de la construction d'église en un parapluie sous lequel s'abriteraient des questions sans aucun rapport. Et dire qu'il s'était mêlé de nos sous-vêtements, c'était faire une allusion facétieuse à Denoon et à l'épisode des soutiens-gorge, que j'entendis évoquer. Je pense que c'est l'humour qui avait d'abord inspiré cette évocation imprévue, mais l'une des *batlodis* l'ayant entendue, elle le répéta sur le ton de l'invective, alors même que l'incident datait de bien longtemps avant son arrivée à Tsau, et que tout le monde le savait. Il y avait quatre ou cinq foyers d'objection dispersés dans la foule, le plus actif se trouvant dans l'entourage d'Hector et de Dorcas. Tout visait Nelson d'une manière ou d'une autre, mais la protestation s'adressait toujours à Dineo, Nelson n'étant désigné qu'à la troisième personne, ce qui était en soi parfaitement insultant.

Il nous a fait manger avec une roue, lança quelqu'un. J'en avais déjà entendu parler. Dans les débuts, Nelson avait tenté d'introduire le plateau tournant dans le protocole des repas domestiques, subtile manière de promouvoir un accès plus égalitaire à la nourriture, et notamment aux protéines. Nelson avait vivement conscience de la tradition qui voulait que les mâles de la famille, les aînés, se servent en premier et se réservent la part du lion, puis les femmes, puis les fils, puis les filles. Il avait parfaitement raison, car les hommes monopolisent de manière abominable la nourriture dans le tiers-monde, et je ne parle pas que de l'Afrique. Je pouvais comprendre l'intention de Nelson. Il s'agissait pour lui d'arracher le boire et le manger à la roche nue, en un sens, et il en voyait l'effet directement intégré dans un modèle stratifié de consommation sur lequel n'importe qui, l'observant de l'extérieur, aurait voulu influer. Je ne sais pas avec quel degré de subtilité Nelson avait encouragé l'usage de ces plateaux tournants, mais ils étaient tombés dans l'oubli, même si nous en rencontrions parfois lorsque nous sortions pour le *corso*, où ils servaient à présenter des sucreries. C'était un vieux monsieur digne qui avait élevé cette protestation, et sans doute avait-il personnellement subi l'outrage de la roue, qui avait dû lui laisser un bleu à l'âme. Je fus satisfaite d'entendre siffler au moins quelques trilles désapprobateurs parmi les femmes loyalistes après qu'il eut parlé.

On entendit s'élever une autre plainte, sur le mode mineur celle-là, et lancée à l'oblique, selon laquelle Nelson effrayait les enfants en évoquant des images de monstres grouillant dans l'eau que nous devions boire. C'était une allusion à certains de ses cours de vulgarisation scientifique, pendant lesquels il projetait sur un mur des agrandissements de diapositives d'eau, afin de bien montrer tous les animalcules présents dans l'eau non bouillie. Sans doute était-ce là une manière détournée de protester contre l'inflexibilité de Denoon quant au lavage des mains, et le système de surveillance civique assez comique qu'il avait tenté d'instaurer pour parvenir à ses fins. En privé, Denoon en parlait même pour plaisanter comme de sa campagne de terreur contre les mains sales.

Quelqu'un dit alors Il nous a forcés une fois à courir parmi nous-mêmes comme des *phuti* – des antilopes. Nelson m'expliqua par la suite de quoi il s'agissait. Il avait tenté de promouvoir la pratique de quelques sports propices au terrain-de-village, surtout de la balle au pied et un peu de course. Le jeu de balle au pied se jouait encore de temps en temps, tout en bas, près des *kraals*, et il était particulièrement apprécié d'un groupe de tantes d'âge mûr. Ma réaction, quand il me parla de ces jeux, fut qu'organiser de l'exercice à Tsau était un peu superfétatoire, dans la mesure où les gens étaient sur pied du matin au soir, à fournir un travail essentiellement physique, pour ne rien dire des perpétuels arpentages du koppie, qui relèvent de l'aérobic. Il en convint, mais répondit que tout cela était expérimental, et qu'il n'avait jamais compris pourquoi ces sports de terrain devraient être réservés aux jeunes. On pouvait les pratiquer plus doucement, sans doute, mais il ne voyait pas pourquoi les pulsions qui insufflaient aux gens l'envie de jouer devraient disparaître. Si je me suis trompé, je me suis trompé, dit-il. En fait, la forme la plus bénigne de balle au pied avait survécu, celle où le ballon roule vers vous, et où vous courez à la base pour ensuite revenir à la plaque, si vous y arrivez, après le coup de pied.

Denoon paraissait se satisfaire de ne pas répliquer à chaque chose : ces objections étaient à l'évidence tellement dérisoires qu'il pouvait laisser répondre pour lui les moqueries suscitées par la plupart des critiques. En fait, il paraissait presque béat, probablement parce que tout lui semblait très civique. Mais je n'étais pas dupe. Je décidai de me rapprocher de mes ennemis, les Raboupi. Pourquoi pas ? Dorcas pouvait bien se glisser partout où ça lui chantait.

Je me rapprochai suffisamment pour entendre un échange entre eux, Hector soufflant que quelqu'un devait parler des rues trop étroites pour les voitures, des marches qui interrompaient le trajet des charrettes, à quoi Dorcas fit signe Non. Je me rapprochai encore. Hector souffla Dis-le pour le *mokete*. *Mokete* signifie grande fête.

Dorcas à nouveau le fit taire. Il travaillait à se contrôler parfaitement. *Mokete* me rappela quelque chose. Les gens exprimaient depuis un certain temps l'envie d'organiser une grande célébration pour Tsau. Après tout, huit ans avaient passé depuis sa fondation. Denoon y était en principe favorable mais il était toujours d'avis d'attendre le bon moment, quand Tsau serait plus achevé, nettement amélioré. Les gens s'étaient inclinés devant cette idée, mais de moins bonne grâce ces derniers temps, me semblait-il.

Je voulais que mon homme radieux soit plus soutenu. Ce à quoi nous assistions, c'était de l'ergotage. Et les femmes y prenaient une large part. Pourquoi les loyalistes ne faisaient-elles pas davantage entendre leurs voix ? Qu'était-ce donc que cet endroit, me disais-je, si les gens sont incapables de voir Nelson comme il est réellement, un pur ?

Dieu merci, me dis-je lorsque deux enfants prirent la parole pour défendre Nelson – King James et un garçon plus jeune, dont le nom m'échappe. J'avais négligé de noter les noms des enfants, certaine, parce qu'ils y en avait si peu et qu'ils m'étaient si familiers à l'époque, que je me souviendrais toujours d'eux. King James déclara qu'à cause de Rra Puleng, Tsau était le village du Botswana comptant le plus moins de serpents. C'était en anglais. Les discussions se déroulaient surtout en setswana, mais ponctuées d'incursions de l'anglais en dehors de tout protocole. King James avait le cœur au bon endroit, mais son hommage reçut un accueil mitigé, car si l'idée d'organiser la traque des serpents était peut-être de Denoon, c'étaient bel et bien les femmes qui les attrapaient. Et puis là encore, ce n'était peut-être pas du tout l'idée de Denoon. Je me rendis compte que je venais juste de faire cette supposition.

Hector tenta de déclencher une vague de ricanements pour ponctuer cette intervention, mais Dorcas l'en empêcha à nouveau, ce qui lui déplut manifestement. Les enfants sont tellement adorés à Tsau qu'il était de rigueur de leur réserver l'équivalent de l'excessive soumission des épouses. Le désir qu'avait Hector de stimuler une contagion de protestations se trouvait contré. J'eus la nette impression que la crête de la vague qu'il avait paru attendre était passée.

Nous étions presque tirés d'affaire. Le comité passait à l'acte suivant du programme. C'était un bon choix, à mon avis, car la suite s'annonçait fort ennuyeuse : nous eûmes droit à une sorte de compte-rendu de lecture sur l'époque des monastères au Moyen Âge, essentiellement en Angleterre. L'exposé avait pour objet, sans guère de subtilité, de montrer que les monastères étaient un bon exemple d'édifices religieux autorisés dans un but précis, qui accroissaient ensuite leur pouvoir et se transformaient en tout autre chose. Mma Sithebe lisait ce compte-rendu sur des feuillets, elle était parfaite pour l'emploi avec sa voix claire et forte. Dineo se tira fort bien de sa présentation, y ajoutant quelques questions et interpolations personnelles. Nous étions revenus au setswana. L'une des raisons qui rendaient l'exercice apaisant, c'était qu'il s'agissait d'histoire, et non d'un sujet prêtant à discussion. Par ailleurs, les listes ont toujours quelque chose d'apaisant, et on nous assénait précisément de longues listes de taxes et de corvées imposées par les monastères à leurs serfs. Certaines injustices remportèrent un succès particulier : le *heriot*, ou droit de meilleur cheptel, selon lequel le monastère reçoit en héritage la deuxième meilleure bête d'un serf à son décès, après la préemption de la meilleure par le seigneur du château. Une intervention permit de préciser que, oui, si un serf ne laissait que deux bêtes, l'Église prenait tout de même la seconde, réduisant la famille du défunt à l'indigence. C'était l'information idéale, connaissant l'attachement des Tswanas à leurs troupeaux. Ils sifflèrent le *merchet*, une taxe qu'il fallait payer si l'on épousait quelqu'un d'autre que la personne désignée pour vous par le prêtre. Je savais que c'était l'Église catholique que Denoon aurait voulu ne jamais voir entacher Tsau, si toutefois il avait son mot à dire. L'Église était son épouvantail de prédilection, et il détestait tout ce qui s'y rapportait, faisant preuve d'une ardeur toute particulière à l'encontre de sa politique démographique dans le contexte de la misère africaine. Il affirmait savoir, preuves à l'appui, que l'archidiocèse cherchait déjà des moyens de s'immiscer à Tsau.

Apaisante également fut l'odeur maltée du *bogobe*, qui arrivait de la cuisine dans une grande bassine. Sa place dans le programme avait été avancée à l'initiative discrète de Dineo. Pour les Tswanas, le *bogobe* est la véritable et authentique nourriture. Je me demandai même si l'en-cas de brème n'avait pas relevé d'une feinte, consistant à donner aux gens un aliment qu'ils étaient censés apprécier mais dont ils n'étaient pas friands, et qui, s'il était bon à quelque chose, servait surtout à exacerber l'appétit collectif en attente de quelque chose d'aussi peu exotique que le *bogobe*.

Mma Sithebe poursuivit. Sans doute à cause de ma double dose d'analgésiques, auxquels je suis anormalement sensible, je commençais à me sentir délicieusement bien. J'avais les oreilles qui résonnaient. On aborda la question de l'usure, et la manière dont les prêtres la fustigeaient dans leurs prêches, tout en la pratiquant. Il y eut quelque chose sur le fait que seuls les prêtres et les seigneurs avaient le droit d'élever des lapins, lesquels lapins faisaient main basse sur les champs et les potagers des serfs, cependant que la pose de collets était interdite. Quelque part dans cet inventaire, il nous fut rappelé que, les femmes n'ayant pas le droit de chanter aux offices, l'idée de disposer de sopranos à perpétuité en castrant des garçons pour les former et les garder avait été adoptée par l'Église, et de là s'était répandue dans tout le Saint Empire romain, et même jusque chez les gens qui écrivaient des opéras. La manifestation me paraissait brillante, et Dineo brillante, et Nelson brillant, doué de cette merveilleuse patience qui le caractérisait. Ce n'était certes pas chose à laquelle on dût avoir honte d'être associé. Fais confiance à l'esprit qui a conçu tout cela, m'enjoignais-je confusément, dans l'état d'euphorie dans lequel je baignais.

On s'interrompit pour le porridge. Comme la lumière du jour commençait à baisser, on alluma des lampes tempête avant de les disperser ici et là dans la foule, baignant l'événement dans une ambiance de feu de camp familial, tandis que nous nous rassemblions à nouveau pour ce qui aurait dû être comme une conclusion courtoise des débats. J'étais attendrie. Apprécie l'absence de douleur, me disais-je. Je gardais en tête cette déclaration de Martin Wade que le souvenir d'avoir été en prison ne s'effaçait plus jamais, et que l'impression de vivre au jour le jour, si dure qu'elle fût, était toujours douce quand on n'était plus entravé. C'était le genre de choses qu'il fallait garder présentes à l'esprit. Un autre indice de surmédication était mon manque total d'appétit, bien que je n'eusse pratiquement rien mangé de la journée.

À la reprise, Denoon redevint président. L'opposition s'était réorganisée. Dorcas, les *batlodis* et les autres femmes de leur noyau étaient disposées en cercle autour d'Hector et de ses acolytes, quatre ou cinq hommes. Ils s'étaient rapprochés en bloc et ne se tenaient plus qu'à trois mètres à peine du tapis tenant lieu de podium. J'étais sûre que cela annonçait quelque chose de désagréable, une nouvelle attaque.

On devait finir par aborder le thème de la vie après la mort. La foule avait communiqué trois ou quatre questions. Je me souviens de les avoir trouvées intéressantes, même celles qui défendaient la vie éternelle, et de m'être dit que Denoon avait devant lui un boulevard.

Il commença par un survol en virtuose des paradoxes qu'impliquait l'ajustement en un seul *continuum* des principaux enfers, paradis et limbes des religions dominantes. C'était une bonne remarque de conclusion, car elle lui permettait de se faire à la fois encyclopédique et drôle. *En passant**, il mentionna que, dans le paradis des musulmans, les belles *houris* chargées de choyer les héroïques pogromistes défunts étaient des êtres spécialement créés, dépourvus d'organes génitaux. En ces occasions, il apparaît toujours un nouveau détail. Je savais qu'il existait un enfer juif, mais j'ignorais qu'il était mitoyen avec le paradis et que les bienheureux pouvaient se régaler à observer par-dessus le mur les souffrances des damnés, s'ils en avaient envie. S'en prendre à la vie éternelle était astucieux car, en n'attaquant aucune religion particulière mais en juxtaposant, au contraire, les incompatibilités de toutes les éternités promises, on donnait à voir toutes les religions sous un jour puéril et irréaliste.

Soudain je compris où il voulait en venir. Il polissait depuis quelque temps un argument dont il était fier, mais qui était trop complexe à mon avis pour une discussion de groupe. Il l'avait testé avec moi : En supposant que l'on parvienne, par quelque moyen inconnu, à démontrer l'existence de dieu, il serait impossible – bien au contraire, cela renforcerait même l'hypothèse – d'exclure l'existence de nombreux dieux. Autrement dit, tout argument confirmant l'existence d'un dieu détruirait du même coup la théorie qu'il ne pût en exister qu'un seul. C'est ainsi que je me le rappelle. Et comme toutes les grandes religions impériales qui s'étaient maintenues, à l'exception de l'hindouisme, étaient monothéistes de manière exclusive et contradictoire, cet argument devait lui permettre d'éclairer la disjonction critique à laquelle étaient confrontés les gens quand ils s'abandonnaient au crédulisme ou, comme il le disait parfois plus modérément, au crédisme. J'avais argué que tout cela était beaucoup trop thomiste pour être efficace. Mais ma remarque avait paru lui inspirer le sentiment que j'étais tombée au-dessous d'un certain niveau auquel il me plaçait, signifiant par là que j'étais plus ordinaire que je n'aurais dû ou, pire, qu'il n'avait pensé ; c'était le véritable *elenchus*, le *coup de grâce**, et je ne m'en rendis même pas compte sur le moment. Voilà donc ce à quoi j'allais assister, sa *pièce de résistance** accolée à cette envolée sur la vie après la mort. Eh bien, c'était son choix.

L'aperçu général était terminé. La transition – si j'avais vu juste – qui devait conduire à l'exposé de sa théorie sur le polythéisme était un dialogue, qui s'ouvrit maintenant entre Nelson et Mma Isang, qui l'avait rejoint sur le tapis tenant lieu de podium. Tout se déroulait en setswana. Avec le dialogue commencèrent les troubles. D'abord il me sembla distinguer un bruit d'animal provenant d'une source que je ne voyais pas.

Mais ensuite il se fit manifeste, même si je ne pouvais pas l'identifier précisément. Chaque fois que venait le tour de parole de Nelson, le groupe d'Hector émettait une sorte de barrage sonore. Ils commencèrent sur un mode de gémissement sourd, mais qui s'amplifiait et se faisait plus élaboré à chaque fois. Mma Isang pouvait dire tout ce qu'elle voulait, sans que rien vienne parasiter son intervention.

Nelson fit tinter son gong en verre et se lança à nouveau. Ils recommencèrent. Dineo saisit le gong et obtint le silence immédiat. Je pense qu'elle n'avait pas encore compris que le grondement scandé était le fait des seuls hommes, et qu'il était dirigé contre le seul Nelson. Elle prononça quelques paroles générales sur la courtoisie et sur l'heure tardive.

Nelson recommença, et le grondement reprit. Je regrettais amèrement de ne pas me tenir auprès de lui pour lui faire comprendre qu'il s'agissait d'un chahut spécifique, orchestré par les Raboupi. Il faisait nuit, et il était plus myope qu'il n'aimait à l'admettre. J'aurais aussi voulu intervenir pour qu'il laissât une femme assurer la manœuvre, au nom du ciel.

Cette fois encore, Mma Isang put parler librement. Quand vint son tour, Nelson tenta d'ignorer le bruit de fond et d'élever la voix. Mais ils haussèrent d'autant le volume sonore. À l'évidence, il s'agissait de bien autre chose qu'un simple message de mépris adressé à Nelson. Ils signifiaient que n'importe quelle femme pouvait parler, mais qu'aucune femme ne pouvait les empêcher de faire obstruction à Nelson. Je ne pense pas que cela ait plu à Dorcas, mais ce peut être une surinterprétation de ma part. C'était de l'obstruction froide, sans aucune gesticulation. Même quand le fond sonore se déployait, ses auteurs restaient immobiles, l'air attentif.

Cela n'en finissait pas. Je bouillais d'envie d'intervenir.

Je comprenais très clairement la situation. Il fallait que les femmes se chargent de museler ou d'arrêter le mouvement avant qu'il ne se répande au point que Nelson soit obligé d'agir. Il se développait un phénomène quasiment biologique. L'attitude rigide de Nelson le conduisait droit dans le mur. Il était pris dans un étau. S'il se laissait imposer le silence par les grondements, Hector aurait gagné. Or, ces grondements avaient évolué en syllabes scandées, des syllabes dépourvues de sens qui, à l'examen, n'en étaient pas dépourvues du tout : ils scandaient bo-so, bo-so, bo-so.

Je pris un autre Compral, sec, que je croquai et avalai à l'aide de ma seule salive. Ce geste même était irrationnel. Aussi irrationnel que le réflexe de traduire en setswana dans ma tête la théorie de Denoon sur les mâles en bandes, leur caractère inévitable, sur la profondeur de la perception qu'il en avait et l'absence totale d'hostilité qu'il leur prêtait. Il avait appartenu à des bandes, ou à des cliques de même type que les bandes. Je ne me rappelais pas tout. Mais tout de même de ceci, que les jeunes gens avaient besoin de l'expérience de la bande parce que, d'après mes souvenirs, le pouvoir dans la structure familiale est une donnée fixe, et l'on doit obéir quelles que soient les qualités ou l'absence de qualités qu'on perçoit chez ses parents, ses maîtres. Tandis que dans les bandes, au moins, un tri s'effectue sur la base d'une sorte de compétition. Je me demande aujourd'hui si je ne parodie pas sérieusement ce qu'il disait en présentant les choses de cette façon. Quoi qu'il en soit, on devait franchir cette étape de la bande. La raison pour laquelle j'avalai ce dernier Compral, c'est qu'une sorte de chatouillement dans mon crâne semblait suggérer un retour de la migraine, éventualité absolument à exclure car quelqu'un allait devoir agir, et que ce quelqu'un, ce serait probablement moi. L'une de mes oreilles était en proie à un sifflement perçant. Rien dans la théorie de Nelson sur la normalité des bandes ne se rapportait aux femmes, bien sûr, puisque nous affrontons seules le monde réel, comme je me le dis à moi-même à cet instant.

Denoon fit encore une ou deux tentatives. Ils furent évidemment quelques-uns, parmi les enfants, à trouver le chahut amusant et à s'y joindre timidement. Leurs mères réagirent aussitôt : pour la première fois à Tsau, je vis en effet des mains menaçantes s'élever en direction des chérubins. L'inquiétude suscitée par l'ampleur de l'incident paralysait la contribution féminine au déroulement du débat, car les gens écoutaient plus intensément pour s'assurer qu'ils saisissaient bien le tour que prenaient les choses. Les conflits naturels et directs entre mâles étaient devenus pour nous une nouveauté, et comportaient quelque chose de fascinant. Je le ressentais moi-même. Nous en avions perdu l'habitude. Cela provoqua même une légère régression en moi, comme de me demander si ma réaction correspondait à celle que j'aurais éprouvée devant un combat de boxe au cours duquel deux brutes accompliraient leurs entéléchies en se tapant dessus jusqu'à l'inconscience pendant que je mangerais des cacahuètes. Dans mon enfance, j'avais connu une brève passion pour les combats de boxe, en rêvant d'assister à un vrai, en chair et en os. Nelson ne renonçait pas. Je m'arrachai au coffre à jouets de ma tête et tentai de réfléchir. Le tir d'obstruction s'était encore accru.

Dineo protesta faiblement que ce n'était pas bien que les gens ne puissent pas entendre. Lui répondit un sarcasme en provenance de la claque d'Hector Mais nous entendons très bien tout ce que tu dis, Mma. Je sentis que la scène basculait. L'obscurité accélérait les choses, ou plus exactement l'anonymat qu'offrait l'obscurité, de même que les ombres autour des lanternes. Il fallait conclure. Il faisait froid, ce qui donnait aussi aux gens l'envie d'en finir, et expliquait en partie leur troublante passivité : ils laissaient les fauteurs de troubles créer une situation à laquelle quelqu'un allait devoir mettre un terme afin que nous puissions tous rentrer chez nous, me disais-je. Mais le comité semblait paralysé. Personne ne prenait d'initiative en vue d'annoncer la fin de la séance. Vous jouez comme des animaux, lança Dineo directement à Hector, qui répondit Si tu dis que nous sommes des animaux, alors tu dois nous dire qui force le Botswana à vivre comme des éléphants. Ce fut lancé d'une voix de stentor, en anglais, à l'intention toute particulière de Nelson, puis en setswana afin que personne n'en perde une syllabe.

La référence aux éléphants me laissa coite, de même que la petite vague d'approbation que reçut le commentaire, de la part d'éléments qui n'étaient pas limités à l'entourage immédiat d'Hector. Dineo me l'expliqua par la suite. Les troupeaux d'éléphants sont des matriarcats d'où sont expulsés tous les adolescents mâles, et dont seuls quelques-uns seront plus tard autorisés à revenir en tant que compagnons adultes. Les femelles prennent bien garde de ne laisser revenir les mâles qu'en nombre restreint et de les maintenir en état d'intimidation, et elles exploitent de manière assez cavalière les satellites mâles expulsés qui errent tristement autour du troupeau, en les utilisant comme gardiens et sentinelles. Plus tard, je me suis demandé si les murmures que j'avais entendus n'avaient pas été, plutôt que pro-Hector, prosociété éléphantine en tant que modèle pour Tsau, que nous étions censés trouver révoltant. Je constatai que Denoon avait été piqué. Je comprenais bien à quel point Hector était agressif, mais pas avec quelle virulence ni dans quelles directions. La rareté des hommes à Tsau constituait un vrai problème pour de nombreuses reines, mais la plupart des tantes l'envisageaient différemment. Le pouvoir de Nelson était ancré parmi les tantes, je pense qu'il est juste de le préciser, et recevait une pointe de soutien dans une minorité de ce que j'appellerais les jeunes femmes les plus éclairées. Denoon avait pour théorie que le déséquilibre des sexes était structurel et qu'il se corrigerait de lui-même au fil du temps, mais seulement quand la primauté des femmes serait bien établie comme normale. Il y avait tout à perdre si quelqu'un prenait cette question pour cheval de bataille, et Raboupi l'avait génialement perçu.

Nelson tremblait de rage. Il était à présent redressé à genoux. Si Hector réussissait à le faire mettre debout, je prévoyais la débâcle. La litanie scandée bo-so, bo-so, reprit. Dans un parfait setswana, Nelson tenta de dire par-dessus le tohu-bohu Une bête étrange envoie son souffle sur Tsau, et voilà que nous entendons le nom de la bête, et c'est Boso. Cette bête est connue pour ronger les ombres de certains chefs qui sont des ivrognes et se comportent comme des brutes avec leurs femmes. Cette bête affirme qu'elle aime beaucoup les femmes du Botswana, mais elle ne peut pas trouver une seule femme pour prendre place parmi les hommes qui lui disent quoi danser. Non, ce n'est pas une bête vivante. Non, même si elle fait les mêmes bruits que les chèvres, comme nous l'entendons en ce moment même, ce n'est qu'une peau tendue par-dessus des vauriens dont l'objectif est que les hommes recommencent à se prélasser, servis par les femmes. Cette bête est connue pour prendre l'argent des Boers à Mafikeng.

Je vis qu'Hector était accroupi ; ce qui allait se produire serait bien pire que ce qui arriverait si j'agissais. Décidément, j'étais née pour intervenir. L'idée me vint de ce qu'il fallait faire.

Je me levai et simulai une chute due à une syncope. Ce fut une réussite, mais je rougis encore au souvenir du petit cri que je crus devoir lancer pour l'embellir afin d'être sûre qu'on me remarquerait. Mon numéro était manifestement le prétexte qu'attendaient les forces du bien. L'événement était clos. Je me retrouvai au centre d'un rassemblement très exagéré. Les gens s'étaient précipités vers moi avec tant de hâte qu'ils avaient occasionné une nouvelle diversion : une lampe tempête malencontreusement renversée dans la bousculade enflamma brièvement une couverture. Impossible de poursuivre. Au manège conçu pour obliger Nelson à se mettre debout avait succédé une course généralisée pour voir ce qui m'arrivait.

Je rassurai tout le monde par des mensonges, disant que je n'avais pas mangé, et sachant fort bien que tout le monde me croirait enceinte. Les gens prenaient déjà l'air d'en savoir long tandis que je leur montrais comme j'étais bien rétablie, complètement remise sur pieds, et je consentis à passer au dispensaire au rentrant. Nelson se comportait de manière nerveuse et paternelle. Il aurait eu grande envie de m'entraîner à l'écart, mais c'était lui qui insistait le plus pour que j'aille voir l'infirmière.

Comme nous partions, j'entendis rire Hector. Il avait un rire tout à fait distinctif.

Oh, mais il n'y a pas eu de débâcle

Le lendemain, lorsqu'il fut vraiment convaincu que mon évanouissement avait été une feinte et que je me portais réellement bien, Nelson se désintéressa du symposium comme sujet de conversation. Je sentais que c'était parce que son interprétation des événements jusqu'au moment de mon intervention s'apprêtait à être radicalement différente de la mienne, signifiant *ipso facto* que nous différions sur la question de savoir si j'aurais dû intervenir ou non, *id est* si je m'étais ridiculisée ou non, tout au moins en ce qui le concernait. J'étais frustrée. Je le trouvais injuste. Il y avait des leçons à tirer de l'expérience de la veille, comme de savoir ce qu'il avait ressenti pendant le bref passage au cours duquel il avait dû se dire que j'étais peut-être enceinte : son attitude furibarde d'aujourd'hui à propos d'hier exprimait-elle ce qu'il avait éprouvé ? Auquel cas, comment l'interpréter ?

Mais il se plongea dans le tracé du plan de Tsau, effaçant des sections parfaitement bonnes – à mon sens – et inscrivant au crayon des légendes, d'une écriture encore plus microscopique que la mienne dans mon journal. Les moments où il travaillait à ce plan étaient véritablement sacro-saints. Que pouvais-je trouver à y redire, quand ce projet de plan était mon idée ? Il se mit à chercher pendant une heure sa gomme en caoutchouc. J'avais commencé à détester le plan pour d'autres raisons. Il lui servait d'instrument de méditation, ces derniers temps, et de manière négative, de mon point de vue, car il émergeait le plus souvent de ses délectables songeries muettes avec un nouveau projet grandiose à mettre en œuvre sur-le-champ, ou qu'il aurait fallu lancer plus tôt, lors de la fondation de Tsau.

À mesure que le jour glissait vers la nuit, mon incrédulité croissait devant l'absence totale de reconnaissance pour mon rôle actif dans le désamorçage de l'imbroglio physique que j'avais vu venir.

Je lui apportai une tasse de thé que je déposai discrètement auprès de lui, quand il énonça quelque chose que je pris à tort pour une ouverture, quelque chose comme Ah, merde !, et je me dis, Ah, ce doit être le retour du refoulé, c'est-à-dire de la soirée d'hier dans toute sa gloire. Aussi, quand je lui demandai s'il voulait un scone avec son thé, et que, pris de scrupules, il demanda Combien y en a-t-il ? je répondis Oh, beaucoup beaucoup *tekel upharsin*. Je pensais qu'il y verrait une entrée en matière à mon interprétation de l'implosion de l'événement de la veille comme étant une chose parfaitement prévisible, autrement dit la suggestion qu'il était peut-être temps de réfléchir concrètement à la façon d'avancer. Mais cela ne fit que le surprendre.

Son Ah merde ! signifiait simplement qu'il s'en voulait d'avoir oublié d'inclure, dans sa conférence de la veille, l'unique contribution à la science jamais apportée par la religion, à savoir l'invention des logarithmes par un lord écossais follement obsédé par le calcul des dimensions de la Nouvelle Jérusalem d'après des indications ineptes contenues dans le Livre des Révélations.

J'ai dû protester par un Oh, ça suffit ! La débâcle d'hier visait à nous faire comprendre que Tsau est un organisme qui essaie de nous assimiler en tant que corps étrangers. Hier n'en était que le dernier avatar.

Je t'en prie, dit-il, tout en laissant paraître sa satisfaction d'avoir obtenu des pointes parfaites sur deux crayons, ce qui allait lui permettre de se remettre au travail sur le plan, et à moi, de m'effacer.

Tu es dans le déni, dis-je. Tu n'écoutes pas. Où étaient tes protecteurs, hier, en dehors de « ta servante » ? Si tu t'étais levé et que tu avais poussé Hector, ou bousculé ou je ne sais quoi, qu'est-ce qui serait arrivé ? Et ne me dis pas que tu n'étais pas prêt à le faire, prêt à démolir toute cette tradition de s'asseoir et de raisonner ensemble que tu révères – ou que tu révérais tant. Je l'ai sauvée, cette tradition, oui ou non ? Et peut-être même toi aussi, non ? Réponds-moi.

Mais il se remit à écrire ou à tracer quelque chose. Tu es dans un autre monde, hurlai-je presque. Pourquoi est-il impossible de parler de ce qui fut une débâcle ?

Oh, mais de débâcle il n'y avait point eu. Il était incompréhensible que je puisse parler ainsi. Mais ce n'était pas le moment d'en parler.

Quelle que soit l'exacte définition de la mauvaise foi, tu t'y connais rudement bien, dis-je.

C'était mon insulte la moins bénigne, et je le savais. Il essaya de travailler encore quelques minutes, puis se leva et quitta l'octogone pour une errance de minuit qui dura environ deux heures. J'allai me coucher.

Je dormais à son retour, mais pas pour longtemps. J'eus droit à une harangue. Il était remonté. Le symposium avait été positif. Pourquoi étais-je incapable de m'en rendre compte ? Tsau évoluait. Tsau n'était encore qu'un avant-goût de ce qu'il deviendrait finalement. Lui-même serait ce que Tsau voulait qu'il fût, ce que Tsau avait besoin qu'il soit. Ce nouveau discours me stupéfia. Qu'est-ce que cela signifiait ? C'était nouveau. Je le pressai avec mon habituelle circonspection. Est-ce à dire que si Tsau veut te voir finir comme l'athée du village tout en poursuivant son bonhomme de chemin pour devenir quelque chose d'entièrement différent, tu accepteras le privilège de rester là juste pour témoigner de l'ancienne idée de Tsau ? J'étais dure parce que je me sentais concernée. Je dus être très dure même, car il changea d'avis, se releva, et repartit pour son errance nocturne. Comme il partait pour la deuxième fois, je lançai J'espère que tu te souviens d'avoir toi-même dit La réponse à la question Quel est le sens de la vie ? est Le sens de la vie est l'anomalie psychologique. Je doute qu'il ait tout entendu, dans sa hâte.

Il était revenu dans le lit quand je me levai le lendemain matin. Je préparai des flocons d'avoine en pensant que mes tribulations alimentaires le réveilleraient, mais non. Je mangeai seule en le regardant, et en regrettant de n'être douée d'aucun pouvoir d'aucune sorte.

Je mesurai des dimensions qu'on ne prend pas habituellement, pourquoi pas ?

Son absence de réaction à mes activités de petit déjeuner m'entraîna dans une folie brève mais, à mon avis, authentique. Je pense que c'en fut la cause réelle, même si, plus tard, autre chose aurait pu l'être.

Assise là, je le contemplais fixement. Je fis pivoter mon tabouret et l'observai de différentes distances, m'y engloutissant, m'engloutissant dans l'omission de me laver, assise là dans mon yakuta, à ne pas m'habiller, à me sentir accablée de chagrin. Comment pouvais-je croire qu'il dormît vraiment ? Je connaissais ses habitudes, et en particulier ses modes de sommeil, que l'insomnie me donnait tout le loisir d'étudier. J'avais bien mérité le droit qu'il me parle d'hier. Si mon intervention était idiote, je méritais d'être consolée. J'avais besoin qu'on me retienne de céder à une métaphore du mariage à laquelle je me raccrochais trop souvent, précisément du mariage comme forme de lutte ralentie où les deux parties tentent diverses prises l'une sur l'autre jusqu'au moment où l'une s'en fatigue et s'affaisse, produisant enfin l'heureux mariage canonique, *voilà**.

Il existe un état que l'on peut atteindre en fixant avec assez d'intensité un visage, éventuellement même le sien. Le visage se réorganise subtilement. Cet état ressemble à la sensation que l'on éprouve en regardant un visage à l'envers jusqu'à ce qu'il ait l'air droit, un vrai visage avec les yeux là où devrait être la bouche, un type de visage possible. Le visage que vous fixez se réorganise en un autre visage. Les rosicruciens vous encouragent à vous contempler dans un miroir à la lueur d'une bougie dans une pièce sombre jusqu'à ce que votre visage change et vous donne de brefs aperçus de votre apparence dans une incarnation antérieure. En fait, je tenais tout cela de Nelson, dont le père, à l'extrême fin d'une vie entière d'athéisme virulent, devint rosicrucien et pratiqua cet exercice si parfaitement que Nelson l'entendit hurler d'effroi. L'anecdote veut qu'il se soit vu en homme barbu emprisonné pour ses croyances dans un donjon. Le sujet de la chute de son père dans les Rose-Croix faisait souffrir Nelson. Son père avait trouvé là une sorte de béquille pour supporter l'abstinence définitive d'alcool, mais il s'était mis à croire à ses dogmes, allant jusqu'à entonner des litanies mystiques de voyelles censées élever l'esprit par leurs vibrations. Il s'adonnait à ces rites le matin et le soir. Il commençait par des sons bas et réguliers comme Aum et Ra, qui étaient acceptables, mais il finissait par un cri nasal perçant, Aïn ! qui s'entendait depuis le jardin.

Je contemplais Nelson, et il y eut un clignotement, puis quelque chose fit rétrécir l'image de Nelson, comme s'il reculait. Ce fut bref, mais la question de la réalité de la chose ne se posa pas tandis que je le voyais. Ce que j'observai fut un événement distinct, pas à l'échelle d'un personnage de dessin animé qui rétrécit ni même rien de vaguement approchant, mais un changement, un recul vis-à-vis de moi. Un frisson réactif me parcourut. Je savais que l'explication résidait forcément dans la chimie du cerveau, mais je me sentais tout de même ébranlée et impuissante.

Essaye de ne pas tout interpréter, m'enjoignis-je, tout en concluant sur le moment que je connaissais la signification de l'expérience. À voir l'évolution des choses, j'allais d'une façon ou d'une autre perdre Denoon. C'était mon inconscient qui prenait amicalement le mors aux dents, pour changer. J'allais perdre Denoon parce que je n'agissais pas intelligemment. Et je n'agissais pas intelligemment parce qu'il y avait une trop grande part de lui que je ne comprenais pas. Et je n'arrivais pas à le comprendre parce que le fait d'apprendre pendant que j'étais dans l'acte de vivre avec lui reproduisait mes difficultés à absorber la matière dans le cadre des cours, par opposition à l'absorption de la matière à partir d'un texte, de quelque chose que je pouvais relire et souligner. Et cette illumination provoqua une subillumination, à savoir qu'il me fallait récapituler par écrit tout ce que je savais sur Denoon et l'organiser, afin de pouvoir apprendre Denoon comme j'avais su apprendre n'importe quel autre sujet. Je ne voyais rien de bizarre à cela.

Mon projet prit forme avec une clarté démentielle. Le traitement de Nelson par morceaux séparés, tel que je l'avais pratiqué jusqu'alors, devait laisser la place. J'avais eu tort de me contenter d'accumuler des fragments sur lui dans mes notes-cum-analyse de mon cher et unique moi à Tsau. Il fallait que je sélectionne et que je regroupe désormais sous des titres adéquats tout ce que j'avais appris sur Nelson jusqu'à présent, et il fallait que j'en apprenne davantage. Ce que je savais sur lui était forcément inadéquat et trompeur. C'était bien lui qui parlait de comportement versatile, nommément cette tactique commune à presque tous les mammifères consistant à faire des bonds erratiques et fantasques lorsqu'ils étaient poursuivis. Cela pouvait s'appliquer à lui. Je l'avais poursuivi. Pas de doute à ce propos. Et une grande partie de ce que j'avais capturé n'était manifestement pas conforme aux apparences.

En tant que projet, ce travail touchait à la perfection. Tel que je le vois aujourd'hui, bien entendu. Il touchait à la perfection en raison de son caractère pénultième. Il était concret et marqué par l'urgence, mais surtout, c'était l'acte précédant le dernier acte ou l'ultime décision, qui allait nécessairement devoir être reporté.

J'avais envie de m'y mettre sans délai – et en effet, il paraissait impératif de commencer tout de suite. Quel que soit l'équivalent mental d'une gesticulation forcenée, c'était à quoi j'étais livrée. Je le savais, mais je ne pouvais rien y faire. Il fallait que je me débrouille pour prendre les vraies dimensions du bonhomme. Le mot « dimensions » me galvanisa. Tous ces détails sont importants. Le mètre enrouleur bien-aimé de Nelson attira mon attention. C'était un modèle suédois qui l'avait accompagné partout. Le boîtier était de la taille d'un poudrier, mais le ruban d'acier semblait en sortir indéfiniment. Et il était d'une qualité incroyable : on aurait dit de la soie, mais indestructible. Il adorait son mètre à mesurer, qui se trouvait par terre près de sa tête, à portée de main. Ce mètre, ainsi que sa règle à calculer et son couteau de chasse, lui tenaient lieu d'animaux de compagnie. Le couteau de chasse m'inspirait des sentiments ambivalents parce qu'il le portait tout le temps sur lui et que, à mon humble avis, il théâtralisait certaines petites tâches ordinaires et banales en l'utilisant à tout bout de champ.

Je sais qu'il y a dans la poésie grecque des vers qui décrivent cet état d'esprit frénétique, dérivé de l'amour, dans lequel j'entrais. Tu me brûles, dit quelqu'un à Eros, et dans une épigramme quelqu'un se plaint qu'Eros est en lui, et qu'il sent ses battements d'ailes lui agiter les jambes, d'après mes souvenirs très approximatifs. Je me rapprochai de Denoon et soulevai la couverture. Il dormait profondément, nu comme à son habitude. Il dormait du sommeil de l'épuisement total. Il était couché sur le côté gauche, le bras droit tendu comme vers quelque chose, et le genou droit relevé. Il avait l'air d'un coureur sautant une haie. J'allais le mesurer.

Je voulais qu'il se réveille et qu'il ne se réveille pas, les deux à la fois. Je repliai la couverture mais laissai la pièce dans l'obscurité, en n'ouvrant pas les rideaux. J'allais le mesurer, mais doucement, sans laisser le mètre métallique le toucher, pour que le froid ne le fasse pas sursauter.

Je mesurai des dimensions qu'on ne prend pas habituellement, en me disant Pourquoi pas ? Je mesurai la largeur de ses fesses. Je mesurai son mollet droit. J'inscrivais les chiffres au stylo-bille sur la paume de ma main, comme un employé motswana dans une petite épicerie. J'étais *outrée** de plusieurs façons. Ainsi, je ne traîne jamais le matin en yakuta. Le yakuta est la tenue appropriée pour le sexe. Traîner en kimono me rappelait trop ma mère, cramponnée le plus longtemps possible à la jouissance de ne pas être encore habillée pour aller au travail. Mais bon, voilà. Ou bien il dormait réellement d'un sommeil de mort, ou bien il faisait semblant : et il fallait que je le sache, car ma devise personnelle pourrait être Tu m'auras menti à tes risques et périls. Je mesurai ses doigts, toujours sans laisser le mètre le toucher. Je décidai de mesurer son pénis.

Évidemment, je ne fus pas assez délicate car *voilà** qu'il se réveilla – un réveil explosif. Il me repoussa. C'était franchement compréhensible. Je n'étais qu'une ombre pour lui, et sans doute correspondais-je à un archétype de harpie envahissante que nous portons tous en nous. De plus, il avait surpris l'éclat du mètre enrouleur et n'avait pas eu le temps de se faire une idée précise de la chose métallique qu'il avait aperçue. Je dois par ailleurs lui reconnaître la perspicacité d'avoir perçu que je n'étais pas dans mon état normal, la preuve en étant que je n'eus aucun mal à attendre qu'il parle en premier, alors même que j'étais l'envahisseur et que la coutume qui voulait que la femme parle en premier lorsqu'un conflit non résolu avait duré suffisamment longtemps avait cours chez nous. Ah bien, me dis-je, voici un nouveau sujet de thèse, mais qui ne relève malheureusement pas de mon domaine, *id est* que les femmes sont presque invariablement les médiatrices lorsque surviennent des bagarres vouées à l'échec et mat. Nelson était alarmé. Il finit par articuler quelque chose comme Qu'est-ce que c'était ?

Je crois en l'existence du sens des situations, et au fait que je le possède occasionnellement. Une explication de ce qui se passait me sauta à l'esprit : je voulais faire quelque chose pour lui, un vêtement, un pantalon plus précisément, une surprise, aussi avais-je mesuré son entrejambe en douce, désolée, les pantalons qu'il avait déjà étaient inutilisables pour avoir une idée de la longueur que devrait avoir un pantalon normal, parce qu'il n'avait que des pantalons bouffants et des shorts, et j'étais désolée.

Il s'excusa de m'avoir fait sursauter par sa réaction. J'étais sûre qu'il allait se contenter d'accepter mon explication, sans se demander s'il y avait le moindre élément de provocation dans ce que j'avais entrepris de faire. Quelque chose dans son attitude me convainquit, dans l'état où j'étais, que l'idée de le redimensionner sur le papier était bonne. J'avais besoin de continuer. Je voulais qu'il quitte la maison pour pouvoir le faire. Je voulais qu'il quitte la maison pour pouvoir continuer. J'espère ne plus jamais connaître l'état dans lequel je me trouvais alors. Je me rappelle même un trait particulier : j'avais conscience plus qu'à l'accoutumée des limites de mon champ de vision, de mes cils, de ce nez fantomatique dont nous avons trop tendance à oublier qu'il ne nous quitte jamais.

La religion, placebo efficace entre tous

Curieusement, la conviction de devoir absolument coucher Nelson sur le papier conserva toute sa force dans les jours qui suivirent. Le titre provisoire de ma compilation secrète était *Denoon évaginé.*

Il y avait suffisamment de notations sur Denoon dans mon journal pour que je puisse en extraire certaines et les réorganiser, mais pour ce faire, il me fallait des fiches, ou du papier à découper pour en faire des fiches. Il n'y avait pas de fiches. En fait, nous connaissions l'une de nos pénuries de papier générales et chroniques. Nous en avions commandé de toutes sortes, mais c'était toujours ce qui manquait à l'appel lors des livraisons qu'effectuait l'avion de ravitaillement. Dans mon journal, il ne me restait pas plus de quarante pages blanches, et elles n'étaient guère utilisables, car j'allais en poursuivre la rédaction parallèlement à mon anatomie de Nelson. Preuve de ma préoccupation, j'allai rôder un soir dans les parages de l'école, tentée de m'y introduire pour chaparder un ou deux cahiers parmi ceux, peu nombreux, qui nous restaient. Mais je me retins à la pensée de notre fierté à tous qu'il n'y eût pas de vols à Tsau.

L'idée me vint d'utiliser des aérogrammes vierges dont la poste disposait en nombre. En un sens, c'était l'alibi parfait. Je pouvais donner le sentiment d'écrire à des amis alors même que je faisais tout autre chose. Nelson aimait l'idée que j'écrive à des amis, à moins qu'il n'ait surtout aimé celle que j'aie autant d'amis à qui, entre guillemets, écrire. Me voir écrire lui inspirait même d'accroître sa participation au dîner et au ménage, qui était déjà substantielle, même si, à la réflexion, elle n'était pas aussi substantielle qu'il m'avait originellement amenée à l'espérer. Il s'imaginait que je me reportais à mon journal pour y piocher des anecdotes courantes à inclure dans mes lettres. Je reconnais que toute cette histoire était un peu téméraire de ma part. Le seul inconvénient des aérogrammes était leur prix, mais celui-ci, au fond, me paraissait assez justifié. J'inscrivais des noms et des adresses fictifs, je les scellais même pour les rouvrir par la suite et découper les fameuses sections que je classerais.

Le nombre de sections portant d'une façon ou d'une autre sur Denoon et la paternité, ou plus précisément sur Nelson et son père, avait de quoi surprendre. Était-ce parce que je m'intéressais à tout indice susceptible de me révéler s'il serait un candidat sérieux à la fonction de père-de-mon-enfant ? Il y en avait vraiment trop sur la paternité. Il fallait que je comprime tout cela. Par exemple, sur la théorie selon laquelle les bonnes relations père-fils sont liées à l'aptitude du père à transmettre un savoir ou une maestria au fils – rien ici sur les filles –, de préférence quelque chose permettant au fils de gagner de l'argent, même si le sport, la philatélie, ou la chasse et la pêche peuvent aussi bien faire l'affaire. Comme son père était dans la publicité, mais qu'il en avait honte parce que la publicité était selon lui une fraude, il n'y avait rien eu de professionnel à transmettre. Pathétiquement, et dans le même registre, il se rendait compte que son père avait tenté de lui parler d'une chose qu'il connaissait bien, la boisson, ou plus exactement comment s'en tirer, comme d'éviter la gueule de bois en prenant deux aspirines et en buvant toute l'eau qu'on peut réussir à ingurgiter avant d'aller se coucher quand on a fait des abus. Glissé parmi d'autres conseils à l'époque où Nelson partit pour l'université.

La religion était une autre facette hypertrophiée. Elle était partout. Il était intraitable sur l'Église catholique. Même s'il reconnaissait un instant qu'il pouvait exister des chrétiens progressistes, au Brésil disons, la question qu'il poserait aussitôt après cette concession serait Comment se fait-il que le Pape n'envisage jamais d'excommunier un assassin de masse comme Pinochet ? Ou autre chose du même acabit. D'après le Coran, quand Mohammed monta au ciel pour rencontrer Allah, il demanda à Allah de réduire le nombre de prières obligatoires à ce qu'il est aujourd'hui, quinze ou seize, et Allah y consentit en signe d'approbation. Mais était-ce du ressort de la religion ou de la répétition, autre catégorie vraiment très surchargée ?

Ou encore, où classer la religion, placebo efficace entre tous ? À Religion, ou bien à Humour ? À ce stade, je décidai de laisser la catégorie de côté pour l'avenir prévisible, ce qui, avec le recul, m'apparaît comme une idiotie.

Alimenter la rubrique Humour était difficile pour plusieurs raisons. Tantôt une chose que j'avais recueillie me semblait du ressort de L'Humour, tantôt je la voyais plutôt comme sardonique. Sa façon de chanter relevait-elle de l'Humour ? Il aimait entonner une parodie de *The Impossible Dream*, où il mangeait l'immangeable repas et buvait l'imbuvable breuvage, et ainsi de suite. La question était de savoir si cela devait entrer dans l'Humour ou sous un trait de caractère comme l'Obstination car, si j'avais souri les deux ou trois premières fois que je l'avais entendu chanter cela, j'avais dû finalement lui signifier que je ne trouvais pas ça très drôle, puis que je ne trouvais pas ça drôle du tout. Mais il le chantait encore de temps en temps, en essayant d'obtenir mon approbation pour le perpétuel perfectionnement des paroles. D'autres secteurs de son humour étaient franchement envahissants. Pour je ne sais quelle raison, il persistait à trouver drôle de prétendre que j'aimais la musique de Bob Dylan, alors que j'avais simplement admis, un jour, que j'aimais bien *It Ain't Me Babe*. Il chantonnait tout bas *How many times must the cannon balls fly before they're forever banned*, puis criait Wuxtry ! Wuxtry ! Accord historique ! Les Nations unies interdisent à jamais les boulets de canons ! À suivre : l'éradication des fusils à silex ! Et c'était bien sûr de ma prétendue adoration de Dylan qu'était né notre interminable concours des raisons pour lesquelles la fanfare ne pouvait pas jouer – il y en avait beaucoup plus que je ne m'en étais souvenue. Les miennes étaient toujours beaucoup plus extravagantes que les siennes, observais-je. Il n'allait jamais vraiment au-delà de la trompette volée par la mauviette ou de la harpe volée par Jean Arp. La différence des genres est peut-être plus prégnante que je ne l'imaginais. Il me raconta une chose qu'il avait dite en plaisantant, et que sa femme avait très mal prise. Deux personnes de leur connaissance avaient vécu ensemble huit ans, puis avaient décidé de se marier. Et Denoon leur avait déclaré Le mariage c'est formidable, quelle bonne nouvelle, je suis sûr que l'ajout de la dimension sexuelle à votre relation apportera une grande amélioration à votre vie et vous ouvrira vraiment les yeux. Il parut surpris que je pense comme Grace que cette déclaration était vile. J'avais noté fort peu de mes propres saillies, sauf quand il avait paru réagir exceptionnellement, comme à Je suis attirée par toi comme par un amant, ou tu m'attires comme un amant. Je persévérai dans cette catégorie. Et sans m'aventurer trop loin dans l'intimité de notre humour domestique, je tiens à signaler qu'il avait également ri comme un fou quand j'avais pété en me mettant au lit, et qu'il m'avait dit C'est comme ça que tu me salues ? À quoi j'avais rétorqué à la vitesse de l'éclair C'est le seul langage que tu comprennes. Nous ne pouvions pas plus l'un que l'autre comprendre pourquoi nous trouvions cela drôle, mais cela nous faisait rire tous les deux.

La description physique à laquelle je suis parvenue est un véritable chef-d'œuvre. Je doute qu'il existe au monde une description physique plus détaillée d'un être humain par un autre. Je voudrais ne l'avoir jamais fait.

J'aime excessivement une chose démystifiée

J'améliorais mes textes à mesure que j'avançais, ajoutant des commentaires et des associations précédemment laissés de côté.

Que j'aie pu ne pas me soucier du fait que je créais du matériau presque aussi vite que je classais le matériau déjà constitué signifiait quelque chose : soit j'étais au plus profond de moi une universitaire congénitale, soit la perspective de reporter indéfiniment mes conclusions sur ma vie avec Denoon ne m'était pas désagréable. Aucune de ces deux interprétations n'était flatteuse. L'une au moins, sinon les deux, était sans doute vraisemblable, mais cette évidence, curieusement, n'était d'aucun poids. Je persévérais, acharnée, saisie par cette impression d'entassement que perçoit le cerveau quand on apprend tout par cœur en vue de passer des examens dans des matières imposées. Pendant ce temps, le problème des hommes de la nuit prenait de l'ampleur sans que je m'en aperçoive.

Un matin, trois femmes que j'aimais particulièrement vinrent me chercher pour dresser une arche. C'étaient Mma Isang, Mina Hlotse, notre meilleure sage-femme, et Prettyrose Chilume, qui était si menue que sa contribution à la levée d'arche était essentiellement spirituelle, même si elle tirait et poussait avec nous autres. J'étais toujours conviée en ces occasions. Ce jour-là, nous devions dresser une arche au-dessus de Our Mother Street, la mère étant ici non pas la Vierge Marie comme je pense que j'avais dû le supposer, mais Mme Mpopo Kalighatle. C'était une arche moyenne, d'environ sept mètres de haut sur deux ou trois de large, faite en poteaux de gommier émaillées de bandes rouges et noires alternées, ornée des noms des rues gravés sur la traverse et badigeonnés de goudron dans lequel on avaient pressé des fragments de verre pendant qu'il était encore poisseux. Dresser l'arche supposait de hisser la traverse au moyen de perches surmontées de pinces, tandis que les montants étaient plantés dans les trous creusés pour les recevoir. Le poids des perches constituait la principale difficulté. On avait besoin de quelques femmes vraiment fortes dans l'équipe. Ces événements étaient de nature essentiellement festive. Quelques mots seraient prononcés sur les vertus de la personne ainsi honorée, qui, dans le cas de Mme Mpopo – comme j'allais l'apprendre –, incluaient une inépuisable bonne volonté pour travailler là où l'on avait le plus besoin d'elle, et une aptitude à intercepter les enfants prêts à aller s'égarer dans le désert. Elle était morte deux ans plus tôt. Son nom revenait souvent. Elle jouissait d'une authentique réputation de grande bienveillance, et je regrettais de ne pas l'avoir connue. Nouveauté notable, des hommes offraient leurs services aux levées d'arches, arguant qu'ils pouvaient le faire plus vite et en prenant moins de risques. Une ou deux fois, en effet, l'arche n'avait pas pu atteindre son apogée au premier essai, et elle avait manqué de peu le pied de quelqu'un en retombant. Mais les femmes sont agiles. Nous compensons largement la force qui nous manque pour hisser, par notre aptitude à esquiver les structures en capilotade. Nous étions parfaitement capables de dresser seules les arches.

Je griffonnais avec ardeur quand mes *amies** virent me dire *koko*. Je fus soulagée d'être obligée de m'interrompre car de toute façon je sombrais dans des sables mouvants. L'un des problèmes que je rencontrais en mettant au point mes compilations, c'était d'avoir à décider si telle remarque frappante de Nelson était plus importante qu'elle n'avait paru au premier rougissement, de déterminer si, par chances elle était vouée à m'exprimer quelque chose de manière ésopienne. Peut-être cherchais-je même quelque chose d'encore plus profond, un avertissement ou un indice, un petit rien issu des boyaux de son esprit, quelque chose à scruter attentivement parce son inconscient était mon ami, parce que Nelson m'aimait. À ce moment précis, j'essayai de trouver le lien entre cette remarque cynique de Nelson – à savoir que le sens de la vie, dans toutes ses formulations, semblait se réduire à trouver ou à inventer une parfaite volonté à laquelle se soumettre –, le lien entre cette remarque, donc, et ses observations désobligeantes sur la *femme moyenne sensuelle** – que je n'étais certes pas, nous étions bien d'accord –, qui trouvait sa *raison d'être** dans l'amour d'un mâle aussi proche de l'alpha qu'elle pouvait en dénicher. De surcroît, j'avais glané une poignée de commentaires sur d'évidentes similitudes entre les mariages heureux et le socialisme, ou plutôt entre le mariage en tant qu'idée et le socialisme. Voulait-il dire que les deux sont similairement impossibles, quelque chose d'aussi brutal et primaire que cela ? Mais cela revenait à se demander s'il était ou non, lui-même, socialiste. D'une part, il haïssait son père pour avoir été un simple prosocialiste, un adepte du concept : c'était absolument limpide. Deuxièmement, Nelson se définissait quelquefois comme socialiste, mais dans un sens particulier : son socialisme était plus proche du *noumen* que n'importe quel autre. Et d'un même souffle, il pouvait se décrire comme socialiste et exécrer les marxistes de genre et les cubistes sociaux. Son socialisme était Le Socialisme, leur socialisme était une nostalgie militante, et ainsi de suite. En tout cas, je ne demandais pas mieux que de laisser tout cela de côté pour le moment.

Mma Isang nous faisait presser le pas. Je demandai pourquoi, et m'entendis répondre que la décision avait été prise de dresser l'arche sans préavis, afin d'empêcher certaines personnes – les *baruledi* – de venir nous aider. Tout serait terminé avant le réveil des *baruledi*. Comme les *baruledi* étaient les couvreurs et réparateurs de toits, je nageais dans le brouillard. Mes amies s'étonnèrent de devoir m'expliquer l'affaire. Les *baruledi ba bojang*, tailleurs et poseurs de chaume, étaient les hommes de la nuit. La pose du chaume était un euphémisme paillard, bien qu'oblique, pour le service qu'ils fournissaient. Manifestement, la rancœur de certaines femmes à l'égard des hommes de la nuit prenait de la vigueur.

Ils se soulèvent contre nous, dit Mina. C'est à cause de Raboupi. Ils se soulèvent contre nous sans crainte. Tu peux voir tellement de reines qui prennent leur défense.

On compte actuellement jusqu'à neuf hommes de la nuit. Mina les nomma. Raboupi n'y figurait pas, mais on le soupçonnait de toucher une part sur les prises. Je posai d'autres questions. Pour le moins, des contrôles raisonnables s'exerçaient sur leurs activités. Mina m'expliqua que maintenant, les *baruledi* apportaient leur protection au dispensaire. Et il était établi qu'ils ne pouvaient pas traîner indéfiniment pour se faire inviter à des repas : ils devaient partir quand on le leur demandait. Je pensais que les objections contre les hommes de la nuit avaient partie liée avec le service refusé par les tantes, de manière générale. Mais ce n'était pas le cas, comme j'aurais dû m'en douter. L'un des charmes de la société africaine dans son vaste ensemble, c'est l'âge qu'une femme peut atteindre, et être encore une compagne sexuelle pour un homme plus jeune.

Apparemment, c'était l'aspect de plus en plus flagrant de l'entreprise qui déplaisait. Lorsque je m'étonnai de ne pas l'avoir remarqué, puisque c'était tellement important, elles haussèrent les épaules en disant que je ne l'avais pas remarqué parce que c'était caché sous une ombre, tswanisme ironique signifiant que ce n'était pas caché du tout, *ergo* je n'y avais pas prêté attention. Elles continuèrent à grommeler en marchant, mais j'étais soulagée, curieusement, au sujet de cette affaire. La notion que le sexe fût absent de Tsau en tant que problème, ou sublimé entièrement et magnifiquement en quelque chose de neutre et socialement positif m'avait toujours paru douteuse, pour ne pas choisir un mot plus fort. J'adore exagérément les choses démystifiées. Aussi, j'adorais que les prostitués de Tsau fussent des hommes.

La levée de l'arche fut menée tambour battant, assortie de cet arrière-goût persistant de réussir à faire quelque chose en douce. Plusieurs femmes prirent la parole pour chanter les louanges de Notre Mère Mpopo, chacune de manière très concise – quand on considère ce qu'est la norme pour de telles circonstances. Et voilà qu'au moment où nous terminions survint un petit détachement de raboupistes. Ils reçurent bon accueil en qualité de spectateurs. Leur attitude de groupe connut un léger fléchissement lorsqu'un *copain** les rejoignit, clignant des yeux au sortir d'un rondavel qui n'était pas le sien. Nous réagîmes avec magnanimité. Nous étions déjà parties.

Je tombai sur Nelson qui se hâtait vers le théâtre de l'événement déjà passé, son circuit d'information ayant connu un décalage. Il en était sincèrement malheureux. Il avait préparé quelques notes plus d'une semaine à l'avance. Il avait éprouvé une profonde affection pour Mme Mpopo. Il y avait des choses à dire sur elle que lui seul aurait pu dire. Il me demanda qui avait parlé. Il avait connu Mpopo mieux et plus longtemps que quiconque. Il était très désemparé.

Il avait le droit de savoir pourquoi la levée d'arche n'avait pas été annoncée. Je le lui expliquai. Je voulais qu'il sache que s'il n'avait pas été inclus, ce n'était pas de propos délibéré. Avec le recul, je suppose que c'était imprudent, mais je dois dire à ma décharge que je pensais alors avoir déjà mentionné devant lui l'existence des hommes de la nuit, ne fût-ce qu'en passant. Il se peut que je l'aie effectivement fait, mais qu'il ait été en mode « mari de Stepford », ce qui lui arrivait à l'occasion, rarement à la vérité, quoique moins rarement ces derniers temps, et qu'il ait fait mine de m'entendre, mais sans m'écouter vraiment. Il se pouvait aussi que je ne lui en aie jamais soufflé mot.

Sa réaction alla bien au-delà de la vexation d'être le dernier à l'apprendre dans le quartier. Il s'efforçait de ne pas montrer combien il était secoué. Mes tentatives pour insuffler un peu de légèreté furent vaines. Je lui suggérai de considérer Tsau comme étant enfin sur la voie de la normalisation, tout d'abord avec le développement de la mendicité, grâce aux Basarwas, et maintenant avec la prostitution.

Nous dûmes trouver un endroit où nous asseoir. D'abord, il refusa de parler. Puis il voulut savoir tout ce que je savais. Un signe manifeste de son état in extremis était sa façon de presser ses ongles sur le sommet de sa tête, comme si une colonne de force essayait de jaillir de sa fontanelle. Il le fit à deux reprises.

J'entends la biographie d'Edward Lear

Je restai agitée toute la journée et une partie de la nuit. Je pensais que le sexe pourrait m'aider, et je manifestai ma disponibilité. Je ne me rappelle pas exactement comment les choses échouèrent, mais cela n'était pas sans rapport avec mes mains, qui étaient devenues bleu pâle à force d'imprimer des étoffes pendant tout l'après-midi. Nous perdîmes le fil, bien que ce ne fût pas du tout le genre de choses dont il aurait normalement perdu le fil. Leurs têtes étaient vertes et leurs mains étaient bleues et ils gagnèrent la mer dans un tamis, commença-t-il à citer. Il adorait Edward Lear. Moi aussi. Mais savais-je quelle existence malheureuse Lear avait eue et comment son homosexualité l'avait contraint à passer toute sa vie dans des endroits comme la Corse ? Non. Il me le raconta *in extenso*. Peu à peu, cela réveilla le goût d'un incident de ma vie passée, où quelqu'un que je savais intimement désespéré s'empara d'un livre qu'il avait lu récemment et que je n'avais pas lu, et entreprit de me raconter très longuement toute l'histoire, dans le simple but d'échapper à la désolation fondamentale dont nous connaissions toux deux l'ampleur. Je n'aurais jamais besoin de lire l'*Autobiographie de Lincoln Steffens*.

Pourquoi fais-tu cette tête ?

Je ne sais pas combien de temps s'écoula, un jour, ou deux, ou trois, oui, trois au maximum, avant que la fin ne se précipite pour de bon.

Un soir, donc, je ne sais plus lequel, Nelson se taisait, ce qui tenait du prodige absolu entre nous. Il avait passé un long moment enfermé avec Dineo, assez longtemps pour me mettre mal à l'aise. On disait qu'il avait fait son enquête sur les hommes de la nuit.

Je demandai Pourquoi fais-tu cette tête ?

Quelle tête ? Il ne prononça ces deux mots qu'au prix d'un véritable effort.

Tu as l'air dissocié, presque.

Je m'abstins de le dire, mais mon modèle pour la tête qu'il faisait, c'était ma mère lors de certaines de ses dépressions.

S'ensuivit un horrible effort pour paraître animé et normal, mais ruiné par le timbre sépulcral de sa voix.

Je finis par lui faire dire ce dont il avait discuté avec Dineo. Cela n'avait rien à voir avec les hommes de la nuit. Hector Raboupi avait engrossé quelqu'un, une mineure.

Il avait, chose sidérante, la ferme intention de ne pas me révéler qui. Je le lui fis dire en lui rappelant que j'avais ici des amies, et qu'elles me mettraient au courant de toute façon.

Il s'agissait d'Adelah Makhise. Âgée de treize ans, c'était encore une enfant. Et je l'aimais beaucoup. Elle était adorable et intelligente, et s'apprêtait à se rendre à l'école secondaire publique de Kang. Je devins folle de rage. Je voulais qu'on fasse quelque chose. Un retournement complet s'opérait. Voilà que j'étais dans tous mes états et qu'il était censé m'apaiser et relativiser, alors que l'instant d'avant mon rôle avait consisté à le calmer à propos des hommes de la nuit. Cela n'avait, en effet, rien à voir avec les hommes de la nuit ou la prostitution. Il s'agissait apparemment d'une simple affaire de séduction.

Mais Nelson était complètement lessivé. Il n'avait plus de réserves, plus rien à me donner. Tout ce qu'il parvint à dire fut très convenu. Et le pire fut ma conviction croissante qu'il s'intéressait davantage à m'observer qu'à m'aider. J'avais l'impression d'être un objet d'étude.

Je sais combien je dus lui paraître agitée. Je voulais tout savoir, mais sans ordre particulier. Raboupi avait-il l'intention d'épouser cette enfant ? Nelson se mit à rire. Ce qui raviva ma fureur. Tsau était l'endroit au monde où cela n'aurait jamais dû arriver à Adelah, à cette merveilleuse enfant. Quel serait le châtiment de Raboupi ?

Tu connais la tradition, dit Nelson. Cela revenait à dire que Raboupi, à titre de compensation, devrait payer à Adelah quarante pulas par mois. À supposer qu'elle le demande. Mais que vont faire les femmes ? voulais-je savoir. Il devait exister de meilleures réponses que ces minables quarante pulas. Il fallait que Raboupi soit puni, humilié. Il devait bien exister un équivalent de l'antique coutume romaine, selon laquelle les créanciers engageaient des foules entières pour suivre partout les mauvais payeurs et les dénoncer pour ce qu'ils étaient. Je me rappelais même comment cela s'appelait – un *convicium* – grâce à mon hypermnésie. Je devine qu'il était habitué à ce genre de sorties, dont j'étais coutumière. Mais j'attribuai un sens plus profond à son absence de réaction ; nous manquions de l'institution propre à résoudre des cas comme celui d'Adelah. Et à qui en incombait la faute, sinon à celui dont le titre de gloire, à Tsau, était l'institution du social ?

Et alors, chose effarante, au beau milieu de tout cela, il dit Un jour il faudrait que nous discutions de savoir si Boswell détestait Johnson, comme j'en ai la preuve.

J'ignore si ce propos relevait d'une tactique de diversion délibérée de gibier acculé, ou s'il était fortuit. Je dus en tout cas faire un effort pour comprendre à quoi cela pouvait bien se référer. Depuis quelque temps, il me taquinait sur ma relation boswellienne avec lui. Et dernièrement il m'avait emprunté mon édition de poche Oxford de la *Vie de Samuel Johnson*, qu'il n'avait jamais lue. En ce temps-là, j'emportais partout mon Boswell pour le cas où je me casserais une jambe en un lieu où les choix de lecture seraient limités. J'avais plusieurs fois entamé la *Vie*, sans jamais aller au-delà des cours de latin que dispensait Johnson à ses camarades, lesquels, en contrepartie, devaient le porter sur leur dos jusqu'à l'école ; il en fallait trois pour y parvenir. Puis Nelson sembla persévérer, et raconta l'anecdote de Johnson faisant jouer ses relations à l'amirauté britannique pour faire ramener de force son domestique, esclave affranchi, qui s'était enfui sur un navire, récit destiné à illustrer le côté ignoble de Johnson que Boswell évoquait constamment. Je refusai d'en discuter. C'était nouveau pour moi, à supposer même que l'anecdote fût vraie. Mais ce n'était pas ce dont nous avions à discuter à cette heure.

Tu vas me flanquer une dissonance cognitive, dis-je, alors cesse. Que va-t-on faire à propos d'Adelah ?

Organise quelque chose, dit-il, de cette intonation distante que je détestais, et qui exsudait l'hostilité.

Je suis blanche, répondis-je. Que puis-je faire ? Et sa mère ?

Nelson dit que, d'après ses informations, elle ne paraissait pas trop bouleversée. Il ne s'agissait pas d'une si grande disgrâce. Dineo pensait que la mère d'Adelah avait sans doute déjà reçu un don d'argent d'Hector, ce qui avait dû la rassurer sur son intention d'accomplir son devoir. Hector disposait de revenus tout à fait étonnants, dont une partie provenait du trafic de gibier qu'il avait établi avec les Basarwas. Nelson me rappela qu'il suivait cette affaire-là de près.

Avortement, me disais-je. Je savais que l'infirmière en était capable. Et il y avait d'autres femmes dont j'étais sûre qu'elles sauraient le faire. Mais à quel stade de sa grossesse en était Adelah ?

Environ quatre mois, dit Denoon. Et si tu envisages l'avortement, c'est impossible.

Parce qu'elle est trop avancée, tu veux dire ?

Peut-être moins de quatre mois, dit-il, mais c'est tout de même impossible.

Tu veux dire que quelqu'un le lui a proposé et qu'elle a décidé de garder le bébé ? Parce que si c'est le cas, laisse-moi lui parler, s'il te plaît, avant que quiconque décide quoi que ce soit.

Non, dit-il en se levant, très blanc. Non, parce qu'un avortement, c'est illégal. Nous avons des ennemis à Gaborone qui n'attendent qu'une chose, c'est de nous voir enfreindre la loi. Un avortement leur offrirait exactement ce qu'ils attendent.

Oh, dis-je, alors les petites combines sur le gibier entre Raboupi et les Basarwas, qui relèvent de l'illégalité *tout court** mais qui impliquent des hommes, ça passe. Mais l'illégalité pratiquée par une ou deux femmes pour le bien d'une jeune fille, ça ne passe pas, si je te suis bien ? C'est sympathique, non ?

Il ne nous manque plus que d'avoir les chrétiens contre nous, dit-il. Si notre affaire de gibier s'évente, ce ne sera pas bon pour nous, mais les gens qui dirigent ce pays possèdent du bétail et ils savent que dans les centres d'élevage, les vachers commettent parfois des actes répréhensibles du même acabit.

Je lançai furieusement une remarque à propos de la realpolitik. Humiliant, il corrigea ma prononciation, mais sans répondre sur le *gravamen*. Je me rendis compte que je n'avais jamais entendu prononcer le mot. Je l'avais uniquement vu imprimé.

Fais ce que tu veux, dit-il, d'un air extravagant et puéril à mes yeux. Mais souviens-toi qu'il y a deux choses que Gaborone, gauche droite et centre confondus, ne pardonne pas : le vol de bétail et l'avortement.

C'en fut trop pour moi lorsqu'il ajouta Évidemment, on pourrait aussi abandonner le nouveau-né. Je savais que c'était pure provocation, et j'avais bien conscience que c'était lui qui se démenait pour faire baptiser une rue du nom d'une femme qui avait passé l'essentiel de sa vie au secours des enfants abandonnés dans toute l'Afrique de l'Ouest, mais c'était tout de même insupportable.

Sur l'instant, il me fut impossible de rester dans la même pièce que lui, et c'était manifestement réciproque. J'eus le sentiment de lui faire une faveur en quittant la maison en premier, et lorsque je revins presque aussitôt pour dénicher une torche électrique, il se préparait à sortir de son côté, de crainte que je revienne avant qu'il ne soit d'humeur à commencer à se détendre, sans doute.

Cela m'était égal. Rien n'allait. Je repartis et me frayai un chemin avec une brusquerie délibérée dans les broussailles, jusqu'en un point dominant le versant du koppie, puis je descendis à un endroit d'où je pourrais contempler les feux nocturnes des Basarwas. Je m'étais égratignée ici et là en route. Il faisait froid, et je n'étais pas suffisamment couverte. Mais je trouvais bon d'être assise là, recroquevillée dans mon amertume, à observer les Basarwas en contrebas, qui ne possédaient que leur poux mais qui étaient plus heureux que nous. Les feux faiblissent régulièrement, puis se ravivent quand on les réalimente, au moment le plus froid, vers l'aube. Je restai pour voir cela. Je commençais à avoir mal à la gorge, ce qui me semblait également bon.

Sale coup

Je me rendis directement de mon nid de pie à la grand-place. Tout ce que je voulais, c'était choisir un boulot quelque part où il ferait chaud, comme la cuisine ou la buanderie, et qui soit simple pour que je puisse travailler en mode végétatif. Mais il se passait quelque chose de curieux. Il y avait plus de gens sur la grand-place qu'il n'aurait dû y en avoir à cette heure si matinale. Et l'on percevait un malaise. La vérité de cette idée qu'un village comme Tsau est une sorte d'organisme me frappa à nouveau, et aussi que, de plus en plus, j'en faisais partie. Quelque chose suscitait de l'effroi, il se passait quelque chose. J'avais besoin de marquer une pause. J'avais encore des épines et des brindilles dans les cheveux. À cet instant, précis, je fus témoin d'un spectacle que je n'avais jamais vu : Dineo courait, ses jupes remontées bien haut, laissant voir des cuisses lisses et enviables qui me déprimèrent. Elle sortit bientôt de mon champ de vision et s'engouffra dans Sekopololo.

Une troupe gravissait Gladys et Ruth Street. Je n'avais jamais assisté à rien de pareil à Tsau. C'était une procession militaire. Elles ululaient en progressant au pas cadencé, un pas de guerre des Zoulous. Elles seraient exténuées en parvenant au niveau de la place. Où suis-je ? me disais-je. D'autres femmes quittèrent la place, en hâte, me sembla-t-il. La marche guerrière signifiait quelque chose. Mma Isang apparut et vint vers moi. Elle dit Elles sont en rage et en furie. Ce furent les dernières paroles que j'entendis en anglais ce matin-là. Dorcas était à la tête de la troupe guerrière. Je remerciai dieu en voyant réapparaître Dineo, tout en noir, turban noir, composée, hiératique. Des hommes accompagnaient Dorcas, juste derrière les *batlodis* et ses autres commères, mais apparemment pas Hector. Dineo cherchait Dirang, et la cherchait de toute urgence. J'avais besoin de thé. Or, le mécanisme censé faire le thé ne marchait pas. Le thé était en retard et Dorcas approchait, échevelée, hors d'elle.

Je songeais que nous aurions paru bien théâtrales, aux yeux de quelqu'un qui se serait trouvé suspendu à mi-distance en face de la grand-place, observant des femmes postées à différents niveaux des escaliers supérieurs, disposées comme des figurantes dans une production estudiantine d'*Antigone*.

Dorcas arriva avec sa troupe. Elles étaient au moins trente. Si c'était là son noyau dur, il grossissait. Immédiatement Dorcas se mit à hurler, contre moi en particulier. Où était Rra Puleng ? Et pourquoi restais-je là à trembler – qu'est-ce qui m'arrivait ?

Mma Isang dit Elle est là pour travailler. Qu'est-ce que c'est que ce charivari ?

Dorcas fit alors une chose que je n'avais vu faire à des femmes batswanas qu'à l'occasion de funérailles : elle se lança dans une gesticulation violente et désordonnée, et il fallut la soutenir un instant avant qu'elle puisse poursuivre.

Mon attention était partagée. Des compagnes de Dorcas se précipitèrent vers la cloche de la grand-place, devant laquelle Dirang montait la garde pour notre camp. Dorcas elle-même paraissait incohérente. Elle hurla des questions, d'abord à mon attention puis à celle de Dineo, principalement Où est mon frère ? Elle semblait croire que je savais où se trouvait son frère, mais elle semblait aussi savoir qu'une chose terrible était arrivée à son frère. Elle disait qu'une vision lui était apparue, celle d'Hector mort, assassiné. C'était sa première version de l'affaire, comme je devais l'apprendre plus tard. Il allait y en avoir d'autres. Elle fit un geste du bras et déclara Tu es sale. Je supposai qu'elle faisait allusion à mon aspect fripé du moment, mais elle avait bien autre chose en tête. Son groupe s'agglutinait autour de moi.

En situation de stress, mon setswana n'est pas à son meilleur niveau. Je tentai de lui expliquer qu'elle ne devait pas se mettre dans cet état, ou qu'elle était trop excitée, mais, confondant *gakatsega* avec *gakatea*, je lui disais en fait qu'elle était trop en colère, lapsus incendiaire qui libéra des diatribes grandiloquentes où elle intimait le ciel et la terre de lui dire si, oui ou non, elle avait des raisons d'être en colère, elle entre toutes les femmes.

J'ai vraiment horreur d'être encerclée. Je me frayai un chemin hors du cercle, écartant et repoussant les gens. J'avais deux impératifs. Les ululements sont une chose quand on les entend à distance, et complètement autre chose quand ils vous sont adressés haineusement de très près. Il fallait que je rétablisse une distance. Par ailleurs, j'avais absolument besoin de manger quelque chose, un œuf, un petit pain, quelque chose, car mon taux de glycémie était trop bas pour que je puisse faire face à ce qui m'arrivait. Je courus me placer à côté de Dineo sur la véranda de Sekopololo.

Ce ne fut un moment de gloire pour personne. Dineo courait en rond, entrant et sortant du bureau de Sekopololo, griffonnant des petits mots sur des bouts de papier qu'elle agitait sans trouver personne pour les prendre, et qu'elle finissait par chiffonner.

Sais-tu de quoi il s'agit ? lui demandai-je. Elle semblait l'ignorer. Par miracle, elle avait une assiette d'œufs durs sur sa table de travail. J'en attrapai un et l'écalai.

De la véranda, j'entendais Dorcas donner une nouvelle version de ce qui s'était passé. À l'écouter, elle avait entendu Hector quitter son rondavel, le plus petit des deux sur son terrain, après avoir été appelé à voix basse par quelqu'un. Elle n'avait rien pensé de particulier, car il sortait parfois la nuit pour surveiller les niveaux chimiques à la tannerie et passer les peaux d'un bain à l'autre. Elle s'était donc rendormie, et elle avait dormi à poings fermés parce qu'elle avait trop travaillé ces derniers temps, et lorsqu'elle avait entendu un cri au dehors, elle l'avait intégré à son rêve. Mais elle savait à présent que c'était le cri de son frère. Même si le cri l'avait réveillée, elle aurait eu peur de sortir, disait-elle, à cause de tous ces ennemis qui rôdaient autour d'Hector. Quoi qu'il en soit elle avait continué à dormir, et ce matin seulement elle s'était rendu compte que le cri de son rêve était bien sa voix à lui, annonçant qu'on l'avait tué. Ensuite, quand les compagnons de son frère étaient venus le chercher comme d'habitude et ne l'avaient pas trouvé, elle avait su qu'on le trouverait mort.

Je commençai à prendre peur d'une manière vraiment honteuse. J'avais envie de dire Je n'ai rien à voir avec cet endroit, je vais rentrer chez moi, mes bagages sont pratiquement faits. Dorcas terminait dans un crescendo d'hystérie. J'ai honte de l'avouer, mais je songeai avec terreur que Nelson et moi étions les deux seuls blancs dans un rayon de trois cents kilomètres.

Le groupe de Dorcas se désagrégea, puis bifurqua à droite, dans la confusion, tandis que Dorcas hurlait que le corps d'Hector était dissimulé dans les rochers et que Dineo devait appeler les chasseuses de serpents pour le chercher. Elles s'en allèrent enfin. J'en fus bien soulagée, jusqu'au moment où je m'aperçus qu'elles se dirigeaient vers chez nous. J'implorai Dineo pour que nous les suivions. Elle dressait une liste. Il faut faire une réunion. Mais elle s'interrompit et répondit qu'elle allait venir. Je courais déjà à la suite de la troupe. Nelson dormait nu, et il n'était peut-être pas encore levé.

En parvenant à l'octogone, je vis de la fumée qui s'élevait du chauffe-bain, et Dorcas et sa troupe qui convergeaient autour de la tente de bains. Je trouvai curieux de la part de Nelson de se donner tout ce mal pour chauffer la machine de bain, surtout quand je n'y étais manifestement pas, mais aussi parce que c'était beaucoup de travail par temps froid et que l'eau refroidissait avant même qu'on se soit savonné. J'eus un choc en comprenant que la troupe de femmes était évidemment entrée chez nous pour le chercher.

La meute, puisque c'en était une à présent, criait par l'ouverture de l'édifice pour faire sortir Nelson, le guettant, et certaines ululant même vers l'intérieur.

Je m'efforçai de faire preuve d'un grand calme. Je dus y parvenir. Elles m'ouvrirent un chemin et me laissèrent entrer, à contrecœur. Nelson avait une habitude, sûrement enracinée dans le fait qu'il vivait seul à l'écart pendant de longues périodes : il allait et venait nu, plus que la moyenne des gens. J'y étais accoutumée. Je suis normalement détendue à l'idée d'aller et venir nue devant des compagnons établis, mais avec Denoon, j'avais finalement pris le pli d'être plus pudique. Il était singulièrement réactif à la nudité féminine. Il prétendait que c'était de sa génération. Les hommes de son âge avaient passé leurs vingt premières années à attendre de voir une femme nue en chair et en os, *undsoweiter*. Bref, je m'étais constitué une garde-robe de peignoirs et de kimonos que j'avais répartis un peu partout, un dans les cabinets, un dans la tente de bains, et mon précieux yakuta dans la maison. Je pénétrai dans la tente et trouvai mon Nelson nu, mouillé jusqu'à la ceinture pour s'être hissé hors de la baignoire au début du charivari. Il essayait d'enfiler mon vêtement, dans son trouble. Il voulait s'exprimer, et d'urgence naturellement. Il m'avait cherchée pendant la nuit et ainsi de suite, et il voulait savoir ce qui se passait, de quoi il s'agissait. Il avait l'air mi-déconcerté et mi-inquiet. Je lui dis de ne pas bouger en attendant que je lui apporte un short de brousse, une chemise et des sandales, de ne pas bouger d'un pouce, que je me débrouillerais. Je lui arrachai mon peignoir des mains, en le déchirant. Il ne se montrerait pas dans cette chose à fleurs, fût-ce au prix de ma vie. Par la suite il nia m'avoir d'abord prise pour l'une des furies qui l'assiégeaient, mais en fait il l'avait pensé, juste une seconde certes, mais pour de vrai, ce qui me fit mal.

Je sortis la tête pour annoncer que tout devrait attendre que je revienne avec des vêtements convenables pour Nelson. Au même instant, quelqu'un me bouscula pour entrer, Dorcas, hors d'elle à nouveau. J'avais machinalement ôté la bonde de la baignoire, dans l'idée que le bain était terminé pour aujourd'hui. Dorcas hurla en pointant le doigt vers l'eau qui s'écoulait, Il ne doit pas se laver, nous devons chercher sur lui le sang. Les gens commencèrent à l'imiter, en criant Sang, sang. Nelson se tenait immobile dans un coin, tournant le dos à Dorcas.

Elles me sifflèrent à ma sortie de la tente. J'entrai dans la maison, attrapai des vêtements et les rapportai. D'autres femmes étaient entrées dans la tente. Je me plaçai devant lui pendant qu'il s'habillait correctement. Personne ne sortit. J'étais furieuse.

Je dis à Nelson en anglais Comprends-tu qu'elles prétendent que tu as fait quelque chose à Raboupi, comme de le tuer ? Il opina. Il était atterré. Mais il comprenait.

Dorcas me dit Tu n'as plus le droit de parler, à partir de l'instant présent.

De vraies harpies. Je dis à Nelson Ne les laisse pas te toucher.

Montre tes mains, lui dirent-elles, pour les marques.

Nelson regarda Dorcas bien en face et lui demanda s'il lui avait jamais fait le moindre mal, puis manqua son coup en ajoutant qu'il lui parlait comme un frère. C'était de la folie, bien sûr, et c'était ce qu'elle voulait.

Rra, mon frère gît, assassiné – elle le hurla, en prononçant avec l'accent sud-africain. De nombreux Batswanas progressistes à Gabs aiment parler comme des Sud-Africains, ils préfèrent qu'on les prenne pour des Sud-Africains parce qu'ils pensent que cela fait plus sophistiqué, mais ici, à Tsau, cela n'avait aucun sens.

Nelson se montrait tout à fait apaisant. Je lui dis – à contre-courant des gens qui avertissaient Dorcas que je parlais, désobéissant à ses ordres – Nettoie-toi toi un peu mieux, tes cheveux sont dingues, tu as l'air d'un *fou**, il faut que tu insistes. Mais non, tout ce qu'il voulait dans la vie, c'était que ce fût non violent. Il avait raison, sans aucun doute, sauf que parfois, certaines brutes disparaissent au premier signe de contre-attaque, mais comme nous étions blancs, il avait raison en l'occurrence. Tandis que je sortais à reculons de la tente, non par la porte, qui était bloquée, mais par le côté, une garce mit le pied sur l'ourlet de la paroi pour essayer de me faire mettre à quatre pattes. Tel Atlas, je soulevai le tout. Tout cela était nouveau pour moi, parfaitement inimaginable.

Il y avait davantage d'hommes, notai-je, mais je trouvai intéressant d'observer qu'ils restaient étroitement cantonnés aux rôles de porte-flambeaux. Les femmes prenaient grand soin de les renvoyer loin de toute interaction avec la tente. Là, je décidai de me battre juste un peu. Je ne recule pas devant l'épreuve physique. Je crois que dans mon hystérie, je voulais être l'unique femme à faire parler la poudre. Adolescente, j'étais toujours celle qui voulait entraîner ses copines au cœur de la foule à St. Paul, la nuit du nouvel an, sachant que les hommes qui y feraient la quête seraient des Européens du Nord, fiables, et plus portés à dégueuler qu'à peloter et embrasser comme à San Francisco. Mais tout de même. Je leur garantissais que personne ne nous toucherait. Je ne sais pas ce que j'entendais par là, mais j'y croyais. Nous serions en sécurité, dieu sait comment. Trois, puis quatre de mes amies m'accompagnèrent finalement, et nul ne nous toucha, au cœur du pire que St. Paul eût à offrir. La dernière année de lycée, il en vint quatre. Personne ne nous toucha. Je pense que tout cela me revint à l'esprit, puis Tu peux contrôler les hommes, mais que peux-tu faire ici maintenant ? Réfléchis ! Tu es perdue.

Il y eut une dernière mêlée, fort intéressante d'ailleurs, avant l'arrivée en force de la cavalerie, des loyalistes, et nous pûmes enfin redescendre en nombre à la grand-place. Beaucoup d'enfants accompagnaient les loyalistes, témoins potentiels, compris-je, présence modératrice. Brillante idée.

Le temps est tout. Le responsable de la tannerie était Moffat Dabutha, qui était aussi un pion majeur d'Hector : il fit mine de vouloir entraver Nelson, de lui lier les mains avec des lanières. Il allait bien au-delà de ses responsabilités. Dorcas s'enflamma. Elle arracha les lanières des mains de Moffat et les enroula autour de son propre poignet, en répétant que seules les femmes pouvaient toucher les mains de Rra Puleng. Quelques-unes le poussaient en effet vers le chemin qui descendait à la grand-place. De nouveaux courants se dessinaient ici. Dorcas opérait ouvertement, commandant hommes et femmes indistinctement. Je pense que c'était lié à la stupeur qui s'était emparée de notre camp, confronté au dynamisme orchestré et entretenu par Dorcas. La totale passivité de Nelson nous démoralisait aussi. Il commençait à suivre ses persécutrices, mollement, une seule sandale aux pieds. J'y mis bon ordre. Je lui apportai l'autre et arrêtai le convoi jusqu'à ce qu'il l'ait correctement attachée.

Je me sentis moins infantilisée, dans ces conditions. J'aurais voulu dire à Nelson qu'il avait tort d'accepter ce qui se passait comme une sorte de manifestation légitime de frénésie. Il y entrait aussi de l'intimidation et du cinéma. Tout cela s'évanouirait quand Raboupi reparaîtrait. Il devait bien se trouver quelque part. À ce stade, j'étais incapable de considérer sérieusement que ce sale coup fût lié à son absence, quand bien même il fût réellement absent.

La bousculade cessa, et nous descendîmes tous à la place d'un pas de promenade.

Des groupes et des comités se mobilisaient déjà. Les principales chasseuses de serpents tenaient réunion. Je n'y étais pas incluse, ce qui n'avait rien de bien surprenant. La commission de justice était en cours de convocation, ce qui ne servirait à rien car elles étaient habituées à traiter d'affaires comme les portes des enclos à bétail laissées ouvertes, et ce au plus intense de leur travail. De surcroît, la commission de justice était composée de trois femmes très âgées, les plus âgées du village, et leurs délibérations duraient très longtemps.

La cloche d'alerte sonnait.

Nelson alla de son plein gré s'asseoir et attendre dans une pièce de Sekopololo. Il devait rester au même endroit, il devait être placé sous bonne garde, braillait Dorcas. Il ne devait pas aller et venir pour le moment. Et, pointant le doigt vers moi, elle déclara qu'il fallait m'interdire de me tenir près de lui ou de lui parler. Quelques loyalistes répondirent *Gosiame*, qu'elles étaient d'accord, tandis que d'autres dirent Non, que je devais être auprès de lui. Je n'y prêtai aucune attention. J'entrai m'asseoir sur un siège placé devant la porte de la pièce où se trouvait Nelson. À présent, Dorcas était certaine que la voix qu'elle avait entendue appeler Hector dehors était celle de Nelson. On apprenait régulièrement qu'Hector n'était pas ici, ni là, ni là non plus. Je me proposais de suggérer une année sabbatique quand tout cela aurait pris fin. Dineo entra pour discuter avec Nelson. Je n'arrivai pas à distinguer ses paroles. Nelson s'exprimait en setswana. D'autres personnes entraient et sortaient. Personne ne me prêtait attention.

Je connus un instant de panique en pensant à notre maison, à nos affaires. Je savais que des gens étaient entrés chez nous, et je redoutais confusément qu'il ait trouvé quelque chose de compromettant pour nous, même si je n'avais pas la moindre idée de ce que cela aurait pu être. Il fallait que j'aille vérifier. Mais tout paraissait bien en place, à l'exception du transmetteur, au dos duquel quelques fils m'en semblaient avoir été tirés. La radio n'était pas de mon ressort et je n'étais pas sûre de bien interpréter les choses. Je tentai d'avoir une image claire et nette de ce que pouvaient être les dégâts, afin d'être en mesure de les communiquer à Nelson quand nous aurions l'occasion de parler tous les deux, ce que j'étais résolue à obtenir au plus tôt.

Je retournai prendre position devant sa porte. Le printemps était apparu. C'était une matinée spectaculaire. Il n'y a pas de plus belle saison dans le Kalahari.

Une cellule

N'y prête pas attention, dit-il.

Mais c'était une cellule ! Il n'y avait pas d'autre mot. On lui avait apporté une paillasse, un seau à couvercle, une cruche d'eau et un bol. Il dit C'est naturel. Elles ont besoin de faire ça. Elles savent que je ne sais rien sur Raboupi : je dormais.

Nous nous sommes étreints. Il m'a demandé de cesser de prendre les choses au tragique, si je n'y voyais pas d'objection. Ce n'était rien, et tout serait bientôt fini. Nous nous sommes dit que nous nous aimions.

Est-ce qu'au moins on te laisse tranquille quand tu utilises ça ? demandai-je, en désignant le seau. Les gens entraient et sortaient à leur guise, sans frapper.

Je ne le sais pas encore, dit-il, mais oui, selon toute probabilité.

Je lui décrivis l'état de l'émetteur du mieux que je pus. Il semblait penser qu'il manquait peut-être un segment de plomb, peut-être pas, mais ce n'était pas grave car il avait des pièces de rechange pour tout.

Il ne va rien arriver à personne, dit-il. Mais je percevais l'effort derrière cette affirmation.

Il faut que tu te battes davantage, dis-je. Il me laissa à peine terminer. Jamais son sourire ne m'avait paru aussi transcendant, ni aussi détestable. C'était son numéro de pleine et entière confiance dans l'entité ou organisme qu'il avait créé, et j'étais censée jouer le jeu. Je connaissais ses tropes – et notamment celui-ci, réduit à un fatalisme délirant. Il disait Si cet enfant ou créature engendrée par moi me fait défaut, c'est que j'ai failli et que j'en suis moi-même la cause, ce doit donc être ce que je mérite.

Je sortis et revins aussitôt pour dire Il n'a jamais fait aussi beau, ne veux-tu pas sortir une seconde, juste pour humer l'air ? Non, fut sa réponse : il y avait des réunions en cours. Il prétendit que c'était son choix.

J'avais mes hypothèses à propos de Raboupi : la première étant que s'il avait vraiment disparu, c'était un coup monté entre lui et Dorcas. Puis : Et si c'étaient des amis d'Adelah ? Moi-même, je détestais Raboupi. Et pourquoi pas les Basarwas, que de toute évidence il dupait cruellement ? Inutile. Nelson se refusait à toute spéculation. Le temps réglerait tout. Mais il y avait quelques objets que je pouvais lui apporter si je n'y voyais pas d'inconvénient.

Nelson est très calme

Tsau était véritablement en ébullition, entre les assemblées et les réunions, les allées et venues des chasseuses de serpents qui se cherchaient entre elles, les rumeurs.

Nelson resta aux arrêts de rigueur, seul terme qui puisse convenir à la situation, pendant deux sales journées. Les attitudes des unes et des autres envers moi étaient diverses, mais cela m'était indifférent. Je ne faisais que traîner, essentiellement. Tout était marqué par l'arbitraire : tantôt je pouvais voir Nelson, tantôt on m'en empêchait. Quand je pouvais entrer, je le trouvais très calme, méditatif. Je devais me retenir de dire aux gens des choses qu'il fallait qu'ils sachent au sujet de Nelson, par exemple qu'il devait se laver le torse très soigneusement chaque jour pour éviter le développement d'irritations cutanées sous sa toison, qu'il avait fort touffue. Il se prétendait allergique à sa propre sueur, mais je savais que c'était bactérien parce que l'hamamélis, dont nous ne disposions plus à Tsau, l'en débarrassait toujours après deux ou trois applications. Son message à mon intention ne variait pas : ce serait bientôt fini, la roue des dieux tournait, il fallait faire preuve de patience.

Les habitudes se dégradaient. L'avion de la Barclays vint et repartit, sans que personne fût allé l'accueillir. C'est moi qui, flânant du côté du terrain d'aviation, avait attiré l'attention des autorités sur le fait que des caisses et des marchandises avaient été posées par terre, en attendant qu'on vienne les prendre. Quelqu'un d'inconnu, un jour, se mit à sonner la cloche d'alerte. Jamais encore cela ne s'était produit. Un sentiment généralisé de transgression nous affectait. Mma Sithebe et Mma Isang s'efforçaient avec discrétion de ne pas me perdre de vue et d'entretenir mon optimisme. Je n'avais pas d'appétit. J'étais incapable d'organiser quoi que ce soit.

Finalement, Nelson fut libéré pour des raisons de convenance. On avait besoin de lui pour remettre l'émetteur en état de marche, afin que Dorcas Raboupi puisse porter plainte contre lui auprès de la police à Gaborone. Les dégâts occasionnés à l'émetteur étaient réels, mais sans gravité : il observa que c'était sûrement dû au fait que les gens avaient déplacé des choses sans faire suffisamment attention. Il n'en fit pas cas. Et la police ne fit aucun cas non plus de l'appel confus que leur lança Dorcas. Un frère qui disparaissait sans prévenir, ce n'était vraiment rien du tout. Ils étaient sûrs qu'il referait surface. Dorcas les noya dans les détails : elle voulait faire inculper Nelson parce qu'il connaissait mieux que personne à Tsau les grottes et les failles alentour, et donc le meilleur moyen d'y faire disparaître un cadavre en déplaçant quelques grosses pierres. La police n'y comprit rien, et l'affaire fit long feu. Je pense que Nelson se serait porté volontaire pour une troisième nuit aux arrêts d'office si je n'avais pas pris d'initiative. Il était très conciliant sur la captivité. Il prenait grand plaisir à lire le *Tao te King*, qu'il m'avait demandé de lui apporter. Il faut que tu restes ici avec moi, dis-je, parce que je deviens paranoïaque : j'ai l'impression que la maison est placée sous surveillance, et j'ai peur d'être ici toute seule. J'ai besoin que tu restes avec moi.

Il y aurait encore des réunions. Il y aurait même une audience.

Notre première nuit ensemble fut bizarre. Le côté sexuel ne l'intéressait pas. Moi si. Plus bizarre encore, il semblait incapable de se forcer à m'aider à lutter contre ma panique, contre mon besoin de lui faire admettre que nous nous tenions tous deux au bord d'un précipice. Je désirais cela, et je voulais que nous mettions en commun tout ce que nous savions au sujet d'Hector et de son éventuel destin, afin de tenter de résoudre l'affaire, de la comprendre. Et comme si cela ne suffisait pas, je voulais aussi qu'il m'exprime clairement, sous la forme qu'il pourrait, que je vivais bien avec l'homme que je croyais, d'une absolue probité à l'égard de la vie humaine, innocent de toute implication dans quelque atteinte que ce fût à l'intégrité physique d'Hector Raboupi. Les femmes veulent censément épouser des hommes plus grands qu'elles, suivant la notion subliminale que plus ils seront grands, et mieux ils pourront remplir la fonction de protecteurs, lisez tueurs, en cas de besoin. Cela n'a jamais été mon cas. Non que cela prouve grand-chose, mais Nelson et moi sommes de même taille. Je désirais un homme pacifique : sans doute l'avais-je toujours souhaité, mais il avait rendu ce besoin précis et intense. Magnifique, me disais-je, cette façon de multiplier tes desiderata à mesure que tu avances en âge. *Brava* ! Coexistant stupidement avec cette valeur, un trope émotionnel me disait qu'en matière de violence, les femmes avaient droit à un peu de latitude, en raison de l'histoire qui faisait de leur violence tournée contre les hommes une action en représailles.

Mais Nelson ne m'était d'aucun secours. Il n'aspirait qu'au retour à la normale.

Je ne pouvais rien faire. À propos d'Hector, il refusait de s'écarter de l'hypothèse selon laquelle celui-ci avait dû manigancer sa propre disparition avec une aide extérieure, et que la vérité finirait par triompher. Nous allions donc devoir attendre le deuxième acte. Il était très fatigué. Je dus céder. Il ne me suffisait pas d'être convaincue de son innocence : je voulais qu'il ressente aussi fort que moi que, s'il y avait eu un crime, il était pour le moins crucial de découvrir qui en était responsable. Mais il campait sur sa position, à savoir que tout cela n'était qu'illusion. Il ne voulait pas échafauder de spéculations. Mais libre à moi si j'en avais envie, voilà tout ce que je pus tirer de lui.

Je parvins à garder pour moi mon espoir le plus vil, à savoir qu'après cet imbroglio, la perspective de se désengager de Tsau, de nous désengager, serait plus envisageable.

Duplicrates et Réplicains

Tsau oscilla encore une semaine. Le conseil des sœurs offrit une récompense de cinq cents pulas à qui retrouverait le corps d'Hector Raboupi. Et tout se désagrégea. Enfants et maîtres abandonnèrent l'école pour lancer des recherches. L'offre fut même élargie aux

Basarwas. Puis, comme cela ne débouchait sur rien, le moment vint de procéder à des auditions devant le comité de justice.

Une douzaine d'entre nous avions dû rédiger des déclarations, décrivant tous nos faits et gestes et nos observations pendant la nuit de la disparition d'Hector. Je n'étais d'aucune aide pour Nelson en termes d'alibi. Il était sorti cette nuit-là. Et au moment de son retour présumé, j'étais sortie. Nous avions échangé des mots difficiles. Naturellement, tout cela suscitait le plus grand intérêt. Le comité de justice fit preuve d'une grande rigueur. Les variations du récit de Dorcas furent relevées. Denoon avait fait l'objet d'un examen physique minutieux à Sekopololo, juste après sa sortie de la tente de bains : les nombreuses égratignures et contusions mineures qu'il portait sur le torse et les bras furent jugées compatibles avec le type d'incidents que pouvait entraîner le labeur physique qu'il accomplissait. En conclusion, il fut établi que nul ne pouvait dire ce qui était arrivé à Hector. De deux choses l'une, soit il avait choisi, pour des raisons connues de lui seul, de se rendre à Tikwe, une minuscule chiure de mouche sur la carte, situé à soixante-cinq kilomètres au nord de Tsau, soit il avait rejoint la piste des nomades hereros, à une cinquantaine de kilomètres à l'est, une piste qui était largement fréquentée à cette époque de l'année. Quoi qu'il en soit, sa disparition avait été signalée au commissaire de district de Maun, afin qu'il poursuive l'enquête. L'affaire semblait close. Dorcas et ses amies se virent enjoindre de cesser leurs accusations, et leur réaction fut ténébreuse. Elles se montrèrent particulièrement offensées lorsqu'il leur fut rappelé que Raboupi avait déjà, et à plusieurs reprises, disparu de Tsau sans prévenir, jusqu'à trois jours d'affilée. Dorcas le nia avec véhémence, mais c'était apparemment vrai.

Adelah fit une fausse couche. J'ai ma propre opinion sur l'authenticité de la chose. Dineo l'aimait beaucoup aussi. De même que Dirang. Nous l'aimions toutes. Désormais, elle pouvait aller à l'école. Je lui offris un médaillon. Elle promit de m'écrire. Il faisait un temps sublime. Ce doit être vraiment terminé, dis-je à Nelson en apprenant qu'on lui avait demandé de venir à Sekopololo pour aider à faire les comptes.

Son désir de voir finir l'affaire était si fort et si pathétique que je lui emboîtai le pas. À présent, nous pouvons partir, dis-je. Tu as fait ton travail, et Tsau est un endroit normal, qui connaît des problèmes de mendicité, de prostitution, et de criminalité. Les Basarwas étaient les mendiants, les hommes de la nuit étaient les prostitués, et je défendais momentanément la position que la disparition de Raboupi avait pu être criminelle. Il s'indigna très vivement. Je m'excusai d'avoir été désinvolte.

Je savais ce qui se passait. Il tentait de se réfugier dans le professionnalisme. Après tout, Tsau était sa profession. Le message, c'était de m'en tenir à mes lares et à mes pénates tandis qu'il poursuivrait sa tâche. Un chirurgien du cerveau ne consulte pas sa femme sur la façon d'attaquer une tumeur sous prétexte qu'il l'aime et qu'elle est charmante. Le message, c'était aussi qu'il était temps que je ne me considère plus comme une collègue incompétente.

Ce fut tout pour le moment. Et tant pis si je le voyais s'imbiber de tristesse comme un poignet de chemise trempé par inadvertance dans un encrier. Il avait une manière bien à lui de me rappeler qu'il était beaucoup plus vieux que moi, en se souvenant que de son temps, à l'école primaire, les encriers étaient encastrés dans les pupitres, et que des responsables les remplissaient. Moi, j'étais post-encrier. Tant d'images que j'ai en tête me viennent de Nelson, de ses histoires et de ses anecdotes, que j'en suis éberluée. Je n'en veux pas. C'est comme si ma propre vie n'avait pas été suffisamment vivace à sa façon.

J'étais abreuvée d'allusions me décourageant d'imaginer que je pourrais un jour ramener Nelson en Amérique. J'oublie quel était le problème, à moins que ce n'ait été que ni les Démocrates ni les Républicains n'avaient rien trouvé à redire au retour de l'Afrique du Sud en Angola pour assassiner des centaines de Xangongos en ce mois d'août-là, mais j'étais en butte à des remarques acidulées sur le caractère incorrigible de la vie politique américaine, et qu'on devrait rebaptiser les deux grands partis Duplicrates et Réplicains, et ainsi de suite. J'étais tentée de rétorquer Alors pourquoi ne retournes-tu pas aux États-Unis, le vaisseau amiral de cette force que tu vois détruire le monde, sois un homme, précipite-toi dans la fournaise rougeoyante, présente-toi au Congrès, fonde un mouvement ou quelque chose. Et j'avais envie d'ajouter Voilà ce que je ferais si j'étais un homme doté de tous ses attributs et que j'aie des convictions aussi fortes.

Clay-Shuttered Doors

La réaction de Denoon à mes tentatives les plus humbles de poser les questions brûlantes me rappela l'une des mes expériences de lecture préférées au temps de mon adolescence. Il me rappelait le personnage de la mère dans *Clay-Shuttered Doors*. Une mère de famille gît, mourante, sur son lit, mais sa famille se rassemble autour d'elle, et leur amour, leur besoin d'elle est tellement cinétique que, bien qu'elle meure réellement, cette force d'amour la réanime, en quelque sorte. Elle n'est pas complètement vivante, et certaines bizarreries le prouvent, comme son haleine glacée. Elle parvient à se traîner dans la maison pendant une semaine ou deux, répondant à des questions simples, faisant des œufs brouillés, mais rien de plus compliqué. Puis c'en est vraiment trop, et elle meurt pour de bon. C'était exactement Nelson pendant cette période. Il y eut deux ou trois excellentes chutes de pluie qui en temps normal l'auraient absolument enthousiasmé. Mais il n'eut qu'une réaction *pro forma*.

Il répondait à mes questions de bonne foi, me semblait-il, mais de manière laborieuse et distante. Cela semblait lui demander un tel effort que je craignis de précipiter quelque chose de regrettable si je persistais, et je me rabattis sur mon recours tout-terrain à la scriptomanie, en dressant une liste de toutes les questions que je pourrais lui poser un jour, quand il serait redevenu lui-même et que nous pourrions résoudre les choses suivant les préceptes de la raison, les vraies questions à poser pour régler le dilemme, à savoir quitter Tsau ou y rester pour toujours. Je notais des questions comme Prévoirais-tu de rester si tu avais des enfants à élever ? qui auraient été désastreuses, je m'en rends compte avec le recul, car elles suggéraient qu'il avait créé une chose de mauvaise qualité, mais assez bonne toutefois pour les enfants des autres, ou bien que je le penserais si lui et moi avions des enfants ensemble, fût-ce un seul. Il en aurait aussi déduit que, par cette question, je lui demandais subtilement de me faire un enfant, sollicitant d'être autorisée à me définir dans le monde par ses propres héritiers et leurs accomplissements futurs, voués comme les siens à ébranler le monde. Je n'ai pas la moindre idée si je suis maternelle ou non, mais ce n'était pas la bonne façon de le découvrir. Une autre question aurait été Cela arriverait-il entre nous si nous étions mariés légalement ?

Comme les questions qui me turlupinaient restaient miennes et pouvaient toujours être triées, je me sentais libre d'aller *ultra vires* si je le souhaitais. Certaines étaient ce qu'il détestait le plus, psycho-pop, comme dans Y a-t-il quoi que ce soit qui puisse t'aider à prendre une décision sur ce point si tu observais ta constellation parentale, *id est* l'idée que tu pourrais réaliser une mission paternelle, convertissant ton philo-radicalisme en réalité, et créant en même temps une société dont ta sainte mère aurait été fière, dans laquelle les femmes sont censément à l'abri des mâles prédateurs, et où règne la tempérance, qui commande aussi, rétroactivement, la cause de la chute et de la mort de ton père ? Je ne suis pas autant l'ennemie de la psycho-pop que je crains de l'avoir laissé entendre à Nelson. Je suis une vraie touche-à-tout. En fait, j'ai même vaguement envisagé naguère de devenir une analyste transactionnelle, parce que leur procédure de certification est remarquablement simple, et je ne pense pas qu'on puisse réfuter l'idée que la dynamique familiale internalisée est peu ou prou déterminante dans ce que nous sommes. C'était à l'époque de ma quête perpétuelle de niches économiques. Nelson n'a jamais vraiment perçu l'ampleur de ma détermination à ne jamais sombrer dans la misère en Amérique, ni dans les dettes en particulier. Je savais ce que c'était. Même quand j'allais *ultra vires*, il y avait des limites. Dans aucune de mes questions n'apparaît l'expression crise de la cinquantaine, par exemple.

Une autre question de ma liste était En supposant que je sois plus claire et plus affirmée dans mes vues professionnelles, moins sceptique et ambivalente, en quoi ceci affecterait-il cela ? Ce n'était pas que j'aie perdu tout intérêt pour l'anthropologie nutritionnelle. Je m'y intéressais encore, et je m'y intéresse toujours. Et je savais qu'avec un minimum de chance et d'encouragement, je pourrais probablement souffler sur les braises et rallumer le *son et lumière**. Mais ma quête de Nelson avait empli le ciel de mon esprit d'un autre édifice. J'essayais parfois de raviver mon goût pour l'anthropologie, poussant même l'effort jusque dans des petits fantasmes de tout plaquer pour repartir seule et redémarrer de zéro à Stanford, avec un nouveau sujet et un nouveau directeur de thèse, et voilà que, miracle, Nelson débarquait sans crier gare, après m'avoir suivie à travers le monde pour être avec moi. Mais s'il ne venait pas ? Et comment faire face aux terribles femmes lancées à la conquête de l'anthropologie, celles qui étaient plus brillantes et qui avaient mieux réussi que moi, qui seraient déjà bien *en route**, certaines dotées de maris adorés qui les adoraient, et ayant déjà des enfants ? Et que ferais-je quand il apparaîtrait que ce que j'aurais de plus intéressant à dire serait ce que je serais prête à divulguer sur le grand génie social Nelson Denoon, avec qui la rumeur me prêterait un grand attachement passé ?

Cette phase de ma vie n'était pas saine, et il fallait qu'elle prenne fin. Pour vivre décemment à Tsau, il faut s'occuper des petites choses. La moindre inattention peut avoir des conséquences graves. Ainsi, je vérifiais avec négligence qu'il n'y avait pas de scorpions dans les draps, et une nuit je sentis quelque chose sur ma cheville, et c'en était un. Je le chassai avant qu'il ait pu me piquer, mais ce fut un avertissement.

Mes rêves ne m'aidaient aucunement. Dans l'un d'eux, j'avais une valise à la main et j'entrais dans une maison qui avait l'air sortie d'un dessin d'enfant, et où j'avais aperçu par une fenêtre un anthropologue renommé qui avait naguère manifesté son intérêt pour moi, mais qui, avais-je découvert, était bisexuel. J'entrais, et c'était une maison où j'avais brièvement vécu avec ma mère, une bicoque branlante aux abords d'une carrière. On entendait des explosions à toute heure du jour, deux ou trois fois par semaine. Dans cette maison, il n'y avait aucune surface plane. On s'y habituait mais, à l'explosion suivante, les choses glissaient dans une direction à laquelle on n'était pas préparé. Dans l'espoir déçu de donner un coup de neuf à la maison, ma mère avait arraché les lattes qui couvraient les joints des panneaux en agglo du plafond, qu'elle avait tenté d'enduire et de repeindre pour créer un effet plus uniforme, car, d'après mes souvenirs, elle détestait l'impression d'être sous un grillage. Mais malheureusement, lorsque le jointement fut sec entre les panneaux, comme les explosions se poursuivaient, il vous tombait dessus des miettes de plâtre et de la poussière, surtout, semblait-il, quand on recevait des camarades à goûter. Bon, en tout cas, voilà la maison où je retournais en rêve, même si apparemment rien ne s'y passait, et que je n'y percevais aucun signe de ma mère.

Un soir, en regardant ma main droite, je remarquai un cal juste au-dessus de la première jointure de mon médius, et une sorte de coussinet à l'extrémité de mon index, que je grattais machinalement ces derniers temps, tout cela dû au fait d'écrire constamment. Il faut que cela cesse, me dis-je.

Tsau a besoin d'une succursale

Un matin, il se leva avant l'aurore. Il rassembla des choses et les emballa. Je pars, crus-je l'entendre dire.

Naturellement, je fus électrisée. Il paraissait changé. Il était déterminé. S'il faisait ses bagages, je devrais aussi faire les miens, *n'est-ce pas** ? Je redoutais de dire ou faire quelque chose qui pût menacer la construction que j'échafaudais.

Mais il me détrompa en un instant. Il savait ce qu'il allait faire pour Tsau. Il allait se rendre tout de suite, immédiatement, au minuscule hameau de Tikwe. Tikwe se trouvait à soixante-cinq kilomètres au nord. Et dans ces soixante-cinq kilomètres de désert entre Tikwe et nous, pas l'ombre d'un campement. Il partait, au singulier. Il cherchait ma carte des points d'eau.

Il irait à Tikwe dans un but spécifique. Il était temps que Tsau ait une colonie-sœur, concrète. Le manque de colonie-sœur ou fille était à la source des désordres de Tsau. Il fallait confronter les gens à la nécessité de diffuser l'idée de Tsau au lieu de s'y reposer confortablement. Il fallait instituer un échange. L'échange concentrerait la conscience publique de Tsau sur ce qu'était réellement Tsau. Les habitants de Tsau étaient devenus trop désinvoltes et passaient trop de temps à écrire des lettres à des parents pauvres ailleurs, essentiellement pour affecter des airs supérieurs. À Tikwe, il essayerait de fonder une succursale de Tsau, ou pour le moins d'explorer la possibilité d'en ramener deux ou trois femmes en qualité de stagiaires. Et puis aussi, il pourrait apprendre si l'on avait des nouvelles d'Hector à Tikwe.

Assieds-toi, le temps que nous mangions quelque chose, dis-je. Je devinais ce que son projet comportait de dangereux, à commencer par son mode de transport. Il allait emprunter – c'était son terme – un cheval. Tsau possédait deux chevaux. Je savais que l'affaire devrait passer par un comité, et il n'avait pas l'intention de passer par un comité. Il partait à l'instant même. Il s'exprimait par phrases brèves et fragments de phrases, lui fis-je observer. Je dis Être aussi succinct, c'est un signe de précipitation, non ?

Je fus franche avec lui. Tu veux agir pour agir, lui dis-je. Il n'y avait aucun risque, prétendit-il, et s'il y en avait, ce n'était qu'une fraction de ce que j'avais affronté en venant à Tsau. Il connaissait ce coin du Kalahari comme sa poche, que je le croie ou non. De toute façon, il n'avait pas l'intention de discuter de la proposition centrale, car ce serait une perte de temps, et il était absolument décidé à y aller. S'il se trompait, eh bien, tant pis, il aurait perdu une semaine et il reviendrait dans la danse – et il serait prouvé que j'avais vu juste une fois de plus.

Je pourrais t'en empêcher, dis-je. Je pourrais avertir des gens. Je t'aime et tu en profites : tu sais que je ne te retiendrai pas. Mais je devrais, je devrais, ne serait-ce que pour t'empêcher de jamais me reparler comme tu me parles. Je ne suis pas ton public. Souviens-t'en. Je suis à fond contre cette idée et je t'aime, mais rien de ce que je pourrai dire n'aura le moindre effet sur toi, n'est-ce pas ? Nous le savons tous les deux. C'est du baratin que tu me sers, et tu es censément l'ennemi proclamé de l'idée que les femmes sont la plateforme où arrimer les diverses entreprises qui viennent à l'esprit des mâles, mais écoute ceci. Pourquoi ne pas partir plutôt demain, ou après-demain ? Le problème, c'est que les femmes te créeraient des difficultés. Elles ne vont pas apprécier cette histoire de fuite sur l'un de nos chevaux. Et c'est moi qui vais devoir affronter ça. En fait, tu as besoin que je reste ici, voilà pourquoi je ne peux pas t'accompagner, si tu dois partir sans prévenir. Est-ce que je me trompe ? Si nous prenions les deux chevaux et que nous filions sans prendre congé, ce serait l'hystérie totale. Mais si tu me laisses sur place, je peux tout rationaliser, tout expliquer, je peux invoquer des prétextes qui justifieront l'urgence de ton départ et ainsi de suite, non ?

Je le convainquis de me laisser contrôler ses choix alimentaires, qui se révélèrent adéquats. Mais il avait oublié la trousse de premiers soins et le kit pour les morsures de serpents. Il les retrouva.

J'essaye de sauver cet endroit, dit-il.

Mais tu ne démens rien de ce que je dis, n'est-ce pas ? demandai-je.

Non, dit-il.

C'est une erreur, dis-je.

Pourquoi faisait-il cela ?

Je me parlai à voix haute après son départ. Il n'était pas idiot, alors pourquoi faisait-il cela, ou pourquoi avait-il le sentiment de devoir absolument le faire ? J'avais l'esprit d'escalier. Peut-être s'était-il convaincu que les gens voulaient qu'il parte, activement pour certains, à l'évidence, et plus passivement pour d'autres. Et par cette initiative, il allait retourner la situation et se créer un nouveau rôle, qu'il leur faudrait du temps pour appréhender, puis pour contester. De sorte qu'il puisse rester. J'aurais pu évoquer cette possibilité avec lui. J'aurais pu évoquer la possibilité que l'approbation et l'orchestration de notre établissement commun en tant que *ménage** aient eu la même orientation, à savoir un événement encouragé dans la certitude pressentie que, étant plus jeune, j'aurais sûrement des projets qui nous feraient quitter Tsau dans des délais plutôt brefs. J'aurais pu trouver un moyen de m'introduire sous le vernis de son baratin. J'aurais pu l'entraîner dans une discussion.

Je m'aventurai même un peu dans l'idée de le rattraper pour lui dire d'emmener plutôt Baph à la place d'un des chevaux, parce que les gens seraient moins contrariés, même si Baph appartenait techniquement à Sekopololo, comme les chevaux. J'avais, en effet, fait don de Baph à Sekopololo. Mais je me rendis compte que jamais de sa vie il ne consentirait à reparaître à Tsau juché sur un âne, avec ou sans Tikwe au creux de sa main. Il tenait à avoir l'allure équestre. Je me recouchai. Je pense aujourd'hui que j'aurais pu le rattraper et lui faire reconsidérer l'affaire, mais l'idée que Tsau puisse devenir un modèle et un agent propagateur du système d'équité à échéance réduite était respectable en soi. C'était d'ailleurs quelque chose dont nous avions parlé. Et donc, je me recouchai.

Une hérésie

Le tumulte commença à midi, quand fut signalée la disparition d'un des chevaux. Et aussitôt j'accumulai les erreurs. Je descendis trop tard sur la grand-place pour expliquer à Dineo ce qui s'était passé. Le moment était en outre mal choisi, et il aurait tout simplement mieux valu que je m'efface du paysage.

Dorcas était là, en furie, à monter en épingle la disparition du cheval et à proclamer que Denoon était allé se cacher dans le désert en emportant le cadavre d'Hector.

Je paniquai. La peur me fit dire que j'avais dormi et que je n'en savais pas plus que les autres.

Ces gens-là dorment toujours pendant que le crime progresse, dit Dorcas – ou le vociféra, plutôt.

Dineo m'attira à l'écart. Je lui dis aussitôt la vérité. J'insistai sur le fait que je m'étais opposée à Nelson, mais qu'il avait été inébranlable. Je dus rédiger une déclaration. J'avais de la sympathie pour elle. Elle était bouleversée.

Il faisait un temps bizarre, un ciel blanc très bas, parsemé d'effilochures noires par-dessous, comme de l'encre se dispersant dans l'eau. Cette nuit-là, il plut. Je pensais à Nelson dans le désert, en me disant que le voyage prendrait sans doute au moins deux jours. Je dormis mal, et m'éveillai quand me vint à l'esprit la phrase parfaite pour exprimer ce qu'avait fait Nelson, la phrase que j'aurais pu prononcer aussi, qui sait, pour tenter de l'en dissuader : *on s'engage et puis on voit**. Cela aurait peut-être été de nature à l'arrêter, car le fait d'être classé dans une catégorie était l'une des rares choses à pouvoir y parvenir. Ou peut-être n'aurait-ce servi qu'à l'encourager. Je trouvai ses lunettes de soleil préférées sur le bureau. Il en avait d'autres, mais pourquoi avoir laissé celles-là ?

Au matin, je descendis au kraal pour voir Baph. Des gardiens, hommes et femmes, s'y étaient ostensiblement postés. Je suppose qu'il s'agissait de m'empêcher de fuir avec Baph ou le dernier cheval. Sans doute n'aurais-je pas dû faire cette visite.

Le comité de justice se réunit à nouveau.

Je me disais que je risquais de devenir folle si tout cela durait trop longtemps. J'avais été exclue de deux débats, l'un avec Denoon parce que, en ces temps de crise, nous n'étions plus très collégiaux, et aussi parce que je n'étais pas un homme, j'en suis convaincue. Et j'étais exclue du débat avec les femmes de Tsau parce que je n'étais pas africaine et aussi en raison de mon association avec Nelson, qui leur semblait de plus en plus suspecte.

Je m'efforçais d'être intérieurement militante et de dédaigner ma situation présente parce qu'elle était ennuyeuse, et que je n'étais pas née pour m'ennuyer. Évidemment, il n'existe pas de mot en setswana pour exprimer l'ennui, comme me l'avait fait observer Nelson, histoire d'illustrer le robuste équilibre tswana. Mais où était Nelson, mon ami, quelles que fussent ses faiblesses, quand j'avais besoin de lui ?

Vous m'ennuyez ! Telle était l'anathème que j'avais envie de clamer à la face de cette populace loucheuse qui suivait partout Dorcas. Vous m'ennuyez à mourir. Vous me réduisez à une situation d'ennui. Vous n'êtes intéressants que du point de vue de ceux qui s'intéressent aux gens ennuyeux. Vous n'êtes même pas inintéressants. Vous êtes ennuyeux dans vos relations interpersonnelles. Je ne vous demande pas d'être des personnages de Proust, mais je vous demande mentalement de ne pas me surveiller, qui est la chose la plus ennuyeuse qu'on puisse faire ou à laquelle on puisse être soumis. Partout dans le monde, dans l'intimité de leurs cabanes, les anthropologues lèvent les mains au ciel en disant Que c'est ennuyeux ! La vie ne devrait pas être aussi ennuyeuse. Il y a une personne ici qui n'est pas ennuyeuse, c'est Nelson Denoon, et tous ensemble vous l'avez réduit à un tel état qu'il est parti dans le désert, et le désert est toujours dangereux quand on s'y rend seul. Moi non plus, je ne suis pas ennuyeuse. Quant à vous, vous croyez peut-être que vous ne l'êtes pas parce que vous vous montrez très courtois quand ça vous chante. À mon humble avis, la courtoisie est affaire d'Ancien Régime si elle s'allume et s'éteint comme un feu rouge à un croisement. Je menais intérieurement mon propre débat.

Où était-il ?

Il était censé partir une semaine au plus. Une semaine, ce peut être cinq jours, ou bien sept. Et quand sept jours eurent passé, je me répétai frénétiquement qu'il avait dû dire Environ une semaine.

Après le cinquième jour, l'angoisse me glaça. J'étais sûre qu'il lui était arrivé quelque chose de terrible. Mon programme d'écriture de mon journal paraissait dérisoire, pis que dérisoire s'il était arrivé quelque chose. Il fallait que je fasse quelque chose de physique ou de pratique. L'effort qu'il m'était nécessaire de faire pour écrire normalement m'effrayait. Je m'inscrivis à Sekopololo pour la distribution de graines en vue des semis de printemps dans les potagers. Dans certaines maisons, on fermait la porte à mon approche. Je persistai malgré tout.

Le temps avait été irrégulier, quelques belles journées et d'autres menaçantes, un peu de pluie. Tous les matins et tous les soirs, je grimpais au sommet du koppie pour voir où il avait plu, où se trouvaient les plaques sombres qui verdiraient en premier. Aussi, je guettais Nelson. J'essayais de me rappeler ce qu'il avait dit à propos d'un certain Français du dix-septième siècle qui avait eu un seul et unique pouvoir occulte, consistant à prédire avec précision quand les navires arriveraient à Toulon. Il ne pouvait rien prophétiser d'autre. Les mystiques favoris de Nelson étaient des individus dotés d'un talent saugrenu qui ne servait pas à grand-chose. Dans les années cinquante, il y avait eu un bonhomme qui arrivait à produire des petits fragments de scènes sur des plaques photographiques par la seule force de sa concentration. Généralement, les héros de Nelson finissaient dans la misère et l'ignominie. Le Français qui pouvait voir les navires par-delà la courbure de la terre, d'après ses affirmations, n'avait jamais cherché à monnayer son don. L'une des grandes qualités de Nelson, que j'appréciais toutes immensément dans la situation présente, c'était que lorsqu'il savait une chose que vous ne saviez pas, il vous en révélait tout, sans rien garder dans l'ombre ni rien exclure sous prétexte que cela n'entrait pas dans son propre système de certitudes. Pourquoi savait-il toutes ces choses ? Il croyait à la lecture aléatoire. Par ses amis universitaires, il jouissait de privilèges d'accès à toutes les grandes bibliothèques – sans doute une légère exagération – et souvent, quand il revenait à ce que je n'oserais jamais appeler devant lui la civilisation, il se précipitait à la bibliothèque universitaire la plus proche et y passait huit heures d'affilée, à feuilleter et lire jusqu'à ce qu'il soit repu. Et maintenant, où était-il ?

À deux reprises, j'étais allée trouver Dineo pour tenter d'obtenir l'autorisation d'organiser une battue. Elle me répondit qu'ils le connaissaient mieux que moi, et qu'ils gardaient en mémoire le nombre de fois où il était parti ainsi vers l'une des dépressions ou le long du fleuve de sable. Elle était convaincue qu'il reviendrait bientôt, d'autant qu'il y avait aussi cette histoire de cheval. Il n'y avait vraiment aucune excuse à se conduire assez négligemment. Je passai une journée entière sur le koppie, avec mes jumelles. Il n'y avait rien à faire. On avait envoyé des messages à Maun et à Kang. J'étais la seule à me désoler.

Neuf jours

Je suppliai Dineo de me laisser reprendre mon âne. Elles pouvaient retenir tous mes crédits de travail si elles le voulaient. Elles pourraient attribuer à Baph la valeur de leur choix. Si je n'avais pas assez de crédits, je me reconnaîtrais débitrice du reste et je travaillerais sans relâche pour les rembourser. Je lui rappelai tout de même que j'avais fait don de Baph à Sekopololo, d'abord, ce qui devrait bien valoir quelque chose. Elle aurait voulu accéder à ma demande, sincèrement me dit-elle, mais maintenant, il lui était impossible de prendre seule une pareille décision. Il faudrait tenir une réunion extraordinaire.

Ce qui m'enrageait, c'était que tout dût être aussi consensuel, même au cœur de ce que je regardais comme une crise. Je répétais sans cesse Montre-moi le règlement qui dit que c'est impossible ; où est-ce écrit ? Mais il n'y avait presque rien de couché sur le papier. Tout était inscrit dans la mémoire des gens.

Au milieu de mes supplications à Dineo, je lâchai quelque chose de si grotesque et stupide que ce souvenir me fait encore mal. Je dis Tu n'as pas idée de ce que tu fais – tu condamnes à mort un *être merveilleux*. Ma voix se brisa avant que j'aie pu achever ma phrase, car elle me décocha un regard de mépris dont je ne me remettrai jamais. J'arrivais au stade où je regardais tout, à Tsau, comme un obstacle à la satisfaction de mon besoin de le retrouver et de le sauver.

Vint le neuvième jour. Je ne trouvai rien de mieux à faire de mon *funktionslust* que de grimper au sommet du koppie et de m'asseoir là, à la limite de l'hystérie, en me demandant pourquoi on ne pouvait pas faire appel à l'armée de l'air du Botswana. Pourquoi n'y avait-il personne en haut lieu qui puisse me tirer de là, aucun ami suffisamment fidèle ? Quelle lacune en moi avait pu induire cette situation, où mon seul véritable ami était perdu dans le veld broussailleux sans l'aide de personne ? King James et sa sœur m'avaient repérée, et m'apportaient de la nourriture, de la papaye séchée.

Le onzième jour

Je parlai à plusieurs femmes qui avaient fait partie de l'expédition de cueillette des succulentes, et aussi à quelques chasseuses de serpents, pour tenter de savoir si elles accepteraient de m'accompagner le cas échéant, en partie au moins, en direction de Tikwe. Personne n'était vraiment partant, sauf Prettyrose Chilume, plante sensible, appréciable en groupe, mais qui ne convenait pas du tout pour une expédition en duo avec moi. Il me fallait une compagne plus robuste. Toutes mes tentatives pour trouver quelqu'un avec qui partir me rappelaient combien j'avais eu peur en venant de Kang, et combien le souvenir de cette peur était encore puissant.

La radio n'était d'aucun secours. J'avais obtenu de Wildlife la promesse d'essayer de contacter des agents de surveillance de la réserve naturelle qui étaient passés à Tikwe la semaine précédente. Ne s'ensuivit que le silence.

Je relisais ma compilation sur Nelson comme une folle. Effet garanti. Cela ne servait qu'à me convaincre que Nelson était l'homme, qu'il était celui auquel je devais m'accrocher, où qu'il veuille vivre. Bravo, me disais-je, comme c'est intelligent de parvenir à cette conclusion dans ces conditions. Une chose dont j'étais absolument certaine, c'est qu'il n'était pas homme à laisser partir l'être aimé pour un exercice censé durer cinq ou six jours, mais qui, en définitive, en durait dix, sans rassembler une équipe pour se lancer à sa recherche et la sauver.

Aussi effrayée que je fusse, il fallait absolument que je parte enfin pour le retrouver. Je commençai mes préparatifs.

Les gens tentèrent de me dissuader. Dineo déclara qu'un groupe officiel de recherche allait bientôt se mettre en route. Mais elle ne pouvait pas me dire quand exactement ce groupe serait prêt à partir.

J'essayai en vain d'enrôler des Basarwas. Impossible de me faire comprendre. Je me maudis de n'avoir pas appris le sesarwa. Hector avait été expert local en cette langue.

Je me préparai du mieux que je pus. Il n'y avait à ma connaissance aucune carte des points d'eau de la région, hormis celle que j'avais apportée et que Nelson avait empruntée. Le onzième jour à midi, je fus prête.

J'étais furieuse contre Tsau, furieuse contre ces gens qui interrompaient leur labeur, l'air sombre, pour me regarder partir, furieuse qu'ils me laissent partir vers ce qui serait assurément un *liebestod*, sinon une farce. Est-ce juste ? aurais-je voulu leur crier, ainsi que Nous sommes ici uniquement à cause de vous ! Et aussi C'est ça l'amour !

C'était l'amour, mais c'était aussi, dans une certaine mesure, l'orgueil. Je le savais parce que je pensais à mon amie Anna, tandis que Tsau s'estompait derrière moi. Anna s'était rendue à Provincetown au plus fort de l'hiver, une année, afin de respirer la rusticité dans la maison de vacances inutilisée d'une relation, tout en achevant sa thèse dans les temps. Elle travaillait comme une démente mais, inévitablement, elle commença à s'ennuyer un peu et se mit en quête de distraction, quelque chose de gratuit ou de pas cher du tout, car elle était fauchée. Elle décida que ce serait une bonne idée de monter au Provincetown Memorial, un truc comme le Washington Monument, ou comme un minaret, au sommet d'une colline dominant l'Atlantique. Naturellement, c'était fermé pour l'hiver. Mais il y avait là un gardien, ou concierge, qu'elle commença à imaginer disposé à enfreindre le règlement et la laisser monter. Bah, allez-y, finit-il par dire avec une intonation bizarre, et il ouvrit la porte sur l'escalier en spirale qui menait à une galerie, une centaine de mètres plus haut, d'où, entre les balustres, on pouvait regarder la mer, identique à elle-même dans toutes les directions. Le désert de la mer, me disais-je. Il lui ouvrit donc la porte, et ajouta C'est à vos risques et périls. Elle vit bientôt pourquoi. Après les premières dix ou vingt marches, l'escalier en spirale était recouvert de ruissellements solidifiés par le gel, comme une construction de Gaudi. Poussée par l'amour-propre, elle escalada cette cascade de gelée. Elle grimpa centimètre par centimètre, avec ses chaussures glissantes, agrippée des deux mains à la rampe, et au sommet elle resta juste une seconde, pour laisser la pluie de neige fondue lui souffler au nez et dans les yeux, puis elle redescendit jusqu'en bas, un centimètre à la fois, cramponnée, et cela dura une éternité. Merci, lança-t-elle d'une voix joviale au gardien stupéfait qui commençait à s'inquiéter en voyant les heures passer. Un seul faux pas l'aurait réduite en un tas d'os brisés. Les muscles de ses bras et de ses jambes la firent souffrir pendant plusieurs jours. C'était l'orgueil poussé à son maximum. À l'entendre, elle avait été jusqu'au bout parce que le gardien l'avait manifestement défiée pour le plaisir de la voir renoncer en constatant l'état des marches. Aujourd'hui, il y a davantage de femmes qui travaillent pour le service des parcs nationaux. Anna a échoué dans sa carrière universitaire. J'ai l'intention de reprendre contact avec elle.

Pointes d'angoisse

Je marchais droit en direction du nord, désespérée et incrédule devant le fait que tout dans ma vie, toutes les manœuvres s'étaient conjuguées de manière à me conduire directement dans la gueule de la mort, seule, sans personne à mes côtés, répétant l'unique expérience dont j'avais appris qu'elle était la seule que jamais je ne devrais répéter – à savoir, me trouver sur le même pied que les bêtes féroces, où plus exactement, sur le territoire où elles avaient tout pouvoir. Je voulais me retrouver hors de la vue de Tsau, ne plus être visible pour personne de là-bas.

À la dernière minute, une fillette m'avait apporté un fusil et des balles, que Dineo avait sortis au moment de mon départ. Le fusil me déprimait, en ce qu'il disait les risques attendus à mon entreprise, et aussi parce qu'il pesait lourd. J'envisageai de le rendre. Accroché à une épaule ou à l'autre, il était encombrant et me ralentirait. Finalement, je le fixai par-dessus mon sac à dos, et je m'en trouvai bien mieux.

Au bout d'à peine quatre ou cinq kilomètres, j'étais éreintée. Le sol était moins dur que lors de ma précédente expédition, grâce à la pluie, tout au moins sur certaines parties. Je portais des chaussettes mal adaptées, qui appartenaient à Nelson, et elles avaient tendance à se tasser dans mes chaussures. Enfin Tsau disparut derrière moi, et je pus me détendre dans la contemplation de mornes perspectives, où, de loin en loin, un baobab soutenait l'intérêt.

J'utilisais mes jumelles. Il y avait trop d'objets indéfinis dispersés dans le paysage. Dans un cas, je m'écartai beaucoup de mon trajet pour examiner quelque chose, qui se révéla n'être qu'une bâche goudronnée, fripée et pourrissante. Je cherchais trop de choses différentes. Des restes de feu, un corps, le sien, ou la carcasse d'un cheval, une tente – il avait, sur mon insistance, emporté ma tente automatique – ou tout autre élément d'abri improvisé : voilà le genre de choses que je guettais. J'avais des pointes d'angoisse chaque fois que je croyais distinguer quelque chose. Jusqu'à présent, tout se révélait innocent à l'examen, même si l'examen consistait bien trop souvent à fixer la chose en question, longuement, intensément.

Peu à peu, je me démoralisai en m'apercevant que j'avais mis en œuvre ma version personnelle de *On s'engage et puis on voit**. Je n'avais pas de plan d'action. J'étais à peu près arrivée au point le plus éloigné que je pouvais prétendre atteindre avant d'être contrainte de m'arrêter et de rebrousser chemin, si je voulais regagner Tsau avant la tombée de la nuit. Je n'avais pas de tente. À pied, je ne pourrais jamais arriver à Tikwe avant trois jours, surtout en scrutant le paysage comme je le faisais. Je n'étais pas un Bochiman capable de dormir dans un arbre. J'avais imaginé que je pourrais m'assurer un abri, dans un premier temps. J'étais vraiment stupide. Ce qu'on pourrait dire de mieux sur mon expédition, c'est qu'elle avait permis de m'assurer que Nelson n'était pas blessé ou mort assez suffisamment près de Tsau pour qu'on puisse le récupérer.

J'étais maintenant convaincue qu'il était mort, et puis alternativement qu'il était vivant, gisant quelque part, mon nom aux lèvres. L'impasse dans laquelle je me trouvais m'insuffla curieusement le besoin d'écrire les choses sur lui qui me venaient maintenant, et dont je me rendis compte qu'elles ne figuraient pas dans ma compilation. Bien entendu, ce n'était guère le moment d'écrire. Cette idée était même absurde. Mais je n'avais pas noté les mots de Nelson quand il m'avait dit Relâche mes fesses, suivi de J'ai le chic avec les mots, non ? Ou que, étant épris d'une jeune camarade de collège, surnommée Ritale Blonde, il avait pris sa douche en pyjama. Il y avait d'autres détails, plus intimes, que je connaissais et que j'avais laissés de côté par souci de convenance. J'avais eu tort. Et puis aussi, il y avait très peu de choses sur le mariage dans ma compilation. Je me rappelai une chose qui était probablement la clé. Il avait dit Je ne me marie jamais à moins qu'on me le demande. J'aurais eu besoin me retrouver seule dans une bibliothèque, seule à ma table, ma table de bois blond ciré, sous une lumière merveilleuse, et des feuillages se balançant devant la fenêtre, habités par des oiseaux normaux.

Cavaliers

J'étais tellement absorbée en moi-même que lorsque se fit jour une franche anomalie, je la remarquai seulement quand elle fut sur moi. Des cavaliers venaient vers moi à travers la brousse. Ils approchaient depuis un moment. Ils étaient six, et ils avançaient lentement. C'était des Bahereros, l'air désinvolte selon leur habitude, et accoutrés de manières diverses, les uns portant des chapeaux de cuir avachis, d'autres des bonnets de fourrure ou des turbans de chiffons. L'homme de tête était bardé de cartouchières en travers du torse. En fait, ils étaient tous armés. Une chose les intéressait vraiment : mon fusil. Je l'avais tiré de mon barda, et je m'appuyais dessus.

Ils vont pouvoir me dire quelque chose ! fut ma première pensée. Mais seulement, bien sûr, s'ils parlaient le setswana. Il y avait bien des femmes hereros à Tsau qui m'auraient volontiers enseigné le saherero, mais je n'avais jamais profité de l'occasion pour l'apprendre, essentiellement parce que je pensais que le jour où le contentieux des Hereros avec le gouvernement du Botswana au sujet de leur bétail serait réglé, ces derniers lèveraient le camp sur l'heure, nos Hereros y compris. Je ne savais dire en saherero que *Wapenduka* – bonjour. Ils me répondirent par un signe de la tête, mais ils s'intéressaient à bien autre chose. Ils m'intimèrent de poser mon fusil par terre et de m'écarter, ce que je fis sans enthousiasme. Un septième cavalier fermait la marche, encore plus lentement que les autres : son cheval traînait quelque chose d'encombrant derrière lui, sur un travois en bâtons. Il fallait à tout prix que je voie ce que c'était, même si je me disais que ce devait être du ravitaillement, rien de plus. Je tremblais. Deux hommes mirent pied à terre. Ils ne me laissèrent bouger que lorsque l'un d'eux eut posé le pied sur mon fusil.

Les deux hommes descendus de cheval parlaient un setswana assez pauvre et particulier. Je compris pourquoi il me semblait particulier : ils avaient les incisives arrachées, tradition de leur tribu. Avant même qu'ils aient prononcé le mot *mmobodi*, qui signifie homme malade, je sus ce qu'il y avait sur le travois. Je me précipitai. Je rabattis la partie supérieure du long paquet d'étoffe calé entre les montants, et c'était bien Nelson, l'air détruit mais qui respirait, le visage terriblement enflé, brûlé de soleil, des croûtes blanches tout autour des lèvres. Je dus détourner le regard. Je regardai la double trace qu'avaient creusée dans le sable les montants du travois. Il avait dû rester longtemps immobilisé au soleil, mais il avait manifestement trouvé un moyen de protéger ses yeux et son front, car la brûlure était moins sévère au-dessus de la racine du nez. J'aurais voulu le démailloter, tâter ses membres, lui donner de l'eau, mais au moment où j'allais ouvrir le linceul, le cavalier se remit en marche, me l'enlevant. Je criai. Ils s'immobilisèrent le temps que je pose ma main sur son front. Sa température n'était pas extrême, si je pouvais me fier à ma main. Mais, au milieu des cris, le cavalier refit mouvement, s'éloignant de moi. Ils se dirigeaient vers Tsau. Avec sa charge, ce cheval progressait lentement, crus-je les entendre dire. *Gomela go shwa*, il est malade mais il va guérir, dit quelqu'un en m'écartant. Je crois que c'est ce qu'ils disaient. J'étais folle. J'aurais voulu pousser le traîneau.

J'étais sauvée. Il était vivant. Ces hommes savaient ce qu'ils faisaient, et ma mission consistait à ne pas les encombrer, à ne pas les empêcher de faire ce qu'ils faisaient, qui était de ramener Nelson à Tsau aussi vite que possible. Je commençai à m'excuser. Ils se remirent en route, tous en même temps. Je crois que l'un d'eux me demanda à quelle distance était Tsau, mais je n'en avais pas la moindre idée. Je crois que l'un d'eux me proposa de me prendre en croupe, mais je refusai, pensant que je les ralentirais, et que le mieux était de les laisser arriver le plus vite possible à Tsau auprès de notre ennemie l'infirmière. Moi, je trotterais derrière le traîneau, qui serait l'attelage le plus lent, et avec un peu de chance j'arriverais à ne pas le perdre de vue. Je dus galoper très vite dès le départ, mais même ainsi je perdis du terrain, ce qui m'enrageait car j'aurais voulu encourager le cavalier de tête à aller toujours plus vite, pour avertir Tsau et faire venir des secours à la rencontre du convoi. Je courais de toutes mes forces.

J'étais sauvée, mais comme je perdais de plus en plus de terrain, par la faute du cher Enfield, je décidai de m'en défaire intelligemment. Les cavaliers étaient trop loin devant moi pour que je puisse leur signaler quoi que ce soit. Autrement, ils auraient aussi bien pu prendre le fusil pour moi. Mais tant pis, ils se trouvaient loin devant et je perdais du terrain, et le travois progressait plus vite qu'il n'avait paru possible. Ce qui serait intelligent, ce serait de me débarrasser du fusil en le déposant dans les branches d'un arbre, un arbre qui se distinguerait des autres, un grand acacia blanc, par exemple. Les Bahereros s'arrêtaient de temps en temps pour voir où j'en étais, et je souhaitais désespérément qu'ils cessent de le faire. En fort peu de temps je dénichais l'arbre qu'il me fallait, un arbre que je n'oublierais jamais, droit au nord sur la route de Tikwe, pas de problème, je flanquai le fusil le plus haut possible sur une branche, et bon débarras. Je pourrais aisément le retrouver, je le savais.

J'étais sauvée, mais Nelson était-il conscient, ou seulement semi-conscient ? Il avait dit quelque chose quand j'avais prononcé son nom et le mien, j'en étais sûre. Mais avait-il vraiment dit quelque chose ? Peut-être disait-il des choses auxquelles personne ne prêtait la moindre attention, tandis qu'ils le traînaient après eux comme un bagage. Je pouvais maintenant les rattraper. En effet, j'avais regagné du terrain depuis que je m'étais débarrassée du fusil. J'abandonnai mon sac à dos, et aussi divers accessoires à l'exception de mes gourdes. J'en avais deux. Je me rendis vite compte qu'une me suffisait. Mes jumelles ne servaient plus à rien non plus. Je les larguai. Je me rapprochais de Nelson. Il devrait exister une langue universelle. L'anglais prenait trop longtemps. Je le dirais à Nelson. J'avais toujours pensé que l'esperanto, le volapük et tout ça, l'anglais de base, étaient des blagues ou des attrape-gogos conçus pour ménager des sinécures à certains, mais je me trompais. J'aurais pu m'expliquer si les cavaliers avaient été capables de communiquer avec moi en plus de neuf mots, et moi aussi avec eux. Peut-être l'espéranto n'était-il pas la réponse, peut-être fallait-il quelque chose d'encore plus simple. Plus jamais je ne raillerais cette idée. Ce pourrait être rendu obligatoire, universel. Je pourrais y travailler avec Nelson, depuis un endroit comme Berne ou Carmel. Je courais vers Tsau.

Maintenant il était parfait

Lorsque mon retard sur la troupe devint extrême, l'un des cavaliers fut envoyé à ma rencontre et insista pour que je monte en croupe avec lui. Le reste du groupe, avec Nelson, poursuivait sa route. Il fallut un moment à mon secouriste pour mettre au point la méthode. Il dut improviser une sorte de rembourrage à mon usage, à l'aide d'une couverture putride, car il estimait que nous ne pourrions pas tenir tous les deux sur sa selle, ce qui était absurde. Il décida de laisser en arrière, bien caché, l'un des nombreux sacs lourdement chargés qui étaient accrochés à sa selle, mais ensuite il changea d'avis et remit chaque chose en place. La disparition de mon fusil le préoccupait beaucoup. Il était très contrarié que je ne l'aie plus, et estimait manifestement qu'il lui incombait de prendre une initiative à ce sujet, comme de retourner le chercher. Il valait une fortune, bien sûr. Toutes les transactions s'effectuaient à quatre-vingt-dix pour cent en langage gestuel, ce qui nous ralentissait sérieusement. Finalement, il renonça au fusil. Il était convaincu que j'étais folle, j'en suis sûr, et sans doute ne souhaitait-il pas m'avoir à sa charge une minute de plus qu'il ne serait absolument nécessaire. Nous finîmes par nous mettre en route, et arrivâmes à Tsau à peine une demi-heure après les autres.

Nelson était déjà au lit dans un box, au dispensaire. Tout son visage était enduit de pommade. Il paraissait endormi. Je soulevai son drap, il était nu, ce qui me troubla irrationnellement. Heureusement, son pénis n'avait rien qui pût lui faire honte. Il avait le bras gauche bandé en attelle, et une attelle plus petite lui maintenait la jambe droite, près de la cheville. J'avoue à ma honte que sa perte de poids fut l'une des premières choses que je remarquai, non qu'elle fût alarmante, mais parce que maintenant il était parfait, les côtes marquées mais pas trop, le ventre légèrement concave : il avait le poids que j'avais voulu et tenté de lui faire atteindre depuis que nous étions ensemble. Je l'examinai de nouveau. Il avait de vilaines écorchures sur la jambe droite, le dos et le cou. En dépit de ses réserves sur Tsau, Kakelo se révélait parfaite et même presque tendre, me sembla-t-il, dans les soins qu'elle lui prodiguait, bien que sa tendresse camouflât peut-être la culpabilité collective qu'elles allaient toutes devoir porter pour ne m'avoir pas écoutée quand je les implorais d'envoyer une expédition à son secours. Tout avait été fait sauf le lavage de ses pieds, qu'elle me laissa entreprendre. Je voulais m'assurer qu'il pouvait parler, mais elle préférait qu'on n'insiste pas là-dessus, disant qu'il était impératif de le laisser dormir. Il avait bu du jus de fruits, et il avait reconnu tout le monde, d'après elle. J'étais glacée et en état de faiblesse, prise d'une impression intermittente de ne plus distinguer les couleurs. Kakelo énuméra tout ce qu'elle avait diagnostiqué jusqu'à présent. Les principales blessures étaient une fracture du bras gauche, qu'il avait lui-même fort proprement réduite, et une fracture de la cheville droite. Les écorchures au-dessus de la cheville étaient légèrement infectées, mais rien de bien grave. Il souffrait aussi d'insolation. Sa température dépassait légèrement les trente-huit degrés. Il avait peut-être la clavicule cassée, mais peut-être pas, on verrait cela plus tard.

On m'apporta un siège, puis un matelas, puis du bouillon de bœuf. Il y avait foule dehors, je le savais.

Je décidai de m'allonger une minute, mais me relevai aussitôt en songeant qu'il fallait avant tout que j'aille à l'octogone chercher un caleçon propre pour cacher sa nudité. Je savais que c'était ridicule, je savais tout ce qu'il y a à savoir sur la décontraction des Tswanas quant à la nudité, mais je me sentais obligée de le faire, en partie parce qu'il était trop beau. Sa barbe était très belle et, quand il irait mieux, je lui demanderais de la laisser pousser haut sur les joues, comme cela. Il était l'Idée de lui-même.

Après avoir couvert son bas-ventre, je sentis ma respiration s'apaiser.

Je dormis par intermittence, en me relevant à plusieurs reprises pour poser mon visage sur sa poitrine et écouter battre son cœur.

Je n'avais jamais remarqué que des oiseaux nichaient dans le toit du dispensaire.

Fantasmes vis-à-vis de sa semence

Le lendemain, je fis obstruction à tout un chacun. Je ne sais pas si son image allumait en moi des associations de prisonnier saint et martyr ou quoi, mais je débordais de farouches émotions à l'endroit de Nelson. Je fus intraitable quand quelqu'un approcha avec, en mains, un breuvage qu'elle refusa de définir devant moi, et qui se révéla être essentiellement du sang de bœuf. Ce fut pire lorsque Kakelo se montra évasive et refusa de bannir pour toujours cette personne ou ce remède de la chambre de Nelson.

Aussi avais-je un programme pour elles : je voulais qu'elles le maintiennent éveillé, conscient, et capable de parler. J'étais fatiguée d'entendre dire qu'il avait parlé à tout le monde hier soir, avant que j'arrive. Il avait suffisamment dormi. Pendant qu'elles exécuteraient mon programme, je serais là pour superviser les opérations et garder un contact physique permanent avec Nelson, en le touchant ou en lui prenant la main, par intervalles de dix à trente minutes. Je débordais d'alternatives pratiques, du genre Ou bien il dit quelque chose d'intelligent d'ici à midi, et pas seulement le nom de quelqu'un, ou bien nous organisons son évacuation sanitaire. Nous avions procédé à une évac-san' au profit d'une femme qui souffrait de fibromes hémorragiques, faisais-je observer, et là, nous étions confrontés au cas du fondateur de ce village dont l'état était incertain, et nous n'émettions aucun appel radio au prétexte que Kakelo disait qu'il souffrait juste de fractures et de contusions. Elle m'exhiba un ouvrage médical pour me prouver qu'il n'était pas commotionné. Je refusai de le lire – pas un seul paragraphe, pas une seule phrase. J'aurais voulu que soit fixée une règle interdisant l'accès de la chambre à toute autre personne que Kakelo et moi, sauf autorisation de ma part. C'était lié à des fantasmes désespérés que j'avais concernant sa semence, pour le cas où le pire fût advenu. Je suis humiliée d'avoir à avouer aujourd'hui que je me demandais si j'arriverais à provoquer une érection, me placer sur lui, et recueillir sa semence. Je ne pouvais envisager ce scénario que si j'étais sûr de parvenir à provoquer l'érection. Et pour ce faire, il me fallait créer un moment d'intimité. J'allais concocter une ruse pour éloigner Kakelo.

Et maintenant, voici le comble en ce qui me concerne. Quand on est à la limite de l'état de choc, on ressent des ondes de perception sensorielle intense, semble-t-il. Et il m'en vint une, concernant mon odeur, et *ipso facto* mon aspect. Une pointe me transperça l'esprit. J'étais trop grosse, pas assez bien pour lui physiquement, en comparaison de son physique à lui. Mes triceps finiraient par pendre comme des hamacs, rien à faire, c'était déjà en cours. Excuse-moi, dis-je. Et je courus à l'octogone. Les gens voulaient me parler, mais je m'en débarrassai. Il était une icône de beauté, et moi, j'étais quoi ? Arrivée chez nous, je fis main basse sur tout ce dont je disposais comme produits de beauté et me maquillai – juste du rouge à lèvres et du mascara, j'espère. Je ne sais plus exactement, aujourd'hui, ce que je fis alors pour me rendre belle. Ma terreur, c'était qu'il se réveille, qu'il me voie, qu'il me prenne en horreur, et qu'il meure ou se tourne vers quelqu'un d'autre. Voilà l'état dans lequel j'étais. À l'époque, je devais peser au maximum quatre kilos de plus que quand j'étais lycéenne, je ne le précise que pour montrer la distorsion fondamentale de mes perceptions à ce moment-là. Manifestement, le visuel avait pris le pas sur l'odorat, car je ne fis rien sur ce chapitre-là. En outre, marcher, ou, comme je le faisais, courir, me faisait terriblement souffrir, car je n'avais pas pris la peine d'ôter mes grosses chaussures après mon expédition, et j'avais les pieds enflés à cause des chaussettes de Denoon qui n'étaient pas à ma taille. Mais il s'était trouvé que les siennes étaient propres et pas les miennes, car, à peine installée avec lui, j'avais eu pour priorité de toujours entretenir son linge impeccablement, et j'avais négligé le mien.

Maquillée, je suscitai le silence.

Nelson s'était, une fois de plus, réveillé en toussant pendant mon absence. Mais hélas, il s'était rendormi. Et en fait, elles voulaient que je dorme aussi, ou que je me repose, dans un autre box, si je n'y voyais pas d'inconvénient. Mais d'abord, elles voulaient que je mange et que je prenne un calmant. Je mangeai du porridge mais refusai les comprimés ; elles m'eurent néanmoins par la ruse en mélangeant des poudres à la boisson maltée que je bus, des poudres somnifères. Je me rendis directement dans ma nouvelle chambre et, prise de vertige, je m'endormis.

Les mains posées sur les genoux, paumes levées

Il était là, assis sur un siège à l'ombre, devant Sekopololo. Son visage luisait encore de pommade, mais l'enflure avait bien diminué. Il portait un pantalon de pyjama, avec une couverture de coton blanc sur les épaules, et la poitrine découverte ; il avait les mains posées sur les genoux, paumes levées, l'une nichée dans l'autre, dans une posture étrange. On peut utiliser le mot enchanté toute sa vie sans jamais savoir ce qu'il signifie réellement, ou intérieurement, comme il aimait à dire parfois. Mais là, je le savais. Je courus à lui, m'accroupis, et l'entourai de mes bras. Je sanglotais. Il me regarda, mais ne fit rien de plus démonstratif que de me toucher les cheveux, sans doute, me disais-je, parce qu'une foule de quinze ou vingt personnes nous entourait ce jour-là, pour le saluer, lui dire bonjour, ou simplement nous regarder, nous tenir un moment compagnie, et qu'il voulait être convenable. Plusieurs femmes me recommandèrent d'avoir des gestes doux, parce qu'il avait la clavicule très meurtrie.

Tu vas bien ? lui demandai-je, question inévitable.

Oui, dit-il. Il avait la voix ferme et grave.

Je pressai ma joue contre sa bouche, et il y posa un baiser, mais pas tout de suite.

Je mélangeais les questions et les sentiments disparates Veux-tu quelque chose ? Dieu merci, dieu merci, tu as l'air d'aller mieux, tu as l'air bien. Quand allons-nous rentrer ? Je lui soutirais des sourires et des murmures.

Tout à coup ce fut l'heure de faire rentrer Nelson. Kakelo se tenait là avec Dineo.

Dineo dit Il a répondu à toutes les questions sur comment il nous revient dans cet état. Et quand il ferme les yeux, ça veut dire qu'il faut arrêter de parler car il doit se reposer.

Nelson avait fermé les yeux.

Je les laissai le ramener à l'intérieur. J'étais prête à me reprendre en main, à me laver, à me renormaliser. Je m'inquiétais de voir Nelson apparemment limité à répondre à ceux qui l'interrogeaient. Il n'avait pris lui-même aucune initiative. Mais ce doit être la preuve de la profondeur du choc qu'il a subi, me disais-je. En tout cas, j'allais incessamment m'entretenir avec Dineo, et elle me dirait tout ce qu'elle savait, et j'aborderais incidemment la question de savoir ce qu'on allait faire au sujet du fusil que j'avais perdu et du cheval qui avait été pris et qui était mort : Dorcas faisait apparemment un grand charivari à propos des deux choses.

Le Sourire

Ci-dessous sont rapportés trois dialogues remontant à la convalescence de Nelson, les deux premiers remontant à différents stades de son séjour au dispensaire, et le dernier à notre première nuit chez nous. Ils vont en ordre croissant de normalité – c'est-à-dire du moins normal à celui qui l'est le plus. Les deux premiers sont reconstitués d'après des notes prises immédiatement après chaque échange. Le dernier est la transcription d'une cassette enregistrée. Je me suis résolue à tout enregistrer lorsque j'ai fini par percevoir l'ampleur du *bouleversement** dont j'étais témoin chez Nelson, et dont une preuve, d'ailleurs, était qu'il ne voyait aucune objection à ce que j'enregistre les moindres paroles qui tombaient de ses lèvres – bien au contraire, même. Toute ironie à propos de mon boswellisme avait disparu. Il réagit par un sourire particulier, le Sourire, très tolérant, indulgent, et fondamentalement condescendant, mais sans intention de l'être.

Le protocole d'une audience avec le dalaï-lama implique une période de quinze minutes d'échanges de regards bienveillants avant que la moindre parole ne soit échangée. Le pape lui-même a dû y consentir. Le Sourire est la réaction que j'imagine chez les gens confrontés à cette situation. Un trait qui apparaît au fil de ces dialogues, c'est que je m'angoisse de plus en plus, à mesure qu'il s'affaire pour retrouver son équilibre. Et tout au long, je semble dissimuler ma décision de rester avec lui à Tsau, comme s'il s'agissait d'une décision *bona fide*, ce qui s'explique, à mon avis, par mon intérêt bien compréhensible à percevoir quelque allusion de sa part au fait que cette question évoluait depuis les profondeurs de son esprit vers le voisinage de la surface, où elle s'était trouvée avant ce que j'aurais tendance à considérer comme sa mésaventure. Avec le recul, bien sûr, quand je considère cette dissimulation de ma décision intérieure, je me dis qu'un oui proclamé haut et fort à la perspective de rester aurait peut-être changé le cours des événements. Mais cela m'était impossible.

Le premier dialogue commença quand je lui eus raconté pour la énième fois comment j'étais passée de l'enfer au paradis, en le perdant, en me retrouvant à Tsau avec Dorcas qui clamait à tous vents sa disparition et ce qu'elle devait signifier vis-à-vis d'Hector, la principale hypothèse faisant de Nelson un fuyard devant la justice, et puis la fureur générale causée par la disparition du cheval, et personne pour m'écouter, et enfin en le retrouvant vivant. Il guérissait absurdement vite, et son visage désenflait pour rejoindre son corps dans une perfection dont je me serais bien passée. Même le petit losange de graisse qui apparaît sur le côté du nez quand on atteint la quarantaine avait disparu. Sa perte de poids était entretenue par son alimentation actuelle, essentiellement constituée de soupes et de bouillons. Je pense que j'aurais fait un homosexuel parfait, mon appréciation du corps masculin étant ce qu'elle est. Nelson devenait l'objet-pygmalion que je me serais sculpté comme compagnon physique. Nous étions jumelés, moi avec ma réaction à son être physique, et lui avec sa réceptivité autoproclamée à l'enveloppe charnelle des femmes, c'est-à-dire aux femmes vraiment belles, *naturellement**.

Il était encore dans sa chambre sans fenêtre du dispensaire lors des deux premiers dialogues, toujours en observation. Je n'étais pas censée fermer la porte quand j'étais *in camera* avec Nelson, bien qu'on ne m'eût jamais expliqué les raisons de cette proscription. Je n'ai aucun doute qu'il s'agissait de me décourager de troubler Nelson sexuellement, compte tenu de son état de fragilité. On le traitait comme un petit dieu. Si je fermais tout de même la porte, une main invisible l'entrouvrait bientôt sans bruit.

Trois dialogues

1) Nous sommes bien ?

Il hoche la tête.

J'ai besoin que tu le dises, pas que tu te contentes de hocher la tête.

Oui, nous sommes bien, dit-il.

C'est encore trop fatiguant pour toi, d'élever la voix ?

Non, dit-il plus fort mais encore trop bas pour parler normalement.

Alors, est-ce que nous nous aimons ? Parce que moi, trois points de suspension, je t'aime. Je rajoutais ces points de suspension pour introduire un peu de légèreté, et aussi pour lui rappeler le temps où il s'amusait à me taquiner sur les césures dans ma conversation – quand je mettais trop longtemps à développer un thème par exemple – en disant Trois points de suspension comme je venais de le faire. Il s'était agi, en ce temps-là, de me faire comprendre qu'il fallait que j'accélère pour rester en phase avec son brillant intellect, le cerveau d'un être si bien coordonné avec le monde que les films l'ennuyaient à cause de cet infime interstice noir entre les images dont il avait conscience, contrairement à tous ces gens ordinaires qui voyaient les films comme des choses d'un seul tenant. Je ne sais pas pourquoi la revendication de ce titre de gloire spécifique reste une telle épine sous ma selle, mais c'est un fait. Il était plus lent et plus hésitant que je ne l'avais jamais été, même au pire de mes capacités. Mais j'avais l'impression qu'il n'essayait pas vraiment, ce qui n'avait jamais été mon cas. Je sais que j'étais injuste, étant donné les circonstances.

Ce jour-là, il m'avait laissé lui brosser les dents au lieu de le faire lui-même. Il était capable de le faire lui-même. J'avais proposé de le faire juste pour voir s'il m'y autoriserait. C'était l'exemple même de sa façon d'être.

S'il te plaît, raconte-moi tout ce qui s'est passé.

Le Sourire.

Nelson, veux-tu marcher un peu dehors ?
Non, dit-il. Mais sans donner de raison.
Nelson, raconte-moi toi-même ce qui s'est passé, ou fais-moi un résumé au moins. Elles inventent des choses à ton sujet, comme cette histoire qu'à un moment donné, quand tu gisais sans défense, tu étais protégé par des *abeilles*.
Le Sourire.
J'étais fatiguée de ne pas entendre toute l'histoire de sa propre bouche. Kakelo et Dineo étaient d'avis qu'il fallait le protéger d'avoir à raconter encore et encore son histoire à tous les gens qui venaient le voir. Elles disaient qu'il lui était très difficile de raconter son histoire, alors même qu'au-delà de trois phrases, sur n'importe quel sujet, tout semblait lui être pénible. J'avais parlé avec Dineo et d'autres, et je connaissais la vulgate de ses mésaventures : il avait passé huit jours à terre, blessé, avant d'être découvert par les Bahereros. À mi-chemin de Tikwe, un boomslang était tombé d'un acacia sur le cou de son cheval, ou bien avait piqué le cheval au cou alors qu'ils passaient trop près d'une branche d'arbre. Le cheval s'était affolé, avait projeté Nelson à terre, et s'était cassé la jambe en se débattant pour échapper au serpent, ou s'en débarrasser. Cela s'était produit sur un terrain de sable noir glissant, localement désigné comme terre noire de coton, qui doit être une sorte de marne, ou du sable mélangé de marne. Les serpents sont censément plus nombreux dans les zones de terre noire de coton, détail connu de chacun et que je fus surprise qu'il ignorât. Tout son attirail était attaché à sa monture, à l'exception de sa gourde. Nelson gisait donc à terre, entre conscience et inconscience. Le cheval était une masse frémissante à huit ou dix mètres de lui lorsqu'il reprit connaissance. Cela durait depuis peut-être une heure et demie. Il était vilainement brûlé par le soleil, et il avait un bras et une jambe cassés. Il se traîna sur une douzaine de mètres jusqu'à une termitière construite au pied d'un arbre, remit en place son bras cassé, et s'évanouit à nouveau. Cette nuit-là, il se traîna jusqu'à son cheval, récupéra tout son matériel et ses provisions, et trancha le cou de l'animal avec son couteau de chasse. Il n'avait pas de fusil avec lui, ce qui était sans doute sa façon d'expliquer certaines choses. Puis, dans un arc-en-ciel de souffrance, il s'était traîné jusqu'à la termitière, non pas une fois mais deux, car il avait dû faire un deuxième voyage jusqu'à la dépouille du cheval afin de récupérer tout ce qui pourrait lui être utile dans le but de survivre. Ensuite, l'histoire devient fabuleuse. Il

avait déliré, il avait eu des visions de présences, ou d'une présence, une présence féminine, qui avait mystérieusement contribué à son immunité contre les attentions des chacals à dos noir qui étaient venus le lendemain dévorer le cheval sous ses yeux. Il y avait aussi une histoire d'abeilles déterminées à décourager les chacals. Que de versions différentes ! Les abeilles avaient découragé les chacals, à moins que ce ne fût le boomslang, qui continuait à rôder dangereusement dans les parages. Il avait eu diverses intuitions d'une certaine force, auxquelles il n'avait jusqu'alors fait que des allusions. Mais il y avait plus et pire. Il avait collé son oreille à la termitière, et entendu ce que disent les termites, ou plutôt écouté leurs chants, qui sont magnifiques. Pour moi, c'était comme de me retrouver plongée dans le Midrash. Dineo avait expurgé cette dernière anecdote de son compte-rendu, ainsi que la plupart des autres signes et faits surnaturels – elle me connaissait – mais je les entendais raconter ailleurs.

J'évoquai quelques questions qui me préoccupaient moi aussi, notamment celle de l'eau, comment avait-il survécu avec aussi peu d'eau ? Sur l'eau, il fut gnomique. Il avait réduit ses besoins, d'une façon ou d'une autre, en devenant comme autre chose, quelque chose qui n'avait pratiquement pas besoin d'eau, peut-être quelque chose de mort.

Je demandai Discuterons-nous de ces choses plus tard, et plus en détail ?

La réponse, incroyable, fut Oui, je le pense.

Comme une impasse s'annonçait, je cessai de l'interroger. La régression sous pression est une chose bien connue, me rappelai-je. Puis je m'adjurai de me souvenir que le morceau de musique préféré de la mère de Nelson, qu'elle avait inlassablement joué au piano devant lui, avait toute sa vie été *The Last Chord.*

2) Comme je m'étais vraiment trop épuisée à rester la journée entière en compagnie de Nelson au dispensaire, guettant des signes de retour à la normale, je retournai à la réunion du matin à Sekopololo et, dans l'esprit de cette découverte scientifique selon laquelle sourire quand on va très mal vous fait aller réellement mieux, je pris presque toutes les affectations qui avaient besoin de mains. Ce fut ma semaine la plus interminable, en un sens. Je me fis de bout en bout l'effet d'une machine. Je dus fournir deux déclarations sur la perte de l'Enfield, la première n'ayant pas été jugée suffisamment détaillée.

L'humeur générale de Tsau ne me plaisait guère. On y sentait de l'anxiété, et les gens perdaient facilement patience. Je n'aimais pas non plus les petits levers qui entouraient Nelson, où les gens déposaient à son intention de menus présents.

Kakelo avait la nausée rien qu'à me voir, parce que je voulais savoir pourquoi, si Nelson avait encore besoin d'être au dispensaire en dépit de ses améliorations physiques, elle ne voulait pas entendre parler de l'évacuer à Lobatse, dans l'aile psychiatrique de l'hôpital. Elle se contenta de me regarder. Il y avait à la tête des services psychiatriques un Italien, qui ne parlait pratiquement pas l'anglais. Elle me fit la leçon, mais sans hostilité, en dépit de son irritation. Nelson progressait bien. La seule raison de sa présence prolongée au dispensaire, c'était qu'il souhaitait y rester. Aussitôt qu'il exprimerait le désir de rentrer chez lui, il pourrait partir. Et c'était vrai.

Nelson ne lisait pas, autre fait significatif pour moi, même si Kakelo n'y voyait que du feu. Je lui avais apporté une liasse de numéros de *The Economist*. Pis que ne pas lire, il me vit approcher, un jour, et s'empara d'un *Economist* pour faire semblant de le lire. Ce fut comme une flèche dans mon cœur. J'ai toujours la scène en tête.

Ce dialogue a commencé par le récit que je lui faisais d'une chose qui, d'ordinaire, l'eût intéressé. Les Bahereros qui l'avaient sauvé revenaient d'une nouvelle expédition causée par la multiplication printanière des massacres d'animaux sauvages le long de la clôture de la réserve, au nord de Tsau. Les gnous migraient vers leur point d'eau habituel à Mopipi, à l'extrémité de la clôture de Kuki, et là ils avaient eu le choc de leur vie en découvrant que le lac de Mopipi avait été vidé, pour alimenter les opérations de lavage de diamants à Orapa. Les bêtes contournaient donc l'angle de la clôture pour se diriger vers l'unique autre source d'eau dans la région, le lac Ngami, situé très loin dans la direction opposée, si loin même qu'elles y arrivaient dans un état de faiblesse et de déshydratation tel que de simple enfants armés de bâtons parvenaient à les tuer. C'était un vrai massacre. Les animaux mouraient par centaines. Et les Hereros de Gomare étaient donc allés en profiter. Ils séchaient et salaient la viande en grandes quantités, au prétexte – car ils étaient soumis à la même interdiction de chasse que tout le monde – qu'il s'agissait de bêtes mortes d'épuisement. Ce qui était vrai. Et les agents de surveillance de la réserve l'autorisaient. Les Hereros vendaient et troquaient ainsi leur *biltong* partout où ils le pouvaient, allant au sud jusqu'à

Tikwe, jusqu'à nous, et aux divers campements nomades installés le long du parcours du trek. Bien que le gnou requière un traitement plus contraignant que tout autre gibier sauvage pour être comestible, j'estimais que nous devions acheter cette viande. Ce n'étaient pas les Hereros qui avaient vidé le lac pour laver des diamants.

Lui ayant expliqué tout cela, je conclus par ces mots Et voilà comment tu as été sauvé – grâce à l'impulsion commerciale. Ils avaient apporté leur *biltong* à Tikwe, mais il n'y avait quasiment personne, et ceux qui s'y trouvaient n'avaient pas d'argent. Dommage qu'il ne se soit pas trouvé là une succursale de Sekopololo pour qu'ils puissent faire affaire. Ils sont donc repartis vers Tsau, et ils t'ont trouvé. Est-ce que cela t'intéresse, Nelson ? Parce qu'on ne dirait pas...

Certainement.

Certainement était une expression totalement étrangère à l'univers de nos échanges. Certainement venait d'une autre planète.

Eh bien, faut-il les encourager à revenir aussi loin la prochaine fois ?

Il ne savait pas. Il pensait qu'il venait déjà assez de viande à Tsau, apparemment, d'une façon ou d'une autre.

Surgit alors en moi l'étincelle. Il y avait donc quelque chose de bien plus profondément embrouillé en lui que je ne l'avais d'abord imaginé, et je pensai savoir de quoi il s'agissait. Je me souvins en effet confusément que dans les soupes qu'il mangeait ces derniers temps, il finissait tout sauf les petits morceaux de viande.

Est-ce que tu ne manges plus de viande, soudain ? lui demandai-je.

Il soupira.

Je repris Tu aimes la viande. Tu aimais ça. Est-ce que tu ne manges plus de viande ?

Enfin, peu à peu, je lui soutirai qu'il n'avait pas d'opinion générale sur le fait de manger de la viande, mais qu'il était dans une phase où, à chaque repas, il s'en tenait absolument à son inclination du moment. Et jusqu'à présent, son inclination avait été de ne pas manger de viande. Il supposait que son inclination pourrait changer. Je fus tentée de dire que, étant probablement appelée à préparer une proportion importante de ses repas dans le proche avenir, j'étais curieuse de savoir combien de temps pourrait durer cette phase. J'aurais eu envie de crier La jeunesse veut savoir ! Ce qui était le titre d'un programme éducatif à la radio dont il m'avait dit qu'il l'avait adoré dans son enfance.

Je demandai Tu ne crois pas que tu es déprimé ?

Sa réponse fut Non, et j'en fus presque soulagée, car s'il avait choisi de dire oui, j'aurais dû immédiatement me mettre en quête d'un endroit où lui faire prodiguer des soins professionnels, dans un univers où il n'y avait aucun choix correct. Je savais que l'Italien de Lobatse était impossible. Et je savais que, pour des raisons d'éthique politique, Nelson ne pouvait pas se rendre en Afrique du Sud, où devait pourtant bien exister un établissement spécialisé dans les soins de la santé mentale.

Es-tu le contraire de déprimé ?

Plus proche de cela.

Aucune de mes timides tentatives d'ironie ou de plaisanterie n'avait prise. Je ne parvenais pas à lui faire reprendre sa voix normale. Sa convalescence était constamment à venir, me réduisant au mutisme. De plus, tout le monde lui manifestait tant de patience et de tendresse que je redoutais de me démarquer. On assistait même à un adoucissement manifeste de la faction Raboupi : les gens qui n'appartenaient pas au noyau central devenaient plus agréables, se montraient lors des levers, et cetera.

Comme il semblait dire qu'il planait depuis quelque temps, j'avançai l'idée qu'il serait peut-être opportun d'explorer verbalement la chimie cérébrale, ces toxines euphorisantes qu'on acquiert quand la graisse du cerveau se délite sous l'effet d'un jeûne prolongé.

Survint alors une occasion nouvelle de me coincer. Nous étions dans la pénombre fraîche de sa chambre, et il mit ses lunettes de soleil. J'y vis avant tout une défense contre mes regards scrutateurs, et un paravent derrière lequel il pourrait retourner à ce qui semblait être son principal centre d'intérêt, à savoir regarder en lui-même. L'ironie était qu'il n'avait jamais aimé porter des lunettes de soleil, et que je lui avais jusqu'à présent imposé, par des rappels à l'ordre et des incitations diverses, à les emporter ou à les chausser.

J'obtins une réponse à une question qui me brûlait. Pourquoi es-tu encore au dispensaire ? demandai-je. Il guérissait comme un personnage de dessin animé, tellement c'était rapide. Il pouvait aller et venir. Il ne restait qu'un petit bandage de soutien sur la jambe qui avait été fracturée. Restait-il là parce qu'il pensait pouvoir y guérir plus vite qu'à la maison avec moi ?

Eh bien, c'était oui et non, et il résuma son point de vue en admettant que c'était sans doute l'endroit le plus propice à la réflexion sur tout ce qui lui était arrivé. Supposément, corrigeai-je *in petto* – ce qui lui était supposément arrivé.

Il faut que tu rentres à la maison, dis-je, il faut que tu reviennes vivre avec moi – chez nous.

Je n'avais pas eu l'intention de dire ça, mais je l'ai dit.

J'ajoutai Tu ne sais pas à quel point je dois me contenir, avec toi ici et moi qui ne viens qu'en visite. Tu n'as pas idée. Quand je t'ai lavé les pieds, que je les ai soignés, le premier soir, j'avais envie de dire Tes pieds me tuent, et je me suis retenue. Cette petite plaisanterie. J'avais peur. Tu ne trouves pas que c'est drôle, tes pieds me tuent ? J'avais peur même de le dire tout bas. Je pensais que si jamais quelqu'un faisait la moindre erreur, tu allais mourir.

Déconcertante découverte, il s'était mis à aimer les pantalons de pyjama fournis par le dispensaire, à tel point qu'il avait demandé qu'on lui en taille d'autres dans une étoffe plus solide, une cotonnade blanche plus épaisse, que nous avions en stock. Et pour le haut, il avait aussi commandé une sorte de chemise sans manche apparentée à un ample gilet, également blanche. Que se passait-il ? Je lui avais apporté une pile de linge propre, et je m'apercevais que les seules choses qu'il avait choisi de porter étaient ses tee-shirts blancs. Cela passera aussi, me disais-je. Il faudra que ça passe.

3) Revenir à l'octogone fut une décision arbitraire, comme l'avait été le séjour prolongé au dispensaire – pour autant que je puisse en juger. Il entra en chancelant et s'assit.

Nous procédâmes aux préliminaires, ou plutôt j'y procédai, toute à l'émotion de le retrouver enfin. J'avais surpréparé l'événement. La maison était immaculée. Nous avions des draps et des rideaux propres, et j'avais aéré et brossé les tapis et les kaross. J'avais surpréparé l'événement et m'étais surpréparée moi-même en ce sens que toute cette remise en état avait été motivée par l'anticipation d'un retour complet à la normale d'avant son départ lorsqu'il reviendrait à l'octogone. J'étais prise par l'émotion. Je guettais de manière obsessionnelle les signes indiquant que tout irait bien. Chaque fois que je me forçais à envisager de ne plus être avec Nelson, toute force physique m'abandonnait. Il parut apprécier mes grands nettoyages, mais je crus voir passer une ombre narquoise sur ses traits lorsqu'il passa la main sur l'un des kaross. Nos kaross avaient perdu une grande quantité de poils. J'ignorais qu'il fallût les battre beaucoup plus doucement que des tapis.

J'essayais de tout anticiper. Sur son oreiller, j'avais déposé un masque, pour le cas où il lui faudrait un peu de temps pour se réaccoutumer à dormir auprès d'une insomniaque. Il posa un regard interrogateur sur le masque. Ma politique était de tout traiter à la légère, de faire preuve de détachement. Je dis Te rappelles-tu la première fois que tu m'as vue porter un masque pour dormir ?

Il faisait un effort sincère pour s'en souvenir, mais cela lui prenait trop longtemps. Et pendant tout ce temps-là, je luttais contre l'image de quelqu'un que j'avais connu et qui, après avoir pris du LSD, pouvait passer dix minutes entières à se retrousser une manche, tellement l'esthétique du geste le ravissait, dans son état d'illumination.

Je dis La première fois que tu m'as vue avec mon masque pour dormir, tu me l'as ôté et tu l'as mis sur toi, puis tu es allé te cogner aux meubles en disant, Tonto, donne-moi les ciseaux, les hors-la-loi s'évadent !

Les hors-la-loi s'évadent ! répéta-t-il, méditatif. Cela aussi, c'était un nouveau tic. Il semblait considérer la répétition de ma dernière phrase comme une contribution adéquate à la conversation en cours.

Je dis Je m'en souviens parce que je pense que c'était peut-être la première fois que tu te donnais du mal pour me faire rire en faisant l'idiot, en oubliant l'humour si raffiné que tu affectionnes. Te rappelles-tu que nous en avons discuté ?

Puis il se souvint. Je m'agrippe à des brindilles, songeai-je. Ce qui me conduisit à penser qu'il nous fallait passer à un jeu comique, du genre La fanfare ne peut pas jouer parce que trois points de suspension. Cela permettrait sûrement d'inverser le cours des choses. Une idée me trottait dans la tête, et je voulais l'en extirper.

Ça t'ennuie si je nous enregistre ? lui demandai-je. C'était surtout pour gagner du temps. J'avais le vague pressentiment qu'il pourrait bien me répondre Non, mais tu es folle ? Pourquoi ? À quoi je répliquerais que c'était une manière de fêter son retour, ma façon à moi de marquer ce moment d'une pierre blanche.

Nous enregistrer ? Certainement.

Certainement quoi ?

Certainement, vas-y, enregistre.

Je fus lente et maladroite à préparer la cassette. Je plaçai le magnétophone tout près de lui. Il était assis à la table de la salle à manger, les mains à nouveau dans cette position que je détestais tant, ramassées l'une contre l'autre, paumes ouvertes. Tout se passait parfaitement bien de son côté.

J'avais ébauché une idée de jeu : un enfant poserait des questions à sa mère, auxquelles la mère apporterait des réponses platement sensées ; par exemple, l'enfant dirait Maman, pourquoi Papa se ponce toujours le bout des doigts avant de partir au travail le soir ? Et Maman de répondre, l'air friand, quelque chose du genre Pour faire ceci ou cela, pour rapporter de l'argent à la maison. Mais je n'avais que la question, il me manquait la brillante répartie de Maman, la menteuse-qui-pactise-avec-le-diable, et sans réponse de Maman, pas de jeu possible. Mais il existait un autre jeu possible, que mon sentiment d'être agrippée à des brindilles me suggéra. Il s'agissait des Intellectuels en pique-nique. Ils pique-niquent, et ils jouent à des jeux comme S'agripper à des pailles, Renverser des hommes de paille, ou Aligner et renverser des hommes de paille, Mettre la charrue avant les bœufs, et Renverser les clichés. Et puis, il y avait aussi une légère variante de la série de La fanfare ne peut pas jouer, où la fanfare ne pouvait pas dormir parce que des Teutons avaient volé les futons. Mais il n'y avait rien d'assez bon pour que je me lance. Et j'enregistrais surtout du silence, ce qui en soi était parfaitement insupportable.

Les hors-la-loi s'évadent, dit-il pour la deuxième fois. Ça, je ne pouvais pas le supporter, et je me mis à sangloter dans son dos. Il n'a pas dû s'en apercevoir, bien que je l'entende distinctement sur la bande.

Je ne savais plus comment m'y prendre. Il y avait certaines choses dont je désirais ardemment me débarrasser, comme cette affaire de répétition. J'avais envie de dire Répètes-tu après moi par désir de savourer certaines phrases ou certains mots ? Mais je craignais de concrétiser quelque chose en le mentionnant ouvertement, et de rendre plus difficile l'éradication du tic. Même mon ami sous LSD finissait par se désintéresser de sa manche de chemise.

Un jour, nous nous assiérons ensemble et nous reparlerons de tout cela, n'est-ce pas ?

Il sembla acquiescer.

Ce serait bien de le faire bientôt, parce que les gens inventent des histoires qui sont absurdes.

Ils arrêteront, dit-il.

Non, ils n'arrêteront pas, dis-je. Pas avant que quelqu'un puisse affirmer avec autorité Voilà ce qui s'est passé, et ceci est une fable. Comme toi. Ou moi.

C'était une erreur, dit-il.

Quoi ?

D'y entrer. Les gens oublieront.

Penses-tu que tu sois différent, depuis Tikwe ?

Est-ce que je pense que je suis différent ? Oui. Je ne sais pas. J'étais différent avant.

Cela risquait de nous mener tout droit à un paradoxe. Je n'en avais aucune envie.

Dis-moi juste une chose, dis-je. Dis-moi juste si c'est vrai que quelque chose de majeur t'est arrivé sur la route de Tikwe, à ton avis.

Quelque chose de majeur ? Je le pense, oui.

C'était à lui de développer. J'aurais pu l'y forcer, l'y amener. Mais l'impression d'incarner les forces d'interruption était trop forte, l'impression de le détourner de certaines suites de pensées silencieuses et exquises, plus exquises et plus importantes pour lui que tout au monde.

Le silence s'instaura.

Je détestais la vie.

Conspirations

Dans mon attitude envers Tsau, j'étais coincée à un niveau paranoïaque. Tout ce à quoi je consacrais mes journées, c'était à retourner dans tous les sens les explications de l'impasse atroce où je me trouvais. Il y avait des explications où tout ce qui était arrivé se tenait, comme les éléments d'une machine complexe. Il y avait des explications où tout ce qui m'était arrivé d'important était accidentel. Certaines choses auraient pu être des charades. La lenteur délibérée de Dineo pour me laisser organiser ces secours pour sauver Nelson pouvait s'expliquer par le fait qu'elle avait su, d'une façon ou d'une autre, qu'il était quelque part en sécurité. Peut-être s'agissait-il uniquement d'une épreuve conçue à mon intention, afin de tester la force de mon désir pour cet homme. Ou peut-être que Nelson voulait me voir partir pour de bon. Ou peut-être n'avais-je été qu'un pion pour des forces qui avaient favorisé mon union avec Nelson afin de le placer sur la voie du départ, et de lui faire accélérer le mouvement par le biais de ma banalité, de mon goût pour la consommation, et de mon aspiration à regagner le pays d'où vient l'argent. Ou encore, il se pouvait que Dineo eût liquidé Hector afin de démanteler Boso et d'inciter Dorcas à partir ailleurs. Et tout cela s'agitait sans fin dans ma tête. Peut-être l'idée originelle avait-elle été de m'utiliser pour éloigner Nelson, le fondateur malade, et l'envoyer fonder un autre projet sur un autre continent, laissant les femmes de Tsau évoluer à leur manière propre ? Mais peut-être que le nouveau Denoon révisé et passif relevait d'une tout autre histoire : peut-être pouvait-il désormais être utile sous sa forme actuelle, un Prince Albert en boîte pour Dineo ? Mais on pouvait tout aussi bien concevoir que Nelson ait liquidé Hector et, par remords, qu'il se soit abandonné à la mort ou à la rédemption, pour revenir dépouillé et malléable, ne s'exprimant que quand on lui adressait la parole, bien gentil et sage, toujours prêt à se lever pour trottiner à quelque menue tâche, un homme docile comme une femme ? C'était concevable. Je me nourrissais de conspiration, et, ce faisant, je me sentais plus proche du Nelson central ou historique, défendant une vision manifeste – à mes yeux en tout cas – du monde comme lieu de conspiration permanente. Je ne dis pas qu'il ait été un assassinologue obsessionnel du genre qu'on rencontre couramment aux États-Unis. Chez lui, c'était plutôt une conviction de la banalité de la conspiration. Il était très désinvolte là-dessus : évidemment qu'il y avait une conspiration derrière l'assassinat de John F. Kennedy, pouvait-il dire, à moins de trouver normal que Lee Harvey Oswald se fût proclamé marxiste en se faisant photographier avec des numéros du *Militant* et du *Daily Worker* plein des bras, deux journaux dont les lignes politiques concernant Cuba s'opposaient violemment, à une époque où il était censément membre du Comité Fair Play pour Cuba, d'obédience strictement castriste. Et puis il y avait la conspiration Shakespeare, et là-dessus, pas question de plaisanter.

Les Africains adoptent une attitude particulière envers les fous, et j'avais l'impression de me sentir dériver vers ce genre de comportement-là. Mes meilleures amies parmi les femmes me traitaient constamment comme une enfant : Rra Puleng irait bien, il allait bien.

J'étais versatile. Un jour je retrouvais la forme et je travaillais de l'aube au crépuscule dans les kraals, et le lendemain je refusais une tâche mineure, que j'avais pourtant accepté d'assumer en des temps préhistoriques : je crois qu'il y avait une récompense pour la personne qui aurait emprunté le plus de livres à la bibliothèque, et j'avais accepté d'assurer le décompte, mais dans mon état présent, je ne sais pourquoi, j'envisageais cette perspective comme un affront.

Dineo, décidai-je, allait être la clé du départ.

Quelque hésitation que j'aie eue à tirer Nelson de là pour demander à quelqu'un un diagnostic sérieux sur son état, elle diminuait de jour en jour. S'il progressait, c'était à une lenteur intolérable.

J'irais trouver Dineo. D'abord j'invoquerais ce que j'avais perçu comme une amitié implicite entre nous. Puis je lui rappellerais que je pouvais me montrer redoutable aussi, et que j'étais prête à faire intervenir l'ambassade américaine s'il le fallait pour emmener Nelson. Je le ferais éventuellement contre la volonté de tous, y compris Nelson, mais je savais manœuvrer la radio et je parviendrai à mes fins, qu'on le veuille ou non. Je pourrais mentir à l'ambassade s'il le fallait. Évidemment, en choisissant la voie de la *force majeure**, j'abandonnerais toute chance de pouvoir revenir un jour à Tsau. On ne me le pardonnerait pas. Je m'efforçais de me préparer à répondre aux objections les plus vraisemblables. Je voulais qu'on le radiographie. Il fallait que je m'échappe d'une matrice qui m'enfermait dans le faux et l'impénétrable, afin de pouvoir à nouveau me fier à ma pensée.

D'emblée Dineo résista, avec tant de force que j'en restai coite.

Il y avait des changements dans son bureau. L'intérieur était chaulé de frais. Il y régnait une sorte d'éclat blanc. C'était le milieu de la matinée. Dans l'ancien bureau, tous les sièges étaient identiques. Maintenant, le sien avait un dossier plus haut, et des accoudoirs. Elle portait son turban suivant un nouveau style, avec les pans ramenés sur une épaule et tenus par une broche. On nous servit du thé, ce qui me surprit.

Mais ma première surprise fut sa volonté de ne parler qu'en setswana. Les gens entraient et sortaient, mieux valait le setswana. Je ne sais pas pourquoi cela me déstabilisa ainsi, mais c'est un fait. C'était une déclaration de principe. Et puis j'étais arrivée avec l'idée qu'elle se montrerait plus chaleureuse, ou tout au moins plus courtoise avec moi. Au lieu de quoi elle s'affirma inaccessible et brutale, en me regardant droit dans les yeux. Je sais qu'en requérant l'usage du setswana elle voulait échapper à toute insinuation de collusion entre nous, mais je lui en voulus tout de même terriblement. Elle n'avait jamais été mon ennemie.

Nous parlâmes, de manière générale, des progrès de Nelson. J'entendis son point de vue. Je fis, de mon côté, la distinction entre physique et psychologique, et elle parut m'écouter. Puis elle dit que, même si elle voyait bien que Nelson était plus silencieux qu'avant, elle voulait que je sache que l'infirmière mettait cela au compte de la convalescence, qu'il s'agirait des suites du traumatisme, un phénomène qui s'estomperait avec le temps. Elle glissa aussi dans la conversation quelques allusions aux soupçons de favoritisme qui ne manqueraient pas d'être exprimés si quelqu'un d'apparemment aussi peu malade que Nelson était évacué à Gaborone. De surcroît, elle m'informa que Rra Puleng ne se montrait nullement désireux d'être évacué.

Elle était adroite. Elle ne me refusait absolument rien. Mais elle résistait.

Je décidai d'être franche. Je déclarai que j'avais souvent été tentée de lui rappeler le jour où, dans la maison de bains, elle m'avait montré les cicatrices qui indiquaient que jamais elle n'aurait d'enfants, et que j'y avais vu un geste d'amitié à mon égard, pour me montrer qu'elle n'était pas une compagne possible pour Nelson – si jamais l'idée m'en était venue à l'esprit.

Elle acquiesça. Cela ne l'embarrassait aucunement.

Je dis que je m'étais alors demandé si la raison pour laquelle les autres et elle-même avaient encouragé mon union avec Rra Puleng n'était pas qu'un tel attachement l'amènerait à envisager plus tôt son départ avec moi, et à laisser Tsau entre les mains de ses citoyennes.

En le niant, elle se fit très précise. Elle me parla si solennellement que j'y décelai presque une invitation à lire à travers ses paroles, plutôt qu'à les entendre littéralement. Elle nia toute arrière-pensée du type de celle que je mentionnais. Et elle parlait au nom de tous les habitants de Tsau. Elle était certaine que personne, à l'exception de quelques tristes individus qui, de toute façon, ne resteraient sans doute pas longtemps à Tsau, personne ne pouvait souhaiter autre chose que de voir Rra Puleng rester à Tsau aussi longtemps qu'il lui plairait. Tout cela était dit sur le même ton, marqué par la précision des mots.

Puisque j'avais commencé dans cette direction, je poursuivis. Je m'étais sans doute mal exprimée, mais ce que je voulais dire, c'est qu'elle devait bien comprendre – étant donné l'idée ou le soupçon que je venais d'avouer – qu'il était naturel que je me demande, maintenant que Nelson était tellement changé, qu'il était devenu tellement passif, s'il n'y avait pas des raisons parfaitement compréhensibles de vouloir qu'il reste à Tsau, avec ou sans moi. Je dus répéter tout cela avec quelques nuances pour être sûre d'avoir bien inclus tout ce que je voulais dire en setswana. J'étais d'humeur courageuse.

Elle resta très calme. Je devais comprendre qu'elle comprenait parfaitemment que je puisse éprouver de telles peurs mais qu'il n'y avait là rien de vrai, dans aucune de ces peurs, dans aucune peur du type de celle que j'avais exprimée. Et elle pensait que la pire des choses, pour Nelson, serait de s'en aller avant d'avoir lui-même jugé que c'était le bon moment.

Elle évoqua les problèmes du cheval mort et de l'Enfield perdu. Tout ce temps, elle songeait que j'allais devoir signer un document de responsabilité pour le fusil, et si je partais avec Rra Puleng, nous devrions tous deux signer pour le cheval. Ou peut-être seulement Nelson. Elle consulterait le conseil des sœurs. Je crus voir la lumière. Elle dit que sans doute Rra Puleng et moi-même laisserions nos possessions, si nous partions. Je répondis Oui, oui, avec ferveur. Je n'avais rien à laisser, en fait, à quoi je fusse attachée. Tout ce que je voulais, c'étaient mes cahiers. Ils pouvaient garder le reste à tout jamais.

Dès le début de la discussion, j'avais eu l'impression de parvenir à exprimer que j'étais prête à certains sacrifices douloureux. Je débordais de propositions que je n'ai jamais eu à utiliser, dieu merci. J'étais prête à lui dire que j'allais épouser Nelson et que j'étais catholique, une catholique égarée qui venait de retrouver la foi, et qu'à ce titre j'allais évidemment devoir me marier dans une vraie église catholique, chose qui n'existait pas à Tsau. Je pariais là sur la faiblesse de Nelson, qui lui ferait consentir sans barguigner si je lui expliquais que nous devions nous rendre à Gabs pour nous marier.

Une pointe me transperça à cette pensée. C'était le vrai problème. Nelson était dans un état d'acceptation tout à fait irréel. Il consentait à tout, semblait-il, à l'unique exception des requêtes d'avoir à communiquer les détails de son épreuve. Mais il était prêt à concéder tout le reste pour donner satisfaction. C'était dangereux.

Je voulais que cet entretien s'achève avant que je ne perde le contrôle de moi-même. Pourquoi était-elle si belle, et quel âge avait-elle exactement, à propos ? Que serais-je devenue dans huit, onze, treize ans ? Je ne vieillirais pas comme elle. J'étais à mon apogée physique, probablement. Je le savais.

Elle passa ensuite à l'anglais, juste un moment seulement. En quelques mots précipités, elle déclara qu'elle serait très inquiète si certains donateurs devaient s'entretenir avec Nelson à Gaborone avant qu'il ne soit pleinement rétabli. Elle mentionna deux noms en particulier. Je savais qui était l'un des deux. Elle m'identifia l'autre comme étant l'actuel représentant de l'Agence suédoise de développement international.

Je ne sais plus ce que je répondis, mais c'était ce qu'il fallait. Je m'engageai avec force circonlocutions à veiller sur Nelson, à le tenir en retrait à Gabs comme elle l'avait fait au dispensaire, et à gérer ses contacts jusqu'à ce qu'il fût redevenu lui-même, ce qui, avec l'aide des médecins que je pourrais sans difficulté trouver ou faire venir à Gabs, ne devrait pas être long. Je donnai à entendre, afin d'apaiser ses craintes de voir des donateurs fondre prématurément sur lui, que Nelson pourrait ne passer que quelques jours à Gabs, si l'on devait décider de le faire examiner par quelqu'un à Harare, par exemple.

Elle devait en référer au conseil des sœurs, bien sûr. Mais je savais que, l'affaire était tranchée. Il allait quitter Tsau avec Scientiae Athena, également connue comme étant Moi-Même. Je le rétablirais. Et cela me rétablirait.

Le lendemain, chose curieuse, de précieuses rumeurs filtraient à la ronde. Des histoires de complications nécessitant des radiographies. Et puis le bruit courait que j'avais dieu sait quels problèmes avec les services d'immigration, et qu'il fallait que j'aille arranger les choses et expliquer mon long séjour à Tsau.

Période sabbatique

Il flotta autour de notre départ comme un soupçon d'adieux, ce qui était un peu bizarre, sachant qu'il était censément question d'une simple rupture sabbatique. Je débordais d'émotions que les circonstances m'interdisaient d'exprimer. Une foule s'était réunie sur le terrain d'aviation pour nous regarder partir, y compris Dorcas et les *batlodis*, qui réprimaient tout sentiment. Elles avaient fait l'objet d'un processus d'attendrissement très spécifique : on avait fait courir le bruit qu'une raison essentielle de notre voyage à Gabs était de remettre enfin à la Division d'investigations criminelles une liasse de dépositions relatives à la disparition d'Hector.

L'accord de Nelson pour cette expédition n'avait posé aucun problème. J'avais évité de mettre l'accent sur l'aspect médical des choses, tout en mentionnant cependant que l'infirmière le recommandait, ce qui était vrai : je lui avais soutiré une lettre de recommandation pour des médecins. Et de fait, il me paraissait assez raisonnable d'aller montrer ma tête aux agents de l'Immigration. Je suggérai par ailleurs qu'il avait des affaires en suspens avec divers ministères. Il en convint. Je lui apportai les dossiers qu'il m'indiqua, et il commença à les feuilleter, mais pas comme autrefois. Il était tellement absent que c'en était douloureux à voir.

Dans l'avion, ce fut paradisiaque, en dépit d'un orage qu'il nous fallut traverser de part en part. J'imitai Nelson dans cette indifférence manifeste à la tempête qui nous secouait. Pourtant, lorsque le pilote quitta la cabine et passa devant nous pour sortir, il était livide. La présence de Nelson était alors pour moi comme celle d'un frère aîné qui eût été distrait. Nous n'avions pas eu de véritable vie sexuelle depuis Tikwe, et maintenant, notre élargissement semblait presque relever de la prohibition de l'inceste. Je commençais à reprendre espoir. Dans l'avion, j'avais avoué que j'avais laissé derrière nous la plus grande partie de sa nouvelle garde-robe d'empereur de la crème glacée, ses gilets, ses hauts, ses pantalons vanille, à l'exception bien sûr de ce qu'il portait sur lui. Cela le fit sourire, mais je n'allais pas tarder à découvrir qu'il y avait de la sournoiserie dans l'air, car il avait emporté ses réserves d'atours blancs sans m'en parler.

Il y avait avec nous, dans l'avion, un autre évacué sanitaire, un commerçant indien qui était allé en vacances à Maun, à l'Island Safari Lodge. Un hippopotame l'avait mordu, ou plus exactement avait mordu l'embarcation en aluminium dans laquelle il se trouvait, et il avait été blessé. Une foule de famille et d'amis l'attendait, dont des femmes attifées des vêtements les moins flatteurs qui aient jamais couvert un ventre de femme. Nous, personne n'était venu nous accueillir, ce qui aurait dû être un soulagement. Je m'étais donné du mal pour ça. Mais en même temps le monde m'inspirait un frisson de dégoût : à voir que le sort de cet homme, de mon homme bien-aimé, n'avait attiré l'attention de personne à Gabs, alors qu'il allait très mal, et qu'il était un homme important.

Le temps est un singe

Je pensais que je devrais donner au silence, à la solitude et à la non-confrontation, une semaine au moins. Autrement dit, je nous accordai une vacance totale.

Nelson n'exerça qu'une pression minimale pour me faire organiser notre séjour dans son ancien repaire du bidonville d'Old Naledi. Nous passâmes une nuit au President Hotel, et dès le lendemain, à l'heure de libérer la chambre, je nous avais dégoté une maison libre pour un mois ou davantage. C'était une propriété cossue, encore plus ou moins neuve et entourée de murs, affectée à l'attaché administratif de l'ambassade américaine, qui séjournait provisoirement à l'île Maurice avec sa famille. Il y avait là un cuisinier et un jardinier. La piscine était vide, en raison de la sécheresse, qui avait été féroce à Gaborone. Tsau aurait paru délicieux, presque, comparé à Gabs. Je mentionnai à quelqu'un de la Météorologie que Tsau avait reçu de bonnes pluies, et il parut incrédule. Il me cita les chiffres de Maun, qui étaient bien plus bas. Il suggérait que je racontais n'importe quoi. Tout le monde à l'ambassade était absolument enchanté de me revoir. Apparemment, j'avais admirablement réussi à me faire apprécier lors de mon séjour précédent. C'était à qui se montrerait le plus serviable. Évidemment, le désir de l'ambassade d'être mise *au courant** des mystérieuses activités de Denoon n'y était pas totalement étranger. Mais ils se conduisaient très bien. Ils étaient parfaitement informés des accords de non-divulgation qu'il avait extorqués au ministère de Gouvernement Local et des Territoires. Mais après tout, c'était l'ambassade qui, indirectement, nous logeait, aussi n'y avait-il rien d'inconvenant à ce que des gens comme l'attaché éco-politique ou le directeur d'USAID passent de temps en temps. Le jardinier les éconduisait suivant nos instructions. Nelson n'était pas encore prêt à recevoir des gens.

Je passai cette semaine-là au pas de course – à faire des emplettes et des visites au service de l'Immigration pour cimenter les relations avec cette administration. Je courais parce que j'étais très inquiète au sujet de Nelson. Je redoutais perpétuellement de découvrir en rentrant qu'il serait parti, guéri en mon absence et parti. Il ne faisait rien, pour autant que je sache. Les gens qui voulaient le voir, il les appelait les curieux. Il se levait tard. Il se promenait dans le jardin. Il mangeait des petits repas. Il se baignait ou se douchait deux ou trois fois par jour. Il faisait la sieste. Il écoutait de la musique si je le lui suggérais, il allumait la chaîne et choisissait quelque chose. Le seul vrai changement, la bonne nouvelle, c'est qu'il s'était remis à lire. La mauvaise nouvelle, c'est qu'il ne lisait qu'un seul livre, le *Tao te King*, qu'il avait apporté : ce livre-là, et rien que ce livre-là. J'avais commencé à haïr Lao-tseu. Absolument impossible d'entamer la moindre discussion, même détournée, au sujet du Tao. J'en déduisis que c'était trop sacré, trop essentiel à ce qui le détournait. Nous dormions dans un immense lit. Il allait se coucher tous les soirs à huit heures. Le sexe ne dressait jamais sa charmante tête.

J'avais eu envie de profiter, ne fût-ce qu'un peu, des bonnes choses qu'on ne trouvait que dans la capitale, mais Nelson montrait une préférence marquée pour les aliments du peuple : *bogobe*, porridges divers, *maas*, tout ce que nous mangions quotidiennement à Tsau. Jamais il ne me demanda de renoncer au fromage Wensleydale ou à l'occasionnel pot de crème fraîche, mais il n'y goûtait qu'à peine, et réclamait ensuite son porridge, et peut-être un fruit. Il ne me culpabilisait pas sur mes tendances à manger européen. Je pouvais faire ce que je voulais. Je mangeais un peu trop, au début, parce que je m'estimais obligée de tout finir quand il ne voulait rien de plus qu'une petite bouchée.

Cette semaine-là fut marquée par une phrase bien particulière, un commentaire spontané si l'on veut, ce qui n'empêche pas qu'il continuait de répondre à tout ce qu'on lui demandait. Cette unique phrase spontanée fut Le temps est un singe. Je crois bien que c'est ça qu'il a dit. Je lui demandai de répéter, et il se contenta de répondre Peu importe. J'aurais volontiers insisté, mais j'avais juré de n'exercer aucune pression pendant toute la semaine, juste pour voir s'il reviendrait naturellement à la normale.

Après la visite de l'infirmière de l'ambassade, je fus très déprimée, plus déprimée que jamais. Elle l'accompagna dans la chambre, et j'entendis la conversation, qui semblait pourtant parfaitement normale. Ce qui n'avait rien de surprenant, s'agissant de questions-réponses. Je lui avais dit carrément que je voulais une lettre d'elle m'adressant à un psychiatre quelque part. Je voulais qu'au moins elle se débrouille pour faire inscrire Nelson sur la liste des patients que visitait de temps à autre le médecin officiel de l'ambassade à Pretoria. Elle reparut, enchantée par lui, non seulement parce qu'il se rétablissait à merveille, disait-elle, mais parce qu'il était lui-même un être merveilleux. Il utilisait en guise de canne un casse-tête, ou *knobkerry*, mais il était clair, à l'entendre, qu'il pourrait s'en passer quand il le déciderait. Et elle allait l'inscrire pour passer une radiographie, mais uniquement parce que je paraissais tellement le désirer. Elle regrettait de ne pas voir plus d'Américains de son âge avec cette tension-là. Psychologiquement, il présentait tous les symptômes d'un homme qui se repose pour se rétablir. Bref, il se portait bien. Ses réflexes étaient ceux d'un jeune homme. Tout cela m'était rapporté avec un petit air irrépressible, nostalgique et jaloux mais néanmoins chrétien, qui me clamait ma chance insensée de vivre en compagnie de cet homme-là. Elle m'exprima ensuite l'étendue de sa sympathie pour ce que j'avais dû souffrir lors de sa disparition. Elle avait une quarantaine d'années, et n'était pas mariée. Lorsqu'elle s'en alla, elle s'inquiétait plus pour moi que pour Nelson, moi qui étais obsédée par mes incompréhensibles idées fixes et mes erreurs d'interprétation, selon sa vision des choses. Je m'étonnais qu'elle n'eût pas trouvé bizarre que Nelson ne se fût jamais joint à nous, qu'il soit resté assis sur le lit où elle l'avait laissé, plongé dans ses pensées. Elle me donna un somnifère que l'on trouvait en vente libre, ce qui était risible. Je lui confirmai que le seul psychiatre en poste au Botswana était toujours l'« Italien » de Lobatse, et précisai qu'il était en fait yougoslave mais parlait principalement l'italien. Son regard me confirma ce que je savais déjà, à savoir que cette voie serait une impasse. Après son départ, je me serais tuée pour n'avoir pas mentionné que la seule phrase spontanée de Nelson pendant toute la semaine avait été Le temps est un singe, et qu'aurait-elle pensé de ça chez un compagnon de vie ? Pourquoi ne pouvais-je pas me résigner à prononcer les mots dépression nerveuse ?

J'éprouvai une fausse joie cette semaine-là, lorsqu'apparut au portail quelqu'un qu'il parut souhaiter recevoir. Nelson était assis à l'ombre du jacaranda flamboyant. Il reconnut le visage à la grille et se leva vivement pour empêcher le jardinier d'éconduire le visiteur.

Je l'observais de la cuisine. Le visiteur était un pathétique personnage du centre de Gabs, un réfugié du Lesotho, professeur de lycée, qui avait été torturé après le coup d'État du chef Jonathan, dans les années soixante-dix. Il avait la quarantaine, et c'était une gargouille, doté d'un œil à moitié fermé par des chairs couturées, et des cicatrices terribles sur le cou et la poitrine qu'on pouvait voir parce qu'il ne fermait jamais sa chemise. Il marchait en traînant la patte. Oui, la torture avait fait de lui une gargouille. Apparemment, Nelson l'avait connu. Il s'appelait Hiram. Il recevait une petite allocation du Haut-Commissariat aux Réfugiés, et vivait dans une cabane derrière la maison d'un Canadien. Il se faisait toujours voler. Les expatriés avaient pitié de lui et lui donnaient de la nourriture et des vêtements, surtout en fin de séjour, et les voleurs locaux l'avaient bien compris. Et comme il oubliait la moitié du temps de fermer sa porte, il se faisait toujours cambrioler. Mentalement, il n'était pas tout à fait bien. Il souriait toujours. Il écrivait des choses en sesotho, des manifestes un peu bizarres et ainsi de suite. On le voyait circuler dans Gaborone, et parfois il mendiait. Il entrait à l'occasion dans tel bureau ou tel magasin et mendiait du papier pour écrire. Jamais d'argent. Les enfants avaient peur de lui. Il était habituellement en haillons.

Hiram entra. Ils s'assirent face à face, leurs genoux se touchant presque, sur des sièges de jardin, et je me dis que j'allais voir mon bien-aimé rentrer dans sa peau, galvanisé par cette icône de l'inhumanité de l'homme envers l'homme. J'étais prête à parier que c'était ce qui allait advenir. Cet homme allait le lui rappeler, il était sa raison d'être ambulante.

Une caractéristique de Hiram, c'était sa volubilité. Il avait une curieuse voix sifflante et ses paroles crépitaient d'une façon difficilement audible, mais une fois qu'il vous tenait par le regard, il parlait sans discontinuer, vous sollicitant, puis reprenant l'initiative.

Mais hélas, cette fois, pas un mot ! Hiram restait muet. On aurait dit un échange de regards bienveillants entre le pape et le dalaï-lama. Ni l'un ni l'autre ne disait mot. Nelson posa sa main sur l'épaule de Hiram pendant un long moment, puis l'ôta. Au commencement des choses, Nelson m'avait fait noter le titre d'un livre, *Le Pouvoir du charlatan,* d'où provenait une expression qu'il avait employée deux ou trois fois et sur laquelle je l'avais interrogé : *è nosatu e sta ben cosi'* : c'est tout flairé et ça va bien. Il fut un temps, en Italie, où des charlatans vendaient des bouffées de leur propre odeur. Je m'approchai subrepticement pour entendre s'ils parlaient un peu. Toujours ce silence bienveillant. Au bout d'un quart d'heure, Hiram se leva pour partir. La cérémonie était terminée. Je courus à la cuisine pour jeter quelques bribes de nourriture dans un sac en plastique et attraper une chemise de Nelson en bon état, puis je parvins à le rattraper comme il tournait le coin de la rue. Nelson s'était rassis sous sa charmille.

C'est aussi cette semaine-là que je découvris mes quatre ou cinq premiers cheveux indiscutablement blancs. Ce fut un choc. Je croyais qu'ils étaient censés venir un par un pendant un certain temps, puis par deux, et bien plus tard par trois, puis par véritables touffes, comme ceux-ci. Je mis ma surprise au compte d'une certaine inattention à mon aspect, qui avait pris racine à Tsau, et avait été aggravée par l'exécrable qualité du miroir et de la lumière dont je disposais là-bas pour faire ma toilette. L'un de ces cheveux était bizarrement gros et tirebouchonné, et je l'arrachai, mais ensuite je renonçai à cause de cette blague selon laquelle vous trouvez dans votre nombril une petite vis dorée, vous la dévissez, et voilà votre anus qui tombe par terre. Mon équivalent de cette blague, après avoir arraché mon premier cheveu blanc, fut une crise de pseudo-révélation qui me tenailla pendant un jour ou deux avant de disparaître. Cette révélation me disait que toute l'attitude de Nelson n'était qu'un faux-semblant visant à me convaincre de renoncer à lui, de m'en aller de mon propre chef, parce qu'il était trop vieux pour moi et que dans quinze ans nous serions confrontés à des problèmes, à des souffrances : quelle que fût notre capacité d'analyse, où que nous allions, et quoi que nous fassions, ce serait une inévitable tragédie ; c'était une terrible idée, comme celle qui était attachée à la perspective d'épouser un noir dans les années quarante. Il me parut donc intelligent, sur le moment, de laisser s'épanouir mes cheveux gris, de ne pas avoir l'air trop jeune.

J'étais poussée à bout par l'apparence de Nelson, qui, pour une raison ou une autre, semblait normale aux yeux de tous hormis les miens. Rita, l'infirmière, avait donné une interprétation religieuse à l'expérience vécue par Nelson, j'en étais sûre. Je savais qu'elle était catholique. Je savais qu'ils avaient échangé des chuchotis sur le sens de la vie pendant le prétendu examen. Elle n'était pas du genre à savoir faire la différence entre illumination et dépression nerveuse, et encore moins à me l'expliquer tant qu'elle y était. Quant à son immobilisme et son *dolce farniente* : les Européens visitent des villages d'Afrique où ils voient souvent des gens qui ne travaillent à rien d'intelligible, qui n'accomplissent pas de tâche particulière et ne se hâtent pas non plus vers tel ou tel travail à accomplir. Ce qu'on voit ressemble à un somptueux farniente, où les gens sont seuls ou en groupes silencieux, parfois mais pas toujours adossés à un arbre ou à un mur, dans une sorte d'autocommunion. Et puis il y a la population ultra-rurale, ces gens qui gardent le bétail à des centaines de kilomètres de tout, sans autre distraction imaginable que d'écouter Springbok Radio ou Radio Botswana s'ils ont la chance de posséder un poste de radio. Quand vous les apercevez, ils ne vous apparaissent pas comme déprimés ou malheureux, ou comme des gens qui s'ennuient, pour autant que ces traits puissent se discerner de l'extérieur. Aussi, aux yeux des Batswanas, Nelson semblait tout simplement participer de ce mode de vie si particulier. Rien d'original à cela. Bien sûr, Tsau était fondé sur le principe que, pour éradiquer la misère du village, il fallait substituer à l'immobilisme son contraire, les concours, les assemblées, les inventions, le dynamisme. Mais personne ici n'y songeait.

Non, il se portait bien, les gens du pays le trouvaient tout à fait normal. Comme les domestiques n'avaient pratiquement rien à faire, puisque nous étions si peu exigeants et si peu nombreux, ils se jetèrent dans la brèche et se consacrèrent à sa garde-robe, amidonnant, repassant, blanchissant son costume vanille, par exemple, jusqu'à atteindre un état d'aveuglante perfection. Il n'y voyait pas d'objection. Je décelais dans cette fièvre une subtile critique de ma personne par toutes les parties concernées. Pourquoi l'avais-je laissé aller et venir dans un état de moindre splendeur ? Il était magnifique, ainsi pomponné. D'autant plus qu'il avait atteint le poids idéal. Il se laissait pousser la barbe mais se rasait méticuleusement chaque jour pour ne pas laisser la pilosité lui envahir les joues. J'attendis patiemment la fin de la première semaine. Selon moi, il devait prévoir de bientôt retourner à Tsau, et selon toute vraisemblance avec moi.

La première semaine s'achevait, et je me cuirassais intérieurement en prévision du conflit, où je ferais voler en éclat sa façon d'être ou l'obligerais à me l'expliquer.

Nous buvions du thé à la menthe dans la salle à manger lorsqu'il déclara, en guise de réponse tardive à mes questions sur les choses qu'il fallait que nous fassions à Gabs, Nous pouvons nous marier.

Puis il répéta Nous pouvons nous marier ici. Puis il ajouta, Et nous pouvons avoir des enfants.

Je me levai brusquement de table et courus dans notre chambre. Je sanglotais, mais j'étais folle de rage. Je laissai la porte ouverte pour lui donner la possibilité de me rejoindre normalement, afin qu'il voie ce qui n'allait pas, ce qu'il pouvait faire.

De là où j'étais je le voyais, toujours attablé, les yeux vaguement tournés vers moi, mais toujours assis. Que se passait-il ? Fallait-il voir là un effet de l'effondrement régressif de sa personne dans le rôle du proto-mari attardé, ou bien se trouvait-il sous le coup d'une illumination et son moi intérieur lui disait-il qu'il était temps de se reproduire avec moi, ou bien se livrait-il au dernier, au plus terrible coup de poignard, afin de me désorienter et de m'amener à renoncer ? Était-il donc incapable de discerner là un acte de force dirigé contre moi, le retournement de toutes les positions qu'il eût jamais prises sur le sujet, et une exploitation de cette extrême vulnérabilité qu'il me connaissait nécessairement, dans la situation où j'étais ? À Tsau, il m'avait arrachée aux fonctions de sage-femme pour m'aider à éviter que mes pulsions natalistes ne commencent à bouillonner, ce qui, incidemment, serait allé à l'encontre de ses principes malthusiens, compte tenu du nombre d'enfants non désirés qu'il y avait dans le monde. Et maintenant, ça.

De toute façon, il m'avait mise hors de moi par ces propos, et je n'étais plus en état d'amorcer l'interrogatoire auquel je m'étais préparée. Avait-il pu faire cela délibérément, afin de me désarçonner ?

Psychologie

Je pense que c'est par faiblesse que j'ai tenté de renouer les fils pendant deux ou trois jours avant de lancer l'assaut contre la nouvelle structure de conviction qu'il avait apparemment développée ; et aussi à cause de la brève présence annoncée en ville d'un vrai psychiatre dûment formé, venu du Sri Lanka en consultation pour le ministère de la Santé. Nelson avait volontiers reçu l'infirmière. Mais pas question de se rendre à Pretoria ou à Johannesburg, puisque c'était en Afrique du Sud. Alors ne pourrait-il pas voir ce Dr Pereira, si je pouvais convenir d'un rendez-vous ? Pereira viendrait le voir. Nelson n'aurait pas à sortir.

Au petit déjeuner, j'abordai de manière détournée le sujet.

Je mentionnai qu'il y avait en ville un psychiatre sri-lankais.

Il dit Le Sri Lanka aurait pu être un paradis après le départ des Anglais si l'on n'avait pas commis deux erreurs. L'une a été de supprimer l'anglais comme langue officielle, ce qui a exaspéré les Tamouls parce qu'ils avaient déjà suffisamment de problèmes pour entrer dans l'administration sans avoir en plus à apprendre l'écriture singhalaise. L'autre erreur m'échappe pour l'instant.

J'étais sur le qui-vive, j'attendais la suite, mais il retomba dans le silence.

Ayant introduit le Dr Pereira dans nos échanges, je me lançai dans un dithyrambe extravagant de la psychologie, en me rappelant l'hostilité de Nelson pour cette discipline en général et sa haine de la psychologie clinique en particulier, spécialité qu'il comparait volontiers à la pratique du lavement. Il se peut que j'aie contribué à exacerber ses sentiments en ce domaine – non qu'il y eût besoin d'en faire beaucoup pour y parvenir – en lui racontant la véritable et horrible histoire survenue alors que ma mère et moi habitions la maison de gardien d'une propriété louée par un couple de psychologues. L'une de leurs patientes, traitée pour sa timidité, était morte gelée dans leur parking, un hiver. Elle avait eu une panne de voiture et n'avait voulu déranger personne. Elle était en traitement avec l'un d'eux depuis cinq ans. De surcroît, ces psychologues étaient des crypto-survivalistes, et nous voyions débarquer en pleine nuit des camionnettes bourrées de conserves et de fournitures diverses, qui étaient déchargées dans plusieurs bâtiments annexes. Nelson et moi partagions la même vision de la chose. J'avais découpé un article dans *The Economist* pour le lui faire lire, révélant qu'on avait demandé aux deux cents psychologues les plus réputés, directeurs de départements, grands penseurs, et praticiens de haute volée, d'énumérer les plus importantes théories et découvertes dans leur domaine depuis vingt-cinq ans. Le chaos régnait dans leurs déclarations, qui témoignaient de l'absence de tout consensus, le seul point commun étant que, s'ils avaient eux-mêmes découvert ou proposé quelque chose, cela figurait à tout coup sur leur liste des cinq plus grandes avancées. Et voilà que maintenant, j'allais le supplier de se faire analyser pour mon bon plaisir.

Je procédai à une réhabilitation complète de la psychologie. Lui avais-je déjà raconté, lui demandai-je, la découverte que j'avais faite vers vingt-cinq ans, de la raison pour laquelle le travail mental me devenait soudain plus facile vers trois heures de l'après-midi ? Je parlais de l'école primaire avec quelqu'un, et je disais combien je l'avais détestée. Et à cet instant précis le déclic s'était fait. À l'école, tout n'avait été que contrainte et ennui jusqu'à quinze heures, quand finissait la classe. Depuis cette découverte, ma concentration avait toujours été égale, matin, midi et soir : je n'avais qu'à me rappeler que je n'étais plus à l'école Horace Mann.

Et puis il y avait l'histoire de mon aversion pour les supermarchés. J'étais toujours prise de faiblesses en arrivant à la caisse, les jambes un peu molles. Cette aversion me coûtait cher, car j'étais prête à parcourir de longues distances et à dépenser davantage pour faire mes achats dans les petits magasins traditionnels. Et puis un soir, n'ayant pas le choix, j'entrai dans un Safeway. Comme j'arrivais à la caisse, une femme qui allait sortir par la porte principale se ravisa et revint dans ma direction. C'était une femme d'un certain âge, vêtue de manière particulière, et j'étais déjà à l'orée du malaise, que sa vue aggrava. Elle revint donc chercher ce qu'elle avait oublié sur le comptoir, et s'en alla. Son visage me terrifiait obscurément, comme une tête de mort. Et je revécus alors un moment où je faisais la queue avec ma mère dans un supermarché, et lorsqu'une voisine s'était approchée de nous pour adresser à ma mère un signe furtif et impératif, afin qu'elle vienne écouter une certaine chose. Et en les regardant s'éloigner, j'avais compris en quoi il s'agissait. Je devais avoir dix ans. Le fils de cette dame avait manifestement rapporté à sa mère un certain jeu sexuel de mon invention. Les petits garçons que je choisissais et dont je me régalais dans les branches d'un figuier m'appelaient la fille du figuier. Les testicules me fascinaient. Ma mère revint bientôt, affichant un visage de monstre vengeur et, bien pis, accablée d'une immense déception. Ce fut sa déception qui m'impressionna, parce qu'elle me considérait comme anormale, moi, sa chérie. Une fois ce moment de honte réapproprié, je pus aller faire mes emplettes n'importe où.

La lumière des cavernes, dit Nelson.

Je revins à Pereira. Le verrait-il ?

Certainement, dit Nelson.

Consultation du Dr Pereira

Entra Pereira – un Tamoul, d'après son teint. Il avait vingt minutes à accorder à Nelson. En entrant, il était très sec.

Il n'avait pas apprécié du tout que je lui dise ce que je pensais de l'état de Nelson. À peine avais-je prononcé les mots hyperpassivité et décompensation qu'il me rappela qu'il avait tout à fait l'habitude de diagnostiquer lui-même les divers problèmes d'inversion de la personnalité.

Les vingt minutes s'étirèrent jusqu'à quatre-vingt-dix.

Le résultat me laissa bouche bée. J'aurais voulu pouvoir le secouer. Il était si petit.

Nelson se portait fort bien, selon lui, il était tout simplement en état de santé mentale transcendentale. Et lui, Pereira, allait se procurer des opuscules à nous confier, car Mr Denoon s'intéressait beaucoup à une excellente école d'hindouisme, en fait créée par une femme, une Marathi, la sainte Mukbatai. Il y avait beaucoup d'Hindous à travers le Botswana mais, à sa connaissance, tous ignoraient l'excellente école bhakti. Toutes les grandes personnalités bhaktis étaient des femmes, ou la plupart d'entre elles.

Pereira me regarda gravement. Il me manque une femme, dit-il. Et je vous assure que si cet homme venait me dire Épousez cette femme que voici, j'irais droit à elle.

Il espérait trouver le temps de revoir Nelson.

La guerre

Je donnai encore sa chance à la paix pour un jour. Mais la guerre approchait.

Seuls étaient décelables quelques petits éclairs avant-coureurs du *dies irae*. Je perdis patience devant son attitude lors des repas. Il commençait à défendre l'idée que les repas devraient être aléatoires : il faudrait pouvoir disposer d'un choix d'aliments plus vaste qu'à l'accoutumée, et notamment d'une forte proportion de céréales cuites, et l'on se nourrirait à chaque fois de manière homéostatique – un peu de ceci, rien de cela, et ainsi de suite. Félicitations, lui dis-je, tu viens d'inventer la cafétéria.

Je m'imposai dix heures de sommeil la nuit précédant la guerre.

En me levant, je fis le point. Il le fallait. Il parlait un tout petit peu plus, mais fondamentalement, il ne prenait aucune initiative. Il n'avait pas donné un seul coup de téléphone. Il avait vaguement évoqué la possibilité de passer dans deux ou trois ministères, mais n'avait rien fait pour cela.

Je m'apprêtai plus que d'ordinaire. Le petit déjeuner se déroula en silence. Comme j'avais besoin de protéines pour ce que j'allais faire, je mangeai des œufs et des restes de steak froid.

Il était hyper-propre et splendide dans ses atours blancs.

J'avais mes règles, très abondantes. J'avais arrêté la pilule depuis quelque temps, pourquoi pas ?

Je dis Tu sais que nous avons des choses à discuter. Je l'entraînai vers une table ronde en fer sous un gros acacia. Nous nous faisions face de part et d'autre, assis sur des sièges en osier à dossier évasé.

D'abord j'obtins son accord qu'il ne quitterait pas la table avant au moins une heure, quoi que je dise, et aussi offensé qu'il puisse être. Et que s'il se levait pour aller aux toilettes ou parce qu'il saignait du nez, il reviendrait. Il accepta gentiment.

Est-ce à peu près ainsi que les choses se sont passées ? Tu étais en route vers Tikwe et tu ne faisais pas attention, tu es passé sous un arbre et un ou deux boomslangs se sont laissés tomber sur ta monture.

Deux, précisa-t-il.

Tu traversais une zone de terre noire de coton, et quand le cheval s'est cabré et qu'il a glissé, tu es passé à moitié par-dessous, et c'est alors que tu t'es fracturé le bras et la cheville. Et puis le cheval s'est débattu, car un serpent le mordait toujours au cou, mais il avait une jambe cassée et il est retombé.

Heureusement, tu portais ta gourde – mais malheureusement aussi, car tu t'es cassé plusieurs côtes en tombant dessus.

Tu t'es évanoui, mais ensuite tu es revenu à toi.

Tu es resté inconscient assez longtemps pour attraper une méchante brûlure de soleil sur un côté du visage et du cou.

Je me laissais gagner par mes émotions en énonçant tout cela. J'avais noté les divers points sur un bloc-notes, fixé à un support.

Tu t'es traîné sur une vingtaine de mètres jusqu'au monticule formé par une termitière qui entourait le pied d'un petit arbre. Tu voyais ton cheval se débattre furieusement en émettant des sons atroces. Plus tard, tu as réussi à lui donner le coup de grâce. Tu souffrais. La termitière formait une pente douce, un peu comme une chaise longue.

À ce stade du récit, il se proposa de raconter la suite, si je voulais bien éteindre le magnétophone. C'était nouveau et, me parut-il, bon signe. Il voulait éteindre le magnétophone parce que cela lui aurait donné l'impression de devoir aller trop vite.

Avance jour après jour autant que tu peux.

Il allait essayer, mais je devais me souvenir que pour lui, tout participait d'un tout ininterrompu.

Il posa ses mains bien à plat sur la table en commençant, et raconta toute l'histoire avec les yeux fermés. Je percevais que, pour ce faire, il s'élevait d'une grande profondeur intérieure, et que c'était douloureux pour lui. Par moments, je le voyais presser très fort ses mains sur la table. Je pressais moi-même mes poings contre ma dysménorrhée, de temps à autre. C'était extrêmement bizarre. Je me sentais liée à lui, comme si nous formions ensemble une sorte de mécanisme.

Il progressait lentement. Je résume. Il dit que la première scène qu'il voit clairement, c'est dans le crépuscule, lorsqu'il a senti d'abord puis vu des chacals à dos noir converger vers son cheval. Il a été contraint de voir l'animal se faire déchiqueter. Une vision d'enfer. Il a des souvenirs fragmentaires de s'être traîné à plusieurs reprises, auparavant, pour aller chercher ses provisions dans le paquetage du cheval, avec au ventre la terreur des boomslangs, qui avaient disparu, semblait-il. Il était sûr que les chacals reviendraient pour lui, quand ils en auraient fini avec le cheval, s'il ne réagissait pas.

Tout d'abord, en fait, les chacals l'ignorèrent, mais ensuite deux d'entre eux revinrent lui tourner autour. Il avait la certitude que la terreur, sa terreur, le condamnerait, et que la première chose à faire était de se muer en entité inerte : c'est-à-dire de ne plus penser et de se forcer à ressembler le plus possible au sol ou aux arbres. Il fallait cesser d'émettre des ondes de peur et de supplication. C'était un processus de désidentification, selon ses propres mots. Cela le calma d'avoir cette tâche à accomplir.

Il trouvait difficile d'expliquer comment il était entré dans cet état de désidentification. C'était une formule, un certain ordre d'images qu'il se faisait fort d'expérimenter. Une sorte de contorsion intérieure. Il s'agissait d'arriver à ne plus ressentir le passage du temps. En tout cas, les chacals le laissèrent tranquille.

Je remarquai qu'on pouvait avancer une autre explication, à savoir que les chacals – il y en avait quatre – étaient repus, et aussi qu'il n'était pas encore tout à fait devenu leur mets préféré, la charogne.

Je pouvais avoir raison, admit-il. Mais il avait vraiment conscience d'être entré dans un état « authentique ». Et après le départ des chacals, il avait poursuivi l'expérience, en songeant que les lions viendraient peut-être ensuite, viendraient même probablement.

J'étais dans ses pensées. Il était déterminé à ne pas mourir, à cause de moi.

Il avait réduit la fracture de son bras et essayé de réduire celle de sa cheville. Ni l'une ni l'autre n'étaient ouvertes.

Sa gourde était pleine. Il se limiterait à trois gorgées d'eau par jour. Il avait récupéré l'un des deux paquets de nourriture qu'il avait emportés, avant que les chacals ne viennent et ne dévorent l'autre, en même temps que le cheval. Il avait commis l'erreur de consacrer l'un de ses trajets jusqu'au cheval à rassembler des choses pour se protéger du soleil. Mais, il en avait accumulé plus qu'il ne pouvait en utiliser. Comme ma tente était inopérationnelle, il avait déchiré la toile pour se protéger. Dans l'incapacité de m'expliquer ce que ma tente avait d'inopérationnel, il finit par conclure que, dans sa souffrance et sa panique, il avait dû trop vite renoncer à la monter.

Ses provisions se composaient de scones, de poires sèches, de *biltong*, de noix mongongo, et d'une orange. L'idée, bien sûr, était de faire durer ces réserves, ce qui était facilité par cette découverte que, lorsqu'il entrait dans ce qu'il appelait son état intermédiaire, qu'il parvenait à se désidentifier, la faim et la douleur s'évanouissaient.

Il passa ensuite à un récit très succinct et dépouillé des huit jours qui suivirent. Il se reposa, il dormit, il pratiqua son état intermédiaire, il eut de la chance, et les Hereros le trouvèrent. Il avait fait des rêves dont il pourrait me parler.

Je savais qu'il me manipulait. Il y avait plus à creuser. Mais je lui laissai croire que j'acceptais la diversion et qui consistait à raconter ses rêves.

Il s'agissait d'une transposition transparente de son expérience, et qui consistait à raconter ses visions, ou des messages dont d'autres gens disaient à demi-mot qu'il les avait brièvement délivrés, une transposition des éléments mêmes qui avaient donné tant de relief à sa mésaventure.

Il se rappelait deux rêves importants, concernant tous deux la Terre dans l'avenir. Dans le premier, l'humanité avait colonisé toute la galaxie, et la Terre s'était convertie en planète mortuaire. Divers composants de l'ancienne planète habitée avaient été vendus à des membres de l'élite galactique comme monuments de famille personnels. La tour Eiffel en était un, les chutes du Niagara en étaient un autre. La population restante de la Terre était entièrement employée à l'entretien des monuments. Dans l'autre rêve, la Terre semblait entièrement abandonnée à l'art. Il rêvait qu'il déjeunait à côté d'une gigantesque fontaine tandis que des sculptures métalliques traversaient le ciel au-dessus de lui sur des câbles, les ailes ou les bras déployés. Mais il les voyait comme des rêves purement littéraires, sans rien de noétique, n'est-ce pas ? Certainement, dit-il.

Nous revînmes finalement à la chronologie. Vers le quatrième jour, une nouvelle dimension entra dans son état intermédiaire.

Peut-être était-ce une hallucination, précisa-t-il. C'est ce que tu vas te dire.

C'était une sorte de renfoncement intérieur, et l'expérience du corps comme entité politique, ainsi qu'il l'exprima après avoir longuement tâtonné. Il ressentait le corps comme une confédération de systèmes qui, à leur façon, étaient conscients ou doués de sensations, cette dernière expression lui paraissant plus juste. En tout état de cause, il s'agissait d'un ensemble de systèmes avec lesquels l'esprit pouvait entrer en relation, une relation impossible à décrire, mais amicale.

Ma position fut que ce n'était pas, à strictement parler, une hallucination mais plutôt une dramatisation intérieure de quelque chose dont il comprenait déjà intellectuellement que c'était le cas de manière primate – à savoir que les cellules échangent des signaux, et que certains organes pourraient être considérés comme des villes-États. En bref, l'idée que le corps est une hiérarchie de systèmes est une chose qui a été dramatisée trois points de suspension.

Ah, mais pas une hiérarchie, dit-il. Pas une hiérarchie. Ne me fais pas dire des choses que je n'ai pas dites.

Je devais surveiller mes limites. Lorsque je demandai Alors, es-tu entré dans, dirons-nous, une relation nouvelle ou plus amicale avec ces éléments ? Tout ce que j'obtins fut un haussement d'épaules et un regard soutenu de désapprobation.

En un instant, il redevint bienveillant. J'étais libre d'interpréter à ma guise tout ce qu'il disait. Il ne mettait d'accent particulier sur rien.

Quelles autres révélations as-tu eues ? m'enquis-je.

Il garda le silence. Je pensais qu'il n'en dirait probablement pas davantage.

Il voulait me dire quelque chose avant que nous ne poursuivions. Il serait bref. S'il était écrivain, voici une nouvelle qu'il aurait pu écrire. Voici un mari et une femme. Ils sont comme le jour et la nuit en termes de santé.

J'entendais une fable.

Le mari n'est jamais malade et la femme est constamment souffrante. On lit l'histoire, et l'on observe que le mari ne se plaint jamais et que la femme se plaint perpétuellement.

Il n'a pas matière à se plaindre avec sa bonne santé, dis-je. Ou bien vas-tu aboutir à une proposition sur l'œuf et la poule ?

Écoute l'histoire. Le mari apprécie les choses, s'en réjouit, le dit constamment. Peut-être va-t-il même jusqu'à chanter les louanges de ses outils, sa scie, par exemple, son fardier. Ils vivent à la campagne. Sa femme est limitée par le fait qu'elle n'apprécie pas grand-chose, en plus de ses maux divers. Lui, il est comme les Basarwas, s'excusant auprès des animaux qu'ils tuent et saluant le totem de l'espèce, le remerciant.

Je le laissais prendre son temps. J'avais voulu qu'il parle, et maintenant il parlait.

Le mari se donne beaucoup de mal pour faire comprendre à sa femme qu'elle souffre du manque d'une certaine chose, qu'on pourrait appeler la gratitude. Il a lui-même une philosophie de la gratitude, explicite ou même fruste, dont il pense à tort ou à raison qu'elle est au cœur de la différence qui existe entre eux, et de sa chance à lui. Mais une caractéristique de sa philosophie de la gratitude, c'est qu'elle doit être spontanée, ou venir spontanément, pour opérer. Autrement dit, rien à voir avec le bénédicité. Il pense que la seule chose à faire, c'est de rapporter à sa femme ce qu'il éprouve, car – peut-être est-ce irrationnel – il lui semble que s'il l'instruit ou la catéchise, non seulement elle n'en tirera aucun profit, mais lui-même pourrait perdre les bénéfices de sa relation au monde. Au fait, tous deux sont athées, de sorte qu'il n'est nullement question de religion ici. Mais la fin de l'histoire pose problème. Une façon de conclure serait qu'il le lui dise, et qu'elle en rie. Et puis qu'ils commencent tous deux à décliner.

Je demandai, Voyons, ne m'as-tu pas dit pour commencer qu'ils étaient tous les deux vieux ?

Je l'ai peut-être laissé entendre. En tout cas, dans ma tête, dans mon histoire, ils le sont.

Une fable, songeai-je. Non, une parabole, bonté divine.

Mais je m'y connais très bien en rêves et en paraboles.

Je suggérai Le mari dit donc adieu à une belle vieillesse vénérable. Je ne sais pas quoi dire, en vérité, sinon qu'à mon avis, c'est ta façon de me dire de ne pas te demander des choses que tu ne t'estimes pas en droit de me révéler, pour je ne sais quelles raisons cosmiques, à quoi je réponds ce que tu m'as dit un jour et qui m'a fait dresser les cheveux sur la tête : La pensée regarde l'enfer en face et n'a pas peur. C'était toi, non, tiré de Bertrand Russell ? J'ai beaucoup aimé. La pensée regarde l'enfer en face et n'a pas peur. Ta loyauté envers ces paroles t'a fait stipuler qu'ils sont athées, et je devine que c'est aussi la raison pour laquelle tu ne cilles pas quand j'avance le mot révélations. Je pense que cette histoire est idiote. Si la femme est assez intelligente pour déchiffrer son langage corporel et le copier, ils peuvent encore vivre quoi ? Dix-neuf mois au-delà de leur temps, ou quoi ? Je regrette, mais c'est du pur Ne m'ennuie pas à jet continu, et je déteste ça, je déteste ça, je déteste ça. Je m'en fiche.

Je conclus Je ne peux pas m'empêcher de lire entre chaque ligne, hein ?

Il y a donc certaines choses intimes et sublimes que tu pourrais me dire, mais si j'étais parfaite je ne te les ferais pas dire. En raison des conséquences, et ainsi de suite. Mais je ne suis pas parfaite. Dis-moi une chose : seras-tu puni par quelque force, image ou puissance vaguement femelle, si tu me dis tout ? J'ai deviné mais dis-le moi. Et ne pense pas que je ne t'aime plus pour m'avoir raconté cette histoire, ce qui est un témoignage d'amitié en plus de tout ce que cela peut signifier d'autre.

Recule d'un pas, dis-je. Essaie de voir tout cela simplement comme une documentation à l'intention de quelqu'un que tu aimes.

Il poussa un vrai gémissement.

Je demandai Dis-moi la pire chose que tu es censé ne pas me dire, si j'interprète correctement la situation, parce qu'il s'ensuivrait des développements que nous détesterions tous les deux.

Les yeux fermés, il dit La conscience d'être est béatitude.

Je dis Est-ce une chose que tu sais et que tu ressens ? Par opposition à une chose qu'on t'aurait dite ou communiquée ?

Il gémit encore, et dit Oui, oui.

Était-ce littéraire ou était-ce réel ? Cela semblait réel. Toutes mes questions du genre Alors comment vas-tu faire pour que les choses se fassent ? semblaient naïves, ou pire.

Soudain, je réalisai de quoi il avait vraiment l'air : d'une machine à prédire l'avenir, dans laquelle on met une pièce pour obtenir un message ou une prophétie de la tête exposée en vitrine.

C'est une chose que tu ressens tandis que nous parlons, je suppose. Redis-moi ces mots.

Je vais te les redire.

Mais il était pâle et semblait presque nauséeux. Ce fut la partie la plus atroce de la matinée. Il paraissait exsangue. J'étais en état d'hyperactivité séborrhéique. Je touchai mon nez, on l'aurait cru couvert d'onguents. Une proto-blague désespérée tenta d'émerger, sur la difficulté que j'aurais à être menée par le bout du nez, tellement il brillait. Cependant, la vengeance de l'utérus battait son plein.

C'était un viol, mais il fallait que je lui en fasse dire plus. Le sens de ce que je lui extirpai était qu'au fil des jours, il avait reçu le don de vivre cette expérience de la conscience d'être comme béatitude, de la protéger, de la prolonger, de l'emporter comme faisant partie intégrante de lui-même dans son état reconstitué. C'était cet élément de don offert, de permission, qui me perturbait le plus, en ce qu'il impliquait l'ingérence personnelle d'un tiers non dévoilé. Et je voyais juste. Il avait eu une vague impression de présence toujours proche, surtout derrière lui, et qu'il dirait féminine s'il devait lui affecter ce type de spécification. Prononcer le mot éthéré lui fut manifestement si douloureux que je me sentis obligée de m'excuser.

Je voulais savoir si ce changement intervenu dans la conscience relevait d'autres conclusions, plus vastes, sur le secret de l'univers ou de la nature, ou s'il était lié à son concept – je m'autorisai à employer ce mot – de la nature confédérée du corps.

Non, cela n'impliquait aucune doctrine. Chaque élément de ce qui lui était arrivé demeurait distinct et séparé.

Je demandai Mais pourrait-il exister un lien, que tu n'aies pas encore forgé ou découvert ?

Le Sourire.

Je tentai d'insinuer une ou deux choses sur le taoïsme. Encore Le Sourire. Le taoïsme était une non-doctrine, pour ne pas trop entrer dans les détails. Il avait toujours été une sorte de taoïste, dit-il. Je faisais erreur en essayant de réduire ces choses à un schéma établi. Il voyait bien où je voulais en venir, mais je perdais mon temps. Moi, bien sûr, je songeais que la fixation mariale de sa mère, ingérée par osmose dans sa prime enfance, remontait et se diffusait en lui sous la forme de cet éternel féminin flottant que, par mon insistance vacharde, je lui avais fait révéler et développer, si peu que ce fût.

J'allais devoir mettre fin à la séance. Mais je le ramenai d'abord à cette affaire de béatitude de la conscience d'être. Il parlait à mots hachés et récursifs. Impossible de me l'expliquer plus avant. C'était une sensation qui vous engloutissait, à son point le plus fort. C'était de l'ordre du plaisir sexuel et il fallait la contrôler, en fait, la réprimer. Il prétendit qu'il la réfrénait en ce moment même. L'une de ses tâches consistait à apprendre la meilleure façon de le faire – en fait, il s'agissait de l'une de ses tâches essentielles.

Une image me vint, d'une discussion que nous avions eue un an plus tôt sur la torture, une pratique des Mandchous selon laquelle, par une incision dans l'abdomen de la victime, on tire un peu d'intestin que l'on cloue à un arbre, puis on fait tourner la victime autour de l'arbre à coups de fouets, déroulant peu à peu ses entrailles. C'était moi le Mandchou.

Lorsque je lui demandai – pour me faire un peu pardonner – s'il ne pensait pas qu'il se sentirait mieux quand tout serait sorti, extériorisé, il répondit non.

Le moment était venu d'arrêter. Je me levai. Il venait tout juste de renoncer au casse-tête qu'il utilisait comme canne. Il me demanda pourtant de le lui apporter.

Il suggéra que nous ne déjeunions pas ensemble, si je n'y voyais pas d'inconvénient. J'en fus blessée, mais sa façon de me le demander me convainquit que sa motivation, quelle qu'elle fût, n'avait rien de punitif.

Miracle satanique

Après le déjeuner il était disposé à reprendre la séance, mais à condition que nous soyons assis côte à côte dans nos fauteuils d'osier plutôt que face à face. J'avais écarté la table. Nous nous trouvions au même endroit, *al fresco*. L'air était chaud et lumineux. Nelson tenait apparemment beaucoup à poursuivre la conversation là où nous l'avions commencée, plutôt qu'à l'intérieur de la maison. J'étais pour ma part favorable à l'intérieur, pour des raisons d'intimité. Du fait de la sécheresse, l'usage des tuyaux d'arrosage était interdit dans les jardins, et le jardinier vaquait sans cesse, ici et là, avec ses arrosoirs. Il parlait un anglais rudimentaire mais, chose curieuse, prétendait ne comprendre que très difficilement mon setswana, pourtant fort bon, alors qu'il saisissait instantanément tout ce que disait Nelson, même *sotto voce*.

Nelson prit davantage la direction de l'entretien pendant l'après-midi. Je le laissai faire. Il y eut de longs silences, au cours de sa narration, que je pus mettre à profit pour reprendre les questions que je me posais et me reposais, la principale étant Qu'est-ce que j'allais faire de lui ? Et une autre Où était passé son humour ? Et pourquoi tout était-il devenu tellement asymétrique entre nous – la fréquence impérative de mes mictions quand il n'avait jamais besoin d'uriner, son appétit minuscule et précis quand le mien était quasiment incontrôlable. Et en quoi pourrait-il être utile à Tsau s'il y retournait dans son état actuel ? C'était là une question particulièrement intéressante. Qu'étais-je censée faire à présent ? Rester avec lui en priant pour une rémission ? Lui fixer un ultimatum et me débrouiller pour le rapatrier aux États-Unis comme je l'avais sorti de Tsau, même si tout le monde semblait le certifier plus lucide que la lucidité même ? Devais-je l'épouser tel qu'il était, tout gentil, et trouver mon plaisir, en quelque sorte, dans ses qualités ménagères et la satisfaction d'être associée à ses glorieuses œuvres passées et à la future gloire qui attendait Tsau lorsque le monde serait autorisé à l'admirer ? Devais-je me tuer, solliciter une aide professionnelle pour moi, lui accorder encore six mois dans mes rets, mes pièges, et ma thérapie de choc, rester avec lui pour faire face à l'hypothèse où tout cela ne serait que manœuvre de sa part et qu'un soir il se tournerait vers moi dans un sourire pour m'expliquer en quoi tout cela avait été nécessaire ? Que faire ? Quoi ? Une malheureuse vérité s'emparait de moi : sa bonne volonté à devenir père opérait en moi, m'embrouillant, m'affaiblissant. Il faisait appel à mon maternalisme à deux niveaux. Il avait besoin d'être pris en main, première évidence. Et il y avait aussi la vraie chose : je pouvais aussi bien devenir la mère des enfants de cet homme unique, brillant. Et ils seraient miens pour toujours, quoi qu'il arrive.

J'avais dû dire C'est vraiment trop, car il demanda Qu'est-ce qui est vraiment trop ?

Rien, dis-je. Je me surpris à faire une chose que font les femmes dans les romans du dix-neuvième siècle. Je me tordais les mains.

Je devrais te parler du lion, dit-il. Je crois que tu as entendu une histoire tout à fait parodique de ce qui s'est passé avec lui.

Un lion m'a découvert, un mâle solitaire, un franc-tireur, au coucher du soleil ce soir-là.

Il s'est approché de moi après avoir flairé ce qui restait de mon cheval. À propos, des armées de fourmis grosses comme mon pouce couvraient la carcasse, et il en arrivait sans cesse davantage.

Le lion avançait vers moi, et j'ai alors senti derrière moi la présence dont je t'ai parlé. Cela te contrarie, je sais.

Bon. Au même moment, un essaim d'abeilles a surgi d'un arbre pour venir former un arc dans l'air entre le lion et moi. Je n'avais jamais entendu des abeilles faire autant de boucan.

Je sais que tout cela est incroyable. Je n'ai aucune preuve que toute cette affaire n'ait pas relevé de l'hallucination. Et je sais qu'on ne voit jamais d'abeilles au coucher du soleil.

Le fait est que ce lion me surprit et me terrifia tellement que je n'avais aucune chance de passer dans l'état intermédiaire. J'avais peur.

Le lion s'est approché de moi à deux reprises. À deux mètres. La deuxième fois, il a été piqué autour des yeux. J'ai perdu connaissance. Je me suis réveillé plus tard dans l'obscurité, et je crois que j'entendais encore les abeilles. C'était la dernière nuit avant que les Hereros ne me trouvent. Je me suis réveillé, et tout était calme. Et il y avait encore autre chose de bizarre. La puanteur de la carcasse avait été une véritable torture. Or, ce matin-là, elle avait disparu. Il me sembla même sentir, si je sentais encore quelque chose, de vagues effluves provenant de la même direction, comme d'un produit de beauté.

Tu admets que tout aurait pu être une hallucination, en théorie ? Le lion, tout ? lui demandai-je.

Certainement, dit-il.

Je voyais à son expression qu'il l'admettait uniquement pour la forme, ce qui me brisa le cœur. Cela revenait à dire quand c'était plus facile, Bien sûr, tout cela pourrait être une hallucination. Mais s'il en était ainsi, où allions-nous alors ? Rien ne pourrait être examiné. J'avais l'impression que ma cavité thoracique s'emplissait de graviers.

Je dis Mais cette impression de conscience aiguë que tu ressens n'est pas une hallucination.

Non.

Cela doit donc signifier quelque chose qui est en relation avec les autres événements que tu as vécus en ces heures-là.

C'est possible.

Je demandai Penses-tu qu'on doive enseigner au monde le moyen de parvenir à cette sorte de conscience aiguë que tu ressens, ou tout au moins lui en révéler l'existence ?

Il dit Pas nécessairement.

Je me débattais. Je me lançais depuis différentes directions. Je lui demandai s'il pensait être normal, étant donné le peu qu'il accomplissait au cours d'une journée.

Il pensait l'être, oui.

Je savais qu'il n'était pas normal sur un plan au moins, à cause d'une chose éhontée que j'avais faite la nuit précédente. Je m'étais couchée nue et nous avions commencé de nous étreindre, dans un silence total – ce qui était atypique. Et j'avais découvert ce que je voulais découvrir, à savoir sa sincérité de toujours, face aux mêmes situations. Mais je m'étais ensuite interrompue pour m'écarter vers mon côté du lit. Je m'éloignai assez graduellement pour lui permettre de protester. Mais il me laissa lui échapper sans le moindre semblant de poursuite. C'était la complaisance devenue folle, tout au moins d'après nos protocoles. Voilà l'homme qui m'avait enseigné la phrase Bite en l'air n'a pas de conscience. Pourquoi m'étais-je conduite ainsi, quand j'étais déjà à demi-convaincue que le résultat serait ce qu'il avait effectivement été ? J'asticotais l'une de mes vieilles peurs génériques à propos du mariage en général, peut-être la plus fondamentale de toutes. Que se passe-t-il dans un couple quand votre mari n'est plus dépendant de vous sexuellement ? Que se passe-t-il dans votre cœur quand vous sentez qu'il fait semblant d'avoir envie ? Quel âge a-t-on à ce moment là ? Tout cela est insupportable.

Je dis Et tu penses que tout le monde à Tsau ne souhaite que ton retour là-bas. Le soupçon ne te vient pas qu'ils pourraient se réjouir de ne plus voir autour d'eux ces deux visages en trop, ces deux visages blancs ?

Jamais stupéfaction ne fut plus intense. Pourquoi, que voulais-je dire ? Presque tout le monde à Tsau était venu le saluer avant son départ pour lui dire de revenir le plus vite possible quand il serait reposé.

Alors, c'est plus qu'on ne m'en a dit à moi, répliquai-je.

Tu étais incluse, dit-il.

Je ne sais pas pourquoi cette illusion ou fiction spécifique me bouleversa ainsi, mais je piquai une crise de rage tellement embarrassante qu'avec le recul j'en ai effacé la moitié.

Je devins enragée et en proie à l'esprit de généralisation. Tout était la dernière goutte d'eau. Je me lançai dans l'analyse complète de la passivité. Comment définissait-il l'amour, dans son état présent ? Niait-il qu'il fût follement passif ? Aussi, pensait-il que l'aptitude à tirer plaisir du simple fait d'être éveillé était une chose : (A) que tout le monde avait connue un temps mais qui s'était perdue ? (B) que les animaux possédaient mais pas nous, et que lui, tel un chaman, avait puisée dans son expérience avec l'aide, fût-elle modeste, de l'éternel féminin ? (C) une chose qu'on pouvait enseigner à quelqu'un comme moi, et me l'enseignerait-il ? ou (D) s'il tentait de me l'enseigner et que je n'en perçoive pas la saveur, en conclurait-il oui ou non que cela risquait de créer une faille dans notre relation ? En supposant qu'il m'aime plus que la vie. Pensait-il que je prenais plaisir à me faire ainsi sortir de mes gonds ? Ou même si tout cela était, entre guillemets, réel, s'imaginait-il que je veuille vivre le reste de ma vie en compagnie de quelqu'un en route vers la perfection totale, un être tellement homéostatique qu'il aurait les habitudes alimentaires d'un être angélique ? Je crois qu'à ce point de mon discours je le comparai à une fleur exotique, une broméliacée, car durant son séjour dans le désert il n'avait pratiquement vécu que d'air et de lumière, comme elles le font elles-mêmes. J'avais calculé la quantité de nourriture dont il avait disposé et c'était dérisoire, aussi pouvais-je le regarder comme une broméliacée et non un être humain.

Je tournais en rond. Le motif qui se dessinait était qu'après avoir dit quelque chose d'irrationnel je m'éloignais, puis je revenais, toujours irrationnelle et circulaire, puis je m'éloignais à nouveau, un peu plus loin chaque fois, jusqu'au moment où je m'aperçus que je rentrais dans la maison. Le domestique était fasciné, mais peu m'importait. Je continuais à m'éloigner toujours davantage, puis à revenir voir s'il allait bien et s'il s'était produit un changement, s'il avait trouvé quelque chose à me dire pour mettre un terme à ce détricotage. Je ne pouvais rien faire. Je me disais que j'aurais pu aussi bien tomber amoureuse d'un catholique, dont les croyances seraient plus *outrées** et plus nombreuses que tout ce à quoi semblait croire mon pauvre Nelson ces derniers temps. Mais bien sûr je n'aurais pas pu, à moins qu'il m'eût été présenté sous les traits de quelqu'un d'autre, d'un être rationnel, à moins que je fusse séduite par l'attrait de la chair, ce qui peut toujours arriver, mais plus aux hommes qu'aux femmes, quoi qu'en dise la sagesse populaire. Mais je le retrouvais toujours assis là, mains jointes. Pense à ce que tu fais, m'enjoignais-je. Arborais-je à ses yeux la folie, ma folie, ma plus terrible différence ?

Il me signala, à l'un de mes retours cadencés, que mes règles avaient taché le dos de ma jupe. J'allai y remédier, et à mon retour il se leva, ni de manière abrupte ni avec l'air de me congédier, juste pour aller s'étendre.

Je le suivis dans la chambre.

Peux-tu te rendre compte que, de mon point de vue, c'est l'enfer ? lui demandai-je.

Oui.

Mais cela te fait-il le moins du monde souffrir, dans ta béatitude ?

Certainement. Cette réponse faisait suite à une longue pause.

Je le laissai à sa sieste.

Je me rendis au hideux centre commercial et au sanctuaire des expatriés déprimés, le Book Center du Botswana. Toujours caustiques, les blancs y allaient davantage pour toucher les livres que pour en acheter, le taux de change étant ce qu'il était. Je pense en particulier aux bénévoles du Peace Corps, avec leurs indemnités réduites. Il y avait abondance de personnel au stand BBC. Les Batswanas qui opéraient aux caisses étaient les plus vifs du monde. Le reste du personnel, en blouses bleues et armés de plumeaux, étaient à l'inverse, comme un chœur en désaffection, assis sur des piles de livres le long du mur du fond, à bavarder. C'était toujours la bousculade quand arrivaient le *Rand Daily Mail* et le *Johannesburg Star*, mais sinon l'endroit était calme et ouaté, exactement ce à quoi j'aspirais.

J'aperçus quelqu'un dont tout le monde parlait, dans l'allée voisine de la mienne, penchée sur un livre dont je vis le titre : *Développement : Mort des villages*, en édition de poche. Ce devait être la belle Bronwen Quelquechose, une statagiaire du State Department affectée à la préparation de la foire commerciale qui se déroulait chaque été à Gaborone. C'était un poste pérenne, et comme la participation américaine à l'exercice était minimale, ces pcps, comme on les appelait dieu sait pourquoi, n'avaient pas grand-chose à faire. Ce n'était certes pas la première pcps que je voyais lire au Book Center à trois heures de l'après-midi.

Je reconnus immédiatement Bronwen pour ce qu'elle était : mon miracle satanique. Je le savais. Son image me sembla imprimée sur ma rétine quand je me détournai d'elle. Elle lisait le livre de Nelson avec une féroce concentration. Je voyais bien qu'elle y croyait.

Plantureuse, voilà comment était Bronwen. Les gens m'avaient dit qu'on la reconnaissait quand on la voyait parce qu'elle ressemblait aux ingénues des publicités pour Coca-Cola dans les années quarante, des blondes parfaites. Elle devait être authentiquement belle car la lumière fluorescente, qui donne au commun des mortels un aspect cadavérique, la faisait paraître, elle, lumineuse. Ses cheveux étaient couleur de crème à la vanille. Je doute qu'elle ait même eu vingt-six ans. Elle ne portait absolument aucun maquillage. On pouvait lui trouver la lèvre inférieure peut-être un peu trop pleine. Et elle était plus petite que moi.

Il me vint donc diverses inspirations sataniques. Cette femme serait éblouie de rencontrer Nelson. Et lui l'adorerait, ne fût-ce que pour sa chevelure couleur de miel. Elle pouvait l'avoir. J'avais eu le Nelson dont elle lisait les mots. Ce qu'il avait été, je l'avais à l'esprit, dans ma mémoire, dans mes notes. Peut-être aimerait-elle le Nelson actuel davantage encore qu'elle n'aurait aimé l'original. À voir. Nous pourrions le découvrir. Je pourrais organiser la rencontre. Cette idée fut à l'origine de ma deuxième inspiration. Je pourrais organiser leur rencontre à l'occasion d'une célébration dont Nelson serait le centre, et qu'il n'oublierait jamais. J'ouvrirais les vannes. Il fallait que quelque chose change dans ma vie. Si j'étais incapable, seule, de le ramener à lui-même, peut-être le curieux en lui y parviendrait-il, avec Bronwen Quelquechose. Il se voulait adamique, eh bien, faites-moi confiance pour lui dénicher une Ève. Il détestait les fêtes-surprises, et il détestait les fêtes d'anniversaire. Son anniversaire tombait dans la mauvaise partie de l'année, mais ce pouvait tout aussi bien être une erreur de ma part. Je pourrais parfaitement l'orchestrer. Tout cela pouvait être organisé. Il y avait trop longtemps que j'étais empêchée de passer à l'action. Maintenant, j'allais agir. C'était enivrant de penser à tout cela. C'était elle qu'il me fallait : à son insu, tandis qu'elle dévorait le livre de Nelson, elle était au centre d'un maillage de coups d'œils masculins, des regards blancs et noirs. Certains s'apercevaient même que je les observais, et cela n'y changeait rien, ils gardaient les yeux rivés sur elle, alors qu'est-ce que j'étais ? Les gens s'arrangeaient pour pouvoir garder les yeux sur elle. Je n'étais rien. Je n'étais rien en dépit de ma poitrine supérieure, et elle, elle était une chose pure comme une flamme avec sa raie parfaitement droite et parfaitement blanche, ses cheveux crème à la vanille relevés en mèches derrière des oreilles absolument parfaites. Je me serais presque sentie simiesque. J'ai un léger duvet sur les bras, pas plus que la moyenne mais un peu foncé, et ses bras à elle étaient comme du bois poli. Je la lui flanquerais sur les genoux. Il pourrait choisir de l'ignorer. Il pourrait choisir d'entrer en rage, furieux, de m'accuser de tout, de maquereautage. Ce serait quelque chose. Nous allions voir. Il planait une excitation retenue autour de la réclusion de Nelson. Tout le monde voulait lui rendre visite. Qu'ils viennent, me disais-je. Elle ne leva pas une seule fois les yeux. Ce n'était pas une lectrice rapide.

8 – AU SUJET DE CE QUI PRÉCÈDE

Le coup de téléphone

Je ne me plais pas ici, à Palo Alto. J'ai pu tenir un temps à force de m'autocélébrer. Parvenir à me détacher du spectacle que Nelson était devenu pour moi a été un franc succès, d'après l'analyse que j'en fais aujourd'hui, une chose remarquable. Cela m'a donné de la force. Tout a bien marché. J'ai eu l'idée de tirer une thèse de toutes les données que j'avais recueillies sur les collines de Tswapong, et j'ai pu bénéficier d'une prorogation. Le département d'anthropologie a été ravi de me retrouver. Je suis allée voir ma mère et j'ai tout mis sous contrôle. Je n'ai pas été insultée une seule fois. Les réponses les plus allusives l'ont satisfaite, pour une fois. Elle vit au sein d'une communauté luthérienne, et cela lui plaît : une maison de retraite érigée sur une péninsule glacée, où elle travaille à la salle du courrier en contrepartie du gîte et du couvert. Elle pourra y passer tout le reste de sa vie si elle en décide ainsi, d'après ce qu'elle me dit. Elle considère cela comme le premier emploi « col blanc » de sa vie. Tout me souriait. Je me répétais sans cesse Liberté. Je voguais sur une vague de feu, au début. J'ai consulté un parasitologue, qui m'a dit que mon organisme était plus propre que celui de la moyenne des Américains moyens.

Bien sûr, cette phase démoniaque devait bien finir un jour, et c'est ce qui est arrivé. Ce qu'il y a d'extraordinaire dans mon évasion d'Afrique, comme je me le suis si souvent répété au début, ne me soutient plus autant. Je préfère réfléchir par des voies obliques et imaginer des moyens qui auraient pu nous éviter de nous séparer. Parfois aussi, je suis prise par le fantasme de changer d'époque : si nous nous étions connus dans les dernières années du dix-neuvième siècle, disons, quand il n'y avait rien d'ambigu à considérer le socialisme comme la réponse à tout, il aurait été évident que l'appropriation collective des moyens de production aurait suffi à nous rendre heureux. Elle aurait constitué le medium idéal dans lequel nous enlacer. Nous aurions été de parfaits militants. Je sors de ce type de fantasmes, assez niaisement, furieuse contre le socialisme existant.

Cette phase démoniaque ne fut que le prolongement de la poussée d'adrénaline qu'avait suscité ma surprise-party de *lutte finale** donnée en l'honneur de Nelson. Ces choses s'étaient organisées pratiquement toutes seules. Tout le monde voulait venir, et surtout l'éblouissante Bronwen. Elle était sur le qui-vive au sujet de Nelson, après avoir entendu toutes les spéculations de l'ambassade sur son compte. Et voilà pourquoi elle s'était intéressée à *Développement : Mort des villages.*

En tant que machine infernale, la fête a parfaitement rempli son rôle. Une fois les invitations lancées, les dés étaient jetés. J'ai dû aller jusqu'au bout, en dépit de mes états d'âme. Je ne suis pas sûre aujourd'hui de ce que j'en attendais vraiment, si ce n'est le voir changer sous mes yeux ou bien me confirmer dans l'idée qu'il était bien celui que je craignais qu'il ne soit devenu. Le seul fait de le voir se mettre en colère contre moi, personnellement, aurait été précieux. Au début, j'ai tenté d'honorer la promesse faite à Dineo de le protéger contre certains individus hostiles issus de la communauté des donateurs. Mais en fin de compte, c'était impossible. Tout le monde avait entendu parler de lui – les Britanniques, les gens de Boso, un trotskiste pratiquant l'entrisme dans la Fondation Friedrich Ebert. Les Libyens appellent leur ambassade la Jamahiriya, qui signifie non-ambassade, ou bureau du peuple, ou courant d'air, j'oublie quoi : il allait en venir deux. Comme Kadhafi avait apparemment incorporé quelques principes perversement anarchistes dans le Livre Vert, sa bible politique, et que Nelson avait jugé cela extrêmement choquant, il n'était pas impossible que les braises trouvent là l'occasion de se réembraser.

Je me rendis compte que la liste des invités comptait fort peu de ce qu'on aurait pu appeler des Denoonisants, à l'exception de la belle Bronwen. Tant mieux, me disais-je. Avec Bronwen, je jouai le jeu de me présenter sous un jour complexe pour lui faire entrevoir une association pas forcément heureuse avec le grand homme, et me laisser percevoir comme quelqu'un d'assez fruste, peut-être indifférente à lui, et absolument dépourvue de tout lien légal avec lui. Je pensais très souvent à Grace, Grace qui m'avait poussée vers Nelson. Le soir de la fête brillait la même pleine lune.

Une chose à laquelle je tenais, c'était qu'il y eût largement à boire. Il y aurait abondance d'alcool, et de bonnes marques. La cuisinière apparaîtrait de temps à autre, dans son uniforme vert, portant des plateaux de samossas et de bouchées diverses, dans le plus pur style des réceptions stylées.

Lors de la *lutte finale**, je restai invisible, ou plus précisément, visible uniquement à la marge, jamais au centre. C'était pour Bronwen. Nelson émergea de sa sieste tardive, et les quarante invités surgirent de derrière les meubles, en criant ce qu'ils étaient censés crier.

Évidemment, tout ce qui précède tourne autour du coup de téléphone et de la question Que faire ? Quelque part, dans tout ce que je me rappelle, gît la réponse à la question Comment décider ? Curieusement, je dispose à présent de suffisamment d'argent pour faire ce que je déciderai qu'il est souhaitable de faire. Certes, un mois a passé depuis le coup de téléphone et je n'ai rien décidé. En revanche, j'ai fait ce que je fais le mieux, à savoir une étude savante de moi-même centrée sur les deux dernières années, j'ai fait de moi un champ d'étude savante auquel n'a accès qu'un seul spécialiste. L'objectif de la *lutte finale** était de lever le doute, me disais-je, mais ce serait précisément le doute qui pourrait m'arracher d'ici une fois de plus. La raison pour laquelle Achille ne peut jamais mettre la main sur la tortue est celle-là même pour laquelle un mois a passé pendant que j'étudiais la question de comprendre pourquoi je n'ai pas encore agi. Il y a toujours de nouveaux matériaux à intégrer dans l'étude de ma personne. Chaque moment de réflexion requiert de multiples opérations de classification, de décortication, d'analyse logique. J'ai essayé de gommer le poids accablant de l'appel téléphonique, un procédé fort intéressant venant de moi, n'est-ce pas ?

La théorie de Nelson sur le contrôle par dieu du contenu de la vie et le contrôle par le démon du timing m'est extrêmement utile, surtout si on l'applique à la question des suites à donner au coup de téléphone. En principe, la modicité de mes moyens aurait dû décider pour moi. Pendant la majeure partie de ma vie, cela aurait d'ailleurs été le cas. Mais en ce moment tout marche bien, et je suis bien payée. J'ai tout de suite obtenu un poste d'assistante en faculté. La section de San Mateo de l'Association des universitaires américaines avait entendu parler de moi, et m'a invitée à donner une petite causerie. Mais je n'ai pas de diapositives, ai-je dit, et je suis tellement occupée que, si je le fais, il me faudra un *honorarium. Gosiame* ! Elles ont adoré que je n'aie pas de diapositives, que je puisse peindre des images verbales et faire revivre pour mon auditoire l'Afrique telle que je l'avais vécue, c'est-à-dire surtout pas comme un robot photographique déplacé jusque là-bas pour tout réduire à une documentation visuelle, tandis que s'évanouiraient en arrière-plan la substance et les nuances négligées de la vie authentique. D'autres clubs brûlent de m'avoir. J'ai attaqué le tourisme, à la Nelson Denoon : Vos guerriers deviendront cireurs de souliers, vos étameurs se feront femmes de chambre, et ainsi de suite. *Gosiame* ! Je citais Nelson de long en large. Il paraissait fascinant. Il était encore connu. Quand j'avais quitté les États-Unis pour l'Afrique, il était sans doute au même niveau qu'Ivan Illich sur l'étalon de mesure clérisy. Clérisy est un mot que je tiens de Nelson et qui se révèle indispensable, comme tant de ses expressions. Aujourd'hui, Denoon est probablement un ou deux points plus bas qu'il n'était, mais son nom résonne encore agréablement.

On évolue de cercle en cercle. J'avais pour moi le mystère. Au niveau professoral, j'en disais fort peu sur Nelson, au prétexte que Tsau était un programme secret, que j'étais tenue par l'obligation officieuse de ne pas en dire trop tant que Tsau ne serait pas ouvert au monde, et cetera. Quant à ma relation exacte avec Nelson, je la laissais dans le vague. Je m'habillais dans l'esprit du rôle, par exemple en portant des colliers courts en brisures d'œufs d'autruches. Les cercles s'interpénètrent. Lorsque se répandit le bruit que Tsau était une cité fondée sur le pouvoir des femmes, les organisations féministes voulurent toutes m'inviter. Le temps qu'elles me trouvent, il était déjà établi que je percevais des honoraires respectables.

Avant même que j'aie commencé à me préoccuper sérieusement de la façon dont j'allais gagner ma vie, on m'avait offert un emploi à peu près correct que j'avais accepté et que j'occupe toujours en ce moment, dans le demi-monde universitaire. Je suis rédactrice et directrice de collection d'une maison d'édition marginale qui publie des thèses de doctorat restées en rade parce qu'elles sont trop spécialisées ou qu'elles ne cadrent pas avec les *desiderata* des presses universitaires classiques. J'ai la responsabilité des acquisitions des départements « Tiers-Monde » et « Femmes ».

Maurice, le propriétaire de l'affaire, a hérité pas mal d'argent, même s'il lui en reste moins qu'au départ parce que Gretchen, la femme avec qui il vivait précédemment et qui l'a persuadé de créer cette entreprise pour pouvoir la plumer discrètement, l'a plumé lui aussi. Maurice est un rêveur qui s'intéresse au Moyen Âge, et s'y intéresse même à tel point qu'une de ses premières recommandations a été de l'empêcher de déséquilibrer le catalogue dans cette direction : je suis censée développer les domaines au goût du jour et résister farouchement à sa tendance de retour en arrière. Je lui rappelle quelqu'un, et il passe une bonne partie de son temps, dans son bureau, à essayer de se rappeler qui. Il a une thèse inédite qu'il refuse de me laisser voir. Nos bureaux sont dotés d'un remarquable système audio, et l'une des premières choses qui m'aient été communiquées lorsque j'ai accepté le poste, c'était une note me priant d'énumérer les enregistrements classiques que j'aimerais entendre passer. Nos bureaux, à Belmont, sont de bon goût. J'ai effectivement fourni une liste de mes vieux disques favoris, manière d'autodéfense, après avoir constaté le manque de variété de la liste qui passait, et la quantité de plain-chant et de *continuo* que j'allais devoir subir. J'ai besoin d'une femme forte, se plaît-il à dire. Il m'a complimentée une ou deux fois pour mes épaules. J'ai peut-être une nouvelle vocation de *dominatrix* sur laquelle me rabattre un jour, tout au moins si la décadence des classes moyennes et supérieures se poursuit à son rythme actuel. Ici, je contrôle mes horaires. Ce n'est pas précisément la Détente coupable, mais cela y ressemble.

Vivre en Amérique, c'est comme se faire poignarder par un gringalet armé d'un couteau à beurre. Tête Creuse est le plus populaire de tous les présidents de l'histoire américaine. Les gens pensent que je developpe des perspectives politiques très intéressantes. Après avoir tellement siphonné les idées de Nelson, que devrais-je éprouver en entendant cela ? On dirait que je me tiens tout entière du côté des femmes. Les féministes m'aiment à cause de Tsau, les féministes socialistes m'aiment à cause du côté coopératif de Tsau, les femmes indépendantes et les féministes non socialistes m'aiment à cause des principes de propriété privée et d'incitation économique qui dominent Tsau, les lesbiennes m'aiment parce que je ne sors jamais avec des hommes. Il n'y a pas eu d'hommes, jusqu'à présent. Les gens me voient comme identifiée aux femmes, quelque chose de nouveau, et semblent fières de moi pour cette raison. La gauche est en chute libre, pour autant que je puisse en juger. Je ne me vois aucun ennemi, nulle part, dans mon environnement. Il faut dire qu'aussitôt que vos idées prétendent s'aventurer un peu plus loin que Le Peuple au pouvoir !, on pense que vous devriez écrire un livre pour le *Monthly Review Press.*

Ce qui suit engage complètement Denoon. Ce sont mes matières premières. Voici ce que je profère, en le lui attribuant, sous une forme ou sous une autre. Il se développe actuellement trois grands et terribles processus mondiaux auxquels vos idéologies – terme que j'utilise toujours de manière péjorative, comme mon homme – ne vous permettent pas de prêter attention. À ce propos, je redécouvre sans cesse combien l'analyse sociale et le féminisme ordinaire, en tant que filtres exclusifs, sont inadéquats pour rendre compte de la nature et de la profondeur de l'imminente crise planétaire généralisée. On pourrait baptiser Corporatisme déchaîné le principal processus en cours, le terme corporatisme incluant les entreprises d'État du bloc de l'Est, bien qu'elles se révèlent ne pas être des variantes compétitives du premier type. Ce qui devient souverain dans le monde n'est pas le peuple mais la société à responsabilité limitée, cette invention spécifique : c'est ce qui concentre le pouvoir souverain de violer le monde et de surenrichir les crabes du dessus du panier qui dirigent ces entités. Le medium idéal pour l'entreprise est la démocratie électorale, où personne – dans les systèmes mûris – ne prend la peine de voter, où les partis se désagrègent, les syndicats se décomposent, les entreprises contrôlent les élus qui entrent au Parlement, la transparence des responsabilités se voile. Un second processus mondial est la guerre invisible des États contre les nations, des États reconnus contre les nations tribales non étatisées, une guerre âpre, sanglante, sans loi, qui éclate même dans des régions où tout le monde considère que la partie est terminée : le Timor oriental, les collines de Chittagong, Roraima – les exemples révoltants ne manquent pas. Le troisième est la destruction de la nature qui accompagne l'ascension vers le pouvoir absolu du système corporatif. Puis je donne ma version corrigée, moins pessimiste, et qui, cela me gêne un peu, semble recueillir davantage d'approbation : il s'agit de l'accession – irrégulière, tardive, mais indiscutable – des femmes à des positions d'autorité politique. Je prends cela très au sérieux. J'enjolive un peu quand je donne à entendre que Nelson a pu y placer autant d'espoir que moi, mais il y aspirait vraiment, et à mon avis il redoutait tout simplement d'y croire tout à fait, à cause d'événements comme le monstrueux naufrage du Belgrano par Margaret Thatcher. Il craignait que tout retard pris par l'ascension des femmes ne signe sa propre condamnation – non qu'il ait pour autant renoncé à la promouvoir à Tsau, à sa propre façon, disons moléculaire. Tout ce que j'expose dans ces domaines me rend intéressante aux yeux de mes interlocuteurs. Je fais en sorte que chaque groupe auquel je m'adresse reparte avec au moins une idée générale en tête – à savoir que ce que nous qualifions de développement engendre un véritable holocauste mondial, qui a consisté à substituer par la force aux cultures traditionnelles et sans défense du tiers-monde l'économie de marché, depuis environ 1880 jusqu'à aujourd'hui, et que cela a fait le lit du spectacle télévisé de la famine, de la misère et de la maladie qui fait irruption dans le confort de nos foyers.

Pour cela, elles m'adorent.

Mais revenons au coup de téléphone parce que le fantôme culturel de l'immense problématique des femmes qui attendent dans l'angoisse qu'un homme ou un autre leur téléphone y est inhérent. Je n'ai pas quitté l'Afrique pour revenir ici dans l'intention secrète d'attendre un coup de téléphone qui me ferait danser et jouer des maracas. Je suis partie pour partir. À l'école, on nous obligeait à lire une certaine nouvelle dans laquelle une fille qui a rencontré un garçon à la patinoire rentre chez elle et attend dans l'angoisse, des jours durant, qu'il l'appelle. Intitulée *Dix-sept ans*, cette œuvre, écrite par une certaine Maureen Daly – qui devait en avoir seize lorsqu'elle l'avait écrite, si je me souviens bien – avait brusquement porté son auteur au firmament des magazines féminins, et avait été couronnée par plusieurs prix. Sa lecture avait provoqué en moi une réaction forte et profonde, et je m'étais juré de ne jamais me conduire comme elle. J'en avais fait le serment. De plus – et c'est une chose dont je me rendais seulement compte maintenant, grâce à ce coup de téléphone qui me poussait vers une limite, – cela expliquait aussi pourquoi, quand j'aurais encore pu le faire, je n'avais pas poursuivi Nelson sur son cheval, en route vers Tikwe. J'en avais eu le temps, et j'avais même commencé, mais je n'avais pas pu. Je me rends compte que j'étais très motivée, mais dans le mauvais sens, par le souvenir de Jean Peters courant pour empêcher Emiliano Zapata d'aller là où il voulait absolument se rendre. Je confonds peut-être les deux scènes, mais je me souviens que dans l'une d'elles elle presse ses mains sur la chemise bien repassée de Zapata pour l'implorer. Je la détestais. Ce ne serait jamais moi. Je ne serais jamais Jean Peters dans *Viva Zapata* alors qu'en vérité, c'était le cheval, et lui seul, qui engageait vraiment ma sensibilité à moi. Voilà qui j'étais.

Bien sûr, quand je dis coup de téléphone, je devrais plutôt dire message, qui est tout ce dont je dispose, car j'étais sortie quand mon mystérieux ami a appelé. Le texte est littéralement tout ce que j'ai. L'appel est arrivé au bureau, ce qui n'a rien de mystérieux en soi car j'ai écrit à suffisamment de gens sur du papier à en-tête professionnel pour que ce numéro circule. Il y a eu le mandat que j'ai envoyé pour l'Enfield. Il y a eu mes petits mots à Adelah et à Mma Isang. La réceptionniste pensait que l'appel venait d'une femme, mais sans en être absolument sûre. La communication n'était pas nette. La personne qui appelait n'avait pas l'accent américain, et ne s'était pas présentée. Elle n'avait pas non plus demandé que je la rappelle. Et je n'ai rien pu tirer de plus à la réceptionniste, qui en avait par-dessus la tête de mes questions. Que faire ? comme demandait si justement Lénine. Je crois que j'ai besoin d'une maxime. Celles de Nelson – dans la mesure où elles correspondent à cette situation – sont invariablement caustiques, comme dans Rien de tenté rien de perdu, et elles ne me sont d'aucun secours.

Pourquoi suis-je encore surprise qu'il se soit tourné vers elle, alors que je l'avais abandonné et que je les avais poussés l'un vers l'autre, et quand on sait comme son besoin de l'éternel féminin est absolu lorsqu'il a des problèmes, comme d'être guetté par des lions – ou par un seul lion, pour être précise. Pourquoi ? Juste parce que je l'avais abandonné à ses ennemis ? Ils se montraient assez courtois, en fait. Était-ce le simple fait que j'en aie laissé entrer autant ? Il aurait pu faire appel à moi, bien sûr, ce qui aurait fait toute la différence. J'aurais pu m'élancer comme Wonder Woman et nettoyer la place en disant que c'était une erreur, ma faute, que la fête était finie. Mais non, il allait être l'acteur inactivé. J'observais attentivement le développement de la situation, de temps en temps, de derrière les rideaux ou de quelque autre point de vue discret. L'enfer est fermé et tous les démons sont ici, aimait-il à dire, citant Marlowe. J'étais fébrile. Je songeais Voilà donc ce qu'il veut ! Non seulement elle est belle, et non seulement elle laisse traîner partout des marque-page tombés de son exemplaire de *Développement : Mort des villages*, mais elle est ponctuelle. Comme toujours, et en dépit de mon expertise, il était indéchiffrable. Il transpirait un peu plus que ne le requérait la chaleur de la pièce. Il aurait pu envoyer quelqu'un me chercher, me dégager de mes obligations de maîtresse de maison. Bon, je sortais de temps en temps pour contempler la lune. Mais même à la fin, personne n'est venu à ma recherche. On aurait pu me trouver. Elle est allée dans notre chambre avec lui, l'y a conduit. J'ai passé le reste de la nuit dans un fauteuil à bascule. J'ai commencé à ranger vers l'aube, ramassant chaque bière et chaque cendrier, un par un, délicatement, en m'efforçant de ne faire aucun bruit. Je pensais à Grace, et au fait que je l'avais trouvée, et à ma suggestion que nous vivions ensemble.

Un facteur à prendre en compte, c'est que l'Amérique me rend encore plus folle que je ne le suis déjà : à un certain moment, la semaine dernière, j'ai été prise d'une crise d'angoisse parce que je n'avais pas de zesteur. Il m'en fallait un de toute urgence pour pouvoir parsemer de petites spirales et tortillons de carotte et de jicama les soupes que je mangerais cette semaine-là pour mon déjeuner, ce qui les rendrait plus appétissantes : je les mangerais plus volontiers, et mon poids diminuerait. Un autre facteur, c'est que nous sommes apparemment en phase de préfascisme. La droite occupe toutes les positions. On pourrait un jour tourner une série télévisée située dans ce présent spécieux, intitulée J'étais un libéral pour le FBI. Bien entendu, si j'étais quelqu'un de sérieux, la question que je devrais me poser serait Que faire ? et notamment moi, au sujet du préfascisme. Parler aux gens serait une réponse possible. Mais cela ne mènerait à rien d'autre que leur faire croire que je suis fabuleuse. Le fondement de mon propos, ici, c'est que nous sommes des nuées de criquets, tous tant que nous sommes dans l'Occident blanc, mais que personne ne le relève jamais. Je me réfère tellement à Nelson que j'en suis malade. Qu'est-ce que je fais ? Il n'y a que deux sortes de travail dans le monde, m'a-t-il dit un jour : l'une ajoute au travail que d'autres ont à faire, la seconde réduit le travail des autres. Qu'est-ce que je fais, ou plutôt auquel des deux types de travail est-ce que je contribue ? La jeunesse veut savoir ! Et supposons que vous disiez Bon, d'accord, je vais écrire, je vais parler. Tout le monde me dit d'écrire un livre. Alors vous dites D'accord. Mais dommage pour la langue. À la télévision, l'autre jour, un commentateur a décrit quelqu'un d'autre comme dépourvu de sens moral, et un politicien a traité quelqu'un d'autre de pantin désarticulé, en vantant dans la même phrase sa propre droiture. Ses électeurs revendiquaient la liberté de leurs droits. Ils disaient Nous voulons faire entendre nos voix. Et bien sûr, où est l'homme qui pourrait en rire avec moi et m'aider à ne pas m'enfoncer de plus en plus dans le désespoir ? J'ai besoin de l'homme qui a dit Lyndon LaRouche devrait plutôt s'appeler Lyndon FaRouche.

Toutes choses qui me ramènent à mon message. Je l'ai lu et que me dit-il de faire ? Il ne dit rien du tout, ou alors il dit beaucoup de choses. Il dit Hector prouvé vivant agent police Manhope. Il dit Bronwen renvoyée de Tsau après une semaine.

Je faisais le ménage à quatre pattes aux alentours de la porte de leur chambre lorsqu'elle en est sortie, le matin, l'air d'avoir été initiée à quelque chose d'infiniment exaltant. Elle a failli trébucher sur moi. Elle a eu la correction de prendre l'air contrit. J'ai continué à cirer. Elle est rentrée dans la chambre. Je faisais briller la maison comme un sou neuf pour eux deux. J'avais les genoux en feu lorsque j'ai terminé. Ça passera. Avant de m'en aller, je me suis assurée qu'il y avait du jus d'orange frais sur la table du petit déjeuner.

Alors : Que faire, Lénine ?

Une possibilité serait de trouver le moyen d'avoir une relation sexuelle avant de décider quoi que ce soit. Je mène une vie asexuée. Je peux y remédier. Mon célibat est connu, et excite vivement certains balourds de ma périphérie. Que pourrais-je faire de plus absurde que ce que je fais en ce moment, *id est*, développer une attitude sacrale à l'égard de ma sexualité historique avec Nelson ? Rien.

Le message était censément d'un(e) ami(e), et l'appel provenait de Gabs. Je n'ai pas d'ami(e) à Gabs, en fait, mais cela ne signifie pas grand-chose, car l'appel aurait pu être passé de la part de quelqu'un se trouvant ailleurs, ou par quelqu'un de passage à Gabs.

Une chose à laquelle j'ai définitivement renoncé est la lecture servile du corpus des grands livres que j'ai regrettablement manqués et dont Nelson m'avait fait valoir l'importance, en tout cas jusqu'à ce que je décide de ce qu'il faut faire. Tout cela ne sert qu'à me décourager. Son grand livre d'entre les grands livres négligés, *Le Comportement humain et le principe du moindre effort*, de George K. Zipf, était trop difficile. Il est truffé d'équations. Par ailleurs, quoi qu'il ait pensé du socialisme réellement existant, je renonce à lire quelque apologie du socialisme que ce soit. Je pensais pourtant que je pourrais peut-être le convaincre, si jamais nous nous revoyions un jour, que le socialisme était curable et que nous pourrions être socialistes ensemble et que la vie pourrait être comme du Berlioz en stéréo. C'est là une anticipation extrême de mon *extremis*.

Voici une autre réalité propre à me rendre folle : la présence de Nelson dans la question de mon poids. Peut-être n'ai-je pas précisé que, quand je le harcelais sur les détails de son illumination dans le désert, et plus particulièrement sur les plus infimes détails de sa découverte que le corps humain est une confédération, je lui ai demandé s'il pensait que je pourrais mieux contrôler mon poids si j'ordonnais à mon corps ou à mes cellules graisseuses, ou à toute autre entité de mon choix, de cesser d'absorber les lipides pendant quelque temps. Il s'est figé au lieu de répondre, parce qu'il pensait que je cherchais à abaisser le débat. Mais finalement, il a répondu Oui, c'est possible. J'ai insisté, en demandant Bon, mais vaut-il mieux donner l'ordre à mon corps de mincir, ou bien le lui demander gentiment ? Et je me préparais à lui refuser de s'en tirer en disant qu'il ne savait pas ce qui était mieux, commander ou solliciter. Il finit par dire L'un ou l'autre, mais demander vaudrait sans doute mieux. C'est ce que je fais depuis, et j'ai perdu près de trois kilos.

La première partie du message est assez directe. Mais où elle me mène, voilà qui reste obscur. G se prononçant comme un H aspiré, Manhope doit signifier Mangope, le dictateur du bantoustan situé de l'autre côté de la frontière, et qui aimerait bien avaler un jour le Botswana parce qu'ils sont tous tswanas après tout, et qu'on en compte cinq millions sous Mangope et seulement un million au Botswana. Les Boers adorent l'irrédentisme de Mangope, et l'entretiennent d'abondance. Cette nouvelle, que Hector est un agent de la police de Mangope, a donc des implications surprenantes et multiples. Elle éclaire son incompréhensible disparition de Tsau sous le jour d'un événement facile à organiser pour les Sud-Africains. Un hélicoptère aurait pu descendre de Caprivi Strip, par exemple, et le recueillir dans l'une des cuvettes. Cela pouvait préparer l'éjection de Nelson, pour que les Sud-Africains – par l'intermédiaire de Mangope et de Boso, et sûrement, en dernier lieu, d'un Hector ressuscité – puissent exécuter certaines manœuvres géopolitiques pour la réalisation desquelles ils voulaient utiliser Tsau comme base.

Intéressante synergie, l'arrivée du message coïncida avec ma décision de ne pas poursuivre mon plan de conférences denooniennes à vie, décision qui faisait suite à mes découvertes curieuses et inattendues dans le *Tao te King*. Je n'avais jamais, jusqu'à récemment, abordé le *Tao te King*. Encore un exemple de l'imperfection de mon éducation. Si je l'avais eu entre les mains, cela aurait pu faire une différence. Je me pose la question. Mais bon, je n'ai pas encore lu le Rig-Veda non plus. Mon attitude vis-à-vis de l'Orient me vient de ma jeunesse, de *Le Lotus et le robot*. Ce que j'ai pensé en commençant à lire le Tao, c'est que j'avais là l'explication de la chute de

Nelson. Il avait commis une erreur intellectuelle ! Dans un moment de vertige, il avait embrassé une chose que, dans son état normal, il aurait reconnue pour de la propagande, de la propagande impériale, chose néfaste bien que poétique. Halte ! cria-t-elle, me dis-je, lorsque XXXIV m'atteignit de plein fouet : *La voie est large, sur la gauche comme sur la droite / Les myriades de créatures dépendent d'elle pour leur vie et pourtant elle ne revendique aucune autorité. Elle accomplit sa tâche et cependant ne revendique aucun mérite./ Elle vêt et nourrit la myriade de créatures, et cependant ne revendique pas d'être leur maître. / À jamais libérée du désir, on peut la dire petite ; cependant comme elle ne revendique pas d'être maître quand les myriades de créatures se tournent vers elle, on peut la dire grande. C'est parce qu'elle ne tente jamais elle-même d'être grande qu'elle réussit à devenir grande.* Ce qui me renvoya à la lecture de tout le texte. Halte ! me disais-je constamment. Une autre gemme était *Cela s'appelle le discernement subtil : les faibles soumis domineront les durs et forts.* Puis il y avait *Je l'imposerai de tout le poids du bloc entier et anonyme. Le bloc entier et anonyme n'est que la libération du désir, / et si je cesse de désirer et que je reste immobile, / l'empire sera en paix de son propre accord.* Que je rapprochai d'autre chose, plus haut *: Quand le bloc entier se brise il se transforme en outils : / le sage en fait usage et devient le seigneur au-dessus des maîtres.* Halte ! Il y en avait encore beaucoup du même genre. Prenons XLIII : *La chose la plus soumise du monde peut fouler aux pieds la plus dure du monde – ce qui est sans substance pénètre ce qui n'a pas de faille.* Pendant un jour ou deux, je vis clairement que ce dont avait besoin Nelson, c'était que revienne Scientiae Athena pour illuminer ce qu'il était devenu par une nuit noire. Il était devenu un imposteur. Le *Tao te King* était un manuel pour le devenir, et pour déterminer quel type d'imposteur devenir. À moins que Nelson n'ait toujours été un imposteur sans que je m'en rende compte, en commençant par amener fort éloquemment le monde à s'imaginer que Tsau serait une broméliacée municipale libératrice, fonctionnant au soleil et à la brise douce, alors qu'en fait, même si l'endroit vibrait et scintillait d'équipement solaire, à quoi cela servait-il ? Produire un peu d'eau chaude, un peu de fraîcheur, un peu de séchage de grains ? Il y avait bien son merveilleux creuset solaire, mais c'était un jouet. Les gens, eux, disposaient même de fourneaux solaires, mais ils ne s'en servaient guère. Et qu'était Tsau pour lui, en vérité ? Pour qui était Tsau ?

Il s'était passé quelque chose dans le désert. Avait-il décidé de prolonger cette chose pour des raisons personnelles, comme de m'imposer un test impossible, auquel j'avais échoué, me rendant obsolète, et avait-il ensuite prolongé son état pour se débarrasser de moi ou pour pouvoir se détendre à Tsau sur un mode complètement nouveau, impliquant qu'il s'habille tout en blanc ? Et maintenant, le regrettait-il ? Ce message venait-il de lui : avait-il passé l'appel ou l'avait-il fait faire ? Voilà où allaient mes pensées. J'ai tant fait et refait la liste des candidats potentiels au rôle de correspondant secret que j'en ai la nausée. Dineo aurait-elle pu organiser cet appel ? L'idée était-elle de me dire que tout allait bien à Tsau et que je pouvais revenir, ou plutôt que je devrais venir chercher un Nelson de plus en plus inutile ? Ou bien était-il toujours frappé au contraire d'une authentique dépression nerveuse due à ses propres antécédents, sa mère, son père, le Tao, les événements qui avaient provoqué le départ pour Tikwe, l'horreur de son expérience dans le désert ? Mais je me suis dit ensuite : Tu es partie pour partir. Rester ainsi dans son univers, c'est idiot et masochiste. Je me suis dit Je n'ai aucune chance de le sauver par le biais d'une interprétation marxiste du Tao, même si des choses plus étranges se sont sûrement déjà produites. Qui d'autre avait pu envoyer le message ? Pouvait-ce être Z ? Et quel était le rôle dans tout cela de la belle Bronwen ? Une exaspération de cette force est intolérable.

La partie du message concernant Bronwen dit Bronwen renvoyée de Tsau après une semaine. Ce qui signifie que Bronwen n'y est plus.

Et ce qui m'enrage finalement, bien sûr, c'est la forte probabilité que d'un bout à l'autre de cette affaire, j'aie été manipulée par un menteur. Mais Nelson sait fort bien qu'on ne me ment qu'à ses risques et périls. Et je ne me laisserai pas faire. Il aura été bien prévenu. Que faire ?

*Je viens**.

Et Pourquoi pas ?

REMERCIEMENTS

Je tiens à exprimer ma gratitude pour leur soutien matériel, pendant l'écriture de ce livre, à la Guggenheim Foundation, à l'American Academy of Arts and Letters, au National Endowment for the Arts, au New York State Council on the Arts, et à la Rockefeller Foundation pour m'avoir permis de séjourné à la Bellagio Residency.

Pour leur affection et leurs encouragements depuis les premiers jours je remercie mes chères amies Dorothy Gallagher et Sylvia Roth, et aussi Ruth Gonze – ma loyale belle-sœur, critique et partisane. Pour leur inlassable dévouement et leur précieuse assistance dans les moments cruciaux, ma reconnaissance va à mon ami et beau-père Edward Scheidt et à sa défunte épouse Ruth Scheidt, à Tom Disch, à Don Menaker, à Ben Sonnenberg, à Henry H. Roth, à mon éditrice Ann Close, à mon agent Andrew Wylie, à Sam Brown, Alison Teal, Elizabeth Udall, Lynn Luria Sukenick, Bob Nichols, Phalatse Rshoagong, Dick Mullaney, Mzichoe Mogobe, Elizabeth et Dick Voigt, Bob Hitchcock, Bill Picon, à mes frères Chris, Nick, et Robert, et à ma défunte sœur, Cathy. Pour sa bravoure à persévérer dans la création de littérature dans des conditions d'inimaginable difficulté, Jacob Khalala est mon talisman.

LA LITTÉRATURE ÉTRANGÈRE
CHEZ FAYARD

Leopoldo Alas, dit Clarín : *La Régente* ; *Son fils unique.*
Piotr Alechkovski : *Le Putois.*
Isabel Allende : *La Maison aux esprits* ; *D'amour et d'ombre* ; *Eva Luna* ; *Les Contes d'Eva Luna* ; *Le Plan infini* ; *Paula.*
Anthologie de la prose albanaise, présentée par Alexandre Zotos.
Jakob Arjouni : *Magic Hoffmann* ; *Un ami.*
Alexandre Arkhanguelski : *Alexandre Ier, le feu follet.*
J.G. Ballard : *La Bonté des femmes* ; *Fièvre guerrière* ; *La Course au paradis* ; *La Face cachée du soleil* ; *Super-Cannes.*
Réza Barahéni : *Les Saisons en enfer du jeune Ayyâz* ; *Shéhérazade et son romancier (2e éd.)* ; *Élias à New York.*
Thomas Berger : *L'Invité* ; *Le Crime d'Orrie* ; *Rencontre avec le mal.*
Vitaliano Brancati : *Les Années perdues* ; *Le Vieux avec les bottes*, suivi d'un essai de Leonardo Sciascia ; *Don Juan en Sicile* ; *Rêve de valse*, suivi de *Les Aventures de Tobaïco* ; *La Gouvernante*, suivi de *Retour à la censure* ; *Journal romain* ; *Singulière Aventure de voyage* ; *Les Plaisirs.*
Joseph Brodsky : *Loin de Byzance.*
Anita Brookner : *Les Règles du consentement* ; *Loin de soi.*
Hermann Burger : *La Mère artificielle* ; *Blankenburg* ; *Brenner.*
Oddone Camerana : *Les Passe-Temps du Professeur* ; *La Nuit de l'Archiduc.*
Andrea Camilleri : *La Concession du téléphone* ; *La Saison de la chasse* ; *Un filet de fumée* ; *Le Roi Zosimo* ; *Le Cours des choses ; La Prise de Makalé.*
Rossana Campo : *L'Acteur américain* ; *À la folie.*
Rocco Carbone : *Le Siège.*
Varlam Chalamov : *La Quatrième Vologda* ; *Récits de Kolyma.*
La Chanson des Niebelungs, traduite, présentée et annotée par Jean Amsler.
Jerome Charyn : *Capitaine Kidd.*
Mikhaïl Chichkine : *La Prise d'Izmail.*

Cyril Connolly : *Le Tombeau de Palinure* ; *Ce qu'il faut faire pour ne plus être écrivain* ; *100 Livres clés de la littérature moderne.*
Contes tchétchènes, traduits par Philippe Frison et Bernard Outtier, préfacés par Bernard Outtier.
Joseph Conrad, Ford Madox Ford : *L'Aventure.*
Julio Cortázar : *Les Gagnants.*
Osamu Dazai : *Mes dernières années.*
David Davidar : *La Maison aux mangues bleues.*
Francisco Delicado : *Portrait de la Gaillarde andalouse.*
Diego De Silva : *Ces enfants-là* ; *Je veux tout voir.*
Benjamin Disraeli : *Tancrede ou La nouvelle croisade.*
Andreï Dmitriev : *Le Fantôme du théâtre* ; *Le Livre fermé.*
Alfred Döblin : *Hamlet ou La longue nuit prend fin* ; *Wang-loun*, avec un essai de Günter Grass.
Milo Dor : *Mitteleuropa, Mythe ou réalité* ; *Vienne, chemises bleues* ; *Un monde à la dérive* ; *Morts en sursis* ; *La Ville blanche.*
Iouri Droujnikov : *Des anges sur la pointe d'une aiguille.*
Aris Fakinos : *La Citadelle de la mémoire* ; *La Vie volée* ; *Le Maître d'œuvre.*
J.G. Farrell : *Le Siège de Krishnapur* ; *Hôtel Majestic* ; *Une fille dans la tête* ; *L'Étreinte de Singapour.*
Lion Feuchtwanger : *Le Faux Néron* ; *La Guerre de Judée* ; *Les Fils* ; *La Sagesse du fou ou Mort et transfiguration de Jean-Jacques Rousseau* ; *Le jour viendra* ; *Simone.*
Francis Scott Fitzgerald : *Carnets.*
Marcello Fois : *Nulla.*
Esther Freud : *La Maison mer.*
Eleonore Frey : *État d'urgence.*
Mavis Gallant : *L'Été d'un célibataire* ; *Ciel vert, ciel d'eau* ; *Poisson d'avril.*
Jane Gardam : *Un amour d'enfant* ; *L'Homme Vert* ; *L'été d'après les funérailles.*
Jerzy Giedroyc, Witold Gombrowicz : *Correspondance, 1950-1969.*
Juan Goytisolo : *Paysages après la bataille* ; *Chroniques sarrasines* ; *Chasse gardée* ; *Les Royaumes déchirés* ; *Les Vertus de l'oiseau solitaire* ; *L'Arbre de la littérature* ; *À la recherche de Gaudí en Cappadoce* ; *La Longue Vie des Marx* ; *La Forêt de l'écriture* ; *État de siège* ; *Trois Semaines en ce jardin* ; *Cogitus interruptus* ; *Foutricomédie* ; *Et quand le rideau tombe.*
Grimmelshausen : *Les Aventures de Simplicissimus.*

Gunnar Gunnarsson : *Frères jurés.*
Erich Hackl : *Le Mobile d'Aurora.*
Zbigniew Herbert : *Monsieur Cogito et autres poèmes.*
Russell Hoban : *Elle s'appelait Lola.*
Alan Hollinghurst : *La Ligne de beauté.*
Shifra Horn : *Quatre Mères.*
Pico Iyer : *Abandon.*
Narendra Jadhav : *Intouchable.*
Henry James : *L'Américain* ; *Roderick Hudson.*
Francesco Jovine : *Signora Ava* ; *La Maison des trois veuves.*
Ruchir Joshi : *Le Dernier Rire du moteur d'avion.*
Roberto Juarroz : *Poésie verticale.*
Ismail Kadaré : *Les Tambours de la pluie* ; *Chronique de la ville de pierre* ; *Le Grand Hiver* ; *Le Crépuscule des dieux de la steppe* ; *Avril brisé* ; *Le Pont aux trois arches* ; *La Niche de la honte* ; *Invitation à un concert officiel et autres récits* ; *Qui a ramené Doruntine ?* ; *L'Année noire*, suivi de *Le cortège de la noce s'est figé dans la glace* ; *Eschyle ou l'éternel perdant* ; *Le Dossier H.* ; *Poèmes, 1958-1988* ; *Le Concert* ; *Le Palais des rêves* ; *Printemps albanais* ; *Le Monstre* ; *Invitation à l'atelier de l'écrivain*, suivi de *Le Poids de la croix* ; *La Pyramide* ; *La Grande Muraille*, suivi de *Le Firman aveugle* ; *Clair de lune* ; *L'Ombre* ; *L'Aigle* ; *Spiritus* ; *Mauvaise Saison sur l'Olympe* ; *Novembre d'une capitale* ; *Trois Chants funèbres pour le Kosovo* ; *Il a fallu ce deuil pour se retrouver* ; *L'Hiver de la grande solitude* ; *Froides Fleurs d'avril* ; *Vie, jeu et mort de Lul Mazrek* ; *La Fille d'Agamemnon* ; *Le Successeur* ; *Un climat de folie*, suivi de *La Morgue* et *Jours de beuverie* ; *Œuvres complètes* (12 vol.).
Yoram Kaniuk : *Mes chers disparus* ; *Encore une histoire d'amour* ; *Il commanda l'« Exodus »* ; *Le Dernier Berlinois* ; *Ma vie en Amérique.*
Mark Kharitonov : *Prokhor Menchoutine* ; *Netchaïsk*, suivi de *Ahasvérus* ; *La Mallette de Milachévitch* ; *Les Deux Ivan* ; *Un mode d'existence* ; *Étude sur les masques* ; *Une journée en février* ; *Le Gardien* ; *Le Voyant* ; *Retour de nulle part* ; *Le Professeur de mensonge* ; *L'Esprit de Pouchkine* ; *L'Approche.*
Danilo Kiš : *La Leçon d'anatomie* ; *Homo poeticus* ; *Le Résidu amer de l'expérience* ; *Le Luth et les Cicatrices* ; *Les Lions mécaniques et autres pièces.*
Jerzy Kosinski : *Le Jeu de la passion.*
Édouard Kouznetsov : *Roman russe.*

Hartmut Lange : *Le Récital*, suivi de *La Sonate Waldstein* ; *Une fatigue*, suivi de *La Promenade sur la grève* ; *Le Voyage à Trieste* suivi de *Le Marais de Riemeister* ; *L'Immolation* ; *Le Houx* ; *L'Ange exterminateur d'Arthur Schnitzler.*
Halldor Laxness : *Gens indépendants.*
Le Tasse : *Rimes et plaintes.*
Hugo Loetscher : *Si Dieu était suisse...* ; *La Tresseuse de couronnes* ; *Un automne dans la Grosse Orange* ; *Le Coq prêcheur* ; *La Mouche et la Soupe* ; *Saison.*
Russell Lucas : *Le Salon de massages et autres nouvelles.*
C. S. Mahrendorff : *Et ils troublèrent le sommeil du monde* ; *La Valse des anges déchus.*
Luigi Malerba : *La Planète bleue* ; *Clopes* ; *Le Feu grégeois* ; *Les Pierres volantes* ; *La Vie d'châtiau.*
Thomas Mann : *Les Buddenbrook* ; *La Montagne magique* ; *La Mort à Venise*, suivi de *Tristan.*
Gregorio Manzur : *Iguazú.*
Dacia Maraini : *Voix.*
Monika Maron : *La Transfuge* ; *Le Malentendu* ; *Rue du Silence, n° 6.*
Stelio Mattioni : *Les Métamorphoses d'Alma* ; *La Plus Belle du royaume.*
Predrag Matvejevitch : *Bréviaire méditerranéen* ; *Épistolaire de l'Autre Europe* ; *Le Monde « ex »* ; *L'Autre Venise* ; *La Méditerranée et l'Europe.*
Vladimir Maximov : *La Coupe de la fureur.*
Mary McCarthy : *Cannibales et Missionnaires* ; *L'Oasis et autres récits* ; *Le Roman et les Idées, et autres essais* ; *Comment j'ai grandi.*
Piero Meldini : *La Bienheureuse aux vertiges.*
Migjeni : *Chroniques d'une ville du Nord*, précédé de *L'Irruption de Migjeni dans la littérature albanaise*, par Ismail Kadaré.
Czeslaw Milosz : *Visions de la baie de San Francisco* ; *Milosz par Milosz*, entretiens de Czeslaw Milosz avec Ewa Czarnecka et Aleksander Fiut ; *Empereur de la terre* ; *L'Immoralité de l'art* ; *Terre inépuisable*, poèmes ; *Chroniques*, poèmes ; *De la Baltique au Pacifique ; Abécédaire.*
Karl Philipp Moritz : *Anton Reiser.*
Clare Morrall : *Couleurs.*
Erwin Mortier : *Marcel* ; *Ma deuxième peau* ; *Temps de pose.*
Vladimir Nabokov : *Ada ou l'Ardeur* ; *Regarde, regarde les arlequins !* ; *La Transparence des choses* ; *Machenka* ; *Littératures I* (Austen, Dic-

kens, Flaubert, Stevenson, Proust, Kafka, Joyce) ; *Littératures II* (Gogol, Tourguéniev, Dostoïevski, Tolstoï, Tchekhov, Gorki) ; *Littératures III (Don Quichotte)* ; *L'Homme de l'URSS et autres pièces.*

Kenji Nakagami : *Mille Ans de plaisir* ; *La Mer aux arbres morts* ; *Sur les ailes du soleil* ; *Hymne* ; *Le Bout du monde, moment suprême.*

Nezâmi : *Les Sept Portraits.*

Edna O'Brien : *Un cœur fanatique* ; *Les Filles de la campagne* ; *Les Grands Chemins* ; *Qui étais-tu, Johnny ?* ; *Les Victimes de la paix* ; *Lanterne magique* ; *Vents et Marées* ; *Nuit* ; *La Maison du splendide isolement* ; *Les Païens d'Irlande* ; *Tu ne tueras point* ; *Le Joli Mois d'août* ; *Décembres fous* ; *Dans la forêt.*

Fernando del Paso : *Palinure de Mexico* ; *Des nouvelles de l'Empire* ; *Linda 67. Histoire d'un crime.*

T.R. Pearson : *L'Heure de l'Évangile.*

Leo Perutz : *Turlupin* ; *La Neige de saint Pierre* ; *La Troisième Balle* ; *La nuit, sous le pont de pierre* ; *Où roules-tu, petite pomme ?* ; *Le Maître du Jugement dernier* ; *Nuit de mai à Vienne.*

Alexeï Peskov : *Paul Ier, empereur de Russie ou Le 7 novembre.*

Romana Petri : *La Guerre d'Alcina.*

Marguerite Poland : *Cantique pour Grace.*

Valéri Popov : *Troisième Souffle.*

James Purdy : *Dans le creux de sa main* ; *La Tunique de Nessus* ; *L'Oiseau de paradis.*

Barbara Pym : *Crampton Hodnet* ; *Jane et Prudence* ; *Comme une gazelle apprivoisée.*

Peter Rosei : *Comédie*, suivi de *Homme & Femme S.a.r.l.* ; *Les Nuages*, suivi de *Quinze Mille Âmes* ; *L'Insurrection*, suivi de *Notre paysage : descriptif.*

Herbert Rosendorfer : *Stéphanie et la Vie antérieure* ; *Les Saints d'or ou Colomb découvre l'Europe* ; *Suite allemande* ; *Grand Solo pour Anton* ; *L'Architecte des ruines.*

Anatoli Rybakov : *Sable lourd.*

David Samoïlov : *Pour mémoire.*

Diego de San Pedro : *Prison d'amour.*

Francesca Sanvitale : *Le Fils de l'Empire.*

Alberto Savinio : *Souvenirs* ; *Hermaphrodito* ; *La Maison hantée* ; *La Boîte à musique.*

Serge Schmemann : *Échos d'une terre natale. Deux siècles d'un village russe.*

J. G. Schnabel : *L'Île de Felsenbourg.*

Ingo Schulze : *Histoires sans gravité* ; *33 moments de bonheur.*

Leonardo Sciascia : *Mots croisés* ; *Petites Chroniques* ; *Œil de chèvre* ; *Monsieur le député*, suivi de *Les Mafieux* ; *La Sorcière et le Capitaine* ; *1912 + 1* ; *Portes ouvertes* ; *Le Chevalier et la Mort* ; *Faits divers d'histoire littéraire et civile* ; *Une histoire simple* ; *Heures d'Espagne* ; *En future mémoire* ; *Portraits d'écrivains* ; *Noir sur noir* ; *Œuvres complètes* (3 volumes).

Richard Sennett : *Les Grenouilles de Transylvanie* ; *Une soirée Brahms.*

Kamila Shamsie : *Kartographie.*

Jenefer Shute : *Folle de moi* ; *Point de rupture.*

Lorenzo Silva : *Au nom des nôtres.*

Francisco Sionil José : *Po-on* ; *À l'ombre du balete* ; *Mon frère, mon bourreau.*

Alexandre Soljénitsyne : *Œuvres complètes* (version définitive). Tome 1 : *Le Premier Cercle* ; tome 2 : *Le Pavillon des cancéreux, Une journée d'Ivan Denissovitch et autres récits* ; tome 3 : *Œuvres dramatiques* ; tome 4 : *L'Archipel du goulag*, vol. 1 ; *Les tanks connaissent la vérité* ; *Les Invisibles* ; *La Roue rouge* (version définitive) – *Premier nœud : Août 14 – Deuxième nœud : Novembre 16 – Troisième nœud : Mars 17* ; *Ego*, suivi de *Sur le fil* ; *Nos pluralistes* ; *Les tanks connaissent la vérité* ; *Les Invisibles* ; *Nos jeunes* ; *Comment réaménager notre Russie ? Réflexions dans la mesure de mes forces* ; *Le « Problème russe » à la fin du XX*^e^ *siècle* ; *Le Grain tombé entre les meules* ; *La Russie sous l'avalanche* ; *Deux Récits de guerre* ; *Esquisses d'exil.*

Muriel Spark : *Intentions suspectes* ; *Ne pas déranger* ; *Une serre sur l'East River* ; *Les Célibataires* ; *Les Consolateurs* ; *Les Belles Années de mademoiselle Brodie* ; *Demoiselles aux moyens modestes* ; *Droits territoriaux* ; *L'Image publique* ; *Rêves et réalité* ; *Ouvert au public.*

Domenico Starnone : *Via Gemito.*

Luan Starova : *Le Temps des chèvres* ; *Les Livres de mon père* ; *Le Musée de l'athéisme.*

Christina Stead : *L'Homme qui aimait les enfants.*

Patrick Süskind : *Le Parfum* ; *Le Pigeon* ; *La Contrebasse* ; *Un combat et autres récits* ; *Sur l'amour et la mort.*

Wislawa Szymborska : *De la mort sans exagérer* ; *Je ne sais quelles gens.*

Korneï Tchoukovski : *Journal. Tome 1 : 1901-1929* ; *tome 2 : 1930-1969.*

Anthony Trollope : *Les Tours de Barchester.*
Dubravka Ugresic : *Le Musée des redditions sans condition* ; *Ceci n'est pas un livre.*
Albert Vigoleis Thelen : *L'Île du second visage.*
Sebastiano Vassalli : *Le Cygne.*
Luis Vélez de Guevara : *Le Diable boiteux.*
Maks Velo : *La Disparition des « Pachas rouges » d'Ismail Kadaré.*
Yvonne Vera : *Papillon brûle* ; *Les Vierges de pierre ; Une Femme sans nom* suivi de *Sous la langue.*
Gore Vidal : *En direct du Golgotha* ; *L'Histoire à l'écran.*
O.V. Vijayan : *Les Légendes de Khasak.*
Ernst Weiss : *Georg Letham, médecin et meurtrier* ; *Le Séducteur* ; *L'Aristocrate.*
Urs Widmer : *Le Paradis de l'oubli* ; *Le Siphon bleu* ; *Les Hommes jaunes.*
Christa Wolf : *Adieu aux fantômes* ; *Médée* ; *Ici même, autre part* ; *Un jour dans l'année, 1960-2000.*
Adam Zagajewski : *Solidarité, solitude* ; *Coup de crayon* ; *Palissade. Marronniers. Liseron. Dieu* ; *La Trahison* ; *Mystique pour débutants* ; *Dans une autre beauté.*
Theodore Zeldin : *Le Bonheur* ; *De la conversation.*

Ouvrage composé par Nord Compo
Villeneuve-d'Ascq
et achevé d'imprimer en avril 2007
sur les presses numériques de l'Imprimerie Maury S.A.S.
Z.I. des Ondes – 12100 Millau

35-67-3289-2/04

Dépôt légal : avril 2007
N° d'édition : 87957 – N° d'impression : C07/40810 A

Imprimé en France